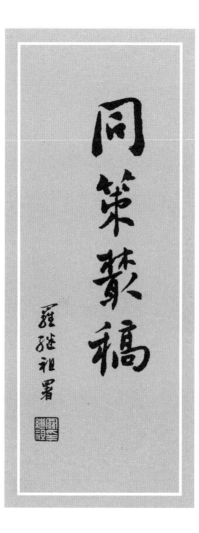

同策藝稿

羅繼祖署

同策丛稿

——古籍和古籍整理

王同策 著

上海古籍出版社

图书在版编目(CIP)数据

同策丛稿——古籍和古籍整理/王同策著.—上海：上海古籍出版社，2016.5
ISBN 978-7-5325-7707-1

Ⅰ.①同… Ⅱ.①王… Ⅲ.①散文集—中国—当代 Ⅳ.①I267

中国版本图书馆 CIP 数据核字(2015)第 151491 号

同策丛稿——古籍和古籍整理

王同策　著

上海世纪出版股份有限公司
上海古籍出版社　出版

（上海瑞金二路 272 号　邮政编码 200020）

（1）网址：www.guji.com.cn
（2）E-mail:guji1@guji.com.cn
（3）易文网网址：www.ewen.co

上海世纪出版股份有限公司发行中心发行经销
常熟人民印刷有限公司印刷

开本 890×1240　1/32　印张 18.5　插页 5　字数 432,000
2016 年 5 月第 1 版　2016 年 5 月第 1 次印刷
印数：1—1,300
ISBN 978-7-5325-7707-1

G·617　定价：68.00 元
如有质量问题,请与承印公司联系

目　录

研究·赏析

整理·考辨

实践·应用

古籍整理：
服务当今、施惠后代的重要工作（代序）

一、古籍整理工作的意义

中华民族的悠久发展史，孕育了举世少有、光辉灿烂的优秀文化。作为这一文化的主要载体，就是我们今天还保存着的众多古籍。尽管其中有一些内容反动、荒诞的东西，但其优秀部分，还是国家和人民的宝贵财富，可以为当前的"四化"建设服务，为子孙后代造福。所以，从浩如烟海的现存古籍中选出其优秀部分进行整理，是既有重大历史意义又有直接现实意义的工作。

首先，通过古籍整理，可以发掘和利用我国古代科技成果，直接为现实服务。我国古代科技文献，是历代人民智慧的结晶，有些成就，今天来看，其水平确令我们惊叹不已。通过整理原书，加以开发利用，可以直接为当前的生产建设、人民生活服务。如用气功、中医、中药防病治病；各种工艺制作的要诀、方法；农、林、牧业生产的技巧经验记载等，至今饮誉海内外，就是明证。

其次,通过古籍整理,可以总结众多经验,作为当前各项改革的借鉴。在两千年的封建社会里,我国人民曾遭受过无数灾难。通过整理古籍,我们可以从正反两个方面总结出数不胜数的经验。认真研究这些经验,对今天我国各项改革有着重要的借鉴意义。比如,古代史籍中详细记载的各类改革的起因、过程,推动社会进步的经验,最终失败的惨痛教训,以及有关重视发展农业和积贮粮食等经济思想与措施,对我们今天进行改革就具有极大的参考价值。又如研究古代官吏俸禄史,"省官益俸"、"优禄养贤"及严法惩治贪官污吏的丰富经验,对我们今天如何精兵简政、改善公务员及知识分子待遇、反腐倡廉、廉政勤政也有一定的借鉴作用。再如,历代统治者为了巩固其统治,在选拔与培养人才方面,也积累了极其丰富的经验。中国科举制度史、古代职官史中的自下而上的选官荐官制度、防止科举制度中各类舞弊手段的规章办法,对我们今天改革干部选拔制度及考试方法,进而对建立科学的干部选拔途径,优化干部素质,通过荐优汰劣保证干部质量,提高施政水平,净化社会风气,增强政府威信,也具有一定的参考意义。

第三,通过古籍整理,可以用祖国优秀传统文化对人民进行教育,加强精神文明建设。我国历史悠久,有众多的爱国英雄、仁人志士、明主贤臣、良将干才、学者名家、能工巧匠,他们的感人精神、优秀事迹,是我们今天教育人民、加强精神文明建设的良好教材。先贤"天下兴亡,匹夫有责"的精神,激励了无数爱国志士为国捐躯;他们"先天下之忧而忧、后天下之乐而乐"的品德,陶冶了无数青少年的美好情操。无数经验证明,利用祖国优秀传统文化向人民进行多方面的教育,对提高人民思想水平、道德水平都曾起过重要作用,我们理当做好这项工作。

最后,通过古籍整理,可以使典籍文献更准确、更通俗、更易为人民接受，真正使古代优秀文化变成人民大众的共同精神财富。在古籍整理过程中，将对古籍全面审核、精心抉择、细致加工，从而使整理成果，内容更健康、阐释更准确、表达更通俗、更易为广大人民所接受，对他们起到教育作用，提高他们的认识，并为他们提供审美欣赏，也使祖国古代优秀文化真正为人民大众所掌握，进而发挥其多方面的作用。

古籍整理，是具有重大意义的工作。参与者应该尽快提高认识水平和业务能力，通过持之以恒的艰苦奋斗，我国的古籍整理工作，必将取得更大成就。

二、古籍整理的内容与要求

古籍整理是对起自先秦迄于清末的作者以古汉语写作的书籍，选取其有价值者，通过选择良本、详加校勘、考辨伪讹、辑录佚文、分段标点、注释今译、重加选编、写作提要、重撰序跋、编制索引等加工形式整理出版，以利今人学习利用。这个加工过程叫做古籍整理。

整理古籍在我国有久远历史。不过古代的古籍整理与今日吾人所说之古籍整理虽有承继关系，但毕竟有所区别。

由于古籍整理工作内容不同，其要求也有不同。现就最为重要的几种分述如下：

一、古籍校勘。古籍因撰写、传抄和翻刻，往往存在字句、篇章的错误，衍、脱、误、倒、错简错接、正文注语互混、后人不解误改等现象亦所在多有。根据可靠的证据，通过各种校法加以考订改正，以恢复古籍的本来面貌，是为古籍校勘。古籍校勘对确保古籍的准确无误至关重要，所以它是古籍整理中一项带有奠基性的工作。

古籍校勘在我国有悠久的历史。刘向在《别录》中说:"雠校,一人读书,校其上下,得谬误,为校;一人持本,一人读书,若怨家相对(为雠)。"这是对校雠一词的形象解释。

古籍中各类误漏甚多。王念孙在其《读书杂志》中指出《淮南子·内篇》的错漏即有900余条,又从这些例证中归纳出其"致误之由"共62类。陈垣以元本及诸本校补沈家本刻《元典章》,得谬误1.2万余条,遂为札记6卷,阙文3卷,表格1卷,写成《元典章校补》一书,并从中抽出十分之一的例句,撰成《元典章校补释例》,后改名《校勘学释例》,凡6卷50节,条分缕析,分类说明,成为校勘学中权威性的著作。弄清古籍字句讹误带规律性的问题,对提高校勘质量有很大好处。而这些规律的掌握,除了对前人校勘成果的吸取继承外,亲身参与校勘古籍实践很有意义。前人总结出的规律,大都也是从众多的校书实践中得来的。

从事校勘古籍的实践,就有一个如何掌握校勘方法的问题。陈垣《校勘学释例》所述四种校法,现在已为从事古籍校勘者所习用。此四法即:对校法(以同书之祖本或别本对读,遇不同之处,则注于其旁);本校法(以本书前后互证而抉摘其异同);他校法(以他书校本书,材料有采自前人之书为后人之书所引用或与同时之书并载者,皆可用以校勘);理校法(对无古本可据,或数本互异,无所适从时,据理推断,定其是非)。在校勘实践中,仅单独使用某种方法的情况不多,往往是综合使用几种方法,相互补充,这样才既有文字上的佐证,又有推理上的依据,使结论更加坚实可靠。

与其他方法相比,校勘是古籍整理的基础工程,只有弄清原文,才能顺利开展标点、注释、今译等工作。

二、古籍标点。古代文字材料的断句与标点由来已久。据考古资料，至迟在秦汉时期，已有作用相当于今天标点符号的记号出现在文章中。标点符号是文句停顿的记号，同时，还可用于内容感情的表达。古籍标点实际上是为了准确传达作品内容，使读者便于读懂古文。古文标点错误必将不同程度地歪曲作者原意，严重的乃至使其变成"天书"，令读者无法索解。因而古籍标点在古籍整理中占有极为重要的地位。

古籍标点质量的高低，说到底，是一个古籍阅读能力问题。古籍成书跨越的时间很长，空间范围很广，其内容又极为复杂多样，这就决定了古籍标点工作极不易做的特点。古籍是用古代汉语写作的，标点者首先必须具备较高的古代汉语水平。古人所处和古事发生的时代、地域各有其背景、特点，这又要求标点者必须对历史、地理具有一定的认识。古代社会广泛的文化知识，诸如天文、历法、乐律、服饰、饮食、宫室、车马、兵器、货币、田赋、科举、职官、礼仪（包括朝请、祭祀、丧服等）、礼器、姓氏、避讳、谥号、释道、诗词、曲赋、书图、金石、卜筮、博奕、度量衡等，一处不明白，都可能给标点造成错误。因而，对标点古籍的人来说，怎样接触各类型的文献材料，拓宽个人视野，掌握广博的知识，又有着特别重要的意义。

当然，在上述主要方面之外，了解一些古籍标点致误的原因，摸索一些规律性的东西也还是必要的。如杨树达先生的《古书句读释例》、吕叔湘先生的《〈资治通鉴〉标点斠例》所划分的各种不同类别的误例，都能启发我们思考，引导我们去探索规律，作为前车之鉴。

在论及标点古籍时，还有一点也不可忽视，即应正确掌握标点符号的用法，在断句可上可下，标点可彼可此的地方，细加推敲比较，尽善方休。

当前，在古籍整理工作中，标点差错比较严重。为了尽可能地减少错误,应该强调一下质量问题,大力倡导严谨认真、一丝不苟的精神,是十分必要的。

三、古籍注释。清人陈澧说:"时有古今,犹地有东西南北。相隔远,则言语不通矣。地远则有翻译,时远则有训诂。有翻译,则能使别国如乡邻;有训诂,则能使古今如旦暮。"(《东塾读书记》)古籍注释起源甚早,现在流传下来的众多解经之作,有些是为了个人在原作的基础上生发新意,宣传自己的主张;有不少则是因古书已不易为人读懂,用注来解说明白。后来又出现了解注的疏,而各类侧重不同的注释之作,又分别有了名目繁多的名称。

与众多的古籍整理手段相比,注释有别于其他手段之处,在于它是径直由注者向读者说话的。从贯彻古为今用角度讲,有着最便利的条件。

古籍注释犹作者著述,方面至广,无法规范条例,撮其要者,试举六端:其一,解说字词意义宜确切。切忌以难解难、漫无重点、漏释原文、苟简失度、对难点在句者而弃句解词诸弊端。其二,串讲全句涵义宜畅达。或引原文以确解本事;或列资料以助理解词义;或说明情况以深刻揭示。其三,阐释典实本事宜恰当。注意产生的时间、地点、成因,人物关系、引用寓意等。其四,引语主旨出处宜说明。应追本穷源注明出处;明确引用主旨。其五,考订原书误漏宜细密。在详加考订的基础上,于注文中直接指出其误漏,引导读者步入正途。其六、臧否人物事件宜公允。古人古事大都情况复杂,精劣混糅,品评其是非得失宜公允,既不滥施佳语,亦不作非历史主义的苛求。

古籍注释方面广泛,形式自由。在释难解疑的原则下,或注音,或释义,或补充史实,或分析评述,凡有利读者深入了解原书,正确认识书籍内容、人物之处,均可以注语阐明之。

古人称注书难于著书，是有一定道理的。以优秀注释之作而名家者为数不少，如《史记》三家注，《三国志》裴注，《世说新语》刘注，《水经》郦注，《资治通鉴》胡注等，均为古籍注释之典范，在学术界享有盛誉，远非平庸之所谓专著可望其项背。训诂学、注释学作为文献学的重要分支，从久远的古代开始，一直雄踞学术之林。

四、古籍今译。所谓古籍今译，即用当今通行的以普通话为基础的书面语，遵从原文文义、风格，尽量照顾原文语序，在字字落实的原则下翻译古代文献。

今译与译述有原则区别，今译是作者用现代汉语讲话，译述是用现代汉语转达作者的作品大意。

古籍今译的突出意义，在于它最简便、最有力地把我国古代的优秀文化变成广大群众的财富。

古籍卷帙浩繁，既不可能也无必要都拿来加以今译。古籍产生在古代，不可避免地打上了时代的印记，往往出现精华糟粕糅杂的现象，必须进行抉择以定取舍。而取舍的标准应以有利于祖国四个现代化建设，有利于继承发扬我国优秀文化传统，有利于对青少年进行高尚品德及爱国主义教育，有利于提高广大人民的艺术欣赏水平和审美情趣为原则。

古籍今译的要求标准与外语翻译有共同处，人们习惯引用严复提出的"信、达、雅"作为衡量标准。"信"要求译文一定要忠实于原文，有人倡导直译，立意正是怕在"达"、"雅"掩饰下失去原作本意。"达"要求译文通顺明白，违背这一原则，直译怕就近于"死译"了。"雅"是译文具畅达条件之外，语言还得臻于完美、典雅。达到这些标准绝非易事，所以严复称其为"译事三难"（《天演论·译例言》）。

今译古籍要想做好，首先，必须具有较高的古籍阅读能力，对原文真正做到融会贯通,对每字每句的意思能准确掌握,才可考虑如何今译。其次,古籍今译也是一个另成新篇的再创作的过程,要求译者必须具备较高的写作水平,才能在对原文充分掌握的基础上,得到良好的再现。第三,译文应该符合原文的风格,虽不能至,不可差远,否则难以传达原文真谛;对韵文的翻译,原则上也应译为韵文。

目前,全国掀起了一场古籍今译热,这当然是好事,但内容重复,翻译不确,乃至有些译文句子不通的现象也不少见。广大群众借助今译来学习和了解古籍,如果提供粗劣产品,真是罪莫大焉。

五、古籍选编。古籍选编是选编者从其立场、观点、学术修养、审美情趣等方面出发,依据其抉择标准选出部分作品,按照一定的体式(文体、流派、断代、专人等)编成新书的古籍整理方法。删节是选编的另一表现形式。

古籍选编在我国有着悠久的历史。我国古代第一位文献学家、古籍整理家孔子,他所进行的删诗、书,订礼、乐,都属于古籍选编范畴的工作。挚虞《流别》始分体编录,开以类"编"集体式之先,其目的在于"零章残什,并有所归","删汰繁芜,使莠稗咸除,菁华毕出"。萧统《文选》以"选"名书,亦称"略其芜秽,集其清英"。社会日进,文章日多,总集、别集日繁,优胜劣汰之势自所难免,其后大量选本的出现即为明证。

古籍选编在古籍整理诸形式中占有重要位置,它是古籍整理的高层次工作。它与其他整理方法的主要区别在于:其他方法均为在原作整体基础上进行准确展示、深入诠解,浅近转述、恰当导读等,而选编则是对选择范围内的作品按一定标准进行选择,并将入选作品另编新书。其位置高于其他古籍整理方法。

古籍选编最便于直接贯彻古为今用原则。它可以"借古人的文章,寓自己的意见"(鲁迅语)。古籍产生在古代,作者为古人,其中精华糟粕并存。尽管选取哪些书来整理本身可以在一定程度上贯彻古为今用的原则,也可以通过注释、序跋批判原书错误,指导读者阅读,但只有选编贯彻此原则最方便、直接和彻底。知人论世,求全最好;施教于民,取精最宜;使"读者虽读古人书,却得了选者之意"(鲁迅语)。为将民族优秀文化遗产变为人民大众的共同精神财富,我们应选其所当选,删其所应删,取其精华,去其糟粕,做到古为今用。

古籍选编需对所选范围内之书通读博览,统摄全局。兹事体大,极不易为,仅在前人选本中寻觅,哪得个人特色? 只有竭泽而渔,才可达到借古人作品展示个人心曲的目的。

除上述五种外,其他古籍整理工作并皆重要,只是限于篇幅,兹不一一胪列论述。

三、对当前古籍整理工作的客观评价和应持的正确态度

几年来,古籍整理工作成绩斐然,有目共睹。在古籍整理取得的巨大成绩中,有两点应该特别指出:一是有些成果已经直接为"四化"建设及"两个文明"建设服务。如从各类史籍中辑录的数千年各地的地震记录,对今天我们的地震学研究就有着极为重大的参考价值,而了解地震区的分布、发生规律,准确预报,则与人民生命财产的安全休戚相关。再如从卷帙浩繁的中医中药典籍中发掘整理出各种中医的秘方要诀,对治疗疑难病症,保障人民健康,发挥了良好作用。从社会科学来看,历代的典章制度,对今天我们立法都有着不同程度的参考价值。这些都是古籍整理明显的社会效益。

另一特点是通过古籍整理,一大批历史上深居象牙之塔的

优秀成果,借助于注释、今译等通俗化工作,走上十字街头,在广大人民群众中普及传布,成为他们精神财富的一部分,起着教育、认识、审美的多方面作用,为培养造就一代新人,发挥着提高素质、陶冶情操等功能。从历史发展的进程看,这一转变是具有巨大意义的。

上述诸端,是我们对古籍整理工作的巨大成绩方面的认定,也是客观存在的事实,不抱偏见的人们,对这一事实都会认同。当然,毋庸讳言,古籍整理工作存在的问题也还不少,有的甚至可以说还很严重,不承认这一点也是不客观的。

古籍整理工作的问题,概言之,诸如选题不尽合理,扎堆现象严重,学术性强的书出版困难,整理质量下降,有些书错误比例达到相当严重程度,这不能不引起人们的密切关注。

能否正确对待古籍整理质量问题,并摸索出一条解决问题的正确途径,是与能否客观、正确地分析其形成原因密切相关的。造成古籍整理质量问题有近期原因,也有长期原因,二者又相互影响。从近期原因看,首先,现行出版体制对古籍整理工作质量有着直接影响,为追求经济效益,怕选题泄密,一经确定,往往交稿限期极短,不得不大兵团作战,众手造屋,成品大多为急就章;所谓主编大多找名人挂名,好些的通顺一下文字,差的就只看看标题及章节目录就匆匆发排,其质量当可想见。其次,当前书刊质量出现滑坡现象,是与职称评聘有一定关系的。各类职称评定,都要有科研成果。真正通过个人钻研,在继承前人成果的基础上有所发明创造,并经总结提高、文字润饰而成的成果,在短期内似乎不可能很多。对大多数人来说,是否宜于提出这种要求,值得研究。由于非要求不可,人们只得迎合,于是东拼西凑,浆糊剪刀,率尔操觚,仓促成稿,再打通出版社、报刊编辑部的关节(近年来编辑行当被越炒越热,绝非偶然),使其发表。与之配合默契的，鉴定成果时，只要得到发表，一概美言，愿望终得顺利实现。至于这一大批应运而生的"成果"究竟有何作用，看看那几月、半年后五折、三折"优惠"读者的折价书刊就一目了然了。这种现象不能不说是出版质量低的原因之一。第三，随着市场物价放开，商潮冲击，集体或个人购书能力下降，除少数大图书馆外，很多地方图书资料极为匮乏，有些乃至十分常用的图书也不具备，整理工作中有疑难解，只好想当然地处置，这也在很大程度上影响了古籍整理质量。最后，弥漫在出版界、读者群中的法不责众，横竖无错不成书，有些毛病也没什么了不起的思想，对作者、编者都有一定影响，使得放松了质量要求的标准。

从长期原因来看：一方面，由于过去受极左思潮的影响，以阶级斗争为纲，运动不断，批判只专不红、业务挂帅，使人无法认真读书，打好基础，以至现在不少从事古籍整理的中青年同志，缺乏坚实的古文功底，往往顾此失彼，防不胜防，舛讹疏漏，所在多有，乃至破句、硬伤亦不少见。另一方面，上述原因影响所及，古籍一直被当作封建主义的东西载入"另册"，整理者政治上长期被列入改造对象，经济上长期处于贫困境地。"穷且弥坚，不坠青云之志"的奋争者当然为数不少，而以此敷衍应付、维持生计者也大有人在。这不能不说是古籍整理工作质量不高的深层原因。

除去上述近因、远因外，客观一些说，古籍整理工作要求于整理者的也确乎太高，整理好一部古籍委实不易，这是涉身其境的人共有的感受。能真正做到滴水不漏、易一字者予千金的作者与作品，似不甚多。从目前已出版的古籍整理著作看，有的即使出自专家之手，也难免"千虑一失"。由此可见，对古籍整理工作质量问题保票好打，兑现不易。只有从解决造成这一状况的原因入手,经过多方面的努力,现存问题才可望获得圆满解决。

其具体做法:首先,要深化出版体制改革,在改革中求发展,尽早建立健全适应市场经济要求的新体制,使出版工作步入正轨,责任编辑真正负起责任来,严格把好质量关;其次,建议有关部门对古籍出版采取倾斜政策,增加投入;第三,从长远观点着眼,抓好人才培养这一基础工程;第四,加强报刊对古籍整理质量的评论工作。

以上分析了古籍整理工作取得的重大成绩、存在的问题及产生原因、解决问题的方法。从整体上看,古籍整理工作成绩巨大,占主导方面,这是有目共睹的事实,把古籍整理工作看得一无是处的悲观论调是没有根据的。当然,古籍整理工作中的质量问题确实存在,有的还相当严重。但是,只要能以正确态度对待,少做无端指责,多做具体分析,对已经成长起来的中青年古籍整理工作者,既严格要求,批评错误,又创造条件,积极扶持,现存的古籍整理质量问题是完全可以逐步解决,也一定能够获得解决的。

古籍整理,是服务当今、施惠后代的重要工作。只要从事此项工作的同仁不断提高认识水平,增强业务能力,踏实认真工作,培养新生力量,在前进中不断总结经验、修正错误,就一定能在新的历史时期,做出无愧于我们时代的辉煌成绩。

(原载《中国历史文献研究——纪念中国历史文献研究会成立十五周年专辑》,广西人民出版社 1994 年,有删节)

研究 · 赏析

陶诗在唐代的重要地位和普及程度

——以《中兴间气集》中的一则资料为例

在一次全国电视歌手赛的文化知识考核中,试题是关于陶诗的。评委于评说答题的是非之余,还谈及以下内容:陶渊明的诗,在他生活的那个时代以及其后相当长的时期,没有什么大的影响,也都不被人重视。只是到了宋代,因为声名卓著的苏轼对他的大力肯定,陶渊明才为广大读者所知晓,他的诗也才有了比较高的地位。陶诗是因为苏轼的肯定才声誉大著的吗? 在文化大发展的唐代,陶诗又居于一个什么位置? 这可是文学史上的大事,有必要加以澄清。

一

陶渊明是我国古今读者最为喜爱的作家之一,他的诗作,在我国文学史上是不容轻忽的重要组成部分。长期以来,对陶诗的研究已经取得巨大成绩。近年来,更有了长足的进步。① 随

---

① 可参阅近期有关陶渊明研究的各类综述。

着对陶诗研究的逐步深入,陶诗研究史的专著也已先后问世。①

总体上说,陶渊明其人其诗,在宋代进入了一个研究的高潮期,其社会影响也有更加深广的拓宽。其标志为作品更多面世,而研究的范围也相应扩大,问题探讨涉及作者生平、思想、所处地位,到作品的内容、形式以及其人其作对后世影响的加深。这是客观事实。苏轼本人对陶诗确实十分倾慕,且对陶诗影响的扩大也确实起了一定的推动作用。对渊明及其作品,他乃至作出这样多少有些夸大其词的评价:

> 吾于诗人,无所甚好,独好渊明之诗。渊明作诗不多,然其诗质而实绮,癯而实腴,自曹、刘、鲍、谢、李、杜诸人皆莫及也。(《与苏辙书》)

除了评述之外,他还身体力行地和陶诗逾百首,成为文学史上的美谈。用陶渊明的人生经历和处世态度来回顾对照自己,而表示在"晚节"上要师从渊明,这就大大超出了仅仅就诗人、诗歌评议、坐而论道的范围了。

> 吾前后和其诗凡一百有九篇,至其得意,自谓不甚愧渊明……然吾于渊明,岂独好其诗也哉,如其为人,实有感焉。渊明临终,疏告俨等:"吾少而穷苦,每以家弊,东西游走。性刚才拙,与物多忤,自量为己必贻俗患,黾勉辞世,使汝等幼而饥寒。"渊明此语盖实录也,吾真有此病而不早自知,半生出仕,以犯世患,此所以深愧渊明,欲以晚节师范其万一也。(《与苏辙书》)

---

① 李剑锋《元前陶渊明接受史》,齐鲁书社版;刘中文《唐代陶渊明接受研究》,中国社会科学出版社版。

　　陶诗的研究在有宋一代,确乎进入一个高潮期,影响所及,稍具名声的诗人乃至一般的读书人,无不从其作品中获得教益、吸取营养。即如著名爱国词人辛弃疾六百二十六首词作中,其吟咏、提及、明引、暗用渊明及其诗文处计达六十处,对其影响的巨大、深刻,可见一斑。① 在爱国诗人陆游的作品中,如其《自勉》也说"学诗当学陶",在《读陶诗》中更自剖胸臆:"我诗慕渊明,恨不造其微。"

　　但是,我们在肯定宋代、特别是苏轼对渊明成就的高度评价和推进陶诗研究所作努力的同时,对宋代之前,特别是在各种文化灿烂发展的有唐一代的陶诗地位及其影响,也必须有一个正确的理解和估价。钱钟书先生说"渊明文名,至宋而极"②是说它在宋代达到高峰,这绝不排除宋代之前的渊明及其诗作声名大著的事实。

　　下面对宋代以前的陶诗情况,作个鸟瞰式的考察。

　　因为南朝文趋藻饰、时尚浮靡的风气影响,在文学上还是以推崇颜、谢为尚。钟嵘的《诗品》虽然称赞陶诗"笃意真古",但毕竟将其列为"中品"。而昭明太子萧统对陶的诗作,特别是他的为人,就开始给予了较高的评价。他在《陶渊明集序》中说:

　　　　其文章不群,辞采精拔,跌宕昭彰,独超众类,抑扬爽朗,莫之与京,横素波而傍流,干青云而直上,语时事则指而可想,论怀抱则旷而且真,加以贞志不休,安道苦节,不以躬耕为耻,不以无财为病,自非大贤笃志与道污隆,孰能如此乎?③

① 袁行霈《陶渊明研究·陶渊明与辛弃疾》,北京大学出版社2009年。
② 钱钟书《谈艺录》(补订本),三联书店1987年版第88页。
③ 《靖节先生集·(陶澍辑诸本)序录》,《四部备要》本。

除了尊陶为"大贤"外,在其编纂的《文选》中还选入陶氏诗歌八首,文章一篇。

而到了唐代,有着"诗仙"、"诗圣"之称的公认大家李、杜和对后世多方面具有深远影响的白居易,对陶渊明也都是一致大力肯定的。

李白对"渊明归去来,不与世相逐"(《九日登山》)极为服膺,向往"何日到彭泽,长歌陶令前"(《寄韦南陵冰余江上乘兴访之遇寻颜尚书笑有此赠》)。杜甫说:"焉得思如陶谢手,令渠述作与同游。"(《江上值水如海势聊短述》)而白居易则说:"常爱陶彭泽,文思何高玄。"(《题浔阳楼》)并写作有《效陶潜体诗十六首》。

至于以作品着重描摹自然风光、田园生活的如孟浩然则歌颂他说:"尝读《高士传》,最嘉陶征君。"(《仲夏归南园寄京邑旧游》)而晚年崇尚山水,以静穆、淡泊著称,被人评议为"诗中有画,画中有诗"的王维则更是从诗歌内容到形式深受陶诗影响,形成了独具特色的流派。他还把陶的《桃花源记》改写成为诗歌。当然,改写《桃花源记》为诗作的在唐代还有大文豪韩愈。

从上述的林林总总,给我们勾勒出有唐一代陶渊明其人其诗所处位置的大体轮廓,尝鼎一脔,俱见这些巨匠大家心目中陶的形象和其诗作所占据的地位。从总体上看,与前引宋前陶诗成就一般、影响平平的说法,还是有不小差距的。

为了进一步申说我的看法,在这里我再举出一条一般不为治陶诗的人所注意和引用的资料。

二

《中兴间气集》二卷,是一个唐人选唐诗的选本,编选者为唐高仲武。仲武，渤海人，生平仕履不详。集前《自序》云："诗人之所作本诸心，心有所感而形于言。"又说："古之作者，因事造端，敷宏体要，立义以全其制，因文以寄其心，著王政之兴衰，国风之善否。岂其苟悦权右，取媚薄俗哉？今之所收，殆革斯弊。但使体格风雅，理致清新，期观者易心，听者竦耳，则朝野通载，格律兼收，自郐以下，非所附丽。"他根据这样的编选原则，"博访词林，采察谣俗。起自至德元年首，终于大历末年，作者数千，选者二十六人。五言诗一百四十首，七言诗附之，列为两卷。略叙品汇人伦，命曰《中兴间气集》"。

其书的命名，《文献通考·经籍考》引晁氏曰："仲武辑至德迄大历中钱起以下二十六人诗，自为序。以天宝叛涣，述作中废，至德中兴，风雅复振，故以名。"这是坐实"中兴"二字的。而《春秋演孔图》有云："正气为帝，间气为臣，宫商为姓，秀气为人。"以沾上帝王之气的"梁昭明""榷其风流，正声最备"（高氏《自序》），是可以归属"正气"了；所谓"间气"，则是古代认为英雄伟人，均上应星象，禀天地特殊之气，间世而出，故以名其集。

该书入选李季兰诗六首，诗前的小传及评注文字谓：

> 士有百行，女惟四德，季兰则不然也。形气既雄，诗意亦荡，自鲍昭以下，罕有其伦。尝与诸贤集乌程县开元寺，知河间刘长卿有阴重之疾，乃诮之曰"山气日夕佳"，长卿对曰"众鸟欣有托"，举座大笑。论者两美之。如"远水浮仙棹，寒星（原注：一作"云"）伴使车"，盖五言之佳境也。上仿班姬则不足，下比韩英则有余。不以迟暮，亦一俊姬。①

---

① 引自武进费氏刻景宋临安府书棚本。

李季兰,一作李秀兰,有人说她十一岁时,被送入剡中玉真观做女道士,改名李季兰,未详何据。《中兴间气集》中选了她六首诗,还有上引的那段评论。《唐才子传》载:季兰"名冶,以字行",李冶"神情萧散,专心翰墨,善弹琴,尤工格律。当时才子颇夸纤丽,殊少荒艳之态",是个姿容美丽的女道士、女诗人。与薛涛、鱼玄机合称"三大道姑"。据记载:"季兰五六岁,其父抱于庭,作诗咏蔷薇云:'经时木架却,心绪乱纵横。'父愕曰:'此必为失行妇也。'后竟如其言。"①高仲武说她:"形气既雄,诗意亦荡,自鲍昭已下,罕有其伦。"这里的"鲍昭"有人以为应是鲍昭(一般作"鲍照")的妹妹令晖,其根据是令晖亦有诗名。从另举之"班姬"、"韩英"上下文义来看,说此处指巾帼文豪(而清何文焕《历代诗话·李季兰》所引《中兴间气集》则"鲍昭"、"班姬"、"韩英"处径作"鲍令晖"、"班婕妤"、"韩兰英",不知所据何本)也有一定的道理。

季兰诗多赠人遣怀之作,风格真率自然,语言流畅,神韵飘逸。这位才女的思想比较解放,"往来剡中",与后来成了"茶圣"的山人陆羽、江南著名诗僧皎然(六朝刘宋时代大诗人谢灵运的十世孙,出生于名门望族、书香门第,有家学渊源)意甚相得,和她交往较为密切的还有刘长卿、阎伯钧等官僚、文士。诗僧皎然曾有这样一首写她的记事诗:"天女来相试,将花欲染衣。禅心竟不起,还捧旧花归。"可见她在男女关系上的解放与大胆,确有其行止风流的一面。辛氏病其"谑浪",不为无据。除此以外,从她众多怀人抒情的诗作如《明月夜留别》("离人无语月无声,明月有光人有情")、《相思怨》("人道海水深,不抵相思半。海水尚有涯,相思渺无畔")、《得阎伯钧书》("情来对

---

① 《太平广记》引《玉堂闲话》。

镜懒梳头,暮雨萧萧庭树秋")、《蔷薇花》("深处最宜香惹蝶,摘时兼恐焰烧春")以及《听萧叔子弹琴赋得三峡流泉歌》、《感兴》、《送阎二十六赴剡县》、《结素鱼贻友人》、《春闺怨》、《寄朱放》等作品中,可以感受到她虽身在道室修持,却难断尘世情思。诗作中流露出的或热烈、或缠绵、或优柔、或惆怅的绵绵情丝,难以割舍,把一个风流才女的感情世界展示无遗。

"天宝间,玄宗闻其(李冶)诗才,诏赴阙,留宫中月余,优赐甚厚,遣归故山"(辛文房《唐才子传》)。建中二年(781)德宗皇帝再次颁诏令李冶进京,经过广陵,作了一首《恩命追入留别广陵故人》:"无才多病分龙钟,不料虚名达九重。仰愧弹冠上华发,多惭拂镜理衰容。"建中四年(783)朱泚叛唐。兴元元年(784)七月,李冶因曾上诗叛将朱泚,被德宗认为未能为帝王杀身守节,遂下令扑杀。① 了结了她压抑、郁闷的一生。

对于李季兰其人其诗,高仲武谓其"女中诗豪",说她"形器既雄,诗意亦荡"(见《中兴间气集》)。陆昶称其:"笔力矫亢,词气清洒,落落名士之风,不似出女人手。"(《历朝名媛诗词》)《唐才子传》评议她:"跃出方外,修清净之教,陶写幽怀,流连光景,逍遥闲暇之功,无非云水之念,与名儒比隆,珠往琼复。然浮艳委托之心,终不能尽,白璧微瑕,惟在此耳。"众说纷纭,褒贬不一。但作为封建社会的一名女性,能突破世俗风习,不为礼教规章所束缚,勇敢地追求自由、向往爱情,其精神还是可贵的。从上引的诸材料看,她人丽诗秀,即令是在群星灿烂的唐代众多诗人中,也无愧是光芒四射的一颗。

刘长卿,字文房,河间人,少居嵩山读书。《唐才子传》说他:

---

① 关于季兰进宫事件的有无和时间,《唐才子传校笺》引余嘉锡《四库提要辨证》、赵元一《奉天录》等材料,考述甚详。因其不涉本文要点,故在此不作引述辨析。

开元二十一年徐征榜及第。至德中，历监察御史，以检校祠部员外郎出为转运使判官，知淮西岳鄂转运留后。观察使吴仲孺诬奏非罪，系姑苏狱。久之，贬潘州南巴尉。会有为辩之者，量移睦州司马。终随州刺史。长卿清才冠世，颇凌浮俗，性刚，多忤权门，故两逢迁斥，人悉冤之。诗调雅畅，甚能炼饰。

长卿尝谓："今人称前有沈、宋、王、杜，后有钱、郎、刘、李。李嘉祐、郎士元何得与余并驱？"每题诗不言姓，但书"长卿"，以天下无不知其名者云。看来，长卿在诗坛自视甚高，自称"五言长城"（《权载之文集·补遗·秦征君校书与刘随州唱和集序》）。所作"日暮苍山远，天寒白屋贫。柴门闻犬吠，风雪夜归人"（《逢雪宿芙蓉山主人》）之诗句，确乎出手不凡。因其恃才傲物而仕途不畅，屡遭"迁斥"。后人对他的评价不一。高仲武在《中兴间气集》中认为他"诗体虽不新奇，甚能炼饰。大抵十首已上，语意稍同，于落句尤甚，思锐才窄也"。《四库全书总目提要》肯定高的这个看法，说"持论颇矜慎"，"鉴别特精"，还一并批驳王士禛《论诗绝句》中对高的反批评："盖士禛诗修辞之工多于炼意，其模山范水，往往自归窠臼，与长卿所短颇同。"指出他们是惺惺相惜、同病相怜。当然，还是肯定的意见多。沈德潜说他"七律至随州，工绝亦秀绝矣"（《唐诗别裁》）。卢文弨说："子美之后，定当推为巨擘。众体皆工，不独五言为长城也。"（《刘随州文集题辞》）

对于今天的青年读者，前引《中兴间气集》所收李季兰诗前之小传及评注文字中的这则笑话，怕还得简单解释一下，否则有可能弄不明白为什么"举座大笑"。李季兰和刘长卿二人所说皆为陶渊明诗句，前者见《饮酒》，后者出自《读〈山海经〉》，各有原诗中本来的意思。《饮酒》组诗前面的《序》说：

> 余闲居寡欢，兼比夜已长，偶有名酒，无夕不饮。顾影独
> 尽，忽焉复醉。既醉之后，辄题数句自娱。纸墨遂多，辞无诠
> 次。聊命故人书之，以为欢笑尔。

《饮酒·其五》："采菊东篱下，悠然见南山。山气日夕佳，飞鸟相与还。"原意是说，在东边的篱下采摘菊花，抬起身来，悠闲恬淡地看着对面的南山，山间的云气，日落近晚时分更加美丽，群鸟也相伴飞回了鸟巢。

《读〈山海经〉·其一》："孟夏草木长，绕屋树扶疏。众鸟欣有托，吾亦爱吾庐。"原意是说，夏天来到，草木都长高了，屋子周围的树更是枝叶密布，鸟雀为有了搭巢、觅食、嬉憩的依托而飞舞鸣叫，我也更加喜爱自己的居所了。

这里李、刘两人是用谐音来开玩笑。李以"山气"谐"疝气"，隐指长卿之"阴重之疾"；以"佳"谐"加"，调笑刘"疝气"日益"加"重。人们通常说的疝气又名小肠疝气，是指腹内脏器由正常位置经腹壁上孔道或薄弱点突出而形成的包块。由于疝囊内的肠管或网膜易受到挤压或碰撞引起炎性肿胀，致使疝气回纳困难，给患者带来很大痛苦，而在医学比较落后的古代，其病痛状况更可想象。刘也如法炮制，答话也用陶的诗句谐音说事，以"众"谐"重"，以飞鸟的"鸟"的另音 diǎo，借指男阴，因疝疾患者均阴囊肿大，为行动方便，患者多以夹带之类将其托系股根，"众（重）鸟"（肿大的阴囊）"有托"，是刘答以虽疝疾日重，且喜（"欣"）尚可采取针对措施，有法缓解。在此还需要说明的是，本来还用这个"托"字来谐"託"字，只是1955年异体字整理时，取消"託"字，以"托"代替，所以，排简化字成了一个字，看不出

同音相谐的痕迹了。一问一答,俱用陶诗成句,又以谐音取笑。男女之间,谈笑谐谑,毫无顾忌,反映了文人们的幽默诙谐;而李季兰作为一个道姑,和男性开这样猥亵的玩笑,确实也展现了她风流放诞的一面。这个故事本身没有什么特别重要的意义,但在我们关于陶诗在唐代所处的地位和普及程度的论辩上,确实是一个极好的实证。

故事发生的地方,并非冠盖满布的帝都京华或繁华发达的通衢名埠,只是一个"乌程县"的"开元寺",文中的"诸贤"说明人数很多,并非仅仅几个精英高士。事件的发生,没有什么事先安排,纯属自发产生。而"举座大笑"的效果,就说明不是只有少数几个人听懂了,而是全场都心领神会。

很显然,只有在一种情况下,才有可能产生这种"举座大笑"的效果,那就是陶诗的绝大部分内容在当时的文人学士中已经烂熟于胸、耳熟能详,说者能信手拈来,运用恰到好处,听者也心知肚明,才能迅速反应,一起爆笑。

生活中的现象反复说明,越是道貌岸然、正襟危坐的议论评述,因为目的明确,间或功利驱使,其中的结论越容易夹杂进一些非正常因素,而漫不经心的无意而为的自然流露,反倒最容易显现真实。所以,这个男女调笑、近似有些粗俗低下的故事,在其讥诮戏谑之外,为我们实证了文学史上的一桩重大事实,即:在唐代,陶渊明和他的诗歌确已占有相当重要的地位;在文士以及稍具知识的群体层面中,陶诗已经非常普及,有了深广的群众基础。

三

最后,还得说说与这段文字有关的几个问题。

(一)关于这段文字在《中兴间气集》版本中的删存状态。

为了弄清这个问题,先来看看此书的版本流传情况。据《四库全书总目提要》载:

> (书末)元祐戊辰曾子泓《跋》,称独遗郑当一人,逸诗八首,盖在宋时已残缺。故陈振孙《书录解题》云所选诗一百三十二首也。姓氏下各有品题,拈其警句,如《河岳英灵集》例,而张众甫、章八元、戴叔伦、孟云卿、刘湾五人俱缺,考毛晋《跋》,谓得旧抄本,所缺张、章、戴诸《评》俱在,独刘湾无考,故编中于四家姓氏之下俱注云:"《评》载卷首。"今检卷首无之,当由久而复佚耳。又按:钱曾《读书敏求记》谓得宋镂本,如朱湾《咏玉》一首,"玉"字作"三",盖每句皆藏"三"字义也。后人不解诗义,翻谓"三"为讹字,妄改为《咏玉》。自元至明,刻本皆然,此本仍袭旧讹,知毛晋所云旧抄本,犹未足据也。

而此书眼下比较流行的版本,大体有以下三种,即:

1. 文渊阁《四库》本(江苏巡抚采进本);2.《四部丛刊》本(初编);3.《唐人选唐诗》本,此本由于中华书局上海编辑所翻排版平装发行,流行较广。

但上引这一段文字即:"又秀兰尝与诸贤会乌程县开元寺,知河间刘长卿有阴疾,谓之曰'山气日夕佳',长卿对曰'众鸟欣有托',举座大笑。论者两美之。"(此段文字引自《太平广记》卷二七三《李秀兰》篇)上述三个版本的正文都没有收载,只是在《四部丛刊》该集增加的孙毓修《校补》一卷中"补入"了这"四十九字"。而《太平广记》二七三卷《李季(〈太平广记〉作"秀")兰》篇中和其后的《笑林广记》、《唐才子传》等书中均有此段文字记载。

何以有这个版本差异?为了追本溯源,一穷究竟,在图书馆检得汲古阁藏费刻景宋本,则展卷该段文字赫然在目。参以

《太平广记》记载,足证宋时原有此段文字,只是后来被人删除;并非原来没有,被后人掺入。

(二)各版本删存各异的可能原因。

个人见闻有限,没有接触到更有价值的材料。推想所及,后人删削这段文字的原因不外有二。

其一,鉴于对季兰及其作品的喜爱,而删除了这段有损其形象的故事。可资参证的佐证是,前引季兰幼年吟《蔷薇诗》的《玉堂闲话》中的"必为失行妇人",在《唐才子传》中即改为"恐为失行妇人",一字之异,态度不同。而后文对季兰"交游文士,微泄风声",则认为是"皆出乎轻薄之口",都表露出作者有意为季兰掩过。与此段文字被删除的情况,有异曲同工之处。

其二,由于这个故事委实十分不雅,乃至有人怀疑它的真实性。起码认为不宜纳入到如正式评传性质的严肃文字里来,因此,有些《中兴间气集》的刻本中删掉了这一段文字。

(三)也算"创新":故事当论据。

这一段文字,少见为治陶诗的人所引用,我想到的原因可能有三:1. 是它深藏在唐人所编的唐诗集子对诗人的评介文字里,不容易被发现。2. 是基本属于讥诮戏谑性文字,以诙谐嬉闹视之,一般不容易被重视,被说文论道时所取用。3. 更重要的是资料本身,除了两句陶诗之外,既未涉及事主姓氏、名号、别号、异称如潜、渊明、元亮、征士、五柳先生等;也未出现以地域转称如栗里、彭泽、浔阳、柴桑等字样,容易被编纂"通检"、"索引"者所忽略。所以,各类索引、资料中大多不见记载和收录。这也就使它在陶诗研究的资料园地里,虽吉光片羽而弥足珍贵了。

(原载《华夏文化论坛》第 6 辑,
吉林文史出版社 2011 年版)

促进南方经济发展的宋武帝刘裕

刘裕,生于晋哀帝隆和二年(363),卒于宋武帝永初三年(422)。字德舆,小名寄奴。彭城(今江苏徐州)绥舆里人。据《宋书》记载,说他是汉高祖刘邦的弟弟楚元王刘交的后代。到刘裕曾祖刘混的时候,正逢永嘉之乱①,迁家渡江居于京口里(今江苏镇江)。刘混做过县令,刘裕的祖父刘靖也做过郡太守,但刘裕的父亲刘翘只做了一个郡功曹(郡里管总务并记录功劳的佐吏),家道败落,到生下刘裕的时候,甚至都养不起,想把他扔了。亏了同郡刘怀敬的母亲,断了自己儿子的奶,养活了他。稍长大些,刘裕就参加砍柴、打鱼一类的家庭劳动。但更长时间,是以卖草鞋为生。因为好赌博,被乡间邻里所鄙视,一次因欠下京口大族刁逵的钱,被刁绑在马桩上,幸得友人王谧替他偿还,才被释放。

作为败落的世家子弟,刘裕尽管自幼饱尝了清贫艰苦的生

---

① 永嘉之乱:晋怀帝永嘉五年(311),匈奴将石勒歼晋军十余万人于苦县宁平(今河南鹿邑西南),俘杀太尉王衍等。同年,匈奴另一将领刘曜率兵破洛阳,俘怀帝,纵兵烧掠,杀王公士民三万余人,高门望族多渡江走避。

活,他还是与真正的在剥削压榨中为求得基本生存条件而祖辈相继辛劳的农民子弟不同。这对他一踏入人生道路之始就进入北府军,而以后依凭残酷地镇压农民起义为基础,一步步走向封建皇帝的宝座,不无影响。但他幼年时代的这段劳动生涯,对其认识社会,了解下层,成就霸业后大力拨乱反正、兴利除弊、推行改革,也有着密切的关系。

一、在镇压农民起义中壮大了自己的势力

晋太元八年(383),刘裕二十岁。这一年爆发了有名的秦晋淝水之战。苻秦的失败,使他失去了实现统一的条件,北方更陷于大分裂的局面。东晋政权虽说取得了军事上的胜利,但由于东晋统治者司马氏重用奸佞,罢黜贤良,纲纪松弛,沉湎酒色,不理朝政,不图恢复,只是依靠残酷剥削人民去过极度糜烂腐朽的生活;而以王、谢、庾、桓四大家族为代表的世族势力,彼此间在持续不断地进行尖锐复杂斗争的同时,也残酷压榨剥削劳动人民,这就使人民陷于水深火热的生活之中。有压迫就有反抗,隆安三年(399),世子司马元显调发东土各郡免奴为客的人移置京师当兵,引起骚乱,民怨沸腾。以此为导火线,前一年被司马道子杀的五斗米道道首孙泰的侄儿孙恩于海岛起兵。东方八郡响应,不到十天,有众数十万人,攻破上虞(今浙江上虞),杀其县令,陷会稽(今浙江绍兴),杀内史王凝之。一时朝野震惊,这就是历史上著名的孙恩起义。

晋朝派谢琰(谢安子)和刘牢之出兵镇压孙恩,而刘裕这时正在刘牢之军中作下级军官,亦随军出征。部队进入吴地,刘牢之派刘裕带领数十人去侦察义军情况,忽然遭遇到数千义军,双方开战,刘裕的人马大多战死,而他一人手执长刀凶猛奋杀,又

得刘牢之的儿子刘敬宣率队援助,大败义军,孙恩逃还入海。这次战斗的胜利,为刘裕赢得了声誉。

次年,孙恩率义军再入会稽,杀死谢琰。刘牢之再次东征,派刘裕戍守句章(今浙江慈溪境)城。因为刘裕胆大善战,作战时总在兵士前面冲锋陷阵,接连取胜,义军不得不退还到浃口(今浙江甬江口处)。晋朝镇压义军的东征队伍纪律松弛,抢掠烧杀,乃至达到郡县城中不见人迹的程度,百姓们十分痛恨。而刘裕却治军整肃,法令严明,所以不像其他晋军那样遭到反对。

隆安五年(401)三月,孙恩北攻海盐(今浙江海盐),刘裕赶到,在海盐的故治筑城拒守,孙恩攻城不下,将领姚盛牺牲。但刘裕兵少难守,就倒下旗帜,藏起兵众,让老弱者登城。义军问他们刘裕在哪儿,诡称已经撤走。义军受骗入城,刘裕突然出击,义军大败。接着在丹徒又打败孙恩。八月,因讨义军有功,升任刘裕为下邳(今江苏睢宁西北)太守,在郁洲(今连云港市云台山一带,当时为海中岛,清时海岸扩展,才与大陆相连)又破义军。十一月,刘裕追击孙恩到沪渎(上海市)、海盐,孙恩大败,立脚不住,从浃口直逃到海上。

元兴元年(402)三月,孙恩在进攻临海(今浙江临海)失利后,投海而死。余众数千人推举他的妹夫卢循继续带领义军。晋太尉桓玄看武力镇压未能彻底消灭义军,又使出软的招降一招,任卢循为永嘉(今浙江温州)太守。虽然从斗争策略考虑,卢循接受了这项任命,但并未真正归顺朝廷,义军的军事政治活动,一天也未停止。正因如此,不到两个月,在卢循从临海进入东阳(今浙江金华)的时候,桓玄就派当时任抚军中兵参军的刘裕出兵去攻打。卢循兵力不及,只得又退回永嘉。第二年正月,卢循的姐夫、义军将领徐道覆攻东阳,再次被刘裕打败。八月,刘裕攻破永嘉,卢循败走,被追至晋安(今福建福州),卢循浮海南逃。

元兴三年(404),卢循攻克广州,自己执行州的政事,号称平南将军。第二年,向晋遣使纳贡。而晋也因一时派不出军队去征讨,于四月任卢循为广州刺史。卢循专门给刘裕送去益智粽,刘裕还赠他赎命汤,并有书信往还。

义熙六年(410),卢循趁刘裕率军北伐而江南空虚之际,攻湘中诸郡。三月攻豫章(今江西南昌市),江州刺史何无忌战败而死,义军又大破刘毅军。当时卢循连战克捷,士气很盛,拥十余万之众,舟车百里不绝。这时刘裕赶回,卢循义军径取刘裕。刘裕北伐战久,疲惫之师且多创病,建康守兵才只数千,朝野震惧。刘裕全面分析了双方情况,确定了固守不轻出战的方针。而卢循多疑少决,不听徐道覆自新亭(今南京市西南)焚舟而上、数道攻刘裕的正确建议,采取按兵等待的方法,持久无功,只好回兵寻阳(今江西九江市西)。刘裕遣众追击。八月,刘裕总结以往作战经验,大治水军,派孙处由水路直取番禺(时广州州城)。卢循兵众根本未预料到海道防御问题,突然遭到来自海上的进攻,卢循兵大败。广州既陷,卢循亲党尽数被杀。十二月,刘裕进军大雷(今安徽望江),对卢循战舰以强弩劲射,迫其西泊,先埋伏西岸兵众悉以火攻,卢循兵大败。刘裕追击至左里(鄱阳湖口),卢循独舟而逃,死万余人。刘裕才班师返回建康。义熙七年(411)六月,卢循兵败龙编(今越南民主共和国慈山、仙游地区),投水而死。

孙恩、卢循的起义,因为孙、卢本人就是北方的失势大族,起义过程中,从斗争策略考虑,曾接受过晋的任命并向晋称臣纳贡,加以又利用过五斗米道的宗教为组织起义的手段,所以有人对孙、卢的起义性质,特别是卢循起义的性质提出质疑,乃至认为刘裕与孙、卢之战是统治阶级内部的斗争。但只要考察一下在这次持续十几年、遍及南方主要地区的大起义的整个斗争过程,义军绝大多数参加者的成份(农民与溪奴、佃客)及其斗争始终代表着广大人民的利益,狠狠打击了残酷剥削压迫人民的朝廷及世族势力,就可以认定其农民起义的性质。而作为失势大族逐渐步入寒门地主的刘裕,虽然在血腥镇压这次起义中壮大了他的军事实力,为他以后的废晋自立奠定了基础,但通过此次起义的始末,他不能不认识到当人民被剥削压榨到忍无可忍地步的时候,就会起而反抗的真理;在长时期血与火的战斗中,他也不能不亲身体会到一旦走上武装反抗道路的人民力量的强大。在他建宋以后,推行了一系列改革,对人民采取让步政策,推动了社会生产力的发展,后来就出现了社会生产繁盛、人民生活安定的"元嘉之治",从这一角度来看,也不能不说是孙、卢起义的积极成果。

二、消灭异己武装,实现了江南的统一

元兴三年(404),刘裕趁平桓玄篡晋的机会,进入朝廷。桓玄的妻子刘氏很能识人,在此之前,曾对桓玄说:"刘裕行止有龙虎势态,看待问题不同凡响,不会久居人下,要趁早铲除。"桓玄说:"我正要平定中原,没有他不行,以后再说吧。"

当时刘裕与何无忌、刘毅合谋起兵讨伐桓玄。刘裕攻克京口,进入建康,司徒王谧推他为使持节都督扬、徐、兖、豫、青、冀、幽、并八州诸军事,徐州刺史。义熙元年(405)刘毅攻破桓振军队,三月,晋安帝司马德宗返回建康,任刘裕为侍中、车骑将军、都督中外诸军事。刘裕坚辞不受,多次要求回地方上去。虽然朝廷百官劝请,安帝亲自到他住处相留,他也不答应,于是授都督荆、司等十六州诸军事,兼兖州刺史。次年冬,又被封为豫章郡公。

义熙四年(408)春,由于刘毅不愿意让刘裕入朝辅政,想让谢混做扬州刺史;也有人想让刘裕在丹徒领扬州,将朝廷大事交付孟昶,派尚书右丞皮沈去征求刘裕的意见。刘裕的记室录事参军刘穆之对刘裕说:"晋朝失政日久,气数已经他移,您兴复皇室,勋高位重。今日形势,哪能再搞谦虚辞让那一套去到地方上去当一个藩将。刘毅、孟昶虽是一起起事,现在与之势均力敌,今后不免相互吞噬,扬州不可让,留京更要依允。"刘裕照刘穆之的话办理,晋帝在保留他原任的青、兖二州刺史职位的同时,还授他侍中、车骑将军、开府仪同三司、扬州刺史、录尚书事。义熙六年(410),又授太尉、中书监、假黄钺①。到这时,连投奔秦王姚兴的司马国璠兄弟也看出了刘裕称帝的意图,说他"方为国患,甚于桓玄"。

刘毅刚愎自用,自认为功业可与刘裕相比,表面上不得不推重刘裕而内心不服。而刘裕对他事事顺从,更使他骄横放纵,有增无已。他曾说:"遗憾的是没与刘邦、项羽同时,不能与他们一起逐鹿中原,看看究竟鹿死谁手。"发泄对刘裕的不平,有翦除刘裕的想法。于是向刘裕提出自己要兼督交、广二州,刘裕答应了他的要求;又要求让其心腹郗僧施为南蛮校尉后军司马,毛修之为南郡太守,刘裕也答应了。刘毅又要求到京口去辞墓,刘裕亲往倪塘(今南京市东南、方山之北)去会见他。行前有人问他:"你认为刘毅能永久做你的下属吗?"刘裕沉默半天,反问对方。那人说:"率百万之师攻城略地,刘毅是服你的;但如涉及经史典籍,言谈吟咏,他却自认雄豪,所以搢绅学士一般辐凑归顺他,他是不会甘心永为你的下属的。最好利用此次会见解决他。"刘裕说:"刘毅也有克复之功,在罪过未充分暴露出来的时

---

① 黄钺:用黄金为装饰的斧。为古代帝王专用,或特赐给专主征伐的大臣。

候解决他,不妥。"

九月,刘毅到达江陵,首先是大量变换主管官吏,分割豫州文武,以江州兵力万余人自随。这时适逢刘毅病重,他听从郗僧施的劝告,请求让他的堂弟兖州刺史刘藩做他的副职。刘裕早已察觉刘毅的举动,一面伪装答应,一面起草诏书,公布刘毅罪状,指其与刘藩、谢混共谋不轨,逮捕并赐死藩、混二人。

接着,刘裕命王镇恶、蒯恩率水军为前驱,冒充刘藩的军队,向刘毅靠近,到江津城下,刘毅的将领朱显之前来,问刘藩在哪儿,军士回答"在后面"。朱显之在后面没找到刘藩,见军士带的攻城的器械,又见江津船舰被烧,知道中计,飞马报刘毅,急令闭诸城城门。但王镇恶军队已经进城,于是展开巷战,刘毅兵败,退入内城。王镇恶用挖洞的办法攻进内城。刘毅自北城突围,夜投牛牧寺。在此之前,桓蔚兵败,也投牛牧寺,寺僧曾因收留保护桓蔚而被刘毅杀掉。所以现在他要求寺僧收留的时候,僧人不敢收留。刘毅叹道:"为法自弊,一至于此。"自缢而死。子侄皆伏诛。刘裕到江陵,杀郗僧施。念毛修之以往结好于己,宽赦了他。

早在义熙元年(405),蜀郡谯纵起兵,杀守将毛璩、毛瑾、毛瑗等,刘裕出兵讨伐。谯纵称藩于秦,又与卢循暗通,并联络当时已降秦的桓谦共击刘裕。刘裕部将刘敬宣进攻失利。义熙五年(409)春,秦封谯纵为蜀王,加九锡①。义熙六年(410),征蜀都督刘道规攻杀桓谦。义熙八年(412),刘裕以朱龄石为元帅,大败谯纵兵,攻克成都,谯纵自缢死。

---

① 九锡:锡,赐与。九锡据说是古代帝王尊礼大臣所给的九种东西,名目说法不一,如车马、衣服、斧钺、弓矢、朱户(朱红漆的门)、虎贲(卫士)等,是一种极高荣誉。王莽篡汉前,先加九锡,以后各朝掌政大臣夺取政权前都先加九锡,成为例行公事。

诸葛长民在刘裕出师伐刘毅的时候，以豫州刺史衔监太尉留府事，平日骄纵贪侈，目无法纪，百姓怨声载道。诸葛长民怕刘裕查办他，刘毅被诛，更加害怕，说："正像汉朝薛公说的，'往年把彭越剁成肉酱，今年杀韩信'，祸患临头了。"他私下问刘穆之："一般人都说刘裕不能容我，为什么会这样？"穆之说："他出师远征，把老母幼子委托给你，如有丝毫不信任，能这样吗？"诸葛长民才稍安心一点。诸葛长民的弟弟诸葛黎民说："刘毅的败亡，也是值得我们怕的，应趁刘裕外出未归起事。"诸葛长民写信联络刘敬宣，刘敬宣把来信转给了刘裕。诸葛长民见力量不够充足而暂未发动。

义熙九年(413)春二月，刘裕自江陵东归，诸葛长民与公卿连日在新亭奉候。刘裕绕路潜入东府，诸葛长民往拜，刘裕与之畅叙胸怀，过去没说过的话全都说了。正当诸葛长民甚感欢悦的时候，刘裕先已埋伏的武士杀死诸葛长民，其弟、从弟均被杀。

义熙十年(414)，司马休之在江陵，很得江汉一代民心。三月，因为他的儿子司马文思擅自捶杀国史，晋帝惩治了司马文思的党羽，而宽恕了司马文思。司马休之上疏谢罪，并请求解除自己的职务。刘裕不准所请，并逮捕了司马文思交由司马休之审处，意思是让司马休之自己杀掉儿子。父子情深，司马休之只是废了司马文思的谯王，并上书刘裕申谢，刘裕很不满意，令江州刺史孟怀玉兼督豫州三郡防范他。

义熙十一年(415)春，刘裕逮捕并处死了司马休之次子文宝、侄儿文祖，发兵攻打休之。又暗地写信招降司马休之的府录事参军韩延之。韩延之复信刘裕，在说明司马休之处理司马文思一事无可指摘之后，说刘裕出兵是"欲加之罪，其无辞乎"，斥责刘裕："伐人之君，啗(音旦 dàn，以利诱人)人以利，当面甜言蜜语，背后马上暗算，太可耻了！"最后说："像司马休之这样的有德之主,难道能没有可以授命的臣属吗?"刘裕读了复信,对他的将领佐吏说:"侍奉跟从主人的人,应当像他这样!"韩延之还把刘裕父亲的字——显宗,做自己的字;把刘裕父亲的名——翘,做他儿子的名,用以表示绝不臣服刘裕。

三月,刘裕大败司马休之,休之携其子文思及新蔡王司马道赐、雍州刺史鲁宗之、竟陵太守鲁轨、南平太守檀范之、梁州刺史马敬、南阳太守鲁范一起投奔秦国。

晋帝加太尉刘裕为太傅、扬州牧,并给予可以佩剑穿履上殿,上朝不用小跑,行朝拜礼不宣报姓名的至高待遇。义熙十二年(416)正月,又加刘裕兖州刺史,都督南秦州,共都督二十二州。三月又加中外大都督,领司、豫二州刺史。五月,又加领北雍州刺史。十一月,刘裕从伐秦前线派左长史王弘回朝,暗示晋帝给他九锡的殊誉。十二月,诏书令裕为相国,封十郡为宋公,备九锡之礼。他却又装作辞而不受。义熙十三年(417),因伐秦有功,晋帝又进刘裕爵位为王,增封十郡,刘裕再次辞而不受。直到这年九月,才接受相国、宋公和九锡之命。

刘裕急于称帝,但又迷信谶(音衬 chēn,迷信所说可预言吉凶的文字、图记)语说的"昌明(晋孝武帝司马曜字)之后,尚有二帝"的说法,就派中书侍郎王韶之把晋安帝缢死在东堂,刘裕诡称有遗诏,让司马德文即位,为晋恭帝,以凑够这"二帝"之数。

元熙元年(419)七月,刘裕受进爵之命。八月,移镇寿阳(今安徽寿县)。十二月又加殊礼,进王太妃为太后,世子为太子。元熙二年(420)春,刘裕想受禅称帝,自己不好开口,就请朝臣饮宴,说:"桓玄作乱时帝运已移,我兴复帝室,平定四海,功成名就,蒙受九锡,现在年将衰暮,而物忌盛满,所以想奉还爵位,回京师养老去了。"群臣只是称颂了一番他的功德,直到日晚走散,没有谁听懂"回京师养老"的意思。只有中书令傅亮,走出门来才一下明白了刘裕的用意,这时宫门已关,叩门请见,对刘裕只说了一句:"我暂请回都。"刘裕明白了他的意思。四月,朝廷宣刘裕入朝。六月,傅亮暗示恭帝让位刘裕,拿出起草好的诏书让恭帝抄发。在刘裕戎马征战、苦心经营多年,排抵外敌侵扰之患、翦除内部异己之争以后,终于登上了皇帝的宝座。

三、率师北伐,灭掉南燕、后秦

在镇压义军、翦除异己的同时和稍后,刘裕还两度出兵北伐,消灭了南燕和后秦。

义熙五年(409),南燕慕容超攻下宿豫(今江苏宿迁),俘阳平(辖境相当今河北大名、馆陶及山东冠县、莘县一带)太守,不久,又俘济南太守。

刘裕决心讨伐南燕,四月,从建康出发,水兵自淮入泗,五月,到达下邳。留下船舰、辎重,由陆路步行径进。所经过的地方,都筑城并留兵把守。慕容超亲率四万步骑迎战,交战于临朐以南。刘裕的参军胡藩建议乘敌大兵出战、临朐城内空虚之机,出奇兵夺取临朐城。刘裕接受了这个建议,果然一举攻克。慕容超军见临朐失守,军心大乱,刘裕全面反击,斩杀十余大将。慕容超逃至广固,向刘裕要求割地称臣,刘裕不许。

在此前后,慕容超心腹尚书桓尊及众多将官投降刘裕,张纲又为刘裕做好了攻城器械。城内南燕军人心动摇,尚书悦寿劝降不成,打开城门迎接晋军。慕容超被送至建康斩首,刘裕斩其王公以下三千人,南燕遂告灭亡。

刘裕在灭南燕后,回师击败了乘虚袭击建康的卢循,平定了割据势力首领江陵的刘毅、成都的谯纵、襄阳的司马休之。在五六年里,东晋境内被全部统一。义熙十二年(416)八月,率将军王镇恶、檀道济等兵分五路，水陆并进，征伐后秦。出征士气很旺，王镇恶说："如不拿下关中，我发誓不再渡江回来。"进入秦境以后，秦将纷纷投降。

义熙十二年（416）二月，秦王兴死，其子泓即帝位，内部纷争。八月，刘裕亲率大军从建康出发，留下他的儿子义符为中军将军、监太尉留府事，刘穆之为左仆射，入居东府，总摄内外。

刘裕到达洛阳，巡视城堡，奖励士卒，并亲自督战。

这年冬天，留在建康主持军政要务的刘穆之病死，刘裕十分哀痛，因为失去了一个极为得力的助手，感到"根本无托"，才放弃了原先准备留居长安经营西北的打算，决意东还。

此次北伐，虽达到灭秦目的，开拓了部分领土，但晋军亦付出巨大代价，未取得更大胜利。

刘裕的两次北伐，在历史上对完成与巩固南方的统一，是有积极作用的。它给当时鲜卑、羌、胡各族统治者以沉重打击，支持了北方各族人民的反压迫斗争，虽然关中地区得而复失，但收复了潼关以东、黄河以南的广大地区，对掩护南方地区及以后发展与繁荣南方经济打下了基础。王夫之在《读通鉴论》中认为在刘裕之前的祖逖、庾翼、桓温、谢安经营多年，都未能取得他这样的成果，而他以后的齐、梁、陈三朝也没有"尺寸之展"，说是永嘉乱后"延中国生人之气者，惟刘氏耳"，对刘裕的北伐给了很高的评价。

四、宽政减刑　励精图治

东晋末年规模浩大的农民起义，深刻地教育了刘裕，如果不对东晋的弊政进行经济、政治上的全面改革，单一凭借武装镇压人民的反抗是无法巩固统治的。所以早在他初入建康的元兴三年(404),就与刘穆之看到社会问题的严重。此前桓氏虽也发现了这些问题,并制定条科进行治理,然而终未奏效。刘裕总结这个教训,根据当时的可能条件,随顺事情的现状并向正确方面疏导理顺。刘裕本人身体力行,禁令威严,百官肃然,十几天时间,风气就有明显的变化。所以历史上称刘裕"有拨乱反正之才"。其后随着他势力的步步扩大,终于坐上皇帝宝座,就为其推行这种改革提供了更有利的条件。现择其要者分述于后。

(一)减轻租税调役

早在义熙八年(412),刘裕消灭刘毅割据势力的时候,就下命令"宽租省调"。租,是指田租;调,是按各户资财高低而缴纳的绢布。另外还有很多的临时性征发的所谓杂调,尤为农民沉重负担。这一年刘裕下令免征的梓材、皮毛即是。驱逐司马休之以后,对荆雍二州老幼从戎、单丁服役的规定也作了新的改革。在永初元年(420),刘裕即帝位的时候,又规定以后政府所需物资,另派有关人员用钱从民间购买,不再像过去那样向农民征收。从征发到收购,当然也是一种进步。同一诏令还禁止向百姓征发车、牛,也"不得以官威假借"。为照顾贫民,还规定不再收旧日欠交的租债,并适当减降市税。这些规定在一定程度上减轻了农民的负担,缓解了阶级矛盾,对生产和社会的发展起到推动作用。

(二)坚持土断政策

西晋时由于战乱,中原地区百姓多迁居江南,但仍称原来郡籍,所以形成了许多侨郡县。这些人不在所在州县编户,无固定租税负担,有的成为豪门世族的佃客、部曲。这样一来,在经济上国家失去了众多的劳动力及可供剥削的对象。从政治上考虑,因编户制度混乱,统治不便,易生事端。桓温当政时,大力推行土断法,即不论本地外地人,统一在现所在郡县编著户口,纳税服役。当时执行得颇严,曾带来"财阜国丰"的局面。但规定尚不彻底,执行也未能坚持下来。义熙八至九年(412—413),刘裕更严格执行这一政策,余姚大族虞亮藏匿千余人,刘裕杀掉了虞亮,并免除会稽内史司马休之的职务(余姚系会稽郡辖)。土断的推行,狠狠打击了豪门世族的势力,增加了国家的经济收入,过去的侨立郡县均予并省,又节省了国家不少开支。

(三)废除苛繁法令

刘裕慑于孙恩、卢循起义的威力,即帝位前后采取了一些缓和阶级矛盾的措施,废除苛法、实行宽赦亦为其中之一。在消灭刘毅的时候,刘裕就提出了"原刑"(放宽刑罚),永初元年(420)即帝位后即大赦,对违犯封建礼教、有贪污淫盗等罪过的均予赦免,让其重新做人。七月又下诏,准许原流放的劫贼家属,籍没在政府的及流徙在外的人返还本土;同时还下令把战争时期临时制定的苛严的律令全部免除,恢复以往的规定。八月又下令对过去将因逃避兵役、徭役而蓄意自残的罚补炼铁奴隶的规定免除,指出造成这一事实是"政刑烦苛、民不堪命"的结果;还下令对以往兵士本人叛亡,就追考旁亲,越追扩大的面越大、株连无穷的作法做了新的规定。永初三年(422)初又下诏普遍减刑。刘裕这一系列的宽政简刑的措施,对缓和阶级矛盾、减轻对百姓的压迫、使他们的生活能相对安定等方面起到不小的作用。

(四)破格起用人才

门阀森严的晋代,在所谓"上品无寒门,下品无世族"的制度下,不可能选拔出真正有才能的人来治理国家。刘裕决定破除这个桎梏,坚持唯才是举。比如刘裕的主要辅臣刘穆之,有"一日百函"的美称,虽只是小官吏出身,但刘裕将一切要务都交付给他。刘毅曾向刘裕谗诋穆之,刘裕反而更加信任。刘穆之死,刘裕中止北伐返回,即帝位时还说:"穆之不死,当助我治天下。"又说:"穆之死,人轻易我。"其器重可见一斑。对朱龄石的使用亦复如此。义熙元年(405),谯纵乱蜀,刘裕出兵,要找一个人担当元帅,看上了西阳太守朱龄石。他武战有方,吏才卓异,但人们却以为"资名尚轻,难当重任",刘裕毫不犹豫地任命了他,把原来位在朱龄石之上的自己妻弟置于朱统率之下。王镇恶是一员猛将,深通军机,广有谋略,刘裕与之一番谈话就委任其为中军参军,后北伐立下大功。治军颇严的刘裕对其搜刮秦府物资也取宽容态度。王死后,刘裕即帝位还给他追封。可以与之相映衬的,刘裕的中弟刘道邻"愚鄙而贪纵",其生母萧太妃为他向刘裕说情要扬州刺史职位,刘裕予以拒绝。

刘裕这样用人,自然深受拥戴,被任用者愿意为他冲锋陷阵,出谋划策。这对他最终成就帝业,起了很大作用。

(五)禁止奢靡作风

魏晋以来,世风崇尚奢靡,赛豪华、斗富丽的故事很多。因为刘裕经历过贫困生活,所以他十分注意禁止奢靡作风。他平时清简寡欲,对珠玉车马、丝竹女宠都很有节制。平关中,得姚兴从女,因宠废事,一经谢晦进谏,即时遣出。宁州献琥珀枕,十分华丽,他听说琥珀能治枪伤,马上捣碎分发北伐将士。小到睡的床、用的钉等细微事情,也都告诫务须从俭。公主出嫁,遣送不超过二十万,不给锦绣金玉。称帝入宫,住处还是用土屏风、布灯笼、麻蝇拂。他的孙子后来看了讥之为"乡巴佬"。岭南生产一种过于精细的细布,因其过于劳民,他处分了该郡太守并责令停产。他本人平时穿着也十分随便:连齿木屐,普通裙帽。他还把他补缀多层的破袄给长女并嘱咐她:后世如有骄奢不知节俭的,就拿它给他们看看。刘裕还保存自己少年时期使用的农具,用以教育后代,使其知道稼穑艰难。为了警戒玩物丧志,深知一旦懂得音乐就会逐渐爱好,所以刘裕根本不去接触它。在他的影响下,内外上下,奢靡之风为之一扫。

刘裕的这些改革,不仅在当时消除了弊政,扭转了世风,对其后的影响也是深远的。他儿子文帝时期出现的兵车不用、民无外劳、粮食遍野、夜不闭户、家给人足、处处歌舞的"元嘉之治",应该说正是刘裕的改革为其开辟了道路。

总之,刘裕作为结束东晋腐朽统治、开始南朝一百六十多年历史新时期的第一个皇帝,在他掌握了政治权力和称帝以后,在对外方面,先后两次北伐,顺应了人民的愿望,开拓了疆土,抗击了拓跋魏的南侵,保卫了南方的社会安定,促进了经济的发展,形成了可与北方对峙的局面。在对内方面,虽然他是依靠镇压农民起义壮大实力并爬上高位的,但这一过程也不可避免地使他认识到人民力量的强大,不得不在掌权后推行各方面的改革,以减轻对人民的经济剥削,缓和阶级矛盾。也可能正因如此,所以在他未称帝之前,乃至还列身庶民之间的时候,就受到王谧、崔浩、桓玄、姚兴的称赞,李贽在《藏书》中称其为"定乱代兴"之帝,宋代词人辛弃疾称颂他北伐的气势是"金戈铁马,气吞万里如虎",王夫之则说他的称帝是凭其"功力服人",并认为汉唐之间的皇帝,只有他值得称道。

作为一个封建皇帝,勿庸讳言,应加否定和指责的地方也不少。首先,他的帝业就是建立在众多义军被血腥镇压的基础上的。这当然是他的政权性质所决定的,也是应彻底否定而不可隐饰的。其次,在翦除异己、攀登帝位过程中,为了政治斗争的需要,刘裕各种权术阴谋、政治手腕都无所不用其极,讲假话、设骗局,外装谦恭、内含猜忌,伪作辞让、意在问鼎,芟除异己,诛杀逊帝,一切都干得心安理得,这种虚伪与残暴,当然也是一个地主阶级政治家身上的自然色彩,不足为怪的。也可以说,在统治阶级内部斗争中,如果他不要弄这些手段,他不仅不能攀上帝位,而一定会像被他诛杀的那些异己力量一样,被别人消灭。萧方等批评他:"酬恩报怨,何其狭哉!"司马光批评他于灭秦后弃经营西北之计而东返是"得之艰难,失之造次(仓卒,轻易)",灭南燕后斩王公以下三千人,是不能慰抚疲民,涤除秽政,反而恣行屠戮,属于有智勇而无仁义,不如苻(坚)、姚(兴)。

上引对刘裕的称颂,难免有溢美之辞,但对其主导方面的肯定是正确的;批评也不乏欠准确之处,但毕竟揭出了其缺点之一斑。做为一个重要历史人物,刘裕可以说是瑕瑜互见的。以对历史人物臧否是非、褒贬得失的标准来看,刘裕对历史的发展是推进而不是阻滞;对国家的统一是促进而不是破坏;对当时人民的生活是引导向安定与繁盛,而不是推向战乱与贫困。从这个角度来衡量,瑕不掩瑜,刘裕的主导方面应该肯定,他是南北朝这一民族矛盾、阶级矛盾错综复杂而又十分尖锐的历史时期杰出的政治家、军事家,是一个颇有作为、卓有建树的知名皇帝。

(原载《历代名君传》,河南人民出版社1987年版)

苏颂的文学成就

　　宋代苏颂（1020—1101）的主要成就是在科技方面。他领导研制的水运仪象台，撰著的《新仪象法要》，组织编绘的《本草图经》，都具有世界性的影响，他在这些方面的贡献，造福其后的历代人民。但从收入《苏魏公文集》的诗、序、札，乃至制文、奏议、墓志中，可以看出苏颂在文学上的造诣也是颇深的。

　　由于家庭的熏陶，苏颂幼年早慧，卓有诗才。其诗歌作品可与其《文集》中其他文字及其传记对读。从知人论世的角度看问题，这些诗文为我们全面深入地了解苏颂，提供了丰富的材料。反映其仕途变迁、平日交游、两度使辽时期的诗作，都是他生活履历生动形象的写照。如《感事述怀五言一百韵》是"追省平生""以代家训"的，类似杜甫的《壮游》，可作为诗人的自传来读，从"我昔就学初，髫童齿未龀"写起，按时间顺序一一写来，一生行事，宛然可触。其中如写他发愤攻读的诗句"占毕自忘劳，攻坚常切问，《六经》日沈酣，百氏恣蹂躏"，"笔枯手成胝，眠稀目生晕"。其勤学不怠的形象，豁然在目。

　　至于应制之诗中显露其宦情，酬唱之作中见友朋情谊，更是不胜枚举。通过阅读苏颂的诗作对了解其身世生活是大有裨益的,如与《文集》中的其他有关文字彼此补充,更能相得益彰。

"诗言志,歌咏言"。通过苏颂诗作,我们可以清楚地看到其思想倾向的侧影,准确地把握其脉搏的跳动。在弱冠"金门献赋""因循四载"而感受到的"京华碌碌少知己,但闻嘲弄声嗷嗷"(《送王秀才出京》)、"青云少知己,白日多罹谤"(《和丘林二君会程坦之家》)的生活气氛中,使他感到失意压抑的苦闷。"当路少知己,腹心谁可布"(《送郑无忌南归》)。仕途坎坷,官场遭际"构虚为实",锻炼人罪,使他茫然而徬徨,"众口铄金虽可畏,三人成虎我犹疑"。在此情景下,首先表露出来的就是对构成此生活现状的恶势力的愤恨:

> 蛙黾何所恃,喧喧矜善鸣。不知秽污质,群沸沼池清。游子得无泪,羁人若为情。华堂有丝竹,皆厌尔虚声。(《闻蛙》)

其次,则不可能不将哀伤的感慨寄情于酒。"壮怀伤岁月,醉眼小山河"(《次韵江南感事》);或者埋头于书:"有客过我门,开颜喜相见。贫居何以待?案上书千卷。高论到古人,终日自忘倦。非同富豪家,丝竹留饮宴。"(《客来》)

再次,正如许多封建时代的官吏仕途不畅而往往使其较易体察人民的生活情状与思想感情一样,苏颂诗作表现这方面的虽不多,但他却能自省自律,"衰迟犹窃君侯禄,深愧《魏风》'伐辐'诗"。

当然,即令是在政治失意,蹇滞仕途的时候,苏颂也没有沉溺声色的放荡或作出世隐逸之想,相反,他对现实还是执着追求的。如"掷弃浮名同敝屣,保全高节似寒松"(《和欧阳永叔少师会老唱和诗》);"一时未遇何须叹,吾辈岂久居蒿蓬"(《送王秀才出京》)。

至于在其仕途顺遂,可充分发挥其才能治政时的颂圣应制之作,当然其政治倾向、感情色彩就更为明显。在《送潞公太师得谢西归》诗中,苏颂写道"老臣虽去不忘君",这虽是对潞公的颂扬,也是苏颂夫子自道的由衷表白。纵观苏颂一生行事言论,可以说这也是他理想追求与政治倾向的集中反映。

苏颂诗作中一大缺点就是对人民生活反映得很少,笔触很难突破宫廷仕宦的圈子。这当然是由其政治立场与思想倾向所决定。但尽管如此,我们也还可以从其诗作中窥探得若干当时人民生活的大致情况。如《茶诗四绝句继作续篇》中"团膏才就贡纲催,度岭逾江万里来"的句子,表现其虽身为劳动成果之享受者,但却有能想到茶叶产品才就,官吏已开始催缴贡纲的复杂心理,他能想到啜著容易茶来难,亦属不易。如《次韵李公择送新赐龙团与黄学士三绝句》诗:"黄金芽嫩先春发,紫碧团芳出焙来。闻说采时争节候,喊山声动甚惊雷。"虽然着墨不多,但对茶农们为了抢时令多采新茶,劳动时吆喝声雷动的生动场面作了极其形象的描绘。

除了对生产劳动的描述,也有对当时人们体育活动的记载:

> 关中古有拔河戏,传闻始盛隋唐世。长短百尺人两朋,递以勇力相牵制……当时好尚人竞习,鬼物何为亦能是……旗门双立众鬼环,大石当中坐渠帅。蓬头圜目牙奋踊,植鼓扬枹各凌厉。东西挽引力若停,赋彩自分倾夺势。画来已历数百年,墙壁巍然今不废。(《和诸君观画鬼拔河》)

虽然所画拔河者为鬼物,不过鬼其实是人的折射,因为鬼是人根据自身情况想象创造出来的。从诗中一方面可以看出当时拔河比赛的各细节都与今无异;另一方面作者写画极为真实。描摩起始阶段的"植鼓扬桴各凌厉",两队相持阶段的"东西挽引力若停",简直使我们如见其形、如闻其声,文字表现力是很强的。

苏颂诗中还有不少描写祖国河山壮丽、景致秀美的作品,语言清丽活脱,字里行间表达了对祖国河山的热爱之情。

　　明月照寒宵,湖水白如昼。纵览泊中流,清光应可就。(《月明舫》)

　　郊原西与莽苍连,隔岸人家小径穿。满目风光杳无际,柳如山色草如烟。(《野翠堂》)

　　春来何处最花繁,湖水西头百亩园。无限游人折红蕊,可怜桃李自无言。(《撷芳亭》)

明月增辉,水波敛形,烟柳如织,曲径通幽,桃李争艳,游人如云。就像一幅幅的风景画,给人以美的启迪、美的享受。

《文集》中的前、后《使辽诗》,以其几度使辽的切身经历与见闻,为我们记录下旅途的艰辛以及塞北风光、异域情趣。

　　山路萦回极险难,才经深涧又高原。顺风冲激还吹面,沍水坚凝几败辕。岩下有时逢虎迹,马前频听异华言。使行劳苦诚无惮,所喜殊方识汉恩。(《奚山道中》)

　　行营到处即为家,一卓穹庐数乘车。千里山川无土著,四时畋猎是生涯。酪浆膻肉夸希品,貂锦羊裘擅物华。种类益繁人自足,天教安逸在幽遐。(《契丹帐》)

再如:"风头沙碛暗,日上雪霜和。草浅鹰飞地,冰流马饮河。"(《赠同事阁使》)"白草悠悠千嶂路,青烟袅袅数家村。"
(《过土河》)尽管时代变迁极大,只要是接触过一点北方生活的
人们,仍可从节令气候、地域特点、民情风俗诸方面找到熟悉的
影子。如果作者没有亲身的经历,关在书斋里是写不出这些诗
来的。其他如《观北人围猎》、《辽人牧》、《契丹马》都别具异域
情调,读其诗如身临其境,感受深刻。

　　苏颂也是一个对诗歌形式驾驭纯熟的作者,在他作品中也
不乏一些明快、清新、活泼、生动的佳句,如饱蕴哲理的"渊澄或
无鱼,木秀乃生蠹"(《送郑无忌南归》),写潮水及观潮情景的
"万叠银山横一线,千挝鼍鼓震重城"、"声入间阎家十万,势陵
组练甲三千"(《观潮》),以及如简括欧阳修一生的"道继三千
子,文高二百年"(《挽欧阳文忠公》),总结苏洵的"观国五千
里,成书一百篇"(《挽苏明允宗丈》),均具特色。所以陈恩编
选、陈世隆补辑的《两宋名贤小集》选其《挽苏明允宗丈》等诗作
共二十一篇汇为一卷,其后如《宋诗纪事》等宋诗选本亦选其诗
作入集。

　　除了诗歌写作之外,苏颂的散文写作也是颇有成就的,唐代
韩、柳发动的古文运动,影响深远。宋代石介、柳开、欧阳修、苏
氏父子继起,取得了新的成就。后来号称"唐宋八大家"的欧阳
修、王安石、苏氏父子,均与苏颂同时且有较多过从。从理论到
写作实践上,苏颂不能不受到影响。他在为王禹偁的《小畜外
集》所写的序言中说:"窃谓文章末流,由唐季涉五代,气格摧
弱,沦于鄙俚。国初屡有作者留意变风,而习尚难移,未能复雅。
至公特起,力振斯文,根源于六经,枝派于百氏,斥浮伪,去陈言,
作而述之,一变于道。"这虽然是他对王禹偁文风形成的论述,
实际上也是其自身的写照。把《文集》中的记、序、奏议、墓志等
文字当作散文写作来看,应该说其成就比其诗歌写作来说是略

胜一筹的。特别是文章的表达形式方面,确乎颇有可观。

从立论的稳健坚实来看,如《议贡举法》中关于"措置未尽"四项之一的"关防太密"一说,其论述时先指其具体体现在"弥封誊录"上,继而指出其法形式上似公而并不公,举出"国家取士,行实为先"的分论点。"今既弥封、誊录,考官但校文词,何由知其行实?故虽有瑰异之士,所试小戾程式,或致退落;平时尝负玷累,苟一日之长可取,便预收采"。继之以仁宗皇帝的诏书关于对举人"并须考访履行,或有乖僻彰暴,虽所试可取,不得一例解送"作有力论据,并举出去弥封誊录三点好处,"主司知朝廷委任不疑,益务尽心","负实学者得以自明,程文小疵,不虞见弃","浅陋之人,固无侥幸之望"。最后用"或曰"、"若曰"提出人们可能对推行此法存在的疑虑,一一解说,使立论更显牢实,读来说理周严,根据充分,无懈可击。

从陈述的婉转有力来看,如《送郭京评事序》,写郭京先烘托气氛:西寇犯境,天子悯然,滕公出守,乃荐奇才。荐语只用"博学多谋,重义而轻利"概括,但举出的事实却很有震动力,"举进士不上进而退居九华,盖三十年遂亡仕进心",这在士人均走读书当官必由之路的封建社会是不多见的。又用皇帝所说"尝一二臣为吾言之者"佐助,更映衬生辉。任用之后借人问郭生"未闻先生所以论报主恩,感遇知己之意"的问话,引出郭生的一大片议论。作者最后结论:"诚使朝廷为官用人,推择信任皆若是之笃,则何云上有旷官而下有遗才乎?使当时公卿百吏修职奉上皆若滕公之感遇主知,郭生之尽心公家,则何云政事隳堕,国听壅塞耶?上举之若彼之得,下行之如此之善,予将见俘匈渠于藁街,旋凯歌于京城。"结合苏颂仕途上的几度坎坷,上述序文不乏借郭生之酒,浇个人块垒的味道。但它婉转有致,陈说有力,深得韩文公序文中发泄"不平之鸣"之意,但是不露形迹,的是高手。

从用语的平易通畅看,上列各引文均可看出苏氏语言文字运用上的娴熟多姿。现在举其《灵香阁记》一文,看其文学描写语言之活脱流畅:

> 又于其旁为阁五间,楹桷崇高,轩槛虚明。经像严于中,草石蓄于次。斋房客馆,左右布列。药栏花圃,前后相望。升其堂则闻芝木之芬氲,游其庭则见竹树之荫翳。虽密迩阛阓,而山居岩处之趣备焉。

通过以上简略的评析,苏颂散文写作情况亦可见一斑。总观苏颂诗文的写作,应该说是有相当成就的,也有一定的影响,四库馆臣称其"学本博洽,故发之于文,亦多清丽雄赡,卓然可为典则","文翰之美,单词只句,脍炙人口",奉为"典则",或为未必,但这种评价,绝不是廉价的溢美捧场,据实考之,是有苏颂作品的较高水平为立论基础的。

(原载《东北师大学报社科版》1988 年第 4 期)

从《为政忠告》看张养浩的吏治思想

  张养浩(1270—1329),字希孟,号云庄,济南人。在一般人的印象中,他是以善于写作散曲而知名的。但他除了是一位著名的文学家之外,还是元代的一位颇有政声的政治家。这一点是较少为人所知道的。《为政忠告》一名《三事忠告》,包括《牧民忠告》、《风宪忠告》和《庙堂忠告》三种,共四卷,是他出任县令、御史和在中书省任职期间施政经验的总结。在官箴一类书籍中,是成书较早、影响也较为深远的一种。自行世以来,评价很高。就在元代,有人即评论说:"《忠告》之有补于世教也深矣! 使天下之为守令者家藏一书,遵而行之,虽单父、武城之化不外是矣,奚汉循吏之足论哉?"(贡师泰序)还有的说:"是书可谓仁人之言矣!"(林泉生序)明人称其可"为仕者规"(陈琏序),"阴相天常,扶助世教,维持纪纲,匡弼治道者,合是书何以哉?"(靳颙序)"其忠君爱国之诚,莅事律己之要,切于身心,益于天下、国家、社稷、生民者,未有若《三事忠告》一编之明且尽者也。"(郑瑛跋)清人修《四库全书》,收入该书。其《提要》引张纶《林泉随笔》称其"诚有位者之良规",可谓赞赏备至。此书虽然文字不多,但由于作者担任过封建社会里从地方到中央的各级官吏,深切体察过仕宦况味,洞悉个中所有情景,因而对问题的捕捉全面准确,对原因的分析深中肯綮。就中可以较为集中地窥探出张养浩的吏治思想,现撷其荦荦大端论述如后。

一

贯穿《为政忠告》全书的指导思想是儒家的孔孟之道,所谓"无一不本于仁义孝悌之心"(贡师泰序),其中突出的一点就是从仕者必须恤民爱民、勤本富民的思想。他说:"国之所以昌,四夷之所以靖,朝廷之所以隆,宗庙社稷所以血食悠久者,微民不能尔也。"(按:以下引文不另出注者,均见《为政忠告》。)因而他得出结论:"君也者,为天为祖宗保民者也。"如果国君不能行使其保民的职责,不能使百姓们安居乐业,乃至对他们"扰之、虐之、犬彘之、草菅之,则是逆天而违祖宗之命以自戕其国也"。从而断言:"在上者诚有重民之心,而天下不治者,古今无有也。"从这个观点出发,他认为不论是民生凋敝、满目疮痍也好、战乱连年、盗贼蜂起也好,根子都在于治理国家百姓的官吏,所谓"教民不至则犯禁者多,养民无术则病饥者众"。

为了求得政治上的治理与革新。张养浩认为必先抓住经济这个根本,抓社会生产水平的提高,使老百姓富起来,至少物质生活不至处于绝境。只有这样,对政治上的社会安定、止盗息乱才是最有效的手段。他说:"饥寒切身,自非深知义理之人,不敢保其心之无他,况蚩蚩之氓,为守牧者教养之不至,穷而为盗,是岂得已哉?"要想真正从根本上解决问题,"使民不为盗,则又在于勤本以致富。勤斯富;富斯礼义生;礼义生,虽驱之使窃,亦必不肯为之矣!"张养浩十分欣赏汉宣帝的"富民"与唐太宗时期的"家给人足"措施。他援引管仲"仓廪实而知礼节,衣食足而知荣辱"的观点,并盛赞其远见卓识。对管子这句名言,前两年有过讨论,大体说来,还是肯定者多。因为尽管贫能守节、富而无道的例证可以举出许多,但不论从理论上或是实践上说,在探讨社会问题时,注重社会生产,考察人们所处的经济地位,而不单一从抽象的观念形态出发研究问题的观点,与马克思主义的阶级与阶级斗争学说是全相契合的。更何况像孔子的"先富后教"的思想一样,张养浩并非只重富民,他对教化的作用也是十分注重的。

在对从仕者忠君爱民的道德品质与理政治事的才智能力两者关系的摆法上,张养浩认为"爱民之心"的有无是起决定作用的。他说"心诚爱民而智无不及",因为"诚生爱,爱生智。惟其诚,故爱无不周;惟其爱,故智无不及……诚有子民之心,则不患其才智之不及矣"。

既然要爱民、恤民,就必须向害民、扰民的弊政开刀。不能为百姓们开创什么有利条件,起码得如孔、孟所说的"使民以时",减少骚扰。他说:"常见世之劝农者,先期以告,鸠酒食,候郊原,将迎奔走,络绎无宁。盖数日骚然也,至则胥吏、童卒杂然而生威,赂遗征取,下及鸡豚。名为劝之,其实拢之;名为优之,其实劳之。"这种名为劝农,实则扰民的名堂,实在是老百姓最感头痛的。对来自其他方方面面的骚扰,如巧立名目的勒索钱粮,繁文缛节的侵占农时,他都视为病民之积弊:"春则追农以报农桑,夏则檄尉以练卒伍,秋则会社以检义粮,冬则赋刍以饲尚马,其他若逃兵、亡户、逸盗及积年逋税之民,动集百余,不赇不释。"要想把政治治理得清明,不把这些扰民的弊政废除是根本不可能的。苛政不除,所谓富民也只能是一句空话。

爱民恤民之心,关键在于出自真诚,官样文章实为大忌。张氏提出要设身处地为百姓着想才能克服行政中的许多弊端。他说:"民之有讼如己有讼,民之流亡如己流亡,民在缧绁如己在缧绁,民陷水火如己陷水火。凡民疾苦皆如己疾苦也,虽欲因仍,可得乎?"因循守旧是封建社会官场中常见的通病,张氏在此一针见血地指出,这也是不能设身处地地为民着想,爱民之心不切的表现。

作为封建官吏,总结其治民之道的经验,不论其"爱民"、"富民"的漂亮词句如何冠冕堂皇,当然都不是其最终的真正目的。之所以能有若干清官将此引入实践日程,且有人加以抽象条理化,升华到理论上来,只不过是他们接受了以往历史上众多的教训。在老百姓因贫无立锥之地而饿殍满途、哀鸿遍野的时候,往往接踵而来的就是犯上作乱,揭竿而起,他们的美好"天堂"就有可能因此而毁灭。相形之下,倒是显出这一招儿较为高明。尽管如此,从总的方面看,历史上清官的"爱民"、"肃政",在客观上,与虐民、暴政相比,总还是能减轻一些人民政治上的压迫与经济上的剥削,对生产力的发展多少起一些推动作用,至少是减少一些阻滞作用,于社会进步还是有利的。因此,不可一概予以抹杀。

二

为了执行好上述总的治政路线,张养浩认为关键在于要有好的官吏,为了能使良吏临政,《为政忠告》强调了以下几个方面。

首先,必须不断举荐贤能,改换官吏队伍,让那些真正是既贤且能的人去为官治事。他说:"为国家而不众贤之集,相臣虽才,国不治矣。彼为相者诚能开诚布公,廓然无我,己有不能,举能者而用之;己有不知,举知者而用之;己有不敢言,举敢言者而用之。如是则彼之所能皆我有矣。"他批评有的人在荐贤举能中的错误态度说,"有公天下之心,然后能举天下之贤",并巧设比喻:"富者之于家,有田焉必求良农使之耕,有货焉必求能商使之贾,有牛羊焉必求善豢者使之牧。何则?盖彼拳拳于治家,故不得不求其人也。况受天下之寄,任天下之责者,乃不知求天下才共治之,岂其智之不若彼富者哉?由其为国之心未尝如其为家之心之切故也。"这样贴切的剖析,可以说是鞭辟入里的了。对那些托荐举贤才之名,而行用人唯亲、泄私愤图报复和专事钻营之实的,如"非亲不保,非仇不弹",乃至"身为宪佐,风御史荐已就升者",他认为必须严加整饬,提出了"求则不必举,举则不必识"的要求。他认为如果认真执行这种选才用才原则,是不会有"临事乏才之叹"的。

其次,为政者必须严以律己。《为政忠告》所包括的三书虽非一时所成,但是,"要做一名好官,必先做一名好人"的思想则贯彻三书始终。而要做好人,主要靠自律从严。所以《牧民》首章讲"省己"、"克性之偏"、"戒贪";《风宪》首章讲"自律";《庙堂》先讲"修身"。道理就在这里。问题十分明显,若是个好人,职位可以为其利人开拓广阔的领域;而一个坏人,权柄只能为其虐民自肥提供方便。他说:"执法之臣,将以纠奸绳恶,以肃中外,以正纪纲,自律不严,何以服众?……苟挟权怙势,惟殖己私,或巧规子钱,或盗行盐帖,或荒耽麴蘗,或私用亲属,或田猎不时,或宴游无度,或潜托有司之事,或妄兴不急之工,或旷官第而弗居,或纵家人而不检。于斯数者而有一焉,皆足为风宪之累。"

通过对封建社会官场中各种陋俗弊政的剖析,张养浩尖锐地揭示出从仕者的道德品质在治理政事中的极端重要。

　　针对那种为怕得罪人而将矛盾上交的官吏,他说:"为人臣惟欲收名而不敢任怨,此不忠之尤者也……大抵天下之事,有易有难,有利有害。难而有害者,人多辞避;利而易行者,人多忻然以为……近代为执政者,往往姑息好名,一疾言厉色不敢加于人,事或犯众,激使居己之右者发之。"他愤慨地指责:"两军之交,兵刃丛前,而心诚报国者尚冒之而不顾。夫临政与临敌,其安危利害相距霄壤,此犹顾惜,抑不知于万死一生之际为何如?"为公理而主持正义是为人应守的轨范,身为长民之官,为一言开罪于人而避之惟恐不及,怎能想象让他在需要的时候用生命去殉国死节呢!

　　针对那种为了保自己的乌纱,置百姓的损失于不顾而去墨守上级规章的,他举灭蝗为例作了分析:"故事:蝗生境内,必驰闻于上,少淹顷刻,所坐不轻。"因而做官的为了自己不担责任,不分蝗灾的大小轻重,闻风即报,结果"群集族赴,供张征索,一境骚然,其害反甚于蝗者"。因而张养浩结论出"凡居官必先敢于负荷,而后可以有为"。遵循规章制度,必须考察其设立之目的,执行时可机动灵活,所谓"如丸转于盘而不出于盘,如水委曲赴海而不悖于海",如蝗害"势微种稚","率众力以图之"灭掉即可。身为长官不能度势应变,为了一己之私而"泥文守经",结果只能使百姓遭受更大的灾害。

　　针对那种一经临难受辱,即捐真理、弃气节、俯仰任人的,他说:"夫人臣而当国家言责之任,刑辱之事,不敢必其无有,要在顺处静俟,以理胜之而已。若乃求哀乞怜,惴耆无所,已先挠矣。何以自明? 夫尽己之职为国为民而得罪,君子不以为辱,而以为荣。虽缧绁之、荆楚之、斧钺之,庸何愧哉?"刀兵齐举的沙场当然是对人们的考验,政治上蒙冤而受刑辱,不也是对人气节操守的严酷考验么?

第三,注重对官吏的教化。要求官吏自律从严只是问题的一个方面,重要的还在施行教化。他说:"甚矣!人之不可无教也。生知如圣人,犹胥教诲,胥训告,况不能圣人万一者,可忽焉而不务哉!"因为官吏为政主要是执行国家的规章制度,因而更得首先对法令条律烂熟于胸,否则,定然贻误政事。他说:"吏人盖以法律为师也……凡学仕者,经史之余,若国朝以来典章文物,亦须备考详观,一旦入官,庶不为俗吏所迂也。"在对待百姓的教与罚的关系上,张养浩坚信"刑罚不足致政,教之而使不犯,为治之道莫尚焉"。新官上任,对其下属即需加以勖勉:"为人臣子,奸污不法,人孰汝容?夫纳贿营私,所得甚少,所丧甚多。与其事败治汝,曷若先事而教之为愈哉!吾之此言,虽曰薄汝,实厚汝也;虽曰毒汝,实恩汝也。"强调执宪者不仅要"威人以刑",更重要的是还要"诲人以善"。总之,对百姓光让他们富起来还不行,还必须施行教化,而为了达到这个目的,必须首先对官吏施行教化。

第四,对触犯法纪的奸恶邪佞之徒,必须严加纠弹。他说:"人徒知治民之难,而不知治吏为尤难……(吏)日处法律中,非不知也,小过不惩,必为大患,无所忌惮矣。"根据这种认识,他认为治民宜宽,治吏宜严,"尝闻治民如治目,拨触之则益昏;治吏如治齿牙,剔漱之则益利"。在纠弹昏官赃官时,对其中关系亲近、地位显贵的,尤应严惩不贷。"夫人之仕也,有贵近焉,有疏远焉,贵近者不少贷,则位卑而罪微者不待劾而艾矣……荐举之体则宜先小官,纠弹之体则宜先贵官"。

针对司官自身贪腐和身边胥吏受人请托而累官为非的,他说:"吏佐官治事,其人不可缺,而其势最亲。惟其亲故,久而必至无所畏;惟其不可缺故,久而必至为奸。"对待这种情况,为官者必须"自严","所谓自严者,非厉声色也,绝其馈遗而已矣"。

物质上的细小贪欲,往往就是政治上全面崩溃的开始。因为"廉司所莅之处","为恶日久"者必"求司官所亲之人而解之","苟不深防,悔将何及"。由徇情宽纵到同流合污,"有箕敛者,有捆载者,有箧笥充者,有囊橐盈者,微至大地所宜,靡不搜括"。拒绝一切请托与礼物贿赂,严格管束贴身下属,"设法以禁之,盛威以临之",实为从严治吏的重要前提。自身不能律己以严,自难箝制邪佞之徒,反而会落入他的圈套。

第五,官吏必须正确对待进仕与归里,进不傲满,退不堕怠。官吏的进退黜陟本为宦情之常,为仕者应该"进则安居以行其志,退则安居以修其所未能,则是进亦有为,退亦有为也。近世士大夫惟狃于进,退则惘然无所猷为,甚而茹愧怀惭,蹙缩不敢一出户"。更有甚者,"仕而休居者往往不喜,或命子侄,或托朋友,市奸构讼,靡政不及"。张养浩认为,从对待自身职位的任免升降上也可以考核出一个官吏究竟是为什么要做官。"士之仕也,有其任斯有其责,有其责斯有其忧",古代圣主贤相,"未尝不忧其责而以位为乐也","若以位为乐者,苟其位者也"。视官位之重如此,只能说明其谋求这个地位的目的不是为民,而是利己。

综上所述,对官吏的荐举选拔必须处以公心;当选入仕者必须律己从严,尽忠职守;对官吏不断地施行教化,对奸佞邪恶之徒绳以法纪;进退黜陟都应心迹坦荡。张养浩认为,只有按照这套具体方针来选拔、培养、教育、更新官吏队伍,才能把国家治理好,实现家给人足,国泰民安。

当然,张养浩这里所说的好坏奸良的具体标准,均有其自身的阶级、历史的内容,但其许多问题的提出与分析,对我们今天的读者也仍不乏启迪作用,是不可虚无主义地予以否定,更不可简单化地得出结论,认为将其"颠倒过来"就可以化非为是。

三

从提高官吏的从仕能力,注意治事的方法来看,张养浩在《为政忠告》中注意了以下几个方面。

第一,做好调查,掌握情况。《牧民·上任》首条即写对情况必先"预知",包括"民瘼轻重,吏弊深浅,前官良否,强宗有无,控诉之人多与寡,皆需尽心询访也"。《风宪·询访》中更指出"小而一县一州,大而一郡一国",皆得"悉心询访","既得其凡,他日详加综核,复验以事,其孰得而隐哉"。作者以家喻国,说:"大抵一道之任,犹一家之务焉。善为家者,其子弟族属,下逮奴隶,其性情良否,皆所当知;一或不及,则将甘为所弄而不悟,久必致是非颠倒,以佞为忠,以贪为廉,以无能为有能,政令不行,而纪纲替矣"。封建官僚们为了其自身政治目的,在治民理政中,也并不全是官僚主义的置现实于不顺的。

第二,研究分析,善于区辨。治政的清明,重要的一点就是体现在对情况各异的问题做出不同的处理。以狱讼为例,"均之为盗也,而有长幼疏戚之分;均之为奸也,而有夫亡夫在之殊",其他情况如"健讼者理或不胜,则往往诬其敌尝谤官长","世俗之情,强者欺弱,富者吞贫,众者暴寡,在官者多凌无势之人"。如果没有分析的头脑,区辨其真伪善恶,是极易堕入他人计中而不能省悟的。

第三,虑事周详,谋物细密。复以问狱为例,"久系之囚,尤当示以慈祥,召之稍前,易其旧所隶卒吏,温以善言,使自陈颠末,情无所疑,然后参之以按。若据按以求其情,鲜有不误入者。盖州县无良吏,所以不敢信其已具之文"。其中仅以易旧卒吏一语,即可知张氏对旧时狱牢黑暗情况之洞悉,断讼惟公之胸臆及谋物虑事之细密。因众多冤狱往往是买通狱吏、屈打成招造成的,即使司官亲自询问,囚徒虑及狱吏之非刑搒掠,亦不敢吐露真情。

再如严弹奸恶之际,既要择其贵要者以儆效尤,同时也得爱护人才。他说:"人才难得,全才为尤难得。""君子之过,苟不至甚,殆不宜轻易加之,使数十年作养之功扫地于一旦也。"这些分寸的掌握,没有极为周详、细密的作风是难以体察并总结出来的。

第四,见微知著,防患未然。他说:"自古国家之所以不治,臣子之所以不轨,固非一朝一夕之故。良由今日以某事为小过而不谏,明日以某人为小罪而不惩,日引月深,不自知其祸乱之成也……惟君子为能见微知著,思患而豫防之。"《为政忠告》中还不止一次引用兵法上所说的"多算胜少算,少算胜无算",强调"措画提防",用意都在于此。

第五,相反相成,因势利导。张养浩晓喻官吏在处事的思想方法上注意事物间相反相成的关系,他说:"仕宦而至将相,为人情之所荣,是不知荣也者辱之基也。"究竟走向哪个方面,关键在自己因势利导,"廉以律身,忠以事上,正以处事,恭慎以率百僚","欲辞其荣不可得";反之,"徇私忘公,贪无纪极,不戒复车,靡思报国","欲避其辱亦不可得也"。同时看清正反两个方面,对官吏治事中自警自律是大有好处的。

说到为风宪之"难"及"危"的时候,他说,"峣峣者易缺,皦皦者易污",正因职务是"与天子争是非","与大臣辩可否","发人之奸,贬人之爵,夺人之官,甚或罪人于死地",权力的增大,律身相应更严,所谓"人所趋者不敢趋,人所乐者不敢乐,人所私者不敢私"。只能是"竭忠吐诚,尽其职守"。一方面,行使的权力越大,另一方面,越是要慎之又慎,将出现差错的可能控制到最小。

　　上述施政中的思想方法和工作方法,都是张养浩在几十年从仕中通过众多实践活动总结提炼出来的。对今天我们提高领导水平,增强管理能力,改进工作方法,还是有借鉴意义的。

　　《为政忠告》中反映出的张养浩的从政箴言,不仅在理论上获得了历代人们的高度评价,而且有不少实践证明是行之有效的。张自身政声其佳即为一力证。为堂邑令时,有"令吾县者前十余辈,无右吾令"(姚燧《牧庵集》)的评价。在御史台日,平章博果密叹为"此真台掾也"(《元史·张养浩传》)。及归里,七召不起,西土大旱,闻召立至,"即日就道,凡所以为其民计者无所不用,其至竟以忧劳薨于位"(《危太朴集·张文忠公年谱序》)。除了其自身例证外,"崇安令邹从吉甫,能以忠信使民,民亦乐其治。余过崇安,会从吉,问所治何先,即出书一卷曰:'某不敏,粗效一官者,此书之力也。'余阅其书,则滨国张文忠公为县令时所著"(林泉生序)。黄士弘,维扬人,"任广西风宪,在官六年,政声昭著,岂非得是书(指《为政忠告》)之要者耶"(陈琏序)。这些记载,也可能有溢美的夸大,但从另一方面,也可以看出张养浩的《为政忠告》及其反映出来的他的吏治思想,在历史上所处的重要地位和所起过的重大作用。

　　(《光明日报·史学》1984年11月14日刊发此文要点)

张养浩谱系、年里、仕迹拾遗

张养浩是元代的著名散曲作家。他的〔山坡羊〕《潼关怀古》中"兴,百姓苦;亡,百姓苦"的深刻揭露,〔一枝花〕《咏喜雨》中"直使千门万户家豪富,我也不枉了受天禄"的由衷期冀,至今为人称道。因为他在元代还任过不小的官职,与其他元代杂剧散曲作家比,其事迹于史籍记载还是稍多一些的。只是以往对他研究不足,人们对他情况的了解也就极为有限。1981 年孔繁信同志在《文学遗产》季刊第三期上发表了《关于张养浩事迹》一文,文章分"生卒及家世"、"出仕与官历"、"归隐与再仕"、"著作及版本"四个方面,提供了许多以往少为人知的材料,为广大读者了解元代这位伟大作家做了有益的工作。近来笔者翻检有关书籍,又发现一些为孔文未涉及或未重视的材料,足以补孔文之阙,故特整理记叙于下。

一、谱　系

孔文引张养浩自撰《先茔碑铭》:"伯祖父讳万,享年九十三；祖父讳某，享年九十一……祖父二子，长讳兴，早失兵间。后三十年自至泰安，其状貌动止言笑与祖父甚相肖，享年七十二岁卒，葬泰安梁氏村。次为先君，讳郁，字威卿，享年八十，以元至治元年十二月二十八日见弃。"又引《济南府志·人物志》："其父以养浩贵，封通议大夫、吏部尚书、上轻车都尉、济南郡侯。"并赠封其祖父张某为"安远大将军、益都路淄莱万户、府中万户、轻车都尉，追封济南郡侯"。

据上引文可知，不仅孔文未考知张养浩祖父名讳，乃至养浩本人原亦不知其祖之名，更不遑论及其他。查姚燧《朝列大夫飞骑尉清河郡伯张君先墓碣》中记载，张养浩的曾祖父曾任武略将军，"监阳丘之燕镇酒"，这位武略将军共有四子："伯不年而仲不后，叔万、季山。叔娶郭氏，六十泽职，管库于蜀……季娶苗氏，二子：一失兵间；次朝列，则今清河郡君，生子英、塞，皆夭，显今惟养浩……"（《牧庵集》）

综观姚氏全文，参以孔文所引资料，可得张养浩谱系大致如下：

曾祖　某。官武略将军，监阳丘燕镇榷酤。

伯祖　张万。娶郭氏，儿孙甚繁，享年九十三。

祖　　张山。娶苗氏，享年九十一。

伯父　张兴。早失兵间，后三十年归泰安。享年七十二岁，卒葬泰安梁氏村。

父　　张郁，字威卿。享年八十。

长兄　张英。早卒。

次兄　张塞。早卒。

张养浩　享年六十。

长子　张彊。早卒。

次子　张引,字惟远。(养浩《三事忠告》有康熙二十四年
(1685)春"奉祠生九世孙张家声"跋,想为引后。)

姚文中还提及张养浩之"祖及诸父赈粟其乡,御盗于家,脱
人以刃,缒井取饮,活友于死者,有家乘详"。就中可大略窥见
其祖辈于乡里行事之一斑。

姚燧此文,应该说是可信的。张养浩二十四岁时拜燧于京
师,当时已五十六岁的姚燧时直学士院。泰定改元(1324),姚
燧已死了十一年,其文集刻板行世,张养浩特应邀作序,指出姚
文大异于"常人之文"的"剽陈袭故",盛赞其"才驱气驾,纵横开
阖"。在上引《张君先墓碣》中,姚燧亦赞养浩之"年少而志励,
绩学而善文"。正因二人有较多过从,且姚又长张三十多岁,故
其先养浩尚不知其祖名讳时,而燧已写入养浩之父张郁之墓
碣中。

二、年　里

孔文引《辞聘侍亲表》谓:"维天历二年正月吉日,陕西诸道
行御史台御史中丞……拟于当月二十四日就行。"复引《元史·
张养浩传》:"到官四月,未尝家居,止宿公署……出赈饥民,终
日无少怠……遂得疾不起,卒年六十。"并据此"向前逆推六十
年",定养浩生年为"宋度宗咸淳五年(1269)"。

关于张养浩的生卒年,这里有两个问题:一是引其赴陕行
期,目的大约在于推算"到官四月"后的卒期。其实,关于养浩
的卒期有具体记载,这就是出在孔文已引用过的黄溍《故陕西
诸道行御史台御史中丞赠摅诚宣惠功臣荣禄大夫陕西等处行中
书省平章政事柱国追封滨国公谥文忠张公祠堂碑》中(孔文误

为黄潜《张公祠记》，见《金华黄先生文集》卷十）："公自参议中书省事退休其中（云庄）者垂十年，至治、泰定之间诏使沓至，皆坚卧不起。文皇御极，以翰林学士召，未至。改陕西诸道行御史台御史中丞，公乃幡然就道，时公年甫六十，到官廑三阅月而薨于位，天历二年（1329）七月壬午也。"即二十七日，当阳历八月二十二日。

本传所记"到官四月"与此"廑三阅月"，均为概数，相去无几。至于与启程赴任时间相差一二月，原因可能是养浩应诏后"即散其家之所有与乡里贫乏者，登车就道，遇饿者则赈之，死者则葬之"（《元史·张养浩传》），自然耗费许多时日。所以与"七月壬午"的死期记载实际并不矛盾。

另一个问题是，因为养浩生年都是根据卒年及"六十而卒""逆推"得出的，因为推法不同，向来有1269年与1270年两种说法。如果循我国旧时计算年龄的传统习惯，出生就算一岁，过年就长一岁，当定养浩生年为宋度宗咸淳六年（1270）。1270年庚午到1329年己巳正好一个六十花甲周期。

关于张养浩的籍贯，孔文引用材料就常见分题济南、章丘、历城各地原因及张氏墓葬处所作了说明。据上引姚文，其曾祖曾监章丘燕镇酒，养浩则自称"居阳丘（即章丘）者伯祖父，历城则祖父也"。想系其伯祖张万承父业留居章丘，后仕蜀，其祖张山遂迁居历城，亦未可知。

另外，养浩据以为号的"云庄"，实际上是他归里后的隐居地。据前引黄潜《张公祠堂碑》载："故滨国文忠张公，家济南，而别墅在历城县北十里华不注鹊山之阳、历山之阴，号曰云庄。"应天历二年诏后，有小令《乐隐》谓："天上皇华使，来回三四番，便是巢由请下山。取索檀，略别华鹊山。无多惭，此心非为官。"足可为证。

三、仕 迹

张养浩从仕日久,颇有政声。关于他的治迹,除了较为人知的《元史》本传的记载之外,还有一些材料中有十分生动的叙述。现摘录如下:

至大二年夏五月,余受国子助教,入京师。舟过会通河,会河间运司括行舟取盐海中,余亦为津吏诃止。食于逆旅之主人,未具,主人曰:"起! 公府有急逮至者。"众避长席予之。予更他席坐,察来者意甚沮,相顾曰:"张令在,宁有是哉!"予因问:"张令如何?"皆进曰:"官买物,数月不予直,民宁不愿待,愿归治生,而县益亟追以来,终不得直,部使者以责吏而又征我曹。今道路府史之费且十倍,吾安用得直为? 张令时,官有征买,皆亲载钱至市若乡,悉召父老大家甲乙,立告以县官所需与物贾,使自推择当卖所有者,指名即受贾书牍,期某日以某物诣某所,吏无所出入,是以事集而民不知。且令行县中,无忤视,民甚畏爱之。市井妇稚无恶言,强壮无狠斗。即有讼,令亲诘谕,往往悔悟去。或有当问,即摄牍置案上,一不以示吏,手书当问者乡里、姓名县门,其人如约至,亦知令得实,不烦鞫治,即承罪谢去以为常。县始多无名人窜迹吏舍中,钩民为讼,使两不得解,因以持令佐伸缩为己利。至是无所得志,皆自免归田圃;令去,稍稍复来矣。"

既而予憩道傍大树下,有二三父老……争言张令催科时告民曰:"民有户小赋寡、力不足自致府者,勿予乡正里长。其会诸令所三日,小民悉自致所赋诣令,令总其户之所出,亲至府上之,而大家亦无后期者。今去为太子文学,吾赋为乡正里长征去,随用之不以入官。期既迫,官疏不入赋者逮治之,我等奔走失业,家且破矣。悲哉!宁复有张令乎!"予顾从者曰:"小子识之,是吾友人济南张希孟也。"(虞集《书堂邑张令去思碑后》,《元文类》卷三十九)

出令堂邑,一守敕约,便行弊祛,形势不挠,悍鲧不侮,民惠之怀,咸称曰:"自停年之制行,令吾县者前十余辈,无右吾令。"(姚燧《朝列大夫飞骑尉清河郡伯张君先墓碣》,《牧庵集》)

公(养浩)……尤慎许可,独称缑山陈公曰:"迩来士大夫宜亟法此老。"盖取其立朝謇谔,进退明决,有契于心,以矫时弊也。朋游有为御史过于自保者,公曰:"御史,士大夫之洛阳也。此而无闻,无官可为矣。"拜詹事丞,有壬迓之通州,坐漕厅语终日,其略曰:"予见举人以书攫官而旋掷其书,以官裕身而寻败其官多矣,子将不释于用,其勉之。"翼日入城,则飘然归矣。(许有壬《张文忠公年谱序》,《圭塘小稿》)

至于张养浩归里八年,七召不起(自制小令中有"屈指归来后,山中八九年,七见征书下日边"之语),而年届花甲时又应诏出任陕西行台职务一节,孔文引苏天爵《七聘堂碑铭》一节的解说是符合实际的。李士瞻在其《经济文集》卷四《题滨国张文忠公云庄卷后》一文可资印证:"……先生则弃官长去,坚卧云庄之谷……人知累诏不起,以为先生高。余则谓先生之用心,盖有不获已焉者。故天历之间,既有西台中丞之诏,时陕西大旱已五年矣,民饥殍死者不可枚举。先生一闻命即幡然就道,了无难色。既至,乃大发食赈饥,救祷百全,汲汲焉若不足,且捐己之财以济不及,日夜仰天号泣,忧劳成疾而卒以死。先生之于民,可谓忧虑之过矣,夫岂真有过高绝俗之事耶!"

以上这些记载，很难说无丝毫溢美的夸大，但是，它毕竟从一个侧面反映出一个在封建社会里，与众多的贪赃枉法、草菅人命的昏官不同，而较能恤民忧患、治政清廉的官吏的大略情况。

（原载《文学遗产》1985 年第 3 期）

关于《为政忠告》的作者

一、问题的提出

《为政忠告》四卷,包括《牧民忠告》二卷、《风宪忠告》一卷、《庙堂忠告》一卷,故一名《三事忠告》。自书成之日即获得好评,现存历代各刻本众多序跋中的赞颂之词,可谓多多,不详例举。乃至东邻日本也对这本书极其关注,该书传入日本后,"成为江户时代(引者按:日本后阳成天皇庆长十一年——公元1606 年——德川家康开幕府于江户)幕府政要的必读经典"(见台湾远流出版事业股份有限公司出版的罗素娟编《为政三部书》所载守屋洋《张养浩与〈为政三部书〉》)。尤可骇怪者,日本侵华战争时期,竟然有人出版印行这本书发给在中国战场上的侵华日军,以利巩固其殖民统治(同前书所载廖庆洲《领导统御的宝典》)。而战后的日本,则又有人从该书的治政、用人等方面作为发展企业之重要参助(同上)。

对于这样一部影响深远的名著的作者问题,向来均认定为出自元代名臣、著名散曲作家张养浩(字希孟,号云庄,谥文忠)

之手,似乎并无异词。但实际上并非如此。明李颙《司牧宝鉴》一书所载姜曾序中引发出了这个问题,序文多处与此问题有关,且文不甚长,全录如下:

《司牧宝鉴》序

黄君立生,好读书,尤爱梓秘本,发潜惠世,公溥弥昭。余曩序其刻《朝邑志》云:“使刻书者皆如黄君,则世无坠简矣。”今又梓李二曲先生《司牧宝鉴》而属余序。

余尝读张养浩《三事忠告》,喜其《牧民忠告》之文较《庙堂》、《风宪》二《忠告》倍之。诚以为民司牧,视彼二者位卑而任重,禄薄而事难。难者必详其事,官有所依;重则必尽其辞,民皆受福。李氏之为此书也,初名《牧民须知》,殆仿张氏之意乎?中引《牧民忠告》切要数条,意可知矣。

或曰:二曲布衣士也,长隐土室,绝未临民。恐言多迂阔而远于事情。余曰不然,《牧民忠告》虽名归张希孟,而据《志》《传》,实出吾乡张国瑞手,静吾亦布衣也,所言官箴、政体、事势、民情,能悉希孟之心,如出希孟之口,有老吏所不能及者,所谓心诚求之,不中不远。大儒以诚存心,发于论政,坐言起行,一致同归,何问临民与否耶?况二曲之书皆引古良牧贤令已成之事而节其辞,亦及时人之政,不没其善,皆有明文足征,略自评赞,以示司牧遵循而已。其书皆临民之书,不啻其身临民也。黄君指日入仕临民,先梓此书,能宝李氏之良法美意,鉴而行之,见诸实事,概可知矣。至君尊甫树斋先生,体张氏《庙堂》、《风宪》之义,《忠告》已著于前,行当益显于后。凡李氏一端,张氏三刻,黄氏兼之矣。

余因黄君属序,遂连类而乐道之,使任司民之贵者,诚宝此书,不贪以为宝,仁民以为宝;诚鉴此书,“不照绮罗筵,专照流亡屋”,则康济斯民也大,循良著绩也远,而著书及传刻之心亦皆不虚负也已。岂不盛哉！

　　道光己酉二月十九日南昌樟圃弟姜曾拜撰。

　　姜序中提出《为政忠告》一书出自张国瑞之手，而非张养浩作，其立论根据是"据《志》、《传》"，然遍检《元史》之《志》、《传》，未有语及此者，只好从其他方面广为搜寻。

　　查清乾隆十六年（1751）刻顾锡鬯、蔡正笏等纂修之《南昌县志》，其《儒林传》有张国瑞材料：

　　　　张国瑞，号静吾。好读书，究心理学，多所发明。时翰林吴草庐，名儒也，特器重之，荐于西台御史张养浩，聘为金华学正，穷年著书，皆官箴要言，分《庙堂忠告》、《风宪忠告》、《牧民忠告》三卷上养浩，养浩叹服，荐于朝，以其书付秘阁。及文宗时欲大用之，寻卒。学者称为南国儒宗。

　　陈兰森等修、谢启昆等纂《南昌府志》（乾隆五十四年刊），庆云等修、吴启楠等纂《南昌县志》（道光二十九年刊），文字略同。陈纪麟等修、刘子浔等纂《南昌府志》（同治十二年刊）编纂者于《张国瑞传》后加有按语：

　　　　三《忠告》，《元史·张养浩传》、《四库总目》皆以养浩自著，此传以为国瑞代作，未详孰是。

　　今按，《元史·张养浩传》并未著录其著《忠告》，或系该编者误记。至于《为政忠告》系张国瑞作一说，在目前尚未得见其他文字资料情况下，究竟应如何看待呢？

二、国瑞作《忠告》之说绝非无根游言

首先,张国瑞为南昌人,众多方志记载均有其写作《忠告》一说,不可忽视。这里有下列两个问题值得研究:

(一)章实斋云:"修志有二便:地近则易核;时近则迹真。"(《文史通义·修志十议》)这两句话既说明了修志的便利条件,同时也说出了方志资料的价值所在。方志为地方史乘,近在邑内,耳目能详,此类问题,方志记载肯定是有一定根据的,不会凭空捏造出来。

(二)再就《南昌县志·儒林传》中《张国瑞传》传文本身来分析,如"究心理学,多所发明",有"南国儒宗"的称号,而受到吴澄的特别器重,推荐给张养浩,聘为金华学正。以他的学识、政治水平,又在这么个相适应的岗位上,写出《忠告》这样的作品来,也是完全可能的事。及《忠告》写成,"上养浩,养浩叹服",遂上荐于朝,还欲大用国瑞,均切合情理,可以说是顺理成章的事,更证此传之作,其来有自,可以信赖。

其次,姜曾的序言也有两个问题值得注意:一是,序言说是"据《志》、《传》",得知《忠告》出自张国瑞之手,有史为凭。尽管我们现在尚未发现其所据之《志》、《传》。另一个更重要的情况是,姜曾是在探讨布衣之士"长隐土屋,绝未临民",能否写出切实的官箴著作来的问题时,作为一个例证举出的,这与专门探讨某书作者为某非某之刻意为文相较,更为可信。世间事物规律往往是,越是无意流露,越趋近真实。

还应该提到的是,总观姜序全文,对张养浩是非常钦佩、尊敬的,更证此文绝非潜诬流言可比。

第三,张国瑞可资参阅的材料虽少,但张养浩留下的各类文

字及他人记载他的文字却甚多。有一个情况值得注意,《忠告》三书为其出任县令、台宪、宰相之临政经验总结,但三书中均无自撰序跋,且从目前得见之张养浩留下的其他文字中,竟亦无一字提及此书者。假设《忠告》果出自养浩之手,其所留下的文字不可能毫无蛛丝马迹可寻。

上述情况,如再结合其《归田类稿·自序》分析,尤可启人思考:

《归田类稿》自序

文章天下难事,自昔耗精殚神以薪立言,而迄泯泯无闻者,何可枚数。呜呼!奚作者夥而传之于今者不多见耶?余蚤尝从事焉,筮仕来益知非易,欲中辍未能。间虽操觚弄翰,第因事寓怀及应酬征索而已,初非有心班古人、甲当世,以图不朽之传也。历年既久,所述寖多,顷退休家野,出而录之,凡得诗若赋、若文、若乐府九百余首,歧为四十卷,名曰《归田类稿》,柜而藏之,用示张氏子孙,使知吾家亦有嗜学勤文墨如仆者,庶因而有所观感起兴,增光其前,讵不愈于贻货利以愚子孙者乎?恐或者訾其不火而存之,自列其所以然于编首。

细玩序文文意,所说"历年既久,所述寖多,顷退休家野,出而录之,凡得诗若赋、若文、若乐府九百余首,歧为四十卷",似《归田类稿》为作者全部作品总其成之汇编,如《忠告》确系养浩所作,此《序》中无论通过何种方式,或称分编另梓,或云别类不收,理应提及以符行文规范,但《序》中却无一字提及。这也可以看做《忠告》出自张国瑞之手的一项旁证。

第四,养浩历官地方、中央多年,名声显赫,德高望重。如果说他要搞一点侵权活动,其地位、其势力无疑是有可恃的;而张国瑞仅一介书生,荐入仕途也不过一个学正。他的名声、地位、权势,没有一样可以使他能斗胆去侵犯一位官高位重的顶头上司之权,将上司的著作归为己有,这在等级森严的封建社会里是不可想象的。

综上数端,似可初步结论,张国瑞著《忠告》一说,绝不能说是无根游言。

三、养浩著《忠告》根据坚实

张养浩著三《忠告》,六百多年以来,众口一词,各类文字记载及其所占分量并宜关注,现分别解析如下:

(一)作为养浩之子,张引惟远在上《风宪忠告》、《庙堂忠告》表中开宗明义,一再说明系"先臣养浩之所著也",上表时间在至正元年,距作者逝世仅十二年,不可谓不是重要证据。

(二)贡师泰所作《牧民忠告》序,开篇第一句即"《牧民忠告》者,滨国张文忠所著书也"。从序中得知,师泰之父贡奎在朝"当皇庆、延祐间,人物最盛,一时相知固不少,求其志同道同者,莫清河元复初、济南张希孟若也"。所以,贡师泰与养浩之子张引可以说是世交,其说也应该是完全可信的。

(三)如本文开篇所述《忠告》各刊本序跋甚夥,均确称《忠告》为养浩所著,除上已述及的贡师泰序外,再举两篇较早的以为代表:

洪武二十二年(1389)二月二十二日陈璲序谓:"济南云庄希孟张先生,自其为县令、台臣及登政府时,所著牧民、风宪、庙堂《忠告》之书各一卷,为仕者规。"次年六月,广东等处承宣布政使司左参议靳颢《庙堂忠告》序称:"吾乡云庄张先生希孟,元之名臣也。道德文章,著闻当时。颢生也晚,不获亲炙先生之门,尝侍先君子,闻先生有《牧民忠告》、《风宪忠告》、《庙堂忠告》等书,而不一见……今年夏,余以公务过高州,谒先圣庙,儒学教授高某,知予齐人,因出先生所著《庙堂忠告》诸篇,予得尽读之……"二序写作距养浩在世仅百余年,言之凿凿,不无参考价值。

(四)《四库全书》收入《忠告》全书,其《提要》谓:"《三事忠告》四卷,元张养浩撰……养浩为县令时著《牧民忠告》二卷,凡七纲七十二子目;为御史时著《风宪忠告》一卷,凡十篇;入中书时著《庙堂忠告》一卷,亦十篇。其言皆切实近理而不涉于迂阔,盖养浩留心实政,举所闻历者著之,非讲学家务为高论,可坐言而不可起行者也。"

《四库提要》在目录学上的地位,学界早有定评,其《凡例》特别指明:"《七略》所著古书,即多依托,班固《汉书·艺文志》注可覆按也。迁流洎于明季,讹妄弥增,鱼目混珠,猝难究诘。今一一详核,并斥而存目,兼辨证其非。""大抵灼为原帙者,则题曰'某代某人撰';灼为赝造者,则题曰'旧本题某代某人撰';其踵误传讹如吕本中《春秋传》,旧本称吕祖谦之类,其例亦同。"由此可知,《四库提要》对考订作者是下过一番工夫的,《忠告》之《提要》开首即以极肯定之话语出之,当亦可作为一坚实证据。

(五)更为可靠的根据应该从《忠告》与养浩其他著作内容的比较分析中寻找。经过比较分析,《忠告》中所述内容不少可与养浩其他文字找到相同的轨迹。如《牧民忠告·救荒》中《尚德》条:"反风灭火,虎渡河,蝗不入境,全境之水回流,此在长民者之德何如尔,殆不可皆谓之偶然也。"所说"反风灭火,虎渡河"皆用后汉刘昆事。《后汉书·刘昆传》:

> 刘昆,字桓公,陈留东昏人……为江陵令,时县连年火灾,昆辄向火叩头,多能降雨止风。迁侍中、弘农太守,驿道多虎灾,行旅不通,昆为政三年,仁化大行,虎皆负子渡河。征为光禄勋……诏问昆曰:"前在江陵,反风灭火;后守弘农,虎北渡河。行何德政,而致是事?"昆对曰:"偶然耳。"……帝叹曰:"此乃长者之言也。"

《牧民忠告》赞扬了刘昆之施德政,尤其对他不居功自傲(回答皇帝的问话,说只是偶然碰巧了,并非什么治绩所致)大加褒奖,说:"殆不可皆谓之偶然也。"

而在《归田类稿》咏历史人物的诗中,就有咏刘昆之诗,诗云:"矫情干誉世纷然,才有微功即自传。灭火反风言偶尔,此心安得不回天。"这里不仅是同时注意到同一名循吏良官,而且目光聚焦又都同样放在"偶然耳"的答话上,这个现象的出现,不可能没有内在关系而纯属巧合。

将《忠告》全书与《归田类稿》中的《经筵余旨》、《谏灯山疏》、《西台上王者无私疏》、《上董中丞书》,特别是《时政书》对读,其中如对风宪之职责、非纵囚之宽赦等许多问题,其观点如出一辙,论述方法亦多符若合契。

综上诸端,张养浩著《忠告》亦有坚实依据。

四、大体合理的推断

根据上列诸文字材料及对其进行之分析判断,下列诸点应当说是具有可能的。

(一)《忠告》确为张国瑞写成,应无问题。据《南昌县志·儒林传》,书成,"上养浩,养浩叹服,荐于朝,以其书付秘阁"。

因为"付秘阁"者为养浩,且其既为朝官,又为著名文学家,遂被误认为即养浩所著,乃至以之相传致误。但以张养浩的道德品质,他是不会蓄意掠人之美的,这一点当可确信。

(二)《忠告》确经张国瑞执笔写出,诚如姜曾序文所言,"能悉希孟之心,如出希孟之口",如果说,写前养浩有所授意,写后养浩有所修订也是完全可能的。

(三)三种《忠告》并非成于一时,张国瑞任金华学正的时间,大体可由养浩任职时间推出,但三《忠告》写作具体时间尚难定实。从体例及张引《上书表》,《风宪忠告》、《庙堂忠告》相同,或出养浩之手,而《牧民忠告》则与其他二种有异,或为国瑞所作,亦有可能。后以均名《忠告》,养浩名气甚大,又由他直呈秘阁,遂归并均属养浩,也有此可能。

(四)古人尚无如今人之著作权之明确观念,在上下级关系间,下级写出文字,经上峰认可,即作为上峰之作上呈,包括养浩、国瑞在内的仕人官府均加认同,乃至后来写《司牧宝鉴》序言的姜曾,虽然在序中提出了《忠告》实出国瑞之手的问题,但文前仍称"余尝读张养浩《三事忠告)",也认为是一件非常正常的事情,不值得加以计较,故行文中实际上已承认了这一现实。

以上各说,仅属推断,尽管有上述诸论证为据,但推断毕竟不等于是史实,真正的正确结论,恐怕得有赖更多资料的发现。在新材料发现之前,对《为政忠告》作者谁属的问题,不妨视之为张养浩、张国瑞合作较为公允。

(原载《历史文献研究》第 24 辑,华中师范大学出版社 2005 年版)

浅说集句

一、界说的确切

什么叫"集句"？常见的工具书与时人著述中解释并不一致：

《辞海》(1999年版)："作诗方式之一。截取前人一代、一家或数家的诗句(亦有用文句的)，拼集而成一诗。"《辞源》(修订版)："集古人句以为诗。晋傅咸《毛诗》一篇为集句之始。后来文人有从经史成语摘为对句者，成为文字游戏之一种。"《汉语大词典》："谓辑前人诗句以成篇什。"宋沈括《梦溪笔谈·艺文一》："荆公始为集句诗，多者至百韵，皆集合前人之句。"团结出版社《文字游戏》："用前人一家或数家的诗句，拼集而成一诗的作诗方式，称为集句。这种诗就叫集句诗。"

纵观以上各说，我以为：

首先，上述各说均限成品为"诗"，过于狭窄。《挥麈余话》卷二载：

　　明清尝于王莹夫瓘处见王荆公手书集句诗一纸云:"海棠乱发皆临水,君知此处花何似? 凉月白纷纷,香风隔岸闻。啭枝黄鸟近,隔岸声相应。随意坐莓苔,飘零酒一杯。"

实已为集句成词之先河。《池北偶谈·谈艺六·集词》:

　　秀水朱竹垞彝尊集唐诗为填词一卷,名《蕃锦集》,殊有妙思。略录数阕于此:"燕语踏帘钩(李贺),池北池南草绿(王建)。京口情人别久(张继),与君歌一曲(李白)。"……"江海茫茫春欲遍(刘长卿)。岸上无人(孙光宪),野色寒来浅(罗隐)。向晚因风一川满(薛奇童),兰闺柳市芳尘断(骆宾王)。越女含情已无限(羊士谔),洒雾飘烟(包佶),天畔登楼眼(杜甫)。此夜断肠人不见(顾况),纱窗只有灯相伴(裴说)。"此首咏春雨,尤字字入神。

　　这是如标题所示集前人句为"词"的最有力的明证。
　　如果说"词"还可算是广义的"诗",集句为文亦大有例在。《香屑集》(十八卷,作者黄之隽)皆集唐人之句为香奁诗,卷前《自序》二千六百余字,亦全集成句为文,并皆骈四俪六。略引数句,以见一斑:

　　脂粉简编(李商隐《为举人上翰林萧侍郎启》),每讽词人之口(崔融《报三原李少府书》);花钿侍从(常衮《赠婕妤董氏墓志铭》),终惭神女之工(崔融《嵩山启母庙碑》。为芳草以怨王孙(李商隐《谢河东公和诗启》),缘情不忍(皇甫湜《狠石铭》);执定镜而求西子(李商隐《献河东公启》),与影俱游(蒋至《罔两赋》)。不吟纨扇之诗(黄滔《汉宫人诵〈洞箫赋〉

赋》),自夸鸳衾之价(张仲素《回文锦赋)……

乃至诸如"不三四年"(令狐楚《白杨神新庙碑》)、"凡八百首"(白居易《香山寺白氏洛中集记》)、"识者曰"(柳宗元《送从弟谋归江陵》)等叙述语句,亦皆采撷诗文成句,真正做到了"无一字无来历"。集出的成品绝对是地道的"文"了。所以,集句集成的新作不一定都是诗,从众多的各类记载与集出的作品来看,联语、词、散文都有。

其次,"集句"一语,不仅是用以指称集已有成句而为新篇的一种写作方法,同时也指称所集出的新作这种已成为一种独具特色的文体。

据上述诸端,对"集句"较为准确的概括应该是:集句是辑前人诗词散文成句而为另具新意之作的一种写作方法和文体。

二、起源与流传

集句体的形成过程,《四库提要·香屑集》说:

> 集句为诗,始晋傅咸,今载于《艺文类聚》者皆寥寥数句,声韵仅谐,刘勰《明诗》不列是体,盖继之者无其人也。有唐一代,无格不备,而自韦縠"妓女续楚词"两句之外,是体竟亦阙如。至北宋石延年、王安石,间以相角,而未入于集。孔武仲始以入集而别录成卷,尚未单行。南宋李龏之《梅花衲》、《剪绡集》,文天祥之集杜诗,始别著录,然卷帙亦无多。

清袁枚《随园诗话》卷七也说:"集句,始傅咸,傅咸有《回文反复诗》,又作《七经诗》,其《毛诗》一篇,皆集经语,是集句所由始矣。"又叫"百家衣体"。据《冷斋夜话》记载,"百家衣"之名,乃黄山谷庭坚所首称,取喻拼集而成若小儿为祈福寿所着文裸。

傅咸字长虞,是学术上"足以塞杨墨之流遁,齐孙孟于往代"的傅玄的儿子,官做到御史中丞,其上书有"货赂流行,所宜深绝"的话,纠弹时弊甚力。有集已佚。关于他的《七经诗》,清人王谟所辑《汉魏遗书钞》中有载,文前序录之后有王氏按语:

> 《困学纪闻》曰:"《春秋正义》云:'傅咸为《七经诗》,王羲之写。'今按《艺文类聚》、《初学记》载傅咸《周易》、《毛诗》、《周官》、《左传》、《孝经》、《论语》诗皆四言,而阙其一。"(当指《尚书》)

下举《类聚》所载《论语》、《诗经》二诗,其所咏之书内容即取自该书,为适应每句四言,对原句个别虚词间有省略。为便读者理解,今特一一加注出处列后,以见一斑:

《论语》诗曰:

守死善道(《泰伯》),磨而不磷(《阳货》)。直哉史鱼(《卫灵公》),可谓大臣(《先进》)。见危授命(《宪问》),能致其身(《学而》)。(其一)

克己复礼(《颜渊》),学优则仕(《子张》)。富贵在天(《颜渊》),为仁由己(《颜渊》)。以道事君(《先进》),死而后已(泰伯》)。(其二)

《毛诗》诗曰:

无将大车(《小雅·无将大车》),维尘冥冥(《小雅·无将大车》)。济济多士(《大雅·文王》),文王以宁(《大雅·文王》)。显允君子(《小雅·湛露》),大猷是经(《小雅·小

旻》)。(其一)

　　聿修厥德(《大雅·文王》),令终有俶(《大雅·既醉》)。
勉尔遁思(《小雅·白驹》),我言惟服(《大雅·板》)。盗言孔
甘(《小雅·巧言》),其何能淑(《大雅·桑柔》)。谗人罔极
(《小雅·青蝇》),有腼面目(《小雅·何人斯》)。(其二)

　　但是,不少论及集句诗之起源者皆提到《柏梁诗》,细加分
析,绝非毫无道理。它的联句形式,除去众人联成与个人汇集之
区分外,实际上是开了集句此一形式的先河。当然,对《柏梁
诗》,顾炎武在其《日知录》中以年代官名甚多乖违而认为"是后
人拟作,剽取武帝以来官名及《梁孝王世家》乘舆驷马之事以合
之"。不过据《三辅旧事》的记载、元稹《唐检校工部员外郎杜君
墓系铭·序》中对"武帝赋柏梁诗"的叙说、赵翼《陔余丛考》的
认同,也有可能如下引丁福保所说,顾氏是受到章樵补注的影响
而致疑,亦未可知。大体说来,至多也就算信疑参半。兹引《柏
梁诗》小序及前几句如下:

　　　汉武帝元丰三年,作柏梁台,诏群臣二千石有能为七言诗
乃得上座:
　　　日月星辰和四时(皇帝),骖驾驷马从梁来(梁王),郡国士
　　马羽林材(大司马、骠骑将军霍去病),总领天下诚难治(丞相
　　石庆),和抚四夷不易哉(大将军卫青)。刀笔之吏臣执之(御
　　史大夫倪宽),撞钟伐鼓声中诗(太常周建德)。宗室广大日益
　　滋(宗正刘安国),周卫交戟禁不时(卫尉路博德)。总领从官
　　柏梁台(光禄勋徐自为),平理请谳决嫌疑(廷尉杜周)……

　　据丁福保《全汉三国晋南北朝诗·绪言》称:"柏梁一诗,考

宋本《古文苑》之无注者,每句下但称官位而无名氏。有姓有名者,唯郭舍人、东方朔耳。自章樵增注,妄以其人实之,以致前后矛盾,因启后人之疑。故妄增之姓名宜删。"可备一说。因并非涉及内容研究,以上引文姑取章注。

此诗乃皇帝起句,群臣各以其职司为内容,按韵连诗一句,此类作品,当然谈不上有什么诗味,但对其后的应制诗的形成,有较大影响。从休例上说,对其后的联句影响更为明显,而对集句诗的形成应该说也具有相当的影响。

集联之起首时间其说不一,就其文约易工的特点,估计出现不会太晚。有些成品立意协洽,浑若天成,对仗工稳,一如原出。如松江雷瑨君曜辑《娱萱室小品六十种》,其中若《四书对》:"老吾老,亲其亲。""奚其正,焉得刚。"若《集联》:"乐生东去终居赵(李端),孔子西行不到秦(韩偓)。""窗含西岭千秋雪(杜甫),门锁南山一带烟(姚合)。""祝千岁长生,庆孟光齐眉、冯唐白首(晏殊、欧阳修);傲一窗风月,有渔翁共醉、溪友为邻(张元幹、陆游)。"联句与集句之最相关联,最为近似处,即都是辑旧制而为新篇,替原意而出新声。

至于说集句为诗自王安石始,恐难成立。《蔡宽夫诗话》:"荆公晚多喜取前人诗句为集句诗,世皆言此体自公始。余家有至和中成都人胡归仁诗,已有此作,自号'安定八体'……但所取多唐末五代人诗,无复佳语耳。不知公尝见与否也。"

又《西清诗话》云:"集句自国初有之,未盛也。至石曼卿,人物开敏,以文为戏,然后大著。尝见手书《下第偶成》诗云:'一生不得文章力,欲上青云未有因。圣主不劳千里召,姮娥何惜一枝春。凤凰诏下虽沾命,豺虎丛中也立身。啼得血流无用处,着朱骑马是何人。'又云:'年去年来来去忙,为他人作嫁衣裳。仰天大笑出门去,独对春风舞一场。'至元丰间,王荆公益工于此。人言起自荆公,非也。"

另据《后山诗话》记载,司马光也曾戏作过讽喻同幕私幸营妓的集句诗。可见,至北宋王荆公、司马温公时,集句之风已进入成熟期并已非常普遍了。

"集"类流脉所及,延至书法成品这种着重形式方面的东西,竟也有集甲骨文为联者,如罗振玉的《集殷虚文字楹帖》,集字成词的如"梦禅集汉《石门颂》字"而成的《辞海》(1948 年)。而就内容而言,上已提及的"集杜"则取材限制于杜甫个人作品范围,集唐人句则时限仅只能取有唐一代范围,就不必再说了。

综合以上所说,可以结论为以下几点:

(一)集句作为一种写作方式及文体,渊源甚久。萌发于汉,起始于晋,成熟于宋。

(二)集句与连句、集联等"集"类之作关系亲密,在发展过程中有相互影响、相互补充的作用。如唐人韩愈、孟郊之《斗鸡联句》:"大鸡昂然来,小鸡竦而待。(韩)峥嵘颠盛气,洗刷凝鲜彩。(孟)高行若矜豪,侧睨如伺殆。(韩)精光日相射,剑戟心独在。(孟)"与后之集句稍异处,仅为两句一联所集成。

(三)集句虽被有些文人视为文字游戏之末技,不入正宗理论著述(《文心雕龙》不载),但为一般文人所喜爱,流传绵延不绝,直至今日,仍不鲜见。

三、异彩纷呈的各类作品

集句这种写作形式及文体自产生之日起,即受到一般文士的欢迎,成品众多,异彩纷呈。

有集一书内容为之者,如孔平仲有集《文选》一书中句为诗之《赠别》云:

离别在须臾（李少卿），置酒宴所欢（陆士衡）。借问此何地（张景阳），萋萋春草繁（谢灵运）。江蓠生幽渚（陆士衡），山樱发欲然（沈休文）。游丝映空转（沈休文），红药当阶翻（谢元晖）。飞鸟绕树翔（曹子建），哀猿响南峦（谢灵运）。想与数子游（刘越石），行迈越长川（陆士龙）。相去日益远（枚乘），光景不可攀（曹子建）。举目增永慕（卢子谅），叙意于濡翰（刘公幹）。

有集一人之诗文为之者。文天祥集杜诗"首述其国，次述其身，次述其友，次述其家而终"。"有小序，散于章首"。下举一首，以见一斑：

淮西帅

夏贵既失长江，惟恐督府有成，无所逃罪。又恐孙虎臣以后进为将有功，总统出己上，日夜幸其败覆。督府既溃，归庐州不出，朝廷屡诏勤王，若罔闻知。国亡，乃以淮西全境献北为己功焉。于是贵年八十余矣，"老而不死是为贼"，其贵之谓与！

借问大将谁（《后出塞》），战骨当速朽（《前出塞》）。逆节同所归（《咏怀》），水花笑白首（《送王冰》）。

有集句为诗者。如清人缪艮有集《千家诗》之作：

云淡风轻近午天，佳人春戏小楼前。愿教青帝常为主，今日花开又一年。月光如水水如天，风景依稀似去年。独坐黄昏谁是伴，江枫渔火对愁眠。

略加裁制,新意迭出,无怪乎好评如云。

有集句为词者。如朱彝尊之集句词即构思巧妙。今录《临江仙》一首:

> 无限塞鸿飞不度(李益),太行山碍并州(白居易)。白云一片去悠悠(张若虚),饥鸟啼旧垒(沈佺期),古木带高秋(刘长卿)。永夜角声悲自语(杜甫),思乡望月登楼(魏扶)。离肠百结解无由(鱼玄机),诗题青玉案(高适),泪满黑貂裘(李白)。

熔铸自然,表意确切,毫无斧凿痕迹,确是佳作。

有集句为文者。如前引《娱萱室小品六十种》之冯煦所写序言,悉集各家文句而成,语皆骈俪,斐然可观。再举数句,以为此类型之例:

> 蔚乎神笔(毛先舒),录百氏之芳华(陈维崧);纬以妍辞(吴兆骞),穷五际之绝业(袁枚)。书之万本(赵怀玉),国门可悬(汪中);贯以九变(王芑孙),神理共契(曾燠)。

他如刘师培集韩愈、柳宗元、欧阳修、苏轼等人游记而成之《真州看山》,亦衔接流畅,浑若一体。

有集句之作多至百韵、千句者。《池北偶谈·谈艺五·集句》:

> 《梦溪笔谈》巫称王介甫集句"风定花犹落,鸟鸣山更幽",以为上句静中有动,下句动中有静。且云:"公始为集句诗,有多至百韵者。"黄震曰:"荆公集句诸作,其巧其博,皆不可及。"

近代颇有之，然无如泗上施端教匪莪，平生集句诗数千首，属对精切，纵横曲折，无不如意。偶举一章，如《赠鹦鹉》长律云："莫恨雕笼翠羽孤（刘宪），主人情义自辛劬（王初）。人怜巧语情虽重（白居易），鸟忆高飞意正殊（李正平）。三舍郑牛徒识字（李山甫），千年丁鹤任歌呼（罗隐）。多言应伴高吟客（严郊），学语还称问字徒（崔璞）。始觉琵琶弦卤莽（白居易），终怜吉了色模糊（孙繁）。文章辨慧皆如此（白居易），事业纷呶亦大都（魏朴）。归去不烦词客赋（罗邺），梦来还记陇头无（张谓）？劝君不必分明语（罗隐），且自三缄问世途（胡曾）。"格律寄托，两诣妙境，奇作也。

上引施氏所集长律，无论其达意的准确，意蕴的流畅，对仗的工整，还是格律的谨严，都达到浑然天成，不亚作者构思自作，的是佳构。篇幅所限，不能遍举。

有集成之作全篇协洽、天衣无缝者。除上引《赠鹦鹉》之外，再如李龏之《梅花衲》中之《采莲归》：

采莲女（阎朝隐），采莲归（王勃）。落日晴江里（刘方平），莲舟渐觉稀（崔颢）。莲茎有刺不成折（孟迟），争弄莲花水湿衣（王昌龄）。白练束腰袖半卷（张籍），不语低鬟幽思远（毛熙震）。碧玉搔头落水中（白居易），粉痕零落愁红浅（温飞卿）。

以上所说，仅蜻蜓点水，略举一二。林林总总，已如置身山阴道上，目不暇给。总起来说，集句之作历史悠久，形式多样，内容丰富，各具特色。作者名人众多，多有良篇佳制。在姹紫嫣红的文学百花园中，理应有其一定的位置。

四、是非褒贬

对于集句这一文体，历来褒贬不一。为了论说方便，先将有关论述摘引如下：

严羽《沧浪诗话·诗体》载："有拟古，有连句，有集句，有分题。"其《诗评》谓："集句唯荆公最长。"

魏庆之《诗人玉屑》辑《后山诗话》谓："荆公暮年喜为集句，唐人号为'四体'。黄鲁直谓正堪一笑耳。"

《冷斋夜话》说："集句诗，起法贵速巧。"

《王直方诗话》云："（集句诗）往往对偶亲于本诗，盖以诵古今人诗多，坐中率然而成始可以为贵矣。"

《四库提要·清江三孔集》谓："文仲兄弟（文仲、武仲、平仲）与苏轼、苏辙兄弟同时，并以文章名一世，故黄庭坚有'二苏联璧，三孔分鼎'之语……平仲郎中集中古律诗外，别出《诗戏》三卷，皆人名、药名、回文、集句之类。盖仿《松陵集》杂体别为一卷例也。"

文天祥在"幽燕狱中，无所为，诵杜诗，稍习诸所感兴，因其五言集为绝句"，其《集杜诗二百首》序中说："凡吾意所欲言者，子美先为代言之，日玩之不置，但觉为吾诗，忘其为子美诗也。乃知子美非能自为诗，诗句自是人性情中语，烦子美道耳。"所谓"前生子美只君是，信手拈得自天成"，苏轼答孔平仲的这两句诗，倒像是给文天祥事先预备的。又说："予所集杜诗，自予颠沛以来，世变人事，概见于此矣。是非有意于为诗者也。后之良史，尚庶几有考焉。"故一名《文山史诗》。王伟序云："公初在燕狱中，不遑他及，日惟集杜工部之诗句以写忧国之怀。句虽得之少陵，义则关乎时事。读之未有不惨凄悁悼者。且少陵在唐，有才而不尽用,不得已托之于吟咏之间。所选三百篇之作,谓其可配风雅,信公独有取焉。忠义之在人,古今无间若此。"

清人凌扬藻《蠡勺编》卷二四《集句》载:

> 晋傅咸《毛诗》一篇,为集句之始。后来文人,因难见巧,往往有清切凑泊,如天衣无缝者,甚至有从经史中成语摘为佳对者,亦笔墨游戏之一端也。然大雅犹且弗取。晁美叔尝以集句示刘贡父,贡父曰:"君高明之识,何至作此等伎俩。集古人句,尝如蓬荜之士,适有佳客,器皿肴蔌,悉假贷于人,意欲强学豪奢,而寒酸之气,终是不脱。"东坡答孔毅父集句见赠亦云:"羡君戏集他人诗,指呼市人如使儿。天边鸿鹄不易得,便令作对随家鸡。退之惊笑子美泣,问君久假何时归。世间好事世人共,明月自满千家墀。"是贡父、东坡皆不以是体为贵矣。时惟荆公晚年喜为集句,如"风定花犹落"、"鸟鸣山更幽"之类,有多至百韵者。文文山集杜诗,亦至二百首。我朝华亭黄唐堂中允,有《香屑集》,皆集唐人之句为香奁诗。凡古今体九百三十余首。前有自序,亦集唐人文句为之。《四库提要》谓:"虽取诸家之成句,而对偶工整,意义通贯,排比联络,浑若天成。且惟第二卷《无题》五言长律中,重用杜甫二句、陆龟蒙二句。余虽洒洒巨篇,亦每人惟取一句,不相重复,有叠韵不已至倒押前韵,而一一如自己出。可谓前无古人,后无来者。"嘉庆十四年,我仁宗睿皇帝五旬万寿,先谕群臣曰:"近多庆典,诸臣所进,每集用《文选》各书成语,而恭集御制诗文者尤多,究非正裁。况进呈文字,当华实并茂,如古人颂不忘规者,庶合对扬之义。嗣后宜归体要,毋仍习佻巧,致失修辞立诚之旨。"

上述《四库提要》对《香屑集》评价是:

虽其词皆艳冶,千变万化,不出于绮罗脂粉之间,于《风》《骚》正轨未能有合,而就诗论诗,其记诵之博,运用之巧,亦不可无一之才矣。

上述《梅花衲》书前刘宰序言说:

> 菏泽李君寄示《梅花衲》,读之若武陵渔人误入桃源,但见深红浅红,后先相映,虽有奇花异卉,间厕其间,莫能辨其孰彼孰此也。绍熙间,余尉江陵,有李鲂伯鲤者,实余乡人,年七十余,客授方山观。示余《梅花集句》百首,其所取用,上及晋宋,下止苏门诸君子,虽句句可考,而意或牵强,如两服两骖用生马驹,费尽御者力,终难妥帖。今李君所取,下及于近时诸作,犹牺象尊间杂以一二瓶罂,虽雅俗不同,然适用可喜也。

张吾曼也倩梦禅先生《集梅花诗》前有序言多篇,其中对"集句"之作卓论迭出,见识高远,启人深思,颇堪一读。其中固陵任辰旦待庵序称:

> 所可观者,取唐人之英萃,供张子之采茹,繁而不复,巧而中律,犹集翠羽以制裘,集珍木以成台也。虽曰余艺,非有才何可擅此哉?

香岩子张积祥序谓:

> 至其集句,包茹古今,融归大冶,虽楼成五凤,裘腋千狐,未足为喻。前唯信国《指南》有集杜二百首,主脉浑然,不异天衣无缝,此可媲美称工,他未见有鼎足也。也倩鸿裁日富,兹

第微露一斑。

朱锦天襄氏序论及"集句"说：

> 取数千百年之人，颠倒于一集之中；取数千百人之诗，熔冶于一和之中；取数千百诗之句，范围于一韵之中。兼数难而有之，气脉融贯，如出一时一人之口，云汉为章，天衣无缝，不足喻其工也。

蔚村七十二莲潭渔父陈瑚序专论"集句"说：

> 慨自半山创体之后，末学滥觞，失其精义。或主铺张以矜宏博，或藉捃拾以供应酬。比兴之义全乖，性情之蕴不显，徒贻活剥生吞之诮。间有稍知规制者，或明于杂体而昧于咏物，何异画者之工于鬼怪而拙于美人也；或长于古风而短于近体，何异词家之能作于"大江东去"，而不善作"晓风残月"也；或少许则佳而多篇则窘，何异匠氏之能造荜门圭窦，而不能造凌云台、五凤楼也。今观也倩所集，漱诸家之芳润，涅一己之心思，篇无重句，句无重意，血脉融贯，对仗精工，不复辨唐人之为我，我之为唐人。断璧碎珠，都含香韵，枯梅腐简，尽现清光。媲美半山，诚无间然。

综上述各家言论，总体可归纳如下：

（一）集句是一种渊源很久、一直流传至今的文学样式和写作方法。许多文学理论著作都予以客观记载与恰当评价。

（二）集句要求作者博学强记，腹笥丰厚，除了对主要的经史典籍、诸子名著必须滚瓜烂熟外，对古今名家诗文也必须倒背如流。届时庶几可免猝不及应之窘困。否则,倚翻书"集句",势难集出佳作。

(三)集句写作内容上要求取材旧制,另出新意,以他人酒浆,浇个人块垒;在形式上讲求词达意顺,气脉贯通,工整融洽,全似己出,浑然一体,天衣无缝。

(四)尽管有些文人视集句为"戏诗"末技,有些理论著作不予收载。但是,文学发展的历史有力证明,许多著名文学家从事过集句的写作,留下了许多优秀的作品,且绵延至今不绝;不少文学理论著作也予以恰当评价。

(五)集句是众多文学体裁中的一种,独具自己的写作特点。人为抬高它当然没有必要;用落后的封建观念贬低、鄙弃它也是完全错误的。

(六)确有一些集句之作或牵强晦涩,文乖意违;或貌寝形秽,格调低俗。但此全系作者本人道德水准、艺术修养问题所致,与"集句"文体本身无关。

五、余 论

文末,附说几个小问题。

(一)省略文字问题。如上引《七经诗》缩《论语》语为四言,尽管所省略并皆虚词,但毕竟有改动。至于删《小雅·小旻》"匪大犹是经"之"匪"为"大犹是经",全悖原意,实为削足适履最明显的例证。弊端昭然,就更不待言了。

(二)改动文字问题。《遁斋闲览》载:"荆公集句诗,虽累数十韵,皆顷刻而就,词意相属,如出诸己。他人极力效之,终不及也……集老杜句……'欲往城南忘南北',荆公两用,皆以'忘南北'为'望城北'。始以杜诗误,其后数善本皆作'忘南北',或云荆公故易此两字,以合己一篇之意。然荆公平生集句诗,未尝改古人字,观者更宜详考。"所以,集句之作,还是以不省易文字为上。

(三)不可连引。既然名曰集"句",就得以句为单位,不可连引。因为在联句中大多为对原诗两句一引,影响所及,确实存在这个问题。但从集句的发展来看,特别是到宋代以后,集句所引均为单句。这里就自然涉及到对"句"的理解问题。上引李清照"休休,这回去也",虽现在的标点本"休休"后均断开,但因其语义较虚,亦可以连后视作一句。真正的两句连引,就得视作集句中的"拗格"了。

(原载《吉林大学古籍研究所建所二十周年纪念文集》,吉林文史出版社 2003 年版)

当今旧体诗词写作中的问题
和与新诗写作的关系

　　为了论说中不因为概念有异而发生不必要的歧见,首先厘清界说,或许不算多余。准确地说,这里所说的旧体诗词,是指自隋唐以来,日益发展成熟,在表现形式方面,作品字音上讲求平仄、押韵,文字上有着数量、对仗等严格格律要求的诗、词、曲等诗歌的总称。

　　旧体诗词是我国文艺百花园中的一株奇葩,它有着悠久的历史,在它邈远的发展过程中,诞生了繁星灿烂、光辉照人的众多知名作家和流传千古、字字珠玑的优秀作品,为我国的文学事业创造了无数的辉煌,在世界文学史上也占有着非同凡响的位置。

　　进入新时期以来,随着历史的重大转变,社会经济的快速发展,人们物质生活的不断提高和思想的逐步解放,文化需求也相应增长,旧体诗词园地也就有了长足的发展和全新的开拓。写作的人数和作品迅猛升腾,相关的报刊出版、举办的有关活动也随之增多。伴随着网络传播的普及优势,旧体诗词就更有了如虎添翼的持续给力和如日中天的蓬勃发展。

但是,毋庸讳言,在旧体诗词大发展、大繁荣的今天,其自身也存在着一些无法回避而亟待解决的问题。这也正是旧体诗词在今后能否健康生存和苗壮成长,进一步繁荣发展的关键所在。我们正视并探讨这些问题,也就是要解决如何正确运用旧体诗词的固有格律,来反映当代社会的现实状态、人们的生活情景和思想诉求;构建各个诗词作者不同的文化特色和彰显旧体诗词的当代审美价值。

下面拟就旧体诗词写作中的两个比较重要而又较为普遍的问题以及与新诗写作的关系,说说自己的看法。

一、诗歌的生命在于它坚实的内容和鲜活的思想

当今旧体诗词写作中涉及的内容范畴,我以为主要存在两方面问题。

(一) 诗歌写作应该反映现实生活,具有鲜明的时代特征

唐代的伟大诗人白居易,在其《与元九书》中说:"文章合为时而著,歌诗合为事而作。""感人心者莫先乎情,莫始乎言,莫切乎声,莫深乎义。诗者根情、苗言、华声、实义。"类似的议论,打开文论史、诗话、词话,可以说是俯拾皆是。比白居易时代更早的颜之推所说"文章当以理致为心肾,气调为筋骨,事义为皮肤,华丽为冠冕。今世相承,趋末弃本,率多浮艳。辞与理竞,辞胜而理伏;事与才争,事繁而才损。放逸者流宕而忘归,穿凿者补缀而不足"[1],更是结合当时的文坛弊端,从正反两方面进行

---

① 颜之推著、王利器集解《颜氏家训》,中华书局 1993 年版。

了论说。

与"嘲风雪"、"弄花草"相比较，毕竟"补察时政"、"泄导人情"之作更能获得人们的认可和历史的肯定。也许，正因如此，严羽在其《沧浪诗话》中才说："唐人好诗，多是征戍、迁谪、行旅、离别之作，往往能感动激发人意。"[1]（《诗评》）人们耳熟能详的诗句，如"朱门酒肉臭，路有冻死骨"（杜甫《自京赴奉先咏怀五百字》），"一封朝奏九重天，夕贬潮州路八千"（韩愈《左迁至蓝关示侄孙湘》），"一丛深色花，十户中人赋"（白居易《秦中吟》），"一骑红尘妃子笑，无人知是荔枝来"（杜牧《过华清宫》），"桑柘废来犹纳税，田园荒后尚征苗"（杜荀鹤《山中寡妇》），这些举不胜举的例证，至今人所共知、传诵不绝，即可作为最雄辩的说明。

"凡诗以意义为主，文词次之"（引《刘贡甫诗话》）。[2] 脱离现实、脱离人民、脱离生活的多愁善感，无病呻吟，是不可能写出像样的诗来的。

我们并不简单化地认为古人的借景抒情、咏物述志之作，已经达到无法逾越的艺术高峰，今人无法突破而轻易地否定今人的此类作品。但回顾千百年的文学史，也不得不承认，在旧体诗词传统的形式里，只有蕴含着最富于时代性的内容，从而获得深刻的思想价值的作品，才能具有更加旺盛的生命力。其具体验证，就是拥有广大读者群，历代流传。故而内容方面跟随时代的前进而求新，在一定程度上就成为诗家的共识。梁启超在其《"诗界革命"的三点主张》中说：

---

① 严羽著、郭绍虞校释《沧浪诗话》，人民文学出版社 2005 年版。
② 魏庆之《诗人玉屑》，上海古籍出版社 1978 年版。

虽有佳章佳句,一读之,似在某集中曾相见者,是最可恨也。故今日不作诗则已,若作诗,必为诗界之哥伦布、玛赛郎然后可……欲为诗界之哥伦布、玛赛郎,不可不备三长:第一要新意境,第二要新语句,而又须以古人之风格入之,然后成其为诗。不然,如移木星、金星之动物以实美洲,瑰伟则瑰伟矣,其如不类何!若三者具备,则可以为 20 世纪支那之诗王矣。①

作为作品的整体,要让读者展读之下,马上就有全新的感觉。严羽在《沧浪诗话》中说:"唐人与本朝人诗,未论工拙,直是气象不同。唐人命题,言语亦自不同。杂古人之集而观之,不必见诗,望其题引而知其为唐人今人矣。"②(《诗评》)我们现在有时也陷入同样的困惑,一些今人的单一写景、抒情之作,如果不借助作者介绍之类,真正难于判定其作者的时代。

与诗歌形式的革新其幅度有限不同,诗歌内容确实是紧跟社会的发展而发展、生活的变化而变化。可以说瞬息万变、无尽无休。四川文史馆馆员冯广宏先生有《咏电脑》一诗:"键上终朝指叩头,古人哪得此风流……碟盘狼藉皆牙轴,千古文章一袖收。"(上海市文史研究馆编《中华大吟唱》)他把电脑的键盘输入,形象地说成"指叩头",把电脑的碟盘比作古籍的"牙轴",可真正算是及时反映现实生活之作了。

(二)旧体诗词首先也必须是"诗",用诗歌语言抒发诗情,构建诗意

人们常说文为言之精,诗为文之精。既然你写作的是诗歌,

---

① 梁启超《饮冰室诗话》,时代文艺出版社 1988 年版。
② 严羽著、郭绍虞校释《沧浪诗话》,人民文学出版社 2005 年版。

无论你采用什么形式表现,新诗或旧体诗词,写出来的必须是"诗"。不考虑内容如何,有无真情实感,只要字数、对仗、平仄、韵脚符合,就以为这就真正是"七律"、"五绝",《水调歌头》、《念奴娇》、《天净沙》、《山坡羊》了,应该说这是极大的误解。

楼适夷在其《鲁迅诗四首》中说:

> 中国旧体诗格律很严,节奏音韵都有规律,这一方面容易束缚思想的驰骋,增加了学习上的困难。但另一方面学会了那种格律,有些人便以为只要凑字凑调,就可以写诗,这是不好的,它很容易养成一种习套,往往有些诗根本没有多少新鲜的诗的内容,由于外表的形式,也被算作一首诗。真正好的旧体诗,尽管在一套规定的格律中却不受格律的束缚,能够自由地驰骋思想,创造新的境界,给人一种强烈的感染力。[1]

形式上符合规格,绝对不能等同就成为旧体诗词。有人提出过所谓"诗魂"说,犹如一个人,首要在于有灵魂,没有灵魂的躯壳,是不能成其为人的。现在有的旧体诗词写作者,功夫都花在对格式的掌握上,这没有错。但这仅仅是获取了盛物的筐,更为重要的是看你筐里装的究竟是什么东西。

要想写作出好作品,首先就得有个高认识、高起点。严羽说"夫学诗者,以识为主"(《诗辨》)。[2] 创作首在立意,有些学习写作的,只孜孜于背诵韵谱之类,其他书籍接触甚少,至于理论文字、有关社会现实的问题更是漠不关心,其笔下如何能出现民众的心声和正义、健康的情怀?

表现方法的掌握,无疑更加困难。而经年历久的涵蓄、积

---

① 中华函授学校编《语文学习讲座丛书·诗词选讲》,商务印书馆 1981 年版。
② 魏庆之《诗人玉屑》,上海古籍出版社,1978 年版。

累,不断吸取古人成果一节,就至关重要。有人向欧阳修请教写诗的窍门,他的回答很简单:

> 无他术,唯勤读书而多为之自工。世人患作文字少,又懒读书,每一篇出,即求过人,如此少有至者。疵病不必待人指摘,多作自能见之。① (《勤读多为》)

多读多写,并结合读写收获,提炼个人对现实生活的感受,炼意、炼句、炼字,诚如刘勰在《文心雕龙·知音》中所说:"凡操千曲而后晓声,观千剑而后识器……夫缀文者情动而辞发,观文者披文以入情。"②有了感受,还得要经历所谓"吟妥一个字,捻断数根须"的苦功,才能用最精粹的语句,形象、准确(里面自然包括必须符合旧体诗词的格律要求)地写人、叙事、状景、抒情。才有可能写出具有一定水平的作品来。

二、表现形式上的发展、创新必须建基于对传统的继承

谈到发展、创新,就离不开继承。要想继承,先还得吸收。更高的要求不说,准确、彻底地读懂一首古诗词,也并不是一件很容易的事情。其间的原因很多,时代相隔的久远、生活方式的巨大差异,就是重要的一条。如李清照的《醉花阴》"薄雾浓云愁永昼,瑞脑消金兽",由于龙脑这种香料和兽形的焚香炉在今天的生活中已不多见,简明的语句也成了阅读的障碍。韩翃的《寒食》"日暮汉宫传蜡烛,轻烟散入五侯家",不了解古代的"寒

---

① 魏庆之《诗人玉屑》,上海古籍出版社 1978 年版。
② 刘勰著、范文澜《文心雕龙注》,人民文学出版社 1960 年版。

食节"、宫闱生活和官宦制度,理解上自然也就增加了难度。所以,在涉及"创新"问题时,必须先解决如何"继承"。而没有历久的刻苦学习作基础,也不好侈谈"继承"。得有了一定的学术积累,才能厚积薄发,取精用弘,把"创新"提上日程。

旧体诗词既然保存着它自身的"体",就必须遵循其最起码的规格要求,如果没有了这种要求,或在"创新"名义下,把这种要求的主要内容——突破,那也就不再存在其艺术格式了。

仇远在为张炎《山中白云词》所作的序言中就为我们介绍了类似的、很有讽刺意味的现实。他说:

> 世谓词者诗之余,然词尤难于诗,词失腔犹诗落韵,诗不过四五七言而止,词乃有四声五音均拍重轻清浊之别,若言顺律舛,律协言谬,俱非本色。或一字未合,一句皆废;一句未妥,一阕皆不光彩,信夐夐乎其难。又怪陋邦腐儒、穷乡村叟,每以词为易事,酒边兴豪,即引纸挥笔,动以东坡、稼轩、龙洲自况,极其至四字《沁园春》、五字《水调》、七字《鹧鸪天》、《步蟾宫》,拊几击缶,同声附和,如梵呗、如步虚,不知宫调为何物,令老伶俊娼,面称好而背窃笑,是岂足与言词哉![1]

规矩不是不能改变,但占据首位的应该是遵从旧有的规矩。试看人们比较熟知的毛泽东诗词中,他不说"雄鸡一唱天下白",而说"一唱雄鸡天下白";不说"千山万水只等闲",而说"万水千山只等闲";把曹操的《观沧海》中"秋风萧瑟(洪波涌起)",改说"萧瑟秋风(今又是)";把杜甫的《丹青引赠曹将军霸》中"英姿飒爽(来酣战)"改说为"飒爽英姿(五尺枪)"等等:

---

① 张炎著、吴则虞校辑《山中白云词》,中华书局1983年版。

除去另有其文字修辞、意境表达的作用外,主要还是为了符合诗词格律中平仄声的要求。这就是遵从规矩。

其实,古代众多的作者,在写作实践中,对许多过于束缚手脚的格律已经在不断突破,比如音韵平仄要求上的"失粘"和"拗救"就是明显的例证。

毛泽东《十六字令》中"离天三尺三",因为是引用谚语,不宜更改字句,所以尽管不合诗律、还是保留了原句,文字未作改动。这也就是人们常说的"用典而不为典所用,谨于格律而不为格律所拘"。

除去平仄音韵之外,骈俪对仗也是旧体诗词写作中的重要规矩,但同样也并不是必须死守而毫无缓冲余地。

叶圣陶在论及元稹的《遣悲怀》时说:

> 这首诗的好处,在乎境界真切。"昔日戏言""都到眼前",悲难自禁,就取来抒写,这是真切。"此恨"难免,而"贫贱夫妻"别有一种难分难舍之情,体会到这一层,表达出这一层,也是真切。文字极朴素,对仗也随便("尚想旧情"和"也曾因梦"应对仗而并不对仗)。朴素和真切是同胞兄弟;为求真切起见,自无妨牺牲对仗的工严。① (《揣摩集》)

讲求对仗,是旧体诗词的规矩,但要是搞到因文害义的程度,那就是舍本逐末了。叶圣陶还就此举过一个例子:

> 偶看李颀诗,见"柳色偏浓九华殿,莺声醉杀五陵儿","房中唯有老氏经,柄上空余少游马",这因为他要取巧对,所以这

---

① 《叶圣陶集》,江苏教育出版社2004年版。

样说,若是明明白白说话,纵使要有一点文学意味,也决不会这样连着说的。①(《论创作·诗与对仗》)

类此例证,可以在历代众多的诗话、词话中找出很多。如果有时间浏览一些,除去可以拓宽视野、增进知识之外,也可从中获得许多对旧体诗词写作的启发。

作为一种艺术手段,从表现内容的角度审视,旧体诗词自身的特点,在某种意义上说,也正是其难点。其严格的格式要求,不仅对广大的工农大众,乃至对一些高级领导干部和受过高等教育的知识分子来说,都不是短时间轻而易举可以基本掌握、付诸应用的。近日读到一篇纪念胡耀邦同志的文章,其中说:

1988 年他写了不少诗,主要是题赠知交故旧、亲朋好友的。他的诗立意新,格调高,有韵味,但请教专家,说不合格律,因此后来也就不写了。②

刘勰在《文心雕龙·时序》中说:"时运交移,质文代变……文变染乎世情,兴废系乎时序。"③文学现象,包括其内容和形式,总是随着时代的变迁、历史的发展而不断发展变化。具体到今天的旧体诗词创作上来说,面对原有格律要求的底线不可突破的规矩,和音韵方面关于"平水韵"与今韵的争论,对仗方面关于求工、趋宽的争论,可否考虑另辟蹊径。能不能设想,对旧体诗词的形式有写作爱好,但却一时又难以达到起码要求的作者(类此情况,在目前还真为数不少),如果确实心有所获,不吐

---

① 《叶圣陶集》,江苏教育出版社 2004 年版。
② 刘崇文《胡耀邦最后的日子》,《炎黄春秋》2011 年第 12 期。
③ 刘勰著、范文澜《文心雕龙注》,人民文学出版社 1960 年版。

不快,而在格式上又对旧体诗词情有独钟,可否根据其构思,而在格律对仗上,按照其可能达到的程度来写作,要求在其题目上加一个"拟"或"仿"字样,如"拟七律"或"仿《水调歌头》"之类,给这个为数不少的作者群保留一个创作空间。

这样做的好处,一是可以标明与他人完全符合格律要求的作品有显著区别,坦陈自己并非蓄意鱼目混珠,淆乱文体。二是在这个写作实践过程中,让这个写作群逐渐熟悉并掌握旧体诗词的格律、对仗要求,过渡到得心应手地按照诗词格律写作。即使达不到这个目的,如果能够在上述领域真正能写出优秀作品来,也不啻为旧体诗词开辟了一条新路,因为形式总是为内容服务的,能够产生优秀内容的形式,自身也就有能力争取到生存权。胸无良谋,口无遮拦,姑妄言之,俯祈诲正。

三、旧体诗词写作与新诗写作的关系

同属诗歌大的类别,旧体诗词与新诗在表现社会生活与人们的思想情感方面,除去表现方式的不同之外,其余还是共性居多。因而旧体诗词与新诗不应处于对立的位置,互相排斥,而应该互相学习、互相促进。

长期以来,因为偏执一隅,在对待旧体诗词及新诗问题上,坚持扬新抑旧或扬旧抑新的极端意见,一直争论不休。应该说这两种意见,都是不可取的。

对鄙弃新诗,认为其趋俗、无内涵等意见的人,实际上是个人长期固守在旧体诗词的狭小天地里,唯"旧"最高,孤芳自赏,对新诗了解太少。在五四运动之后,新诗逐渐代替旧体诗词,不能不说是顺应了诗歌文体的演变趋势。新诗主流趋势的形成与发展,应该说是一大进步。而旧体诗词之于新诗,则为其提供了丰富营养。即以旧体诗词中艳称之炼字的"诗眼":如"身轻一鸟过"(杜甫)、"春风又绿江南岸"(王安石)。炼句中的佳句如:"海内存知己,天涯若比邻"(王勃),"欲穷千里目,更上一层楼"(王之涣),"沉舟侧畔千帆过,病树前头万木春"(刘禹锡),"山雨欲来风满楼"(许浑)等等。新诗中也同样都有。下面举几个具有代表性的例证。

如"卑鄙是卑鄙者的通行证,高尚是高尚者的墓志铭"(北岛《回答》),"有的人活着,他已经死了;有的人死了,他还活着……有的人,他活着别人就不能活;有的人,他活着为了多数人更好地活"(臧克家《有的人》),等等,其涵盖社会历史和当今现实、世间百态、人心炎凉的概括能力,炼意、炼字所下的苦功夫,绝不比写作旧体诗词差。在"四人帮"猖獗一时的"文革"年代,诗人郭小川的《秋歌》《团泊洼的秋天》写出了时代的"风云变化",人民"炽热的鲜血流淌哗哗",其中迸发出的"雷霆怒吼",给高压下的人民,以极大鼓舞和胜利的信念。台湾诗人余光中的一首《乡愁》,说出了海峡两岸无数同胞血浓于水的真挚感情和多年来骨肉分离的思念之苦。

同理,那些鄙薄新时期蓬勃发展起来的旧体诗词的人们,目光大都只看到旧体诗词在以往成就的辉煌,而看现今的写作者和作品,看到的大多是负面表现,却没有看到,应用旧体诗词描摹新事物、新思想、新人物的众多作家和作品。

首先必须肯定的是现当代已经造就有许多卓有成就的旧体诗词作者,如王国维、鲁迅、郭沫若、闻一多、叶圣陶、俞平伯、郁达夫、陈寅恪、夏承焘、王力、田汉、邓拓、李锐、施蛰存、赵朴初、程千帆、沈祖棻、张伯驹、聂绀弩、唐圭璋、王季思、舒芜、周汝昌、饶宗颐、苏步青等,虽然他们所学专业不同,从事的工作各异,但作为旧体诗词的写作者,可以说个个都是高手。

那种认为旧体诗词只能表现雪月风花、闺阁庭院、儿女情长等内容,不能或难于反映重大历史事件、豪壮情怀的看法是完全没有根据的。古代词话中早就有"铜琶铁板""歌大江东去"和"红牙拍板""唱晓风残月"的故事。纵观现当代的旧体诗词,举凡世界风云、国家大事、自然万物、人间情愫等等,凡是现代社会和现实生活中存在的东西,都有深刻、准确的反映。

如王力写于1978年的《五届政协会议感赋》:"四害横行受折磨,暮年伏枥意如何? 心红不怕朱颜老,志壮何妨白发多……"把知识分子获得第二次解放的由衷欢欣和老当益壮报效祖国的雄心壮志,作了淋漓尽致地表露。女诗人沈祖棻在写给其当时正在沙洋农场劳改的丈夫程千帆的诗中说:"一杯新茗嫩凉初,独对西风病未苏。人静渐闻蛩语响,月高微觉夜吟孤。待将思旧悲秋赋,寄与耕田识字夫。且尽目光牛背上,执鞭应自胜操觚。"把高压下孤苦无告而又挣扎无望的囚眷心态展现无遗。这些优秀作品,在今天,都成了历史的纪念碑。

还有许多老一辈革命家和为革命事业光荣牺牲的先烈,他们在戎马倥偬的战火间歇和血洒刑场告别人世之际,也用旧体诗词为我们留下了许多惊天地、泣鬼神、广泛传播、影响深远的优秀作品。如先烈秋瑾的《鹧鸪天》词:"祖国沉沦感不禁,闲来海外觅知音。金瓯已缺总须补,为国牺牲敢惜身? 嗟险阻,叹飘零,关山万里作雄行。休言女子非英物,夜夜龙泉壁上鸣。"表现了女英雄为争取国家的独立民主,视死如归的豪迈气魄和大无畏精神。

还应该看到的是新诗也有其自身的节奏、韵律。许多写作新诗的诗人,原来就有着很雄厚的旧体诗词基础。许多好的新诗,就是直接吸取了旧体诗词的优秀之处才成为好诗的。影响所及,乃至涉及到现今人数更为众多的通俗歌曲的爱好者。如从现当代一度非常流行的《江南之恋》、《涛声依旧》、《烟花三月》等歌曲的歌词中,都能依稀看到旧体诗词中那些名篇名句对其影响的痕迹。

正如田汉在蒲松龄纪念馆的题词中所说:"岂爱秋坟鬼唱诗,呕心当为刺当时。留翁倘使生今日,写尽工农战斗姿。"因为作家生活在他自己的时代,不可能要求他做出超越其时代的贡献,无论他采用什么体裁,只要反映了他的时代的真实,就应该予以肯定。所以,不同体裁的艺术形式,都应该相互学习,相互借鉴,取长补短,共同进步。

总之,旧体诗词在近现代历史上,经历了不少坎坷和曲折,但它仰赖自身厚重的历史和众多卓有成就的作者、作品,不断坚持前行,而且在新时期又有了长足的发展。如果能够因势利导、正确引领、发扬优点、去除弊端、善于吸收、固本创新,一定会取得进一步发展,为祖国的文化事业增光添彩,创造新的辉煌。

(原载《湖北文理学院学报》2013 年第 3 期)

薛瑄及其《家诫》

　　薛瑄,明人,字宗文(一作崇文),号清野(一作清墅)。其先祖为光州固始人,唐垂拱(685—688)间参与出兵闽漳之军事行动,遂留下宗支于赤岭,后迁至漳南之四都渐山。

　　薛瑄的父亲名歆,是个风水先生。薛瑄"生而聪慧,方孩,若老成人"(此与其下有关生平材料均见盛端明《清野薛先生碑铭》)。及长,又十分孝悌,"事母至孝,与兄分爨财物必以薄恶者归之己",受到族属乡人的称赏。

　　正德丙寅、丁卯(1506—1507)间举家入饶平,复四迁至海阳东津,"读书教子,亲师取友,皆以德义为重",成为当地的忠厚长者。嘉靖丁酉(1537),岁大歉,"劝乡之富者出财,壮者出力,筑陂疏塞,田咸赖之。出野,见有白骨,则自荷锸埋之;遇途有饿殍,以己之食食之"。

　　薛氏教子甚严,平时"以古人行事为可戒可法者"教育子弟。他说:"尔辈苟有成立,其役役于富贵而忘我言,泉下无相见也。"又说:"予平生志愿,宁为清民,毋为污鬼。我死,若睃民之膏血以祀我,我不享矣。"于此可见其为人清正、教子严厉之一斑。其长子薛雍,举乡进士,次子薛元,亦膺岁贡;孙辈济济,皆承先辈之风;可见其教子有成。薛氏之所以能教育子弟成人,除了他严加要求并以身示范之外,他还将家庭教育方面的一般认识上升到理论上来,专门写下了《家诫》。《家诫》内容广涉为人处世、治家居官等许多方面,说理透彻,分析深刻,今天我们读来仍颇多启发。兹举其荦荦大者述论于后。

一、关于修身从严、交友极慎

儒家孔孟之道以正心修身为出发点,薛氏的《家诫》也是以此为基础来要求与教育子弟的。他满含哲理地讲道:"事物厚重乃久远,轻薄则速败,于人亦然……自视过高,视人过卑,以此施于乡之人且不可,况亲戚间邪?故当常体古人睦姻任恤之意,不可自尊大作轻浮态,为世所笑。"

他还把道德品质的修养与自身乃至家族的兴衰紧密联系起来。他说:"凡人家之败亡者,多是淫乱,盖淫乱则无耻而丧其良心。良心,福之本也。丧其良心是自灭其本。灭本者亡,不必考之简籍,即一乡一邑耳目所尝见者皆可验焉。故古人清心寡欲之学,非但以养德,亦以养福也。"

与自身修养问题的重要性可相匹比的是交友。人生于世,不可能孑然独处,相互交往是必然的。所以古人对交友一向十分重视。如管宁割席、巨伯请代等故事在历史上留下了美谈。

《家诫》在论及交友之道时说,"交与之间,不可慕人荣华势要","今之君臣能始终相与于道者甚少,今之士大夫登显要又能有几人不薄其故交耶? 慎之慎之"。

修身从严,交友极慎,乃世人成就才智名位之大事,薛氏以事明理、深入浅出,就此谆谆训诫子弟,正体现了封建社会士大夫遵循的传统道德规范,于今仍有其可供借鉴之处。

二、关于子女管教、勤俭持家

父母之爱子女可谓天性使然,但爱之必以其道。俗云"严是爱,惯是害,不管不教易变坏",实为识微之论。做为封建社会士大夫的薛氏严教子弟则另有一个考虑问题的角度,他说:"人家鞭笞常加于仆婢,至儿女则不忍及焉。以为能爱儿女,不知是祸儿女也。夫儿女不加鞭笞则心常纵肆,不畏父母;而仆婢常受鞭笞,则畏惧勤谨。他日儿女日骄怠,而仆婢日勤谨,骄怠者财日削,而勤谨者力恒加。"

在封建社会里,不少士大夫讲究耕读传家,勤于事不仅可以收到兴家致富的物质利益,更重要的是可以借此抑制欲念,磨砺志向。薛氏这一观点应该说还是颇有见地的。他说:"男或耕田,或读书,有常业则心不荒;女织纴,或作酒浆、精五饭,有常职则志不息。常见人家荒淫败亡者,皆男不事农、女不事织,终日坐食而已。"又说:"古者贤人君子多能躬稼,盖筋力劳苦则嗜欲之心不生,力能自给则倚人之念自熄。读书之暇,可躬负畚锄,往田圃中与僮仆同习劳。不然,亦须家常田圃,使儿妇常见稼穑之艰。"

居家度日,宜勤更宜俭。除去勤能治生立业、俭可节用积富之一般意义之外,做为封建士大夫,薛氏还有其为狡兔而多营其窟的用意:"居家治第不宜高大,虽有赢财,只宜多作数楹,散布别处,以群处子姓,所以息争竞、生爱敬也。且积米谷器用,散置各居,亦可以避水火盗贼之患。"

薛氏从其封建士大夫立场出发,立所谓耕读传家之训,虽然他自己及其子弟既非劳动者又不参加劳动,但他认为立世为人应该知道稼穑艰难,戒奢从俭,这对培育后代无疑是非常必要的。就中也可看出这方面他较之那些纵情享乐、侈糜无度的统治阶级中人,就更好地巩固与延续其地位来说,也是棋高一着的。

三、关于婚姻嫁娶、夫妇之道

薛氏的《家诫》中关于婚姻嫁娶、夫妻日常生活方面的论说,也颇有精到之处。在论及婚姻原则上说:"世俗婚姻多论财势……但以事势利害论,则财贿不足贵也。且如娶有财家女来为妇:常人之情,有则骄心生,无则歉心生,有财之妇能不骄其公姑与其家人者亦少。又其夫以妇之财贿则生侈心,怠生业;或妄费,不免消乏;或以此骄其夫而夫妇不和;骄其兄弟之妻而姒娌不和。不和之家,其能昌乎?昔人谓'娶妇必不若吾家',有见之论也。"

在说到居家和睦的好处时,薛氏特别提到"枕席之言不可听"。古今中外不知多少人就因听取夫人、爱妾枕席之言,而贻误上至国家兴邦治世大业,下至常人生命财产大事的。从这个意义上说,这一点对很多史册留名的人来说也都有教育意义:"人家贵和,和则福生而庆长,不和则祸生而灾至矣。其道皆本于闺门。而枕席之言不可听焉……若为之夫者无刚正明察之德,则偏听生奸,而彼妇之口,可以出走矣,可不念哉!"

以上的论说,显然含有封建社会传统观念中轻视妇女的错误观点在内,但其中某些道理至今仍有可取之处。

四、关于居官从政、清廉守道

封建社会士大夫阶层,通过读书进而求取功名,一直视为必由之途。故而《家诫》中此一内容亦为不可或缺，多有精辟深刻之处，可为从仕者之龟镜："居官以清、慎、勤为本……人能不贪得，则不昏；慎，则不失；勤，则无废事失人之过。凡居官而以官败者，非贪则放，非放则怠。故今之铨曹亦以此三者从违斥黜其人。吾死之后，尔兄弟有一官委身国事，须从吾言，若于三事中蹈一失而去官，泉下可无相见。"

又说："若贪婪无耻，恣其溪壑之欲，蚕食小民以肥其家，便利归于己，怨归于人，自君子观之，固为非道；而以利害计，亦非长算。盖怨之者众，则思害之者多，虽得志于一时，终难保于永久。吾年七十，见士大夫家以此盛衰者多矣。天道好还，莫谓不信。吁！戒之哉。"

廉吏清贫，贪官巨富，这在封建社会中差不多已形成为规律，面对这一严峻的抉择，取舍之间，确是对每个人道德品行的一次彻底检验。薛氏说："今日多惩前辈清廉而贫者，吁！贫在君子，守道之心不可以是自恐，然在六极之中亦所当戒。盖士一得志，嗜欲费用便大，衣服妻妾之奉，楼台居室之为，备极华侈。不计后世子孙之衣食，亦非也。若以此为念，居官之日，百计笼取，上盗于君，下剥于民，此甚不可。"

养廉戒贪是封建官吏从仕应该恪守的最起码的道德标准。但是，在封建社会中又是最难于彻底做到的。正因如此，史籍收载的众多廉官循吏才倍受历代人们的称誉。从薛氏对此的深刻认识及对其子弟的严格要求，充分反映出他对贪官污吏丑劣作为的嫉恶如仇与对不贪不榨清明政治的强烈向往。

综上所述，薛氏的《家诫》有下列诸点应予适当肯定：（一）论述全面：举凡教育子弟进德做人、居官从仕、待人接物、交友持家等无不一一论及，达到了总结写成《家诫》意在垂示后人遵奉执行的目的。（二）分析深刻：立言述论之间，结合实际，时有新意,启人深省。(三)事理结合:为论述方便,作者借事明理,以理概事,比照申说,相得益彰,遂收论述结合、深入浅出之效。勿庸讳言,做为一种士大夫以封建社会传统观念为标准培植人才的理论,错误与局限当然难免。首先,《家诫》全文始终贯穿着鲜明的封建倾向;其次,内容大多为封建社会讲家庭教育者之老生常谈;另外,如在对宗族祖先及处置婢女淫行等问题的论说上也多迂腐之见。所以说《家诫》应属瑕瑜互见、瑕不掩瑜之作,只要我们善于抉择,是可以从中吸取到有用的营养的。

(原载《汕头大学学报〔人文科学版〕》1992年第1期)

高士奇和他的《扈从东巡日录》

一

　　高士奇,字澹人,号江村,浙江钱塘人,自幼即好学能文,家贫,卖文自给。以监生就顺天乡试,充书写班序,因工书法,以明珠推荐,于康熙十六年(1677)末入内廷供奉,授詹事府录事。迁内阁中书,食六品俸。

　　康熙十九年(1680),授额外翰林院侍讲。二十二年(1683),补侍读,充日讲起居注官。二十三年(1684),迁右春坊右庶子,复擢翰林院侍讲学士。二十四年(1685),转侍读学士,充《大清一统志》副总裁官。二十六年(1687),迁詹事府少詹事。二十七年(1688),山东巡抚张汧行贿案发,供涉士奇。虽上疏多方辩白,但自以为"禁廷清秘,职任綦严",还是提出"乞赐归田里"。皇帝照准。二十八年(1689)春从上南巡。九月,左都御史郭琇劾奏高四大罪状,谕旨"着休致回籍"。三十三年(1694),上命于翰林官员内奏举长于文章、学问超卓者,经大学士王熙、张玉书荐,回京修书,仍直南书房。三十六年(1697),

以养母乞归,特授詹事府詹事,允其请。四十一年(1702),授礼部侍郎,以母老未赴。四十三年(1704),圣祖南巡,于淮安迎驾,扈跸至杭州,并随辇返京,优赉以归。同年六月,卒于家。

高士奇以"徒步来京,觅馆为生"的一介书生,又未占得实权要位,却能利用其得"觐天颜"的职务特点,成为下级行贿的对象。且看其被劾的四条罪状:(一)结纳谄附大臣,揽事招权以图分肥。(二)自充门户,招揽哄骗,自炫谓"我之门路真",奸贪坏法,全无顾忌。(三)或受馈赠,或以心腹之名置买产业,代为收租,以亲戚名义开缎号以寄贿银至四十余万,广置田产,遍及苏、松、淮、扬,大兴土木,复不下百余万。以糊口穷儒一变而为百万富翁。(四)圣驾南巡,严戒馈送,犯者以军法治罪。高于淮、扬等处,招揽府厅诸官,约馈万金,欺君灭法,背公行私。乃至有谣谚谓"五方宝物归东海,万国金珠贡澹人",可见一斑。御史郭琇有"居官清洁"、"办事公正"之誉(《清史列传》本传),对高之劾奏,当非空穴来风。其犯罪事实、贿金数额或有未确,但高"凭藉权势,互结党援,纳贿营私"(《清史稿》传评)之荦荦大者,当不会有误,仅此一端,高氏为何等样人,已大体可以论定。

值得注意的是,既然高氏赃证俱在(劾章指出其纳贿渠道、田产数额、位置十分具体),御史复要求"立赐斥罢,明正典刑",但却啥事没有,"好官我自为之",回家没几年,又官复原职,此一现象,颇堪回味。《清史稿》传评一语破的:虽"屡遭弹劾,圣祖曲予保全",乃是问题的关键。

高士奇供奉内廷不久,即赐居西安门内。康熙十七年(1678),"赐表里十匹,银五百两"。十九年(1680),谕吏部"从优议叙"。二十年(1681)"偶得暑病,特赐颐养之资"。其后即连年迁升。张汧案牵涉事发,皇帝复谕"严审牵连人多","勿令滋蔓"，经其本人一番申说，遂就坡下驴，"准以原官解职"，但"其修书副总裁等项，着照旧管理"。次年（1689）春，"从上南巡至杭州"，驾幸其宅邸，赐御书"竹窗"匾额。九月，再被左都御史劾，竟以"所劾无据"而"寝议"。不几年，"复召来京修书"，官位直授到礼部侍郎。四十三年（1704）皇帝南巡，再度迎驾扈跸，"赐予优渥"。

高士奇就是凭借他"地分清切（接近皇帝的官职），参与密勿（机要）"的优势，皇帝认为他"裨朕学问者大也"，所以有恃无恐，"凡督、抚、藩、臬、道、府、厅、县以及在内大小卿员"馈至成千累万，乃至有定期交纳的所谓"常例"，名之曰"平安钱"，可说是势焰倾朝，炙手可热。

作为封建社会的最高统治者，皇帝维护他左右及下属官吏，亦即从根本上在维护他自己，因为这些人正是他维护其统治的基础与支柱。从这个意义上说，为了维护其专制统治，不可能真正地去惩治贪污贿赂，都是尽可能地大事化小，小事化了，也就不可能有真正的清廉可言。有时候不得不处治几个过分越格的，也都是作样子看的表面文章。高士奇屡劾不倒的事实，就充分说明了这一点。

二

但是，作为一名文人学士，抛却其纳贿贪赃、道德沦丧的一面，高士奇的学问还是不错的。其著述甚丰，据统计有：《春秋地名考略》、《春秋讲义》、《左传姓名考》、《左传纪事本末》、《左传国语辑注》、《经进文稿》、《扈从东巡日录》、《扈从西巡日录》、《塞北小钞》、《天禄识余》、《读书笔记》、《随辇集》、《城北集》、《苑西集》、《清吟堂集》、《松亭行纪》、《江村销夏录》、《北墅抱瓮录》、《金鳌退食笔记》、《续编珠》、《续三体唐诗》、《唐诗挨藻》等。这些著述情况不一,有些是他内廷供奉职内所需而写的,有些是他退居乡里消时遣兴之作。

在此想提出来说一说的是人和文的关系。古有"文如其人"之说,近有"先做人,后做文"之说,综合提法谓之"道德文章"。作者的为人不可能不对其为文有所影响,高氏当亦不能例外。据阎若璩《潜丘札记》载:《春秋地名考略》实出秀水徐胜敬可之手,高奉敕撰《春秋讲义》,考订地理时取用其书,遂据为己有,明显带有剽窃性质。杭世骏为《天禄识余》一书所写跋语中列举大量例证,对其书提出尖锐批评:"征引辩说,大半皆袭前人之旧,一二偏解,时有牴牾。"乃至连如《左传》、《汉书》、《文选》这样的常见书似亦未细读,结论是:"古人为学,先根柢而后枝叶,先经史而后词章,侍郎置身石渠金匮,获窥人间未见之本,而所采撷若此,此可以征其造诣矣。"面对这切实的批评,《四库全书总目提要》也得承认"不能谓世骏轻诋也"。为与《春秋地名考略》相辅而行,高氏还编了《左传姓名考》,《四库全书总目提要》说它"体例庞杂,如出二手",在举出众多例证之后,结论说:"颠倒杂乱,自相矛盾者,展卷皆然,不能备数。"乃至发出这样的疑问:"其委诸门客之手,士奇未一寓目乎?"当然,《春秋地名考略》本系他人之作,"如出二手"当可理解。而著述质量大抵不外取决两方面:一为学问根柢,一为写作态度。高氏两阙,其作品如此,则成必然。

上列评论并非将高氏著述全盘否定。著述甚丰,就是成绩。也有一些自有其价值在,如下面说到的《扈从东巡日录》即是,尽管此书在其众多著述中并非具代表性者。

三

《扈从东巡日录》是康熙二十一年（1682）圣祖东巡，高士奇作为侍从儒臣随行所写的日记。二月十五日从北京出发，至五月初四"驾回京师"，逐日记录。高氏《自序》说到写作情况时说："顾志阙辽左，文献无征；跸警康衢，闾阎难问；惟就见闻所逮，约略志之，总其时物，参以前史，公私两载，逐日成编。"所记内容十分广泛，但以山川景色、君臣诗词唱和占比例最大。下面就该书主要特点，分述如下：

（一）巡行所至，一一考其原本，可为治史之参助。自京至吉林，所经各处，必详引史实，备加考辨，"于关河边腹之间，广搜前史，旁及山经地志，历历记载"（汪懋麟序）。如三月丁丑，由"上欲往观乌稽"一语，介绍"土人"告知的所在位置（松花江东百里许），汉语意思（大林），所生树类，路径走向；至"昂邦采红"，复注："采红者，渡口也。"从乌稽经所述多处至小白山，"疑即宋洪忠宣公皓所徙之冷山也"，复引洪皓《松漠纪闻》；一路东行至乌黑法喇、必喇汗、沙林，直至火茸城，"金之上京会宁府也"，再引《金史》：国言金曰"按出虎"，以按出虎水发源于此，故名金源，因以名国；下详引《金史·地理志》介绍上京，再引吴兆骞《天东小记》转述关于火茸城内外情况，再向东行，直至五国城，或云徽、钦二宗即安置于斯，遂又引《南烬遗闻》中所述二帝事，旁征博引，考定沿革，勘比迁延，多有可取。

（二）考史纪事，取材准确，特点鲜明，印象深刻。如乙巳清明写到锦州，引太宗皇太极天聪五年（1631）秋于大凌河招降祖大寿事："冬十月，令阵获各官以己意为书召大寿。会大凌河城内粮绝薪尽，军士皆杀修城役夫及商民为食，析骸而炊，又执军士之羸者杀而食之。"其战乱残酷惨烈之状，跃然纸上，读之不寒而栗。再如三月甲戌，记到松花江上的船厂，写到"康熙十五年，移宁古塔将军驻镇于此"，所统新旧满洲兵二千名，并徙流人数千户居此，造战舰四十余艘，又有江船数十，"日习水战，以备老羌"。反映了为反击沙俄多年来渐进侵扰，清帝早已确定了武装反击的政策部署。

上面的记载，虽然文字并不甚多，但取材准确，选例突出，特点鲜明，给人留下极为深刻的印象。

（三）考述之后，附加评析，垂戒后世。如三月戊午"至萨尔浒"，借老臣之口，详尽回述了太祖努尔哈赤在此地及附近地区——战胜明将李永芳、张承胤、杨镐、李维翰、刘𬘩、马林、王宣、杜松、李如柏、潘宗颜、黄钺、刘招孙、袁应泰、秦邦屏、张铨、熊廷弼、王化贞等人，文尾写道："尝考明季以来，骤加辽饷至八百余万，竭天下之财，以奉东北一隅；不惜数十万金，增募戍卒，未收片甲之用，而兵食两绌，人民离怨。皆由文武不和，镇抚二臣旋遣旋罢如同奕棋，遂致士气日索，河山失守，可为殷鉴。"高氏的分析是否正确先不置论，借歌颂皇帝先祖的战绩取悦当道也自不必说，但他能注意到总结历史，且引史为鉴，还是很有积极意义的。

（四）记载了许多制度习俗、风土人情。因为是近在君侧的逐日记录，所以对许多制度习俗、风土人情，在不经意间就有了生动的反映。如三月壬戌对"行围之法"的记载，把皇帝出猎时如何布阵，如何合围，谁人可以发射，遇虎时的射法，均有详细的介绍，有"法"可依。再如"柳条边"中"插柳结绳以界蒙古，南至朝鲜，西至山海关，有私越者，必置重典"的记述，对"采老蚌"、"采人参"、"烟熏捕貂"的记载，都很具特色。再如对三岔河地区居人的耕作方法"所种皆在垅上，虞为吹沙所壅耳"的记载，例证多多,散见书内。加上书末附录中对东北器具、植物、特产等解说,均可得见当地民情风俗,极富形象性,给人以深刻印象。

(五)亲历亲见,景物记录形象逼真,非传言转述所可得。如二月戊申所记:"冒雪晓行,天寒如严冬,骋望数十里,绝无村落,平川旷野,如万顷银沙,或高或下。少焉雪霁,云影零乱,回顾医巫闾诸山,积素晴岚,别是一境。"没有东北平原生活的人很难如此体察入微。再如三月戊辰所载"山谷之间,淀水渟潴,积草凝尘,积尘生草,新者上浮水际,腐者退入淤泥,游根牵惹,累累成墩",因穷年相仍,山谷间积水处形成的所谓"塔儿头",只有入过深山老林、走过草甸子的人们,才会感到其描摩之逼真。

(六)写景状物,语言生动传神。例证极多,展卷即是。如"雨晴山碧,圆月当空,坐听行漏,夜深不寝",清新湿润、万籁俱寂氛围自出。再如"细雨犹零,流云未歇,泛舟江中,草舍渔庄,映带冈阜,岸花初放,错落柔烟,似江南杏花春雨时,不知身在绝塞也",读此亦如置身江南烟雨之图画中矣。着墨不多,即点染出该时该地之环境气氛,在写景状物、传情达意上,不能不说高氏确系文字高手。

占全书中相当比例的应制诗词虽大多内容贫乏空泛,一片歌颂吹捧,但有些兼及记游性质的,通过夹注史实,也可以起到若干纪实作用。

《扈从东巡日录》写成之后,即受到普遍的肯定,说它"证事必核,辨物必详","有辽、金、元史志所未具载",认为它可以"上以扬圣德,下以摘国典,大以镜形胜,小以别物产"(张玉书序),又说它"考山川之厄塞,览战争之迹,访金源宫阙所在,证以旧史,至残碑断碣,靡不摩挲读之,非有倍万人之才者能之乎"(朱彝尊序)。这些评价既反映了该书确有其自身的价值在,恐怕也难免有溢美不实之辞。即以考史一项,众论皆以为最具特色者,也并非无懈可击。如称徽、钦二宗在五国城情况所引无名氏《南烬遗闻》一书"其中时地情事,触忤甚多"(李慈铭《越缦堂读书记》),疑非当时人所作,未可信真。再如金王朝得名由来,所引《金史》中《地理志》的记载与《太祖(阿骨打)本纪》亦不一致。所以,我们举了它许多优长处,当也不可盲目征信。但此书记述亲历,佐以史证,内容遍及政治、经济、军事、文化、风土人情、山川景致,选材准确,语言流畅,毕竟是东北地方史籍中的一部重要资料。

(原载《北方民族》2000 年第 4 期)

俞樾和他的《春在堂全书》

一、身世履历

俞樾（1821—1907），浙江德清人，字荫甫，因居吴时建有"曲园"，因以为号。他在所著《群经平议》序言中说到他的生平简历："道光之元，樾始生焉，生六岁而母氏姚太恭人授之《论语》、《孟子》及《礼记》中《大学》、《中庸》二篇。"早慧，九岁为书，即自注其下。"十岁，受业于戴贻仲先生，始习为时文。十五岁，从先朝议君读书常州，粗通群经大义。其明年，入县学。又明年，应乡试，厕名副榜。于是专力为科举之文，越七年而举于乡，又六年而成进士、入翰林，则年已三十矣。"

道光三十年（1850）为进士，改庶吉士。咸丰二年（1852）散馆，授编修。咸丰五年（1855），为河南学政。七年（1857）以御史曹登庸劾试题割裂罢归，时年38岁，遂专心治经。读高邮王氏父子书，倾服之。曾受学于长洲陈奂。侨居苏州时，得见精研经学之长洲宋翔凤，多所请益，学乃大进。遂主讲苏州紫阳、上海求志、德清清溪、归安龙湖各书院，主杭州诂经精舍三十余年。

声誉日振,学者辐辏,凡所造就,蔚为干才。游其门者,若戴望、黄以周、朱一新、施补华、王诒寿、冯一梅、吴庆坻、吴承志、袁昶等,并皆一方之秀,咸有声于时。曾文正督两江,李文忠抚吴下,咸礼重之;时以巾服从游,往来如处士。因战乱典籍毁损严重,总办浙江书局,刻《子书二十二种》等书,读者称善。

数十年山野林下教馆生活,俞樾的心态并不平静。自罢豫学使后,沦弃落寞,穷老著述,虽名满天下,然以书生终老一生,其失落情怀,溢于言表。同治四年(1865),俞在《上曾涤生(国藩)揆帅》中说:"樾自庚戌岁幸出大贤门下,而不才之木有负栽培,故废弃以来,未尝敢以一笺渎陈钧听……回忆庚科覆试,曾以'花落春仍在'一句,仰蒙奖借,期望甚殷,迄今思之,蓬山乍到,风引仍回,洵符'花落'之谶矣。而比年撰述已及八十卷,虽名山坛坫,万不敢望,然穷愁笔墨,倘有一字流传,或亦可言'春在'乎?"又于《上曾涤生爵相书》有云:"金陵晋谒,小住节堂,一豫一游,叨陪末座,穷园林之胜事,叙觞咏之幽情,致足乐也……樾以山野之服,追随冠盖之间,颇有昔贤风趣……至于玄武湖上,麟趾洲边,屈使相之尊严,泛轻舟之容与,红衣翠盖,掩映其间,此乐尤为得未曾有。"又有《与肃毅伯李少荃(鸿章)同年前辈书》中更有再度入仕的直白表露:"顷阅坻抄,知承恩命摄篆两江……樾侨寓津门,又将三载……因思金陵为名胜之区,又得阁下主持其间,未识有一席之地可以位置散材否?"从上引信函的字里行间,都流露出赋闲后俞樾的失落与寂寞心情。

俞樾平日居家,生活简朴,布衣蔬食,律己极严,不近声色,卧起有节,保真持满,故老而神志不衰,读书著作如常。早年因家人众多,家庭经济状况不佳,同治二年(1863)不得不投靠同年——时任通商大臣驻节天津的崇地山,在天津居留三年,窘困时乃至借债度日。在这样困苦的条件下,俞樾志气不衰,克服困难,潜心向学,办理了几个儿女的婚姻嫁娶,还完成了《群经平议》三十五卷的写作,和《诸子平议》的大部分内容的写作。经数十年的刻苦钻研,终于学业大成,名传遐迩。光绪二十八年(1902),终于诏复编修原官,重赴鹿鸣筵宴。

俞氏在学界士子中享有极高威信。据郑逸梅《艺林散叶》载:杭州有祝桐山者,专门刻了一方"曲园门下走狗"的印章,以示对俞氏的尊崇。其深得人望如此。光绪丙午(三十二年)十二月二十三日卒于苏州寓庐,得年八十有六。

俞樾民族气节是值得称道的。他的《题史可法祠墓》一联说"一死报朝廷,求高帝列皇,鉴亡国孤臣恨事;三忠扶天纪,与蕺山漳浦,为有明结局完人",将史可法与明末节臣刘宗周、黄道周并称"完人"。其晚年所绘制的上海地图,无一处标明外国租界地者,于此亦可见其刚正凛然之民族气节。

在俞樾的晚年,西学东渐激烈地冲击着半封建半殖民地的中国社会。俞樾感慨甚多,在其长诗《告西士》、《咏古》两首及不少著述中均有所流露,他认为西方的科技只不过是"奇技淫巧",得以我国传统的"拙"来制其"巧"。他在《诂经精舍课艺文八集序》中说:"此三年中,时局一变,风气大开,人人争言西学矣,而余与精舍诸君子犹硁硁焉抱遗经而究终始,此叔孙通所谓鄙儒不通时变者也。"这种思想状态,使得他对积极学习外国、倡导革新的学生章太炎极为反感,光绪二十七年(1901),章从日本回国去他家看他的时候,他就大骂章"入异域,背父母"、"指斥乘舆(以帝王所用之车马器物代称皇帝,以示尊重)"为"不忠不孝",并称"小子鸣鼓而攻之,可也"。章为此发表了《谢本师》,两人脱离了师生关系。(另:李敖说是章为了保护老师,使之不受牵连才故意发表文章,所以俞氏还说:"吾爱炳麟深,此炳麟之所以报恩欤?"未审孰是。)但是,随着时代的发展,俞樾的思想也在不断地变化，到他临终前所写《遗嘱》中就完全扭转了这一观念："至今日，国家既崇尚西学，则我子孙读书之外，自宜习西人语言文字，苟有能精通声、光、化、电之学者，亦佳子弟也。"（俞润民《德清俞氏》）

俞氏《春在堂全书》中所收《曲园自述诗》："凡七言绝句一百九十九首，作于六十九岁，附刻全书之后。读吾书者，庶有以知我之为人也。"记家事、科试、著述、交游，特详于著述，兼涉社会政治时事，对研究俞樾、知人论世颇有价值。

对曲园修身行事，论者亦间有非议。钱钟书《管锥编》、《谈艺录》对曲园论著征引甚夥，恒多肯定；但亦引有关异议谓："曲园《日记残稿》光绪壬辰三月十六日：有谓以鄙人比随园，亦未敢退居其后。"汪康年《汪穰卿遗著》卷四《说名士》一文，痛诋曲园，中谓"尤可耻者，则一生步趋随园，而书中多诋随园。亦见其用心之回邪也"云云。又引胡思敬《退庐文集》卷一《刘幼云提学关中赠言》："舍道德而专求文章，不成则为尤西堂、袁简斋、俞曲园。"（《谈艺录》）即以曲园对随园态度而言，钱钟书《谈艺录》即曾就曲园论随园纪游册否定袁枚狎裹一事说："曲园之于子才行事，几若旷世相师，惟左右风怀，则殊无类，似不二色终其身者，此一端即可讥弹随园而勿怍矣。"语云"金无足赤，人无完人"，对师友、对前人，学习其优点、长处，批评其缺点、错误，这正是一种难能可贵的不迷信、不盲从的科学态度，未可厚非。当然，作为封建社会末期的知识分子，俞樾有这样那样的缺点与不足是完全可以理解的，历史的观察、客观的分析、科学的对待就是了。

俞樾生平专意著述，每年岁尾，将该年所写之书刊布行世，既博通典籍，旁涉稗官野史，复以笔札见长，时人或以随园子才拟之。成果卷帙繁富，影响深广，所著书凡五百卷，总名《春在堂全书》。"春在堂"得名,如上引俞樾信函所述,缘于保和殿复试时试题为"淡烟疏雨落花天",俞樾答卷首句为"花落春仍在",深得考官曾国藩激赏,后俞氏遂"颜所居曰'春在堂'"。

"晚年足迹不出江浙,声名溢于海内,远及日本"(缪荃孙《俞先生行状》),日本文士有来执业门下者。在与日本学子、专家接触中,俞樾对中日文化交流起了不小作用。《中日文化交流史大系》在《日本汉籍西传中国的历程》中辟有《俞樾与中日汉籍交流》专章。

二、《群经平议》述评

《春在堂全书》五百卷,内容遍及经史子集,而其中《群经平议》、《诸子平议》、《古书疑义举例》三书,尤能恪守家法,有功于经籍,影响也最为深广。以下就此三书为主,兼及其他著作,略作述评。

俞樾《群经平议》凡三十五卷,计:《周易》二卷、《尚书》四卷、《周书》一卷、《毛诗》四卷、《周礼》二卷、《考工记世室重屋明堂考》一卷、《仪礼》二卷、《大戴礼记》二卷、《小戴礼记》四卷、《春秋公羊传》一卷、《春秋穀梁传》一卷、《春秋左传》三卷、《春秋外传国语》二卷、《论语》二卷、《孟子》二卷、《尔雅》二卷。

作者在自序中说到治经之要领:"治经之道,大要有三:正句读,审字义,通古文假借。得此三者以治经,则思过半矣……三者之中,通假借为尤要,诸老先生,惟高邮王氏父子发明诂训,是证文字,至为精审,所著《经义述闻》,用汉儒'读为'、'读曰'之例者居半焉。或者病其改《易经》文,所谓'焦明已翔于寥廓,罗者犹视乎薮泽'矣。余之此书,窃附王氏《经义述闻》之后,虽学术浅薄,倘亦有一二言之幸中者乎!"俞氏治经,多有创获。

如据《中庸》中"车同轨，书同文"等材料判定该书绝非子思所作等说，均得学界认同。其《俞楼杂纂·丧服私论》中论及独子兼祧之服的"祧"，也深得当代台湾著名学者李敖的赞誉（见李著《中国性研究》）。

在曾国藩等俞氏师友辈翰札中，对其治经成绩亦颇多肯定："顷接惠翰并颁到大著六种，偶展经、子《平议》，原本故训，曲证旁通，诚有类乎高邮王氏之所为……讽译再三，钦迟曷已。"（《袖中书·曾涤生国藩师相书》）"寄来大著六种，略一展读，神骇目迷，精深浩瀚，珠玉渊海。求之昔人，尚少俦匹，何论近时也。"（《袖中书·勒少仲方锜观察书》）"得读所著书，具见贤者之用心……近世汉学实有光于前代。高邮王氏父子，尤为精确。尊著大都渊源王氏，益加缜密，将来师承记中当据一席无疑也。"（《袖中书·杨卧云希闵孝廉书》）吴平斋云观察致俞樾函中举例说：

> 大著《群经平议》……其释"夕惕若厉"谓当以"夕惕"二字为句，言君子终日乾乾，终夕惕惕也，语有繁简耳。"若厉"二字自为句，犹若濡若号也。此四字先儒论释颇多，未有如尊说之简括明畅，足破千古之惑。

上述各端，有理有据，似不能泛以面谀视之。

李慈铭《越缦堂读书记》评《群经平议》说：阅其"《易》、《书》、《诗》诸条。其书涵泳经文，务抉难词疑义，而以文从字顺求之，盖本高邮王氏家法，故不主故训，惟求达诂，亦往往失于武断。或意过其通，转涉支离。然多识古义，持论有本，证引疏通，时有创获，同时学者，未能或之先也"。

俞樾的学生章太炎炳麟，对其解经过程中仅以音同、音近，而无起码的文献依据即判定通假，以为难免失之武断，评价他"治群经，不如《述闻》谛"，"说经好改字"（《章太炎全集四·俞先生传》，上海人民出版社版），与李氏"惟求达诂"、"失于武断"之议正同。由此看来，学界持此种议论者恐绝非李、章二人。

年未弱冠的王国维曾著文分条批驳《群经平议》，从其父王乃誉的日记中可以窥得若干端倪："见静驳俞氏《群经平议》，太率直，既自是，又责备人。至论笔墨，若果有确见，宜含蓄谦退以书。否则，所言非是，徒自取妄，即是，亦自尊太过，必至招尤集忌，故需痛戒此习。"据此，该文当非语语中的，但也决非一无是处。可惜该文今已不传，我们无从评论是非了。

学术研讨，不怕不同意见的争论，在"兼听则明"的精神指引下，争论正可以逐渐趋近真理。

三、《诸子平议》述评

俞樾《诸子平议》凡三十五卷，计：《管子》六卷、《晏子春秋》一卷、《老子》一卷、《墨子》三卷、《荀子》四卷、《列子》一卷、《庄子》三卷、《商子》一卷、《韩非子》一卷、《吕氏春秋》三卷、《春秋繁露》二卷、《贾子》二卷、《淮南内篇》四卷、《扬子太玄经》一卷、《扬子法言》二卷。

作者在自序中说："圣人之道，具在于经，而周秦两汉诸子之书，亦各有所得。虽以申、韩之刻薄、庄、列之怪诞，要各本其心之所独得者而著之书，非如后人剽窃陈言、一倡百和者也。且其书往往可以考证经义，不必称引其文而古言古义居然可见……诸子之书，文词奥衍且多古文假借字，注家不能尽通，而儒者又屏置弗道，传写苟且，莫或订正，颠倒错乱，读者难之。樾治经之暇，旁及诸子，不揣鄙陋，用《群经平议》之例，为《诸子平议》。"

《清史稿》本传说:"(《诸子平议》)仿王氏《读书杂志》而作,校误文,明古义,所得视《群经》为多。"其后李天根辑曲园《俞楼杂纂》及《著书余料》、《读书余录》等有关材料成《诸子平议续录》,共二十卷,更充实了其内容。《袖中书·吴平斋云观察书》:"《群经评议》前已读过,《诸子平议》尚未卒读,甫读《管子》数则,已不胜倾倒,此必传之书也。"

《袖中书·钟子勤久炁孝廉书》:

> 辱书以《诸子平议》已刻者九卷见赐,为之狂喜。《墨子·经篇》"知,材也"、"知,接也"二"知"字异读。《韩子·难篇》"蹇叔处干","干"即"吴","吴"即"虞",此类颇与敝意合……窃念群经、诸子,郢书而燕说者甚众,必研精小学,多读古书,明其条贯,得其会通,正其讹夺,然后千余岁未决之疑,悉归于文从字顺,此诣以高邮王氏父子为最,至阁下而益光大焉。

上列钟函所举"蹇叔处干而干亡"句例,王先慎《诸子集成·韩非子集解》于比较损益后,全取俞说,于此亦可见其书旁征博引、溯源追本、条贯古今、辨章会意之一斑。

> 先慎曰:《拾补》"于"作"盂",卢文弨云:藏本、张本同,或改作"虞"。顾广圻云:今本"干"作"于",下同。按:此未详。俞樾云:"干"即"虞"也。《庄子·刻意篇》"夫有干越之剑",《释文》引司马云"干,吴也"。《荀子·劝学篇》"干越夷貉之子",杨倞注"干越犹言吴越"。《淮南子·原道篇》"干越生葛绤",高诱注亦云"干,吴也"。是"吴"有"干"名,而"虞"与

"于"古同声而通用。《(桓十年)左传正义》云:"谱云:虞姬,姓也……武王克商,封虞仲之庶孙以为虞仲之后。处中国为西吴,后世谓之虞公。"然则虞之始封本为西吴,盖以别于荆蛮之吴。因《春秋》经传皆作"虞",而西吴之名废矣。《汉书·地理志》"河东郡。大阳。吴山在西,上有吴城,周武王封太伯后于此,是为虞公"。夫虞之故城谓之吴城,是"虞"即"吴"也。"吴"得称"干",则"虞"亦得称"干"也。"虞叔处干"即"处虞"也。先慎按:俞说是。今本作"于,形近而误,或作虞"者,不知"干"即"虞"而改为"虞"也。

《平议》卷帙浩瀚,类此精心考证,穷本追源例证,所在多有,举此仅为尝鼎一脔。

四、《古书疑义举例》述评

《古书疑义举例》是作者在继承宋人彭叔夏《文苑英华辨证》、清人王念孙《读书杂志》等著作的基础上,纠正古籍中各类误漏之专著。博采群书,条分缕析,为阅读古籍不可或缺的参考书。作者自序说,虑及"古书疑义"之"日滋","窃不自揆,刺取九经诸子,为《古书疑义举例》七卷,使童蒙之子,习知其例,有所据依,或亦读书之一助乎"。此书影响巨大,踵继之作不绝。如刘师培《古书疑义举例补》、杨树达《古书疑义举例续补》、马叙伦《古书疑义举例校录》、姚维锐《古书疑义举例增补》等皆是。

刘师培在其书小序中说:"幼读德清俞氏书,至《古书疑义举例》,叹为绝作。以为载籍之中,奥言隐词,解者纷歧,惟约举其例,以治群书,庶疑文冰释,盖发古今未有之奇也。"马叙伦在其书小序中说："德清先生《古书疑义举例》,发蒙百代,梯梁来学,固悬之日月而不刊者也。"姚维锐在其书小序中说："尝读德清俞樾所著书,独喜其《古书疑义举例》,援引详明,条理精密,昭然发千古之蒙;老马识途,所以迢迪来学者,至矣!"清代著名学者李慈铭评《古书疑义举例》说:"析疑正误,贯穿洞达,往往足发千载之蒙。此于经籍,深为有功,不可不读。"

当代国学大师张舜徽在其《清人文集别录》(中华书局版)卷十九中,尽管认为:"群经、诸子《平议》,实附王氏《述闻》、《杂志》之后,今读其书,固不逮高邮远甚。"但对其《古书疑义举例》的肯定还是不遗余力,称:"至其融贯群籍,发蒙百代,足以梯梁来学,悬之日月而不刊者,则如《古书疑义举例》一书,实千古之奇作,发凡起例,祛惑释疑,裨益士林为最大,其可贵重,自在群经、诸子《平议》之上也。"在张氏另一文献学巨著《中国古代史籍校读法》中更具体分析说:"他一生在校书过程中所抽出来的公例,全部写入了《古书疑义举例》……差不多将古书中的衍文、讹体、倒置、脱落、误改、误解、误增、误删以及简册错乱、篇章颠倒等多种现象,都完全总结出来了。他和高邮王氏一样,都是在拥有丰富的古文字学、古声韵学知识的基础上,努力通过校书的实践,才能找出这样多规律性的通例。"

当代知名学者张岱年谓:"清末经学家俞樾著《古书疑义举例》,举出各种疑难问题详加疏释,嘉惠后学,良多裨益。"(胡渐逵《古籍整理释例》序)著名学者郭晋稀谓:"清人俞樾作《古书疑义举例》,七卷,凡九经诸子有因古今文法不同而易启疑者,有因古今用字不同而易启疑者,亦有因错简误字而不可通者,皆一一疏释之。此不独曲园个人一生著述精华之汇集,亦前人解经释子心得之荟萃耳。"(同上)

于以上引述的诸评论中,可见该书在校勘学上之巨大价值。

学术见解往往见仁见智，即如胡适，尽管在《中国哲学史大纲·自序》中说写作该书对过去的学者"最感激"的人之一就有俞樾，但对其《古书疑义举例》一书的评价却很低。他在为陈垣《元典章校补释例》所写的序言中说："俞樾在校勘学上的成绩本来不很高明，所以他的误例颇有些是靠不住的，而他举的例子也往往是很不可靠的。例如他的第一条'两字义同而衍例'就不成一条通例，因为写者偶收旁注同义之字因而误衍，或者有之，而无故误衍同义之字是很少见的。他举的例子……都毫无底本的根据，硬断为两字义同而衍，都是臆改古书，不足为校勘学的误例。王念孙的六十多条误例，比俞樾的高明多了。"胡适据此推演，对俞氏序言中所说使读者"习知其例，有所据依"也加以否定："这正是旧日校勘家的大病，例不是证，不够用作据依，而浅人校书随意改字，全无版本的根据，开口即是形似而误、声近而误、涉上文而误，好像这些通常误例就可证实他们的臆改似的。中国校勘学所以不上轨道，多由于校勘学者不明例的性质，误认一个个体的事例为有普遍必然性的律例，所以他们不肯去搜求版本的真依据，而仅仅会滥用误例的假依据。"就整体而言，虽胡适所说不乏例在，但就治学领域而言，于此涉猎则远不可与曲园相比，上引胡氏论列，亦仅备一说可也。

还有人说《古书疑义举例》一书乃袭江藩《经解入门》一书而成，立意勉强，例证软弱，门户之见，在此不作辩驳（参见《中国语文》1999年第一、第五期）。

孙钦善氏《中国古文献学史》第七章《清及近代》辟有专章论及俞樾，说："在古文献学上的成就主要有以下几点"，即："一、重视文字、音韵、训诂之学，以小学治书。""二、校释经、子，成果颇富。""三、总结规律，归纳条例。"指出其不足处有：拘泥《说文》，对古文字研究不足，忽视文字在使用过程中的约定俗成原则。在校勘上亦间有"臆断"。这些评断，还是比较公允的。

五、其他著作述评

俞氏向以著述繁富著称，与其全部著述相比，上列三书，卷帙不及五分之一。故特就俞氏其他著述略加述评。

综观俞氏著述，治经之作占主要地位。他在《茶香室经说序》中说："平生撰述，究以说经者为多，《群经平议》外，散见于《第一楼丛书》及《曲园》、《俞楼》两杂纂者，盖又不下数百条矣……自主讲浙江诂经精舍，已逾二十载，评阅课卷及与门下士往复讲论，每有触发，随笔记录，积久遂多……将所记录诸条，又益以二百余事，编纂成书，厘为十六卷……名之曰《茶香室经说》……余说经诸书，王益吾祭酒刻《皇清经解续编》采辑几及大半，此书则成于《续编》既定之后，不及补入……国朝经术昌明，巨儒辈出，余愿以此书，为后来者前马也。"学界不少人认为，俞氏学术老而愈成，其《茶香室经说》诸文之议论评说，较之《群经平议》更趋准确而成熟。

李慈铭《读书记》评《第一楼丛书》九种时说：《易贯》、《玩易篇》、《论语小言》三种"于经学不甚有裨"。《春秋名字解诂补义》"皆正王氏之失，颇多新义，而诂训名通，足为高邮补缺"。《儿笘录》"皆论《说文》，意匡许氏，而言多中理，不似李阳冰、郑樵辈之凿空"。《读书余录》"皆校正群籍之文，补其《诸子平议》所未及"。(曰《余录》者，犹王氏念孙之《读书志余》也。)《湖楼笔谈》为谈经、史、小学、诗文、杂事，"考辨塙凿，心得为多"。

李氏读《曲园杂纂》谓："说经解颐，仍是《平议》本色。"其中"《梵珠》词采斐然，《百空曲》亦清雅可诵，即《十二月花神议》事近游戏,而敷佐典雅,终非《檀几丛书》等比也"。《春秋论》等"多取证史事为成败之鉴,具有深意。《丛说》皆说经史,事为一篇,多出新义"。其中《改吴》乃改吴虎臣《能改斋漫录》,《说项》乃说项安世《项氏家说》,《正毛》乃正毛居正《六经正误》,《评袁》乃评袁质甫《瓮牖间评》,"考订多精确"。《通李》乃通李冶《敬斋古今注》,《议郎》乃议郎瑛《七修类稿》,《订胡》乃订胡鸣玉《订讹杂录》(应为《订讹类编》)。项、毛、袁、李、郎、胡,学问皆不甚深,毛言小学,尤多疏舛,俞氏辟之,绰有余力。其于《日知录》谓体大物博,未能涉其藩篱,故自谦曰"小笺",然所订正七十余条,亦多有依据。其《韵雅》,取《广韵》中不经见之语,以类编纂,略如《尔雅》之例,分释天、释地、释人、释物四篇,极有裨于小学,惜未载音释,如有人更加以疏证,尤可传也。阅《俞楼杂著》中诸经说,"皆由熟释经文而得,所以有功经学"。

李氏又称:《读韩诗外传》至《读论衡》皆篇叶无多,每不过二三十条,而辨误析疑,多有据证。《外传》及《潜夫论》亦兼举赵(怀玉)校、汪(继培)笺之失。俞氏熟于经子,精于诂训,固非诸家所及也。

李氏阅《俞楼杂纂》,其中论《易》诸作,"取朱子《集传》中所释名物,证以旧说之异,不加辩论,而义自见。其论《论》、《孟》之作,辨何解赵注之优于朱注处,多折衷平允"。"持议有本,不坠矫激,亦足为中流一壶"。其《读文子》、《读公孙龙子》、《读山海经》,于《山海经》误文奥义,订正甚多;亦时举毕校之误。

李氏于大力肯定俞氏重大成就的同时,对其各方面的不足,也一一指出。如:"《儿笘录》及《湖楼笔谈》,其可取者固多,而好逞私臆,轻违古义,聪明之过,亦往往落于小慧。又深诋《左传》,囿于近日浙西江湖经学之习,至喜驳郑注,亦其一短。"评《宾萌内集》五卷:"其议论隽利而颇涉肤浅,又喜轻巧,而偏驳者多,文笔亦太轻滑,故为时所诟病。然读书既富,时有特识。"

如上述,王国维早年对俞氏《群经平议》即有所责难,俞樾去世后,他在《教育小言》中说:"俞氏之于学问固非有所心得,然其为学之敏与著书之勤,至耄而不衰,固今日学者之好模范也。"

余嘉锡在其《古书通例》一书中说:"俞樾曰:'周秦两汉至于今远矣,执今人寻行数墨之文法,而以读周秦两汉之书,譬犹执山野之夫,而与言甘泉、建章之巨丽也。'斯言信矣。然俞氏之所斤斤者,文字句读之间耳。余则谓当先明古人著作之体,然后可以读古书。"余氏是学有所成的著名学者,对俞氏治学为文之纲领大要,也表示了自己的不同看法。

六、俞樾诗文述评

俞樾"所作诗,温和典雅,近白居易"(《清史稿》本传)。俞樾的诗,文坛评价大多均予肯定。如因"英夷犯定海"而写作的《晓峰岭》,就表达了爱国主义民族感情:"晓峰岭,高插云。王将军,勇冠军。""至今晓峰岭下过,余威犹使夷人悸。"诗作《黄沙歌》已经注意到环保问题。可见他关心社会、体察民瘼的一面。也有可能正是类似作品,才赢得下列诸多赞许。

> 太史之诗寓新变于法度之中,发神悟于意象之表,天才俊迈,绝去畛畦。骤读之清奇秀拔,若古干之疏峭而洪波之激荡也。徐测所由,则与余所谓触境而发,称心而出,曲折奔赴,万象毕会者乃无不合。(杨昌浚《春在堂诗编》序)

> 骈散文字,君似不及随园;训诂小学,随园又不似君。至

君诗学,瓣香香山,泛滥两宋,每一语出,恰如人意欲言。(丘炜菱《五百石洞天挥麈》)

为诗不矜格调,悉由宏博之才与学触境而发,称意为言,非寻章摘句者所可同日语也。(费行简《近代名人小传·俞樾》)

曲园诗格虽不峻,然而咏儿、赠妇、忆旧、怀人,与夫人生死盛衰离合之间,性情笃至,非人所得伪为。(沈其光《瓶粟斋诗话》)

曲园啸傲湖山,清才曼寿,享名之盛不亚于随园。海外日本,有来问学者。所为诗不矜格调,悉由宏博之才与学触境而发,称意而言。陈石遗称其性情文字甚似随园;而李慈铭乃讥其于诗无所知,亦太过矣。门下徐琪,能传法乳。(钱仲联《浙派诗论》)

俞樾中年时曾书一自挽联:"生无补乎时,死无关乎数,辛苦苦著二百五十卷书,流传人间,是亦足矣;仰不愧于天,俯不怍于地,浩荡荡历半生三十年事,放怀一笑,吾其归乎。"这是当俞樾在被排斥出官场之后,虽然因著述等身而内心充实,但毕竟满腹经纶却终老林下而心有不平的自我写照,也可以看成是他一生著书、为人的总结。

俞樾史著以观点新颖、内容丰富、体例完善为追求目标,在学术史上起到继往开来作用。张舜徽先生的《中华人民通史》,收人物十九类共四百二十人,俞樾作为"文献学家(三十三人)"之一列入,也算是青史留名,可堪告慰了。

(原载《吉林大学古籍研究所建所30周年论文集》,
上海古籍出版社2013年版)

冯煦和他的殿试策

　　冯煦(1841—1926),字梦华,号蒿庵。江苏金坛人。光绪十二年(1886)一甲三名进士,授编修。光绪二十一年(1895),以京察一等授安徽凤阳知府。凤阳连年水涝,煦赈灾有方,民沾其惠。光绪二十七年(1901),迁山西按察使。光绪二十八年(1902)调四川。后复调安徽,兼督提学使。光绪三十三年(1907)六月,安徽巡抚恩铭被革命党人徐锡麟刺杀身死,煦继任其职。他预感到革命风暴四起,清廷统治摇摇欲坠,力图匡复,说什么"有尊主庇民之臣,用之无疑;有误国殃民之臣,刑之毋赦。政府能使天下自治,则天下莫能乱;政府能使天下举安,则天下莫能危",虽然这些老生常谈的官样文章并未起到什么作用,但还是招来权贵幸臣的忌嫉,次年,罢巡抚。宣统二年(1910)苏、皖大水,复起为查赈大臣。《清史稿》本传称其"自莅官讫致仕,逮于耄老,与荒政相终始,众称善人"。

　　冯煦居官较为清廉,赈灾钱粮万千计,无一文中饱私囊,晚年乃至得仰赖鬻文自给,其廉可见一斑。

　　据《清秘述闻续》卷八记载:光绪十二年(1886)丙戌科会

试,以吏部尚书锡珍、户部侍郎嵩申、工部侍郎孙毓文为考官,初八人闱。刘培得中会元,殿试钦定第一甲三名:状元赵以炯、榜眼邹福保,冯煦中第三名探花。下面据商衍鎏《清代科举考试述录》的记述,对殿试策做一介绍,并整理光绪十二年殿试皇帝制策及冯煦对策答卷附后,以资参考。

清代举人在京应进士之试叫做会试。会试的名称,源于元仁宗皇庆二年(1313)诏书中所说"其以皇庆三年八月,天下郡县兴其贤者、能者充贡有司,次年二月会试京师,中选者朕将亲策焉"的话。会试中式者叫贡士,必须经过殿试得中始称进士。举人、贡士、进士皆谓出身,略类今日学位。官职有升转,考试得来的出身,终身不可移易。根据清代考试规则,会试沿旧制三岁一科,以丑、未、辰、戌年为会试正科,另有加科、恩科。会试时间原定二月,后改三月。中式无定额。放榜当四月中,故称"杏榜"。第一名叫做会元,即会考之元。会元经殿试得中状元的亦有,如康熙癸丑科韩菼、丙辰科彭定求、雍正丁未科彭启丰、癸丑科陈倓等是,得中榜眼、探花者亦有,但绝大多数均难再列入第一甲三名。

清初会试中式贡生并不复试,后因有舞弊事发,为了拔真才、惩幸进,遂对会试中式者再加复试,复试结果分一二三等,列等者方可参加殿试。清初殿试定四月初,后改四月廿六,复改廿一。

大廷献策与发问策士可上溯至汉代,唐天授元年(690)武则天策贡士于洛城殿为殿试之始,宋神宗熙宁三年(1070)始用策问,实为以后殿廷发策试士所本。策题钦命,中书舍人端书付刊。清初殿试用时务策一道,策题二三百字,所询仅二三事,如顺治丁亥科题为"求得真才"、"痛革官弊"及"筹饷"三项,顺治乙丑科题为"联满汉、善民力、化顽梗"。康熙以后,策题长至五六百字，策题也基本固定为四道。下列冯煦殿试之制策即依此例，就"治乱之源"、"控驭之略"、地形"险易之要"、圜法"轻重之宜"四个方面发问。策题也有大体固定格式，起始均为"奉天承运，皇帝制曰"，下接"朕寅绍丕基，诞膺洪祚"或"诞膺天命，寅绍丕基"，再经转折，导入策问。因殿试为皇帝亲策，汉武帝制策举贤良文学之士即具此文，后沿成式。故结尾部分又都写有"朕将采择"或"朕将亲览焉"字样。

殿试策试卷亦有固定格式与要求，试卷有红线界直格，半页六行，合两半页十二行为一开。虽无横格，但每行限写廿四字，实际上策文仅写廿二字，留上面两空格为抬头之用。第一开前半页写履历三代，固定格式：应殿试举人臣某，年若干岁，系某省某府县人，由某生应某某年乡试中式，由举人应某某年会试中式，恭应殿试，谨将三代脚色开列于后。下开曾祖某、祖某、父某，于名下注明已仕、未仕。此页交卷后由弥封所折叠成筒，钉固以纸糊牢，加弥封关防。

对策正文起收有一定格式，起用"臣对。臣闻"，收用"臣末学新进，罔识忌讳，干冒宸严，不胜战栗陨越之至。臣谨对"。"臣"字旁写。策文不限字数，不及千字以不入式论。嘉庆后卷为八开，各部分比例大致定为策冒十四行，中间答问四道，每道约十六七行，约三百余字，第一道以"伏读制策有曰"作起，第二、三、四道则用"制策又以"作起。策尾八行，一般写八十八行，近两千字。欲得高第者，皆循此规定充实写满。书写上除必须楷书工整外，格式上策冒必须有颂圣双抬两行，单抬（抬一字）一行，策文内颂圣"钦惟皇帝陛下""干冒宸严"句，"钦惟""干冒"要正好赶在末二字，这样才能既按要求每行均密书填满，又正好使"皇帝""宸严"另行双抬。每条策末及策尾，亦均有双抬、单抬之固定格式。下列冯煦对策策文，即按此规定书写,只是重加排版,因加标点,仅可看到单抬、双抬,每行密书填满、不留空格这一点不能保留原式规格了。

　　下面是光绪十二年殿试皇帝制策及冯煦对策答卷的原文:

　　　　奉

天承运

　　皇帝制曰:朕诞膺

天命,寅绍丕基,於今十有二年矣。仰赖

皇太后教育之勤,庶政协和,四方安谧。朕朝夕典学,惟日孜孜。求之于经

　　史,以探治乱之源;求之于军旅,以资控驭之略;求之于地形,以知险易

　　之要;求之于圜法,以准轻重之宜。尔多士自田间来,学于古训,究心

　　当世,兹当临轩发策,其敬听朕言。帝王诚正之学,格致为先。若《帝

　　范》、若《群书治要》、若《帝学》,能言其精义欤?《贞观政要》、《太平

　　御览》撰者何人? 魏徵《谏录》、《续录》果有裨于治欤? 此外若《政府

　　奏议》、若《尽言集》、若《历代名臣奏议》孰为优劣欤? 真德秀《大学衍

　　义》何以阙《治》、《平》? 果有待于丘濬之补欤? 夏良胜《中庸衍义》与

　　德秀书同体例欤? 司马光《资治通鉴》为治忽之渊林,能举其要旨欤?

　　为《释文》、为《音注》、为《释文辨误》、为《地理通释》者何人? 为《外

　　纪》者又何人? 李焘、刘时举等所续足继原书之精博欤? 用兵之法,贵

　　乎因地制宜,舟师其尤要也。左氏《传》"楚子为舟师以伐吴",实为水

　　军之始。其后楚获吴舟馀艎,则又舟名之最著者。或谓公输般之钩拒

　　乃战舟之始,然欤? 汉时命朱买臣治楼船,元鼎五年,又诏粤人及江淮

　　以南楼船往讨吕嘉,其时有伏波将军、楼船将军之号,其船曰戈船、曰

　　下濑、曰横海,命名之义果何所在? 其习水战当在何地? 晋武帝时王

　　濬修舟舰,乃作大船连舫,能受士卒几何人? 其飞云舟、仓隼船相去若

　　干步? 见于何书? 隋文帝命杨素造战舰,其舰何名? 其高何若? 唐时

　　击萧铣,所用战舰能举其数欤? 宋时福、兴、泉、漳各有鲚鱼船,可修整

　　以备海道,奏陈者何人? 当在何年? 绍兴时有飞虎战舰,旁设四轮,其

　　制如何? 铁可以为船,晋唐以前见于何书? 又有皮船,始于何人? 明

　　戚继光亦用之,一船可乘几人? 能详之欤? 在昔虞廷致治,振旅三苗;

周道方兴,劳师獟鬻;边防之事,自古为昭。但齐称攘狄,左氏兼美乎和戎;汉重犁庭,扬雄反抑为中策。凡斯张弛,何说为长?且七雄竞爽,资鹜、牧以绥边;西夏一隅,拒辽、金而掎角。地居四战,何道之从?又如汉开西域,力雪乌孙;唐启安西,威扬大食,是则葱岭以西,雷翥以北,握其天险,务得中权,肄业及之,讵无胜算欤?又若汉得卫青、霍去病而奠漠南;唐用李靖、李勣而破突厥;元有旭烈兀诸人而收印度;明资戚继光诸将而靖倭氛。得人者昌,能言其效欤?钱法始于太皞,或谓之金,或谓之货,或谓之泉,或谓之布,或谓之刀,能各举其所自欤?周制以商通货,以贾通物,其九府圜法,厥制若何?后患钱轻,更铸大钱,始于何年?汉时初铸荚钱,后以钱益多而轻,乃更铸四铢钱,其文奚若?其年代尚可考欤?后又有三铢、五铢,是否同时?魏晋以后亦有铸四铢钱者,唐时改五铢钱,每钱一千计重若何?其钱监设于何地?其罢江淮七监,何人所言?宋时置监铸铁钱,当在何处?其铜钱一当铁钱几何?元丰间毕仲衍进中书备对,言诸路铜铁钱监所增数,果多于宋初欤?自银币行而钱法一坏,自交子、钞引行而钱法再坏。元明以来,率蹈此弊,岂鼓铸之不善欤?抑产于山者有时而竭欤?子母相权之法,不可不亟讲也。夫稽古者出政之本也,讲武者备豫之方也,设险者立国之基也,范金者理财之要也。尔多士条举以陈,勿猥勿并,朕将亲览焉。

应

殿试举人臣冯煦,年四十四岁,江苏镇江府金坛县人,由副贡生应光绪八年本省乡试中式,由举人应光绪十二年会试中式,恭应

殿试,谨将三代脚色开具于后:

曾祖新未仕故、祖浩仕故、父元栋未仕故。

臣对。臣闻德合天谓之皇,德合地谓之帝。甄象纬而制六幕,必有权舆宙合之经;席鸿图而抚九茇,必有囊龠大同之烈。故一中允执,伊祁上仪也;七旬有格,妫氏隆轨也;庶土交正,安邑崇规也;九府是式,镐京茂矩也。伊古以来,悬韬建铎之主,握符阐珍之君,靡不斟元提要于《书》,陈《无逸》之谟;经武整军于传,考余皇之制;型方训俗于史,征

益地之图;利用厚生于礼,详圈法之掌。凡夫万几咸理,百度惟康,布
之区宇为嘉谟,纪之方策为治谱者,胥是道也。钦惟

皇帝陛下治协玑衡,道昭彝宪,固已制作总百王之法,止齐张六伐之威,控
险易而无不柔,权轻重而无不当也已。乃者

圣怀冲挹,犹切咨询,期执两而用中,得抱一以为式。进臣等于

廷,而策之以端政本、简水师、慎边防、修钱法。如臣梼昧,何足以知体
要,然一篑之积,或增长于岱宗;一勺之流,亦借润于溟渤。敢不勉述
夙所诵习者为拜献之先资也乎? 伏读

制策有曰帝王诚正之学,格致为先,而因求历代言治之要。臣惟言治之书,
莫精于《大学衍义》,莫备于《资治通鉴》。《衍义》者万理玑镜也;《通
鉴》者万事圭臬也。而吴兢《政要》,综贞观之成;李昉《御览》,辅太平
之盛。其视二编,实合一揆。若《帝范》、《群书治要》、《帝学》,虽纯杂
殊轨而皆以规君极;魏徵《谏录》、《续录》、《政府奏议》、《尽言集》、
《历代名臣奏议》,虽诚伪异辙而皆以端臣范。体贱乎用,故《衍义》阙
《治》、《平》则补之为赘文,而夏良胜之于《中庸》益支蔓矣;文括于事,
故《通鉴》略考证则《释文》、《外纪》诸书为多事,而李焘、刘时举等所
续益芜累矣。夫治平之学,与杂家异;帝王之学,与儒生又异。杂家之
学,坚一是而已,治平则会千圣之归;儒生之学,通六艺而已,帝王则垂
万世之则。今辨治忽于几先,析理欲于性始。以三代为必可至,以万
事为必可康。勿逐经生之末法,而上规其本;勿事讲幄之虚文,而务征
诸实。而又戒游畋、屏玩好,清治之源;尊师保、选左右,节治之流。庶
道无不章、政无不举欤?

皇上神枢默运,心矩潜符,则监成宪而罔愆,学古训而有获矣。

制策又以用兵之法因地制宜,而因稽历代舟师之制。臣惟楚为艅艎,水师
始也。公输般为钩拒,战舟始也。自汉而晋,孝武习于昆明,朱买臣创
于会稽,路博德、杨仆用于南粤,王濬修于益州。戈船、下濑、横海分三
道以出,名并释于子胥之书。大船连舫,受二千人有奇,制更广于飞
云、仓隼之步。其后隋杨素造五牙则高百余尺,唐李孝恭击萧铣则帅
二千艘。宋福兴鲂鱼船、绍兴飞虎舰(原作槛)则又广容百步,旁设四
轮。他若铜可为舟,《交州志》所述也;铁可为舟,《淮南子》所纪也;皮

可为船，又戚继光所用也。夫舟师视陆师，其难易相悬，内河舟师视外海舟师，其利钝亦互易。陆则攻守之宜，师得主之；舟则风水沙礁之异，师不得而主之。则必审面曲之势，准测量之法。器械必求其精，而无良窳之异；士卒必习其技，而无勇怯之殊。万里之远，熟之如指掌；一舠之利，卫之如头目。水之力足以浮舟，则缓急有应；舟之力足以运器，则远近有资。彼汉唐成法，宋明往图，曷足称哉！

皇上麟符纬武，凤牐扬威，则耀参伐于金枢，振雕戈于玉海矣。

制策又以边防之事，自古为昭，而因考历代备边之策。臣惟三苗之伐，有虞振其威棱；玁狁之征，方叔勤其远略。齐和诸戎，左氏美之；汉制单于，扬雄抑之。盖我之力足以制彼，则和实示恩；我之力不足以制彼，则征亦自敝。且乘一边之障，劳百卒之戍，纾难在目前，而贻患于数世。要利在诸将，而积困于斯民。张弛之势，有较然者。若七雄绥边于鹜、牧，西夏犄角于辽、金。汉开西域而詟乌孙，唐启安西而威大食。一则际四战之冲；一则扼中权之要。夫坚壁清野、浚池完隍，人自为战，家自为守。使之进不得逞、退无所资。所以画地中也。葱岭以西，雷矗以北，屯田则不资外粮，练卒则不劳远戍。先字其小国，则大国之情伪通；先服其弱国，则强国之狡谋戢。所以经天险也。且虽曰地利，亦资人力。卫青、霍去病之奠漠南，李靖、李勣之破突厥，旭烈兀之收印度，戚继光之靖倭氛。汉唐而降，其已事也。盖将帅得人，以守则固，以战则克；将帅不得人，则山溪之险者而夷，兵甲之利者而钝。"得人者昌"一语，非国是殷鉴而边备要图哉？

皇上三曾秉武，八表抗棱，则绥祝栗而来庭，辑开梧而受吏矣。

制策又以圜法始于太皞，其后数有得失，而因讲历代行钱之法。臣惟高阳曰金，高辛曰货，陶唐曰泉，商周曰布，齐莒曰刀，其体一也。周制以商通货，以贾通物，其用一也。大钱始周景，荚钱始汉高后。至四铢之质，仍"半两"之文。则孝文五年创于前，宋元嘉、孝建师于后。汉武初为三铢，后改五铢，而唐开元通宝亦五铢。每积十钱，凡重一两。行之而善，则雒、并诸监愈设愈多，而明皇之号偶合；行之而不善，则江、淮诸监或鼓或罢，而宋璟之奏独精。赵宋中叶，铸铁钱晋泽，间以一折二，虽钱不加多，后犹取之。元明钞法抑又下焉。夫钱轻则盗铸，钱重则私销。开采有法,使铜不告匮,则恶钱不生;肉好如一,使钱不易成,则私铸自绝。且钱法之坏:一坏于币,再坏于交子、钞引。或谓交子、钞引以官主之,客商无道路之虞,朝廷有岁取之息。或又谓变通楮币,以银为之,去虚薄易烂之纸,为轻重一定之模。不知揽会兑之权于上,则与钞名异实同,其官司必扰;行精式之钞于下,则为质工半利倍,其盗作必多。弊之所丛,未易更仆也。

皇上权盈虚之通数,持有无之大中,则用日以充、民日以裕矣。若此者稽古以出政,简军以备边,设险以立国,范金以理财;奋武揆文,铺鸿藻而信景铄。夐哉,其莫尚矣!臣尤伏愿

皇上圣不自圣,新之又新。简策日勤,则迈宋仁迩英之讲;舳舻电发,则陋周宣岐阳之蒐;琛赆风趋,则轶夏禹会稽之会;泉刀云涌,则屏汉武《平准》之书。于以扇巍巍,显翼翼。模策二仪,而扬丕天之大律;甄陶万类,而丰茂世之嵤嵤。则我

国家亿万年有道之长基此矣!臣末学新进,罔识忌讳,干冒

宸严,不胜战栗陨越之至。臣谨对。

（原载《古籍整理研究学刊》1985 年第 2 期）

高步瀛：博大精深的训诂考据大师

　　高步瀛先生是20世纪上半叶中国著名学者，学问博大精深，著作卷帙浩繁，学子遍及天下。他在学术界、教育界声誉卓著，影响深远。著名历史学家陈垣称高步瀛为"河北大儒"。

一、身世履历

　　高步瀛九岁（1881）时父亲辞世，随母亲依附外家寄居安新，少时聪颖绝伦，勤学深思，有"神童"的美誉。长大后，励志习经，强记默识，不舍昼夜。每次考试，在同学中都名列前茅。十七岁时（1889）想回本籍为县学生员，经府院七次考试，都是第一，于是顺利入学。二十二岁（1894）乡试中式，闻名里巷，乡人慕其名而争聘为师，遂掌定兴书院。因为学有专攻，文冠群首，他所教授的生徒，率多成就。当时，桐城的吴汝纶在保定莲花书院主讲，读了他的骈文作品，自叹不如。高步瀛即从吴受业，学识大进，尤精"三礼"；为文骈散俱佳，擅名一方。清光绪二十七年(1901),维新风行,高步瀛年二十九,锐意兴学,任畿辅大学堂和保定优级师范学堂教习。次年(1902),留学日本,学习师范科,毕业于宏文师范学院。归国后,任直隶省视学,不久,改图书局编纂;三十二岁(1904)为图书局编审,不久,转任学部主事。

民国初元,学部改教育部,高步瀛任佥事、社会教育司司长。其后,政局动荡,百业废弛,禄不足以养家,至国立北京高等师范学校兼任教职。1926年下半年张作霖入北京后,他辞去教育部司长职务,专任国立北平师范大学教授,兼国立北平女子师范大学教授。1929年,奉天易帜,高步瀛赴辽就聘萃升书院,主讲"三礼"与骈文。1931年九一八事变后,他返回北平,继续在师大任教职。1937年春,兼职保定莲池讲学院,同时兼任中国大学名誉教授。及七七卢沟桥事变,日寇占领华北。他谢绝宾客,杜门不出,致资用不及,生计无着,于1939年至辅仁大学任教,聊解全家衣食之忧。高步瀛既为著述劬劳,复为教学奔波,更多政治、经济压力,思想苦闷,郁郁终日,又兼昼夜劳瘁,因以致疾,不意竟于1940年11月10日以脑溢血症不治辞世,享年六十八岁。

噩耗传出,除当地亲友学子外,如居天津、保定、容城等地者亦不顾国难时艰、路途阻隔,均前来吊唁。挚友沈兼士挽联谓:"冀北马群空,后进何人知大老;天上欃枪落,家祭无忘告乃翁。"上联用韩文送温简舆典,说高步瀛为马中骐骥;下联用放翁名句,说彗星陨落,后来者当继起铭耻以报国。因为高步瀛在生前向子女进行爱国教育的时候,曾经引陆诗用以自况。

二、爱国情怀

近代以来，列强侵凌，民族灾难日益深重，正义之士无不忧心忡忡。高步瀛热爱祖国，国家民族利益无一日释怀，深谙物必先腐而后虫生之理，于教育部门先后工作凡十余载，任职期间，千方百计启发民智，革除陋习，树立新风，意在通过提高国民素质以实现富民强国之目的。如提倡推行阳历，改良旧剧，编写新戏，设历史博物馆，创通俗图书馆、模范讲演所、通俗教育研究会，编著通俗教育书籍等，并撰写和倡导语体文，以利提高广大民众文化水平。高步瀛除一般号召外，更身体力行，亲自著述《侠义国魂》、《立国根本谭》、《国民须知》、《国民常识》等著作，深受读者欢迎，取得良好效果。

高步瀛复结合自身之业务研究，孜孜矻矻，夜以继日，旁搜远绍，发微探幽；通过诠释与阐述国学经典之精髓，进而使民众、青年得能广泛掌握，以期为民养心，为国立本；深信惟伟大而悠久之中华优秀文化之不断发扬光大，则任何强敌虽可侵我国土，掠我资源，然欲灭亡我中华民族之妄想，将永远不可能实现。

高步瀛将爱国教育纳入具体教学实践之中，如于课堂讲授《礼记·檀弓下》所记载鲁国幼童汪踦为国捐驱，鲁人欲以成人之礼治丧，求问于孔子这段历史时，重点在孔子答话上做文章："仲尼曰：'能执干戈以卫社稷，虽欲勿殇也，不亦可乎？'"以古喻今，极力赞扬青年人不畏强敌、为国献身的勇敢精神。有时讲到奸佞误国、忠良被害时，慷慨激昂，声泪俱下。听者并皆热血青年，联想个人身处敌人刺刀威逼之下，为亡国奴之现实景况，思想上都受到强烈震撼，无不为之动容。高步瀛爱憎分明，于国家民族大义，绝不含糊。日伪时期，有旧友拟介绍其至华北伪政权成立之古学院任职,为此,他毅然与之绝交。

高步瀛于国家民族拳拳系念,殷殷关切;而于个人仕途,则从不介怀。王森然《高步瀛先生评传》称其性格"谔谔具锋棱,不婶婀从违",于人事关系上"公事外未尝枉交一语",这种人、这种性格,生活在当时的中国官场,自然会"栖迟部曹十有余年,蹭蹬履进"。因为他任职目的只在国家民族之振兴而并非在于个人升官发财,故能坦然对待,"夷然不以介意"。

继东北被侵占之后,又爆发七七事变,北平复沦陷于日寇之手。高步瀛忧心愁苦,摒除一切与敌伪有关的职务,闭门称疾,不与敌人合作,并慨然说道:"我因年老体衰,不能跋涉山川为国抗敌,已有愧于平生之志,难道还可以觍颜从贼吗?"后来由于无经济来源,时间一长,遂生计日蹙,乃至让所赁屋之半与人,蜷伏一室,窘困之态可以想见。为家人稻粱谋,不得已,经友人余嘉锡、陈垣、沈兼士之解劝,乃同意至与日寇无涉之德国教会学校辅仁大学任教,所得薪俸俾解燃眉之急。虽身遭多方困扰,仍心忧国家前途命运,临终犹吟陆游《示儿》诗明志,表现了一位爱国知识分子之高尚情操。

三、教苑良师

高步瀛一生与教育结缘,除了做教育行政工作之外,其余时间全部从事具体教学工作。韩子谓为师之道,在传道、授业、解惑;而欲为良师,先需饱学。他曾自述其幼年苦读向学境况说:每天晨光熹微的时候,还没起床,就在被窝里默诵时文,所学日多,背诵的也越多,乃至达到数百篇。

"梅花香自苦寒来",正因为他勤学奋进,才有广博深厚的学识,为其后设帐授徒提供了充分的知识储备。受教其门下诸弟子,亦大多能为一时之秀;更造就有不少专门之材,成为国家栋梁,如:当代的小说考证专家孙楷第、著名的目录学家王重民、著名史学家程金造等。其业绩昭昭在人耳目,赢得大众普遍称扬。

高步瀛于学校教育工作中,一直坚持把教育学生学会做人列为首要任务。任教师大时,每以大节勖勉诸生,曾满含深情地说:"托生为人,仅只一世,如堕落而去做那些不是人的事情,岂不令人叹惋!"言者谆谆,受教诸学子深以为是,并皆奉为圭臬。

高步瀛还以自己的苦读经历,教育学生克服困难,潜心向学。据室弟子厂果记述:"有时于晚间授课,北风怒号,雪封冰冻,学生畏寒。先生乃备述其幼年苦学情状:'余幼时,家中落,寄读外家。每晨梳洗后,入塾早读,腹无宿食,身无重绵,不知其凛冽也。诸生今日,因去余之苦寒远甚,何畏葸之甚邪?'诸生闻此乃大振作,不复思炉火矣。"

教师以教学为天职,任何事由均不得妨害学校的教学活动,这一点更应该成为教师的自觉行为规范。高步瀛凤耿介,复博洽多通,有刚直脱俗之陆桴亭(世仪)与事亲至孝、守学不仕之李二曲(颙)之风,晚节亦相似。当时,教育部经常拖欠教育经费,师大尤甚,教师工薪积欠甚久,至岁阑始发两月薪金,引发诸教授联合辍讲,一时课室顿成空巢,唯高步瀛仍坚持到校,照常授课,并称:"金钱有限,名誉无限,吾不欲以金钱之故,坏名誉也。"众学生感动钦佩,以此对他更加崇敬。国文系1935年毕业生在毕业感言中写道:"是年冬,因教费拮据,教授多罢教;坚冰在须,室无星火,而高阆仙先生独于朔风凛冽中,来校授杜诗,吾班同学听讲者,座为之满。某日,授至《茅屋为秋风所破歌》,感时兴叹,悲不自胜,相对唏嘘者久之!执经雪夜之情,可歌可泣也!"真实地记述了高步瀛在冰冷的教室上课的情景。

　　五四运动时期,新文化运动主将之一的钱玄同,提出打倒"选学妖孽,桐城谬种"的口号,提倡白话文,反对骈文与古文。而高步瀛毕生精力皆倾注于《昭明文选》和《古文辞类纂》二书的笺注与研究,后书编者姚惜抱乃桐城派之领军,钱氏口号,正如针对高先生提出。虽然,他也曾声色俱厉地批评有些人对古典骈文与散文知之甚少,就以为自己是"庾(信)徐(陵)复生,方(苞)姚(鼐)再世",俨然以当代的骈文家、古文家自居,其实,国学浩瀚,非勤力半生,以大力投入,难得近其涯涘;而为了倡导新文化而将旧有一切全盘加以否定之错误做法,更属数典忘祖,亦为高先生所反对。高步瀛与钱玄同两人同在一校一系,但他恪守学术之争的正确尺度,并无成见的意气之争。所以,学生们都把他俩的论争比之于宋代王安石与司马光的君子之争,其风范为门下诸学子树立了榜样。

　　高步瀛学识渊博,特别是能将学科研究的成果应用于教学,高屋建瓴,卓有功效。授课范围较广,皆夙所擅长者,其选文诠释类,自先秦汉晋唐宋直到明清;而《文章源流》课则在分析文章体制变迁方面探索深刻,讲解详尽。由于高步瀛对各时期的典型文章精熟,所以,评判各家长短,逢源会意,准确贴切;又由于他自身擅长古文与骈文的写作,所以在讲解中往往能从理论和实践的结合中加以阐释,更易一语中的、入木三分;加之他数十年如一日,教学态度认真负责,尽心竭虑,一丝不苟,因此深受学生们的欢迎与敬重,讲课教室里总是座无虚席。在师大任教时,就有许多中大、北大的学生来旁听。因为有坚实而深入之科研为基础,故授课讲义质量均有刊为专书之价值,更为学生们纷纷争订。

　　高步瀛爱护学生可谓无微不至,为了提高学生的国文水平,他亲自编写与其科研项目关涉不多之《国文教范》。门弟子顾学颉因父亲亡故，拟请他代撰其《行状》。其时，高步瀛文章遐迩闻名，已经千金难求，携重金向求而吃闭门羹者大有人在。而顾一经请求，当即应允并按期交卷。不仅当事者顾氏本人，即其他学子亦莫不感奋。

如上述林林总总，高步瀛治学勤奋，学识渊博；执教认真负责，竭力尽心；对学生诲人不倦，爱护有加。学子异口同声誉其为教苑良师，并以在国难深重之际，得遇此良师，而引为荣幸。

四、考据与注释学的巨大成就

高步瀛治学博涉多通，经史子集，无不遍览。于经学尤精"三礼"，在其《古礼制考》中对"三礼"源流，明堂、学校、祭祀等制度竟委穷源，详加剖析，人谓其"已集礼学之大成"。于史籍精熟，尤长《史》、《汉》。日人泷川氏《史记会注考证》书出，颇得好评，他详览潜研，订讹补注，成《史记正义校注》三十卷，读者咸服其功力。但以平生精力所付出、成就之显著论，他于文献考据、古籍注释学方面，成就尤称卓著。

高步瀛谓清儒治经，乾嘉以降，鲜有遗缺。为当今典籍整理研究可为者，划出两大分野：一为就诸家已成之书补充缀辑，如王氏之于两《汉书》集释补注。二为对重点典籍精注详笺，诠释疏解，成就专学，如王逸之于《楚辞》、李善之于《文选》。前者较易为；而后者非以长年累月全力投入，则难以蒇事，故宜大力倡导并须长年实践，方可做出成绩。在此理论指导下，他数十年笔耕不辍，积稿等身，笺注古籍达数十种。对所训释之文字、此前各家异说之是非得失一一考订明白，终归于个人之正确结论。其《先秦文举要》、《两汉文举要》、《魏晋文举要》、《南北朝文举要》、《唐宋文举要》、《唐宋诗举要》，均为其后治文史学者所必读;而其《文选李注义疏》存稿六十余册与《古文辞类纂笺》全书七十余卷,确为蔚为大观,其学术质量更是超前启后。

古籍训诂诠释,全在功底,于从事者要求甚高。否则,其成果或抄袭旧注,人云亦云;或避难就易,了无价值。集高步瀛数十年之经验,其必备者有下列三端:一为深厚学术功底。于目录、版本、文字、声韵、训诂、历史、典章、制度、政治、经济、职官以及学术源流、地理沿革等各科知识,无所不知。他根柢坚实,渊博精深,于书无所不读,均烂熟于胸,随时引用,得心应手,逢源会意,尽属心得;至恒多笺语,独立成文,皆为一优秀考据论文。曾得清季著名进士齐令辰之好评,认为"翰林进士不如,前途不可限量"。一为娴熟文字工夫。既能顺利读通各类古籍,又能写作一手优美文章。他自幼勤学,渊博能文,其文章之隽秀,是人所共知的,向为世人所敬羡。其古文守义法,骈体尤渊雅,各臻其妙。质外秀中,发为文章,自文笔恣肆,表达酣畅。一为正确治学门径。高步瀛尝言:"今日为学,门户之见不可存,而门径之辨则不可不审。"他学业宏通精博,治学守汉儒正统,以笃实、渊博、征信为准。但又不墨守成规,而转益多师,广泛吸收各家之长。万物皆备于我,可随时信手取用。

高步瀛三者兼备,其考据结论自然坚实确切,令人信服。门人程金造以其所收藏的高氏文稿《跋王西庄〈窥园图记〉》为例予以说明。费玉衡以汉儒董仲舒专心致志于讲学而"三年不窥园"本事绘《窥园图》,知名史家王鸣盛写跋,江艮庭书写。(据余嘉锡跋称:"时西庄方失明,因口占以授江艮庭先生使书之。")后面有章太炎、陈垣、余嘉锡、杨树达等学者的跟跋。"西庄之为人,好诋诃前辈,高自标置"。钱辛楣曾摘其弊。高步瀛本着"从长弃短,转益多师"的原则,在肯定"钱精王博,代复几人"、"西庄先生固吾辈所愿执丹漆以相从,奉馨香而展拜者"的基础上,复旁征博引多种经典,切实指出其文中三方面的错误,并完全同意余嘉锡跋对王氏"轻訾前人"毛病的批评。余跋亦指此《记》误漏多处,不赘。王鸣盛是乾嘉时期的著名学者,著有《尚书后案》和《十七史商榷》,与钱大昕、赵翼并称三大史家。其《蛾术篇》,被江藩评为:"辨博详明,与洪容斋(洪迈之《容斋随笔》)、王深宁(王应麟之《困学纪闻》)不相上下。"高步瀛指摘其误漏既多又准,其学术水准不言而喻。

高步瀛平生著述极多,为当时著名教授。学者以其所著桐城姚氏《古文辞类纂笺证》等书为:"学问之渊海,考据之门径。"时北平各大学,教师多江浙儒者,唯先生为河朔巨擘,学界共称。当时日本学者把高步瀛之考据与广东黄节(字晦闻)之诗学、桐城吴闿生(字北江)之古文并称为"中国三绝"。高步瀛之学术地位于此可见一斑。

五、《文选李注义疏》

《文选》为梁昭明太子萧统编选之诗文集,故一名《昭明文选》。所选作品为周秦至梁七八百年间之百三四十名作者之诗文凡六百七十篇,为现存我国编选最早之文学总集。《文选》流传到唐代,有了李善注,这在《选》学史上具有里程碑意义。据《新唐书》本传记载,李善因"淹贯古今",故有"书簏"之称。其所注《文选》被认为"敷析渊洽",乃至"诸生四远至,传其业",号"《文选》学"。李注引书一千六百八十多种,经多次更订,始成定本。所引书许多种早已亡佚,赖李注引用始得以保存其梗概。仅此一端,李氏为学术史所做贡献之重大,即无法比拟矣。

对于《文选》李注,高步瀛在《文选李注义疏·序》中首指其"厄",谓:"一厄于五臣之代纂,再厄于冯光震之攻摘,三厄于六臣本之羼乱,四厄于尤袤诸本之改窜。夫冯书未成,姑不论。五臣虽有书,而决非李匹,前人已有定议,则厄焉犹非其极。独至羼乱之,改窜之,使其精神面目皆已失真。而缀学之士,虽力为爬梳,终不能复其本元,斯则可为太息者也。”

只有准确了解所存在之问题,才便于从事针对性之工作。高步瀛本着朴学传统,运用文字、音韵、训诂、版本、目录、校勘等方面的专业知识,倾力于对李注考证引文,订正讹误,补充遗缺之工作。李注所引文字,高步瀛均一一复核,标明全名卷次,已佚书亦自类书及有关典籍中征引文句以考订印证。李注引文凡与今本或类书有异文处,亦逐一校勘并加按断。由于他学识渊博,精于经学、小学和史学,各种问题,均能旁征博引、论定是非,标举众说、择善而从。如司马相如之《子虚赋》和《上林赋》原为一篇的问题,公输般和鲁班并非一人的问题,再如考“牂牁”非贵州遵义而为贵州长寨(长顺),同时指明王先谦氏据后来水道论古地之失,均切实中理,令人信服;或材料不足以论定,则详列诸说,以启发读者思考。上述各端,皆说明他功力之深厚与识见之精确。高步瀛此书各条注语,虽系李注疏证,许多析出单行,即为一具有相当学术价值之考辨论文。

学术研究一向讲究继往开来。高步瀛在发掘、整理、恢复、研究李善注的工作中,充分运用了清代诸儒之研究成果。据统计,其所用清儒研究成果较著者计有汪师韩《文选理学权舆》,孙志祖《文选李注补正》,余萧客《文选纪闻》,胡克家《文选考异》,钱泰吉《曝书杂记》,许巽行《文选笔记》,梁章钜《文选旁证》,薛传均《文选古字通疏证》,张云璈《选学胶言》,朱铭《文选拾遗》,朱珔《文选集释》,叶树藩《文选附注》,胡绍煐《文选笺证》,胡承珙《小尔雅义证》,孙诒让《札迻》,段玉裁《段氏校文选》,王念孙《广雅疏证》、《读书志余》,钱大昕《十驾斋养新录》、《养新续录》,洪颐煊《读书杂志》,顾广圻《文选考异》,桂馥《札朴》,李详《选学拾沈》,沈涛《说文古本考》,翟灏《四书考异》,沈钦韩《左传地名补注》,郝懿行《山海经笺疏》、《尔雅义疏》,吕锦文《文选古字通补训》,姚振宗《汉书艺文志条理》,玄应《大般若经音义》、《善见律音义》,任大椿《小学钩沉》,朱骏声《说文通训定声》,徐位山《竹书纪年统笺》等四十余种。繁征博引,不厌其详,把名物史实考订与训诂疏证紧密结合,将文献整理与文学研究融为一体,在抉择继承基础上创新发展,条分缕析,蔚为大观。

在版本校勘、注疏考订中,高步瀛运用了清儒未能见到的版本(敦煌唐写本残卷与日本古抄本,如以唐《西京赋》残卷对勘今本,"大抵今本误者彼多不误")和后人研究所取得的新成果,使他整理与解说《文选》李善注的成绩大大超迈清儒。他在张云璈、钱泰吉所列李注义例之基础上,增补二氏未尽者七例百数十条,借此使羼乱已久之李注得以厘清而更趋近原貌,讹文漏字爰得正补。高步瀛于校正《文选》、李善注文字外,还兼及勘正李注所引其他古籍之文字讹脱,亦均论据坚实,结论准确,极为精审。有人说:高氏《义疏》之成就远超李注,强胜清儒,为20世纪《文选》研究最高成就,绝非虚誉溢美。作为一部卷帙浩繁的皇皇巨著,他《义疏》漏校误断者亦间或有之。但与它的巨大成就相比,只能算大醇小疵了。

《文选李注义疏》计划庞大,初印仅一序及班氏一赋,已尽一厚册,按初版预计,全书六十卷须有六十册。高步瀛以近老之年,奋起担负,虽毅力、勇气可嘉,然杀青何日,学者叹焉。至高步瀛辞世,《义疏》仅得数卷出版面世而未竟志,据说当时"家中积稿盈尺"。虽其后已成手稿得以出版,然续作愿望,就功底、就识见、就精神可与先生比肩者,难得其匹矣!继者安在?

六、《古文辞类纂笺》

《古文辞类纂》是清代姚鼐(1732—1815)编选的一部影响较大的散文选集,以"古文辞"名书,在于说明内容既含古文,亦有辞赋。因采辑博(选文计七百余篇,屈赋二十五篇选入二十四篇,韩愈文选入一百三十多篇),选择精(姚氏为编辑此书,穷四十年之功,要求词必通雅、句必合法、篇章有序),分类善(全书分为论辨、序跋、奏议、书说、赠序、诏令、传状、碑志、杂记、箴铭、颂赞、辞赋、哀祭十三类,类别划分,较《文选》分类过于繁琐为优),评校准(评语精当,亦纠旧注之误不少),从而赢得广大读者,翻印不衰。此书吴汝纶誉为"古文第一善本",朱自清亦称其为"古文的典范"。

《古文辞类纂》是代表"桐城派"散文观点的一部选本,为了体现编选宗旨,所选文章,唐代韩愈、柳宗元、宋代欧阳修、曾巩、王安石、苏洵、苏轼、苏辙,即所谓"唐宋八大家"占了很大的比重。考证、校勘、辑评三者结合,相得益彰。卷首姚鼐原序,略述各类文体的特点和源流。书成,门人康绍镛、吴启昌先后刊刻,光绪时李承渊重刻姚氏晚年圈点本(明清以来,归有光等倡导以各类不同符号圈点古文,以表示圈点者对文章之理解与态度),全校康、吴两本,并加句读。民国十二年(1923)上海广益书局刊行徐斯异、阚家祺、郑家祚、胡惠生等人编撰的《评点笺注古文辞类纂》,广泛搜集古代以及清代方苞、刘大櫆、姚鼐、梅曾亮、张裕钊、吴汝纶等人对入选文章的圈点和评语,有总批、眉批,并加简注,更便读者。

《古文辞类纂笺》是高步瀛花费精力最大、卷帙最为浩繁、最能体现他学术水平的力作。本书与《文选李注义疏》之区别点在于《义疏》循李注收录《文选》全文;而《纂笺》则只录出注文句,类似专书辞典性质,以选篇为单位,按文中语句先后排列。体例大体为:对《序》(包括《类序》)悉加详笺,对《目》则详注各选本选入情况于目下。类下按作者编排,文章选篇系于各作者之下。出注原文词句一律顶格,释语皆低一格。释语先列包括姚书选引之各家解说,一一详列出处,使读者易于从流溯源,极便核查。于论证结语处,则加"步瀛按"字样。文字奢俭依内容而定,少则寥寥数语,多则洋洋万言。每篇之间,用空行隔开。同一字相连属,抄写者习惯用"="表示。全书之末,附录《诸家事迹考略》,主要取正史传记,兼及年谱、碑铭、行状为之注。另有编者《姚鼐事迹考略》,极便知人论世。

高步瀛于全书笺注,不厌其多,追源溯本,精心考订,旁征博引,详加诠解。举凡各篇文章中之名物制度、学术、政治、地理、职官及文字词义音训等都一一注明。如经学中之"六宗"之说,"禘祫""圜丘"之制,"九谷"之名,"辟雍""庠序"之事,并系千年争讼、众说纷纭之问题,极难厘清,他原原本本循其历史脉络,抽丝剥笋,层层解扣。批驳历来误说,确立正确结论。其他名物制度如房、室之分,牲、畜之辨,仓、廪之异,桎、梏之别,浑言颇类,析言非协处一并引经据典,细加比较分辨,以求真知。再如对古代地理类词语之笺释论辨,如殷商诸亳、周丰镐之地望,九河之所经,碣石之所在,泜水之源委,吴会之名义等,都以长篇文字精考详论,纠正多家之谬误,得出正确之结论。至如宋代哲人朱、陆之区异,典籍《列子》沿袭《庄子》之关系,似乎已经超出语词诠释之范围,为哲学史、目录学研究领域,但为彻底廓清迷雾,解惑释疑,亦辨析解说,以使问题得能焕然冰释。

高氏门人程金造于《高步瀛传略》中评论说:"一般注前代诗文集者,大抵释事释义,其阐述范围,止限于本文本句,无所发挥。先生笺证姚书,则贯串古今,穷源竟委。其注解在形式上虽附于某篇某句之下,实则是独立的一首考证文字。若是把这部书中的千万条注解,摘出来辑为一书,便是今时一部顾亭林《日知录》,而文字之细密、条理之井然,则又过之。"揆之高笺全书,此评价只有未至,绝非虚美。

高步瀛此书稿已杀青,除现在保留于中华书局之手稿外,另有清抄稿一份藏于吉林大学图书馆。吉林大学出版社于1997年据该清抄稿本影印出版,以飨读者。

（原载《北京师范大学名人志·大师篇》,
北京师范大学出版社2010年版）

鲁迅与《昭明文选》

　　鲁迅先生一生有众多著述传世,在大量的鲁迅著述中,与《昭明文选》有关系的为数不多。但是,作为我国现存编选最早的文学总集,鲁迅对它还是十分重视的。查《鲁迅日记》:早在1912 年 6 月 16 日就有在琉璃厂购陈仁子《文选补遗》的记载。1914 年 9 月 6 日又有他向许寿裳借阅《文选》的记载;1927 年 7 月 31 日,因与二弟周作人失和,从八道湾迁至砖塔胡同 61 号,搬家前清理书籍时,遂寄还许寿裳。1924 年 6 月 13 日在商务购《六臣注文选》等书。1931 年 11 月 13 日以涵芬楼影印宋本《六臣注文选》校《嵇康集》,16 日寄还《文选》给周建人。

　　至于对《文选》一书的态度与评述,对《文选》选文标准与具体篇目取舍得失的分析,也多有涉及。本文从下列三个方面进行探讨。

一、鲁迅论"选"

　　作为古籍整理方式之一的文集选编,包含选与编两个方面:

编纂偏重于方法,而选取则侧重在观点。鲁迅对"选取"更为关注。

文学专集的编选在我国有着悠久的历史。鲁迅在《集外集·选本》中说:"孔子究竟删过《诗》没有,我不能确说,但看它先《风》后《雅》而末《颂》,排得这么整齐,恐怕至少总也费过乐师的手脚,是中国现存的最大的诗选。"

至于对选编这一手段的极突出的特点,鲁迅也有独到的认识与直露的表述:

> 选本可以借古人的文章,寓自己的意见。博览群籍,采其合于自己意见的为一集,一法也,如《文选》是。择取一书,删其不合于自己意见的为一新书,又一法也,如《唐人万首绝句选》是。如此,则读者虽读古人书,却得了选者之意,意见也就逐渐和选者接近,终于"就范"了。(《集外集·选本》)

选本的这一特点,铸就了它自身的地位。"凡选本,往往能比所选各家的全集或选家自己的文集更流行,更有作用……凡是对于文术自有主张的作家,他所赖以发表和流布自己的主张的手段,倒并不在作文心、文则、诗品、诗话,而在出选本。"(《集外集·选本》)

选本地位若此,无怪乎历代文人为此群趋集赴。但确定选本的政治取向、风格特点、综合质量的则是编者的眼光,亦即选取标准。这标准当然因时因人而迥然不同,旧时有旧时的标准,新期有新期的标准。比如1917年7月《新青年》第三卷第五号钱玄同给陈独秀的信中就说:"惟选学妖孽所尊崇之六朝文,桐城谬种所尊崇之唐宋文,则实在不必读。"出选本与选读书虽有区别,但这一例证所说明的同样是关于选文的标准。

而选取的不同,首先是因为观察结果的不同。鲁迅在他《〈绛洞花主〉小引》中写道:

> 《红楼梦》是中国许多人所知道,至少,是知道这名目的书。谁是作者和续者姑且勿论,单是命意,就因读者的眼光而有种种:经学家看见《易》,道学家看见淫,才子看见缠绵,革命家看见排满,流言家看见宫闱秘事……①

因而,编书出选本绝不比自己写书容易,倘要使自己编选的书有一定的特色,其要求则将更高。所以,"有些名人,连文章也看不懂、点不断,如果选起文章来,说这篇好,那篇坏,实在不免令人有些毛骨悚然"②。

与世界上任何事物一样,选本有其优长之处,当然也有其自身的缺点。"读者的读选本,自以为是由此得了古人文笔的精华的,殊不知却被选者缩小了眼界……选本既经选者所滤过,就总只能吃它所给与的糟或醨"。故而鲁迅得出选本"弊多利少"的结论,说:

> 不过倘要研究文学或某一作家,所谓"知人论世",那么,足以应用的选本就很难得。选本所显示的,往往并非作者的特色,倒是选者的眼光。眼光愈锐利,见识愈深广,选本固然愈准确,但可惜的是大抵眼光如豆,抹杀了作者真相的居多,这才是一个"文人浩劫"。

研究一个作家及其作品,必须先得其全貌,才能做到对斯人

---

① 《集外集拾遗补编》。
② 《且介亭杂文二集·"题未定"草(六)》。

斯文心中有数。只看选本,先就被选者牵着鼻子走了,其结论的准确性,当然也就值得怀疑了。"倘有取舍,即非完人,再加抑扬,更离真实。譬如勇士,也战斗,也休息,也饮食,自然也性交,如果只取他末一点,画起像来,挂在妓院里,尊为性交大师,那当然也不能说是毫无根据的,然而,岂不冤哉!"这种直截了当的犀利剖析,自然导引出下列结论:"倘要论文,最好是顾及全篇,并且顾及作者的全人,以及他所处的社会状态,这才较为确凿。要不然,是很容易近乎说梦的。"①可见鲁迅认为选本的缺点是不能全面本质地反映作家作品的全貌,选家或因水平,或因偏见,往往不易反映作者的本质特点。

以上鲁迅对编选文集手段的特点、决定关键及其自身缺点作了鞭辟入里的分析论述,这些看法无疑都是非常正确的。

二、鲁迅论《文选》选文

在众多的鲁迅著述中,论及《文选》选文的是非得失的,有蔡邕的《述行赋》、嵇康的《家诫》和陶渊明的《闲情赋》与《杂诗》、《读山海经》。现分别述评如下:

(一)关于蔡邕的《述行赋》

鲁迅在《"题未定"草(六)》中说:

> 选本所显示的,往往并非作者的特色,倒是选者的眼光……例如蔡邕,选家大抵只取他的碑文,使读者仅觉得他是典重文章的作手;必须看见《蔡中郎集》里的《述行赋》(也见

---

① 以上所引均见《且介亭杂文二集·"题未定"草(六至九)》。

于《续古文苑》），那些"穷工巧于台榭兮，民露处而寝湿，委嘉谷于禽兽兮，下糠秕而无粒"（手头无书，也许记错，容后订正）的句子，才明白他并非单单的老学究，也是一个有血性的人，明白那时的情形，明白他确有取死之道。（《且介亭杂文二集》）

蔡邕（133—192），字伯喈，陈留圉（今河南开封县南）人，东汉文学家，博学多才，尤精天文、数术、音律、善弹琴。灵帝时，官居议郎，曾订正六经文字，自写经文刻石，后人称《熹平石经》。因上书极言时政之失，为宦官所忌，几乎被杀，贬徙朔方，幸免一死。献帝时，董卓为司空，闻邕名高，辟之，称疾不就。董卓怒，扬言要灭族，"邕不得已"，出任左中郎将。王允诛董卓，因邕曾为卓划策且受其厚遇（三日三迁），对诛董又态度暧昧，被允斥为"怀其私遇，以忘大节"而牵连下狱，死于狱中。（《后汉书》本传）

蔡邕的文章，生前即享有盛名，许多历史著作，因战乱湮没，"所著诗、赋、碑、诔、铭、赞、连珠、箴、吊、论议……祝文、章表、书记，凡百四篇，传于世"（《后汉书》本传）。《四库全书》收《蔡中郎集》六卷。蔡邕的碑铭很负盛名，被尊为作墓表文的"正宗"（李申耆语，转引自高步瀛《两汉文举要》蔡邕所作碑文笺，下同）。收入《文选》的《陈太丘碑文》，后人有"神气俊逸"之评，而《郭有道碑文》，作者自以为"吾为碑铭多矣，皆有愧德，惟郭有道无愧色耳"（《后汉书·郭泰传》）；然而，人们对蔡邕赋的写作则不像对碑铭的反响那么强烈。这大约也是《文选》选文时取舍的根据吧。

《述行赋》是延熹二年（159）秋，蔡邕应同日封侯的徐璜等五名宦官召，赴洛阳去弹琴的旅途中的抒怀之作。在赋前序文里,他写到在新旧权贵的斗争中,新的显贵们诛杀了国舅梁冀集团后,为过享乐生活而大兴土木,给百姓带来了深重灾难,"人徒冻饿,不得其命者甚众";而敢于谏诤的"白马令李云以直言死,鸿胪陈君以救云抵罪"。在这种朝政昏浊、民不聊生的形势下,他被召赴京,其心情可以想见,所以,"到偃师,病不前,得归。心愤此事,遂托所过,述而成赋"。

尽管在赋的开头他说明"聊弘虑以存古兮,宣幽情而属词"(放开思虑,怀想古昔,宣泄内心深处的幽思而写作成文),是就其途经地的古迹而引发之思古幽情,但明眼人能清楚地看到作品借古喻今,表扬正义、斥责邪恶的明显意图。

作者写到住宿战国魏都大梁(今河南开封县),对魏公子信陵君表示讥诮,对朱亥篡军表示愤慨,对晋鄙无辜而死表示哀痛。以下依次由所经地联想该地往昔古人的典实,他们计有:中牟的佛肸与宁越,圃田的卫康,管邑的管叔,荥阳的纪信,虎牢幽谷的郑申侯与稔涛涂,黄河洛水的刘定公,洛水的太康,坛坎的襄王与子带,巩县的巩简公,偃师的田横等。作者之所以"历观群都,寻前绪","考旧闻",目的明确,即"则善戒恶"。鲁迅先生特意引述为例句的一段是:

> 命仆夫其就驾兮,吾将往乎京邑。皇家赫而云居兮,万方辐而星集。贵宠煽以弥炽兮,金守利而不戢。前车覆而未远兮,后乘驱而竟及。穷变巧于台榭兮,民露处而寝湿。消嘉谷于禽兽兮,下糠秕而无粒。弘宽裕于便辟兮,纠忠谏其骏急。怀伊吕而黜逐兮,道无因而获入。唐虞渺其既远兮,常俗生于积习。周道鞠为茂草兮,哀正路之日涩。

意思是说:作者驾车赴京,看到皇家显赫的居所犹如天上宫阙,为万方所归向。贵幸权门气焰极高,贪利不止。"梁冀新诛"如前车之覆事例不远,但新贵们仍毫无顾忌地走上同样的道路。所建楼堂馆所穷极精巧,而百姓们的住处上漏下湿。上等的粮食去喂养禽兽,百姓们只能吃糠。对佞巧谄媚之徒非常宽弘,而对忠言直谏的人的责备急迫而苛刻。有着伊尹、吕尚一样德才的遭到罢黜驱逐,很好的意见无法上达。古圣人之风不可复见,世俗积习已无法扭转。平坦的大道长满了野草,大路不通令人哀痛。

作者对当时尖锐的阶级矛盾的大胆揭露是非常深刻的。正如鲁迅所说,文中透出的哪有一点"学究"气,倒是活脱脱地显现出一个"血性"男儿的抗争。蔡邕的这种态度自然为新权贵们所不容,也正是鲁迅先生所说的他"确有取死之道"。由于《文选》未选入此文,蔡邕给人的印象,就只剩"典重文章"和"正宗"作手的"神气俊逸"了。

（二）关于嵇康的《家诫》

鲁迅先生在《选本》一文中说:"以《文选》为例吧,没有嵇康《家诫》,使读者只觉得他是一个愤世嫉俗,好像无端活得不快活的怪人。"(《集外集》)而对嵇康的《家诫》,鲁迅在《魏晋风度及文章与药及酒之关系》一文中有十分详细的介绍:

> 他做给他的儿子看的《家诫》……当嵇康被杀时,其子方十岁……就觉得宛然是两个人。他在《家诫》中教他的儿子做人要小心,还有一条一条的教训。有一条是说长官处不可常去,亦不可住宿;官长送人们出来时,你不要在后面,因为恐怕将来官长惩办坏人时,你有暗中密告的嫌疑。又有一条是说宴饮时候有人争论,你可立刻走开,免得在旁批评,因为两者

之间必有对与不对,不批评则不像样,一批评总要是甲非乙,不免受一方见怪。还有人让你饮酒,即使不愿饮也不要坚决地推辞,必须和和气气的拿着杯子。(《而已集》)

嵇康(223—262),字叔夜,晋谯郡铚(今安徽宿县)人。他生当魏晋之际政治剧烈变动时期,二十年间,司马氏与曹氏展开激烈的斗争,以晋武帝司马炎代魏而结束。嵇康幼年丧父,因与魏宗室联姻(娶曹林之女),获中散大夫职位,也只是一个虚衔,长时期还是隐居在山阳(今河南焦作市境内)。与他同在山阳隐居的还有阮籍、向秀、山涛、刘伶等六人,号称"竹林七贤"。他们常以一些惊世骇俗的行为,表示对礼教与现实的不满,直情任性,不与时合。他在《管蔡论》中为管叔、蔡叔翻案,影射王凌、毌丘俭之变,讥刺矛头直指司马氏集团。他揭露礼法之士好学的目的只在追逐利禄,乃至说出"不学未必为长夜,六经未必为太阳"(《唯自然好学论》)这样大胆的激烈话语。所以鲁迅说他"思想新颖,往往与古时旧说反对"(《而已集》)。

嵇康这种桀骜不驯、蔑视权贵的性格,终于给他带来杀身之祸。山涛担任吏部郎,因升迁为大将军从事中郎,荐嵇康代理自己的原职。嵇康便写了著名的《与山巨源绝交书》,信中直白说自己"非汤武而薄周孔",以个人不愿做官的坚决态度,表示了对司马氏篡魏的不满。后来嵇康因吕安以不孝获罪而牵连下狱,过去被他得罪过的贵族钟会趁机进谗:"康上不臣天子,下不事王侯,轻时傲世,不为物用,无益于今,有败于俗……不诛康无以清絜王道。"司马昭遂以"乱群惑众"的罪名杀了嵇康[1]。《家诫》成了他留给他儿子的遗言。

---

[1] 《世说新语·雅量》注引《文士传》。

就嵇康的《家诫》，鲁迅分析说：

> 我们就此看来，实在觉得很希奇：嵇康是那样高傲的人，
> 而他教子就要他这样庸碌。因此我们知道，嵇康自己对于他
> 自己的举动也是不满足的。所以批评一个人的言行实在难，
> 社会上对于儿子不像父亲称为"不肖"，以为是坏事，殊不知世
> 上正有不愿意他的儿子像自己的父亲的哩。（《而已集》）

由于世情的险恶，使嵇康内心充满了矛盾，他深知像自己这样的处世态度绝不会见容于当时的社会，不愿自己的儿子步自己的后尘，想让他有个比较安全稳定的生活空间，因而给儿子指出了一条与自己迥然有别的另一种生活道路。我们也就从而看到了一个有血有肉重亲情的嵇康，而并非只是一味"愤世嫉俗，好像无端活得不快活的怪人"。

鲁迅先生从 1913 年到 1931 年，校订《嵇康集》达十次之多，现存手稿三部，是他整理古籍中校勘最勤、用力最多的一部。除为其写作了《序》、《跋》，辑有《佚文》，写有《著录考》外，还专门写作有《嵇康集考》。用如此长的时间，花费如此巨大的精力来整理一部书，世所罕见。因而对其人其书的认识应该说是深刻准确的。所以，他有发言权，他的意见值得重视。

（三）关于陶渊明的《闲情赋》与《杂诗》、《读山海经》

鲁迅在《选本》一文中谈及《文选》选文时说："不收陶潜《闲情赋》，掩去了他也是一个既取民间《子夜歌》意，而又拒以圣道的迂士。"（《集外集》）他在《"题未定"草（六）》中还说：

> 又如被选家录取了《归去来辞》和《桃花源记》，被论者赞

赏着"采菊东篱下,悠然见南山"的陶潜先生,在后人的心目中,实在飘逸得太久了,但在全集里,他却有时很摩登,"愿在丝而为履,附素足以周旋,悲行止之有节,空委弃于床前",竟想摇身一变,化为"阿呀呀,我的爱人呀"的鞋子,虽然后来自说因为"止于礼义",未能进攻到底,但那些胡思乱想的自白,究竟是大胆的。就是诗,除论客所佩服的"悠然见南山"之外,也还有"精卫衔微木,将以填沧海,形天舞干戚,猛志固常在"之类的"金刚怒目"式,在证明着他并非整天整夜的飘飘然。①

陶渊明(365 或 372 或 376—427)一名潜,字元亮,东晋浔阳柴桑(今江西九江市西南)人,"少怀高尚,博学善属文,颖脱不羁,任真自得"。"为彭泽令,在县公田悉令种秫谷,曰:'令吾常醉于酒足矣。'""郡遣督邮至县,吏白应束带见之,潜叹曰:'吾不能为五斗米折腰,拳拳事乡里小人邪?'义熙二年,解印去县。"后王弘刺史曾会见他,并解决他的"酒米"之乏。六十二岁卒,有文集行于世。②

陶渊明是东晋著名文学家,因不满当时士族地主把持政权的黑暗现实,弃仕归隐。诗作多描绘自然景色,有些则隐喻对统治集团的憎恶和不与之同流合污的精神,有些则寄托抱负,不乏悲愤慷慨之词。诗风平淡爽朗,语言质朴自然。散文记传之作如《五柳先生传》向为人目为"自况""实录",《桃花源记》则为传世名篇。

陶渊明的辞赋作品很少,其间《闲情赋》最具特色。赋前序言中说,此赋写作是受到张衡《定情赋》、蔡邕《静情赋》的影响,说这类作品"始则荡以思虑,而终归闲正,将以抑流宕之邪心,

---

① 《且介亭杂文二集》。
② 以上均见《晋书》本传。

琼有助于讽谏"。题目"闲情"的"闲"字是防范、检束、制约的意思，也就是给爱情划定一个正当的范围，注意防范、抑止其"邪心"。

作品打破了前此赋体的规范，戛然而起："夫何瑰逸之令姿，独旷世以秀群"，接着写美人的"艳色"、"柔情"、"雅志"，抚琴悠扬，美目流盼，"神仪妩媚，举止详妍"，面对这样的美女，谁能压抑得住爱意而不去追求呢？"待凤鸟以致辞，恐他人之我先。意惶惑而靡宁，魂须臾而九迁"。爱情煎熬、魂梦难安之状，跃然纸上。作品写到这里，感情如决堤的洪水，再也无法阻遏，遂写出了著名的"十愿"，每愿四句，想象成各种物品，依附在她的身边，写尽恋情热烈以至颠狂之极致：

> 愿在衣而为领，承华首之余芳；悲罗襟之宵离，怨秋夜之未央。愿在裳而为带，束窈窕之纤身；嗟温凉之异气，或脱故而服新。愿在发而为泽，刷玄鬓于颓肩；悲佳人之屡沐，从白水以枯煎。愿在眉而为黛，随瞻视以闲扬；悲脂粉之尚鲜，或取毁于华妆。愿在莞而为席，安弱体于三秋；悲文茵之代御，方经年而见求。愿在丝而为履，附素足以周旋；悲行止之有节，空委弃于床前。愿在昼而为影，常依形而西东；悲高树之多荫，慨有时而不同。愿在夜而为烛，照玉容于两楹；悲扶桑之舒光，奄灭景而藏明。愿在竹而为扇，含凄飚于柔握；悲白露之晨零，顾襟袖以绵邈。愿在木而为桐，作膝上之鸣琴；悲乐极以哀来，终推我而辍音。

向往毕竟不是现实，下面写"所愿"、"必违"，"寂寞而无见"，触景伤怀，心神无主，失落惆怅，长夜无眠。美人在水一方，而山河阻隔，真是此恨绵绵无绝期了。最后以"坦万虑以存诚,憩遥情于八遐"作结,心扉已彻底打开,让我的诚情寄托于八荒之外吧。

萧统在《陶渊明集序》中从各方面大力肯定了他的文学成就之后说:"余素爱其文,不能释手,尚想其德,恨不同时。故加搜校,粗为区目,白璧微瑕,惟在《闲情》一赋,扬雄所谓'劝百而讽一'者,卒无讽谏,何足摇其笔端,惜哉!无是可也。"萧统对《闲情赋》批评一出,历代评论蜂起,赞成者少,批评者多,其间错综纷纭,难以尽述。近人钱钟书氏之说有可取处:

> 昭明何尝不识赋题之意?惟识题意,故言作者之宗旨非即作品之成效。其谓"卒无讽谏",正对陶潜自称"有助讽谏"而发;其引扬雄语,正谓题之意为"闲情",而赋之用不免于"闲情",旨欲"讽"而效反"劝"耳。流宕之词,穷态极妍,澹泊之宗,形绌气短,诤谏不敌摇惑;以此检逸归正,如朽索之驭六马,弥年疾疢而销以一九也。司空图《白菊》第一首:"不疑陶令是狂生,作赋其如有《定情》。"囿于平仄,易"闲"为"定",是知宗旨也。以有此赋而无奈"狂生"之"疑",是言成效也,分疏殊明。(《管锥编·全晋文》)

对于萧统的评议,是非毁誉不一而足,钱氏认为"劝多于讽,品评甚允,瑕抑为瑜,不妨异见"。钱氏指出在陶赋的写作中出现的是"事愿相违,志功相背",这一点是完全正确的。在热切追求恋情那些酣畅淋漓的描写面前,"终归闲正"的"作者之意"显得是那样的苍白无力,尽情吐露胸臆的写作方法,如脱缰的野马,大大突破了事先设定的写作意图,倒确实是客观的实际。这也正是鲁迅先生所说的既取晋宋时期摩写缠绵悱恻、悲欢离合男女情爱的吴歌西曲的《子夜歌》之意,但到情感燃烧到炽热化时,却又不得不板起面孔,道貌岸然地用"圣道"来"拒"这份真情,所以鲁迅说不选《闲情赋》就掩去了陶氏的这一"迁士"形象。同样道理,鲁迅还盛赞作品中"十愿"描写中"自白"的"大胆"。

所以问题的关键,不在于不同角度对作品瑕瑜的判定,而在对陶作中颇具特色的《闲情赋》该不该入选《文选》之中。至于用"劝多于讽"作为不选的理由,恐怕是难以说通的,因为《文选》中所选宋玉的《高唐赋》和《神女赋》、曹植的《洛神赋》,其对缠绵炽热情爱的描写俱不逊于《闲情赋》,又如何解释呢? 对萧统而言,岂不出现了两重标准。何况从选文数量上看,陶作入选八篇,较之于如陆机、谢灵运等入选三四十篇者来说,明显不足。以这个观点来看,袁行霈先生所说"昭明之所讥,正是此赋价值之所在"还是颇有见地的(《陶渊明研究·陶渊明的〈闲情赋〉与辞赋中的爱情闲情主题》)。

《文选》选陶《杂诗》,中有"采菊东篱下,悠然见南山"的名句,表现了作者闲适飘逸的一面。而所选《读山海经》,原作共十三首,《文选》仅选第一首。该组诗为作者阅读《穆天子传》和《山海经》两书有感而作,作品多借古咏今。第一首为发端,写幽居耕读的乐趣。第二至十二首为就二书中的奇异事物所发感想,末首写齐桓公不听管仲遗言,任用易牙、开方、竖刁,三人专权乱政,桓公渴馁而死的史实,可能是为晋宋易代而发。而其中的第十首,就写的是"精卫衔微木,将以填沧海,形天舞干戚,猛志固常在",表现了陶诗"金刚怒目"的另一面。

鲁迅认为《文选》这样选陶诗,人们见不到一个全面的陶渊明,而评价一个作家是只有对其作品进行全面了解,所得结论才能比较准确。他说:这"猛志固常在"和"悠然见南山"的是一个人,也就证明着"陶渊明并非终日终夜的飘飘然"。他说:"陶潜正因为并非'浑身是"静穆",所以他伟大'。现在之所以往往被尊为'静穆',是因为他被选文家和摘句家所缩小,凌迟了。"(《且介亭杂文二集·"题未定"草〔六至九〕》)

以上述评了鲁迅对《文选》选文的标准掌握与取舍得失的意见。鲁迅对《文选》一书十分精熟,而对上述所涉及的几篇具体作品,他也都有较深入的研究,其分析与结论,应该说都是别具慧眼的真知灼见,对我们有多方面的启发。

三、关于"《庄子》与《文选》"的论争

事件的起因是《大晚报》向施蛰存先生征求意见:"(一)目下在读什么书?(二)要介绍给青年的书。"在第二项中,施先生填了《庄子》、《文选》,并附注"为青年文学修养之助"。鲁迅在1933年10月6日《申报》上,用"丰之余"的笔名发表了《感旧》一文,在批评青年中的复古倾向如学篆字、填词、自印信封等表现的同时,也将"劝人看《庄子》《文选》"列了进去。施先生为此写了《〈庄子〉与〈文选〉》一文,说明推荐这两本书是"以为从这两部书中可以参悟一点做文章的方法,同时也可以扩大一点字汇"(以下引文除另注出处者外,均见《准风月谈》鲁迅各文及附录施先生文)。同时也说明"我当然并不希望青年人都去做《庄子》《文选》一类的'古文'"。鲁迅又针对此文写了《"感旧"以后(上)》相驳难。《大晚报》也不甘寂寞,就此征求来稿展开讨论。首先征到的是施先生的一封信,题为《推荐者的立场》,表示要将推荐书目改为鲁迅先生的《华盖集》正续编及《伪自由书》,并"还想推荐一二部丰之余先生的著作,可惜坊间只有丰子恺先生的书,而没有丰之余先生的书,说不定他是像鲁迅先生印珂罗版木刻图一样的是私人精印本,属于罕见书之列,我很惭

愧我的孤陋寡闻,未能推荐矣"。同时建议以后再征求意见"大可设法寄一份表格给丰之余先生","如果那征求是与'遗少的一肢一节'有关系的话,那倒不妨寄给我"。这是鲁迅在文章中指施为"遗少"的缘故。鲁迅又写了《扑空》,说施用"辞退做'拳击手',而先行拳击别人的拳法",在正面提不出"坚实的理由",就"诬赖"、"猜测"、"撒娇"、"装傻","现出本相:明明白白的变了'洋场恶少'了"。论争明显有了个人意气。

在接着发表的施先生写的《突围》一文中承认自己对丰之余"打了几拳",针对鲁迅讥其学佛经,施又以鲁迅先生整理印刷《百喻经》来反唇相稽。接着又发表了《致黎烈文先生书——兼示丰之余先生》,说论争"愈争愈闹意气,而离本题愈远",表示"不再说什么话了"。鲁迅又写了《答"兼示"》答辩。

参加讨论的其他人也写了一些文章,攻击鲁迅的也有,反对施先生的更多。如曹聚仁在《涛声》(1月4日)第二卷第四十三期上发表的《论突围——与施蛰存先生书》,可算有一定代表性的看法:

> 近来,孔庙重建,高考再作,读经之声洋洋盈耳,南方还有人表彰汉人伪作的《孝经》,奉为治世大典。这个黑漆一团的乾坤,比民国十三年时代何如?先生还趁此间叫青年读《庄子》和《文选》,叫我怎能忍得住不反对呢?

施先生又写了《关于围剿》(1月25日《涛声》第二卷第四十六期),说"我与丰之余先生的彼此都未免过火的文字冲突,好像已引出了许多另有作用的对于丰先生的攻击,甚至有的小报还说出他就是鲁迅先生",因而"默尔而息"了。他认为人们"曲解"了他,"一定要拿我当作一个开倒车的蠹贼似地骂我"。

其后争论渐趋结束，但双方在其他文章中都还不止一次地影射对方，权且算作余波。而在鲁迅一边，还有当时虽未公开发表，但内容甚为重要的一份材料，这就是他写给姚克的一封信：

> 我和施蛰存的笔墨官司，真是无聊得很。这种辩论，五四运动时候早已闹过的了，而现在又来这一套，非倒退而何？我看施君也未必真研究过《文选》，不过以此取悦当道，假使真有研究，决不会劝青年到那里面去寻新字汇的。此君盖出自商家，偶见古书，遂视为奇宝，正如暴发户之偏喜摆士人架子一样。试看他的文章，何尝有一些"《庄子》与《文选》"气。①

而在 1934 年 7 月 17 日在致徐懋庸的信中，鲁迅又就《申报·谈言》上的一篇谈大众语的文章，疑为施作，进而说施"越加暴露了卑怯的叭儿本相"，实际上由意气之争上升到辱骂了。事隔五十六年之后，1989 年施蛰存先生在忆及此事时，作过如下的表述：

> 在 30 年代，我曾因为劝文学青年看看《庄子》或《文选》而博得臭名昭著。那也是为了语文修养，或说为了提高文学写作的基本功，而不是作为文艺创作的必要条件。鲁迅曾经指出，我是一个商人的儿子，难得看见一本古书，看到了《庄子》和《文选》，就沾沾自喜，提出来叫别人学习，以表示自己的渊博。实际情况虽然不是如此，但也多少揭发了我的肤浅。②

到 1991 年《青年报》记者请施先生开书目时，他还心有余

---

① 《鲁迅书信》1933 年 11 月 5 日。
② 《文艺百话·说说我自己》，华东师范大学出版社 1994 年版。

悸,"立刻敬谢不敏",将近六十年的岁月长河,还没有冲净那难忘的记忆。(《文艺百话·书目》)

1980年11月4日施先生写的《关于鲁迅的一些回忆》,提到1933年鲁迅为了纪念两年前牺牲的柔石等革命志士而写作的《为了忘却的纪念》,成稿后是施先生冒着风险,在他编辑的《现代》杂志发表的。① 由此施先生又直接向鲁迅先生约稿,遂有鲁迅5月1日给施先生的复函。说起这些事情,目的在于看到除了笔墨官司的论争的一面外,也还有并不剑拔弩张的一面在。

总观事件始末,可以概括以下几点:(一)鲁迅先生对《文选》的看法是正确的。在论及该书时,他说:"《文选》的影响却更大,从曹宪至李善加五臣,音训注释书类之多,远非拟《世说新语》可比……五四运动时虽受奚落,得'妖孽'之称,现在却又很有复辟的趋势了。"(《集外集·选本》)他所批评的只是当时的一种复古倾向,从这个角度看,此一事件中他的批评是正确的,问题出在"过当"。(二)鲁迅先生生活的那个年代,阶级矛盾的极端尖锐复杂,阶级敌人的极端卑劣凶残,敌我斗争的极端严酷险恶,不得不使他处处千百倍地提高警惕,乃至形成"多疑"的性格,使他"不惮以最坏的恶意"去推测人。(三)由于斯大林的控制与影响,30年代第三国际许多严重的"左"的东西对中国共产党影响很深,中央不止一次出现"左"倾错误,这不可能不给一向都是"听将令"的鲁迅以重大影响,因而使鲁迅曾在不止一个问题上把朋友乃至同志间的不同意见的分歧与争论看作敌我斗争性质,把对方说成"取悦当道","系敌人所派遣"等,出现过火的言词与行为。这在当时特殊斗争形势下,也很难完

---

① 《施蛰存七十年文选》,上海文艺出版社版。

全避免,不得不留下些历史的遗憾。

鲁迅是作为旗手的一代文豪,《文选》是可以独立称"学"的最具影响的文集(参见《旧唐书·曹宪传》)。鲁迅对《文选》及其系列作品的研究、应用、评骘是非,理当在与日俱增的《文选》热中占有适当的位置,这就是我写作本文的初衷。

（原载《〈昭明文选〉与中国传统文化》,
吉林文史出版社 2001 年版）

列前古之清洁，为将来之龟镜

——姚崇《辞金诫》赏析

  《辞金诫》是唐代名相姚崇所写的《五诫》（即《执秤诫》、《弹琴诫》、《执镜诫》、《辞金诫》和《冰壶诫》）中的一篇。《文苑英华》、《全唐文》均加收载。

  姚崇，字元之，陕州硖石（在今河南陕县东南）人，原名姚元崇，因避开元年号讳改。新、旧《唐书》均有传。他曾因指责在其前的酷吏周兴、来俊臣滥施酷刑逼供、造成甚多冤狱而获武后赏赐；复因向玄宗面呈"十事"，而于次日即拜兵部尚书、同中书门下三品。先后三为宰相，常备兵部。《五诫》就是他在宰相任内的作品。

  "诫"是古代以规劝告诫为内容的文体，根据历史记载，最迟东汉时已经出现。"诫"名"辞金"，是劝戒官吏应居官清正，不可收受贿赂而写作的。

  《诫》文前的《小序》说：

   辞金者，取其廉慎也。昔子罕辞玉，以不贪为宝；杨震辞金,以四知为慎。列前古之清洁,为将来之龟镜……

《序》文引用了两个人们熟知的历史典故:"子罕辞玉"出自《左传·襄公十六年》,说宋国有人得了一块玉,献给子罕,子罕不接受,宋人说,"这玉给玉匠看过,说是宝玉,才敢拿来献您",子罕说:"我以不金为宝,而你以玉为宝,若拿它给我,我俩都失了自己所宝贵的,不如各人保有自己的宝物。""杨震辞金"的故事则见于《后汉书·杨震传》,是说杨震赴任,昌邑令王密"夜怀金十斤以遗震",杨震不受,王密说"暮夜无知者",杨震说:"天知、神知、我知、子知,何谓无知!"王密只好惭愧地退出。序言说他列出前代古人的清操廉行,目的只在作为将来人们出仕的一面镜子。古人以烧灼龟甲所坼裂的纹路以卜吉凶,镜能照人以见己美丑,龟镜意即借鉴。

《诫》文的原文是:

> 古之君子,策名委质,翼翼小心,乾乾终日。慎乎在位,钦乃攸司,请谒者咸息,苞苴者必辞。尔以金玉为宝,吾以廉谨为师;尔以夜昏可纳,吾将暗室不欺。若尔有赠,吾今取之,尔则丧宝,吾则怀非。故曰欲人不知,莫若无为;欲无悔吝,不若守慎。慎之伊何?主诚在乎瓜李;悔之伊何?齟谤由乎薏苡。慎则祸之不及,贪则灾之所起。苟自谨身,必无谤耻。凡所从政,当须正己。诫往修来,慎终如始。

《诫》文接着序言的立意解说:"策名委质":典出《左传·僖公二十三年》:"策名委质,贰乃辟也。"策名,意思说名字书于策上,古者始仕,必先书其名于策。委质,质,同赞;指人臣送帝王的礼物,后用以指因仕宦而献身于朝廷。"翼翼小心":《诗经·

大雅·大明》："维此文王，小心翼翼。"说像文王成长过程中一样，谨慎小心，时时事事不敢疏忽的样子。"乾乾终日"：《易·乾》："君子终日乾乾，夕惕若。厉，无咎。"意思是说在位者白天要怀有忧惧的风险意识；夜晚也要警觉，像白天一样。做到如此，即使面临凶险也没有什么危害。"慎乎在位，钦乃攸司"：攸司，即有司。意思是在自己的岗位上很谨慎，对待自己的主管上司很恭敬。"请谒者咸息，苞苴者必辞"：这样，私下拜访求情的人都没有了，送礼物的人也都被拒了。"尔以金玉为宝，吾以廉谨为师；尔以夜昏可纳，吾将暗室不欺。若尔有赠，吾今取之，尔则丧宝，吾则怀非"：这里接着序文中所引用的两个故事做进一步的阐释。"故曰欲人不知，莫若无为；欲无悔吝，不若守慎"："悔吝"，灾祸。《易·系辞上》："悔吝者，忧虞之象也。"正如民间俗语所说"要想人不知，除非己莫为"，"要免灾祸，坏事不做"。下面再作深入引申："慎之伊何？主诚在乎瓜李；悔之伊何？谗谤由乎薏苡。"再用两个历史故事来做说明。前者出于《乐府诗集·相和歌辞》："君子防未然，不处嫌疑间。瓜田不纳履，李下不正冠。"此后留下了"瓜田李下"的成语，说谨慎就要去除所有可能引人怀疑的地方。后者典出《后汉书·马援传》，说援"在交址，常饵薏苡实，用能轻身省欲，以胜瘴气"。班师归，因南方薏苡实大，载之一车以为种，以后有人诬谤他车里装的是"明珠文犀"。谗音 du，诽谤。"慎则祸之不及，贪则灾之所起。苟自谨身，必无谤耻。凡所从政，当须正己。诚往修来，慎终如始"：一切从自己严于律己开始，就一定能够革除弊端，善行始终。

以声训为特点的《释名》解释"清廉"说："清，青也；去浊远秽，色如青也。廉，敛也，自检敛也。"顾延之说："清者，人之正路。"（《太平御览·人事·清廉》）出仕为官，只有严于律己，拒贿辞金,把《辞金诚》作为自省的一面镜子,才是引领自己走正路的指针。

（原载《吉林日报》1990 年 2 月 17 日）

与其浊富　宁比清贫

——姚崇《冰壶诫》赏析

　　《文苑英华》和《全唐文》中均收有姚崇的《五诫》,《冰壶诫》为其中之一。姚崇,即姚元崇,唐人,新旧《唐书》有传。曾因指责周兴、来俊臣滥施酷刑逼供、造成甚多冤狱而获武后赏赐,又因向玄宗面呈十事而于次日即拜兵部尚书、同中书门下三品。先后三为宰相,常备兵部。元崇长于吏道,既有如《五诫》这样的著述,又有众多的政绩。但也深通权术,并在与同僚竞逐中运用得手,是一个瑕瑜互见的人物。

　　"诫"是古代以规劝告诫为内容的文体。据任昉《文章缘起》载:"后汉杜笃作《女诫》,诫,警也,慎也。"冰壶,即古代用以盛冰的玉壶。因为盛器与所盛之物均既清且明,人们亦用其为品格高洁的象征。《冰壶诫》是作者假物寓意、直抒胸臆并用以劝诫之作。《小序》及《诫》文如下:

　　　　冰壶者,清洁之志也。君子对之,示不忘乎清也。夫洞澈无瑕,澄空见底,当官明白者,有类是乎? 故内怀冰清,外涵玉润,此君子冰壶之德也。

玉本无瑕,冰亦至洁,方圆相映,表里皆澈。喻彼贞廉,能守其节。凡今之人,就列称臣,当官以割剥为务,在上以财贿为亲。岂异夫象之有齿,以焚其身;鱼之贪饵,必暴其鳞。故君子让荣不忧,辞满为珍。以备其德,以全其真。与其浊富,宁比清贫。吴隐酌泉,庞参致水,席皮洗帻,缊袍空里,虽清畏人知而所知远矣。

嗟尔在位,禄厚官尊,固当耸廉勤之节,塞贪竞之门。冰壶是对,炯诫犹存。以此清白,遗其子孙。

在我国古代诗文中,用冰雪的洁白晶莹来比喻人之品格高尚纯洁的很多。如南朝诗人鲍照的《白头吟》中就有"直如朱丝绳,清如玉壶冰"的句子,是用玉壶之冰作喻。本文则专写盛冰之玉壶,喻意一致,写法不同。

《小序》开头说:冰壶可以作为品格清廉高洁的一个标志。君子面对玉壶,不能忘记一个"清"字。"瑕"是玉石里的斑痕,人们用玉中之瑕来比喻人和事物的缺点和毛病。故而《小序》用"洞澈无瑕,澄空见底"来形容冰壶,说它晶莹剔透,一点细小的斑痕也没有,澄净空灵,若无底里。下文进而比喻社会上居官清明者,说他们律身谨严,处仕廉洁,有些类似它吧!冰清玉润,内里是冰雪的晶莹,外在是美玉的润泽,这就是君子的冰壶之德吧!董仲舒《春秋繁露·执赞》说:"君子比之玉,玉润而不污,是仁而至清洁也。"冰清玉润,向来连称,同喻高洁。

整个《诫》文始终用韵文写出。起始几句,"至洁"是最为清洁的意思。"方圆相映",从上下文看,似指方冰圆壶,实为指各类冰壶。壶有方圆二种,《仪礼·燕礼》载:"卿大夫用方,士旅食用圆。"玉壶当也不例外。"澈"是水清透明,"表里皆澈"是说从外到里都是那样清明透彻,用之比喻居官者之贞洁清廉。保持节操,应该是光明磊落、胸怀坦荡、言行一致,不可外貌堂正君子,内里则是卑污小人。南宋的爱国词人张孝祥在其《念奴娇·过洞庭》中写月光下的湖面"素月分辉,明河共影,表里俱澄澈",与下文作者自述"肝胆皆冰雪"相比照,不知是否受了此文的影响。宋代名相司马光也说过:"吾无过人者,但平生所为,未尝有不可对人言者耳。"(《宋史》本传)良吏处仕,理应是肝胆可鉴、表里如一的。以上是对正面人物的肯定论说。

　　紧接着作者揭示了与君子迥异而"就列称臣"的另一种人,面向封建社会里的贪官污吏掷出投枪。"当官以割剥为务",是说那些当官的把宰割盘剥老百姓作为他们的营生。"在上以财贿为亲",是说上司也是只跟钱财贿赂亲,其他一切,什么法律、道德均在所不顾。这个对偶句揭示出封建官僚压榨百姓、惟利是图的丑恶本质。下面文章一转,说贪官污吏对贪取贿赂、巧取豪夺而致富,用不着欢喜得太早,因为这并不一定是什么好事。正像大象因为自己有了值钱的牙齿而往往赔上了性命,鱼儿贪食诱饵必然难以潜没水中而将暴鳞于旱地一样,富贵也能给自己带来祸患。《左传·襄公二十四年》有"象有齿以焚其身,贿也"的话,上文即用此典,这里的"焚"同"偾"(音 fèn),僵的意思。"焚其身"即毁灭自身。张衡的《归田赋》中有"仰飞纤缴,俯钓长流,触矢而毙,食饵吞钩"的句子,也是说鸟慕长空、鱼贪饵食,反为人所算。为贪小利,终遭大害。在用这两个形象的比喻说明道理之后,自然引出下面的结论:在荣誉面前退让,绝不是值得忧虑的事情;对待满盈退而远之,倒是很可宝贵的。因为这样做,可以完善自己的优秀德操,可以保全自己的良好本性。回到财富占有上来,与其捞取不干净的钱财致富,莫如清清白白的穷一点。用层层剥笋的方法,终于揭示出问题的核心。

　　以下作者一连用了几个正面的历史典故，进一步阐释自己的观点。"吴隐酌泉"是引用《晋书·吴隐之传》所载的一则故事："广州包带山海，珍异所出，一箧之宝，可资数世。""故前后刺史皆多赃货，朝廷欲革岭南之弊"，专门选派了吴隐之出任广州刺史。在其辖地石门"有水曰'贪泉'"，传说人们一喝贪泉的水，就增长贪得无厌的欲望。隐之专门去喝了贪泉的水，之后隐之处仕"清操逾厉"，得到皇帝"处可欲之地，而能不改其操"的褒奖。

　　"庞参致水"的典实则见之于《后汉书·庞参传》。庞参，字仲达，河南人。他去做汉阳太守的时候，其"郡人任棠者，有奇节，隐居教授。参到，先候之，棠不与言，但以薤一大本，水一盂置户屏前，自抱孙儿伏于户下。主簿以为倨（傲而不恭），参思其微意，良久曰：'棠是欲晓（喻示）太守也。水者，欲吾清也。拔大本薤者，欲吾击强宗（打击地方豪强势力）也。抱儿当户，欲吾开门恤孤也。'于是叹息而还。参在职，果能抑强助弱，以惠政得民"。这里用庞参上任，任棠致水，其后庞参果然廉政惠民的史事，说明受人启迪而终行德政，亦同样受人欢迎。

　　其下"席皮"即以皮为席，是用李恂任兖州刺史时"以清约率下，常席羊皮，服布被"之典（《后汉书·李恂传》）。另外，后汉高弘、羊茂居官清廉，也有夏坐羊皮的记载。"洗帻"是用巴祇的故事，巴祇在做扬州刺史的时候，"俸禄不使有余，帻毁，不复改易，以水澡胶墨傅之"（谢承《后汉书〔辑本〕》）。"缊袍空里"典出《庄子·让王》："曾子居卫，缊袍无表。"成玄英《疏》："以麻缊袍絮，复无表里。"《说苑·立节》把此事说成是曾子的学生、孔子的孙子子思（孔伋），还衍化出"子思缊袍未得完"，田子方赠狐白裘，子思坚辞不受的故事。缊袍是古代贫士无财力具丝絮于袍里，以乱麻填其中的粗制衣服，此谓所着缊袍连里子、面子都没有,极言其贫。以上几个典故都是说居官清廉、生活简朴乃至衣食窘困者,虽无穷奢极欲之享,但自身乐处,物议称誉,其间自有无限快意。

总结以上论说,作者结论说"清畏人知",但人们仍能清楚地了解官吏孰廉孰贪。这里也包含一个典故。《三国志·胡质传》裴注引《晋阳秋》载:"武帝谓胡威(胡质之子)曰:'卿清孰与父清?'威对曰:'臣不如也。'帝曰:'以何为不如?'对曰:'臣父清恐人知,臣清恐人不知,是臣不如者远也。'"事实上是"父子清慎,名誉著闻"。胡质清廉不愿让人们知道,结果大家还是都知道了。因为文章是贪、廉对举论说,清廉者若此,贪赃者能尽掩天下人耳目吗?

行文至此,作者发出一声感叹,接着直接与当朝在位的官吏对话:诸位地位尊崇,俸禄优厚,确实应该树立勤俭、清廉之节操,堵塞贪赃竞逐之门径。面对这光亮透明、冰清玉洁的冰壶,明显的诫语,当言犹在耳,应该争取能用自己最可宝贵的精神财富——清白,留传给自己的子孙后代。文章结束,论说也升上一个更高的层面。因为历史上的许多官吏犯赃,除去为个人贪图享乐所驱使之外,不少是为了将捞取的财富留给自己的儿孙,所以结尾提出这个问题,绝非节外生枝、画蛇添足。以清白传子孙,其中也有典实。《后汉书·杨震传》记载:"(震)性公廉,不受私谒。子孙常蔬食步行,故旧长者或欲令为开产业,震不肯,曰:'使后世称为清白吏子孙,以此遗之,不亦厚乎?'"可能是受了杨震的影响,唐房彦谦也曾对其子房玄龄说:"人皆因禄富,我独以官贫,所遗子孙在于清白耳。"(《隋书·房彦谦传》)作者提出究竟应该给子孙后代留下什么的问题,启发思考,用以激励官吏们正视居官清廉的问题,应像冰壶一样的高洁纯净。

从文章的表现形式上看,虽然《诫》文文字不多,但包含的内容丰富。全篇设喻贴切，语言生动，音韵谐洽，读来铿锵畅达。从写法上看，虽始终廉贪对比说明，但却以树廉为主，正面引导，主题鲜明，重点突出。另外，由于《诫》文的内容要求，论述大多以古鉴今，以收"善可为法，恶可为戒"的效果，所以引用了众多有意义的史实，这就使得文章更加坚实有力。当然，也正因《诫》文文章较为短小，加以骈偶成句，表述方法又采取以史为镜，作者不得不引用很多典故，所以，如不能完全弄清各典实的本事与寓意，也必将影响到作品内容的表达效果，使之不易为广大读者深刻理解。这大约应该算是作品的一个缺点。

　　《冰壶诫》因系开元初姚崇在宰相任内之作，人尊言重，在当时有很大影响。不仅为官吏与士大夫所重视，更延入科举的考试内容。王维的《赋得玉壶冰》一诗，就注有"京兆府试，时年十九"。另如《文苑英华》所载佚名氏之《玉壶冰赋》，陶翰、崔损二人的同名《冰壶赋》，下均注明限韵，显然亦为应试之作。其他如王季友的《玉壶冰试诗》、卢纶的《清如玉壶冰》、韦应物的《寄洪州幕府卢二十一侍郎》、李白的《赠清漳明府侄》和王昌龄的《芙蓉楼送辛渐》等，内容均以冰壶设喻，并不同程度地涉及为人清白、居官廉正这一共同主题，很可能都是在姚崇的《冰壶诫》一文影响下，才涌现出来的优秀作品。所以说《冰壶诫》一文，不管是对当时还是后世，不管是在政治上还是文学上，影响都是深远的。

（原载《学问》2002 年第 5 期）

白诗《不致仕》解析

唐代伟大的现实主义诗人白居易的讽谕诗,有的揭露了封建统治阶级横征暴敛,用攫取的财物过其奢侈豪华生活的罪恶;有的抨击了好大喜功的统治者对外穷兵黩武,使百姓流离失所,乃至伤残自身以免兵役的种种弊政;有的鞭挞了封建统治者为自身淫佚无度的生活而玩弄、蹂躏、抛弃妇女的无耻行径;也还有一些无情地解剖了反动、腐朽的封建制度本身的种种丑恶现实。《不致仕》就是其中一例。

> 七十而致仕,礼法有明文;何乃贪荣者,斯言如不闻?可怜八九十,齿坠双眸昏。朝露贪名利,夕阳忧子孙。挂冠顾翠緌,悬车惜朱轮。金章腰不胜,伛偻入君门。谁不爱富贵?谁不恋君恩?年高须告老,名遂合退身。少时共嗤诮,晚岁多因循。贤哉汉二疏,彼独是何人?寂寞东门路,无人继去尘!

"致"是归还的意思,"仕"是出任官职,"致仕"是还禄位于君。"致仕"也有写做"致事"的。《礼记·曲礼》:"大夫七十而致事"，意思是致其所掌之事于君而告老，也就是退休。《不致仕》就是讽谕那些年老已不能治理政事的官吏，因为贪图封建官僚的种种特权而坚决不退休的陋俗弊习的。

诗作开头两句提出立论的根据，说七十岁退休是古代经书上有明文规定的。接着说，但是有的人为了贪图荣华富贵，就是听不进去，直到八九十岁，牙齿脱落、老眼昏花，生命已如朝露夕阳，但为了自身名利和荫庇儿孙，还是摘下官帽眼瞅着系帽的绳带而恋恋不舍；辞官家居，惋惜坐不成车子了，对官位眷眷难释。以至衰老得腰身都承受不住那金的佩饰了，也还是要弯腰驼背地去坚持出席朝请仪式，非得把官继续当下去不可。

诗写到这里，作者笔锋一转，稍作跌宕，说贪恋个人荣华富贵，与为了报效赐给自己特权的皇帝而愿意多留在朝廷些时日，是人之常情，似乎不必厚非；但是既然已经功成名遂，且年事太高，也就得告老退职了。作者在这里还揭露了一些人自己尚未年老的时候讥刺别人年老不致仕；而当自己年老的时候，却和过去自己讽刺过的人一样，也是迟迟不愿离开现在占据着的职位。

诗歌的结束部分，作者通过赞颂汉代的太傅疏广和他的侄儿少傅疏受年老同时辞官的事，来为那些已老得昏瞆糊涂了，仍不致仕的人树立一个正面样板。二者对照，相形之下，只有二疏这种依循古制的行为才算得是真正的贤明啊！二疏辞官归里的时候，公卿大夫在东门外盛会欢送，所以作者在结尾两句说，为什么东门路上现在寂寥无人，是因为像二疏那样年老就主动自觉地致仕的人已经没有后继者了。

在这首短诗中，作者既形象地揭露了封建社会官场中老不致仕的现实，又尖锐地指出了造成这一现实的根本原因，在于封建官僚们当官，根本不是像他们口头上所说的是什么为民请命，而只是为了自身贪恋富贵和借助封建特权为儿孙谋取私利的丑恶实质。既深刻揭示出封建社会制度的腐朽,又流露出作者对世风日下、人心不古,而自己又无力改变这种现实的慨叹。当然,诗作对当时及后世的读者也不乏晓谕、警策的作用。所以,应该说这首诗还是一首深刻接触现实,具有进步思想内容的作品。

最后,还必须提到的是,诗人对他在作品中揭示的社会问题能痛下针砭,在触及他自身实际的时候,也能够律己以严。在他另一首题为《高仆射》的诗中,作者在对不同于"今之代遑遑名利客"的高仆射七十致仕大加称誉之后,接着写道:"我年虽未老,岁月亦云迈。预恐耄及时,贪荣不能退。中心私自儆,何以为我戒?故作仆射诗,书之于大带。"为了怕自己光要求别人,而不联系自己,像孔门弟子书绅那样,专门就高仆射的事题诗衣带自警。对于一个封建社会的文人来说,如果不是心存社稷,关注百姓,是很不容易做到这样对上直言诤谏、待己言信行果的。据史书记载,会昌二年(842),白居易七十一岁的时候,在刑部尚书任内致仕归里。看来,在这个问题上,诗人确实是言行一致的。

(原载《职业技术教育》1984 年第 8 期,署名马常有)

情景交汇，理寓其中

——读《观潮》

海门双峙隔沧溟，潮汐翻波势若倾。
万叠银山横一线，千挝鼍鼓震重城。
来无源委逢秋盛，信有盈亏应月生。
今古循环曾不涸，《谈天》闳辩岂能名？

尝观《七发》论涛篇，比物侔形恨未妍。
声入闾阎家十万，势陵组练甲三千。
冯夷海若凭深险，种魄胥神竞后先。
纵使风波能鼓怒，终归漩澴作澄渊

横江白浪涌崔嵬，应是波神羽卫来。
陛戟百重驰道远，舳舻千里峭帆开。
缓如积雪飞霜路，急似砏崖转石雷。
惟有东西争渡者，暮还朝往任相催。

苏颂是宋代著名的科学家,但他在文学方面也造诣匪浅。收入《苏魏公文集》中的上列律诗三首,就颇具特色。

钱塘江潮是一大景观,观潮,是历代人们旅游观光、欣赏大自然风貌的传统盛举,更是无数文人墨客记游诗描写的重要内容之一。而苏颂此诗则含情于写景之中,而又寓理于景情之内。做到了景、情与理的完美结合。

第一首,开头的"海门",理解为萧山东北的地名当无不可,但解释成海口,江入海处,两岸如门,则更为形象贴切。用潮汐波涛若倾先来渲染气势。接着颔联上句用"万叠银山横一线"来状潮水初生,想象丰富,状物准确,写形。下句用鼍鼓震动的比喻,状涛声,写声。我国古代先民早就知道了潮汐与月的盈缺的关系,所以古诗中写男女恋情不少用"潮有信"作喻。作者是科学家,对此当然更是了如指掌,所以在颈联写起来也就信手拈来。末两句作者忽发沧海桑田之奇想:潮涨潮落,大海却永不干涸,循环不已,千古如一。这就难怪东汉时代的钱塘江畔的唯物主义思想家王充,虽然能言善辩,但在其《论衡·谈天》中,对许多自然现象的解释,终究不能令人折服,只好无奈地说"凡事难知,是非难测"了。

第二首开头,紧接第一首末尾,发怀古之幽思,由东汉的王充想到西汉的枚乘,认为这位大作家在其名篇《七发》中对波涛的描摹,从景物到形象,都还是未为尽善。枚乘的《七发》是通过对七件事的描写来启发太子的。其中对"八月之望""观涛乎广陵之曲江"的情景做了极富浪漫色彩的描写:

似神而非者三:疾雷闻百里;江水逆流,海水上潮;山出内云,日夜不止。衍溢漂疾,波涌而涛起。其始起也,洪淋淋焉,若白鹭之下翔。其少进也,浩浩滃滃,如素车白马帷盖之张。

其波涌而云乱，扰扰焉如三军之腾装。其旁作而奔起也，飘飘焉如轻车之勒兵。

作品之颔联与第一首相反，上句一切写声，下句再写形。而"组练甲三千"，较之《七发》中"素车白马帷盖之张"的相类形容，恐怕是景物的过于形似，而使诗人造喻的不谋而合吧。颈联中作者借用了神话传说中的河伯冯夷和北海之神若的故事。

《淮南子·齐俗训》："昔者冯夷得道，以潜大川。"高诱注："冯夷，河伯也。华阴潼乡堤首里人。服八石得水仙。"海若，为北海海神，《庄子·秋水篇》写他与河伯冯夷的长篇对话，讨论了许多哲理，这里说海潮的汹涌气势是只有河伯、海神敢于置身其中遨游，以测深险了。而颈联又引两则历史故事，说只有文种和伍员（子胥名）的神魂敢于在潮水的澎湃汹涌中搏击，一决雌雄。《国语·吴语》载吴王夫差不听伍员之谏，并杀掉伍员。因为伍员死前说了"以悬吾目于东门，以见越之入、吴国之亡也"的话，夫差就勃然大怒，说就是有这事，也不让你看到，就将他的尸体"盛以鸱鹮（皮袋子），而投之于江"。越王勾践听从范蠡、文种的建议，与吴军隔松江对峙，分左右军，"衔枚潜涉"，大败吴军。这里用伍员与文种的精魂称代吴越两国，说涨潮的波涛有似当年吴越为拼个胜负在松江水战，兵士汹涌而至的气势。结句也由古返今，说旧的历史的急浪险涛俱成以往，终归平息。一切经过漩涡轮转，尽皆沉入渊底。充满隽永哲理，给人以遐想的极为广阔的天地。

第三首开始将潮水比作波神的羽卫军，颔联写潮浪之起，说他们像军士拥载"百重"，奔驰道路，舳舻千里，高帆远航。颈联写潮水缓涌时如"雪飞霜路"，这使我们想起苏子瞻写浪花的"卷起千堆雪"的名句；写潮水急泻时如"崖转石雷"的巨声咆哮，也使我们如见其景，如闻其声。尾联写生活在当地的人们，不似外来观赏者感到的新鲜，如此壮观的奇景对他们习以为常。他们为了生活奔波，还得掌握住潮水升落的规律，"暮还朝往"地"东西争渡"艰苦谋生。潮水的涨落，像是专门为了来催督他们尽快渡江似的。依然用由景入情、由情得理的写法作结，给读者以久远的回味。

作为律诗，这三首诗对仗工整，遣词生动，设喻确切，错落有致。这些都为体现作者写情于景、寓理于情的写作特点发挥了很好的作用，使这三首写潮的律诗，在历代众多的同类作品中，取得自身的价值，放射出诱人的光彩。

（原载《新华商报》1993 年 6 月 12 日）

大潮汹汹志存真

——读王安石的明志诗

近读《叶先生诗话》（一名《石林诗话》,宋叶梦得撰）其中一则,甚耐寻味:"旧中书（宋代中书省总管全国政务）南厅壁间有晏元献（晏殊,谥元献）题《咏上竿伎》一诗:'百尺竿头袅袅身,足腾跟倒骇傍人。汉阴有叟君知否? 抱瓮区区亦未贫。'当时固必有谓（有目的而写）。文潞公（彦博）在枢密府（总管全国军事）,尝一日过中书,与荆公（王安石）行至题下,特迟留诵诗久之,亦未能无意也。荆公他日复题一篇于后云:'赐也能言未识真,强分机械枉天真。桔槔俯仰何妨事,抱瓮区区老此身。'"

晏殊的诗表面写的是爬高竿表演的杂技艺人,写他在很高的竿顶上做各种惊险动作,下面伴演的艺人也做出惊骇万状的样子。作者说艺人表演是为了收取名利,应以汉阴叟为鉴,安贫乐道地守本分过日子。这里的"汉阴叟",是用的《庄子·天地》中的典故:孔子的弟子子贡自楚返晋,过汉阴,一个种菜的老者挖了很长的隧道走下井里用瓮打水抱上来灌地,劳累而效低。子贡告诉他做个打水机械桔槔（于井旁竿上缚杠杆,一端系桶,一端坠石,汲水省力),"后重前轻,挈水若抽",劳少效高。老人生气地说:"有机械者必有机事,有机事者必有机心(智巧变诈之心)……吾非不知,羞而不为也。"子贡听后很信服老人的话,并感到非常惭愧。晏诗咏事寓意,而且写到了中书省的墙上,实际是暗含讥刺,影射与反对王安石变法,说王安石变法是为了捞取个人名利,冒险玩命,不如还是循旧章程行事为好。文彦博生怕王安石不知道,故意引他到墙下来看,态度当然也很明显。

王安石看后步原韵和了一首诗,表明他对变法正确性的坚信不移,以及他对各种反对、攻击的不屈不挠。和诗说端木赐(子贡名)虽然能说会道(《史记》说子贡"利口巧辞",有时老师孔子也辩不过他),但不能把握真理,听抱瓮老人一番巧辩就放弃了自己的正确认识,附和他的错误理论。《庄子·天运》中又提到上例所说的桔槔打水时"引之则俯,舍之则仰",说庄子用这个故事是为了宣扬他的哲理,我们没有道理舍弃利用"桔槔俯仰"机械汲水的正确方法,因为实践证明它是有益的。只要能达到省力汲水的目的,采用什么方法又有何妨呢?至于抱瓮老人非要恪守他的固有信念不可,不愿意接受这种劳少效高的先进机械,劝说无效,那也只好让他固守其道,终老其身了。

改革大潮掀起的时候,不同的人们,由于各自不同的情况与原因,诸如既得利益的守失、固有观念的取舍、生活习惯的顺逆等,必然对其表露出各自不同的态度。面对咄咄逼人的训斥、说三道四的风凉,王安石毫不为之所动,坚持改革实践的同时,也直面各类反对的舆论,予以有理有据的批驳,表现出了一个改革家的坚定信念与恢宏气魄。

(原载《吉林日报》1990年9月1日)

陆游的沈园题咏

影片《风流千古》上映以后,宋代大诗人陆游的爱情悲剧拨动了无数观众的心弦。尤其是诗人笔下有关沈园题咏的诗词,经曲作家谱曲成歌之后,更使人一唱三叹,感到余味无穷。

以诗作多产著称的陆游,对其青年时期的知心伴侣一往情深,而对其爱情、婚姻上的坎坷遭遇抱憾无穷。言为心声,一直到诗人的晚年为止,除了影片中采入、并为广大读者熟知的《钗头凤》词之外,较为明显的还有四首七绝,一首七律。

题为《沈园》的两首绝句是宋宁宗赵扩庆元五年(1199)写的,当年诗人已七十五岁,距沈园相会也已四十四年了,但对爱妻唐婉的忆念之情,仍未尝稍减:

城上斜阳画角哀,沈园非复旧池台。伤心桥下春波绿,曾是惊鸿照影来。

梦断香消四十年,沈园柳老不吹绵。此身行作稽山土,犹吊遗踪一泫然。

在此之前七年,即宋光宗赵惇绍熙三年(1192),诗人曾写了一首律诗。诗前的序言说:"禹迹寺南有沈氏小园,四十年前尝题小词一阕壁间,偶复一到,而园已三易主,读之怅然。"诗的全文是:

> 枫叶初丹槲叶黄,河阳愁鬓怯新霜。林亭感旧空回首,泉路凭谁说断肠?坏壁醉题尘漠漠,断云幽梦事茫茫。年来妄念消除尽,回向蒲龛一炷香。

老诗人去世之前五年,已是八十一岁高龄的时候,青年时期爱情、婚姻悲剧留在心灵上的创伤仍未愈合。宋宁宗开禧元年(1205),他在题为《十二月二日夜梦游沈氏园亭》的诗中还寄予了对爱妻绵亘不断的怀念之情:

> 路近城南已怕行,沈家园里更伤情。香穿客袖梅花在,绿蘸寺桥春水生。

> 城南小陌又逢春,只见梅花不见人。玉骨久成泉下土,墨痕犹锁壁间尘。

从这些情真意切的诗章中,我们感受到大诗人对青年时期昙花一现的幸福爱情生活的追思,和对婚姻遭际的不幸终生惆怅。透过它们,我们更认识到造成这一历史爱情悲剧的封建制度的深重罪恶。

(原载《吉林日报》1981 年 11 月 15 日)

洞察入微　哲理隽永

——《菜根谭》读后

在我国古代浩如烟海的典籍文献中,一本作者名不见经传、书不为众人所知,全文仅两三万字的小书——《菜根谭》,却在很早就流入东邻日本,且时下在彼更享有殊荣,企业界将其视为企业家自身修养、企业管理、用人制度、扩大商品销售市场等方面的必修课教材,奉为企业经营的顾问、参谋(见《环球》1987年第6期《〈菜根谭〉在日本》一文)。这种现象,理应引起我国学术界的关注。

《菜根谭》是明人洪应明晚年所写的一部语录体说禅劝世的作品。关于《菜根谭》的命名含义,作者友人于孔兼以为:"谭以'菜根'名,固自清苦历练中来,亦自栽培灌溉里得,其颠顿风波,备尝险阻可想矣。洪子曰:'天劳我以形,吾逸吾心以补之;天厄我以遇,吾高吾道以通之。'其所自警自力者又可思矣!"

乾隆五十九年(1794)二月二日遂初堂主人在《菜根谭》序中,说它"虽属禅宗,然于身心性命之学实有隐隐相发明者"。大体上说,《菜根谭》的主旨乃在说禅劝世。总观全书,给人印象最深刻、也是对今天广大读者最有积极意义可供启迪思考的,恰恰正是作者洞察入微的慧目对社会现实的深刻认识与透辟剖析。

一、对儒家修齐治平学说的论说

格物、致知、诚意、正心、修身、齐家、治国、平天下的学说,可说是儒家的基础理论。作者早年热中尘世,有切身体会,对此有深刻论述。如论及修身的:"耳中常闻逆耳之言,心中常有拂心之事,才是进德修行的砥石。若言言悦耳,事事快心,便把此生埋在鸩毒中矣。"又:"一念错,便觉百行皆非,防之当如渡海浮囊,勿容一针之罅漏。万善全,始得一生无愧,修之当如凌云宝树,须假众木以撑持。"如论及齐家的:"家人有过,不宜暴扬,不宜轻弃。此事难言,借他事而隐讽之;今日不悟,俟来日而正警之。如春风之解冻,和气之消冰,才是家庭的型范。"如论及治国的:"居官有二语:曰惟公则生明,惟廉则生威。居家有二语:曰惟恕则平情,惟俭则用足。"又:"士君子济人利物,宜居其实不宜居其名,居其名则德损;士大夫忧国为民,当有其心不当有其语,有其语则毁来。"总括言之者如:"以积财货之心积学问,以求功名之念求道德,以爱妻子之心爱父母,以保爵位之策保国家,出此入彼,念虑只差毫末;而出凡入圣,人品且判星渊矣。人胡不猛然转念哉?"以出世学说为基础的佛教,与修齐治平一套当然没有很多的相通之处,仅举此荦荦大者以示此书确为儒、佛、道三教结合精英之例证。

二、对世相丑态的揭示与如何驾驭方面的论说

尘世污浊秽垢,道路坎坷险恶,噬血自肥、卖友求荣者所在

多有,书中有形象之反映。如揭露世情险恶的:"鹰立如睡,虎行似病,正是他攫人噬人手段处,故君子要聪明不露,才华不逞,才有肩鸿任巨的力量。"又:"君子严如介石,而畏其难亲,鲜不以明珠为怪物而起按剑之心;小人滑如脂膏,而喜其易合,鲜不以毒螫为甘饴而纵染指之欲。"又:"遇沉沉不语之士,且莫输心;见悻悻自好之人,应须防口。"如贬斥贪婪丧节的:"贪得者,分金恨不得玉,作相怨不封侯,权豪自甘为乞丐;知足者,藜羹旨于膏粱,布袍暖于狐貉,编氓何让于王公。"又:"藜口苋肠者,多冰清玉洁;衮衣玉食者,甘婢膝奴颜。盖志以淡泊明,而节从肥甘丧也。"如鞭挞世态炎凉的:"炎凉之态,富贵更甚于贫贱;妒忌之心,骨肉犹狠于外人。此处若不当以冷肠,御以平气,鲜不日坐烦恼障中矣。"

生当斯世,作者生动地比喻"世事如棋局"。生活于社会如"车争险道,马骋先鞭",如何才能使"车""马"不致倾覆,全在驾驭工夫。必须自警自力,谨言慎行。为了防奸远祸,有时还得忍辱负重。对个中道理,书中亦剖析精深:"当与人同过,不当与人同功,同功则相忌;可与人共患难,不可与人共安乐,安乐则相仇。"又:"富贵是无情之物,看得他重,他害你越大;贫贱是耐久之交,处得他好,他益你反深。"又:"酷烈之祸,多起于玩忽之人;盛满之功,常败于细微之事。故语云:人人道好,须防一人着恼;事事有功,须防一事不终。"又:"觉人之诈,不形于言;受人之侮,不动于色。此中有无穷意味,亦有无穷受用。"正因作者洞察细微,剖析精深,故而力透纸背,入木三分,有强烈的说服力量。

三、对持身待物,人我关系的论说

对人生社会既有深刻认识,在处世、从事中该如何持身、待人,书中有意味深长的概括。由于所述大多从作者切身体验中来,读来平实亲切,若合符契,极易引起共鸣。如律己从严的:"为恶而畏人知,恶中犹有善路;为善而急人知,善处即是恶根。"又:"曲意使人喜,不若直躬而使人忌;无善而致人誉,不若无恶而致人毁。"又:"宠利毋居人前,德业毋落人后,受享毋逾分外,修持毋减分中。"又:"毋因群疑而阻独见,毋任己意而废人言,毋私小惠而伤大体,毋借公论以快私情。"如制欲自奋的:"欲路上事,毋乐其便而姑为染指,一染指便深入万仞;理路上事,毋惮其难而稍为退步,一退步便远隔千山。"又:"己之情欲不可纵,当用逆之之法以制之,其道只在一'忍'字。"如忠诚处事的:"簪缨之士,常不及孤寒之子可以抗节致忠;庙堂之士,常不及山野之夫可以料事烛理。"又:"遇事只镇定从容,纵纷若乱丝,终当就绪;待人无半毫矫伪欺隐,虽狡如山鬼,亦自献诚。"

在如何处理人我关系上也有精到之论说:"不责人小过,不发人阴私,不念人旧恶。三者可以养德,亦可以远害。"又:"受人之恩虽深不报,怨则浅亦报之;闻人之恶虽德不疑,善则显亦疑之。此刻之极,薄之尤也,宜切戒之。"世态炎凉,人心惟危,在此情况下律身持正,待人以诚,制欲进德,远害图成。持柄在我,必须有九死未悔的毅力与临渊履薄的小心方可应付裕如。

四、对客观社会中门类纷纭各事物错综杂呈的诸关系的论说

大千世界各类事物不减恒河沙数,无慧眼洞察,难得知其底蕴。书中对此论述,最见功力。如论及德与才的关系时说:"德者才之主,才者德之奴,有才无德,如家无主而奴用事矣,几何不魍魉猖狂?"论及誉与毁的关系时说:"不虞之誉不必喜,求全之

毁何须辞。自反有愧，则无怨于他人；自反无愆，更行嫌乎众口？"论及恩与威的关系时说："恩宜自淡而浓，先浓后淡者，人忘其惠；威宜自严而宽，先宽后严者，人怨其酷。"论及刚与柔的关系时说："舌存尝见齿亡，刚强终不胜柔弱；户朽未闻枢蠹，偏执岂能及圆融。"论及贵与贱的关系时说："我贵而人奉之，奉此峨冠大带也；我贱而人侮之，侮此布衣草履也。然则原非奉我，我胡为喜？原非侮我，我胡为怒？"论及畏大人与畏小民的关系时说："大人不可不畏，畏大人则无放逸之心；小民亦不可不畏，畏小民则无豪横之名。"论及好名与好利的关系时说："烈士让千乘，贪夫争一文，人品星渊也，而好名不殊好利；天子营家国，乞人号饔飧，位分霄壤也，而焦思何异焦声？"

佛教教义在对宇宙万相及人类认识的深刻程度上，世界上其他宗教哲学思想都是罕有其匹的。《菜根谭》作者承袭佛教本身蕴藏的智慧，兼采儒道二家精粹，对客观世界、社会人生、人际关系作了深入的观察与揭示，由于作者"幼慕纷华，晚栖禅林"的现实遭际感受，就使得其认识更为深邃、更具有强大的说服力。

作为《菜根谭》的另一突出特点，全书充满了隽永的哲理。这是由于作者洞察了社会现实而又加以深入剖析归纳所形成的深邃见地。正因为它高度概括地反映了社会诸多领域各类世态，读之常感到意中皆有、口中常无。一经其道破，即有一语中的之感。也可能这正是它历久不衰、受人重视的原因之一。

如论及顺逆、福祸、虚实、露秘诸相矛盾的对立事物的作用与反作用的关系时说："居逆境中，周身皆针砭药石，砥节砺行而不觉；处顺境内，满眼尽兵刃戈矛，销膏靡骨而不知。""毁人者不美，而受人毁者遭一番讪谤，便加一番修省，可以释冤而增美；欺人者非福，而受人欺者遇一番横逆，便长一番器宇，可以转祸而为福。""心不可不虚,虚则义理来居;心不可不实,实则物欲不入。""杨修之躯见杀于曹操,以露己之长也;韦诞之墓见伐于钟繇,以秘己之美也。故哲士多匿采以韬光,至人常逊美而公善。"

如论及全面观察事物才便于正确处理事物时说:"害人之心不可有,防人之心不可无,此戒疏于虑者;宁受人之欺,毋逆人之诈,此警伤于察者。二语并存,精明而深厚矣。""少年的人,不患其不奋迅,常患以奋迅而卤莽,故当抑其躁心;老成的人,不患其不持重,常患以持重而退缩,故当振其惰气。""害人之心不可有,防人之心不可无"是生活中流传颇广的一句俗话,经作者如此剖析,就使我们对此俗语有了全新的感受,能更好、更准确地运用它。使用环境的针时性,可以防止使用时产生片面性。

如对善思可消怨奋志,逆境可坚定操守等论述,亦皆说理得体,深刻哲理恒以寻常话语出之,使人清神醒目,眼界大开:"事稍拂逆,便思不如我的人,则怨尤自消;心稍荒怠,方思胜似我的人,则精神自奋。""非盘根错节,何以别攻木之利器?非贯石饮羽,何以明射虎之精诚?非颠沛横逆,何以验操守之坚定?"他如处世待物之诸多论说,亦皆境界高远,示人以从入之途:"图未就之功,不如保已成之业;悔既往之失,不如防将来之非。""伏久者飞必高,开先者谢独早,知此可以免蹭蹬之忧,可以消躁急之念。""势利纷华,不近者为洁,近之而不染者为尤洁;智械机巧,不知者为高,知之而不用者为尤高。"

恩格斯在《自然辩证法》中称誉佛教徒处在人类辩证思维的较高发展阶段上。正由于它对宇宙人生有深刻的认识,对人类社会理性的深入反省与独到分析,使得佛教哲学蕴藏着深刻的哲理,闪烁出智慧的光芒。

在此还必须提及的是,为了说理论事的需要,《菜根谭》全书运用了许多比喻。通过故事作喻来阐释深刻的寓意，本是佛经表现手法上的一个特点。佛祖释迦牟尼说法，即用传说故事，多方比喻。古印度伽斯那所著《百喻经》，更可作为代表。因《菜根谭》的写作取语录体，虽深刻、质朴、活泼、自由，但不便引述完整故事，故述说事理常以简明设喻，而取得了抽象说理所无法比拟的良好效果。如说满之为患时说："欹器以满覆，扑满以空全，故君子宁居无不居有，宁处缺不处完。"说到正可祛邪、善能感恶时说："我果为洪炉大冶，何患顽金钝铁不可陶镕；我果为巨海长江，何患横流污渎不能容纳。"说到名声欲望能散志招祸时说："钟鼓体虚，为声闻而招撞击；麋鹿性逸，因豢养而受羁縻。可见名为招祸之本，欲乃散志之媒。学者不可不力为扫除也。"说到治弊除恶需留有余地的时候说："锄奸杜幸，要放他一条去路，若使之一无所容，便如塞鼠穴者，一切去路都塞尽，则一切好物都咬破矣。"上列各喻，皆妙手天成，绝无斧凿痕迹。从表达方式上看，这些比喻的运用，对阐发其教义、宣扬其思想都起到了使人易于理解、领会更加深刻的作用。

《菜根谭》以佛教教义的丰富智慧，对社会进行了深刻的洞察与剖析，对人们认识历史，认识现实，认识人与事物、人与人之间的相互关系有着巨大的启发意义。但它毕竟宣扬了不少宗教教义。宗教自身的局限，比如不能对现实从总的方面做出正确反映等，必然带给本书以同样的局限。这是我们在大力肯定此书的许多长处的同时，不能不着重指出的。故而如何披沙拣金，善于吸取，则就不能不成为读者阅读此书时所必须思考的问题了。

（原载《吉林大学社会科学学报》1988 年第 5 期）

巧对赏析

对联，又叫对子、联语、楹联、楹帖等。因为其内容、应用场合的不同，还有另外的命名：如贺年的叫春联，哀悼亡者的叫挽联等。对联是汉语使用群体独有的文学形式。这是由汉字形音义的独具特点所决定的。其特点可概括为：1. 文字对仗工整；2. 合乎平仄音韵的要求；3. 全联词句得表述出明确的内容。对联在我国有悠久的历史，梁章钜在《楹联丛话·序》中说"楹联之兴，肇于五代之桃符"。还有人认为更早，以为六朝骈体文、唐代四六文之对仗、音韵要求已为对联之萌芽。

关于对联思想内容方面的意义，陈继昌在给《楹联丛话》所写序言中说："片辞数语，著墨无多，而蔚然荟萃之余，足使忠孝廉节之惆，百世常新；庙堂瑰玮之观，千里如见。可箴可铭，不殊负笈趋庭也；纪胜纪地，何啻梯山航海也。诙谐亦寓劝惩；欣戚胥关名教。草茅昧于掌故者，如探石室之司矣；脍炙遍于士林者，可作家珍之数矣。"说楹联这种文体，文字精炼，但能表现很精彩的内容。通过它能把治政为人方面的教育"常新"，而其中的名言警句可与学校、家庭教育比美。刻画恢弘建筑的，虽然在你从未到过的千里之外,可以展现在你眼前;而描摹秀丽山川的,更可以代替你登山航海旅游。还可以娱乐性情,增长知识。至于作为艺术鉴赏的美的享受,当然更是题中之义了。

张伯驹先生在其《素月楼联语》一书的结尾处,摘录了明人无名氏《对类》一书中的一些"巧对"。所谓"巧对",主要是指它的构思精巧、对仗工稳。细玩其中内容,确乎不乏精妙绝伦、巧夺天工者。只是对于对联了解得不太多的读者,欣赏起来不一定能完全得其妙处。下面选录若干幅粗加类分并略作分析,与读者共同欣赏。

一、音同音近类:此类对联除其他对联应具备的要求一项不可缺少之外,另外还有音同或音近的要求。如:

> 老枣靠道倒;
> 矮槐挨阶栽。

从文义上讲,上联是说一棵老枣树紧靠道路边倒着,但除此之外,全联五个字都含韵母"ao"。下联以同样的要求作对,文义说一棵低矮的槐树挨着台阶栽种,对句五个字都含韵母"ai"("阶"字在南方不少地方读 gai)。再如:

> 无山秀似巫山秀;
> 何水清如河水清。

这副对联与上一联的不同处是除了同音之外,还有重字。上联说没有什么山的秀丽像巫山这样秀丽,"无""巫"同音,而且还重了"山秀"两个字。下联说什么水的清澈能像河水这样清澈,而且同样"何""河"同音,"水清"二字也相重。另外还有:

1. 红荷花,白荷花,何荷花好?
   紫葚子,青葚子,甚葚子甜?

2. 鹤渴抢浆,命仆将枪惊渴鹤;
   鸡饥吃食,呼童拾石逐饥鸡。

3. 雨里筑墙,捣一堵,倒一堵;
   风前点烛,流半边,留半边。

二、谐音类:谐音之不同于音同、音近,在于其所谐之音另具意义。在对联中,上联用谐音处下联当然也得用谐音作对。如:

猫儿竹下乘凉,全无暑气;
蝴蝶花间向日,更有风来。

上联字面因"乘凉"自然能消除"暑气",但"暑"字还谐"鼠",因为有"猫儿"在,老鼠自然销声匿迹。下联字面上看是写风和日丽、彩蝶纷飞,实则"风"字还谐"蜂"字。因为蜂蝶二字一直并提,相连紧密。

双艇并行,鲁肃不如樊哙;
八音齐奏,狄青难比萧何。

与上联的不同处,此联是用四个古人的名字来谐音,"鲁肃"是三国时吴国的重臣,"樊哙"是汉高祖刘邦的一员虎将,在此谐"橹速"、"帆快",橹与帆为船只航行所必备,以切前文"双艇并行"。下联之"八音"为古代乐器的总称(金、石、土、革、丝、木、匏、竹),"狄青"是宋代名将,"萧何"是汉高祖刘邦的开国宰相,在此谐"笛清"、"箫豁",以状乐音的清越豁亮。

> 船尾拔钉,孔子生于周末;
>
> 云头掣电,霍光起自汉中。

此联"孔子"为儒学圣祖,但在此喻孔洞,因为船钉拔除,当然出现孔洞。"周"本意为周朝,孔丘出生在周代末期,在此谐"舟","船尾"正是"舟末"。霍光,平阳人。十余岁时其父携其至长安,借其异母兄骠骑将军霍去病的势力而出任官职。汉武帝封他作大司马大将军,辅昭帝,立宣帝,权倾朝野。"汉中"在此指代长安,而"霍"又为急速意,"霍光"即闪电。闪电自然从云中发出,"云"间即河"汉"(银河),"云头"即"汉中"。并皆一语双关。

三、拆字类:拆字本来是旧社会迷信者用汉字的拆合考吉凶、卜未来的。这里的所谓拆字格对联,也是从字形的分合上着眼来进行构思与分析的。

> 炒豆不酥缘火少;
>
> 移仓难动为禾多。

联语表面是说豆未炒酥是因火小,而"炒"字拆开还是末尾"火少"二字。同理,下联表面说仓库难于移动是因为禾草太多,而"移"字拆开亦为末二字"禾多"。

> 冻雨洒窗,东二点西三点;
>
> 切木置屋,曲八根直四根。

"冻"、"洒"即为"东二点"、"西三点"组成,因为是水,故称"点"。下联说买盖房屋的木头,有直有弯。而"典"、"置"二字正是"曲八"、"直四"组成。因为是木,故称"根"。也有对以"切瓜分片,横七刀竖八刀"的,因"切"、"分"二字也是横向的"七刀"和竖向的"八刀"组成,对仗上似乎更为工整。

> 谢外郎要钱,抽身便讨;
> 吴内史饮酒,下口就吞。

"要钱"亦即"讨"债,"谢"字把"身"字一"抽"出来"便"是"讨"字。同理,"饮酒"当用"口","吴"字中的"口"字在"天"字之上,而一经放在"天"字之"下",岂不"就"是"吞"字。类此还有:

> 笑指深林,一犬低眠竹下;
> 闲看邃户,孤木独立门中。

《说文》:笑,"从竹,从犬"。"笑"为"犬"在"竹下","闲"为"木"在"门中"。

> 四口兴工造器迟,口多工少;
> 二人抬木归来晚,人短木长。

"器"字的异体有作"噐"的,所以上联才有"四口兴工"而"造"出"器"字之语。"来"的繁体(來)为"木"下两"人",故云"二人抬木""归"之为"来"字。"多少"是个反义词组,"短长"也是个反义词组。体现对仗工巧。

四、缠杂：所谓缠杂是指联语中文字顺倒、重复夹杂出现，增加很大的难度，难于对出。如：

> 烧火火烧烧火棍；
> 渡船船渡渡船人。

联语表述的事情很简单，但一经颠倒重复组合，就很难对出。下联的对句虽然对出，但还是明显留有拼凑痕迹，不如上联的浑然天成。

> 开关迟，关关早，阻过客过关；
> 出对易，对对难，请先生先对。

这副对联是说古代要害地方的关卡开得晚、闭得早，影响旅客通过。其难度在"关关"二字连用的重复但词性迥异（动宾关系）和"过×过"与"关"的承前重复。下联的对句可谓绝处逢生，而且对得十分工稳。

五、专名对（方位、干支、药名等）：下面几副对联，分别运用方位词、干支名、药名作对，真正对得工巧，也颇有难度。

> 东方朔，西门豹，南宫适，北宫黝，东西南北之人也；
> 前朱雀，后玄武，左青龙，右白虎，前后左右之神乎？

东方朔，汉武帝时为中郎，能直言切谏。西门豹，战国时期的魏国人，文侯时治邺，去恶俗、兴水利，政绩显著。南宫适（kuò），春秋鲁人，孔子曾称他为"君子"。北宫黝，战国人，孟子说他像子夏。以上四个人都是复姓，而第一个字分别是表示方位的"东西南北"。下联中的朱雀、玄武、青龙、白虎,相传是用以正四方的"天之四灵","王者制宫阙殿阁取法焉"。"四灵"的第一个字分别是四种颜色,它们的位置正好分居"前后左右"。

> 观前种竹先生笋;
> 寺后栽松长老枝。

此联表面意思是道观前种竹子较早长出笋子来,庙后面栽松树长出老的枝干。但其另具的特点为:联语中的"先生"为人们对道观里道长的称呼;而"长老"则是对寺庙里老僧的称呼。

> 逢辰或云同甲;
> 生子自谓添丁。

"逢辰"本来是说遇到好时候,在此指遇到同一时辰。"同甲"即同龄,同年出生必同甲子。"生子"自然是"添丁"进口的好事。此联特点为"辰"与"子"皆属十二地支(子、丑、寅、卯、辰、巳、午、未、申、酉、戌、亥);而"甲"与"丁"皆属十天干(甲、乙、丙、丁、戊、己、庚、辛、壬、癸)。两两相对。

> 破故纸糊窗,防风不得;
> 黑牵牛过岭,滑石难行。

联面上看,"破故纸糊窗"当然"防"不了"风"。下联亦同,黑夜里"牵牛过岭",雾露"石"头上光"滑",当然"难行"。而因为"破故纸"、"防风"还是中药名,所以下联也用中药名"黑牵牛"、"滑石"作对。

　　感谢张伯驹先生在他编著的《素月楼联语》中为我们摘要保存下这些颇为罕见的"巧对"，使我们今天能方便地欣赏到这些绝妙佳联。在这儿还必须提到的是，张先生本人也是为联高手，有许多佳构精品。比如为哀悼陈毅同志去世，他所写的挽联就堪称佳作，流布甚广，并曾受到毛泽东的赞赏。

　　　　仗剑从云作干城，忠心不易，军声在淮海，遗爱在江南，万庶尽衔哀，回望大好河山，永离赤县；
　　　　挥戈挽日接尊俎，豪气犹存，无愧于平生，有功于天下，九原应含笑，伫看重新世界，遍树红旗。

　　这副挽联准确地概括出陈毅同志为党和人民所作的重大贡献和他对共产主义必将实现的坚定信念，生动地反映了陈毅同志的崇高风范与豪迈气概，充分表现出作者与广大人民群众对陈毅同志衷心崇敬与无限爱戴的深厚情感。

　　　　　　　　　　　　　　　（原载《学问》2003 年第 5 期）

罗继祖先生和他的楹联创作

罗继祖(1913—2002),字奉高,浙江上虞人,生前为吉林大学古籍研究所教授,为国学大师罗振玉之冢孙。先生幼承家学,自学成才,著述甚丰,被人们誉为"没有进过小学的大学教授"。他在《我和〈辽史〉》一文中说:"先祖父雪堂公泛海归来……筑室于辽宁省旅顺口将军山之麓,将习静温业兼课子孙。小子侍侧读书,初命辑《朱笥河年谱》,继以得辽代墓碑独多,且足订《辽史》之讹缺,乃命作《辽史校勘记》。"成书后先家刻行世,后加附标点,由上海人民出版社出版。先生青年时期的这本著作,在当时就引起学界的普遍关注,直到上世纪中叶中华书局点校整理出版《辽史》的时候,还是其主要参考书之一。其笔记《枫窗脞语》(中华书局版)、《堇户录》(黑龙江人民出版社版)有"当今《容斋随笔》"的美称,其《永丰乡人行年录》(江苏人民出版社、台湾行素堂、日本中文出版社先后出版)、《庭闻忆略》(吉林文史出版社版)、《王国维之死》(台湾祺龄出版社、广东教育出版社版),发表了平实、真切的研究结论,为研究20世纪学术泰斗、学界双子星座罗振玉和王国维,提供了极其珍贵的重要资料。其他尚有《罗继祖绝妙小品文》(时代文艺出版社版)、《鲁诗堂谈往录》《两启轩笔麈》(二书均上海书店出版社版)等。

先生曾讲学东瀛,1946年东北光复,在大连参加革命工作。不久,调辽宁博物馆任研究员。1955年,调来东北人民大学(即今吉林大学)历史系任教,次年,余自武汉大学毕业分配来校,得识先生。"反右"后,余遭下放凡二十年,"四人帮"垮台后,奉调回校,与先生过从遂多。1983年,学校古籍研究所建立,复有幸于研究室内佐助先生工作,朝夕得亲謦欬,获益更多。1988年初,罗老离休,返回大连与家人团聚。我每年仍去大连几次,看望先生。

《罗振玉学术论著集》为建所后我室之集体整理研究项目,先生与我分任主编、副主编。由于多种原因,出版受阻,直至2002年先生易箦之日,仍然未得问世。余续亡继绝,危局独撑。如芒在背,寝食不安;于同仁四散、资金无着的极度困难条件下,组织力量,联系有司,历经几年奋斗,该书终于在2010年末,以繁体竖排精装十二集十六册,在上海古籍出版社出版。次年,举办了该书的出版座谈会,并获得第二十六届全国古籍优秀图书奖一等奖。虽然,连续几年艰辛备尝,总算可以此告慰先生在天之灵。

先生旧体诗的写作根基深厚,书法更是功力老到,亦习山水画,唯所作甚少。先生于书画,除平日奋力实践外,理论文字亦时流笔端,2001年上海文艺出版社出版的《墨佣小记》,即先生关于书法、绘画方面理论文字的结集。

先生的楹联创作成果甚丰,但他本人一直把它看作教学与研究之外的"末事",迄今未正式付梓行世。只是在他八四华诞时非正式排印了《鲫庵楹语》,赠送友人。识者得见,皆认为底蕴深厚,意味醇浓,足以传世。该书《小引》称"每于枕上构思,

起而落笔,写于纸头牍尾。又不自收拾,老而善忘,十不得七
八"。《鲠庵楹语》收集先生创编楹联数百首,其中有集句,有自
创,内容丰富,风格多样。及先生米寿,复有《鲠庵偶语灾梨集》
(前、后、别集)印本成册,更增添内容甚夥。现粗加类分,略为
评点,公诸同好。为便读者欣赏,对其中有些内容,略作简要
说明。

一、与时俱进,极富时代色彩者

先生平时关心时事政治,认真阅读报纸。特别对舍身为民、
为国贡献的英雄人物,更是充满景仰敬佩之情,此类楹联,都有
着浓烈的时代气息。

张鸣岐救灾舍生,岁寒劲柏;孔繁森援藏遭难,百炼成钢。

上联:1994 年 7 月 13 日,辽宁省锦州市委书记张鸣岐在凌
海市最易决口的城北尤山子村指挥群众抗洪抢险。22 点 30 分
左右,因大坝决口,不幸遇难。下联:1979 年,时任中共聊城地
委宣传部副部长的孔繁森,主动报名到西藏工作。其后再次入
藏。1993 年,进藏工作期满,但他继续留藏工作,团结和带领当
地干部和群众为改变贫困落后的面貌而努力。工作出色,赢得
藏族同胞的爱戴和尊敬,被誉为新时期的雷锋、焦裕禄。1994
年 11 月 29 日,因车祸以身殉职,时年 50 岁。

打假扫黄,功勿亏一篑;反封抗日,力已费九牛。

上联:成语"功亏一篑",典出《尚书·旅獒》:"为山九仞,功

亏一篑。"下联:九牛,见《列子·仲尼篇》,在此喻力大。

左倾好在随风去;西化还愁带菌来。

二、阐释人生哲理,警示个人作为者

先生熟读经史,人生领悟极深,卓有见地;而做人认真,修身养性,律己甚严。故其楹联创作中此类成品不少。

文能载道;诗可陶情。
行万里路;读五车书。

《庄子·天下篇》:"惠施多方,其书五车。"后以学富五车喻学识渊博。

治学求深先去傲;做人要好务存诚。
山从平地起;甜自苦中来。
俯仰无愧怍;褒贬在《春秋》。

《春秋》相传是孔子编订的一部编年体的史书,对记述的人物、事件均语寓褒贬。

万民同乐君有道;三人偕行我得师。

上联:《孟子·梁惠王下》中孟子批评梁惠王田猎扰民,不能"与民同乐",《新唐书·魏元忠传》:"人有乐,君共之;君有乐,人庆之,可谓同乐矣。"下联:《论语·述而》:"子曰:'三人行,必有我师焉。'"

三、咏叹史实,寄寓怀抱者

先生平日史籍在手,史实熟稔。加以阅历丰富,每能逢事会意,得心应手,略加辑集,成就妙联。意味隽永,耐人寻味。

业立烹功狗;气尽别美人。

上联:成语"鸟尽弓藏"、"兔死狗烹"典出《文子》、《淮南子》、《韩非子》等著作,喻事情成功之后,曾为之出力贡献的则遭到摈弃或谋害。下联:《史记·项羽本纪》:"项王军壁垓下,兵少食尽,汉军及诸侯兵围之数重……项王则夜起,饮帐中。有美人名虞,常幸从;骏马名骓,常骑之。于是项王乃悲歌慷慨。"歌中有"虞兮虞兮奈若何"的句子。

酬策劳三顾;服蛮在七擒。

上联:《三国志·蜀书·诸葛亮传》载徐庶向刘备推荐诸葛亮,"先主曰:'君与俱来。'庶曰:'此人可就见,不可屈致也。将军宜枉驾顾之。'由是先主遂诣亮,凡三往,乃见。"下联:《三国志》裴注引《汉晋春秋》:"亮至南中,所在战捷。"所俘唯孟获不服,"亮笑,纵使更战,七纵七擒,而亮犹遣获。获止不去,曰:'公,天威也,南人不复反矣。'"

兆民常饥至尊饱;四海都瘦妃子肥。

上联:封建社会称皇帝为"至尊"。下联:《旧唐书·后妃传》:"玄宗杨贵妃……号曰太真……太真姿质丰艳,善歌舞,通音律,智算过人。每倩盼承迎,动移上意。"玄宗备极奢靡,为其"织锦刺绣之工,凡七百人,其雕刻铸造,又数百人"。

龙图齐谐铡士美;汾阳别趣打金枝。

上联:宋龙图阁直学士包拯,"知开封府……立朝刚毅,贵戚宦官为之敛手,闻者皆惮之"。唯后世流传极广的包公铡陈世美(一作"士美")故事,正史无载,故云"齐谐"——出于志怪类书籍。下联:唐郭子仪以平定安史之乱于上元二年(761),封"汾阳郡王"。郭之六子郭暧,尚代宗四女升平公主为驸马。"打金枝"故事,见赵璘《因话录》:"郭暧尝与升平公主琴瑟不调,暧骂公主:'倚乃父为天子耶?我父嫌天子不作。'公主恚啼,奔车奏之。上曰:'汝不知,他父实嫌天子不作。使不嫌,社稷岂汝家有也?'因泣下,但命公主还。尚父(子仪)拘暧,自诣朝堂待罪。上召而慰之曰:'谚云:"不痴不聋,不作阿家阿翁。"小儿女子闺帏之言,大臣安用听?'锡赉以遣之。尚父杖暧数十而已。"别趣,在此"趣"同"趋",谓对打金枝事件郭之态度与皇上迥异。

序《滕王》且喜青云有路;赋《闲情》何嫌白璧微瑕。

上联:说王勃《滕王阁序》中以"穷且益坚,不坠青云之志"自况自励。下联:说陶潜所做《闲情赋》,昭明太子萧统在《陶渊明集序》中大力肯定其文学成就之后说:"白璧微瑕,唯在《闲情》一赋。"

齐人有一妻一妾;魏征上十渐十思。

上联见《孟子·离娄下》。下联谓唐初谏议大夫魏征所上
《十渐不克终疏》和《谏太宗十思疏》。

长生妃帝,恩爱中绝;石壕翁媪,别泪难干。

上联谓明皇、杨妃"长生殿"故事;下联说杜诗《石壕吏》事。

四、评骘历史人物

一部二十四史,纪传中的人物不可胜数,明君贤相,良将忠
臣,循吏廉官,烈士孝子,富商大贾,饱学士人,能工巧匠,巾帼列
女以及昏君佞臣,贪官污吏,奸猾不轨,势力宵小,其中善可为
法,恶可为戒者,所在多有。制成联语,并可醒世警人,教育
后代。

朝披党皮,夕揽情妇,陈京尹混世无双;手摇宝书,尸暴蒙
野,副统帅臭遗万年。

上联说陈希同,下联说林彪。

人夸随园胆识;我重板桥胡涂。

上联:袁枚(1716—1797)是清代极著名的诗人、极重要的
诗歌理论家和批评家,在诗歌理论上,他敢于冲决传统观念,立

一家之言,主"性灵"说,对此前的"神韵"说、"温柔敦厚"说进行大胆的否定,显示出过人的胆识。下联:郑燮(1693—1765),字克柔,号板桥。清"扬州八怪"之一,诗书画俱佳,所书横幅"难得糊涂"流传极广。

　　　　吕端大事能持正;司马平生尽可言。

　　上联:《宋史·吕端传》:"太宗欲相端。或曰:'端为人糊涂。'太宗曰:'端小事糊涂,大事不糊涂。'决意相之。"下联:《宋史·司马光传》:"自言吾无过人者,但平生所为,未尝有不可对人言者耳。"

　　　　易水风萧,荆轲西去;松漠雪虐,洪皓北留。

　　上联:《史记·刺客列传》载:公元前227年,荆轲带燕督亢地图和樊於期首级,前往刺秦,临别作悲歌曰:"风萧萧兮易水寒,壮士一去兮不复还。"下联:洪皓(1088—1155)字光弼,饶州乐平(今江西乐平)人,建炎三年(1129)八月奉命使金。前后在金羁留十五年,诱官不受,备尝艰苦,绝不屈服,著有《文集》及《松漠纪闻》二卷、诗集《鄱阳集》四卷、词集《鄱阳词》一卷。有子洪适(kuò)、洪遵、洪迈(《容斋随笔》作者)。

　　　　晏平仲相齐,博施济众;屈灵均沉湘,人浊我清。

　　上联:晏婴(约前585—前500),字仲,谥平,世称晏平仲,齐国夷维(今山东高密)人。齐国杰出的政治家。为齐景公相,景公生活奢靡,故赋敛无度,刑罚苛重,民不聊生,晏婴薄敛省刑,宽政惠民,众口称善。下联:屈原(约前339—约前278)在《离骚》中自称名正则,字灵均,他是战国时期楚国的爱国诗人、政治家。他满怀报国之志,却得不到楚怀王的信任,乃至被逐出郢都。前278年,秦将白起攻破郢都,屈原在极度绝望和悲愤中"怀石,遂自投汨罗以死"。在屈原所作《渔父》中有:"屈原既放,游于江潭,行吟泽畔;颜色憔悴,形容枯槁。渔父见而问之曰:'子非三闾大夫与?何故至于斯?'屈原曰:'举世皆浊我独清,众人皆醉我独醒。是以见放。'"

　　冯道自称长乐老;木兰不用尚书郎。

　　上联:五代宰相冯道,一生仕唐、晋、汉、周四朝,相六帝。《新五代史·杂传·冯道传》:"当是时,天下大乱,戎夷交侵,生民之命,急于倒悬。道方自号'长乐老',著书数百言,陈己更事四姓及契丹所得阶勋官爵以为荣。"后世常借指凭靠阿谀取荣而长保禄位的人。下联:《木兰辞》原句。

五、适情怡性

　　人生一世,有得意之举,有失意之处。唯洞达者俯仰随时,随遇而安,适情怡性,安享天年。个中哲理,以精悍文字出之,更得难以言表之精妙境界。

　　山鸟喻人意;斜阳送客归。
　　钟击寒山寺;月印西子湖。

　　上联:用唐张继《枫桥夜泊》事。下联:三潭印月为西湖十景中之最著者。

　　　莲叶田田,桃花灼灼;晴川历历,芳草萋萋。

　　上联:《宋书·乐志》载《汉乐府·相和曲》:"江南可采莲,莲叶何田田。"《诗经·周南·桃夭》:"桃之夭夭,灼灼其华。"下联:出崔颢《黄鹤楼》诗。

　　　征妇陌头杨柳色;羁人客里杜鹃声。

　　上联:用王昌龄《闺怨》事。下联:用秦观《踏莎行》事。

　　　门前学种先生柳;日暮聊为《梁父吟》。

　　上联:用陶潜事。下联:用诸葛亮事。

六、婚、寿、挽联

　　　行云天际骑鸾鹤;佳话人间侪孟梁。
　　　　　　　　　　　　　——贺王同策子娶妇

　　1987 年犬子新婚,先生赐联为贺。上联:《入蜀记》记神女峰上有白云数片,如鸾鹤翔舞徘徊,久之不散。下联:用孟光、梁鸿"举案齐眉"故事。

　　　礼俗弦歌徵楚些;玄亭问字有侯芭。
　　　　　　　　　　　　　——寿孙晓野八十,时 1988 年

孙常叙（1908—1994），别号晓野，出生于吉林省吉林市。东北师范大学教授、中文系主任。著有《汉语词汇》、《龟甲兽骨文字集联》、《孙常叙古文字学论集》、《楚辞·九歌整体系解》等。上联：礼（jī）俗：荆楚地区祀奉神明祈求福分的风俗。楚些（suò）：《楚辞·招魂》中各句尾皆用"些"字，为楚人常用的语气词。后以之泛指楚地乐调或楚辞。因寿翁对《楚辞·九歌》研究有素，著文甚夥，以此表示对其学术成就的肯定。下联：汉扬雄（前53—后18）字子云，著名文学家、哲学家。因曾著《太玄》，其在四川成都住宅遂称草玄堂或草玄亭，亦简称"玄亭"。因唐代刘禹锡的《陋室铭》中有"西蜀子云亭"句而负盛名。侯芭，又名侯辅，西汉巨鹿人，扬雄的弟子，不嫌扬雄的穷愁潦倒，学习其仿照《易经》和《论语》而作的《太玄》、《法言》。雄死后，其《法言》大行。此言寿翁设帐授徒，培养人才，亦复硕果累累。

　　晚际明时，知己半生感陈总；才名冠代，《春游》几卷续乌台。

　　　　　　　　　　　　　　　　　　——挽张伯驹

张伯驹（1898—1982），河南项城人，号丛碧，为"民国四公子"之一。先生是我国老一辈最具影响力的文化名人之一。上联：陈毅元帅与丛碧翁交谊甚深，在其处境困难时期，援手相助。下联：张先生在长春期间与友人合作的文史笔记《春游琐谈》，在政治运动中被诬为反动，造成类似苏轼"乌台诗案"的文字冤狱。

　　架范亲承，学续段王称后劲；音容宛在，谊深籍湜郁沉哀。

　　　　　　　　　　　　　　　　　——挽于思泊（省吾）

于省吾（1896—1984）字思泊，号双剑誃主人。汉族，辽宁省海城县人。著名古文字学家，著述甚丰。生前为吉林大学古籍所教授。上联：段玉裁（1735—1815）是清代文字训诂学家、经学家，字若膺，号懋堂，江苏金坛人，其《说文解字注》是在文字学史上具有里程碑意义的著作。王念孙（1744—1832），字怀祖，号石臞，江苏高邮人。为清代著名的音韵训诂学家、文献学家。其《广雅疏证》《读书杂志》等著作并皆为国学圭臬，影响深远。"学续段王"是对于老学术地位的赞颂。下联：唐代诗人张籍、散文家皇甫湜均为韩愈的学生，交谊殊深。此说自己与前辈的情谊深厚。

> 尊儒、尊孔、尊董史、尊马列，求是务实；
> 研经、研史、研诗文、研绘画，适性怡情。
>
> ——自挽

此为作者对自己一生的总结。董史：典出《左传·宣公二年》，指春秋时晋国的史官董狐。他坚持实事求是原则，不阿附权贵，根据事实，直笔如实记载历史。据说为此曾受到孔子的称赞，誉为"良史"。

七、集句

集句为他人成句，在其原作中自有其本意，但作者一经改装，顿生新意。

> 母也天只，不谅人只；中心藏之，何日忘之。
>
> ——集《毛诗》

上联:出《诗经·鄘风·柏舟》,这两句是少女埋怨母亲对她自找对象的决心一点也不体谅。"只"是语助词,表感叹。下联:出《诗经·小雅·隰桑》,写一女子对爱情的自白。

　两岸猿声啼不住;一江春水向东流。

上联:李白《早发白帝城》。下联:李煜《虞美人》。

　即从巴峡穿巫峡;莫把杭州当汴州。

上联:杜甫《闻官军收河南河北》。下联:林升《题临安邸》。

陈继昌在给《楹联丛话》所写序言中说:"片辞数语,著墨无多,而蔚然荟萃之余,足使忠孝廉节之悃,百世常新;庙堂瑰玮之观,千里如见。可箴可铭,不殊负笈趋庭也;纪胜纪地,何啻梯山航海也。诙谐亦寓劝惩;欣戚胥关名教。草茅眛于掌故者,如探石室之司矣;脍炙遍于士林者,可作家珍之数矣。"说楹联这种文体,文字精炼,但能表现很精彩的内容。通过它能把治政为人方面的教育"常新",而其中的名言警句可与学校、家庭教育比美。刻画恢宏建筑的,虽然在你从未到过的千里之外,可以展现在你眼前;而描摹秀丽山川的,更可以代替你登山航海旅游。还可以娱乐性情,增长知识。至于作为艺术鉴赏的美的享受,当然更是题中必有之义了。

通过上面引述的罗老的楹联写作,我们可以从中看到一位耄耋老人心系祖国,关注民瘼,身老志坚,壮心不已,著文习史,服务社会的可敬形象。

　　　　　　　　　　　　(原载《文存阅刊》2014 年第 1 期)

整理・考辨

精彩的考据文

对鉴真和尚的双目失明，已故陈垣老曾表示怀疑，1963年6月他写的《鉴真和上失明事质疑》一文曾以有力的论据进行了考证。全文如下：

鉴真和上失明事，《宋高僧传》十四《鉴真传》不载，仅元开撰《唐大和上东征传》这样说过，曰天宝九载(750)和上由广州到韶州，"频经炎热，眼光暗昧，爰有胡人言能治目，请加疗治，眼遂失明"。既言眼光暗昧，胡人能治，请他疗治，应该眼遂复明，今日失明，似不合文理。

《传》又言和上由韶州回到江宁时，弟子灵祐来见，说"大和上远向海东，自谓一生不获再觌，今日亲礼，诚如盲龟开目见日"。龟虽可说是灵物，盲总不是美词。如果老师这时是盲，岂能当面说"盲龟开目"等话，似不合情理。

又和上在日本传戒十年，此十年中如果是盲，应该有提到他因眼失明而有不便之处，今《东征传》自从说过他一句"眼遂失明"后，就没有再提到他眼目失明事，似不合道理。

故谓鉴真和上到日本后晚年曾失明则或有之，谓鉴真和上未到日本前已失明，则殊不可信。后人说他未到日本前已失明，都是根据《东征传》一句话，这是孤证，应该找他同时或当时人的话来作证据。

此文仅三百余字，文虽简约，但论据确实，立论坚牢，读后令人倾服。眼下人们时间很紧，杂志日多，而学术文、尤其是考证文动辄洋洋万余言，使人望而生畏。而有的材料排比，并不能有力地、甚至根本不能说明问题，此类文章是一种多方面的浪费，应加以反对。

（原载《读书》1988 年第 2 期）

《京氏易考》作者辨

——《经义考》、《四库全书总目提要》订误

朱彝尊《经义考》卷四十九著录：

> 张氏敔《京氏易考》
>
> 未见
>
> 《人物考》：张敔，字伯起，合肥人。永乐中贡入太学，除广
> 东道监察御史，迁陕西按察佥事。

朱氏上述著录之书名、作者均是，下注"未见"亦据实而书，惟下引《人物考》所述作者误认同姓名另人。四库馆臣不察，于《雅乐发微》一书《提要》中沿袭引用朱之误说，兹加辨证如下。

为了以下分析的方便，有必要对《经义考》其书的编撰过程与体例大体上有所了解。该书收入《四库全书》史部目录类，其《提要》谓：

> 彝尊字锡鬯，号竹垞，秀水人。康熙己未，荐举博学鸿词，召

试授检讨,入直内廷。彝尊文章淹雅,初在布衣之内,已与王士禛声价相齐,博识多闻,学有根柢,复与顾炎武、阎若璩颉颃上下。凡所撰述,具有本原。是编统考历朝经义之目,初名《经义存亡考》,惟列存亡二例,后分例曰存、曰阙、曰佚、曰未见,因改今名……每一书前,列撰人姓氏、书名、卷数……次列存、佚、阙、未见字,次列原书序跋、诸儒论说及其人之爵里。彝尊有所考正者,即附列按语于末……上下二千年间,元元本本,使传经源委,一一可稽,亦可以云详赡矣。至所注佚、阙、未见,今以《四库》所录校之,往往其书具存,彝尊所言,不尽可据。然册府储藏之秘,非人间所得尽窥……固不足为彝尊病也。

德州卢见尊在《经义考》简目后《载识》中亦称:

《经义考》全书告成,余既为之序,又编总目二卷。此书初撰原名《经义存亡考》……先生以绿竹、聚乐、澹生、一斋诸目所藏及同人所见世有其本者,列未见一门,又有杂见于诸书或一卷、或数条,列阙书一门,于是分存、佚、阙、未见四门,删旧名之"存亡"字而名之曰《经义考》。

朱彝尊为学识淹贯、根柢深厚之大家,著述甚丰,影响深远。编纂此书亦复广收博采,细加考订,类分胪列,享誉学界。但智者千虑,难免一失。加以收书众多,势不能本本详勘、人人深考,小有纰漏,亦在料中。如在《京氏易考》作者的注释中即误认了同为明人且姓名相同的另一张敬。

还要说到的是以"主于考订异同,别白得失"为宗旨且"大抵于众说互殊者权其去取"(《四库提要》凡例)的《四库全书总

目提要》对朱氏此误亦沿袭征引致讹,更有必要考得其实以正视听。《四库提要·经部·乐类存目》著录《雅乐发微》一书谓:

> 明张敔撰。考明有两张敔,其一字伯起,合肥人,永乐中贡入太学,除广东道监察御史,官至陕西按察使佥事,所著有《京氏易考》,见朱彝尊《经义考》。此张敔饶州人,朱载堉《律吕精义》第五卷中载有其名。又《明史·陆粲传》载粲《劾张璁桂萼疏》,有"礼部员外郎张敔假律历而结知"之语,与此书亦相合,盖即其人也……

《经义考》认定《京氏易考》一书为合肥张敔著,《四库提要》虽指出"明有两张敔",但引《经义考》为据亦认定合肥张敔著《京氏易考》,而饶州张敔著《雅乐发微》等书。实际情况究竟如何呢?

查《明史》两张敔皆无传,惟《艺文志》著录"张敔《雅乐发微》八卷,《乐书杂义》七卷",并于《陆粲传》、《刘世扬传》中分别提及其人,前者被陆粲指为桂萼"姻党",后者乃世扬于桂萼被劾罢后,续劾萼党时列其名,因而遭罢。据史实考之,如《提要》所说,皆饶州张敔无疑。

检清蒋启扬等修、余廷恺等纂《德兴县志·人物志》载:

> 张敔,字叔成,领乡荐,授教江阴丹阳。正德丙子,典四川试,有权贵以厚赂求关节者,敔厉声斥之。己卯复主考广东,校阅得人,擢国子监助教,历礼部员外郎、提督钦天监事。敔博极群书,通邵子《皇极数》,尤邃于律吕。杨邃庵谓"张叔成是一大学者",廖洞野称为"真儒"。所著有《律吕新书解》、《皇极经世声音谱》、《饮射辑略》、《二百五十六卦秘钤》、《京

氏易考》、《大统历议》、《雅乐发微》、《雅议》、《鄱滨集》。

复检锡德修、石景芬纂之《饶州府志》（同治十一年刊）中《艺文志》经、子二部亦著录其《京氏易考》、《秘钤》、《饮射辑略》、《雅议》及《律吕新书解》、《皇极经世声音谱》、《大统历议》、《雅乐发微》，与《德兴县志》悉合。清同治刊杨重雅纂《德兴县志·艺文志序》中亦称："张叔成敬著《京氏易考》及《秘钤》。"

又《四库全书》所收邵宝《容春堂后集》卷三载有《律吕新书解序》，文中称赞张敬该书"何其悉而理也"，"叔成之所造者深矣"。介绍作者时说："叔成名敬，饶之德兴人，予弘治辛酉江西所举士也。"

以上为饶州德兴张敬之概况，而《经义考》所引《人物考》所收张敬，方志亦有记述。左辅纂修《合肥县志》之《人物传》载：

> 张敬，字伯起，永乐中贡入太学。除广东道监察御史，扈从北征，军令严肃，有金牌、锱、币之赐。监闽延平府银屏山务，擢陕西按察司佥事，政尚平恕，务存大体。因被诬左迁知广平县，后复官佥事致仕……

赵良墅修、田实发等纂《合肥县志》略同，只多叙及其监银屏山"当输外不染一毫"，左迁广平"怡然抵任，劝农兴学，惠爱覃敷"等。其孙张淳为成化二十三年（1487）三甲进士，曾任监察御史并在吉安、四川、应天任要职，二《志》亦均详载。但值得注意的是二《志》之《传》文及《艺文志》均未著录其有《京氏易考》及其他任何著作。

综合上引各资料，情况大体如下：

首先,明代确有两张敔无疑。

其次,合肥字伯起者时代较早,饶州德兴字叔成者较晚,前者之孙与后者大体同时。

第三,《饶州府志》、《德兴县志)记载,德兴叔成著作甚丰,其中包括《京氏易考》;《合肥县志》无合肥伯起有何著作之记载,当然亦无《京氏易考》为其所著之记载。

对上述情况可作如下分析:

一、章实斋谓:"修志有二便:地近则易核,时近则迹真。"(《文史通义·修志十议》)这既是修志的便利条件,也是方志史料的价值所在。近在邑内,耳目能详,这类问题,一般说方志的记载应该是比较可靠的。以《京氏易考》一书的作者谁属而言,如果说怀疑饶州、德兴二《志》掠美前人,以示夸矜,强将不属己地之著作窃列《志》上,尚可略备一虑的话。而《合肥县志》则绝不可能将实属己地人物之著述视而不见,无一语提及。正确的解释只能是该书确为饶州德兴叔成张敔作。

二、叔成张敔以精研音律历法著称,现存的《雅乐发微》及所著《皇极经世声音谱》、《律吕新书解》等著作均可为证。而京房治《易》且对其师事之焦延寿"其说长于灾变,分六十四卦,更直日用事,以风雨寒温为候:各有占验。房用之尤精。好钟律,知音声"(《汉书·京房传》)。从叔成张敔与京房之共同爱好与专长及其所具知识基础来看,写出《京氏易考》来是顺理成章的事。

三、朱氏纂《经义考》例分四类,而《京氏易考》则正属"未见"之列。一般说来,得见原书,其中序跋、内容乃至刻写装帧,皆可就中更多地了解作者。由于编纂者"未见"原书,只凭作者姓名张敔去搜求有关资料,则极易产生误认同姓名之另人之可能,遂生此误。

四、方志为地方史乘,所记事件囿于当地一方,所述人物除享誉遐迩之名人外,大多仅为一方之秀,多不为人所重视,学人著述更不屑一顾,故此讹误历久未被发现。四库馆臣撰《雅乐发微》一书《提要》时,轻信朱氏《经义考》之说,未加细察,遂以讹传讹。

鉴于《经义考》之误,翁方纲《经义考补正》未予指出;而《四库提要》沿引朱氏误说处,其纠谬诸书如余嘉锡之《辨证》、胡玉缙之《补正》、崔富章之《补正》、李裕民之《订误》亦均未涉及;且《经义考》、《四库提要》被后代学人大多奉为圭臬,各类工具书之编纂率加援引,如彭作祯《古今同姓名大词典》即据此亦误。为免讹讹相传不已,爰为小文一则补漏,幸饱学高明,惠予教正。

（原载《吉林大学社会科学学报》2000 年第 5 期）

《丘陵学山》书名、编者、内容、版本考辨

　　《丘陵学山》是一部明刻丛书。据该书更名之《百陵学山》，经1935年商务印书馆辑入《丛书集成初编》刊行，复经1938年《影印元明善本丛书》的刊刻行世，影响渐大，运用日广。但由于成书过程较为复杂，复经更名，自有明一代迄今，各类书目、辞书及涉及此书之有关论著中，对该书书名、编者、内容、版本诸方面的说明，存在许多舛误，很有必要加以澄清。兹据有关材料，分别考辨如后。

一、关于书名

　　该丛书的最早刻本为隆庆戊辰年（1568）刻本，该本收书七十四种，以《千字文》编号，起"天"字，迄"师"字。前有王完《丘陵学山引》，引言文字不多，但对考辨该书各问题十分重要，现全录如下：

丘陵学山引

　　《丘陵学山》者,配《百川学海》而纂之也。"纂之也"者,期要之至焉,不可画也。扬子云曰:"百川学海,而至于海;丘陵学山,而不至于山。是故恶夫画也。"孔子曰:"譬如为山,未成一篑,止,吾止也。譬如平地,虽覆一篑,进,吾往也。"夫圣经贤传,譬则山也;诸儒著述,譬则丘陵也。进往不止,则至于山,积小以高大,培塿而冈峦焉,是即山也。不犹山下出泉而放于海乎?《学海》始《圣业图》,纂止于宋耳。《学山》自《大学》古本、石经始,以《千字文》为编,凡数十种,进未已也。可以超宋而跨《学海》云。是非稗官小说家之比,于是乎引于端。

　　　　　　　　　　　　隆庆戊辰夏五吾双子王完题。

　　引言说该丛书的编辑拟效仿宋左圭《百川学海》,下面引了扬雄《法言》中的两句话"百川学海,而至于海;丘陵学山,而不至于山",司马光注称:"百川动而不息,故至于海;丘陵止而不进,故不至于山。学者亦犹是矣。"倡导要"至"(达到)而不可"画"(中止)。复引孔子名句,功亏一篑,亦在于"止"。"丘陵"并不是不可成为"山",关键在"进往不止"。可见书名的来源,与《百川学海》一样,采自扬雄《法言》,一则与《百川学海》相配,二则以"丘陵学山,而不至于山"为命名来源,更蕴含着编者的一种谦逊态度和自我激励、奋进不止的执着精神。不失其为一个不错的书名。

　　时隔十六年,1584年该书重刻行世,收书增至百种,且更名为《百陵学山》,目录之尾附加说明:

　　　　右《学山》目录,编次《千字文》渐至百号。原"丘陵"改"百陵",对"百川"其切帖釪(策按:疑为"乎"),"学山"对"说

（策按：当为"学"字之误）海"亦宜。首表圣主王（策按：即
"玉"）音，尊皇也；继《大学》、《中庸》，尊经也；"丘"，宣圣讳，
改"百"，尊圣也。览必能知之。万历甲申夏五癸巳灯前书。

　　这里说改《丘陵学山》为《百陵学山》是为了避孔子名讳而改，是
不太确切的。因为避孔圣名讳并不自明代始，而在此之前，常见
的方法即有避"丘"作"某"、缺笔作"丘"或字外加"○"等，殊无
改"百"的必要，亦乖避讳改字的规律。所以书名的变更主要原
因还在因收书已增至百种，足可与《学海》相匹而示矜夸。特别
是《引言》中转引扬子原文"百川学海而至于海，丘陵学山而不
至于山"中的"丘"字亦径改为"百"字，更是无论如何也于理不
通。于此亦可见编者卤莽灭裂之一斑，后人不察，沿相引用，以
讹传讹，难得其真，如上海古籍出版社《古籍丛书概说》82 页引
扬雄语，前误从编者改"丘"为"百"，后复漏"不"字而成为"百川
学海而至于海；百陵学山而至于山"，读者不知扬子之所云矣。
　　至于说此书又名《明世学山》，各书采其说甚夥，亦需辨证。
《明世学山》为郑梓所辑丛书。郑梓，江苏武进人，号野洲，该丛
书嘉靖三十三年（1554 年）刻，收书五十种五十七卷，《北京图书
馆古籍善本书目》载有全部子目。臧励和《中国人名大辞典》称
其"辑刊明人所著书为《明世学山》"，立论有据，因丛书中全系
有明一代作品，故名《明世学山》。已故谢国桢先生从事明代典
籍研究多年，其《增订晚明史籍考》功力深厚，享誉学界。谢撰
《丛书刊刻源流考》一文中说："其效法《百川学海》，广集众说，
蔚为一集，或容纳百家，或采取子史，搜奇骜博，阐微彰幽，若郑
梓之《明世学山》、高鸣凤之《今献汇言》、王文禄之《百陵学山》
……书是也。"（上海古籍出版社《明清笔记谈丛》）分明将二书
分列，可证并非一书。

细核二书子目，《明世学山》刊刻在前，其所收书，悉被《百陵学山》收入，又书名中皆有"学山"二字，内容的大量重复与书名的相近可能为致误之因。较早有此误者出自《明史·艺文志》，其卷九十八著录"王文禄《明世学山》五十卷"，其他如邵懿辰《增订四库简明目录标注》亦著录"王文禄编《明世学山》九十三种"。二书名称不同，编者不同，子目后出者虽包罗了前出者，但新增编入书籍不少，亦属不同，理当断为二书。

综上述，该丛书早期行世名为《丘陵学山》，经编者扩充内容后刊刻时改名《百陵学山》。而《明世学山》则为刊刻在此书之前的另一编者辑纂之另一丛书。

二、关于编者

《丘陵学山》隆庆刻本前引言作者王完，《明史》仅一见（《朱墅传》），称"正德间""御史王完"。万历二十五年（1597）刻何出光等编《兰台法鉴录》卷十四载："王完，字仲修，四川潼川州人，正德六年进士。十年，由广信府推官选贵州道御史，巡盐长芦；十六年，巡按应天致仕。"《潼川府志》转引《蜀人物志》记载略同，兼及"上疏请立朱子后"与因"宣城例贡雪梨，完疏其物微而应贡甚艰"，"谕报罢，永著为令"。"历官十年乞归，享年八十卒"。年代与职务皆合，当即此人。惟未提作《引》始末，更未有一字涉及王文禄其人，故如《中国古籍善本书目·丛部》（上海古籍出版社版）、《北京图书馆古籍善本书目》（书目文献出版社版）等重要书目皆据此而署"明王完编"。

而署王文禄编辑此书之权威书目当首推《四库总目提要》，其《子部·杂家类存目》载："《丘陵学山》，明王文禄编，文禄有《廉矩》已著录。此本乃其汇刻诸书，以拟宋左圭《百川学海》，故以《丘陵学山》为名。所载以《千字文》编次,自"天"字至"师"字,凡七十四种……"

《丛书集成初编》亦持此说:"《丘陵学山》一百种一百一十二卷,明王文禄辑刊。文禄字世廉,海盐人,嘉靖辛卯举人。著作《廉矩》、《竹下寱言》、《海沂子》等书,收入《四库》。是编乃其汇刻诸书以拟宋左圭《百川学海》,故以《百陵学山》为名。《四库存目》作《丘陵学山》,原书目录后文禄短跋……作于万历甲申,相距(初刻)十有七年,是定名《百陵》实在刻成百种之后也。"惟目录后之短跋落款只署年月,未署姓名,亦难以即作出文禄作跋之结论。

检《海盐县志·人物志·文苑》载:

> 王文禄,字世廉,父佐,诸生,喜声乐,精骑射。文禄少举乡荐,居身廉峻,不以私干人。遇不平事,叱骂不避权贵。佐邑令成均田法。性嗜书,闻人有异书辄倾囊购之,得必手校,缥缃万轴,置之一楼。俄失火,大呼曰:"但力救书者赏,他不必也。"年八十余犹计偕北上,不屑就乙科秩。所著有《艺草》、《丘陵学山》、《邑文献志·卫志》。族弟文祯善行草,挟书卷游齐鲁间,为衡府记室。《青州志》有"耆儒"之目焉。(蔚文书院刻本)

收入《学山》丛书之王氏自著《竹下寱言》前有"五岳山人吴郡黄省曾"所撰序言,说文禄"处垣亩之宫而仰稽乎天微;伏隅海之滨而周览乎国务;生千载之下而折衷乎古情;当居求之日而大箴乎时弊"。又说"知微者明,洞务者达,索情者智,悯弊者仁。明足以辨机,达足以干事,智足以瞻远,仁足以泽涸。若世廉者其国士之英乎"。认为他"方拟昔贤",只有贾谊、虞卿、桓谭、仲长统可以作比。

从上述材料,大体可以窥见王文禄身世履历、治学从仕、修身为人之一斑。以其心存社稷、好学嗜书这一点看,编辑此一丛书是有条件的。但直接有力的证据,则宜在《百陵学山》所收各书中寻求。

翻读《百陵学山》收入各书,除去王文禄自著二十余种之外,对编入丛书之其他著作,或前加引言,或另撰序跋,或密加傍释于行间,或详阐申释于文后,例皆署名,其编选辑录之功,随处可见。

就中最可为其编辑《学山》明证者则见于《泰熙录》,王氏于该文文末写道:"海盐草莽小臣王文禄,伏读圣上嘉纳辅臣《议处科目人才以兴治道疏》……继读《修边政》、《处卑官》二疏,大忠至仁之心无穷,直欲野无遗贤、万国咸宁、华夷大一统尔,前代贤辅能企乎?谨约熙平交泰义曰《泰熙录》入《学山》中垂监云。"可证《百陵学山》为其编辑无疑。

另外,不少书目,如莫友芝《邵亭知见传本书目》经傅增湘补入部分即有"《丘陵学山》《百陵学山》王文禄辑"之著录,傅为目录学大家,足可作为佐证。

三、关于内容

首先,从收书情况看。《丘陵学山》隆庆刻本收书七十四种,《千字文》编次自"天"号至"师"号。除全部选入《明世学山》所辑明代著述五十种外,补辑书二十四种。正如王完引言中说及,编者是考虑了子目的排列顺序的,列《大学》、《中庸》于前,不失尊儒崇经传统。但其他子目绝大部分悉遵《明世学山》顺序。

万历刻本更名《百陵学山》，收书达百种，《千字文》编次延至"罪"号。《影印元明善本丛书)十四册本目录《三炼法》、《六炼九炼法》下注明"未印"。个别书目位置有所调整，如《参同契正文》。而《北京图书馆古籍善本书目》著录"存九十七种，一百一十二卷"，盖除上列"未印"二种外，尚少"翔"号薛应旂《方山纪述》一书（隆庆本有）。至于有的辞书上依《丛书集成初编》误加推测说钱子《法语》、《巽语》，原名《语测》，"三者实为一种，故虽号为百种，实际只有九十八种"，可能由于编撰者未见原书，致使述说有失准确。因为《学山》采摘某书数条、乃至一条即单列成书者多有，钱氏《语测》中析出二条分别标名亦合其体例。《语测》并未立目，所以根本不存在"三者实为一种"的问题。

看来，王文禄编纂《丘陵学山》如果说他在"编"字上下了不少工夫，而"选"字上则就看不出什么特色，他全部吸收了郑梓所编的《明世学山》所收书，另所选《大学》之古本、石经及《中庸》古本、《鲁诗》之传与说五种乃《说郛》之第一号的照搬①，并辑入一些其他著作。其后再增益唐宋人之作（更多增入的仍是有明一代作品）以足百数，更名《百陵学山》，此书形成过程，大体上说可能如此。

其次，王氏纂此丛书所存在的问题。《四库总目提要》说它"欲矜繁富而考订未精，故类多删节原文，不能全录。又以前人文集所已载者析出而附益之，强立名目，牵率殊甚。至《海沂子》以下数种，皆文禄自著之书，而亦阑入其中，尤不出明人积

① 《说郛》成书过程亦较复杂，据现在较流行的上海古籍出版社出版的《说郛三种》本中宛委山堂藏板第一号所收《大学古本》、《中庸古本》前均有"陶宗仪录"字样，而郁文博弘治九年序言说他的校正工作只是"重出者尽删去之，当并者并之，字之讹缺者亦取诸载籍逐一比对，讹者正之，缺者补之，无载籍者以乂厘正之"，并无增益，可证王文禄即自陶编《说郛》移入，王氏的贡献是编辑并自撰了该数书之有关材料。

习。非但远逊左圭,而视商维濬、吴琯辈,相去亦悬绝矣"。总体看来,这个评价还算公允的。

从删节原文上看,如叶子奇《草木子》共八卷计六万余字,《学山》仅辑入十八条,每条多则百数十字,少仅十字。胡侍《墅谈》共计六卷,《学山》仅辑入十六条。真可谓挂一漏万,明显存在着受马总《意林》、曾慥《类说》、陶宗仪《说郛》少许辑入、大量删节的编辑方法的影响。这样做虽存在不少弊端,但也不妨看成是当时编书的一种风尚与特色。

从原有文集析出而加附益来看,如《何大复集》之末二文《四箴》并序、《杂言十首》亦辑出为一书,取名《四箴杂言》。其中尤有不可容忍者,将宋洪迈《容斋随笔》七十四卷中选出一条,取名《兆》,继原文列自古代迄南宋每逢丙午、丁未年恒多祸凶灾殃诸史事后,于洪氏文字"淳熙丁未"至末尾"总而论之"一段之间,增益三百六十九字。从"元兵侵京""宋亡"直写到明嘉靖丙午、丁未曾铣、夏言伏诛等,全部列入宋人洪迈《随笔》之中,可谓荒谬已极。所以说他"远逊左圭"亦不及商、吴,立论还是公允的。

从沿袭明人积习阑入己作上看,《学山》收入王氏自著二十余种,占全书五分之一,且例皆全收,与大力删削他人著作不类,确乎难免他人诟病。只是有一点需提请注意的是,收录王氏著作肇端于郑梓《明世学山》,王氏只是悉收郑书时一并辑入并复续收若干种而已。

四、关于版本

前刊王完《丘陵学山引言》之《丘陵学山》隆庆戊辰(1568)夏五刻本,是该书最早刻本,《四库全书总目提要》即据该本撰

写,而该书进呈本现藏吉林大学图书馆古籍部,虽仅只一册,为第一册,有引言、目录及有关印记,甚为珍贵,简介如后:

该书25.3×16.7cm,封面印文部分已残破,据所缺文字推知,约为书贾为充全帙出售而故意撕毁。据吴玉墀家呈送书目可补完撕缺文字,全文当作"乾隆三十八年十一月浙江巡抚三宝送到吴玉墀家藏丘陵学山壹部计书拾本"(加点字被撕去),与《四库总目提要》著录"无卷数,浙江吴玉墀家藏本"相符。首页王完引言正方压字钤翰林院印,印文已模糊难以辨认。引言首页首行上方钤有篆书阴文"绣谷"长章,同行底钤有篆书阳文"蝉华"方章,绣谷,蝉花居士皆为吴玉墀之父吴焯别号,确为吴氏家藏本无疑。王完引言文题"丘陵学山引"占一行,尾款占一行,正文十四行,行十四字,文尾空四字未满行,正文凡一百八十二字。

本册收丛书列目之前三种:《大学古本》于"正德戊寅七月丙午余姚王守仁书"序之前有"海盐小臣王文禄曰"之按断,其中《大学古本问》中皆加"傍释",后附跋尾。《大学石经》前有"王生文禄""序引",文间亦加"傍释",后缀《申释》。《中庸古本》前有"海盐后学沂阳生王文禄世廉序",后继加按前引,后有"王生文禄释之又系此论"为《后申》。总观三书,编者不甘于仅只集众书为一帙的辑纂方法,反复展示个人对所选书籍的理解与认识。

《影印元明善本丛书》收"万历甲申夏五"刻本《百陵学山》,与前本一一对勘,王完引言部分第一、二两行首字及目录首行首字的"百"字字形较小,有明显的后来挖改痕迹,另如《类博杂言》中"博"字右上方的点置于横之下,《凝斋笔语》的"凝"字左傍两点与"匕"字平齐,《近峰记略》中"近"字上方的"斤"字末笔向右拐,并为超常之特殊笔体,二本悉同,可定后者为就前者挖改补刻,或后者仿前版摹刻,其因袭关系至明,展卷即可了然。

《百陵学山》所收编者王文禄之著作分置前后两处,前循《明世学山》之旧,后为续加增益时所附加,至于以《迩言》换《参同契正文》于后,为与《参同契疏略》邻近,以利比照,上述种种版本之特点,均足证此书成书过程确如前述。隆庆刻本《丘陵学山》进呈本之第一册,虽仅为该书什一,但对理清上列书名、编者、内容、版本诸问题,为重要佐证,这大约也就是通常人们所认为的善本书的重要价值之所在。

所憾者,写作此文未得见《明世学山》原书,亦未查得其编者郑梓之详细材料,未能比照对勘,亟盼有资料条件者匡我不逮,再加研讨,是所至盼。

(原载《吉林大学古籍整理研究所建所十五周年纪念文集》,吉林大学出版社 1998 年版)

就《贞松老人外集》的整理
谈古籍校勘三步到位

古籍校勘不是一个单纯技术工作,它要求从事者必须具备相当的学力与功底。否则,将难以胜任。根据个人在古籍整理工作过程中的体会,认为古籍校勘要想准确无误,必须做到三步到位。即:敏锐地捕捉到各种误漏,缜密地考得正确结论,科学地分析其造成误漏的原因。

为了说明问题的方便,现以罗振玉《贞松老人外集》一书的校勘为例。该书收入《雪堂学术论著集》(共十二集,收书百余种,此前未有标点整理本出版),共四卷,刻印时均经作者之子罗福颐先生手校,每卷之末均刻有"男福颐谨校"字样。福颐先生幼承家学,为学术功底深厚之著名学者,应该说在校勘古籍上具相当水平。但诚如古人称"校书如扫落叶,旋扫旋生"。此次整理中,笔者共校出误漏达四十处,平均约合每卷十处,其中有些例证,颇可说明古籍校勘三步到位的重要。

在这儿应该说明一点的是,所谓三步到位,在各个不同问题中情况是很不一样的。在为数不少的古籍校勘例证中,是一见即知,即三步只在瞬间即可到位。如手边一册《喘息的年轮》,其中 189 页有"王明清《挥尘后录》"一句,如果我们得知"挥尘"无解,古人有"挥麈而谈"的风习,又知道王氏除著名笔记《挥麈录》之外,并无相类的笔记,而"尘"字的繁体字"塵"与"麈"字极为相近,乃形近致讹。即可于转瞬间完成此一校勘之三步:1."尘"字误;2.应为"麈";3.正字"麈"与"尘"字繁体"塵"形近致讹。但是,有一些是必须详核资料,深入考辨,始可得出正确结论的。下面分别举例说明。

一、敏锐地捕捉各类误漏

在古籍阅读者中,除去少数古籍整理者应工作的需要广搜异本、相互比勘、考辨正讹而发现误漏外,大部分古籍阅读者大都是在阅读中发现有问题时,才去找他本核对,进而考辨其正误的。而这里所说的问题,大多表现为"读不懂"、"点不断"、"有乖文义"、"有悖事理"等。所以在上述情况出现后,则应该考虑到是否与文字误漏有关。

大量事实证明,古籍阅读中对问题的发现、讹漏的捕捉的能力,是与阅读者自身学识水平成正比的,即阅读者水平越高,越能发现问题,捕获误漏;反之亦然,一个学识水平较低下的古籍读者发现问题与误漏就相对地说要少得多。现以《外集》例证说明。

如卷二 8A/倒 5:"每展观遭迹,令人肃然起敬,此卷为公遭像,并自书疏稿……"

仅具中等文化程度的读者,凭文题《王文恪公画像疏稿卷跋》即可判定"遭"为"遗"字之讹,形近致误。

再如卷二 13A/倒 5"竣拔挺秀"。中等文化程度的读者,能知道"竣"为完毕义,当为"峻"字之讹,亦形近致误。

同卷8A/8"笔锋颖脱"、13B/倒5"锋颖如新"、17B/倒7"锋颖具备",三"颖"字均当作"颖",这是了解"颖"字本义及"脱颖而出"典实的读者都知道的,致误原因是音同形近。

而卷一7B/倒3"段氏所著《说文解字》",一般具中高等文化程度者皆知许慎著《说文解字》,可知其误,稍加检索,极易查得段玉裁对《说文解字》系作注,"著""注"音同致讹。这在程度上要求就高了一步。

而如同卷9B/7"予意《说文繁传》引字书……"则需具文字学方面的知识较多,得知道徐锴有《说文繋传》,"繁"当为"繋"字之误,形近。程度较前就更高一些了。

至于如卷二5B/9"廿四行选卦"则必须知道《周易》六十四卦中无"选"卦,应为"巽"卦,形近致讹("选"与繁体"選")。如不知道《周易》六十四卦卦名则不易发现。而卷二1B/4"《周礼·庚人》:'马八尺以上为龙。'"则需熟悉《周礼》为书主旨在明官制司职,故一名《周官》。而"庚人"由于字误则不可能弄明所司职务,经查对,当知"庚"实为"廋"字之误,廋人司马厩之政。亦属形近。

上述各例,如"遗像""竣拔""锋颖""繁传""庚人""挥尘"无解,段著《说文》属张冠李戴,"选"卦属杜撰生造,如果阅读中有认真不苟的精神,对这些根本不懂或疑窦丛生的各种问题,抓住不放,脑勤手勤,广搜博核,水平不足是可以获得弥补的。比如你不知道有《说文繋传》一书,以弄清《说文繁传》究属何义为目的,去翻查一下目录学著述,很容易在《说文》系列书中发现《说文繋传》,如头脑再灵活一点,亦不难发现"繁""繋"二字形体上的近似。"庚人"也一样,读书起码得知其所云,"庚人"究属何义?所司何职?一经查对原书,疑团亦可冰释。也正是在这一个一个问题的查找中不断积累经验,增长见识,逐步获得一定程度的功底,就能更好地从事古籍校勘。良性循环,相得益彰。因为所谓敏锐捕捉误漏的学术功底也并非与生俱来,也是在实践中逐步提高的。所以,如果说敏锐重在多思善疑,从而能发现问题,而解决问题还是离不开刻苦勤奋,从这个意义上说,古籍校勘的大敌就是粗枝大叶与不求甚解。

二、缜密地考得正确结论

校勘古籍讹误,情况各异,有的一经印证,即可得出结论,有的则需广引材料,细加考辨,才可能弄清是非,辨明正误。而其间所应用之方法,大抵亦不出陈援庵"校法四例"(《校勘学释例》)。

如卷三 7A/倒 7,"兹观方君所录陈眉公《记》,则始末甚详……"如阅读认真,马上会感到有旁枝斜出,因为前文介绍了所述诗册上面"后有嘉庆丙子番禺刘朴、石彬华跋,嘉庆丁丑翁覃溪先生题七古一章,彭邦畴、陈希祖、杨怿曾三跋,吴荷屋、朱椒堂等题名,汪守和录陈眉公《求忠书院碑记》"等等,所"观"的"陈眉公《记》"即《求忠书院碑记》,抄录者前写明为"汪守和录",此言"方君所录","方"当为"汪"字之误。致误的原因是这本《忆钓舟诗册》乃为"方正学"著,且此文近前又有"奉诏收方氏族"、"吾郡三方"等文字,沿袭致误。

相比之下,有些讹误则非本校所可奏效,如卷一 27A《辽史拾遗续补序》:

> 吾友王忠悫公曩撰《南宋人所传蒙古史料考),斥王大观《行程录》、李大谅《征蒙记》及宇文懋昭《大金国志》为伪书,

谓所记蒙古事多虚诬不实,复申论之曰:"凡研究史学者于某民族史,不得依据他民族之记载。如中国塞外民族若匈奴、若鲜卑、若西域诸国,除中国正史中之列传、载记外,殆无所谓信史也。其次,若契丹、若女真,其文化较近,记述亦较多,然因其文字已废除,汉人所编之《辽》、《金》二史外,亦几无所谓信史也。"予深题其言。

思维正常的人说话著文必然观点与材料一致,论点与论据一致,即使论有未深,理或未完,亦必不致自相牴牾。此段文字所引王国维语为先立论后举证,论点为"凡研究史学者,于某民族史不得依据他民族之记载",而下面作为论据的两个例证:一为匈奴、鲜卑、西城诸国,除中国正史之列传、载记(对这些民族而言,当为"他民族之记载")外,"殆无所谓信史";二为如契丹、女真,汉人所编《辽》、《金》二史(亦当为"他民族之记载")外,"几无所谓信史"。意为研究上列各民族历史,则必须仰赖汉族留存的史籍,与前面的立论正好相悖。经查对王氏原文,论点部分为:"凡研究史学者,于某民族史,不得不依据他民族之记载。"一字之漏,意思迥然相反。好在王氏为大家,著作流布广泛易得,一经核对,便可立见分晓。

事物总是千差万别的,有些问题就远不那么简单。如卷二3A《四朱泉跋》一文,则辨析较难:

右四朱泉三种:一圆郭、圆穿,文曰"四朱",阴文,平列,面幕俱平;一方外圆内,文曰"临蕾四朱",二枚,铜一铁一,亦面幕俱平;一方郭而穿在侧面,如革带之穿,而粗才如线,面文平列曰"四朱",幕文曰"蕾"。乃近年所得诸品中惟第一品,陈寿卿家有之,《古泉汇》列入异品,他均未见著录。考此钱为山东出土,乃齐鲁用币。"临菑"为齐地,"驺"即"邹",鲁地也。古陶器"邹"字亦作"驺"。此诸品均甚奇,可补古泉谱录所未及,故手拓入册。吾友蒋君伯斧云:此恐非币,殆权衡物,其言亦有理致,附著其说,以质海内鉴藏家。

全文义理甚明,记四朱泉三种四枚:第一种一枚,与论说无关不提;第二种二枚,铜铁各一,文为"临菑四朱"字样;第三种一枚,面文"四朱",幕文"菑"。复称皆为佳品,《古泉汇》列入"异品",他均未见著录等情。读文至此,并无何罣碍难通之处。惟续读下文"考此泉为山东出土,乃齐鲁用币"为总说,"临菑为齐地"系指第二种文为"临菑四朱"者,而下文"'驺'即'邹',鲁地也。古陶器'邹'字亦作'驺'"等语则与前文了无关涉,若平地蓦然冒出,不知所指,按行文论述顺序,此处应举说第三种,但所分述与其幕文"菑"字无关。因原文提及《古泉汇》著录,可径查其币文以求正确结论,查李佐贤《古泉汇》及《续泉汇》,于"无考正品"中著录"四朱阴文小钱二品,次尤小,背平,殊厚重,圆孔,面大背小,字画方整,用品钱无作阴文者,此钱制甚精,陈寿卿所得于齐地,前人所未见也"。由"阴文"、"陈寿卿"可证即指此类钱无疑,遗憾的是既未拓印第三种幕文图版,亦未载明币文内容。核对原文已此路不通。

但是,细玩上下文义,可确断,第三种幕文的"菑"当为"驺"字之误写。因再无牵涉其他币种币文,而"'驺'即'邹'"以下整段文字之论述不可能无的放矢,循文理当指第三种币,该泉面文"四朱"正常合理,故"驺"字即所述幕文"菑"之正字。乃因袭第二种币文"临菑"致误,可为定论。此类考辨绝非对本核校之可比,颇赖综合分析判断之理校所得结果。

以上所举仍为较简单者,更为复杂者往往需要查阅很多资料,历经不短时日,方可最终考辨论定。

三、科学地分析误漏原因

一般人在古籍校勘中完成了前两项,好像已经大功告成,对为何造成此一误漏的问题,大多视之无足轻重。其实这一步关系重大,绝对不可忽视。之所以我把分析产生舛误的原因作为校勘三步不可或缺之一,其重要原因,一则它是第二步考辨误漏、求得正确结论中的一条重要思考线索,对于合乎情理、符合实际的致误之因的分析,可以有力地帮助对正确结论的认定;一则通过对众多致误原因的分析,可以探寻出古籍致误规律性的东西,以利古籍校勘水平的提高。

造成古籍中误漏的原因很多,大抵为涉及此一误漏的有关人员理解上的不确、态度上的马虎等因素造成。但是,认识上的错误也是有线索可考,马虎大意的差错同样有规律可循。这一现象,古籍之外的所有文字领域也都存在。如极左肆虐时,口说笔写终日不离"阶级",有时写"阶段"时亦误作"阶级"。众多排比句连写成的文句,抄、排时因看串行而少排一句或排重一句的情况较易发生,而少排、重排则皆在排句中相同字句处。

下面以《外集》为例,分类说明。例证有不足处,兼举大家易知或笔者其他古籍校勘中之例证补充之:

1. 形近:此为古籍致误最多的原因,亦较易理解。以前已提及之"繁(繫)传"、"庚(庾)人"、"遣(遗)像"之外,还有卷一12A/倒6"环愿诸物","愿"应为"顾",二字之繁体"願""顧"形近。卷二2A/1"禁之无足者日废禁","日"应为"曰"。卷14A/8"今后得此,欢喜无量","后(後)"当为"复"。15B/倒1"近成万物","近"应为"匠"(据《金石萃编》改)。19A/4"赭冠之乱"，"冠"应为"寇"。20A/1"用粗麻纸柘"，"柘"应为"拓"。26B/3"诸君为之发其瑞"，"瑞"应为"端"。

2. 音同:此亦为古籍致误较多原因之一。除前已举之"段氏著(注)《说文解字》"、"锋颖(颖)"、"竣(峻)拔"外,卷二23B/3"已见一班","班"应作"斑"。卷四9B/8"鳞来凤去","鳞"应作"麟"。

3. 颠倒:手民不解文义,颠倒误刻多有,审慎分析确认后,当加乙正。如卷一16A/倒6"因为书其以端告当世曰","以端"二字倒,当乙为"端以"。20A/3"以告继我任者赓续之图","之图"二字倒,当乙作"图之"。卷二11A/6"作者自称朕,而字迹颇似《祠晋铭》,"因唐太宗自撰并亲书之为《晋祠铭》,当乙正。

4. 漏字:漏字发生于各处,换行换页处稍多,此与衍文相类。除上举引王国维文"不得不"漏后一"不"字外,如卷一7B/5"古文止字作㞢,屮字作屮,㞢屮形遂讹㞢为屮","形"字后漏一"近"字。13A/6"传朴斋谱序",据文字内容得知"谱"前漏"印"字,"印谱"与"年谱"相去甚远。卷二23A/倒4"(刘应民)隆庆二年任,王琰以万历三年任,刘顺之以万历七年任,庄桐万历八年,郑褙亨万历十年任……"与前后文字类比,可知"庄桐万历八年"后漏一"任"字。

5. 衍文:衍文有因上下文及有关内容而衍者,亦有难以分析致衍者,如:1988年6月三秦出版社出版之《菜根谭》14页"否则无以持空寂之后苦趣","之后苦趣"费解。该书文皆骈俪,前相对句为"否则无以脱垢浊之尘缘",查原书知衍"后"字。同书第67页"邪魔便为知真君子矣","为知真君子"费解,查原书衍"知"字。(见拙文《三秦版菜根谭校读札记》,载《古籍整理出版情况简报》第224期)

6. 因袭:因袭的情况较为复杂,大体其致讹原因并皆在本文之中，或远或近，或直接或间接，而此思绪影响所及，牵连及有关人员下意识致误。如前举四朱泉幕文"骀"误作"菑"，显系受前文"临菑"影响；"方君所录"显系受"方正学""收方氏族"等影响，误"汪"为"方"。笔者曾考辨清昭梿《啸亭杂录·成容若》中"子荆《楚雨》之吟"，"楚"字当作"零"，而致讹之因为作者子荆名楚，因袭致误（见中华书局《学林漫录》第九集《楚雨？零雨？——古籍校勘举隅》）。

7. 一字析二、二字合一：尝读一新出横排文献学著作，中有"校住谁"文字，扞格不合文意，顿悟为"校雠"之"雠"字一分为二，复误"佳"为"住"。二字合一最有名之例证即《战国策·赵策》中说赵太后的触詟，王念孙在其《读书杂志》中举出了多条理由，说明应为龙言二字，后来的考古发现更证明王氏考辨的准确。笔者在前引《简报》拙文中考辨三秦版《菜根谭》71页"功名富贵逐世转移，而气节千载一时。群信不以彼易此也"中"群"字当为"君子"二字，因"君子"可解，再二字直书连写草体与"群"字异体"羣"极为近似，核以他本，果然。

8. 同字误认：古籍讹误有因不同部位之同一字，抄刻者不慎，错认另字而误。笔者曾考辨《旧唐书·礼仪志三》中"登封坛南有槲树，大赦日于其杪置金鸡树"即为此类讹误。查宋刊《太平御览·木·槲》作"大赦日于其杪置金鸡，改名为金鸡树。"《唐语林》卷五作"大赦……坛南有大树，树杪置金鸡，因名树为金鸡树"。得知因"金鸡"二字连续出现，抄、刻者将前面的一个错看成后面的一个而致误。清人罗士琳等的《旧唐书校勘记》"按树字疑衍"的说法是错误的（见1994年第一期《古籍整理研究学刊》所刊拙文），此错误的产生，与其第三步未到位有关，即未彻底弄清致误的原因。从这个例子我们可以获得一点启示，弄清楚古籍误漏的原因绝不是可有可无的小事。

　　古籍校勘之误类,如王念孙、俞樾等在其专著中均条分缕析,类分无虑百数十条,各有例证,有志于此者可精心研读其书。以上所举者仅属荦荦大者之日常习见诸类,结合《外集》及笔者习作略作申说,目的只在述说之方便而已。

　　古籍校勘对于专门从事古籍整理的工作者来说,当然是一项必备的能力;但对于更多的虽不整理古籍,却总要阅读一些古籍的人来说,也应该具有一定的这方面的修养,以识别判断古籍中存在的各类讹误。注重一下上述古籍校勘的三步,或许可从中小得助益。

　　　　　　　　（原载《吉林大学古籍整理研究所建所十五周年
　　　　　　纪念文集》,吉林大学出版社 1998 年版）

关于《王子安集》的佚文与校记

上海古籍出版社编辑的《中国古典文学丛书》新近整理出版了清人蒋清翊注释的《王子安集注》，蒋注乃王集的第一个全文详注本，征引宏富，注语详赡。颇享盛名的霸县高步瀛《唐宋文举要》，于所选王文前称："子安文多录蒋敬臣清翊注，不逐条标出，以期简便，非敢掠美，故志于此。"从这里亦可见其学术价值之一斑。对以骈文为主的王集，一一诠释其用典出处，正是读者所迫切企盼的。所以，尽管蒋注也不乏一些毛病存在，但其释典晓义之功，绝不可没。它的出版，对研究唐代文学、特别是王氏诗文具有重要意义。

蒋注的整理者在书后"附录了罗振玉校录的日本庆云四年（707）写本《王子安集》佚文二十三篇（策按：应为二十四篇）和《王子安集》校记"，对读者得窥王文全璧、刊正误漏及更多掌握王文之异文甚有帮助。惟罗氏对佚文与校记刊刻不只一次，后刻者复有增补修订，整理者所据为较早刻本，遂使收录有不全不准之弊。

《佚文》编成于"戊午（1918）八月"，书前罗氏《序言》于辑佚经过记述甚详,对了解实情颇有助益。对蒋注本校勘得失,评论甚准。上海古籍蒋注本附录,仅收佚文,未附《序言》,今并录附如下:

　　宣统纪元,予再至海东。平子君尚来见,与论东邦古籍写本,平子君谓以正仓院所藏《王子安集》残卷为最先,乃写于庆云间,中多佚文。且言:"君欲往观者,当言之宫内省,某愿为之导。"时以返国,迫不克往,而以写影为请,平子君诺焉。即归国,平子君以书来,言写影事已得请于当道,一二月间必报命,并寄正仓院印刷局印本至。谓"此虽仅十六纸,为文二十首,尚少于杨氏《日本访书志》者三之一,才当全卷之半耳。然印本近已难得,姑先奉清览,可窥见一斑也"。予校以今集本,二十篇中佚者五篇,因以赠亡友蒋伯斧咨议,劝刻于其先德敬臣大令清翊《王子安集注》后,伯斧欲待正仓院全卷至乃刻之,而逾岁无消息。以访之东京友人,则平子君者已以病肺卒且数月矣。嗣老友内藤湖南博士来观我学部所得敦煌卷轴,出《王子安集》古写残卷影本为赠:墓志三首,乃其国上野氏所藏;祭文一篇,则其国神田氏所藏。皆今集所不载者。于是子安佚文先后得九篇,因劝伯斧速授梓,毋因循。顾伯斧移书借杨星吾舍人藏本,书函往返者又经岁,则已辛亥之秋矣。伯斧又卒以暴病卒,于是刊刻之事,遂成泡幻。

　　及予来寓京都,谋影写正仓院本,则以御府秘藏,禁令森严,卒不果。乃大悔往者之在海东,恨不宽归程三日,一观此秘笈也。至是,写影之事,遂不复措诸怀。乃今年秋,有神田君喜者,香岩翁之文孙,香岩翁者,即藏王子安祭文者也。其文孙笃学嗜古,尝来予家。一日白予,近得正仓院《王子安集》印本计二十余纸,予亟请借观,则为文四十一篇,不见今集者凡二十篇。惟《送卢主簿序》中间佚数行,余皆完好。以校《日本访书志》所载佚文十三篇,其《圣泉诗序》项刻《王子安集》载于《圣泉诗》之前,实非佚篇。其他十二篇中,若《送王赞府兄弟赴任序》、《冬日送阎邱序》、《江浦观鱼宴序》、《夏日仙居观宴序》、《冬日送储三宴序》、《初春于权大宅宴序》,或佚其半,或仅存数字、数句,咸非完篇。杨本佚文,实仅六篇,而此本佚文二十篇,则完好无缺。为之喜出望外,乃以三夕之力,手自移写,合以祭文一篇,墓志三篇,共得佚文二十四首。其见今集之二十一篇,亦手校异同,别为《校记》。正仓院本,字多讹别,或有衍脱倒植。其第二十八残卷,讹误尤繁,皆一一为之是正。其不可知者,则守盖阙之训。

盖校勘之事,昔人所难,敬臣大令笺注是集,以十年之力,始簹于成。其刊正讹误,如《上巳浮江宴序》"兹以上巳芳辰,云开胜地",蒋注谓"云开"殆"灵关"之误;又"初传曲路之悲",蒋注疑是"曲洛之杯"之误;《别卢主簿序》"况乎同得此义",蒋注疑当作"同德比义";《山亭兴序》"粉债芝田",蒋注"粉义未详",而引《古今注》"乌孙国有青田核"事为之注。今校以古写本,一一隐合,可谓精密矣。然如《游庙山序》今本讹作《游山庙》,而集中更有《游庙山赋序》,明言"玄武山西有庙山",则当作"庙山"非"山庙"明甚,而蒋注未尝举正。又《上巳浮江宴序》"琼辖乘波,耀锦鳞于画网",《文苑英华》及古写本并是"琼辖",蒋注据项本改"琼舸",殆谓渔钓之事,无取"琼辖",然《江浦观鱼宴序》亦有"琼辖银钩"语,古人钓具,今不可知,尝见古画图中画渔者钓竿之上,附以小轮,以为收放丝纶之用,其物殆即所谓"辖"耶? 又有文义不洽而无从校其讹误者,如《归仁县主墓志》"贞观廿一祀丁某(原注:原误'其',今改正。)忧",《志》称县主为齐王女,下嫁姜氏。又称"杨妃以亡桃之重,抚幼中闱;某姬以生我之亲,从荣内阁"。是妃乃某姬所生,而齐王诛后,抚于杨妃者;《志》又称"二尊齐养",二尊者,谓杨妃与某姬也。则县主所丁之丧,当为某姬,或为杨妃。故又有"爰有中诏,称哀内府"语,则为宫中母氏之丧明甚。而《志》中乃有"陟岵"语,铭文中乃再见,齐王既诛,乌得更有丧父之事? 此令人疑不能明者也。

此集虽以三夕之力成之,而梦想者且十年。昔之难也如彼;今之易也如此。知古籍之流传,亦有前数,然微神田君之力不及此。惜平子君与伯斧竟不及见矣。京都老友富岗君谦藏别藏《王子安集》卷二十九及卷三十,与上野氏残卷同出一帙,予曾披览,劝君捴影印以传之,君捴唯唯,意若有待者。今此集刊行,君捴或亦将出其珍秘而传之艺林乎。企予望之矣。戊午八月,上虞罗振玉校录竟并记。

罗氏壬戌(1922)十月刻本,于佚文目录之末,复有附言谓:

此编辑于戊午仲秋,又三年,日本京都大学邮寄富岗氏所藏卷廿九及卅残卷印本至,乃重加校录,先后共补佚文卅篇,附录文五篇,付京师手民再刻。

因为上海古籍本蒋注《王集》附录佚文所据乃罗氏戊午刻本,故壬戌刻本后据富岗氏所藏残卷补入之佚文失收,文繁不录,仅列篇题如下:

张公行状(后半佚) 祭石堤山神文 祭石堤女郎神文祭白鹿山神文 为虔州诸官祭故长史文 为霍王祭徐王文

佚文后附录五文:《没后彭执古孟献忠与诸弟书》、《族翁承烈书·附与勔书》、《族翁承烈致祭文》、《族翁承烈领易注报助书》,并皆研究王氏之重要资料。

另:以壬戌本佚文与上海古籍本附录对勘,其异文有可参助

者,兹按页行先后表列于后,必要处略加按断:

631 页	4 行	俯视至间	壬戌本作	俯视人间
634 页	7 行	菌槐	壬戌本作	兰槐　是
636 页	9 行	时属陆沈	壬戌本作	时属陆亢
636 页	10 行	历祷名山	壬戌本作	应祷名山
637 页	2 行	言无惭于响应	壬戌本作	信无惭于响应
637 页	7、8 行	请持鑴共乐,□□平生。	壬戌本作	请持鑴□,共乐平生。
638 页	倒 3 行	彩缀九衢之握	壬戌本作	彩缀九衢之幄　是
638 页	倒 2 行	暖韶昬于岩阡	壬戌本作	暖韶昬于岩阡
639 页	5 行	凝光写爱	壬戌本作	凝光写暖　是
641 页	2 行	风涛险而翠霞晚	壬戌本作	风涛阴而翠霞晚
642 页	倒 1 行	比屋可以行诛	壬戌本作	比户可以行诛
643 页	1 行	池亭以导扬耳目	壬戌本作	池台以导扬耳目
644 页	1、2 行	仗信义以为楫	壬戌本作	杖信义以为楫
644 页	2 行	与达道而惧殃	壬戌本作	与违道而惧殃
644 页	3 行	岂明灵之所臧	壬戌本作	岂明灵之所藏
644 页	5 行	俾□寿之□长	壬戌本作	俾年寿之克长
645 页	1 行	仰情齐而不逮	壬戌本作	仰情峦而不逮　以对句"寻义壑而犹迷"看,作"峦"是
645 页	4 行	□风路以驰芳	壬戌本作	仰风路以驰芳
645 页	4 行	劲□仪贞	壬戌本作	劲篆仪贞
645 页	倒 3 行	济□府君	壬戌本作	济州府君
646 页	倒 2 行	□河洛之英□	壬戌本作	济河洛之英□
646 页	倒 1 行	雅韵霜□,肃松标于智宇	壬戌本作	雅韵霜肃,□松标于智宇
647 页	倒 3 行	光昇石窈之庭	壬戌本作	光升石窈之庭
648 页	3 行	而积痛□酸	壬戌本作	而积痛沈酸
650 页	倒 1 行	容范□和	壬戌本作	容范　祥和
651 页	6 行	终于密县之秋(原双行注谓:"之"下有阙文、"秋"上当有"春"字)若干	壬戌本作	终于密县之官舍,春秋若干　是

　　壬戌刻本《王子安集校记》较之戊午刻本亦有增补,兹亦依先后页码,对勘于后:

653 页	倒 4 行	秋日宴季处士宅序	壬戌本下有　卷子本作"秋日宴山庭序"
654 页	倒 5 行	越州秋日宴山亭序	壬戌本下有　卷子本作"新都县杨乾嘉池亭夜宴序"
657 页	倒 2 行	游山庙序(原注于"卷子本作'游庙山序'"下征引罗氏序言中有关文字)	策按:大约上海古籍版整理者因不收罗序而于此转引该《序言》中语
658 页	1 行前	补入校记一条:"常学仙经",卷子本"学"作"览"	
660 页	4 行	层轩迴雾	壬戌本"迴"作"迥"
660 页	6 行后	补入校记一条:"昔者升高能赋",卷子本"升"作"登"	
662 页	倒 3 行	卷子本"时"作"其"	壬戌刻本"其"作"大"
663 页	3 行	卷子本作"作能"	策按:此系上海古籍本排误,应为"卷子本'作'作'能'"
663 页	倒 4 行	越州永兴李明府宅送萧三还齐州序	壬戌本下有校记:卷子本"越"上有"于"字,"永兴"下有"县"字
664 页	5 行	断金好亲之契	壬戌本作　疏金有好亲之契
665 页	6 行	江宁吴少府宅饯宴序	壬戌本有校记:卷子本作"江宁县白下驿吴少府见饯序"
667 页	倒 3 行	送宇文明府序	壬戌本下有校记:卷子本"送"作"饯"
667 页	倒 2 行	真知可以错物	壬戌本"可"作"足"
671 页	倒 6 行	山亭兴序	壬戌本下有校记:卷子本作"山家兴序"

672 页　　倒 2 行　　前有补入校记:"汉家二百
　　　　　　　　　　　　所之都郭",卷子本"所"作
　　　　　　　　　　　　"年"
673 页　　6 行　　　　亦无乏焉　　　　　　　　　壬戌刻本"乏"作"然"

　　另外,上海古籍版整理者在佚文《冬日送储三宴序》之第 3
行:"自非琴书好事,文笔深知,口若雌黄,人同水镜,亦未与谈
今古,尽□胸怀。"是否宜标断为:"自非琴书,好事文笔,深知口
若雌黄,人同水镜;亦未与谈古今,尽□胸怀。""深知"、"亦未"
照应关连紧密,似较易成说。

　　个人对王氏诗文缺乏深入研究,仅就闲览所及,简述端末如
上。舛误不当处,尚祈蒋注本整理者及诸读者不吝赐正。

　　　　　　　　（原载《古籍整理研究学刊》1997 年第 2 期）

楚雨？　零雨？

——古籍校勘举隅

我国古籍卷帙浩繁。其中衍、夺、倒、窜诸讹误，所在多有。古人云："校书如扫尘，旋扫旋生。"（周煇《清波杂志》）使后世学子不谙校雠之学，则往往难得古书作者真谛。古籍之讹误甚多，而作者写作时自误之处亦不乏例在。此齐召南所谓"古人撰述既博，不无失检"者，而此类"本书自误，非关后人"之讹误，①远非凭借搜罗多种版本，相互雠对，即可是正。陈垣先生在其《元典章校补释例·校法四例》中所述对校法、本校法于此类讹误，似无能为力。而所举他校法、理校法或可奏效。平日阅读古籍，遇有虽穷极字句诠释仍乖违文义甚或不可索解者，恒以舛讹是疑，而翻检雠校一过，什九如料。历久成习，凡遇有乖文义或不可索解处，辄倾力勘比雠校，期在义明理达。下举一例，以见一斑。

新出《啸亭杂录》（清昭梿著）点校本，其中《成容若》条：

---

①　均见《宝纶堂文钞·进呈前汉书考证后序》。

成容若德，为纳兰太傅长子。中康熙癸丑进士。时太傅权震当时，而侍卫素嗜丹铅，与诸名士交接，初不干予政事。惟吴汉槎谪戍黑龙江，以顾贞观舍人向侍卫乞怜，故侍卫阅其寄吴小词，词甚凄苦，恻然曰："都尉《河桥》之作，子荆《楚雨》之吟，并此而三矣！此事三千六百日中弟当专任其责，毋烦兄更多言也。"贞观曰："人生几何？顾以十年期之？"侍卫乃白太傅，援例赦还，一时贤名大著……

所记吴兆骞坐顺治丁酉科场舞弊案，在当时影响颇大，世祖福临龙颜大怒，将江南主考侍讲方猷、检讨钱开宗、同考叶楚槐等十七人斩首（《清史稿·选举志》），中式举人全由礼部复试，吴兆骞即因复试后判定涉嫌此案，流放宁古塔二十五载。其友顾贞观与之交情甚笃，其后设馆明珠太傅家，于丙辰（1676）冬题《金缕曲》二阕，"代书寄之"，首云："季子平安否？便归来，平生万事，那堪回首。"结句亦仿书体，谓"言不尽，观顿首"。全词哀婉悱恻，传诵一时。顾又力请纳兰性德求其父代为斡旋，献吴作《长白山赋》于帝，康熙"览而称善"，加之徐立斋（乾学弟）"捐金赎之"，兆骞始得赐还。①

纳兰性德得见顾贞观《金缕曲》后，深表赞叹，称许不已。文中所举可与之鼎足而三者，除了汉李陵的《与苏武》诗之外②，同时举了"子荆《楚雨》之吟"。后者所指究系何人何作，颇费斟酌。

经查对，《啸亭杂录》之上海申报馆仿聚珍版排印本，上海

---

① 叶恭绰《清代学者像传·吴兆骞》。
② 汉武帝时，李陵任骑都尉，句中都尉指此。《与苏武诗》中有"携手上河梁，游子暮何之。徘徊蹊路侧，恨恨不能辞"的句子。故称《河桥》、《河梁》。后遂为言情叙别之故实。惟此诗自南朝颜延之、刘勰始，及后苏轼、洪迈、顾炎武等均疑为后人伪托。

文明书局校印 1923 年石印本,以及宣统元年(1909)上海图书公司印行的《足本啸亭杂录》,该条均作"子荆《楚雨》之吟",当系作者原文如此,并非重印致误无疑。

因《啸亭杂录》保存道光以前清代政治、军事、经济、文化、典章制度、文武官员的遗闻轶事以及社会习俗方面之重要史料颇多,《清史稿》修撰时就中取材不少。查《清史稿·纳兰性德传》:

> ……贞观友吴江吴兆骞坐科场狱戍宁古塔,赋《金缕曲》二篇寄焉。性德读之叹曰:"山阳《思旧》,都尉《河梁》,并此而三矣!"

其中除引李陵诗与《啸亭杂录》相同外,同时引用的则为向秀之《思旧赋》。所说"山阳"当今河南修武东南,为该赋作者所"思"的两位友人嵇康的故居所在地和吕安曾生活过的地方。[①]《思旧赋》为传世名篇,萧统《文选》辑入,鲁迅先生在其《为了忘却的纪念》一文中亦曾论及。

向秀,字子期,"期"与"荆"形近,有可能致讹,或二者俱指一事。惟向秀诗文作品中并无以"楚雨"之句而蜚声文坛者,当更难发现"楚雨"与《思旧赋》有何干系。羌无故实,当不足以标立新说。

晋人孙楚,字子荆,太原中都人。祖资,魏骠骑将军。父宏,南阳太守。楚才藻卓绝,爽迈不群,以佐著作郎参石苞军事。自负材气,颇侮易苞,苞奏其讪毁时政,湮废积年。扶风王骏起为

---

① 《思旧赋》前有小序称:"余与嵇康、吕安居止接近,其人并有不羁之才……其后各以事见法……余逝将西迈,经其旧庐……邻人有吹笛者……感音而叹,故作赋云。"

参军。转梁令。惠帝初为冯翊太守。今传集名《孙冯翊集》，即指此。

《晋书·孙楚传》只载及"漱石枕流"故实，"楚雨"之语，毫无涉及。《孙冯翊集》中所载诗仅六首，并无一语提及"楚雨"者，其他语及"楚雨"而卓著影响之作，亦了无征凭。

可与《河梁》、《金缕曲》并提者，究属"子荆《楚雨》之吟"，抑或"山阳《思旧》"？《清史稿》依据对话者纳兰性德及顾贞观两人记载为信①，理属当然。而昭梿此语究竟所本者何？因此问题与论题关涉无多，不遑详考，兹不赘述。

"子荆《楚雨》之吟"，究何所指？只得再从孙楚作品中寻找若干端倪。

《孙冯翊集》中诗作殊少，检读之际，即发现其《征西官属送于陟阳侯作诗》中有"晨风飘歧路，零雨被秋草。倾城远追送，饯我千里道"之句。而明人张溥在其集前所写之《题辞》②，起始即谓：

> 子荆"零雨"，正长"朔风"，称于诗家。今亦未见其绝伦也。《除妇服诗》王武子叹为情文相生，然以方嵇君道伉俪诗，兄弟间耳。

虽然作者对孙楚的诗评价不高，但他却将其"零雨"之吟，与王瓒的"朔风"之句同列，且评之为"称于诗家"。这就告诉我们，"子荆"（不是子期）确有为人称道之诗句，只不过它不是

---

① 《顾梁汾先生诗词集》收载之《弹指词·金缕曲》后记亦谓："二词成，容若见之为泣下数行曰：'河梁生别之诗，山阳死友之传，得此而三……'"《通志堂集》附录纳兰性德诸师友所撰序跋及墓志、悼文中有关记载亦同。另外，《无锡县志·文苑列传》、《（旧）无锡县志》、《文献征存录》及前引《清代学者像传》等记载悉同。

② 见张溥《汉魏六朝百三家集》。

"《楚雨》之吟",而是"《零雨》之吟"罢了。

　　为了更准确地评断此一问题,我们还可以从《宋书·谢灵运传论》中找到有力的佐证:

> 先士茂制,讽高历赏,子建函京之作,仲宣霸岸之篇,子荆零雨之章,正长朔风之句,并直举胸情,非傍诗史,正以音律调韵,取高前式。

　　这里,作者除了举王瓒的《杂诗》与孙楚的"零雨"之吟并提而外,前面还举了曹植、王粲的名篇。[①] 足证"零雨"确为孙楚诗作中最具影响而为世人称道之作。

　　如果,我们再能从后人论述著作中钩索部分材料以资稽核,那就能使我们的假说更为坚实可靠。

　　孙楚在魏晋文学家行列中仅居三四流而已,一般文学史著作多不涉及。有的虽提及其人,亦多语焉不详。但即令如此,或亦有蛛丝马迹可寻。如陆侃如、冯沅君合著之《中国诗史·元康诗人》中即曾约略提及:

> 西晋的次要诗人,据冯惟讷、丁福保所搜集的,几近百人。其中有些作品如孙楚的"零雨之章",王瓒"朔风之句",以及石崇《明君》之辞,束皙《补亡》之作,[②]要皆无关宏旨,不必详述。

---

① 　曹植《赠丁仪王粲》诗首云:"从军度函谷,驱马过西京。"故以"函京"代称。王粲,字仲宣。其《七哀》诗写关中遭受战祸惨况,篇末有"甫登霸陵岸,回首望长安。悟彼下泉人,喟然伤心肝"之句。故以"霸岸"称代。

② 　王瓒字正长。其《杂诗》:"朔风动秋草,边马有归心。胡宁久分析,靡靡忽至今。"朔风"起句,故以名之。石崇《明君》指其五言诗《王明君词》。束皙,西晋文学家。因《诗·小雅》中有笙诗六篇"有其声而亡其辞",乃补作《南陔》、《白华》等篇,称《补亡诗》。以上诸诗均为萧统辑入《文选》。

作者不仅明确指出了孙楚的名句为"零雨之章"，而且与前二例一样，是与王瓒的"朔风之句"并提。至此，例证充足，"楚雨"布下之疑团已可涣然冰释。

综上述及，《啸亭杂录·成容若》中，"楚雨"当为"零雨"之误，且实为作者写作时即已写错，而后辗转刊印，一直沿误至今。但何以会出现此一错误，想是作者念及子荆名楚，书至"零雨"之章转念及系孙楚名作，故而书为"楚雨"。实与《韩非子》郢书燕说故事郢人书中之"举烛"相类。后人不察，遂沿袭其误。

颜之推云："校定书籍，亦何容易！自扬雄、刘向，方称此职耳。观天下书未遍，不得妄下雌黄。"（《颜氏家训·勉学》）彭叔夏从切身体会，得出"三折肱为良医，信知书不可以意轻改"（《文苑英华辩证·自序》）的经验之谈。权以此例为他校法、理校法之一隅举，可否反三，不敢自是。深知才乏学疏，识陋见浅，其间得失是非，尚祈海内博雅诸君不吝诲我。

（原载《学林漫录》第 9 集，中华书局 1984 年版）

三秦版《菜根谭》校读札记

翻阅三秦出版社出版的《菜根谭》一过，略嫌其整理出版工作较为粗疏，手边有几种不同版本的《菜根谭》，疑误之处则翻检比勘，并就管见所及随手札记，现略加条理，乞正方家。

一、标　点

此书文句不太艰深，且语多骈俪，为断句标点提供了方便，但仍有误断误标者。

（一）无事常如有事时，提防才可以弥意外之变；有事常如无事时，镇定方可以消局中之危。（第18页）

案：宜作："无事常如有事时提防，才可以弥意外之变；有事常如无事时镇定，方可以消局中之危。"

（二）贪心胜者，逐兽而不见泰山在前，弹雀而不知深井在

后;疑心胜者,见弓影而惊杯中之蛇,听人言而信市上之虎。人心一偏,遂视有为无,造无作有。如此,心可妄动乎哉?(第30页)

案:"视有为无"后逗号改顿号,"造无作有"后句号删去:"人心一偏,遂视有为无、造无作有如此,心可妄动乎哉?""遂……如此"关联。

(三)万境一辙原无地,著个穷通;万物一体原无处,分个彼我。世人迷真逐妄,乃向坦途上自设一坷坎,从空洞中自筑一藩篱。良足慨哉!(第31页)

案:宜作:"万境一辙,原无地著个穷通;万物一体,原无处分个彼我。(下略)"

(四)鹤唳、雪月、霜天,想见屈大夫醒时之激烈;鸥眠、春风、暖日,会知陶处士醉里之风流。(第44页)

案:"鹤唳"、"雪月"、"鸥眠"、"春风"后之顿号全删。此与"枯藤、老树、昏鸦,小桥、流水、人家"不类,"唳"、"眠"后含有"于"字意思在内。

(五)粪虫至秽变为蝉,而饮露于秋风;腐草无光化为萤,而耀采于夏月。故知洁常自污出,明每从暗生也。(第49页)

案:宜作:"粪虫至秽,变为蝉而饮露于秋风;腐草无光,化为萤而耀采于夏月。(下略)"

（六）矜高倨傲，无非客气降伏得，客气下而后正气伸；情欲意识。尽属妄心消杀得，妄心尽而后真心现。（第50页）

案：如此标点，无以成说。宜作："矜高倨傲，无非客气，降伏得客气下而后正气伸；情欲意识，尽属妄心，消杀得妄心尽而后真心现。"

（七）饱后思味，则浓淡之境都消；色后思淫，则男女之见尽绝。故人当以事后之悔，悟破临事之痴迷，则性定而动无不正。（第50页）

案："悟"字前面逗号移至其后。"事后之悔悟"、"临事之痴迷"对应甚明。

（八）富贵名誉自道德来者，如山林中花，自是舒徐。繁衍自功业来者，如盆槛中花，便有迁徙废兴……（第56页）

案："繁衍"二字应属前。

（九）青天白日的节义自暗室屋漏中培来；旋乾转坤的经纶，从临深履薄中操出。（第69页）

案：前后两句句式完全一致，"经纶"后已逗，"节义"后亦宜逗。

（一○）磨勘当如百炼之金，急就者非邃养施为宜。似千钧之弩，轻发者无宏功。（第76页）

案:"宜似"与"当如"对仗工严,"施为"犹言做事情。"鎏养"后加分号,"宜"后句号删去。

（一一）多藏厚亡故知富,不如贫之无虑;高步疾颠故知贵,不如贱之常安。（第82页）

案:"多藏厚亡"、"高步疾颠"为深寓哲理之成语。"富"、"贵"后之逗号分别前移至两"故"字前。

（一二）以我转物者得,固不喜失亦不忧,大地尽属逍遥;以物役我者逆,固生憎顺亦生爱,一毫便生缠缚。（第86页）

案:"得固不喜,失亦不忧"、"逆固生憎,顺亦生爱",对仗工且语义明,"得"、"逆"二字属下,"喜"、"憎"之后加逗号。

二、夺文·衍文·倒文

有些出版物由于校对不精,夺、衍、倒文在所难免,《菜根谭》一书亦有疏漏:

（一）融得性情上偏私,便是一大学问;消得家庭内嫌雪,才为火内栽莲。（第8页）

案:"嫌雪"二字,极为费解,颇疑字误。经查对原书,原来二字中间整整漏掉两个半页,即第5页下半页,第6页上半页,正好一复印张。为免读者查书之劳,特试加标点,补录于后:

（融得性情上偏私,便是一大学问;消得家庭内嫌）隙,便是一大经纶。

功夫自难处做去者，如逆风鼓棹，才是一段真精神；学问自苦中得来者，似披沙获金，才是一个真消息。

执拗者福轻，而圆融之人其禄必厚；操切者寿夭，而宽厚之士其年必长。故君子不言命，养性即所以立命；亦不言天，尽人自可以回天。

才智英敏者，宜以学问摄其躁；气节激昂者，当以德性融其偏。

云烟影里现真身，始悟形骸为桎梏；禽鸟声中闻自性，方知情识是戈矛。

人欲从初起处剪除，便似新刍遽斩，其工夫极易；天理自乍明时充拓，便如尘镜复磨，其光彩更新。

一勺水，便具四海水味，世法不必尽尝；千江月，总是一轮月光，心珠宜当独朗。

得意处论地谈天，俱是水底捞月；拂意时吞冰啮（雪，才为火内栽莲。）

（二）无以持空寂之后苦趣。（第14页）

案：此与前文"无以脱垢浊之尘缘"对应，经校原书，衍"后"字。

（三）似膻存蚋而仍集。（第15页）

案：此与前文"犹根拔而草不生"对应，"蚋而"倒文，应乙正。

（四）邪魔便为知真君子矣。（第 67 页）

案：校原书，衍"知"字。

（五）人常作是观，便可解却胸胃矣。（第 83 页）

案：原书作"胸中胃"，夺"中"字。

三、校　勘

　　三秦版《菜根谭》整理者未写明所据具体底本，但由《前言》说明，参以封面装帧书影，当系"还初道人著书二种"本。上列第二部分问题的提出，即依"二种"本对校。另外，整理方式标明点校，但未说明参校版本与对校勘所得之处理方法。粗略与该本对照，基本依该书排印。笔者曾以手边《菜根谭》五种版本比勘对校一过，条目之有无、分合差异较大，异文颇多。仅条目五种本子去其重复，计可得五百六十八条，较三秦版所据之"两种"本多出一百五十八条。（三秦版此书不少条因文尾正值行末而误与下条连为一条，现依我厘定条目计算。）以他本与"两种"本互校，有不少异文，大有参酌价值，下面略举数例说明。

　　（一）白日欺人，难逃清夜之鬼报；红颜失志，空贻皓首之悲伤。（第 7 页）

案："鬼报"一本作"愧赧"。细玩文义，"欺"而自省生"愧"，较易成说。且就与"悲伤"作对而言，无论就词的组合形式与义类相近来说，"愧赧"均较"鬼报"为胜，后者或为形近致讹。

（二）立身不高一步立，如尘里振衣，泥中濯足，如何超达？处世不退一步处，如飞蛾投烛，羝羊触藩，如何安乐？（第53页）

案："安乐"一本作"解脱"，以文义视，较"安乐"为胜。

（三）富贵名誉，自道德来者，如山林中花，自是舒徐繁衍；自功业来者，如盆槛中花，便有迁徙废兴。若以权力得者，其根不植，其萎可立而待矣。（第56页）

案：一本"以权力得者"后有"如瓶钵中花"。审上文有"如山林中花""如盆槛中花"，宜有"如瓶钵中花"较胜。

（四）事业文章随身销毁，而精神万古如新；功名富贵逐世转移，而气节千载一时。群信不以彼易此也。（第71页）

案："群信"费解。一本"群"字作"君子"，则理顺。而"君子"草体直书，与"群"字异体"羣"极易混淆，似可从。

（五）如蝇聚膻，如蚁竞血。（第85页）

案：一本作："如蚁聚膻，如蝇竞血。"以客观物象观之，似后者近实。

其他异文甚多，为省篇幅，兹不备举。

四、其　他

另外，《菜根谭》一书中对避讳字的处理尚有不足处，而错字也较多。

对古籍中的避讳字的处理,通行的有避本朝讳不改之说,但在以简化字排印的读物中似仍以回改为好。至于后代刻前人书而避当代讳者必须回改,则向无疑义。

出版物上之错别字,产生之原因很多,彻底消除,亦大不易。既已发现,亦顺带提出,谨供整理出版者参考:

元默(第3页倒1行)、谈元(第24页第9行)系清人刻书避康熙帝讳改,"元"应回改为"玄"。"善移易风化者,当因其所易而渐及之"(第13页第4行),"及"应为"反"。"着脑"(第14页倒3行)应为"着恼"。"蕃择"(第19页倒1行)应为"审择"。"姜女"(第26页第5行)应为"美女"。"勇备"(第28页倒5行)应为"勇略"。"贫得"(第32页倒3行)应为"贪得"。"厌冷"、"黄梁"(第36页第5行)应为"灰冷"、"黄粱"。"樽垒"(同上页第10行)应为"樽罍"。"昂藏"(同上页倒1行)应为"昂藏"。"造花"(第37页第5行、第45页第4行)应为"造化"。"木床"(第38页第8行)应为"土床"。"化为荧"(第49页倒3行)应为"化为萤"。"迁徒"(第56页第5行)应为"迁徙"。"阴得"(第65页倒1行)应为"阴德"。"膏肓"(第78页倒6行)应为"膏肓"。

其他如当简化仍排繁体:倖(应作"幸",第70页倒5行);滥用简化字:园满(应作"圆满",第41页第5行);沿用已废除异体:尅(应作"克",第51页第3行、第73页第5行)等。为省篇幅,兹不备举。

(原载《古籍整理出版情况简报》1990年总第224期)

《清代七百名人传》编纂指疵

　　蔡冠洛编纂之《清代七百名人传》1937 年 1 月于世界书局出版。书前序言中说：

　　　　传清代人物者，曰《清史列传》，非显官不加详也；曰《先正事略》，不足取法不予录也。至贰臣、逆臣、忠义、名将之作，并一姓之私言，恶谥美谥，区以别矣，《碑传集》所收赅博，而少所甄择，微病其杂。今之所辑，上自清初，下迄末季，不衷于一姓之私言，不囿于位望之尊卑，罗三百年之人物，揭橥其事功学术，以待后人之评骘……

　　蔡氏诟病《清史列传》只收"显官"，《国朝先正事略》只录名臣、名儒、经学、文苑、遗逸、循良、孝义，而《碑传集》又失之于"杂"，故自纂此书。由于从不同侧面对上述各书有所补正，在编排上分政治（下辖政事、财务、教育、外交）、军事（下辖陆军、水师、边务）、实业（下辖水利、交通）、学术（下辖理学、朴学、艺事）、艺术（下辖文学、金石书画）、革命，（附"外人"），门类清楚，书后还附有《清代大事年表》、《清代各朝名人分配表》、《清代名人地域分配表》、《清代名人分类统计表》、《清代名人异名谥法检查表》，出版后颇得读者青睐。初版不久，即以蔡丐田署名重印。1963年，香港远东图书公司曾翻印发行。其后，台湾文海出版社亦将其收入《清代中国史料丛书》影印发行。1984年，北京市中国书店又据世界书局本影印再版，成为现在最常见的本子。由此可见该书在清代人物传记诸书中，还是有其自身独具的价值。

正如书前《凡例》所说："仓皇涉笔，恒多疏略；乖舛之处，定不能免。"本人在与中国索引学会吉林大学联络站部分同志编制该书索引过程中，发现其中一些问题。因全书文字浩繁，牵涉史实史料甚多，未遑对全书一一校核。仅就编制索引必须关注的目录部分（当然有些也约略涉及内容），即存在一些舛误。如姓名的错误中，误"官文"为"宜文"，误"董邦达"为"黄邦达"，误"谭廷献"为"李廷献"，都使读者无从检索。现举该书编纂误漏中之荦荦大者，分类列述于后：

一、有三人传目重复。可能因众手架屋，分工不精，复核不细，顾此失彼，致使严复、廖寿恒、梅曾亮三人各有两份传记入选。同一人之两传比较，长短有数倍之差，材料多寡、论述观点亦均有差异。特别是梅曾亮，本已收入，而误以失收而补入"补编"。

《凡例》议及分类标准时说："但就平生学行之最大最著者归之，其有数类可归者，先事功而后学问，先器识而后文艺。"但从三个重传的归类来看，除梅曾亮分列正、补编皆在文学栏外，严复分列学术部理学栏与艺术部文学栏；廖寿恒分列政治部政事栏与同部外交栏。于此亦可见类划标的欠精，宏观把握失衡，同为一人，竟参商若此。

二、编排的疏漏:编纂书籍,发现失漏处,续做补编,是非常好的一种负责态度。该书书后的《补编》,除梅曾亮已收误重之外,其余补入人物如戴名世、黄遵宪、叶德辉等并属得体,惟编排上有下列疏失:

1. 书前《总目》第 2 页倒 7 与倒 6 行间应补入"清代七百名人传补编篇目"入目录。

2. 书后所附二、三、四、五诸表中,并该将《补编》内容计入,因不便对四表一一补罅,仅列《补编》传主类别、姓名、字号、籍贯于下,以为读者使用四表时之参助:

军事·陆军
萧升高,字荣阶,湖南湘潭人。

学术·朴学
王尚絜,字季平,甘肃秦州人。
叶德辉,字奂彬,号直山、郎园,湖南湘潭人。

艺术·文学
戴名世,字田有,一字褐夫,号药身,又号忧庵、宋潜虚先生、南山先生,安徽桐城人。
蒋超伯,字叔起,江苏江都人。
黄遵宪,字公度,广东嘉应州人。
丁惠康,字叔雅,号惺庵,广东丰顺人。
贺涛,字松坡,直隶武强人。
陈庆年,字善余,江苏丹徒人。
郑文焯,字俊臣,号小坡、叔问、大鹤山人,汉军正黄旗人。

三、文字错讹。该书校核不精,误漏不少,仅目录、附录部分涉及人名、字号者即数十计。为省篇幅,表示如下:

册	页		行	误	正
上	篇目	1	11	张廷玉	张廷玉　子若蔼
上	篇目	2	8	铁宝	铁保
上	篇目	2	14	卓云	卓枟
上	篇目	3	9	联沅	联元
上	篇目	3	倒3	崇绮	崇绮
上	篇目	4	13	廖恒寿	廖寿恒
上	篇目	4	倒1	张百照	张百熙
上	篇目	6	5	宜文	官文
上	篇目	11	3	嗣墂	嗣瑮
上	篇目	11	6	何倬	何焯
上	篇目	11	倒2	程景芳	程晋芳
上	篇目	11	倒1	黄晋仁	黄景仁
上	篇目	12	14	方琦	陶方琦
上	篇目	12	14	李廷献	谭廷献
上	篇目	13	2	黄邦达	董邦达
下	1561		边款	严复初	严复(编者误断"严复,初名……"为"严复初,名……")
下	1807		倒7	方琦	陶方琦
下	补编2		倒4	字奂份	字奂彬(此条应删,见文末附录)
下	补编2		倒4	一号那园	一号郋园
下	附录二之7		3	铁宝	铁保
下	附录二之10		1	刘熙戴	刘熙载

册	页	行	误	正
下	附录二之 13	2	陈薛绍徽	陈薛绍徽
下	附录二之 13	10	严复初,福建,学术·理学	(应为严复,上已说明,严复已有传入艺术·文学栏,此处重传,分编两门)
下	附录五之 35	倒 4	陈寿琪	陈寿祺
下	附录五之 38	倒 7	尔纯	尔钝
下	附录五之 41	7	蒲安臣	赫德

四、页码错讹。虽为一个数字之差异,但直接影响检索。亦表示如下:

册	页	行	误	正
上	篇目　9	3	1550	1560
上	篇目　11	1	3729	1729
上	篇目　13	倒 4	1907	1908
上	篇目　13	倒 3	1907	1908

五、于成龙系二人同姓名,为便区分,宜于目录中分注表字、籍贯。政治部政事栏之于成龙后宜括注"字北溪,山西永宁人";实业类水利栏之于成龙宜括注"字振甲,汉军镶黄旗"。

最后,要特别郑重说明的是,人物传记之灵魂所在乃据真实可靠之史料,以正确科学之观点进行是非毁誉,从而评议其成败功过,得出公允之结论。兹事体大,言之则易,为之甚难,囿于社会时代、作者观点诸局限,该书这方面存在之问题甚多,这也是今日之读者可以理解的。使用该书时如何斟酌损益,取舍得当,自为诸读者所宜审慎考虑者。鉴于本文乃由该书索引编制引发,多从编纂方法、文字错讹方面着眼,并非对该书内容进行全面评论,故有关该书内容方面均不涉及。

《清代七百名人传》印行次数不少,多为据世界书局本影印。特别是现在人们手头使用的大多为 1984 年北京市中国书店影印本,影响面较大。著文校正其编纂、文字诸误漏,对广大读者准确、便当地使用该书,或不无小助。

(原载《古籍整理出版情况简报》2001 年第 8 期)

附录:

纠人之误应慎之又慎

胡渐逵

又,《简报》总 366 期(2001 年第 8 期)所刊王同策先生《〈清代七百名人传〉编纂指疵》,以为清末民初湖南湘潭目录版本学家叶德辉字奂彬,《名人传》下册补编 2 页倒 4 行作"字奂份",系将"彬"误作"份"。实则"份"同"彬",故叶德辉之字奂彬一作奂份。《说文·人部》:"份,文质备也,从人,分声。《论语》曰:'文质份份。'彬,古文份,从彡(段注:"彡者,毛饰画文也。")林。林者,从焚声省。"所谓"文质备"者,文乃外露之才华,质为内含之品德,故文质俱备乃为份。因为份字所指,乃人之文质兼备,故份字从人取义,而从分(bīn)得声(因古无轻唇音,故份字之右的分读 bīn,不读 fēn。从分 bīn 得声者,还有玢、邠等字)。众所周知,前人名与字义多相应,德辉字奂彬(一作"份",下同),奂者,焕也(《玉篇·火部》:"焕,明也,亦作奂。"),彬者,"文质备也",故《论语·雍也》云:"文质彬彬,然后君子。"君子乃有德之人,故《晋书·虞溥传》云:"文质彬彬,然后为德。"由此可知,德辉之字何以作奂彬、奂份矣。王先生以为德辉字作奂份,其份字误,此或千虑之失乎?

（原载《古籍整理出版情况简报》2001 年总第 371 期）

感激胡先生指疵。

同策

古籍注释，重在功底

　　一个时期以来,古籍整理蔚成风气。其形式尤以注释、今译为多。分析一下这两种形式的特点及其关系可知:注释是注者将自己对原作的理解向读者进行解说;而今译则是译者以原作者的身份,用读者熟悉的语言及表述形式陈述原作内容。仅就表述形式而言,古籍是没有什么不可以注释的;但确实有一些不便乃至很难今译,而必须借助注释加以说明。所以,古籍整理注译结合,相得益彰。光注不译也完全可以。有些注语对较艰深的原文进行串讲,实际上,也就是今译。而只译不注,则基本上行不通。时下不少只译不注的出版物,实际上只是原作大体梗概的转述。严格说来,是算不得今译的。

　　洪迈称:"注书至难,虽孔安国、马融、郑康成、王弼之解经,杜元凯之解《左传》,颜师古之注《汉书》,亦不能无失。"(《容斋续笔》卷十五《注书难》)诚哉斯言! 凡有过注书经历的人们大约都会赞为识微之论的。俞正燮说:"注书当有法。"(《癸巳类稿》卷七)这话也说得不错。与其他许多事物一样,注释古籍也有其自身的规律和操作方法。但是,决定一部古籍注释的成败得失的关键,方法是次要的,主要在功底。如果缺少起码的功底,古书阅读很少,乃至对原文尚未彻底弄清,其注释则肯定只能是隔靴搔痒。

十多年前,因为给元人张养浩的本传作注,翻阅了他的有关材料,读后心有所获,特别是他的《为政忠告》一书,其内容对当今仍有极大的借鉴意义。所以想加以注释,以求普及。只因杂事纷沓,情随事迁,半途中辍,终未完稿。只是写了一篇有关从《忠告》看张氏吏治思想的文章,发表在《光明日报·史学》(1984.11.14)上,文章发表后,《忠告》陆续出了好几个译注本,这些译注本与我的残稿对照,差异甚大。下举一条,以为上引洪氏、俞氏立说之诠释。原文为:"反风灭火,虎渡河,蝗不入境,全境之水回流。此在长民者之德何如尔。殆不可皆谓之偶然也。"有一个注译本,未加一条注语,仅只今译。其译文为:"风转向而灭了大火,老虎渡河而去,蝗虫不入境内,全境的水回流,这要看地方官的品德如何,大抵不可以说是偶然。"其余几个译注本也大体相同。读了上面的原文和译文,读者能知道些什么呢? 地方官的品德与前面几件事有何关系呢? 大多数读者怕是不知所云的。因为原文用了不少典实,这是必须在注释中详加解说的。

为了弄清"反风灭火,虎渡河"及句末的"殆不可皆谓之偶然也",这里不能不提及《后汉书·刘昆传》,传中说:"刘昆,字桓公,陈留东昏人……为江陵令,时县连年火灾,昆辄向火叩头,多能降雨止风……迁侍中、弘农太守,驿道多虎灾,行旅不通。昆为政三年,仁化大行,虎皆负子渡河。帝闻而异之。二十二年,征代杜林为光禄勋,诏问昆曰:'前在江陵,反风灭火,后守弘农,虎北渡河。行何德政,而致是事?'昆对曰:'偶然耳。'左右皆笑其质讷。帝叹曰:'此乃长者之言也。'"虎、蝗以长民者之德而不为民害者的记载还有《后汉书》的《宋均传》《鲁恭传》等。"全境之水回流"系指汉王尊事。《汉书·王尊传》载："（王尊）为东郡太守。久之，河水盛溢，泛浸瓠子金堤，老弱奔走，恐水大决为害。尊躬率吏民，投沈白马，祀水神河伯。尊亲执圭璧，使巫策祝，请以身填金堤，因止宿，庐居堤上。吏民数千万人争叩头救止尊，尊终不肯去。及水盛堤坏，吏民皆奔走，唯一主簿泣在尊旁，立不动，而水波稍却回还。"

了解了以上这些典实，我们大体可以悟出以下几点：

1. 典故多以史实为基础，而且一经产生，相沿袭派生出类似的情况不少。即如"反风灭火"一项，后世就还有此类说法："庚辰春，杭州延烧一万三千户，火逼孙世求庐，反风而灭。数岁前，世求环堵皆灰烬，而其家亦独免。盖世求五子，每饭餐零落者，必俯拾噉之。"（冯景《解春集》）只不过大自然庇护而不加害的原因不是长官尚德，而是教育子弟爱惜粮食成效卓著罢了。"虎渡河"、"蝗不入境"亦同。

2. 注释古籍讲究准确贴切。如前面讲的"反风灭火"、"虎渡河"的出典以《后汉书·刘昆传》更为确切，而"蝗不入境"的典故则以《后汉书·卓茂传》更准确。

3. 古人著作行文尚简洁，说理具针对性，如前面引文中"殆不可皆谓之偶然也"一句为针对刘昆答皇帝问而发。而《忠告》作者却用这句话表述自己对所例举的几种现象的感慨。

综上所述，从理论上讲，怎样搞好古籍注释，注释学著作可能列出许许多多的条文，但最起码的一条就是注释者必须首先对原文所述一切彻底弄懂，融会贯通。至于注释方法问题，行文问题，与这一条相比，就显得次要了。

（原载《光明日报·史学》1995 年 10 月 16 日）

《古籍重印的几个问题》中的问题

　　读了《出版工作》第 8 期刊载的舒宝璋同志的《古籍重印的几个问题》一文后，颇得教益，感到意见深中肯綮。除舒文已指出的《古文观止》（中华书局重印原文学古籍刊行社据映雪堂本重排）的一些问题外，就我所见该书校勘疏忽方面的问题补充一例：李密《陈情表》（第 284 页）于"过蒙拔擢"与"岂敢盘桓"间即脱"宠命优渥"一句。所以，舒同志的文章能及时提出这些问题，以引起有关方面的重视，是很必要的。

　　但是，对舒文我也有点意见，提出来就正于作者及诸读者。

　　直音、切音注音法，在历史上起过重大作用，但也有不少弊病。现在重印古籍，除了有特殊需要，保留其注音方法的本来面目外，其余如能都改为用汉语拼音注音，对广大读者确是一大功德。诸如舒文中所说的有些注音方面问题也就可以免除。就仍取直音、切音注音的古籍来说，因为问题复杂，涉及面不小，即如舒文中所举的有些问题，都宜斟酌商榷而后定，不好立即判为误注的。有的改正意见则不知舒同志是否有足够的根据。就以舒文认为"简直比不注还糟"的"更有甚者"的两个例子——"瘷蠚"中的"蠚"字和"越席"中的"越"字注音来看:舒文以《古文观止》注"蠚"音为"裸"、"越"音为"活"而表示大惑不解,认定"蠚"应读为 lì,"越"应读为 yuē,这怕是不行的。仅就眼下最为常用的几本辞书对该二字的注音来看:

辞书名称	出版者	"蠚"字注音及例句	"越"字注音及例句
辞海(修订本)	上海辞书出版社	luǒ。例句即举《古文观止》所选《左传·桓公六年》"谓其不疾瘯蠚"一语。	huó 活。例句即举《古文观止》所选《左传·桓公二年》"大路越席"一语。
康熙字典	中华书局(影印同文书局本)	鲁果切 音裸 例句同上	户栝切 音活
辞源	商务印书馆	鲁伙切 音裸 例句同上	胡末切 音活
形音义综合大字典	台北正中书局	鲁伙切 音裸(上声) 例句同上	胡末切 音活(本入) 例句同上
中文大辞典	台北中华学术院	鲁果切 音裸(哿上) 例句同上	户栝切 音活(曷入) 例句同上

由上举情况看,《古文观止》取这种直音法注此二字读音,是有所依据的,未可厚非。至于说现在怎样读这个字音为好,那是另外范畴的问题,是不可苛求于出版部门的。

此外,文章中还有数处错误,可能是编辑、校对中疏忽所致,亦提出来,希引起注意。

(一)第五十四页第 11、12 行中的"乌敌切"和"乌敌反"的"敌"字,应为"故"字。

(二)第五十三页第 20、21 行中的"沬"字应为"沫"字。

（三）第五十五页第 3 行的"积"字,应为"释"字。

（四）第五十五页第 13 行的"畴"字,应为"畴"字。

（原载《出版工作》1980 年第 11 期）

《商山早行》写的是秋天吗？

"鸡声茅店月，人迹板桥霜。"温飞卿的这脍炙人口的诗句，长期以来被人传诵。各家唐诗选本悉加选辑，文学史、评论文章亦竞相征引。因为诗中有"霜"，又有"叶落"字样，所以不少引述、评议者将这两句诗，乃至整首《商山早行》说成是写的秋日景色。比如 1962 年 7 月人民文学出版社出版的中国科学院文学研究所《中国文学史》编写组编的《中国文学史》说：

> 他（温庭筠）的被人传诵的佳句"鸡声茅店月，人迹板桥霜"（《商山早行》）只用几笔淡墨的线条，就钩勒出富有画意的山村秋天的早晨，也颇见匠心。

类此诠释、评议之作不少，不备举。真是这样吗？

> 晨起动征铎，客行悲故乡。
> 鸡声茅店月，人迹板桥霜。
> 槲叶落山路，枳花明驿墙。
> 因思杜陵梦，凫雁满回塘。（《商山早行》）

大家都知道,包括商山地区在内的我国不少地区,秋天春天都有降霜现象,所以单凭颔联中的一个"霜"字,还是难以断定作品所写的时令。

而颈联中的"槲叶落山路"一句,最易迷惑人。因为春荣秋凋是百分之九十五以上草木的常规。但这槲叶却正属于特殊中的一种:

> (槲)落叶乔木,干高二三丈。叶大,倒卵形,长约四五寸,缘边有波状之钝齿,此叶冬日存留枝上,至翌年嫩芽将发舒时而脱落,四五月顷,花与新叶共生……木材供薪炭之用。(中华书局《辞海》1948年重印版)

我的家乡湖北襄阳距商山不算太远,山中即盛产此木,乡人称为"槲叶",冬闲时人们进山砍割,其叶虽枯干而经冬不落,里人均以之充作燃料。春日枝条抽青,叶始脱落,风卷蝶飞,遮蔽山路。

枳树亦复不少,春日著花,色白,故温诗说"明"驿墙。看来,诗人锤炼诗句时是有深厚的生活底子作基础的。

另,温诗《送洛南李主簿》中亦有"槲叶晓迷路,枳花春满庭"的句子,同样以"槲叶"、"枳花"互写"春"景,可资参证。

纵观全诗,是写早春清晨旅人起身到上路的实际景象和对离乡日远的悲凉感受及对夜来美梦的甜蜜回味。

(原载《社会科学战线》1979年第3期,有改动。)

且说 "瑟瑟"

历代诗话中有不少聚讼纷纭的问题:有些因各有道理但各家理由均欠充分而莫衷一是,如杜诗中"乌鬼"究属何物之类;有些经过调查研究、扩大见闻并逐渐由后来的读者群众所公认,也就由其说不一而日臻统一,如菊花是否落英,姑苏城外夜半是否有钟声等。白居易名篇《琵琶行》开头的"浔阳江头夜送客,枫叶荻花秋瑟瑟"中的"瑟瑟"一词的解释亦属后者一例。

近人的唐诗选注本中,对这首诗中的"瑟瑟"一词大都注为"风声",这种解释是正确的。而1957年古典文学出版社出版的《元白诗选》却注为:"瑟瑟,旧注风声,应作碧色解,白诗'半江瑟瑟半江红'同此。"因不敢苟同这种解释而又翻了几本书,发现编注者的这种理解是其来有自的。

明人杨升庵说:"枫叶红,荻花白。映秋色碧也。瑟瑟,珍宝名,其色碧,故以瑟瑟影指"碧"字,读者作萧瑟解,非是。乐天又有《暮江曲》云'一道残阳照水中,半江瑟瑟半江红',此瑟瑟岂萧瑟哉? 正言残阳照江,半红半碧耳。"

注释诗文援引前人成说所在多有,但遗憾的是"此瑟瑟岂萧瑟哉",何以就一定能证明"彼"瑟瑟也不作萧瑟解呢?

也算无独有偶,或者说简直就是青胜于蓝吧,到了清人吴景旭的《历代诗话》中就更加附会,广征博引了张揖的《广雅》、苏鹗的《杜阳杂编》、王谠的《唐语林》、郦道元的《水经注》以及韦庄、丁谓、王周、林逋、鲁交等人用"瑟瑟"作碧色解的诸诗句,而后得出结论:"据此,则升庵之说益信。"大约他自己也感到置"瑟瑟"另有风声一解的事实于不顾不太稳妥,所以下面一转:"乃陈晦伯以刘桢'瑟瑟谷中风'正之,盖乐天诗言色,公幹诗言声,用意各别,安得强证为萧瑟之瑟也?若卢照邻《秋霖赋》'风横天而瑟瑟,云复海而沉沉',乃与公幹同意。"既然论争双方都承认"瑟瑟"一词有风声、碧色两解,下面就得探讨"枫叶荻花秋瑟瑟"中的"瑟瑟"到底是"言色"抑或"言声"。

我们无意在征引上与吴旦生赛富竞饶,仅从他自引的文字里,我们就知道早在东汉时,建安七子之一的刘公幹《赠从弟》的诗中已经有"亭亭山上松,瑟瑟谷中风"的诗句。洎唐,除上引卢照邻《秋霖赋》外,初唐四杰的另一诗人杨炯的《庭菊赋》中也写有"风萧萧兮瑟瑟"的句子,可见"瑟瑟"之解作风声,古已有之,且至唐时仍然多有应用。那么,为什么我们非要对白居易强加桎梏,不让他在《暮江吟》与《琵琶行》的不同诗篇中,分别就碧色与风声的不同词义来使用"瑟瑟"一词呢?

最准确、最实际的还是结合具体作品来看。《琵琶行》序文及诗中多处写到"夜"、"夕"、"灯"等字样,所以开头一句"浔阳江头夜送客"的时间交代,并非虚设,虽然当夜有月,但月下观物,毕竟只是朦胧模糊,哪能那样清晰地看见枫荻之色,尤其月光下的碧色更难辨认,即令看见,又不是画家的调色板,这"枫叶红、荻花白"又怎样能产生象落日照江水一样的"映秋色碧也"的景色呢?

　　两相对比,就十分显然地可以看出,只有解为风声才准确、贴切:浔阳江畔,寒水浸月,枫叶絮语,荻苇萧瑟。水上琵琶,尽诉沦落天涯愁绪;挚友袂别,难倾萦绕心中离情。必如此解,于作品文句方合情入理;于人物感受亦复和谐融洽。

　　解诗无他,一言以蔽之:合情入理。

（原载《吉林大学社会科学学报》1979 年第 6 期）

"龚黄"与"槲叶"

——《辞海》修订得失例说

　　《辞海》旧版、修订版、1989年版这三种本子,在文字上都各有出入。从中可以看出各本各有所得亦各有所失,兹各举一例说明如下。

　　早年,我在阅读《折狱厄言》时,想对其作者陈士矿的生平情况作些了解,就阅读蒋衡的《润州太守陈公士矿墓志铭》,对其中"山左有龚黄之颂"一句中"龚黄"的典实出处不明白。检当时仅有的旧版《辞海》,却未立此辞条,再细察"龚"字下各辞条,延及"黄"字下各辞条,均无可直接解释"龚黄"的材料。《辞海》修订版出书,在据以翻检各存疑条目时,再次翻阅了"龚"下各条,而在其"龚遂"条下写道:

　　　　西汉山阳南平阳(今山东邹县)人,字少卿。初为昌邑王刘贺郎中令,勇于谏诤。宣帝时,渤海和附近各郡饥荒,农民纷起反抗。他任渤海太宁,在郡开仓借粮,奖励农桑,狱讼减少,农民归田。后官水衡都尉。后世把他与黄霸作为封建"循吏"的代表,称为"龚黄"。

我颇疑心是个人过去查阅旧版时粗心漏掉,遂翻出该条对照:

> 汉山阳南平阳人,字少卿。宣帝时,奉命守渤海,郡因岁饥,民多为盗。遂至,悉罢捕吏,教民卖刀买犊,卖剑买牛,务农桑,畜鸡豚。民渐富实,盗贼亦戢,邑称大治。为循吏冠。后迁衡水都尉,卒于官。

修订版《辞海》使我旧日疑团涣然冰释,而把新旧释文细加比较,则可看到修订版至少有下列几条优点:(一)端正了编者的立场,以正确的观点评述历史。如将原释文"民多为盗"改写为"农民纷起反抗"。(二)增加了必要的内容。龚遂以能极言谏诤为其主要特点,因此,在刘贺被废之后,他才得以只"髡为城旦"而未被处死。旧版于此却未及一辞,修订版加以"勇以谏诤"是十分必要的。另外,考虑到"龚黄"未如《辞源》一样立条,而典实又较重要,故于"龚遂"条下增加几句话以补不足,愈臻完善。(三)纠正了原释文中的知识错误。将原释文中衡水都尉,乙正为水衡都尉。《汉书》本传正作"水衡",而其《百官公卿表》应劭注:"古山林之官曰衡,掌诸池苑,故称水衡。"(四)对龚遂所处年代由"汉"改为"西汉",更加确切。而对其籍贯南平阳括注了今地名,1989年版更增加了生卒年,尤便读者。

综上述,可见《辞海》修订版较之旧版质量提高很多。遗憾的是修订版修改的不如旧版的也有。下面的例证也是我个人亲身感受到的。唐代温庭筠的《商山早行》诗:

> 晨起动征铎,客行悲故乡。鸡声茅店月,人迹板桥霜。槲叶落山路,枳花明驿墙。因思杜陵梦,凫雁满回塘。

诗歌反映的情景究属何种时令,包括几部颇有影响的文学史及一些对温诗的研究论著,都认为是秋天。造成这种错误,主要是颔联中有一个"霜"字,而颈联又有"叶落"字样。其实,在我国许多地区秋天与早春均有降霜现象,商山一带也不例外,所以,单凭一个"霜"字还不能据以定案。而"槲叶"的凋"落",对解决此一问题就具有关键作用了。也正是旧版《辞海》关于槲的释文,有力地证明了我的亲身经验,确立了我的论断:

> 植物名,壳斗科,落叶乔木,干高二三丈。叶大,倒卵形,长约四五寸,缘边有波状之钝齿。此叶冬日存留枝上,至翌年嫩芽将发舒时而脱落,四五月顷,花与新叶共生,花单性,雌雄同株,实为坚果,圆形,有碗状之壳斗,木柴供薪炭之用。

春荣秋凋虽属草木常规,但这槲叶却正好是特殊例外的一种。我的家乡湖北襄阳,距商山不算太远,山中即盛产此木,乡人称为"槲叶",冬闲时人们进山砍割,其叶虽枯干而经冬不落,里人均以之充作燃料。春日枝条抽青,叶始脱落,风卷蝶飞,遮蔽山路。与温氏另一题为《送洛南李主簿》的诗作中"槲叶晓迷路,枳花春满庭"两句互写春景一样,诗中后一句中春日著花的"枳花"与春来始凋落的"槲叶",正好作为诗歌描写的乃是早春情景的有力佐证。另外,在他题为《烧歌》的诗中,还有更为有力的凭证:

> 新年春雨晴,处处赛神声。持钱就人卜,敲瓦隔林鸣。卜

得山上卦,归来桑枣下。吹火向白茅,腰镰映赪蔗。风驱槲叶

烟,槲树连平山。逆星拂霞外,飞烬落阶前。

诗歌描写的是山区促使森林繁茂的一种较为原始的方法——烧荒,其间还反映了当时人们迷信的瓦卜以定吉凶的情况。诗中写明烧荒是在春天,用火点着易燃的白茅以引燃漫山满枝的槲叶,因新年过后不久,其时槲叶尚在枝头未落。当时,我曾以《〈商山早行〉写的是秋天吗》为题写成一文,其后唐诗研究中关于此诗的解说大都沿用拙说。

修订版《辞海》出书后,无意间翻看到该条,我曾援引为论据的那段文字却全被删去:

> 植物名。学名 Quercus dentata。山毛榉科(1989 年版复改回为壳斗科)。落叶乔木,高达 25 米。小枝粗。叶互生,例卵形,较大(1989 年版删此二字),长 12—20 厘米(1989 年版改为 10—20 厘米),每边各有 4—9 个波状缺齿,下面密生星状毛。初夏开花,单性同株。坚果圆卵形,壳斗外被红褐色、柔软、披针形的苞片。分布于我国长江中下游各地至东北的南部。最喜光,耐干燥瘠薄。木材坚实。供建筑、枕木、器具等用,亦可培养香菇。壳斗及树皮可提栲胶(1989 年版增入"叶可饲柞蚕")。坚果脱涩后可供食用。

当然,作为植物学范围内的辞条的写作与修订者,怕是做梦也想不到它在考订唐诗中会起到什么作用,但作为该植物的突出特征,予以保留,还是很有意义的。

问题到此,本来已算解决。但是,由于"槲"与"橭"字形近,个别版本出现异文,《辞海》的编撰也同样出现这种情况,且看

旧版《辞海》"槲"字释文：

> 木名,松槲也。见《玉篇》。按《汉书·西域传》"乌孙国
> 多松槲",注："槲,木名,其心似松。"据此则《玉篇》所谓松槲,
> 盖以槲之心似松,故有此称。温庭筠诗"槲叶落山路"殆即指
> 槲言;惟日本人每以槲与檞混用,盖以字形相似而误也。

事物是在不断发展的。《辞海》的不断修订代表着编者认
识的变化,再看其修订版的释文："木名。即松槲,见《玉篇·木
部》。"

同书未立"松槲"辞条。而"槲"字下释文为：

> 木名。《左传·庄公四年》："王(楚武王)遂行,卒于樠木
> 之下。"《汉书·西域传下》："[乌孙国]山多松槲。"颜师古注：
> "槲,木名,其心似松。"

而尤其值得注意的是1989年版《辞海》的"槲"字释文又恢
复到旧版：

> 木名。即松槲。温庭筠《商山早行》诗"槲叶落山路"。

既然,在这几十年中编者有了这样的认识变化与返祖,而且
经翻检,常用工具书如《辞源》、《汉语大词典》、《汉语大字典》、
台湾《中文大辞典》等皆于"槲"字下引温诗此句为书证。就不
得不来理论一番。

在现下流行较广的收有该诗诸书中,《文苑英华》,较有影
响的各唐诗选本,据上海涵芬楼借江南图书馆藏述古堂景宋写

本的《四部丛刊》,所收温集中《商山早行》该句均作"槲叶"不误,上引温氏的另两首诗《烧歌》、《送洛南李主簿》(《文苑英华》题为《送洛南尉之官》)诗句中亦作"槲叶"。常见的温集,只有据秀野草堂本收入《四部备要》丛书中的温集《商山早行》该句作"槲叶"。但稍加分析,即可见这纯属常见的手民形近致讹。其根据:一是该集另二诗皆仍作"槲叶",特别是《送洛南李主簿》诗中,与《商山早行》一样,同是用"槲叶""枳花"联句描写春景;二是该集后来收入《万有文库》铅排出版时,编者已将误字"槲"改为"槲"(或秀本不误,《备要》误刻,《文库》本据秀本故不误)。故《四部备要》本的"槲叶"实不足为据。正因如此,如果说《辞海》修订版删去"槲"字条下该段文字欠妥的话,1989年版在"槲"字下又恢复几十年前旧版的解说,则不能不说是一种倒退。

最后,还必须提到的一点,是《辞海》对"槲"外形描述:"落叶乔木,干高二三丈。"(旧版)"落叶乔木,高达25米……供建筑、枕木、器具等用,亦可培养香菇……坚果脱涩后可供食用。"(1989年修订版)与我的直观体验结论差距较大。检《尔雅·释木》:

> 楸朴,心。郭注:槲,楸别名。(疏)楸朴,心。释曰:孙炎曰:"朴楸一名心。"某氏曰:"朴楸,槲楸也。有心,能湿,江河间以作柱。"是朴楸为木名也。故郭云:"槲,楸别名。"《诗·召南》云:"林有朴楸。"此作楸朴,文虽倒,其实一也。或者传写误。

上引《尔雅注疏》注疏中"槲"《辞海》均误作"槲",更增淆乱。而《诗》传解"朴楸"为"小木也"则与前注"高二三丈"、"高

25 米"、"供建筑、枕木、器具等用"、"作柱"等迥异。

复检《本草》:"槲有二种,一种丛生,小者。一种高者,名大叶栎。"栎今分麻栎、白栎二种,均高二十余米,与橄朴中之小木类不同。《北齐书·斛律光传》"周将军韦孝宽忌光英勇,乃作谣言,令间谍漏其文于邺,曰'百升飞上天,明月照长安',又曰'高山不推自崩,槲树不扶自竖'"和《旧唐书·礼仪志》"登封坛南有槲树,大赦日于其杪置金鸡"中之"槲"应均属高者。而杜牧之《贺平党项表》中所谓"臣僻在小郡,朴樕散材"庶几近是。据上引材料及个人实际经验,温诗所写应属槲中丛生小者。除树高等外形有异外,槲树二类共同点还是很多。既然《辞海》已将温诗"槲叶落山路"引为书证,就有必要在考辨清楚的基础上,将其从"橄"字条下转入"槲"字条内,并对其不同种别之各类科多方面的特征作出准确的解说。

(原载《吉林大学社会科学学报》1994 年第 1 期)

就《司马光传注》的改笔
谈古籍注释的标准

前几年,曾受任为《宋史·司马光传》作注。文稿杀青交出距出版时间较长,书稿迭经众手,审改反复多次,刊出稿与原稿差异不小。而有些差异,从古籍整理的理论研究角度看,还是很有代表性的例证。所以就中选取若干条,借以探讨古籍注释的标准问题。

一、解说字词意义宜确切

古籍难懂,大量的是对文章中的字词不认识或不理解其古义,所以在古籍注释中诠释字词就成了主要任务。常见的毛病大致有以下几点:

1. 以难解难:注释的规律是用平易通俗的语言来训释古奥艰深的词语。如果用以解说的词语也同样繁难,则失去训释的意义。

原文:配飨。

原注:配飨(xiǎng 饷):即配享。指帝王宗庙的祔(fù 负,附

祭于先死者)祭,是赐给的一种荣誉。

改笔:配飨(xiǎng 饷):即配享。古代专指帝王宗庙及孔子庙的祔祭,后来通指其他祠庙中的祔祭。

按:"配飨"一般读者不易理解,应该出注,但注语中的关键词语"祔祭"较"配享"更为艰深罕见,仅读改笔仍难释疑,原注所加夹注尽管还较简单,但从音义上对"祔祭"作了补充说明。

2. 失去重点:注语的详略可视作注的目的要求、读者对象而定,但注语不论如何简略,必须把握所训词语的主要质的特征加以说明。

原文:韦庶人

原注:京兆万年人。嗣圣元年(公元 684 年)立为唐中宗李显皇后,当年,中宗被废,韦亦随从房州。中宗复立,参与政治,惑乱朝纲,为玄宗所杀,废为庶人。

改笔:嗣圣元年立为唐中宗李显皇后。

按:皇后一下子变做庶人,就是因为其立而后被废,原注其他处删略皆可,惟"为玄宗所杀,废为庶人"一语不可或缺。否则失去重点。

3. 漏释原文:注语应使被释的文字均落在实处,有时即使对虚词,亦需于注语中释明。

原文:诏置末级。

原注:《宋史·苏辙传》:"苏辙答制策切直,考官胡宿……请黜之。仁宗曰:'以直言召人,而以直言弃之,天下其谓我何?'宰相不得已,置之下等。"

改笔:置之下等。

按:改笔对原文中的"诏"字失释。另外,因词义浅近,原注立意"明事实",改笔则成为"释词义",作注目的二者相去甚远。

4. 苟简失度:释词苟简为一大通病,有时被作注者用以掩盖无知与逃避劳动。

原文：礼院。

原注：元丰后改为礼部，宋六部之一，掌国家的典章法度、祭祀、学校、科举和接待四方宾客等事务。

改笔：删去原注中"祭祀、学校、科举和接待四方宾客"。

按：职官名词释义，司掌职事是为重点。不宜用"等"字加以概略。

5. 弃句解词：出注究竟是释词抑或解句，视具体情况而定，仅某字词需解说者可只释词，需贯通句义或提供补充材料说明内容者则需解句，抉择之间，亟宜审慎。

原文：许乘肩舆。

原注：《宋史·舆服志》："神宗优待宗室老疾不能骑者，出入听肩舆。"

改笔：删原文为"肩舆"，注为"轿子"。

按：原注目的在于明事实，因为乘肩舆是"优待宗室老疾者"的，司马光仅为老臣，并非宗室，皇帝赐他以宗室待遇，故曰"许乘"，这能说明司马光的地位、他与皇帝的关系等，有助于理解原传，其效果是单解"肩舆"为"轿子"的释词义所不可替代的。

二、串讲全句含义宜畅达

古籍训释往往有单靠解说词语而仍不能使读者洞晓句意者，必须串讲全句含义。根据不同情况，或引用原文，或提供资料，或说明关系以助读者畅解句意。

1. 引用原文以确解本义：原著涉及引述文字而又述说简略，读者莫解其详，需引原文以确知原义。

原文：奏赋以风。

原注：又写了一篇《交趾献奇兽赋》上奏皇帝用以讽谏，赋中司马光借皇帝之口说出他的见解："得其来吾德不为之大；纵其去吾德不为之亏……不若以迎兽之劳为迎士之用，养兽之费为养贤之资。"风，同讽，用含蓄的话暗示或劝告。

改笔：删去了原注"赋中司马光"以下文字。

按：原注涉及《赋》的内容，可使读者对"风"的理解具体而充实，而从改笔仅可知《赋》的名称。

2. 提供资料以助理解：有些句子中没有什么读者不懂的词语，但注语提供有关资料可以深化读者对该句句义的理解。此类注条往往易被人忽视，实际上十分重要。

原文：中官麦允言死，给卤簿。光言："繁缨以朝，孔子且犹不可。允言近习之臣，非有元勋大劳，而赠以三公官，给一品卤簿，其视繁缨，不亦大乎！"

除对"中官"、"近习"、"三公官"及"繁缨以朝"另有注语外，对卤簿：

原注：皇帝王公大臣出行时所用的仪仗队，赐给卤簿是对有功勋的人赏赐荣誉地位的一种表示。卤簿类别区分很细，下文一品卤簿适用于王公以下官员。

改笔：删"卤簿类别"以下文字。

按：原文之末还有如下注语：奏上，皇帝批以"麦允言有军功，特给卤簿，今后不得为例"。麦系中官，给相当王公以下官员才可享用的一品卤簿，是不合当时礼制的，皇帝有些滥用权威，及司马光提出意见，他又搞了个"下不为例"。原注补充此两条材料，有助读者进一步理解原文，并非赘疣。

3. 说明关系加深印象：古籍注涉及人物关系者颇多，而人物之间关系如何，知人论事，作用至大，很多地方需加说明。

原文:范镇。

原注:字景仁,成都华阳人,以能谏称。"与司马光相得甚欢,议论如出一口"(《宋史·范镇传》)。

改笔:删去《宋史》引文。

按:原注对原文中仁宗建嗣"谏官范镇首发其议,光在并州闻而继之,且贻书劝镇以死争"一句可加深了解。

三、阐释典实本事宜恰当

古籍阅读的一大障碍,即古代典实为今天读者所隔膜,所以说明典实本事即为古籍注释中的重点之一。而恰当解说宜注意下列数端。

1. 时间不可颠倒:各典实均自有其生发演衍过程,时间顺序不可颠倒,否则,读者将莫明究竟。

原文:"诸侯变礼易乐者,王巡守则诛之。"

原注:郑樵《通志·礼》:"唐虞五载一巡守……令典礼之官……以王者所颁制度考校之……变礼易乐者,为不从其君,流。"

改笔:语出郑樵《通志·礼》,其中记载"唐虞五载一巡守","以王者所颁制度考校"民情,对于"变礼易乐者"流。

按:《礼记·王制》:"天子五年一巡守……变礼易乐者为不从,不从者君流。"郑樵采撷群籍编纂《通志》,据以纳入,较便检索。原注引此来解说司马光这句话,无可非议。而改笔于《通志》前冠以"语出"字样,则大谬不然。司马光卒于1086年,郑樵生于1103年,司马光死后十七年郑樵才出生,何能见到《通志》且加引用?

2. 原委不可不清:古籍引用典实,有时用语极简,但欲说明其原委,使读者能始末了然,文义豁通,则需略费笔墨,一味求简,读者难得文义真谛。

原文:繁缨以朝,孔子且犹不可。

原注:《左传·成公二年》:"仲叔于奚救孙桓子……卫人赏之以邑,辞。请曲县、繁缨以朝,许之。仲尼闻之,曰:'惜也,不如多与之邑。唯器与名不可以假人……若以假人,与人政也。政亡,则国家从之,弗可止也已。'"繁缨,繁,通鞶,马腹带;缨,马颈革,指马饰。曲县(悬),指车饰。曲县繁缨,当时诸侯始可享用。

改笔:繁缨,繁,通鞶,马腹带;缨,马颈革,指马饰。这在春秋战国时,诸侯才能享用的,不能赐与诸侯下面的人,故繁缨以朝,孔子且犹不可。在这里,司马光的意思,是不要违反礼仪制度给予中官麦允言的卤簿待遇。

按:改笔照录原文"孔子且犹不可",不看原注不知孔子何所为而发,仍将不得要领。改笔末尾取转述"司马光的意思"云云,不看注语,凭上下文义亦可猜出,故不可取。如为求通俗,可考虑译释《左传》引文。

3. 说明不可或缺:有的古书应用典实立意颇深,仅诠解词句及典实本身,尚难使读者心头之疑团冰释,还需再加必要的申说。

原文:它日留对,帝曰:"今天下汹汹者,孙叔敖所谓'国之有是,众之所恶'也。"光曰:"然,陛下当论其是非……"

原注:现在天下百姓议论纷纷,就是孙叔敖所说的"国家出了事,大众表示非议和厌恶"吧。孙叔敖,姓芮,名敖,字孙叔。春秋时楚国执政。所引"国之有是,众之所恶",出刘向《新序·杂事》:"楚庄王问于孙叔敖曰:'寡人未得所以为国是也。'孙叔敖曰:'国之有是,众非之所恶也,臣恐王之不能定也。'"是,通

事。全句意思说:楚庄王问孙叔敖道:"我对怎样确定治国大计还心中无数。"孙叔敖回答说:"国家出的事,就是大众表示非议和厌恶的,我怕的是您不能决断呵。"所以原文中司马光接着说:"然,陛下当论其是非。"

改笔:孙叔敖,春秋时楚国人。国之有是,众之所恶,语出刘向《新序·杂事》。是,通事。

按:读者读完改笔注语,是不会弄懂原文意思的。因为一则典实较僻,二则司马光的答语"然……"是暗承(原文未明示)典实中"臣恐王之不能定也",故仅注典出何书读者仍难得理解,读原注后,读者庶几可知崖略。

四、引语主旨出处宜说明

古籍中之引文,为古籍整理者所最为头痛的问题之一。古人崇尚引经据典,所谓无一字无来历。而古籍卷帙浩繁,皓首穷经,不为言过。故往往钩稽一语之出处,实有大海捞针之概。而引文之起迄复有不见原书绝难确断者。古籍整理之难,于此可见一斑。有的引语点明出处后还需解说主旨,读者方才明白。

1. 点明引语出处:古书引语有时点明说话人,如"孔子曰",尚有一个范围,有的则仅称"古人云"或"语云",则使人茫然无从。更有甚者,有的引文不点明系引用,即所谓"暗引",更使作注者难予一一分清。

原文:父召无诺。

原注:父亲召唤,不能大声、无礼地答应。语出《礼记·玉藻》:"父命呼,唯而不诺。"唯、诺均应答之词,但"唯恭于诺"(孔疏)。

改笔:删去了"语出"以下文字。

按：这句话是英宗被立为国嗣，称疾不就，司马光以臣子大义说服他，故引古代礼制为据。原文下句"君命召不俟驾"同为暗引《论语·乡党》，二注出处说明均被改笔删去，均属失当。

2. 说明引语主旨：古籍引语情况各异，有的指明出处即可，有的则尚需对引语要旨加以说明。

原文：吕惠卿言："先王之法……有三十年一变者，'刑法世轻世重'是也。"……光曰："刑新国用轻典，乱国用重典，是为世轻世重，非变也。"

原注："刑法世轻世重"，语出《尚书·吕刑》，对于这句话，吕惠卿与司马光的理解不一样，而关键是对"世"字的解释：吕认为"世"是"三十年"的意思，引以说明一切法制都在变化，即是对待同一起诉讼的刑罚，三十年之间也有轻重之别。司马光的话暗引《周礼·大司寇》，释"世"为"社会情况"，认为是说在施行刑罚的时侯，根据不同的社会情况（"新国"或"乱国"）决定或轻或重。

改笔：语出《尚书·吕刑》，借此以说明一切法制都在变化，即是对同样一起诉讼的刑罚，三十年之间也有轻重之别。

按：这是吕惠卿与司马光关于先王之法到底该不该变的一场面对面的辩论，吕引用《尚书》为论据，司马光从驳斥吕对《尚书》引语的解释入手反击，关键是对"世"字的解释不同，"世"既可当三十年讲（三十年为一世），又可以当"世道"、"社会情况"讲。不同的解释支持着两个对立观点，如不诠解明白，读者难知就里。

五、考辨原著谬漏宜细密

人非圣贤，难得无过，古籍中之各种讹误屡见不鲜。后人诸多匡正、校补之作,做了许多有意义的工作,为我们整理古籍做出了榜样。对原著之各种谬漏细加考辨并于各注条注明,自为份内之事。即使疑误之处,亦应视为异说广搜汇存,条理附注,以利读者裁夺。

《宋史》卷帙极繁,成书匆促,向称芜杂,其中错漏之处甚多。写作《传注》当时,碍于时短事繁,我仅用本校法,即以《宋史》校《宋史》注明歧说数处。可能因压缩字数,刊出时悉数删去,下举一例:

原文:夏竦赐谥文正,光言:"此谥之至美者,竦何人,可以当之?"改文庄。

原注:(简注夏竦后)《宋史·夏竦传》:"赐谥文正,刘敞曰:'世谓竦奸邪,而谥为正,不可。'改谥文庄。"可资参考。

改笔:(仅简注夏竦)。

按:夏竦赐谥文正,反对者可能不止一人,《司马光传》说似乎主要是司马光,而《夏竦传》说似乎主要是刘敞,录以备考,有益读者。

考辨原作谬漏问题于古籍整理至关重要,亦为测定古籍整理质量标准之重要绳墨。不可因我于此有缺而即不立目论说,特识于此,兼示"虽不能至,心向往之"之意。

六、臧否人物是非宜公允

对古籍中不同人物如何评断,为古籍注释之又一尖端,严格说来,回避不谈、或客观主义地仅只如旧辞书那样注以字号、年里、履历、官职、著述塞责,是不合要求的。正确的做法应该是在深入研究的基础上,用马克思主义唯物史观对人物的一生(或某一阶段)用简练的语言、可靠的材料进行客观的介绍,做出科学的结论,以指导读者正确地阅读原著。

《司马光传》涉及人物众多,尤其围绕着王安石变法,论战双方均就一个个新法的拟议与施行相互驳难。要通过对这些具体史实的研究,取得科学的结论,才能恰当地对驳难双方之是非曲直做出公允的评断。《传注》写作中,笔者不揣浅陋,除对传文中之有关人物有所评骘外,结合传文涉及的各新法词条,均对对立双方略做评析,尽管这些评析不一定准确。不知何故,刊出时大都删除殆尽,降低了传注者观点的明确性,每引以为恨。因涉说理,原注较长,为省篇幅,兹不例举。

古籍注释中臧否人物是非绝非蛇足,认识上的偏颇,使其成为当前古籍注释中较为普遍存在的共同弱点,必须予以特别注意。

(原载《社会科学战线》1991 年第 2 期)

也说“破天荒”的“由来”

　　《文史知识》2002 年第 3 期载文说,“破天荒”一语的“由来”,是“宋哲宗绍圣四年(1097)”“士子何昌言在全国进士考试中一举夺魁”的事。文章未注出处,实出自宋曾敏行《独醒杂志》卷二:“江西自国初以来,士人未有以状元及第者。绍圣四年,何忠孺昌言始以对策居第一,里人传以为盛事。故谢民师有诗寄忠孺云:‘万里一时开骥足,百年今始破天荒。’盖记时人之语也。”从引文最后一句可知,“破天荒”在当时已经是很流行的词语了,说这件事是“破天荒”的“由来”,并不妥当。

　　“破天荒”“由来”的史实,出自唐人刘蜕。刘蜕,字复愚,咸通(860—873)中为中书舍人。五代王定保在其《唐摭言》卷二《海述解送》中说:“荆南解比号天荒,大中四年,刘蜕舍人以是府解及第,时崔魏公作镇,以破天荒钱七十万资蜕,蜕谢书略曰:‘五十年来,自是人废,一千里外,岂曰天荒。’”宋人孙光宪《北梦琐言》卷四载:“唐荆州衣冠薮泽,每岁解送举人,多不成名,号曰天荒解。刘蜕舍人以荆解及第,号为破天荒。”两书记载相同,这说明“破天荒”至晚在唐代已出现。

（原载《文史知识》2002 年第 7 期）

披沙终见宝，苦草何成编

——"六绝"群书异释说略

　　唐人李咸用有一首和友人诗："为儒自愧已多年，文赋歌诗路不专。肯信披沙难见宝，只怜苦草易成编。"我这里翻用引诗的后两句来形容古籍整理，特别是史籍典实的注释，自认还是确切的。关于史籍典实注释之难，张舜徽先生在其《世说新语释例叙目》中有精辟的说明：

　　　　昔人常言注书难于著书，良以著书但抒己见，意尽辄已，不受制于人；注古人之书，则语必溯源，事必数典，非博涉多通，殆未足以语乎此。而注史之业，尤难于说经。盖立言之书，但循文立训，蕲至明达而止。至于记事之书，取材多途，或传闻异辞，或一事殊载，注之者势必博采广征，辨其异同，补其疏漏，此其所以不易为也。

　　所以，缺乏务实认真精神，断难从事此项工作。前年，应约为一家出版社注释蒙学读物《龙文鞭影续编》（李晖吉、徐瓒续辑，一名《龙文鞭影二集》），其中"李邕六绝"一句的注释，颇费了些周折，倒是说明上述观点的绝好例证。

"李邕六绝"之称，新、旧《唐书》本传不载。清人编纂的词书如《佩文韵府》皆注明典出唐人张鷟《朝野佥载》。然遍检今本《朝野佥载》，未见载有此条。欲知究竟，复检各有关目录书。《朝野佥载》一书，《新唐书·艺文志》作三十卷，《宋史·艺文志》作《佥载》二十卷，《佥载补遗》三卷，《文献通考》仅载《佥载补遗》三卷，与今本六卷皆不相合。又晁公武《郡斋读书志》称其书共分三十五门，而今本逐条联缀，不分门目，又不相合。就其书内容看，《旧唐书·张荐传》载："（张鷟）开元中，入为司门员外郎，卒。"而今本中有记宝历元年事者，其时张鷟已死百年；复有记孟宏微对宣宗事，其时相距更远。尤袤《遂初堂书目》疑《补遗》为后人附益，中唐以后事均系《补遗》之文。陈振孙《直斋书录解题》称："其书本三十卷，此特其节略尔，别求之未获。"可能系宋人采摘合编，并《佥载》与《补遗》于一体，复删并门类。故今本已非张书本来面目。"李邕六绝"典实当在今已散佚卷中。所以，按古籍整理的常规——核对原书，进而弄清"六绝"内容，已是此路不通。

经翻检成书时期先后不同之各类词书，有些根本未选此条，如修订版《辞源》、《辞海》（包括语词补编本）及新编的《汉语大词典》均是。而收载此条的词典、书籍则又情况各异，兹分类胪列，简述于后：

一、以五绝"谓六绝"。

如《佩文韵府》载："《朝野佥载》：李邕文章、书翰、正直、辞辩、义烈皆过人，时谓'六绝'。"《佩文韵府》一书卷帙颇多，截至目前止全书未有标点本，只是根据文义分析权作如此标点。

台湾《中文大辞典》："唐李邕文章、书翰、正直、辞辩、义烈皆过人,时谓'六绝'。见《朝野佥载》。"

注释带数字的词,很重要的一条,即需查点所述各项是否与该数相合。特别是数字较大的,如"十八般武艺"、"三十六计"之类。如上列注文,明明仅列五项,硬说"六绝",当然不妥。

二、约举加"等"概括。

岳麓书社、上海古籍出版社等出版社所刊《龙》书,均以旧注标断。旧注者也可能感到"六绝"仅举其"五",诸多不便,莫如约举数端之后加以"等"字概括:

> 李邕六绝　　唐李邕,才艺出众,览秘书了辩如响,四方请文,擅名天下,号翰林六绝,谓文章书翰等六事过人,卢藏用常语之曰:"君如干将、莫邪,难与争锋,然终虞缺折耳。"

但问题在于词条的重点乃是"六绝",而非其他。即使别的叙说再详,未将"六绝"一一列出,亦有失作注要旨。

三、析"义、烈"为二,以实"六绝"之数。

中华书局老版《辞海》收入此条,其释文为"唐李邕文章、书翰、正直、辞辩、义、烈皆过人,时谓六绝。见《朝野佥载》"。

台湾中华书局1981年最新增订本《辞海》字句及标点与上悉同,不重录。

这是既感到只列五项有明显缺漏,又认为简单地以"等"概括有失解说要旨,就在所提供的十个字上下工夫,遂将"义烈"一分为二,以足"六绝"之数。

如此处置,虽"六绝"之数已足,但是,前四项均为复合词,后二项则为独字单纯词,修辞上体例不一,有悖常理;再有"文章"、"书翰"等皆为二字义近的联合式合成词,而"义烈"亦同,断无如此组成典实者,生硬割裂,亦非良策。

四、十字不断，浑言"六绝"。

训诂学上有"浑言义同，析言义别"的说法，如"饥馑"一词，浑言即统指荒年义，而析言则又区别为谷不熟为饥，蔬不熟为馑。"嫉妒"一词浑言即妒忌义，析言则又区别为害贤曰嫉，害色曰妒。浑言的好处是不加区别，所以不好区别的时候自然可以用它。

马宗霍先生所著《书林藻鉴》(文物出版社版)，是一本荟集书法界典实的书，其中也收入了"李邕六绝"的典实："《朝野金载》：'李邕文章书翰正直辞辩义烈皆过人，时谓六绝。'"

惩前数种点法均有明显弊端，特别单析"义烈"更无何根据，遂取浑言不析的方法，总观全体乃此十字说明六方面问题，至于如何分法，读者亦不妨见仁见智。此般处理虽属不得已而为之，只是终究未将此问题圆满解决。

五、增"英"有望，线索弥珍。

清人所纂的《骈字类编》，较前有了新的突破，它为我们多出了一个"英"字，该书"六绝"条下载："《小学绀珠》：六绝——李邕文章书翰正直辞辩义烈英。'"

《类编》全书十三门，凡二百四十卷，康熙五十八年(1719)敕纂，雍正四年(1726)张廷玉等奉敕续纂告成。光绪十三年(1887)上海同文书局石印本，字迹清晰，读者称便。现在较为流行的即中国书店据此本影印的本子。但此条至"英"字处即戛然而止，文义不完，给人以神龙见首不见尾之感。好在它的可贵之处，是出处不是如上列各书注的《朝野金载》，而是注的《小学绀珠》，我们可以据以转查该书：

> 《小学绀珠·六绝》：李邕文章、书翰、正直、辞辩、义烈、英迈。时号六绝。

　　至此，才算疑团冰释，问题得以圆满解决。有鉴今本《朝野金载》已经无"李邕六绝"的记载，而《小学绀珠》又为颇具影响的工具书，今天整理此书，出典宜径注《小学绀珠》，至少亦应补出于《金载》之后。

　　古籍注释是一项颇不易做的工作，看易实难，未历实践尝得个中甘苦者，易以"不过就是查查辞书"而轻忽之，这是极其错误的。古籍注释的困难存在于多方面，而这些困难又不容回避。个人写文章著书，当然也需要对所论及的问题研究清楚，但对写作中可涉及也可不涉及的问题，如不甚清楚时可不去涉及；非涉及不可，则又可详说可略说，无大把握的就笼统地说、简略地说。读者不会因你未涉及该问题、或虽涉及但叙述简略而对你苛求。古籍注释则不然，注释有其自身的要求标准，一个需要出注的词句，注释者如果不清楚，只能去查找，查找不得，只能穷年累月地继续查找。查得的结果歧义纷出，还得研究考订，然后才能将正确的结论写入注语。古籍注释的始终，全过程贯彻着研究。没有起码的功底，也很难胜任。

　　有感于古籍注释的困难，借"李邕六绝"典实的注释，说出点想法与同行共勉。在末尾还必须说明一点的是，就古籍注释中出现的大量问题来说，如以繁难程度划分，"李邕六绝"可以说是属于最为简便的一类，但就是简便如此的问题，尚且还得花费如此精力；较为繁难、最为繁难的呢？

（原载《古籍整理研究学刊》1992 年第 4 期）

关于"斩尽杀绝"

　　《新闻出版报》2000年4月13日《容易用错的成语》一文，认为"由于理解上的错误"，把"赶尽杀绝"写成"斩尽杀绝"，"违背了成语的原意"。这样说是不妥当的。

　　首先，从作品实际来看，如元人高文秀《渑池会》第四折："小官今日将秦国二将活挟将来了，将众兵斩尽杀绝也。"吴承恩《西游记》第五十三回："我本待斩尽杀绝，争奈你不曾犯法。"曹靖华《飞花集》："其企图是要把在重庆的紧跟党走的文化工作者斩尽杀绝。"魏巍《前进吧——祖国》："他就站在这道长城上，打击着、折磨着那些还没有斩尽杀绝的野兽。"曲波《桥隆飙》："我和大老沙几天来的隐怒，顿时爆发，只想把这些败类斩尽杀绝。"王愿坚《小游击队员》："白鬼子更加猖狂……要把这块革命根据地的人民斩尽杀绝。"

　　上举各例，均为著名作家的名作，写作时代断限可上溯到元明，所以"斩尽杀绝"乃是历史上早已取得合法地位的成语，应予承认。

　　其次，成语是在不断发展变化的，一个成语在使用过程中，派生出另一个与之近义的新成语的情况非常多,我们不能因为后者系由前者所派生,就不承认其合法地位而固执地认为它是原成语的"误用"。二者均为两个动补词组联合式构成的成语,"赶""杀"两个动词说的是两种行为方式;而"斩""杀"则基本同义,从众多的成语构成看,类似前者的不少,类似后者的更多,很难说二者孰是孰非。

最后,从收载此成语的词书看,如《汉语大词典》、《汉语成语考释词典》等许多权威辞书均将"斩尽杀绝"作正条收入,有些辞书虽标明与"赶尽杀绝"互见,但亦列条单释,均承认其合法地位。

所以,"斩尽杀绝"是一个存世甚久、应用广泛并已取得合法地位的成语,不能把它看作是"赶尽杀绝"的误用。

(原载《咬文嚼字》2000 年第 10 期)

"萧朱不终其好"本事

——《三国志集解》疑误一则

《三国志·吴书·诸葛恪传》载恪与丞相陆逊书中曰：

> 自汉末以来，中国士大夫如许子将辈，所以更相谤讪，或至为（应作"于"）祸，原其本起，非为大雠，惟坐克己不能尽如礼，而责人专以正义。夫己不如礼，则人不服。责人以正义，则人不堪。内不服其行，外不堪其责，则不得不相怨。相怨一生，则小人得容其间。得容其间，则三至之言，浸润之谮，纷错交至，虽使至明至亲者处之，犹难以自定，况已为隙，且未能明者乎？是故张、陈至于血刃，萧、朱不终其好，本由于此而已。

上面这段文字的末尾所说"张、陈至于血刃"、"萧、朱不终其好"两处典实，裴注均未出注。张、陈血刃当指张耳、陈余事无疑，《史记》本传所载甚细，为人熟知，兹不赘述。而"萧、朱不终其好"指何典事，一般的《三国志》注本如宋人唐庚的《三国杂事》、陈亮的《三国纪年》，清人钱大昭的《三国志辨疑》、周寿昌的《三国志注证遗》、钱熙祚的《三国志辨误》、潘眉的《三国志考证》、梁章钜的《三国志旁证》、杭世骏的《三国志补注》、侯康的《三国志补注续》等书均未出注或加按断。卢弼的《三国志集解》为目前易见到的关于《三国志》的最详注本,于此句之下注为:

> 《汉书·萧望之传》:"望之欲自杀,其夫人止之,以为非天子意。望之以问门下生朱云。云者,好节士。劝望之自裁。"

但是,细玩注文文义,与正文"不终其好"原义似扞格不合。对此产生疑点的也不乏人在。中华书局出版缪钺先生主编的《三国志选注》该文下出注即称:

> 卢弼《三国志集解》谓"萧朱"指萧望之、朱云。汉宣帝寝疾,前将军光禄勋萧望之等受遗诏辅政。元帝即位后,误听弘恭、石显谮言,下令捕望之。望之欲自杀,其夫人止之,以为非天子意。望之以问门下生朱云,朱云劝望之自裁。望之竟饮鸩自杀(见《汉书·萧望之传》)。按萧望之与朱云,并非如张耳、陈余之凶终隙末,诸葛恪用此事,似不甚贴切。

其实,诸葛恪用事并无何不贴切,问题是出在卢氏《集解》所注出处有误。诸葛恪用以与张、陈血刃并提的所谓"萧、朱不终其好"并非指萧望之、朱云事,实指萧望之之子萧育与其友朱博事。上引《萧望之传》后附传:

> 望之八子,至大官者育、咸、由。育字次君,少以父任为太子庶子……育为人严猛尚威,居官数免,稀迁。少与陈咸、朱

博为友,著闻当世。往者有王阳、贡公(当作"禹"),故长安语曰"萧、朱结绶,王、贡弹冠",言其相荐达也。始育与陈咸俱以公卿子显名,咸最先进,年十八为左曹,二十余御史中丞。时朱博尚为杜陵亭长,为咸、育所攀援,入王氏。后遂并历刺史郡守相,及为九卿,而博先至将军上卿,历位多于咸、育,遂至丞相。育与博后有隙,不能终,故世以交为难。

此史实记载始与"不终其好"若合符契。而这一典实的引用在后代历史上还颇著影响,比《三国志》作者陈寿晚生一百六十五年的《后汉书》作者范晔,在《王丹传》中写道:

丹子有同门生丧亲,家在中山,白丹欲往奔慰。结侣将行,丹怒而挞之,令寄缣以祠焉。或问其故。丹曰:"交道之难,未易言也。世称管、鲍,次则王、贡。张、陈凶其终,萧、朱隙其末,故知全之者鲜矣。"时人服其言。

李贤等注"王、贡"事谓:"王吉字子阳,贡禹字少翁,并琅邪人也。二人相善,时人为之语:'王阳在位,贡禹弹冠。'言其趣舍同也。"与上引《汉书》少异。而其下注"张、陈"、"萧、朱"事谓:"张耳、陈余初为刎颈交,后构隙。耳后为汉将兵,杀陈余于泜水之上。萧育字次君,朱博字子元,二人为友,著闻当代,后有隙不终,故时以交为难。并见《前书》。"

而李贤注王丹挞子事,曾引《东观记》,是此事东汉末期已成为人们著文引用典实,故陈书《诸葛恪传》中恪始得引用,亦为其来有自。

综上所述可知:(一)文章典实引用,大都有其自身之发展渊源及前后因袭关系,绝非偶然。(二)古籍旧注亦不可尽信,其舛讹错漏亦不为怪。卢氏《集解》，号称"称引浩博，辩证详明"（胡玉缙序），"考证议论，兼擅其胜"（卢弼《覆胡绥之先生书》引），且尚如此，遑论其远不逮者。（三）整理古籍自应继承前人成果，但亦必须以审视眼光细加抉择，取其的论，替其纰缪，庶几可于前人已有水平再加提高，日新又新。

（原载《古籍整理出版情况简报》1994 年第 1 期，有改动）

"重于泰山" "轻于鸿毛" 究何所指?

司马迁在《报任安书》中说过"人固有一死,死或重于泰山,或轻于鸿毛"的话。由于后人的辗转引用,现在这句话可以说已经家喻户晓、妇孺皆知了。但是,现今人们对这句话的理解和应用,大都与司马迁的原意不符。除去表述的方面各异外,其指陈的内容,乃至可以说正好截然相反。司马迁这句名言的内涵究何所指呢?

"死或重于泰山,或轻于鸿毛",确乎涉及到死的作用、价值和意义,但这里所说的"重"与"轻",绝不是分指死的意义的大小有无,而只是对各不同作用、价值和意义的死这一行为本身所持的态度。它的原意是说:人生于世,本来都有一死,但有的时候、有的情况下,要把死看得很重。比如面临那种没有价值、没有意义、糊里糊涂的死的时候,要认识到生命是宝贵的,对死要看得比泰山还重,切不可盲目轻生。反之,有的时候、有的情况下,则应把死看得很轻。比如勇夫殉国,志士死节,在舍生取义的时候,就应该视死如归,把死看得比鸿毛还轻。

以下从三个方面对此问题进行简要的论述。

首先，从文义的诠释来看。《报任安书》中在这句话的下面紧接着还有补说缘由的话"用之所趣异也"。对这句话，人们的理解不尽相同，但"用之所趣"是主语部分，"异也"是谓语，是无需争议的。这里的"用"字应如许慎《说文》中取卫宏说释为"可施行"，"施行"的行动当然就是"死"。"所趣"即趋赴的，在此指目的、目标。通释大意为"这是因为死的情况不同"，对待这不同情况的死，当然也就有轻重之分了。

一篇文章的总体，是由众多句子为部件组成的，每个句子的文义，要为全文中心思想服务，不可能彼此漠不相干，更不能相互抵牾。从这方面来看，上文说及家庭地位低下，个人职业又不为人重视，如今又被皇帝判为有罪，如果"伏法受诛，若九牛亡一毛，与蝼蚁何以异"。这里的"伏法受诛"是指因获罪而引决自裁，说这样自杀是无意义的，世俗人们首先就会将自己看成是畏罪自杀，不可能"与死节者次比，特以为智穷罪极，不能自免，卒就死耳"。因而要看重死，不能死，自然而然地引出这句话来，以为下列全段文章论述张本。下面紧接着说自己受辱已属至极，而大夫蒙辱死节乃天经地义的事，所以他既早已深明其理，又勇于付诸实行。就死而言，则既无父母牵累，亦轻妻子顾念，都是在于说明自己早经悟彻，义理置前，已识所归，视死轻于鸿毛。而在迂回反复、起伏跌宕地论述之后，终于作出了自己不死理由的回答："私心有所不尽，鄙没世而文采不表于后也。"生而有待是因为所著书"草创未就……惜其不成"，照应段首文字，又回到自决而死无意义，不能死，故视死重于泰山。

正是本着对司马迁这句话的这种理解，《六臣注文选》在这篇文章这句话的下面张铣的注才说："人生必有一死，若生不值明君，不以义相及，则命重于太山；若遇明君，临之以义，命则轻如鸿毛。故死则一也，用之所归趣殊矣。"他对作者这句话本义的理解是完全正确，而剖白也是深中肯綮的。

其次，从全篇的论述脉络来看。总观《报任安书》全文，虽然前面述说了因李陵案而蒙辱受刑的始末，倾吐了内心的悲愤，揭露了朝廷的昏庸，但其论述的主旨，反复重点说明的倒是其身受奇辱终未能死节的缘由。

文章前部在说到他因受腐刑不宜荐才举贤的时候，就提出了"耻辱者，勇之决也"和"诟莫大于宫刑"的看法，按此二者推论，"士可杀而不可辱"，是该定死不辞的了。这可以被看作是后面侧重论述生死抉择及确定这种抉择的原则的前奏。以下说到因李陵投降，他却认为是事出"无可奈何"，"欲得其当而报于汉"，反而在汉武帝面前"言陵之功"，因而涉嫌"沮贰师，而为李陵游说"，遂受宫刑。文章气脉至此，自然形成了为什么忍辱苟活而不死节自裁的问题，正是在这里，作者提出了"死或重于泰山，或轻于鸿毛，用之所趣异也"的观点。为了使说理充分，司马迁接着罗列了各类受辱形式并一一作程度区分，再次提出"最下腐刑极矣"，而在对《礼记》"刑不上大夫"一语作了"言士节不可不厉也"的解释之后，自然得出"士有画地为牢势不入，削木为吏议不对，定计于鲜也"的结论。说自己身为士子，受辱远不需至此，而早应死节，视死轻于鸿毛，理义昭著。下面又紧举九个"身至王侯将相，声闻邻国"的名人"及罪至罔加，不能引决自裁，在尘埃之中"的例证，而得出"人不能早自裁绳墨之外，已稍陵迟至于鞭箠之间，乃欲引节，斯不亦远乎"的看法，说不仅是不可受辱不死，即令是先有犹豫之意，后因难耐皮肉之苦而延迟自裁的"晚死"亦为时论所轻。结出"古人所以重施刑于大夫者，殆为此也。"说明真正的大夫，如获罪，远不用到要施加刑罚的程度，早就羞愧而自裁了。再斥有的人之不能赴死如鸿毛之轻。下面接着又说"夫人情莫不贪生恶死,念亲戚,顾妻子。至激于义理者不然,乃有不得已也。"说贪生念故为人情之常,激于义理者则与此不同,可舍生取义。引申出"勇者不必死节,怯夫慕义,何处不勉焉?仆虽怯懦欲苟活,亦颇识去就之分矣,何至自湛溺缧绁之辱哉!"说明死节上的勇怯取决于愿否取义,即使怯懦者,仰慕并趋赴于义,同样可以为取义而舍生。人们不禁更加关注,明义理如作者司马迁何至蒙奇辱而苟活?紧接着又切进一层:"且夫臧获婢妾犹能引决,况若仆之不得已乎?"说奴婢之属为俗务私情尚可自尽,更何况激于义理且列身大夫的太史公呢? 委婉回环,一逼再逼,就其自身方方面面来说,为了蒙冤受辱,为了大夫不刑,为了义理所趋,为了烈士死节,均只自杀一途,断无生活之理,而自己早已视死如归,置之如鸿毛之轻。行文直到这里,才结出"所以隐忍苟活,函粪土之中而不辞者,恨私心有所不尽,鄙没世而文采不表于后也"。千万条理由都该取义死节,但事实上竟没有死,原来是为了完成史著的写作以使其可能留诸后世。一翻而为不应死,不能死,在此情况下,自然"死重于泰山",不可为求取义死节的浮名而轻易地去死。因为"仆诚已著此书,藏之名山,传之其人,通邑大都,则仆偿前辱之责,虽万被戮,岂有悔哉"。不是没有因蒙辱而死节、视死"轻于鸿毛"的时候,也不是怯于一死,而是万死亦无悔,但那是在书成之日,现在的情况还不可如此。

文章之道,言贵精确,义贵贯通,也就是刘彦和所说的"外文绮交,内义脉注,跗萼相衔,首尾一体"(《文心雕龙·章句》),大手笔如司马迁在此关乎本人士节大义的文章中,文采灼灼,义理昭昭,层层深入,曲尽其妙。而泰山、鸿毛的喻句又居论述之中枢,必如此解,方可符合文字原义,得其论说真谛。舍此而以其他的理解串释原文,即使可勉为之说,则牵强、窒碍之处,所在多有。为省篇幅，恕不一一胪列反证。

最后，从古代人们对这句话的理解来看。《文选》李注于这句话之下注："《燕丹子》：荆轲谓太子曰：'烈士之节，死有重于泰山，有轻于鸿毛者，但问用之所在耳。'"与《报任安书》中的话相同。《燕丹子》，不著撰人名氏，所载皆燕太子丹事。《汉书·艺文志》仅于法家类收《燕十事》十篇，无《燕丹子》之名，《隋书·经籍志》始著录此书。应劭《风俗通义》及王充《论衡》之《书虚》、《感虚》、《语增》、《儒增》、《定贤》等篇中，多次提及太子丹使荆轲刺秦王事，不引该书，李善注《文选》始有援引，可定该书出于东汉至唐前。但《史记·邹阳列传》中"荆轲慕燕丹之义"已有"燕丹"之称，而包括诸如"天雨粟，马生角"妄诞之说在内。《燕丹子》所载太子丹使荆轲刺秦王事之始末，乃至表述文字，与《史记》悉合，所记内容大体可信。其中借燕丹之口所说："大夫所耻，耻受辱以生于世也。贞女所羞，羞见劫以亏其节也。故有刎喉不顾，锯鼎不避者，斯其乐死而忘生哉？其心有所守也。"与上列李善引为注文者意义吻合，均从理论上侧重说明死而有当，即赴之如归，视之轻于鸿毛。

另外，从实践中看，《燕丹子》所载烈士死节之事，田光因太子丹临别时嘱咐他"愿先生勿泄"一句话，感到被人疑而不信，遂自刎而死。樊於期听到荆轲欲以献其首于秦王而乘间行刺的计谋，当即自刭。正如司马迁在《屈原贾生列传》结尾所感叹的那样："同生死，轻去就。"在这种节烈仁义之士眼中"已诺必诚，不爱其躯"（《史记·游侠列传》），义理至重，生命与之相较，无可比拟，为义而死，"轻于鸿毛"。司马迁在《邹阳列传》中的一段话，可以看做是对此现象产生原因的解释："故昔樊於期逃秦之燕，藉荆轲首以奉丹之事；王奢去齐之魏。临城自刭以却齐而存魏。夫王奢、樊於期……所以去二国死两君者，行合于志而慕义无穷也。"可见李善注文所引《燕丹子》中泰山、鸿毛二语所指内容与我们的理解是如出一辙的。

如果说上列例证仅只是顺理成章分析得出的结论的话，元人张养浩在其《风宪忠告·全节》中引用这句话就解说得更为直接透辟："人之有死，犹昼之必夜，暑之必寒，古今常理，不足深讶。第为子死于孝，为臣死于忠，则其为死也大，身虽没而名不没焉。太史公谓：'死有重于泰山，有轻于鸿毛。'非其义则不死，所谓重于泰山者；如其义则一切无所顾，所谓轻于鸿毛也。"

综上所述，著名史家司马迁"死或重于泰山，或轻于鸿毛"这句名言本义究何所指的问题，庶可定论。

章实斋云："读其书，知其言，知其所以为言而已矣。读其书者天下比比矣，知其言者千不得百焉。知其言者天下寥寥矣，知其所以为言者百不得一焉。然而天下皆曰：'我能读其书，知其所以言矣。'此知之难也。"（《文史通义·知难》）看来，在读书和研究活动中，始终坚持实事求是的原则，大力发扬认真不苟的精神，还是非常必要的。于此例可见一斑。

（原载《史学集刊》1984 年第 2 期）

语文教材《谭嗣同》注释补正

一、学士徐公致靖

原无注,应补注如下:

徐致靖(1826—1900),江苏宜兴人。光绪间曾任翰林院侍读学士。学士即指此。他曾上疏建议变法,并向清帝推荐康有为、梁启超、谭嗣同、黄遵宪等人。公,对人的敬称。

二、衣带诏

原注:"藏在衣带间的密诏。"

注文转引修订本《辞海》该条原文。但释义不够准确和完备。宜点明典实出处(详《三国志·蜀书·先主传》,《三国演义》中亦有细致描写),使学生更准确地了解文义。兹改注为:秘密诏令。因东汉末年汉献帝给董承下密诏,让其联合刘备讨伐曹操,诏书藏在衣带中,所以后来人们称密诏都叫衣带诏。诏,皇帝颁发的命令。

三、指挥若定

原注:"指挥起来稳操胜算,镇定自如。若定,心中有数,从容不迫。"

原文:"若变起,足下以一军敌彼二军,保护圣主,复大权,清君侧,肃宫廷,指挥若定,不世之业也。"

每一成语,均有其自身发展的历史,在其发展的各不同时期,意义亦逐渐有所变化。后人引用,以定型后的意义为多,但引用其发展中之某阶段的意义亦为常见。文中"指挥若定"即为一例。细玩上下文意,其中"指挥若定"一语,殊无强调从容、镇定之含义。其意义倒与《史记·陈丞相世家》中"指麾(即指挥)则定"相类:一次,刘邦问陈平:"天下纷纷,何时定乎?"陈平分析了刘、项两人的长处和短处以后说:"诚各去其两短,袭其两长,天下指麾则定矣。"《汉书·陈平传》作"指麾即定",其他文字亦小有出入。所以,作者在此所用的"指挥若定",并非如注释所说的现代常用成语的释义,而应分别释"指挥"为"发令调遣军伍","若"释为"如","定"如上引《史记》一样释为"平定"。全句串讲:"……此次军事行动如能平定叛乱,可真是建立了一代少有的功业啊。"如此解说较贯通,与作者原意亦较吻合。

四、参劾

原注:"弹劾(上奏章揭露某人缺点)。"

注文对"上奏章"的施事者未予限制。其实,在中国封建社会里,虽有"自劾"(犹今言"坦白")及非司其职的人劾奏的个别情况,但绝大多数情况,只可由朝廷指定的部门和官吏行使此一权力。《辞海》此次修订,该辞条的改写即加入了施事者,在中国封建社会行使"弹劾"的即"御史或监察御史"等官吏。

另外,"缺点"一语,分量太轻。宜从常见的诸辞书改为"严重过失、罪状"为好。

(原载《吉林教育》1982 年第 7 期)

《谭嗣同》注释再补正

《谭嗣同》注释中的释文有失诸准确、翔实、醒豁者。现以文章先后为序，或予补阙，或予辨正，或略陈拙见，或捉刀代笔。文字奢俭，悉依内容而定；小大由之，期在义明理达。谬误之处，所在不免，尚祈课本编者与诸读者不吝诲正。

一、250页（课本页数，下同）注⑧　**章京**

原注："清代官名，军机处及总理衙门办理文书的官员，称为章京。"

按：章京为满语的音译，本义为都统，清代军职多称章京，不特军机处及总理衙门办理文书的官员。可改注为："满语音译，本义是都统，在此指军机处及总理衙门办理文书的官员。"

二、250页　**康先生**

按：课本无注。《谭嗣同》一文中多次提到康有为，除此处外，后文尚以"康"、"先生"、"南海"提到。谭嗣同为了解救康有为，不惜赴死，康有为实为文中一个重要人物。即使学生过去已有这方面的知识，亦以略加注释为好。试注如下：

指康有为(1858—1927),近代资产阶级改良主义运动领袖,光绪进士。激于民族大义,曾多次上书清帝,要求变法维新。后堕落为保皇会首领,反对民主革命。因其为广东南海人,人们又称他为康南海。

三、250 页注⑪　　上

原注:"皇上"。

按:误。原文:"皇上欲大用康先生,而上畏西后,不敢行其志。"文义极明。"畏"、"行"的主语均为承前句主语"皇上"而省略,所以"而上畏西后"中的"上"如再释为"皇上",除"而"字转折意义表现受影响之外,亦夹杂重复,无以成说。只可释为方位词用如状语,犹言"在上面"。全句意思可释为:"光绪帝本想重用康有为,但在上面怕开罪于西太后,而不敢按意愿行事。"

"上"在古代汉语中的这种用法屡见不鲜。如"夫蚓,上食槁壤"(《孟子·滕文公下》),意为"在地面上";"头发上指,目眦尽裂"(《史记·项羽本纪》),意为"向上"。

在现代汉语中这种用法亦甚普遍,如"上报"("在上报答、报效"或"向上报告")、"上缴"、"上访"("向上")等。

四、253 页　　袁复召见

按:原文未注,补注为:"袁世凯再次被光绪帝召见。"

古汉语中表被动的方式很多,其中不借助其他词语帮助,仅以文章义理推断确定,是较难掌握的一种。古籍中如"龙逢斩,比干剖"(《庄子·胠箧》)、"屈原放逐……孙子膑脚"(司马迁《报任安书》)及古人文章中常引的如桀纣伐、管蔡诛等均属此类。故宜加注。否则,如视"袁"为"召见"的施动者,则与文章原义大相乖违。

五、254 页注⑨　　程婴　　杵臼

原注:"都是春秋时代晋国大夫赵朔的门客。赵朔为仇人屠岸贾所杀害,程婴和杵臼设法保全了赵朔的孤儿。"

原文:"不有行者,无以图将来;不有死者,无以酬圣主。今南海之生死未可卜,程婴、杵臼,月照、西乡,吾与足下分任之。"

按:注文未得要领。"程婴和杵臼设法保全了赵朔的孤儿",与"行者"、"死者"、"分任之",有何关联?将文章原意解说清楚,是注文担负的最起码的职责,但凭借这条注文是达不到这个目的的。

这段话是谭嗣同举中、日(戊戌变法深受日本明治维新的影响)典实,要与梁任公效法先人,为了变法大业,他决心以鲜血生命殉事业而唤起民众(即像杵臼、月照和尚一样"任""死者"),而让梁"任行者"东走日本,保存实力,联络同志,以图再起(即如程婴、西乡一样活着完成变法重任)。注文语虽简约,殊欠详明。必须将历史本事准确注出,方可有助学生理解原文。

这段史实司马迁《史记》、刘向《新序》均有记载,元人纪君祥据此再加演义,编写出戏曲《赵氏孤儿》,在 18 世纪初叶流传欧陆,影响甚广。据载,屠岸贾杀死赵朔,并行灭族。时赵朔妻有遗腹子,屠岸贾到处搜索,要一并杀死。赵朔的门客公孙杵臼对赵朔的友人程婴说:"立孤与死孰难?"程婴回答:"死易,立孤难耳。"杵臼说:"吾为其易者。"他另找了一个婴儿(《赵氏孤儿》说是他自己的儿子)背着藏到山中,程婴去首告,屠岸贾派兵去杀了那个婴儿和公孙杵臼。程婴才得以将赵朔之子养大,即为赵武。其后晋景公接受韩厥的建议,立赵武为赵氏之后,并一起发兵消灭了屠岸贾。

课本注释涉及史实,当不可失诸冗繁,但无论如何简约,将句义诠解明白则是必须的。否则有失作注主旨。以此句为例,只有将二人为立孤一亡一存,终而实现目的的典实注明,才可对原文中谭嗣同所说的要与梁任公"分任""行者"与"死者"的话解说明白。

另外，注文中说程婴、杵臼"都是春秋时代晋国大夫赵朔的门客"，这种说法源出刘向《新序·节士》："公孙杵臼、程婴者，晋大夫赵朔客也。"但一般人多据《史记·赵世家》："赵朔客曰公孙杵臼，杵臼谓朔友人程婴曰……"以程为赵朔友人之说为信。除常见的辞书外，如日本《大汉和辞典》："程婴，晋の人，赵朔の友。"台北《中文大辞典》："……杵臼与朔友程婴谋承其孤。"台北商务印书馆发行的卢元骏《新序今注今译》也纠正刘说注程婴为"……赵朔的朋友"。注文似亦作相应修改为好。

（原载《山东师大学报》1983 年第 3 期）

附录：

谭嗣同①

梁启超

今年②四月，定国是之诏③既下，君以学士徐公致靖荐，被

---

① 节选自《饮冰室合集》专集第一册中的《戊戌政变记·谭嗣同传》。节选部分的上文，记述了谭嗣同的身世，以及他在湖南省创办新政的情形；下文叙述了谭嗣同的著作，评论了他的学术思想。作者梁启超（1873—1929），字卓如，号任公，广东省新会县人，近代资产阶级改良主义运动戊戌维新的领袖，学者。谭嗣同（1865—1898），字复生，号壮飞，湖南浏阳县人，维新运动中的重要人物。
② 〔今年〕指清朝光绪二十四年（1898），即戊戌年。
③ 〔定国是之诏〕决定国家大计（指变法维新）的诏书。国是，国事。

征①,适大病,不能行。至七月,乃扶病入觐②,奏对称旨③,超擢④四品卿衔军机章京⑤,与杨锐、林旭、刘光第⑥同参预新政,时号为"军机四卿"。参预新政者,犹唐、宋之"参知政事⑦",实宰相之职也。皇上欲大用康先生,而上⑧畏西后⑨,不敢行其志。数月以来,皇上有所询问,则令总理衙门⑩传旨,先生有所陈奏,则著之于所进呈之书中⑪而已。自四卿入军机,然后皇上与康先生之意始能稍通,锐意⑫欲行大改革矣。而西后及贼臣⑬忌⑭益甚,未及十日而变已起。

初,君之始入京也,与言⑮皇上无权、西后阻挠之事,君不之信。及七月二十七日,皇上欲开懋勤殿⑯设顾问官,命君拟旨⑰,先遣内侍⑱持历朝圣训⑲授君,传上言康熙、乾隆、咸丰三朝有开

---

① 〔被征〕被皇帝宣召。
② 〔扶病入觐(jìn)〕带病进见皇帝。觐,朝拜皇帝。
③ 〔奏对称旨〕回答皇帝的话很合皇帝的心意。
④ 〔超擢(zhuó)〕破格提升。
⑤ 〔四品卿衔军机章京〕(赏赐他)四品卿的官衔,做军机处办理文书的官。军机处,总管军政大事的官署。章京,清代官名,军机处及总理衙门办理文书的官员,称为章京。
⑥ 〔杨锐、林旭、刘光第〕这三个人后来和谭嗣同同时被杀。
⑦ 〔参知政事〕官名。
⑧ 〔上〕皇上。
⑨ 〔西后〕就是慈禧太后。
⑩ 〔总理衙门〕就是"总理各国事务衙门",后来改为"外务部"(外交部)。
⑪ 〔著之于所进呈之书中〕写在他呈给皇帝看的书籍里。
⑫ 〔锐意〕决心。
⑬ 〔贼臣〕指当时反对变法维新的顽固派。
⑭ 〔忌〕恨。
⑮ 〔与言〕同他说。
⑯ 〔懋勤殿〕皇帝读书、研究学问的地方。
⑰ 〔拟旨〕起草上谕(诏书)。
⑱ 〔内侍〕太监。
⑲ 〔历朝圣训〕前几代皇帝的遗训。

懋勤殿故事①,令查出引入上谕中,盖将以二十八日亲往颐和园②请命③西后云。君退朝,乃告同人曰:"今而知皇上之真无权矣。"至二十八日,京朝④人人咸知懋勤殿之事,以为今日谕旨将下,而卒不下,于是益知西后与帝不相容矣。二十九日,皇上召见杨锐,遂赐衣带诏⑤,有朕位几不保,命康与四卿及同志速设法筹救之语。君与康先生捧诏恸哭,而皇上手无寸柄⑥,无所为计。时诸将之中惟袁世凯久使朝鲜,讲中外之故⑦,力主变法。君密奏请皇上结以恩遇⑧,冀缓急或可救助,词极激切。八月初一日,上召见袁世凯,特赏侍郎⑨。初二日,复召见。初三日夕,君径造⑩袁所寓之法华寺,直诘⑪袁曰:"君谓皇上何如人也?"袁曰:"旷代之圣主⑫也。"君曰:"天津阅兵之阴谋⑬,君知之乎?"袁曰:"然,固有所闻。"君乃直出密诏示之曰:"今日可以救我圣主者,惟在足下。足下欲救则救之!"又以手自抚其颈曰:"苟不欲救,请至颐和园首仆⑭而杀仆,可以得富贵也。"袁正色厉声曰:"君以袁某为何如人哉? 圣主乃吾辈所共事之主,仆与足下

① 〔故事〕先例。
② 〔颐和园〕在北京西郊,慈禧的行宫。
③ 〔请命〕请示。
④ 〔京朝〕朝廷里。
⑤ 〔衣带诏〕藏在衣带间的密诏。
⑥ 〔寸柄〕一点点权柄。
⑦ 〔讲中外之故〕讲求(研究)中国和外国强弱不同的原因。
⑧ 〔结以恩遇〕拿优厚的待遇联络他。
⑨ 〔特赏侍郎〕特别赏赐他侍郎的官衔。
⑩ 〔径造〕直接到。
⑪ 〔诘〕问。
⑫ 〔旷代之圣主〕这一时代少有的好皇帝。旷代,一代少有。与下文"绝代"意思相同。
⑬ 〔天津阅兵之阴谋〕慈禧同她的亲信荣禄(当时做直隶总督,掌握兵权)密谋,要光绪在九月里同她一起到天津阅兵,乘机用武力胁迫他退位。
⑭ 〔首仆〕控告我。仆,"我"的自谦的说法。

同受非常之遇,救护之责,非独足下。若有所教,仆固愿闻也。"
君曰:"荣禄密谋,全在天津阅兵之举,足下及董、聂①三军,皆受
荣所节制②,将挟兵力以行大事③。虽然,董、聂不足道也;天下
健者④,惟有足下。若变起⑤,足下以一军敌彼二军,保护圣主,
复大权,清君侧⑥,肃宫廷⑦,指挥若定⑧,不世之业⑨也。"袁曰:
"若皇上于阅兵时疾驰入仆营,传号令以诛奸贼,则仆必能从诸
君子⑩之后,竭死力以补救。"君曰:"荣禄遇足下素厚,足下何以
待⑪之?"袁笑而不言。袁幕府⑫某曰:"荣贼并非推心⑬待慰帅⑭
者。昔某公欲增慰帅兵,荣曰:'汉人未可假⑮大兵权。'盖向来
不过笼络耳。即如前年胡景桂参劾慰帅一事⑯,胡乃荣之私人,
荣遣其劾帅而己查办,昭雪之以市恩。既而胡即放⑰宁夏知府,
旋⑱升宁夏道⑲,此乃荣贼心计险极巧极之处,慰帅岂不知之!"

---

① 〔董、聂〕董福祥和聂士成。
② 〔节制〕指挥调遣。
③ 〔大事〕指逼光绪退位的事。
④ 〔健者〕强有力的。
⑤ 〔若变起〕如果事变发生。
⑥ 〔清君侧〕肃清君主周围的坏人(指肃清慈禧的党羽)。
⑦ 〔肃宫廷〕整肃宫廷里边的秩序(指禁止慈禧把持政权)。
⑧ 〔指挥若定〕指挥起来稳操胜算,镇定自如。若定,心中有数,从容不迫。
⑨ 〔不世之业〕一世无比的事业。
⑩ 〔诸君子〕指谭嗣同等人。
⑪ 〔待〕对付。
⑫ 〔幕府〕将军的府署叫幕府,这里指幕府里的官。
⑬ 〔推心〕"推心置腹"的省略说法。
⑭ 〔慰帅〕袁世凯字慰亭,又统率军队,所以称他"慰帅"。
⑮ 〔假〕给。
⑯ 〔胡景桂参劾慰帅一事〕指光绪二十二年(1896)胡景桂(当时任御史)参劾袁世
   凯克扣军饷一事。参劾,弹劾(上奏章揭露某人的缺点)。
⑰ 〔放〕被委任,被委派。
⑱ 〔旋〕接着。
⑲ 〔道〕道员。清朝每省分几个道,道的长官叫道员。

君乃曰："荣禄固操①、莽之才,绝世之雄,待之恐不易易②。"袁怒目视曰："若皇上在仆营,则诛荣禄如杀一狗耳。"因相与言救主之条理甚详。袁曰："今营中枪弹火药皆在荣贼之手,而营、哨③各官,亦多属旧人。事急矣,既定策,则仆须急归营,更选④将官,而设法备贮弹药,则可也。"乃叮咛⑤而去。时八月初三夜,漏三下⑥矣。至初五日,袁复召见,闻亦奉有密诏云。至初六日,变遂发⑦。

　　时余方访君寓,对坐榻上,有所擘画,而抄捕南海馆之报⑧忽至,旋闻垂帘之谕⑨。君从容语余曰："昔欲救皇上,既无可救;今欲救先生,亦无可救。吾已无事可办,惟待死期耳!虽然,天下事知其不可而为之⑩,足下试入日本使馆,谒伊藤氏⑪,请致电上海领事而救先生焉。"余是夕宿于日本使馆,君竟日不出门,以待捕者。捕者既不至,则于其明日入日本使馆,与余相见,劝东游⑫,且携所著书及诗文辞稿本数册、家书一箧托焉,曰:"不有行者⑬,无以图将来;不有死者,无以酬⑭圣主。今南海之

————

① 〔操、莽〕曹操、王莽。
② 〔易易〕很容易。
③ 〔哨〕清朝的军队编制,"营"以下是"哨"。
④ 〔更选〕另选,更换。
⑤ 〔叮咛〕再三嘱咐。
⑥ 〔漏三下〕打三更。
⑦ 〔变遂发〕戊戌政变就爆发了。袁世凯向荣禄告密后,荣禄连夜进京见西太后,第二天(9月21日,即初六日)清晨西太后就囚禁光绪皇帝,随即垂帘听政(亲自执掌政权),大肆捕杀、通缉、罢免维新派人员,维新运动宣告失败。
⑧ 〔抄捕南海馆之报〕搜查康有为住处、逮捕康有为的消息。
⑨ 〔垂帘之谕〕垂帘听政的上谕。
⑩ 〔知其不可而为之〕明知它难做,却尽力去做到它。
⑪ 〔伊藤氏〕伊藤博文。
⑫ 〔劝东游〕劝我到日本去。
⑬ 〔行者〕出走的人。
⑭ 〔酬〕报答。

生死未可卜①,程婴、杵臼②,月照、西乡③,吾与足下分任之。"遂相与一抱而别。初七、八、九三日,君复与侠士谋救皇上,事卒不成。初十日,遂被逮。被逮之前一日,日本志士数辈苦劝君东游,君不听;再四强之,君曰:"各国变法,无不从流血而成,今日中国未闻有因变法而流血者,此国之所以不昌④也。有之⑤,请自嗣同始。"卒不去,故及于难⑥。

　　说明:本文全文及全部注释均照录自教育部编定出版之中学语文课本。

────────────

① 〔卜〕预料。
② 〔程婴、杵臼〕都是春秋时代晋国大夫赵朔的门客。赵朔为仇人屠岸贾所杀害,程婴和杵臼设法保全了赵朔的孤儿。
③ 〔月照、西乡〕月照是日本德川幕府末期的一个和尚。西乡隆盛是他的好友。当时幕府专横,天皇无权。他们为推翻幕府,到处进行宣传。后来被迫投水自杀。西乡隆盛遇救而活,终于完成了志愿。
④ 〔昌〕强盛。
⑤ 〔有之〕(如果)有流血的。
⑥ 〔故及于难〕所以遭了祸。

"位卑未敢忘忧国"

——释陆游的一首诗兼答读者

"位卑未敢忘忧国",这句诗是宋代大诗人陆游的七律《病起书怀》中的句子。诗的全文是:

> 病体支离纱帽宽,孤臣万里客江干。位卑未敢忘忧国,事定犹须待阖棺。天地神灵扶庙社,京华父老望和銮。出师一表通今古,夜半挑灯更细看。

诗的首句写自己因长期卧病而身体瘦损,以至于帽子戴着都显得太大了。"支离",形容身体非常衰弱的样子。写作这首诗的时候,诗人正在四川成都,"江"是指岷江,"江干"就是"江岸"。四川距作者家乡越州(在今浙江境内)甚远,故言"万里"。作者因"恃酒颓放"而免官,诗中的"孤臣"(失势无援之臣)、"位卑"(地位低下),都流露出作者的愤懑之情。个人处境如此,诗人对祖国的热爱却未尝稍减。"事定犹须待阖棺",是说宋金对峙究竟鹿死谁手,还很难盖棺论定,表现出作者对恢复中原、夺取抗金胜利的坚定信念。"庙社"指宗庙社稷,封建社会以之代指国家。"和銮"指车铃,在此代指皇帝车驾。"天地"两句说:天地神灵是佐助宋室江山的,早已沦陷的汴京父老还日夜企望皇帝得胜回朝呢。最后两句,作者用深夜"细看"《出师表》,来表达他对光复河山的强烈向往。陆游在此殷殷期冀于朝廷,要他们像诸葛孔明一样振奋自强,抗敌雪耻。

"位卑未敢忘忧国"这句诗,《高山下的花环》用它作"题记",意在概括人民子弟兵热爱祖国的高尚情操;在影片《人到中年》中,则反映了中年知识分子爱国忧时的心声。

(原载《工人日报》1983 年 4 月 17 日)

"趑趄" "嗫嚅" 及其他

  《人民日报》9月1日社论《历史性的转变，历史性的会议》，对党的十一届三中全会给以高度评价。在说到"十一大"对"文化大革命"的错误理论未能纠正，加之当时党中央主要负责同志坚持"两个凡是"，而"多少人徘徊于真理与谬误之间"的时候，用了"足将进而趑趄，口将言而嗫嚅"两句话，这是非常恰当而逼真的。

  这两句话出于唐代著名文学家韩愈的《送李愿归盘谷序》。作者仕途坎坷，往往在文章中"不得其平则鸣"，在送友人李愿回其隐居地盘谷的时候，作者借题发挥，淋漓尽致地刻画了当时权贵们的骄横奢靡和趋炎附势者的委琐卑微，用以反衬隐退山林者的高洁自适。写法上凭托李愿议论，作者赞赏并作歌颂扬，以矢志偕隐来向挚友表示慰藉。行文流畅，散俪间出，跌宕有致。难怪宋代大作家、诗人苏东坡说"唐无文章，惟韩退之《送李愿归盘谷序》而已"。社论中引用的这两句话就是对趋炎附势者"伺候于公卿之门，奔走于形势之途"的形象描写。

  趑趄(音资居 zī jū)意思是举步踌躇，想前进又不敢前进的样子。如张载的《剑阁铭》中,为了说明剑阁形势的险要,作者用了"一人荷戟,万夫赵趄"的句子,意思是说剑阁有险可守,一人持戈把守,万人无法攻进,用赵趄形容攻关的人想前进又不敢前进的样子。

嗫嚅(音聂孺 niè rú)是形容想说话而又吞吞吐吐不敢说出来的样子。《旧唐书·窦群传》说窦巩"性温雅,多不能持论,士友言议之际,吻动而不发,白居易等目为'嗫嚅翁'"。白居易的诗句"谈怜巩嗫嚅"就是说的窦巩不善言谈,想说说不出来的样子令人同情。

社论的这段引语前面,在说到1976年刚刚粉碎江青反革命集团的时候,说有不少人因当时百业俱废、冤案遍地、是非颠倒、问题成山而感叹"剪不断,理还乱"。这是引用南唐李煜词中的句子。

李煜,字重光,是南唐最后一个皇帝,所以人称李后主。他当了十几年国势垂危下小朝廷的皇帝,国灭后又当了四五年俘虏,四十二岁就死去了。由万民之主一下子变为阶下贱俘,这个生活大变化使李煜的词从内容到风格也有了很大变化。他后期的词作在描述离愁别恨、怀恋故国方面,感情真挚而深刻,加以文学语言锤炼功夫很深,所以很具艺术感染力。社论引用的这两句词,是出自其《乌夜啼》,全文是:

> 无言独上西楼,月如钩。寂寞梧桐深院锁清秋。剪不断,理还乱,是离愁,别是一般滋味在心头。

诗人将愁苦这种内在心理,用具休的"剪不断,理还乱"的行动来描摹,虚实反衬,既生动又深刻。社论用"剪不断,理还乱"来表述当时人们对形势的估计及其焦灼心情是十分形象准确的。

(原载《吉林日报》1982 年 9 月 21 日)

有关《止斋文集》著录上的几个问题

陈傅良,字君举,宋温州瑞安人,与薛季宣、叶适同为南宋永嘉学派的代表人物。治学勤奋,"自三代、秦汉以下靡不研究,一事一物,必稽于极而后已"(《宋史》本传),为文章自成一家,人争传诵,从者云合。有著述数种传世,惟其《止斋文集》,有关书籍著录上多有不确或讹漏,现分别述说于后。

一、《四库全书总目提要》的失误

《四库全书总目提要》卷一五九集部之别集类:《止斋文集》五十一卷、附录一卷。其提要谓:

> 宋陈傅良撰。傅良有《春秋后传》已著录,此集为其门人曹叔远所编,前后各有叔远序一篇。所取断自乾道丁亥,迄于嘉泰癸亥,凡乾道以前之少作尽削不存,其去取特为精审。末为《附录》一卷,为楼钥所作《神道碑》、蔡幼学所作《墓志》、叶

适所作《行状》。而又有杂文八篇缀于其后，不知谁所续入，据弘治乙丑王瓒序称，泽州张琏欲掇拾遗逸以为外集，其琏重刊所附入欤？（下略）

这里有几个问题。一是所述书末附《宋故宝谟阁待制赠通议大夫陈公神道碑》确系"龙图阁直学士、通议大夫致仕、奉化郡开国侯、食邑一千户楼钥撰"，而下述"蔡幼学所作《墓志》、叶适所作《行状》"则正好文字与作者相互错属。

《宋故宝谟阁待制致仕赠通议大夫陈公行状》文尾称：

幼学未冠从公游，朝夕侍侧者且十年，公爱而教之，勉以前辈学业。幼学虽不敏，然佩公之训，不敢自弃，每视公，以为出处知公独详，敢状其言行之大略以上于太史氏。谨状。

文末署款为"嘉定元年十一月日，学生朝议大夫、试尚书吏部侍郎、兼侍讲、兼直学士院蔡幼学状"。而署名"龙泉叶适撰"的《宋故通议大夫宝谟阁待制陈公墓志铭》中则有：

公葬四年，吏部侍郎蔡行之（幼学之字）始状其行于太史，行之从公蚤，载之详。余亦陪公游四十年，教余勤矣！故揭其平生大指刻于墓上，以记余之哀思。而行之已载者，不复述也。

检《四库全书》文渊阁本目录"附录"下未标细目，正文则分署题为《楼钥神道碑》、《蔡幼学行状》、《叶适墓志铭》不误，《四部丛刊初编》本亦不误，可知《四库全书总目提要》确系将《墓志》、《行状》二文作者错属无疑。

二是所述"又有杂文八篇缀于其后",实际上杂文篇数为九篇,计为:《民论》、《舟说》、《责盗兰说》、《戒河豚赋》、《文章策》、《守令策》、《收民心策》、《章子林子名说》、《朱甥子臧名说》。《四库全书》文渊阁本目录部分仅标"杂文",不列细目,篇数亦为九篇。惟目录与内容均将杂文置于碑铭行状之前,且仅将碑铭行状列为附录,更加符合编辑体例。

何以会出现此一错误?《四库全书》文渊阁本不载叔远后序,与《提要》"前后各有叔远序一篇"不合,《提要》写作定非根据此本无疑。复检《四部丛刊初编》本所据吴兴刘氏嘉业堂藏明弘治刊本《集》前目录,细目皆列,恰恰仅只列入八篇,《文章策》漏列。或《提要》作者未及细核原文,仅照该版本之目录转抄,遂以误传误。

上述两端,较为常见的余嘉锡先生的《四库提要辨证》、胡玉缙先生的《四库全书总目提要补正》与李裕民先生《四库提要订误》均未提及;孙诒让氏虽于《永嘉丛书》所收《止斋文集》书前目录部分简明出注"此当互易"、"据集补",惟其书不甚易见,遂表而出之。

三是文后"杂文八篇,不知谁所续入"一节,胡撰《补正》中转引丁氏《藏书志》称:"明正德丙寅,温州同知林长繁传刻,别增张琏所辑集外文八篇于曹编附录之后。"而《永嘉丛书》所收《止斋文集》附孙诒让跋尾更指出其所自来:

> 此本即文肃(曹叔远谥)所编,明永嘉王文定公瓒从内阁宋本录出。至正德丙寅,温州同知林长繁为刻之。于曹编附录后别增张琏所辑集外文八篇,其《民论》、《文章论》、《守令论》、《收民心论》四篇并出方蛟峰所评《止斋舆论》,(原注:此书凡三卷,余家藏有明隆庆辛未刊本。别本题《止斋论祖》,并

为五卷,无方评。其本出《舆论》后,张盖并未见。)余亦皆止斋少作曹文肃所刊削者也。

于此亦可见附录杂文辑入情况大略。惟孙氏既已发现目录漏列《文章策》且已于《永嘉丛书》刊行时补入,缘何文中复称八篇,或亦系偶而疏漏?

二、《四库全书总目提要补正》缘何不收孙跋

胡玉缙撰、王欣夫辑《四库全书总目提要补正》一书,从散见于大量的藏书志、读书记、笔记、日记、文集中博搜广采有关《四库提要》之纠谬补阙之作于一帙,极便读者,但亦间有小疵。1962年3月中华书局所写《补正》排印出版前言中指出:"《永嘉丛书》中所录《四库提要》,时有孙仲容(诒让)附加的按语,本书在《刘左史集》下是迻录了,但《横塘集》、《止斋文集》、《浪语集》等的按语却失收。"对此问题,尚需推敲斟酌。把胡氏已收及中华以为应收而胡氏"失收"的内容加以比较或可寻得一些答案。

《永嘉丛书》中收入各书,由孙衣言、孙诒让父子分别写下有关该书文字,或名序、或名跋、或名记。所居位置亦不一,有居《四库提要》之前者,有居全书之后者。大率就全书写作、流传、版本与内容等而发,并非皆为《四库提要》所写之"按语"。其中确有驳正《提要》者;有一些则与《提要》无何关涉。即以《止斋文集》孙诒让之《后跋》为例,全文即无一语涉及《四库提要》者。如果将论及与《四库提要》所述同一书之文字均目为针对《提要》而发,似外延过宽,有欠准确。

现在让我们再来看一看胡氏收入《补正》的《永嘉丛书》中

《刘左史集》末所附孙诒让的《后记》：

> 留《序》所谓太学博士周公者，永嘉周恭叔行己也。行己
> 与二刘同出程门，故留氏以之并称。此以为周孚，殆偶失之
> 不考。

所说"留《序》"，为《刘左史集》前所列之留元刚氏所撰《二
刘文集序》，所辩周公误周行己而为周孚正是校正《四库提要》
所述之误：

> 宋刘安节撰，安节字元承，永嘉人，元符三年进士，官至起
> 居郎，擢太常少卿……是集不知何人所编，前有留元刚序，标
> 题虽称《刘左史集》，而其文始终以周孚、刘安上与安节并称，
> 谓之"三先生"。

相较之下，也有可能胡氏在选取《永嘉丛书》各书中孙氏文
字时，即以是否直接针对《四库提要》中之问题辩驳。能否对
《提要》起到"补正"作用为取舍标准。作如是理解还比较的好
解释下面两个问题：一是同一丛书收入文集多种，皆有序、跋、记
之类的文字，已收某集文字，而将他集文字却视若无睹地"失
收"，这种可能性应该说是很小的；二是《永嘉丛书》中收入但
《四库全书》未收之书亦不止一种，此类书中亦均有孙氏父子的
序、跋、记之类文字，亦可证孙氏父子文字非专为《提要》而发。

三、关于《永嘉丛书》收书情况的臆测

孙衣言，字琴西，浙江瑞安人，道光进士。诒让之父。自幼

端雅好学,喜谈经济。特别是热心弘扬桑梓文化,搜集乡里文献甚勤。所刻《永嘉丛书》从丛书类别分野来看,显系本人家乡学人文士文集的汇刻。但此丛书收书情况从记载与现有藏书情况看,差异较大。

检台北出版之《中文大辞典》中"永嘉丛书"条载:

> 丛书名,凡二十三册,清孙衣言编。其目为第一至第四册《横塘集》二十卷(宋许景衡);第五册《竹轩杂著》(宋林季仲);第六册《刘左史文集》(宋刘安节);第七册《刘给谏文集》(宋刘安上);第八至第十七册《艮斋先生薛常州浪语集》三十五卷(宋薛季宣);第十八至第二十一册《水心先生别集》十六卷(宋叶适);第二十二册《开禧德安守城录》一卷(宋王致远);第二十三册《蒙川先生遗稿》四卷,补一卷(宋刘黻)。

词条详列其所收书八种,每种卷数、册数及作者并皆详列,数字契合,不类漏遗讹误。然不见著录陈傅良《止斋文集》。因词条未注明版本,无从详考。

《止斋文集》一书,除收入《四库全书》、《四部丛刊初编》两套大型丛书外,确曾被《永嘉丛书》收入。为何《中文大辞典》所据本不载?检《永嘉丛书》中《止斋文集》附孙诒让氏写于"己卯孟陬"的跋语中有:

> 家大人既校刊刘、许诸先生集,复以止斋永嘉魁儒,而遗集世无佳刻,乃检家藏明椠两本,手自雠勘,得以尽刊林、陈两刻之谬。其明椠夺误,今参检群籍补正之者,复得数百事。虽不能尽复宋本之旧,而较之明椠已略为完整,不论林、陈两刻也。官斋多暇,遂刺举同异,揭所依据,写为定本,光绪戊寅春

开雕于江宁，而命黄岩王工部彦威及诒让复勘一过，并命记其校雠之例于册尾以示读者。

可知丛书刊刻并非一举竣事，而前后历时可能较长，故收书情况约为由少而逐渐增多。检吉林大学图书馆藏该书两种：一种收书十二种，一种收书十六种。收十六种者其中所包括十二种之版式与收入十二种者悉同，约丛书自少渐益而多，前已收入者即依原版重印。

十二种多于前《中文大辞典》所列八种之四种为：《集韵校正》（方成珪）、《孙太史稿》（孙敬轩）、《谷艾园文稿》（谷诚）及陈傅良之《止斋文集》。十六种本复多出十二种本者之四种为：《水心先生文集》二十九卷附补遗（叶适。前述八种本收叶适之"别集"，与此内容不同）、《礼记集解》六十一卷（孙希旦）、《尚书顾命解》（孙希旦）及《永嘉先生时文》（孙衣言）。由上述可见《永嘉丛书》从收书情况来看，至少有三种本子行世。

孙诒让氏在《止斋集》所附跋文中，有感于对陈书考辨之难，曾慨叹"代祀绵邈，书缺有间，其原流分合莫能明也"。今日对孙氏参与纂述之丛书沿革之稽考，亦有同感，谨作臆测，以俟高明。

（原载《古籍整理》1992 年第 2 期）

《娑罗馆清言》断句异文疑误

明屠隆著《娑罗馆清言》(简作《清言》;一作《娑罗馆清语》)流布较广。其宝颜堂秘笈刻本为《丛书集成初编》收入。《丛书集成初编》是商务印书馆 1935 年开始编辑出版的一套大型丛书,为广大文史工作者经常使用。其入选标准以实用与罕见为主,前者为适应读者需求,后者为流传孤本。编印方法上后者取佳本影印,前者则用铅字重排。铅字重排者均加断句,为读者提供了不少方便,《清言》即属其中之一。

诚如中华书局 1983 年重印《丛书集成初编目录》时说明:"由于当时出书仓卒,工作量大,质量上也存在不平衡的问题。"在阅读《清言》过程中,对有些句子的断法时生疑窦,辄随笔记录。个别疑误文字,经与扬州藏经禅院重刻本对勘,亦有可据以是正者。兹分别依先后顺序胪列陈说于次,以就正于方家及诸读者。

一、断句疑误

(一)立心而认。骨肉太亲。则人缘难遣。学道而求。形

神俱在。则我相未融。(第二页)

按:"认"、"求"后不当断。

(二)杨柳岸芦。苇汀池边。须有野鸟。方称山居。香积饭水。田衣斋头。才著比丘。便成幽趣。(第二页)

按:宜断为:"杨柳岸。芦苇汀。池边须有野鸟。方称山居。香积饭。水田衣。斋头才著比丘。便成幽趣。"

(三)竹风一阵。飘扬茶灶。疏烟梅月。半弯掩映。书窗残雪。真使人心骨俱冷。体气欲仙。(第二页)

按:宜断为:"竹风一阵。飘扬茶灶疏烟。梅月半弯。掩映书窗残雪。真使人……"

(四)如来为凡夫说空。以凡夫著有。故为二乘人说有。以二乘人沉空。故著有则入轮转之途。沉空则碍普度之路。是故大圣人。销有以入空。一法不立。从空以出有。万法森然。(第三页)

按:两"故"字宜上属,"大圣人"后不断:"如来为凡夫说空。以凡夫著有故。为二乘人说有。以二乘人沉空故。著有则入轮转之途。沉空则碍普度之路。是故大圣人销有以入空。一法不立。从空以出有。万法森然。"

(五)八关斋久何敢然。寄兴于持螯。五斗量悭聊复尔。托名于泛蚁。(第五页)

按:八关斋乃佛教徒所持斋名,八关斋戒简称八戒。持螯谓食蟹,八戒中首戒即不杀生,持斋既久,当身体力行,故谓"何敢然寄兴于持螯"。隋唐之际的王绩嗜酒,五斗不醉,著《五斗先生传》,后遂以"五斗量"称说酒量。悭,少。"五斗量悭"犹言酒量不行。泛蚁,或作浮蚁,因酒面浮沫如蚁,故用以称代酒。本来无量,还是要喝("复尔"),只是为了求取寄情酒乡的名声而已。"何敢然"、"聊复尔"均应属下。

（六）有分有限。耗星临宫。顾我论万事。总不如人。无虑无忧。天喜坐命。赢人只一筹。至要在我。（第六页）

按：古代人们迷信天人感应，以为"耗星临宫顾我"乃天象示警于人，故下言"论万事总不如人"。"天喜"为迷信认为的日支与月建相合的吉利日子。"坐命赢人"言吉利实因命好，故遇事皆能胜人。应断为："有分有限。耗星临宫顾我。论万事总不如人。无虑无忧。天喜坐命赢人。只一筹至要在我。"

（七）荆扉才掩。便逢客过。扫门饭粟一空。辄有人求誉墓。万事从来是命。一毫夫岂由人。（第六页）

按："扫门"典出《史记·齐悼惠王世家》："及魏勃少时，欲求见齐相曹参，家贫无以自通，乃常独早夜扫齐相舍人门外。相舍人怪之，以为物（怪物），而伺之，得勃。勃曰：'愿见相君，无因，故为子扫，欲以求见。'于是舍人见勃曹参。"后以扫门指求谒拜见，在此与"客过（造访）"同义，宜上属。"誉墓"谓代人写墓志，因写墓志均说死者的好话，故称"誉墓"。此言适才断炊，就有人来求写墓志，润笔庶几可补无米之炊，似为命定。应断为："荆扉才掩。便逢客过扫门。饭粟一空。辄有人求誉墓。万事从来是命。一毫夫岂由人。"

（八）月出青松。光映琉璃。夜火风摇。翠篆寒生。窣堵秋烟。（第六页）

按：宜断为："月出青松。光映琉璃夜火。风摇翠篆。寒生窣堵秋烟。"

（九）善星腹笥。部藏不免泥犁。云光口坠。天花难逃阇老。所以初祖来自迦毗。尽扫文字。室利往参摩诘。悉杜语言。（第十页）

按："腹笥"喻满腹经纶、学识丰富，"部藏"与"腹笥"同义。"泥犁"系梵语音译，意译即地狱、最恶境界。"不免泥犁"正

与"难逃阎老"相对。"口坠天花"犹"天花乱坠",皆当上属:
"善星腹笥部藏。不免泥犁。云光口坠天花。难逃阎老。所
以……"

（十）宰相匡时懒残。豫占李泌。英雄救火图南。蚤识乖
崖。故龙翔豹隐。大冶之鼓铸由天。雌伏雄飞。至人之欛柄在
我。（第十三页）

按:懒残为唐代高僧,天宝初居衡岳寺为众僧执役,众僧食
毕收其余而食之,性懒而食残,故号懒残。苏东坡逸诗"山人更
吃懒残残"、查慎行《题吴宝崖雪龛煨芋图小照》"平生不吃懒残
残"、赵翼《李郎曲》"生平不吃懒残残"皆言此(平步青《霞外捃
屑》)。李泌寓衡寺,曾夜往见之,时懒残方拨火煨芋,出半芋食
之(上引吴氏《煨芋图》即指此),并谓:"勿多言,领取十年宰
相。"后李泌果入相,故曰"豫占"。宋张咏,字复之,"以乖则违
众,崖不利物"而自号乖崖,卒谥忠定。《古今诗话》载:张忠定
公少谒华山陈图南(即陈抟),图南赠诗一绝:"自吴入蜀是寻
常,歌舞筵中救火忙。乞得金陵养闲散,也须多谢鬓边疮。"始
皆不喻其意,后忠定更镇杭、益,晚年发疮于鬓,移守金陵,遂薨,
悉如其言。因诗先于事,故曰"蚤识"。宜断为:"宰相匡时。懒
残豫占李泌。英雄救火。图南蚤识乖崖。故……"

（十一）死汉鞭挞。不疼觉疼。原非形壳。僵尸爬搔。不
痒知痒。自是性灵。人奈何轻性灵而重形壳乎。（第十九页）

按:"死汉"何能"觉疼"?"僵尸"何能"知痒"? 如此点断,
甚乖文义。宜断为:"死汉鞭挞不疼。觉疼原非形壳。僵尸爬
搔不痒。知痒自是性灵。人奈何轻性灵而重形壳乎。"

（十二）凡夫有己。只隔一膜。何关大圣度生。不论三途
接引。法性原因沙界。含灵总属自身。（第二十二页）

按:"有己"犹言"有我",与"无我"相对。《朱子语类》卷一

一七有"隔一重皮膜"语,喻未接触亦相距甚近。"三途",佛教谓地狱中之火途、血途与刀途,或谓称地狱、饿鬼与畜生。《佛说观佛三昧海经》:"心如莲华而无所著,终不堕入三途八难。"佛教谓佛引导众生入西方净土为"接引"。《观无量寿经》:"(观世音菩萨)其光柔软,普照一切,以此宝手,接引众生。""凡夫"、"大圣","一膜"、"三途"亦对仗工严。宜断为:"凡夫有己。只隔一膜何关。大圣度生。不论三途接引。法性原因沙界。含灵总属自身。"

二、异文疑误

(一) 宝篆祈仙。金瓯礼佛。造物尚不得牢笼……(第二页)

按:"金瓯"不辞。扬州禅院本作"金函",是。正与"宝篆"作对。形近致讹。

(二) 铄金玷玉。从来不乏彼谗人。沈垢索瘢。尤好求多于佳士……(第四页)

按:"沈垢"费解。扬州禅院本作"洗垢",是。"洗垢索瘢"为成语,《后汉书·赵壹传》:"所好则钻皮出其毛羽;所恶则洗垢求其瘢痕。"形近致讹。

(三) 为龙为蛇。生既谢阳秋于太史。呼牛呼马。死亦一任彼月旦于时人。(第六页)

按:扬州禅院本无"一"、"彼"二字。全书语皆骈俪,对偶工严。两者相较,似扬州本稍胜。

(四) 入道场而随喜。则修行之念勃兴。发丘墓而徘徊。则名利之心顿尽……(第十七页)

按:"发丘墓"在封建社会视为大恶,在此亦与下文"而徘

徊"有悖。扬州禅院本作"登",是。此与《古诗十九首》"驱车
上东门,遥望郭北墓……下有陈死人,杳杳即长暮……人生忽如
寄,寿无金石固。万岁更相送,圣贤莫能度"同意。汉字繁体
"發"与"登"形近。

（五）万缘虚幻。总属心生。六道轮回。皆由自作。目翳
除。则空华陟灭。心障撤。则妄业全消。（第十八页）

按:"陟灭"费解。扬州禅院本作""陡灭",与"全消"对应。
作"陡"是。亦形近致讹。

《清言》各本异文较多,其无关宏旨及义可两解者,恕不一
一校录。

（原载《古籍整理出版情况简报》1992 年总第 261 期）

订补二则

一、吉林版《旧五代史跋》标点再指误

《吉林版〈旧五代史〉指误》一文整体上说是好的,但其"指误"并不彻底。在"断句错误"类所引张元济《旧五代史跋》文字中,就还有未予指出的几处标点错误:

> 清初,黄太冲亦有之(策按:指薛著《五代史》),见《南雷文定附录》,吴任臣书全谢山,谓其已毁于兵火。

笔者因工作关系,亦颇涉猎过一些古籍与今贤著作,但还从来未曾见过以《……附录》为名的书。再:吴任臣、全谢山均为享有盛名的历史学家,吴氏深得顾炎武称颂,曾参与《明史》修撰,所著《十国春秋》,声誉卓著;全氏曾续修《宋元学案》,所著《鲒埼亭集》亦富学术价值。全氏生于康熙四十四年(1705),卒于乾隆二十年(1755)。《清史列传·吴任臣传》载吴氏"康熙十八年(1679),应博学鸿儒科……未几,卒。"这儿的"未几"实际是十

年,吴氏死于康熙二十八年(1689)。也就是说,吴任臣死后十六年,全祖望才出生。可以肯定,吴氏是不会给全氏写信的。

其实,上述不合情理的状况,是标点者一手造成的。南雷是著名思想家、爱国主义者黄宗羲(字太冲)的号,《南雷文定》是他的文集名。在这文集的后面,"附录"了一些友人写给他的信,其中一封,就是吴任臣写的。与此事有关的几句是:

> 拙著《十国春秋》专侯薛居正《旧五代史》略为校雠,遂尔卒止。前已承允借,今因仇沧兄之便,希慨寄敝斋。一月为期,仍以沧兄处璧上,断不敢浮沉片纸只字。切祷切祷!

而引文后部"谓其已毁于兵火"(一本无"兵"字)的不是吴任臣,而是全谢山,出处即见于《鲒埼亭集外编》卷四三《新旧五代史本末寄赵谷林》。因为这段文字于此桩公案颇有参考价值,且文不甚长,全录如下(标点是我加的):

> 梁唐晋汉周之书,薛居正所纂者。当时谓之《新编五代史》,见于《宋太祖本纪》。欧阳兖公书出,则谓薛本为《五代史》,欧公为《新五代史》,见于洪景卢、马端临所称。近读《永乐大典》,则凡其引用《五代史》者皆欧公本,而引薛本者曰《新修五代史》,盖沿最初之名也。薛本在国初梨洲先生尚有之,仁和吴志伊(吴任臣以字行,名志伊)检讨著《十国春秋》,曾借之而未得。南雷一水一火之后,遗籍不存百一,予从其后人求之,不可得矣。近有掊掫《册府元龟》、《资治通鉴》中语成一编,托言南雷故物,是麻沙坊市书贾之习气也。因吾友赵五谷林来问,书其本末以贻之。

据此可知上文之正确标点当为：

> 清初，黄太冲亦有之，见《南雷文定》附录《吴任臣书》，全谢山谓其已毁于兵火。

附带想说的是，上引各书，并非珍本秘籍，一般图书馆均可见到，稍稍手勤一点，翻查一下，即可避免上述错误。这是我们应该引为教训的。

二、王献唐生平述略

《文木山房诗说初探》文中说王献唐"生卒年待查"，又说"'平乐印庐'章，是否为抄书人章，亦难考定"。现就所知，略呈一二。

王献唐先生1896年生，1960年11月16日病逝。山东日照人。原名琯，号凤笙，其签署称谓尚有：凤生、凤南、凤夫、齐伧、泮君、雨窗、三家村人、柱下小史、五砚主人、百汉印斋主人、向湖八二老人（六十四岁时署）、木石盦主。其斋号有：双行精舍、海上蜷庐、五灯精舍、五灯媢玺之馆、泮楼、岫云书窠、眷古钩奇之室等。为甚负盛名的学者，其治学范围广泛，如历史、考古、文字、音韵、训诂、金石、书画、货币、版本、目录等无不涉猎，且均深有造诣。曾任山东省立图书馆馆长、中央国史馆副总纂修。建国后任山东省文管会副主任、故宫博物院铜器研究员。著述甚多，有《公孙龙子悬解》、《中国古代货币通考》、《黄县曩器》、《双行精舍书跋辑存》等多种。

关于"平乐印庐"章是否为献唐印，尚未见王氏署用此号。惟王氏性嗜藏印，以"百汉印斋"、"媢玺之馆"名斋可见。王氏撰有《魏平乐亭侯印考》一卷(稿本),1939 年元月王氏所写跋语称:"草稿仅具旨要,随笔写记,芜杂无纪,当更改重录。俟成,以此付火可也。内论观阙者,别出为篇。"极有可能"平乐印庐"即由此印而起下的又一斋号。

王氏遗留下的书稿及其他文字不少,如加寻查,想不难弄清《诗说》抄本之详情。

(原载《古籍整理出版情况简报》2001 年总第 361 期)

毋忽"迥别",尤慎"微殊"

——《历史文选》课教学一得

　　《历史文选》课的教学目的虽歧义纷出,未能完全一致,但其中提高学生阅读古籍能力一项则为大家所公认。所以,通过讲授若干史著篇章,让学生熟悉古汉语语法特点、大体固定的句式,了解方方面面的古代文化知识、典章礼仪、名物制度、生活习俗,特别是一般词汇的古义,积以时日,逐步提高阅读古籍的能力,就成为《历史文选》课的重要内容。

　　这其间,古今汉语语法差异不大,特别是已具现代汉语语法知识的人,注意一下古汉语语法的若干特点,就不会成为阅读古籍的重大困难。而诸多文化知识,全面掌握当非易事,但绝大多数通过检索各种辞书及其他工具书,大体亦可解决。而一般词汇古义的掌握,近义词词义的相互区别则难度较大,应该作为教学的一个重点。

　　与其他事物一样,语言也是在不断发展变化的,语言诸要素中,语音变化最小,语法的变化也不太大,而词汇则随着社会生活的发展,变化得最快。新词产生,旧词死亡,而仍沿袭保留下来的词汇,除了少数古今词义基本无何变化者外,大部分在发展中词义都有了一些变化。因而形成古今词义既有联系,又有区别的语言现实,而这种区别又因各个词具体发展中的不同情况而有大有小。明显的差异易于分辨,细微的差别则往往易于忽略。明显的差异当然不可忽视,但它处于明处,由于词义的明显变化,以今解古已此路不通,逼迫人们不得不通过检索其古义来读通。"难处不在同,而在异;不在'迥别',而在'微殊'"。因而我们在《历史文选》课的教学中应持的态度是"毋忽'迥别',尤慎'微殊'"。

下面,就《历史文选》选篇中的若干例证,分别几方面说明如下:

一、掌握词义的细微发展变化,准确理解原文

先看例句:

> 楚子入居于申,使申叔去谷,使子玉去宋。(《左传·僖公二十八年》)
> 今又内围邯郸而不去。(《战国策·秦围赵之邯郸》)
> 曷为久居此围城之中而不去也。(同上)
> 吾请去,不敢复言帝秦。(同上)
> 遂辞平原君而去,终身不复见。(同上)

上列各句中的"去"字,均应解为"离开",而非"到……(地方)",《左传》中例句"去"后带有宾语,是说楚成王进驻申后,命令申叔从谷城撤离,子玉从宋撤离。如以今义理解为到二地去,则大相径庭。《战国策》中各句的"去",虽未带宾语,也都解

作"离开"。王力先生说：上古的"去"与"就"（趋至）相反，所以说"去就"；离开即不留原处，与"留"相反，所以说"去留"；离开某人即不再随从他，与"从"相反，所以说"去从"。另如成语"扬长而去"、"拂袖而去"中的"去"，并皆保留"离开"这一古义。

再如"舅姑"一词，表示亲属关系这一点未改变，但指称改变不小。《尔雅·释亲》"妇称夫之父曰舅，称夫之母曰姑"，即今所说的公婆。如以今母之兄弟、父之姐妹来理解，则相去甚远。

更有甚者，有的词的古今义竟互为置换，以今解古，将造成失误。如"盗""贼"二字即是。古代的"盗"大多数情况下相当于今日之"小偷"。《论语·阳货》讲"穿窬"（穿壁越墙）之盗"最足说明问题，而"贼"在古代则指明火执仗的犯上作乱者。古代"盗"也有"强盗"的用法，如秦始皇于博浪沙中"遇盗"，但"贼"在古代绝无"小偷"的意思。

二、辨析由两个同义词组成的复音词词素意义的"微殊"，可以更好地把握文意

汉语中大部分双音词都经过同义词组合的阶段，后来凝结成一个整体，而作为原先的单音词的作用不断减少，甚或作为词看，已不复存在。但作为词素，仍存留在现代汉语里。了解这些词素的本来意义，弄清组成复音词的两个同义词间的细微差别，对提高我们的古汉语水平，增强阅读古籍能力，也是十分必要的。

下面举《历史文选》选文中经常遇到的若干词例并辑录有关典籍的注疏作解。

稼穑：春种曰稼；秋敛曰穑。(《周礼·遂师》疏)

仓廪：谷藏曰仓；米藏曰廪。(《礼记·月令》疏)

桎梏：在足曰桎，在手曰梏。(《易·蒙》序)

变化：自有而无谓之变；自无而有谓之化。(《易解》)

困乏：行而无资谓之乏；居而无食谓之困。(《尚书大传》)

饥饿：有死者曰大饥，无死者曰大饿。(《穀梁传·襄公二十四年》疏)

嫉妒：害贤曰嫉；害色曰妒。(《楚辞》注)

烽燧：台上作桔皋，桔皋头有兜零，以薪草置其中，常低之，有寇即燃火举之以相告，曰烽；又多积薪，寇至即燔之，望其烟，曰燧。昼则燔燧，夜乃举烽。(《后汉书·光武帝纪》注)

此类皆训诂学中所述"浑言则同，析言则异"者，在教学过程中，教师应该引导学生去掌握这些同义词的细微差别，以求彻底弄懂原文。

三、衍及其他

把这种古今汉语"微殊"现象衍及其他领域，如果我们详细注意，有时也会推此及彼，触类旁通，有助教学。比如古籍整理中的标点(对学生来说是阅读古籍的能力)：

徐羡之……沈密寡言，不以忧喜见色；颇工弈棋、观戏，常若未解，当世倍以此推之。(中华书局1956年版点校本《资治通鉴》)

由于标点者对"戏"字误解为"戏剧",致使一、观戏何来工拙;二、既"颇工",又"若未解",矛盾;三、"当世倍以此推之"中之"此"则不知何指。实则"戏"即指前"弈棋",犹今言"玩棋"。"工"而"若未解",足证"不以忧喜见色"。宜改"棋"字后顿号为逗号,去"戏"后逗号。此误处经俞平伯先生校出,重印本已将"棋"后顿号改逗号,可能因为顾及原来版面,"戏"后逗号未删,但细玩文意,还是以删去为好。

顾独学寡识,安敢以为是!将求印可于先觉之士,俪改而正诸,是予之愿也。(中华书局1986年版点校本《芦浦笔记》叙言)

显然,后一"是"字误断下属。这里除去"正诸"费解之外,更重要的是在古汉语中以"是"作判断词较晚,且在大多数情况下表述中省略判断词,标断者对"是予之愿也"与"予之愿也"两句中的"微殊"注意不足,前者虽可讲通,后者则更普遍,而前文也只有断为"正诸是"("正之于是")方句意完整,怡然理顺。

古籍标点中类此未察词义古今之"微殊"而误标之例证甚多,为省篇幅,兹不一一胪列。

再如词义褒贬色彩变化,也存在古今"微殊"的情况,如不注意,亦易造成误解。如"党"字作"集团"义解时现在是中性词语,而古汉语中则有明显的贬义色彩。如"不褊不党"(《尚书·洪范》)、"党同伐异"(《后汉书·党锢传》序)、"朋党比周"(《荀子·臣道》)皆是。如果不了解这些差异,必不能准确了解原书,影响阅读效果。

治学之道,在于察其微末,辨其疑似,以求真谛。"相似之物,此愚者之所大惑,而圣人之所加虑也。故墨子见歧道而哭之……疑似之迹,不可不察"(《吕氏春秋·疑似》)。嘉言至理,良足戒鉴。

（原载《中国历史文选教学研究》〔三〕,
甘肃文化出版社 1998 年版）

《李鸿章全集・信函》补遗五通

　　作为《国家清史编纂委员会・文献丛刊》之一的安徽教育出版社出版的《李鸿章全集》，仅信函一类，即八巨册，可谓收罗宏富。只是因为作者信函数量实在太多，故虽经编者穷搜博采，仍有未及收入者。近日浏览俞樾《春在堂全书・袖中书》，发现其第一卷中收"李少荃伯相"（李鸿章字少荃）信函七通。经检核比对，粗略统计，李集中收入致、复俞氏函件计二十三通，而《袖中书》所收七通，除《其六》（同治十年七月初七日）、《其七》（同治十年十二月十一日）《复河南学政俞樾》两通入收《李鸿章全集・信函》之外，其余起始至《其五》五通，均未入收。

　　据俞氏《袖中书》前言称："余自通籍后，与海内贤士大夫缩纫往来执讯之书，深藏箧笥，戢戢如束笋。庚辛之乱，付之劫灰，意甚惜焉。中兴以来，承诸师友不弃衰庸，时时存问，又积成一巨册……于是手录如干首，以所得先后编次。或一人而数书，则并录之。写定后，厘为二卷。"可推知所遗各函，当均写于光绪十年（1884）七月之前。

　　现将《李鸿章全集・信函》失收五通依序抄录并划分段落、

添加标点,以为《全集》补遗。为方便读者了解信函内容,并对有些文句简要注解:

李少荃伯相书

川原修阻①,戎马间关②。频年占望德星③,未知分野;以致鱼鳞六六④,莫附江波⑤。顷因华伯同年,道达鄙意,遽蒙雅意,先施奖借,溢辞读之颜汗。就审移家北上,小住津沽。见江湖魏阙之思,居邻日下⑥;合文苑儒林为一,名满人间。养望夔、龙⑦,折中夷、惠⑧。风尘仰企,霄壤斯分。

弟从事行间,昕夕鞅掌⑨。所幸春夏之交,娄江、王峰相继告克,前军已薄苏而垒,复令三舍弟旁规江锡⑩,以断贼援。惟珂乡自浙以西⑪,未为我有,浦东错壤,后顾堪虞;深入吴门,殊难操券。张融岸上⑫,旧有扁舟;越鸟思南,恐迟归驾。未知能副来书期许之盛而免为浮游文学所笑否也。

---

① 修阻:距离遥远且有阻隔。
② 间关:辗转。
③ 占望德星:古代以观察星象来推断吉凶谓"占星",以景星、岁星为德星。国道昌盛、贤人出则德星现。此为称颂收信人。
④ 鱼鳞六六:因鲤鱼脊中鳞一道,鳞上有黑点,大小皆三十六鳞,故以"六六"为鲤鱼的代称。唐段成式《酉阳杂俎·鳞介》说,古诗有"呼童烹鲤鱼,中有尺素书"句,后遂以之称代书信。
⑤ 莫附江波:喻无从投递。
⑥ 日下:京都。因天津距北京很近,故谓"居邻"。
⑦ 夔龙:夔和龙是虞舜的两个大臣,后以之指辅弼贤臣。
⑧ 夷惠:周代隐者伯夷和春秋时代鲁名士柳下惠的合称。
⑨ 昕夕鞅掌:昕夕,朝暮,喻终日。鞅掌,职事纷扰繁忙。
⑩ "复令"句:李鸿章三弟鹤章,字季荃。在李鸿章带领下,参与镇压太平军、捻军的战争。《清史稿·李鸿章传》:"檄弟鹤章总全军营务。""十一月,鹤章等复无锡,进攻常州,以应江宁围军。"
⑪ 珂乡:对他人故里的敬称,一作"珂里"。
⑫ "张融"句:《南史·张融传》:融,南齐人,字思光。因早著声名,太祖奇爱之。"融假东出,武帝问融住在何处。答曰:'臣陆处无屋,舟居无水。'后上问其从兄绪,绪曰:'融近东出,未有居止,权牵小船于岸上住。'"

其 二

手教远颁,并承惠篆书联幅。伸纸发函,古香四溢。几席晤对,如亲笑言,珍逾百朋①,感谢靡已②。即审覃思阐学,遂有成书;希踪古人,嘉惠来者。嘉彼丰此,百城之拥,奚美万户之封也。津门旅食非易,近况时以为怀。昨致荫渠制军③,请以皋比延奉北方学者④,知当景仰风徽。弟异数忝膺,赏隆功薄,循省遭际陨越为虞⑤。重以奖言,弥增愧悚。

其 三

溽暑逼人,兼多雨湿。敬惟著述之余,善自保卫,江天东望,延想为劳。承示《群经平议》,付梓将成,复有《诸子平议》之作,不朽盛业,深以先睹为快。本朝朴学蔚起,远继汉唐。近数十年,先哲徂谢⑥,复经离乱。才者习纵横;弱者趋骫骳⑦。好学深思之诣,遂尔衰息。不有君子,曷振刷之。以此启辟人文,非独吴人士之幸也。

此间诸尚静谧,捻踪尽入豫疆⑧。仍虑回扑皖境,官军分道追剿,亦复疲于奔命。至彼族恣睢⑨,时有过请⑩。处以镇定,聊守目前制驭之方,未有善策。

大著《古风》二首,老重之笔,纬以宏议,并轨韩苏⑪。车战

---

① 百朋:很多的钱。《诗经·小雅·菁菁者莪》:"既见君子,锡我百朋。"高亨注:"古代以贝壳为货币,五贝为一串,两串为一朋。"

② 靡:不。

③ 荫渠制军:刘长佑,号荫渠,清湘军名将。曾任两广总督、直隶总督。

④ 皋比:虎皮。古人坐虎皮讲学,后以之指称讲席。此谓让刘请俞樾去讲学以增加其收入。

⑤ 陨越:颠坠、跌倒,喻失败。虞:猜度,引申为忧虑。

⑥ 徂(cú):往。古人常以之作死的讳称。一作"殂"。

⑦ 骫骳(bèiwěi):一般作"骳骫",屈曲。后亦用以形容文章委婉纡曲,逢迎人意。

⑧ 捻踪:指捻军踪迹。"豫疆"和下文的"皖境"分指河南、安徽省境。

⑨ 彼族:此指与清军共同攻打捻军的英、法等国的武装力量。恣睢:狂妄、凶暴。

⑩ 过请:过分的要求。此指在作战思路、指挥方法中的分歧。

⑪ 韩苏:唐韩愈和宋苏轼。

制骑,孙高阳之《百八叩》①,实已尽之。至以水制火,尤为奇思快论得未曾有。讽诵之余,景佩无似。

其 四

营门漏静②,远道书来。古色古香,盎然满幅。誉者太过,感且弗谖③,即承枕葄简编④,跌荡烟水⑤。著脔虎之论⑥,斯世奉若指南;抒雕龙之辞,诸儒为之折北⑦。每当鸳波霜减,虎阜钟阒⑧,揖长松为故人,对晚菊而独笑。名山事业,物外神仙。尘鞅中人⑨,能无艳妒。

弟忝操械柄,绤裘洊更⑩,幸赖河伯效灵⑪,将士戮力,猰貐之迹⑫,芟薙遂空⑬。而鸿雁之嗸⑭,还集未定,方滋愧轸⑮,骤拜参知。曾靡句当之劳;辄受使相之赏。中夜循省,惕然以惊。重念久劳于外,芸香旧署,渺若星河,昨以告捷还朝,于召

---

① 孙高阳之《百八叩》:明军事战略家孙承宗,因其里位于北直隶保定高阳(今属河南省),故称。所著《车营百八叩》,与《车营总说》、《车营百八答》、《车营百八说》合名《车营叩答合编》,为孙督战辽、蓟时与属下探讨军事问题的记录。《百八叩》,《畿辅丛书》收载。
② 漏静:古代以铜壶滴漏计时。漏静,指夜深;或称"漏尽'、"漏断"。
③ 谖(xuān):忘。
④ 枕葄(zuò)简编:葄是一种水草的名称,垫藉义。枕葄:枕藉;引申谓沉迷。清王韬《〈幽梦影〉序》:"惟知枕葄简编,沉酣典籍。"
⑤ 跌荡(tāng):同"跌荡"、"跌宕",意谓纵情、耽嗜、沉溺。烟水:泛指自然风景。
⑥ 脔虎:脔,把肉切碎。喻条分缕析。"脔虎",与下"雕龙"对举而言,皆极赞收信人文辞精美、见地高远。
⑦ 折北:折,挫;北,奔。谓失败。此言甘拜下风。
⑧ 虎阜:即江苏苏州市之虎丘。
⑨ 尘鞅:世俗事务的束缚。
⑩ 绤(chī)裘洊(jiàn)更:绤,葛布衣;裘,皮衣。洊:重复。意为地位几度更换。
⑪ 河伯效灵:河神显灵保佑。李鸿章在清剿捻军作战中不止一次利用黄河等河流地貌优势,蓄水放流,造成有利战机。
⑫ 猰貐(yà yǔ):吃人的野兽名。此泛指其清剿对象。
⑬ 芟薙(shān tì):铲除。
⑭ 嗸(áo):同"嗷",《诗经·小雅·鸿雁之什》:"鸿雁于飞,哀鸣嗷嗷。"指老百姓哀告声。
⑮ 愧轸:惭愧,痛惜。

对后三日上任，恰符唐人故事①，花砖日影，不隔前尘，蓬液露谈，或为奇遇。忆在金陵舟次，曾劳属望。眷怀昔款②，弥惭尘颜。凯旋之师，仍督南下。朔风满帆，篙桨迅便。一江带绕，幸辞鞍马之劳；两地云停，弥切汀鸥之梦。

其　五

军书蠭午③，音问久疏。顷奉朵云④，如亲风采。诂经精舍近在坷乡⑤，据湖山之胜概，为风月之主盟。视紫阳一席，更与雅人相称。浙中书局，见刻何书；兵燹之余，遗编灰烬。耆宿凋零，天假阁下以宽闲岁月，杜门却扫，撰著等身。将欲为东南文学之传，延兹一脉。不朽盛事，端在于斯。

弟忝窃兵符，抗尘走俗⑥，去岁东捻肃清⑦，私幸大功告蕆，长揖归田。乃张逆势复披猖，扰及近畿。迭奉严旨，催令赴援，重整旌旗，誓师入卫。援军既集，贼复折而南趋，三月下旬，渡运河东窜，弟因进扼德州⑧，力主防守运河之议，幸布置粗就，贼势渐穷，但能不出重围，当不虑其漏网矣。

---

① "恰符"句：《旧唐书·德宗本纪》："建中元年……常参官、诸道节度观察防御等使、都知兵马使、刺史、少尹、畿赤令、大理司直评事等，授讫三日内，于四方馆上表让一人以自代。其外官委长吏附送其表付中书门下。"
② 款：到；引申为造访。
③ 蠭午：一作蜂午，纷然并起的样子。《史记·项羽本纪》"楚蠭午之将皆争附君"，裴骃《集解》引如淳曰："犹言蠭午也，众蠭飞起，交横若午，言其多也。"司马贞《索隐》："凡物交横为午，言蠭之起交横屯聚也。"
④ 朵云：《新唐书·韦陟传》说他每写信均口授意向，让妻妾代笔，自己只在后面签名，"自谓所书'陟'字若五朵云"，后遂用朵云作为对他人书信的敬称。
⑤ 诂经精舍：和后面的"紫阳"都是收信人俞樾讲学的书院名称。坷乡：见李函《其一》注。
⑥ 抗尘走俗：语出南朝齐孔稚圭《北山移文》："焚芰制而裂荷衣，抗尘容而走俗状。"喻热中名利而奔走俗尘中。
⑦ 东捻：指捻军任柱、赖文光部。下文"张逆"，指西捻张宗禹部。
⑧ 德州：时李鸿章坐镇德州，于安平、饶阳等地重创捻军。

另外，《全集》信函集所收同治十年（1871）十二月十一日《复河南学政俞樾》一函中，将"日月不居，山川悠远，契阔千里，经营四方，五十之年，忽焉已至"中"五十之年"的"之"作"三"，想系形近致讹。

因该信为李氏五十寿辰对俞氏致贺的回信，李氏1823年出生，至此已虚岁五十（公元1871年12月31日为同治十年十一月廿日；同治十年十二月已进入公元1872年，李氏虚岁已过五十了），故下文复有"退唯恒言无称之义，遑敢言寿。海内知交谬相推许，重以揄扬，百幅琳琅，对之增愧"诸语。

信的后部分还有"伯玉五十而知四十九岁之非"句，可见确为实指不误。再版时，可加更正。

匡补小札

《旧唐书》校勘失当一例

《旧唐书·礼仪志三》(中华书局点校本第891页)载:

> 则天证圣元年,将有事于嵩山,先遣使致祭以祈福助……至天册万岁元年腊月甲申,亲行登封之礼。礼毕,便大赦,改元万岁登封……又二日己丑,御朝觐坛朝群臣,咸如乾封之仪……登封坛南有槲树,大赦日于其杪置金鸡树。

在"于其杪置金鸡树"下,"校勘记"沿用清人罗士琳等人的《旧唐书校勘记》原文:"《校勘记》卷十一云:'按树字疑衍。'"

上引《礼仪志》文末,树杪置树,殊乖事理,显然有误。但"校勘记"如此处理,亦欠妥当。因为此处的讹误通过校勘完全可以弄清其原委,而罗氏《旧唐书校勘记》的认定是不对的,我们不应该盲目泥古而因袭误说。

查《太平御览》卷九六一《木·槲》下有这样的记载:

《唐书》曰：万岁登封元年春，封嵩山，御朝觐坛受朝贺。登封坛南有槲树，大赦日于其杪置金鸡，改名为金鸡树。

文字大意与今本基本相符，而末尾几句则更与之一字不差。复检《唐语林》卷五：

则天封嵩岳，大赦，改元万岁登封。坛南有大树，树杪置金鸡，因名树为金鸡树。

据上引两条材料，可以确断《旧唐书》此处之讹误，绝非因衍"树字"，而是因为在原文中"金鸡"二字紧接着两次出现，抄、刻者将前面的一个错看成了后面的一个，遂写上后面的"树"字告一段落，才出现文义无法解说的错误。所以，此处的讹误不是"衍"字，而是脱字所致，因而"校勘记"宜改写为：

"于其杪置金鸡树"中有脱文，据《太平御览》卷九六一《木·槲》、《唐语林》卷五有关资料，应于"金鸡"处点断，下补入"改（或作因）名为金鸡"字样。

立论是否可备一说，建议是否可供修订时参考，尚祈学者、专家教正。

（原载《古籍整理研究学刊》1994 年第 1 期）

"五言长城"原自诩

唐刘长卿诗"诗调雅畅，甚能炼饰"（《辛文房唐才子传》），胡应麟在《诗薮》中评述"七言律以才藻论……中唐莫过文房（长卿字）"，而关于他与"五言长城"称号的公案，则向有歧说。

《唐才子传》说他被"权德舆称为'五言长城'"，《全唐诗》亦称"权德舆尝谓为'五言长城'"。后人著述，因袭这种说法，影响甚广（如中国社会科学院文学研究所编《中国文学史》等书，不备举），实则大谬不然。

查《权载之文集》补遗（《四部丛刊初编》）中《秦征君校书与刘随州唱和集序》云："彼汉东守（按：长卿曾任随州刺史，故称）自以为'五言长城'，而公绪（秦系）用偏伍奇师攻坚击众，虽老益壮，未尝顿锋。词或约而旨深，类乍近而致远，若珩珮之清越相激，类组绣之玄黄相发，奇采逸响，争为前驱。"权德舆明明白白地说"五言长城"是刘自称的，而权认为秦系的五言诗亦不在刘下。可以互为印证的是，《新唐书·秦系传》："（系）与刘长卿善，以诗相赠答。权德舆曰：'长卿自以为五言长城，系用偏师攻之，虽老亦壮。'"与权序悉合。

又胡仔《苕溪渔隐丛话后集》卷一六云："韦应物《答秦十四校书》诗云：'知掩山扉三十秋，鱼须翠碧弃床头。莫道谢公方在郡，五言今日为君休。'"下文与上引《唐书》秦传同，结语说"故应物有'五言今日为君休'之句，盖为此也"。此可为有力佐证。

刘长卿傲然自诩"五言长城"，与《唐才子传》中所载其鄙视郎士元及"每题诗不言姓，但书长卿，以天下无不知其名者"的性格与作风，亦若合符契，铢两悉称。凭实而论，高仲武说他的诗"十首以后，语意略同"（《中兴间气集》），确是识微之论，而王士禛在《论诗绝句》中说"不解雌黄高仲武，长城何意贬文房"，倒是有失偏颇的。

（原载《吉林大学社会科学学报》1985 年第 5 期）

且说"补壁"

编辑先生：

贵报 2 月 17 日《绿意红情旧曾谙——读谷林〈淡墨痕〉》一文开头写道：

> "绿意红情旧曾谙"出自前人一首绝句。我是从谷林夫子（本名劳祖德）的《淡墨痕》一书中读到这么美的诗句的（见《淡墨痕·晚岁上娱》）。有一年谷林的老友戴子钦请谷林写一副中堂补壁，谷林便抄了两首七言诗……

这里的"补壁"一词，使用欠当。我国为礼仪之邦，"待人"与"对己"有很严格的区分，称人的"令尊""哲嗣""贤阁""府上""大作"，称己就得说"家父""犬子""拙荆""寒舍""拙稿"。"补壁"是作书绘画的人，把作品赠人的时候的谦词，意思说水平拙劣，不足登大雅之堂，裱褙张挂，就权且给你糊墙吧。所以常见于书法绘画作品上的题款"XX 先生（兄）补壁"。

与此类似，作者赠送自己的著作，有时就谦称请对方"覆瓿"（盖罐子）也是同样的意思。古代就有不少学者把自己的文集取名《覆瓿集》的。

文章里所说，尽管是请"老友"赐字，也不能说把朋友所写的"中堂"自己拿回去"补壁"。致
敬礼

　　　　　　　　　　　　　长春王同策上

（原载《文汇读书周报》2006 年 3 月 3 日）

编写历史故事者戒

为了普及历史知识,用古人们的嘉言懿行教育后代,根据古史中的人物列传,改编为小传、故事,不仅是可行的,而且是必要的。但是,一定要首先将原文读懂,再下笔编写。否则,失之毫厘,差之千里,就会歪曲史著,将读者引入歧途。

《宋史·司马光传》:"年甫冠,性不喜华靡,闻喜宴独不戴花,同列语之曰:'君赐不可违。'乃簪一枝。"在一本名为《司马光的故事》的书中,由于作者没有搞懂闻喜宴、戴花的史实,错误地编写成司马光的同榜贵人"娶亲"而请他"赴喜宴","主人家按当时的风俗,给每个贵客散发一朵用红色绢纱做成的花";"因为他向来不爱戴花……迟疑不接",经人劝解,说这花是"主人赠送的喜庆花",才"违心地戴上"。

宋王栐《燕翼诒谋录》载:"故事,唱第之后,醵钱于曲江为闻喜之饮。近代于名园佛庙,至是官为供帐,岁以为常。"文前"故事"指唐制。宋太宗端拱元年(988),接受宋白建议,改为由朝廷赐宴。《宋史·礼志·赐进士宴》:"赐贡士宴,名曰'闻喜宴'。"其中记载赐花、戴花等仪式说:"酒行,乐作……皆饮讫,食毕,乐止。押宴官以下俱兴,就次,赐花有差。少顷,戴花毕,次引押宴官以下并释褐贡士诣庭中望阙位立,谢花再拜。"可见赐花的"君"当然是指皇帝,根本不是什么主人;闻喜宴的"喜"是及第之喜,也根本不是什么新婚之喜。

此例可为编写历史故事者戒。

(原载《吉林大学学报》1985 年第 6 期)

高祖非庙号

中华书局点校"二十四史"出版，是现代史学史上的壮举，是我国人民文化生活中的一件大事。通过标断、校勘，为读者阅读这套卷帙浩繁的史籍提供了较好的版本，刊正了文字上的讹误，减少了阅读上的障碍。尤其值得称道的，是它沿用过去标点符号使用法中人名、地名、年号、谥号等专有名词均加以专名标号的规则，一一标出。虽仅一笔之劳，实则功德无量。仅以少数民族的人名及部分边疆地区的地名而言，即可省却读者许多翻检之劳。

当然，如此浩大的工程，难免出现些微纰漏。如：

> 太祖启运立极英武睿文神德圣功至明大孝皇帝，讳匡胤，姓赵氏，涿郡人也。高祖朓，是为僖祖，仕唐历永清、文安、幽都令。朓生珽，是为顺祖，历藩镇从事，累官兼御史中丞。珽生敬，是为翼祖，历营、蓟、涿三州刺史。敬生弘殷，是为宣祖。周显德中，宣祖贵，赠敬左骁骑卫上将军。
>
> ……
>
> 太祖，宣祖仲子也……
>
> ——《宋史》（中华书局1976年点校本）卷一第一页《本纪第一·太祖一》。

文中"高祖朓"中的高祖，系普通名词，是说赵匡胤的高祖父（曾祖父的父亲）名叫赵朓，并非追赠庙号。下文"是为僖祖"中的僖祖，才是赵朓的庙号。

从以上引文中，可以清楚看出宋太祖赵匡胤的谱系：父宣祖赵弘殷,祖翼祖赵敬,曾祖顺祖赵珽,高祖僖祖赵朓。同一"祖"字,于不同处作用各别。所以"高祖朓"中高祖的专名号实系误标,宜删除。

(原载《吉林大学社会科学学报》1984 年第 2 期)

《关于张养浩事迹》的一段引文

编辑同志:

贵刊 1983 年第 3 期所载《关于张养浩事迹》一文中引用了《济南府志·人物志》一段文字:

> ……(张)郁十六岁即任家务,家甚贫,贷于人,贾江淮间,以俭济之。又常驱驴走京师,困极始乘阪焉!则涉为,(按:据贵刊 1982 年第 2 期作者更正:此一"逗点应去掉")弃骨刺其趾,血出欲乘,则恐半途而乏,欲步则创痛,不可忍,其家之难如此。

由于作者对若干文句理解不确,致使标断有误,"乘阪焉"诸语,甚难索解。应以"困极始乘"作句,"阪焉则涉"为另句,意思是:遇到山坡就下驴步走。涉,取步行渡水中"步行"意义。其下几句,标断亦有违原义。是否以下列标断为好:

> ……又常驱驴走京师,困极始乘,阪焉则涉。为弃骨刺其趾,血出。欲乘则恐半途而乏,欲步则创痛不可忍。其家之难如此。

如有舛讹,尚祈教正。祝

编安

王同策

82 年 7 月 10 日

（原载《文学遗产》1982 年第 4 期）

附:

张养浩《先茔碑铭》中有下列记载:

> 孤养浩又尝记先君言:尝驱驴走京师,困极始一乘,阪焉则下,水焉则涉,为弃骨刺其趾,血出。欲乘则恐半途而乏;欲步则其创痛不能忍,孤养浩闻之,不觉颡首泪下,先君亦为哽噎。呜呼! 大抵先君以艰难勤俭起家,虞养浩辈不能慎持缺盈,故悁缕镌诲若此,其燕翼保艾者可谓至矣。

得知引用者将"阪焉则下,水焉则涉"中的"则"字前后看错,遂写成"阪焉则涉"。

同策 2014 年 11 月审稿时附记

观察使为谁?

唐代诗人刘长卿,新旧《唐书》无传。惟《新唐书·艺文志》著录"《刘长卿集》十卷",附之以作者简介。兹就中华书局校点本摘录如下:

> 字文房。至德监察御史,以检校祠部员外郎为转运使判

· 369 ·

官,知淮西鄂岳转运留后、鄂岳观察使。吴仲孺诬奏,贬潘州南巴尉……

辛文房《唐才子传》(1957年古典文学出版社版)卷二收载刘长卿传:

> 长卿,字文房,河间人。少居嵩山读书,后移家来鄱阳最久。开元二十一年,徐征榜及第。至德中,历监察御史,以检校祠部员外郎出为转运使判官,知淮西鄂岳转运留后观察使。吴仲孺诬奏非罪,系姑苏狱久之,贬潘州南巴尉……

二书标断者均以刘长卿任鄂岳观察使,故咸于"观察使"后作句,实则大谬不然。

查吴廷燮《唐方镇年表》卷六《鄂岳》:

> 大历八年(773)
> 《旧纪》:四月,太仆卿吴仲孺为鄂岳观察使。(《旧唐书·代宗本纪》作:"戊午,以太仆卿吴仲孺为鄂州刺史、鄂岳沔等州团练观察使。")
> ……
> 大历十一年(776)
> 《文苑英华》:杨绾《汾阳王妻霍国夫人碑》:"大历十二年正月,终于私第,年七十三。次女适鄂州观察使吴仲孺。"
> ……
> 大历十三年(778)
> 《古佚丛书》、《太平寰宇记》:兴国军永兴县:"唐大历十三年观察使吴仲孺以县在东北角,百姓往来隔山湖,奏移居富

池、深湖侧。"

对照刘长卿平生行事,并无出任鄂岳观察使之记载,可证观察使确系吴仲孺之任职。故二书均应于"留后"后作句,"观察使"后的句号应删除。

对此处标断不误者亦多,如《全唐诗》(中华书局版)卷一四七即为一例。为省篇幅,恕不一一胪列引述。

(原载《吉林大学社会科学学报》1984 年第 3 期)

误断引文亦复误注出处

上海古籍出版社出版的《中国历史文选》(下册)所选顾炎武《宋世风俗》一文,系 1980 年再版修订时增入篇目。其末句:

《书》曰:"其后嗣王,罔克有终。"*相亦罔终。为大臣者,可不以人心风俗为重哉!

*书曰"……罔克有终"见《尚书·太誓上》。

上文引文误断,出处亦复误注。原文见于《孔传古文尚书》之《商书·太甲上》,与武王伐殷孟津会誓之《周书·太(泰)誓》无涉。《太甲》三篇,记太甲放桐及归亳前后事;与《伊训》篇相类,亦伊尹告诫商王太甲之语。上引文前尚有"惟尹躬先见于西邑夏,自周有终,相亦惟终"文字,以亲身感受说,夏先王因忠信有好结局,辅相者亦能有好结局;到夏桀因悖忠信未能有好结局,辅相也无好结局。"罔有终""亦罔终"关联密切,"相亦罔终"实《太甲》中语,断为顾氏述语,大误。

《中国历史文选》一书,教育部门久已定为高校文科历史文选课之教材,教学此书目的,在于培养学生独立阅读古籍之能力,自非一般古籍选注读物可比;为选文断句、作注、核对原文亦为起码要求,竟出现此种差误,殊出意料!

（原载《史学集刊》1985 年第 3 期）

节录的疏漏

《清史稿·彭绩传》：

> （彭）绩,字秋士,长洲人。品诣孤峻。乾隆末,穷而客死。无子,年四十四。族子绍升曰:"人之吊先生者,悲其穷。吾独谓先生竹柏之性,有节有文采,其英亦元结、孟郊之匹,未见其穷也。"有《秋士遗集》。

其中"竹柏之性"以下文句,粗读似勉强可贯通文意,细玩则殊觉扞格不畅。尤其"其英亦……"一语则不知何所自来。查彭绍升《秋士先生墓志铭》,载:

> 呜呼! 先生之遇穷矣! 人之吊先生者未有不悲其穷者也。吾独谓先生竹柏之性,有节有文。落其实,盖季次、原宪之流;采其英,亦元结、孟郊之匹。吾未见先生之穷也。

由于《清史稿》的编撰者节录的疏漏,脱引"落其实,盖季次、原宪之流"一句,使得句义模糊,整理标断者则不得不把"采其英"一分为二,将"采"字属上断句;把"其英"冠下成文,成了现在这样含糊不明的句子。

（原载《史学集刊》1985 年第 1 期）

屈原的籍贯

2000 年第 33 期《中国广播报》第 7 版介绍歌手李姿锐的文章中说："各地方和各民族都出现了不少有浓郁地域风情与鲜明民族特色的有影响的佳作，唯独在诞生爱国诗人屈原的湖南一直缺少具有湖南风味的新作。"人们都知屈原是楚国人，而其故里，专家大多认为是湖北丹阳秭归。郦道元《水经注》卷三四引袁山松《宜都山川记》说："秭归盖楚子熊绎（按：楚创业始祖季连之后熊绎正式受封于楚，居丹阳）之始国，而屈原之乡里也。原田宅于今具存。"又说："县北一百六十里有屈原故宅，累石为室基，名其地为乐平里，宅之东北六十里有女媭庙，捣衣石犹存。"所以，屈原虽被放逐投湖南汨罗江而死，但其籍贯应该是在湖北。

（原载《咬文嚼字》2001 年第 12 期）

《雅乐发微》及其四库进呈本的文献价值

　　《雅乐发微》是明人张敔的一部音乐理论著作,入《四库全书·经部·乐类》存目,其《总目提要》谓:

　　　　明张敔撰。考明有两张敔,其一字伯起,合肥人,永乐中贡入太学,除广东道监察御史,官至陕西按察使佥事,所著有《京氏易考》,见朱彝尊《经义考》。此张敔饶州人,朱载堉《律吕精义》第五卷中载有其名。又《明史·陆粲传》载粲《劾张璁桂萼疏》,有"礼部员外郎张敔假律历而结知"之语,与此书亦相合。盖即其人也。敔论乐大旨,以入声最低者命为黄钟,其最高者为应钟之变宫,是书自元声正半律诸法,以逮乐器、乐歌、悬图舞表,分门毕具。后又作《雅义》三卷附之。六十律、八十四调、十六钟以及累黍生尺之法,无不悉究。其《序》谓:论琴律本之朱子,论笛制本之杜夔,论旋宫本之《周礼》,论钟镈本之《国语》,于乐制颇有考证。然如论蕤宾生大吕主《吕览》、《淮南子》上生之说,不知律吕相生定法,上生与下生相间,故左旋与右旋相乘。今应钟既上生蕤宾,而蕤宾又上生大吕,与上下相生之序,极为错连。乃先儒已废之论,殊不足据也。

据上引《提要》,现探讨下列三个问题。

一、作者张敔

作者张敔,《明史》无传,除了如《总目提要》中所说《陆粲传》中提及外,《刘世扬传》中也提到他。前者被陆粲指责其为桂萼"姻党";后者乃刘世扬于桂萼被劾罢后,续劾萼党时列其名,因而遭罢。此外,就是《艺文志》著录其《雅乐发微》等著作二种。

检清蒋启敫等修、余廷恺等纂之《德兴县志·人物志》,其小传称:

> 张敔,字叔成,领乡荐,授教江阴丹阳。正德丙子,典四川试,有权贵以厚贿求关节者,敔厉声斥之。己卯复主考广东,校阅得人,擢国子监助教,历礼部员外郎、提督钦天监事。敔博极群书,通邵子《皇极数》,尤邃于律吕。杨邃庵谓"张叔成是一大学者",廖洞野称为"真儒"。所著有《律吕新书解》、《皇极经世声音谱》、《饮射辑略》、《二百五十六卦秘钤》、《京氏易考》、《大统历议》、《雅乐发微》、《雅议》、《鄱滨集》。

锡德修、石景芬纂之《饶州府志》(同治十一年刊)、杨重雅纂《德兴县志》所载行事与著录其著作大体相同。

另外,邵宝《容春堂后集》卷三载有张敔所著《律吕新书解》一书之序文,称赞张氏该书"何其悉而理也","叔成之所造者深矣"。邵序介绍作者时说:"叔成名敔,饶之德兴人,予弘治辛酉江西所举士也。"

由上述诸材料,可大略看出作者张敔之生平概貌。

在此有必要附带说明一个小问题,前引《四库提要》据朱彝尊《经义考》认定《京氏易考》一书为"合肥张敔"所著,与上引《德兴县志》、《饶州府志》迥异,乃朱氏及四库馆臣不察而致误。实际上《京氏易考》亦为饶州德兴张敔所著。

检左辅纂修之《合肥县志》及赵良墅修、田实发等纂之《合肥县志》,均有"字伯起"之张敔小传,皆无任何著作著录。地方志为区域史乘,近在邑内,耳目能详,资料较为可信。明之两张敔,合肥字伯起者时代较早("永乐中贡入太学"),饶州德兴字叔成者较晚("弘治辛酉江西所举士"、"正德丙子,典四川试"),两人相差八九十年。如果说有可能饶州、德兴方志掠人之美,强将合肥张敔著述窃为己县张敔之著作,而合肥方志作者则万万不可能对本县先贤之著述遗漏不载。其次,张敔叔成精通音律并于此有不少著述,而汉京房亦"好钟律,知音声"(《汉书》本传),爱好上的共同及叔成多方面的知识基础,他写出《京氏易考》的可能性是很大的。再次,《四库提要》所据为朱氏《经义考》,而朱氏编纂《经义考》时对《京氏易考》一书乃属"未见"原书一类,更易于将同姓名者误认。所以,合乎情理的结论只能是:《京氏易考》一书的作者即著作《雅乐发微》等书的饶州德兴字叔成的张敔,而与时代较前之合肥张敔无涉。朱氏未行详考,误认同姓名另人,四库馆臣不察,轻信朱说而以讹传讹。对此笔者另有专文考辨,兹不赘说。此问题虽非关《雅乐发微》其书,但确关乎《雅》书作者其人,遂附加辨证。

二、《雅乐发微》的四库进呈本

《雅乐发微》之四库进呈本,现藏吉林大学图书馆,今将该本情况简介如下:

全书共三册,皆抄本。其中《雅乐发微》二册,均以绿灰相间质地较硬色纸为封面,现全书前后均另加黄纸为封面封底。另册仅有黄纸封面封底,无绿灰色硬纸封。

《发微》二册八卷,除目录中卷八缺后部分之外,其余部分完好。第一册绿灰色硬质纸上钤有长方木印,印文为"乾隆三十八年四月两淮盐政李质颖送到×××藏雅乐发微壹部计书贰本",其中除另钤空白处之"雅乐发微""壹""贰"六字朱红拓印十分清晰外,其余文字均十分模糊,但以放大镜细辨痕迹,尚可确认上列文字,惟"藏"字前三字模糊过甚,无法确断,据进书人推断或为"马裕家"三字。

绿灰相间硬纸封面上尚粘有一张宣纸纸条,因长出书约二分之一,故加折迭。中间墨笔行书"雅乐发微"四字,四字上方及下方分钤同一楷书印(无周边),印文二行"总办处阅定拟存目",下方该印旁多一圆圈印,或为另一工序之记号。书名四字旁钤一阳文篆书长章,印文二行:"臣昀臣锡熊恭阅",当为纪、陆二总纂过目审定后加盖。

打开《发微》第一册绿灰色纸封,首页加盖翰林院印,首行"雅乐发微序"五字下方为作者"张敔"名,下钤有阳文篆字方章,印文四字"采云别业"。《序》后为张敔《进雅乐发微表》,文末未署年月。《表》后为《雅乐发微凡例》,计五条,各目录书中均未见著录。其后为费寀《雅乐发微题辞》,时为"嘉靖戊戌夏六月"。其后为目录。全书八卷,分装二册。

二册之外的另册,首页第一行即"六十律第一"正文,其内容核以《四库总目提要》,当即所述后附《雅义》一书无疑。只是因书前无书名、无自序(王重民先生《中国善本书提要》著录北图旧藏嘉靖刻本有自序)、无目录,内容亦未如《四库提要》所说分为三卷,故乍看未敢贸然认定。但细察内容为"六十律第一"十页(每页二面,每面十行),"七弦琴图第二"二页,"八十四调第三"十二页,"镈钟第四"三页,"十六钟第五"一页,"三宫六乐第六"三页;其后有"杂论"九页。《四库提要》中提到的《累黍生尺》,则列为文末"附录",计六页。上述内容,均与《四库提要》吻合。但如果从卷次划分来看,似乎更符合《明史·艺文志》著录于《雅乐发微》之后的张敔另一书《乐书杂义》,该书著录"七卷",正与六卷正文、一卷"杂论"契合。或系一书二名,亦未可知。

三、《雅乐发微》的四库进呈本的文献价值

《雅乐发微》一书传世甚稀,广检各类目录,著录者可谓凤毛麟角。所以前不久编纂出版《四库存目丛书》能收入此书,变稀有为常见,可谓一大功德。以《存目丛书》所取中山大学藏嘉靖刊刻之该书与进呈抄本相较,即显现出进呈本之文献价值。

首先,二本相较,前者无序、无进表、无凡例、无题辞(凡例五条为笔者所检众多权威书目皆未见诸著录者),已远逊抄本。特别是无所附《雅义》一书三卷(或即《乐书杂义》七卷),更为一大缺失,而抄本悉备。因该书传世甚罕,《存目丛书》所取本诸多内容又付阙如,兹将上述内容加以现代标点,全文移录,以弥补损漏之憾。《雅义》单独成书,文繁不录。《雅乐发微八卷补遗》孙沐序文甚简,兹依《抱经堂藏书志》一并辑入,供读者

参考。

《雅乐发微》序

先儒谓古乐之难复，其说有三。

一曰先王之乐绝于秦，自汉以还，杜夔、荀勖诸人私相议拟，制为雅乐，以鸣一代之盛，然皆独智暗解，不由师传。名虽为雅，其声则俗而已。臣窃以为不然。使秦不戮有周之畴人，不毁前代之悬簴，则古之律同孤竹之管，云和之琴瑟，今亦无复存者。故虽有《咸》、《英》、《韶》、《濩》之音，仅足一代之用，而莫能嘉惠于后世，是岂圣人之心哉？圣人知器之不可以久存也，必制为可久之法以继之。法也者，不随形而坏，可以传之无穷者也。是故《周礼·太师》之所掌，《礼记·乐记》之所记，《国语》之所述，《史记》之所书，杂出迭见，能使人因文焉以会其意，引绪焉以求其端，□序焉以写其声，固不必伶伦复生，而后可以为乐矣。矧夫汉初，犹有雅乐声律，《采齐》、《肆夏》、《鹿鸣》等什，时复奏之。魏晋以降，虽有更作，然必依咏弦节，逗留曲折，皆系于旧，不敢有所改易。若《小雅》、《国风》诗谱，至今尚存无恙也。由是言之，杜夔诸人之乐，虽未必尽合乎古，然亦岂至甚相远哉。

二曰八十四声，生于十有二律；十有二律，生于黄钟。黄钟者，声气之元、万事之根本也。自非神瞽度律均钟，何足以知之。此亦不然。《周礼·太师》以六律为之音，盖言先令歌者作声，而吹律以合之，视律与歌声同，乃令歌其所宜之诗，此以律效人，而非以人效律也。故论乐者徒曰乐高于律，或下于律，虽贤者有所未喻，直曰乐声高下于歌声，则童子可知也。故必以人声为主，而裁管以效之，则元声可得而定矣。夫人声也者，气出于喉而为声，其轻重清浊疾徐之节，盖有促之不能使之密，豁之不能使之疏，损之不能使之少，益之不能使之多者,其一定不易之伦。还相为宫之序,心实主之,然其不疾而速,不行而至之妙,又非豫为拟度而使然者。是声音之道,虽存乎人,其实出于天也。吾人作乐毋亦写乎是耳。后世求律太深,以为人声凡近,无足贵者,乃索诸幻眇而不得,则从事乎斛铭、玉尺、累黍、候气等术,而雠校乎毫厘杪忽之末,卒无定论。圣人设教,本因人情,曾谓若是乎其谲且艰哉?

三曰乐之兴废,在治不在律。汉文帝时,天下安乐,虽不制律,不害其为律也。此又大非所以论乐者。《周礼·太师》:"执同律以听军声,而诏吉凶。"史迁因探其本,谓文帝偃兵息民,听军之律,裕而弗用,非谓不用乐也。信如其说,五帝三王之世,何假乎乐?后世时和年丰,秦之缶,羌之筚,胡儿之笳,桑间、濮上之曲,亦可奏之郊庙、用之朝廷耶?是知治天下,必以礼乐为先务,固不可专恃乎律,而亦不可不深讲乎律也。夫乐之为道,有声容、有节奏、有义理,儒者能言其理,钩深致远,靡所不至,而于节奏之详,顾未之及。工师能纪其铿锵鼓舞,而不能言其义,是以雅郑杂奏而莫之能辨也。夫节奏之详,既未之及,犹可因其铿锵鼓舞之仅存者,以求其所缺坏不存者,则大雅之音,将由是而可复,使徒各骋其臆说,而必以制氏之业为非是,求以明乐,适益其晦尔。於乎!言乐者幸毋徒骋其臆说哉。

臣谨按经史百氏,知乐当先求元声,元声既定,则音调自归于正,而雅俗之分,居然可见。次及制器度曲、宫悬舞节之类,亦皆悉备。虽未敢谓尽得古乐之蕴奥,然于伶州鸠之言,司马迁之书,盖有若符节之相合者。伏望圣明垂采焉,则二帝三王制作之盛,复见于今日矣。

进《雅乐发微》表

礼部祠祭清吏司署员外郎事主事致仕臣张敔,诚惶诚恐,稽首顿首上言:伏以圣人在位,茂当制作之期;和气致祥,共庆亨嘉之会。蠡测各伸其一得;凤仪仰赞于九成。惟雅乐之由兴,在元声之先定。不必较毫厘于枭尺,祇宜审清浊于歌喉。《国语》推七列以明七宫,《周官》分六祀而配六乐。度曲则声应相保,立均则细大不逾。昭乎先王之德音,掌于制氏之末职。故今乐实存乎古调,而律本无待于他求。顾横议于隋唐,遂概称为郑卫。琴瑟因空侯而贻辱,伶伦以优孟而蒙羞。大雅晦而蔑闻,淳风斁而未布。苟知古乐之未变,何患虞音之无征。自可与天地而同和,宁须借夔旷于异代。兹盖伏遇皇帝陛下,克明克类,乃武乃文。妙至乐于无声,昭太平于有象。三纲正而九畴叙,四时当而五谷昌。禘祫隆仁孝之心,郊祀严阴阳之位。抑浮敦本,崇正黜邪。民风寝以还醇,士习翕然不变。盖王者慎修其三重,而昊天宠锡以百祯。黄河清而嘉谷洊登,庆云见而膏露屡降。白鹿在囿,兆多福之骈臻;皓兔来廷,应四夷之效顺。是用载歌九德,以告成功;殷荐六禋,而崇报本者也。

臣敢曩厕名于乡荐,恒存报国之诚;继待罪于祠曹,蚤遂归田之愿。生无寸善,愧莫罄于涓埃;居有余闲,得潜心于律吕。以研究之既欠,觉肯綮之粗通。遂抒意于斯编,求无负于所学。草泽将陈其独见,庙堂方集于众思。是以踵《迁史》而成书,闻其略也;效姜夔而献议,非曰能之。倘蒙见试于宫悬,或可用宣乎元化。删繁去艳,一归古淡之风;转调移宫,不失中和之纪。黄钟正而四厢皆协,清角奏而万寿无疆。作圣述明,悉由洪造;移风易俗,坐致雍熙。伏愿音与政通,前曜应太师之律;乐同民好,南风入清殿之弦。

臣无任瞻天仰圣,激切屏营之至,谨以所撰《雅乐发微》八卷,装潢成帙,并奉表随进以闻。

《雅乐发微》凡例

一、乐本于律而声容名义随之，如"凡音之起，由人心生"、"钟者，种也"之类，经史言之甚详。唯律谱秘在乐宫，《三百篇》之谱，必有如投壶、鼓节，方则击鼓，圆则击鼙之类，惜亡缺既久，工师私相授受，唯十七宫调，而诗谱存者盖鲜。故是编于诸调所属之宫，所当之律，必详疏其义，自余则未之及。非敢略也，经史浩瀚，不能备录也。

一、寸分之法，《律书》、《汉志》并云：置一而九三之以为法，实如法而一。得长一寸，不盈者十之，所得为分，又不盈，十之为小分，其余以定强弱。杜氏《通典》从之。唯《律吕新书》为即十取九、得十为九之说，而以九丝为毫，九毫为厘，九厘为分，九分为寸，虽似整齐，然十二管终不得其本数。盖自厘以下，细不容削，止可定其强弱，不可谓厘下有毫，毫下有丝，丝下有忽也。今从《律书》、《汉志》，止于小分，而无厘毫丝忽。

一、作乐当先制管，管声正，然后写之诸器，无不谐协。然管之所以正，必效乎人声而得之，若累黍、玉尺、斛铭、候气等术，止可于管成之后，较其疏密得失，殊未可以定律也。故今以人声为主，而参之以累黍诸术云。

一、大乐称名，无射宫则曰黄钟宫，黄钟宫则曰正宫，夹钟宫则曰仲吕宫，夷则宫则曰仙吕宫之类，实古人大均从细、细均从大，移宫改调，以合乎中和之纪也。《国语》伶州鸠言之备矣。今以《周礼》三宫之法考之，祀天之乐，皆统于黄钟，于卦为《乾》；祀地之乐，皆统于林钟，于卦为《坤》；祭人鬼之乐，在亥子丑幽阴之地。以是知古乐不外于二十八调，但工师不知其义，见无射以黄钟为宫，遂易其名曰黄钟宫，无射以夹钟为商，易其名曰越调，余律皆然。儒者因其如此，又所掌皆优人贱工，遂以郑声目之，不知先王正声，不存太常，而实在此也。

诚因其旧，而禁其淫辞，去其繁声，使称名必归于正。所谓正宫，则曰黄钟宫，大食调则曰黄钟商，夫如是，古乐不外乎今乐而得之矣。是编大乐犹仍唐宋旧名者，盖非存其迹，无从知其自也。

一、乐器。《大明令典》已载者，今不更悉。自余俗部、夷部，《周礼》鞮鞻氏所掌，若今琉球、日本、女真、鞑靼、回回诸夷，悉入朝贡，各当有其器，宜访而造之，令教坊肄习，以备祀燕之用。至于陈旸《乐书》，所载虽多，然无所用之，故皆不录。

《雅乐发微》题辞

乐本于律，律本于声。自古律废，而元声莫之可考。世之论乐者，往往泥器数、骋臆说，而实蔑于中和之纪，无惑乎去古之益远也。予老友祠部张君叔成，自幼留心钟律之学，尝谓古乐寓于今乐之中，古乐之声淡，其节疏；今乐之声淫，其节促。能删繁音、去艳辞，正其淫与促者而淡且疏焉，则古乐不外是矣。其信然乎！

顷读其书曰《雅乐发微》者八篇，《雅义》一卷，论琴律则本诸考亭，论笛制则本诸杜夔，论旋宫则本诸《周礼》，论钟镈则本诸《国语》，论悬簴则本诸犍为水滨之磬，又皆凿凿有据，而非臆说者比。我明兴百七十年，诸凡多所厘正；唯乐独踵十晟之旧。圣天子秩祀典、正郊庙，光复先王彝制，行将播诸声诗，以昭崇德拜贶之休。叔成尚健，执此以往，尚亦有遇乎。君博学多能，于邵氏之《经世》，郭氏之历法，举能探赜镜微，有所纂述，成一家言。先兄少师文宪公雅敬重之，所著《律吕新书解》，予先师宗伯二泉邵公亦尝为之序，此特其一尔。门人太学孙生沐、江阴徐生充，相与校正，而沐复捐赀入梓，好古尚义，有足取者。其子尧臣，多闻，有父风，属予引诸卷端，不可得而辞云。

嘉靖戊戌夏六月之吉,赐进士出身通议大夫、南京吏部右侍郎、前国子祭酒、春坊庶子、翰林院侍讲掌南京翰林院事同修国史、经筵讲官钟石费寀书。

《雅乐发微八卷补遗》序

番滨先生既谢事,盖《雅乐发微》八卷嘉靖乙未表进于庙下大宗伯,时庙堂诸公佥谓九庙工成,必有歌诗以揄扬圣祖神宗之功德,必询知乐者以调歌诗之律均,有是编乐之议无难也已。明年,先生复作《雅义》三卷,推明《发微》之旨,附末简,并寄以示沐。沐阅之浃月,始得其大要,乃喟然叹曰:秦火后大雅希声久矣,是书出,乐之道得毋复兴乎!观其论元声以人声为主,而校黍以古钱,使无容受相庚之失,立均制调取证《国语》而与《周礼》三宫合,编县之数亦本《国语》而与《周礼·小胥》、《仪礼·大射》宿县合,度曲祖《虞书》"诗言志、歌永言、声依永、律和声"之文,可破俗乐先定腔后撰词之非。诸若是皆汉晋以还诸儒之所未言,而先生始言之。剖析精微,辩说邕晰,读之者易晓也。而又删繁音、去艳词,以归于古淡。

於乎!是书行,乐其复兴乎!夫虞初稗官之说,虫鱼竹树之书,尚称有裨于世,况千载之绝学,系学士大夫者甚大,愿可少乎哉!沐与江阴兼山徐子扩,并受业于先生,因共加校雠而梓之。

嘉靖十七年三月日,门人国子生丹阳孙沐序。

其次,《雅乐发微》的文献价值还体现在其可用于校他本之讹误,如上引《抱经楼藏书志·乐类》所收明刊潢川吴氏旧藏《雅乐发微八卷补遗》,于孙沐序后亦兼收张敔自序,两本互校,虽文字不长,进呈抄本亦可正《抱经楼藏书志》本误漏多处。如：

《抱》本	进呈抄书	备考
大雅晦而闻箴	大雅晦而箴闻	抄本是
柳浮敦本	抑浮敦本	抄本是
黄河清而嘉谷浮登	黄河清而嘉谷浡登	抄本是
删繁去礼	删繁去艳	抄本是
万寿无彊	万寿无疆	抄本是

《雅义发微》正文部分，以进呈抄本与《存目丛书》所收本互校，因抄本抄写者水平不高，确有《存目》本正而抄本误者，但亦有可据抄本正《存目》本者，二者互有长短。如使用《存目》本，进呈抄本仍应用为主要校本。

综上二端，《雅乐发微》四库进呈抄本，还是具有相当的文献学价值的。

（原载中国历史文献学会编《中国历史文献研究会成立30 周年纪念集》，华东师范大学出版社 2009 年版）

《廿六史精华·三国志》前言

　　《三国志》包括《魏书》三十卷,《蜀书》十五卷,《吴书》二十卷,共计六十五卷,记载了三国形成到西晋统一阶段的历史。除去魏文帝曹丕黄初元年(220)到晋武帝司马炎泰始元年(265)真正三国鼎立的四十五年历史之外,在此之前,东汉末年的群雄混战,在此之后,到西晋武帝太康元年(280)吴末帝孙皓最后覆亡的两段史实,与《后汉书》、《晋书》记事相交错。《三国志》三《书》原本各自为书,分别刻印行世,宋代以后,才开始合刻为一书。

　　作者陈寿(233—297),字承祚,是西晋初年巴西安汉(即今四川省南充市)人。在蜀汉时做过官,因不愿屈事宦官,久受压抑。入晋以后,曾先后受到张华、杜预的举荐,出任过佐著作郎、著作郎、治书侍御史等著史立法的官职。陈寿因生性耿直,多招人忌,常被人借事为由地诽谤,因而仕途不畅,屡遭贬斥。史家评论认为他“位望不充其才”。元康七年(297),在他六十五岁时就病死了。

　　陈寿写作《三国志》的材料来源,大体上可分为两类:一类是现成的史书，如魏国王沈的《魏书》四十八卷，鱼豢的《魏略》五十卷；吴国韦昭的《吴书》五十五卷；蜀国王崇的《蜀书》和谯周的《蜀本纪》等。另一类则是作者广泛搜集而得的材料，陈寿曾担任著史的官职，大量接触到国家各类史实材料，这对他写作《三国志》一书，无疑提供了不少方便条件。

《三国志》一书，在史学范围内具有重要价值，它与司马迁的《史记》、班固的《汉书》和范晔的《后汉书》合称"前四史"。

首先，《三国志》保存了许多重要的史料。魏晋时期修的史书很多，但遗憾的是保存下来的极少，所以《三国志》就有极大的史料价值。如本书中选译的《张鲁传》保存有关于五斗米道的材料，《田豫传》中保存有与少数民族交往的具体材料，《华佗传》中保存有古代医学高度成就的生动材料，都非常珍贵。

其次，立论较为公允。总观全书，《三国志》对历史人物的功过评估、历史事件的是非评论上，还是较为恰当公允的。《晋书·陈寿传》中说到过因陈寿的父亲任马谡的参军，马谡失守街亭，被诸葛亮斩首，陈寿的父亲也受到髡（kūn）刑（古代剃去头发的刑罚），因而陈寿怀怨诸葛亮，说他"将略非长，无应敌之才"，客观地研究一下陈寿对诸葛亮的评论（见书内《诸葛亮传》末页），实在并不低。诸葛亮确有不同凡响之处，但他毕竟也是人，不是神，也自有其弱点与缺点，著史者持实事求是的态度，大力肯定其优点的同时，也如实地指出其缺点，这正是作者的可贵之处。与此相类似的，《晋书》还指责陈寿勒索丁仪、丁廙粮谷未成，就不给他们的父亲立传，因诸葛瞻看不起他，他评论诸葛瞻时就说他"惟工书，名过其实"等，经清人及近代许多学者多方考证，这些指责都是站不住脚的。所以，裴松之称《三国志》为"近世之嘉史"，《晋书》也不得不承认陈寿"有良史之才"。

第三，叙事详实。这集中体现在《魏书》的写作上。据说，夏侯湛当时正在撰写《魏书》，看了陈寿的《三国志》后，认为自己无法超出他的水平，就烧掉了自己的稿子。夏侯湛与曹魏关系密切，掌握材料自不在少，他的焚稿不写，说明陈寿在材料的掌握与论述上具有一定的优势。当时以强记默识著称、人们称为"当代子产"的张华，看到《三国志》以后，对陈寿说，要把修《晋书》的任务交给他，可见其记事详实、史才不凡之一斑。

第四，别创体例。司马迁开创了纪传体，写作出通史《史记》，班固断代为史，以纪传体的《汉书》相续，陈寿在断代纪传史体中以三书分立，解决了三国史写作中正宗谁属这个不易处理的问题，也别创了体例。

第五，剪裁适中，文笔简洁。剪裁适中在不是以时、以事，而是以人为中心体系的纪传体写作中是不易掌握的。对多人共事的问题，《三国志》沿用了《史记》、《汉书》写作中已经采用的互见方法。而在各传的写作中都选取其最具代表性的事件，次要的则以"语在ＸＸ传"作交代。这样就既写活了人物，从全书角度看，又避免了大量的不必要的重复。而其叙事写人又文笔简洁，如对曹丕、曹植兄弟钩心斗角的记述；对吕布有勇无谋、易变不专性格的描摹；对孙权因不能纳谏而对陆逊态度的巨大变化的叙说，用语很少，却准确、生动地传达出人物的心理、情态和事件的因果始末来。《华阳国志》评价陈寿，说司马迁、班固也比不过他，自然是夸大其辞，但说《三国志》"属文富艳"也绝非虚美。

综上所述，也可能正是众多记述三国的史籍早已泯灭无迹，而《三国志》却能独领风骚、流传不衰的原因吧。

《三国志》的缺点或说是弱点，大体说来有下面三点：一是陈寿毕竟是封建社会的史学家，没有科学的历史观，旧史学家共有的如英雄创造历史、上智下愚、对少数民族的歧视、对人民反抗斗争的诬蔑、天人感应、封建迷信等，在《三国志》中也毫无例外地存在着。就是前文所说的"立论较为公允",也只是局限在一定范围、一定程度、有些人物与事件上的。如对魏晋统治者的曲笔回护即为明证。因受历史局限,道理是容易明白的。二是在《三国志》一书漫长的写作过程中(有人认为现在的《三国志》可能还是一部未完稿),大部分是在家中私人著史,所取用的材料自然有限。如著作当代史的鱼豢、才华横溢见识卓越的杨修、手艺超凡的能工巧匠马钧都没有立专传。三是正因为材料的局限,《三国志》仅只有纪传,而无表志,可能是缺乏官方掌握的有关典章制度的材料。如曹魏屯田制为一代大事,但只在《武帝纪》中略略几句带过,没有留下更多的资料。

在品评《三国志》一书得失的时候,还有一个正统问题长期聚讼纷纭。《三国志》中《魏书》称"帝"名"纪",而《蜀书》、《吴书》则称"主"名"传",后来人们因为这点而指责陈寿的不少。这是因为陈寿身为晋朝的臣子,晋继魏统,否认魏的正统地位,自然也就否认了晋的正统地位,所以这一点是易于理解的。而陈寿三书分写,实际上已经在很大程度上给了蜀、吴以平等地位,基本上反映出了鼎足三分的历史实际。何况《先主传》、《吴主传》虽然名称上叫"传",但在写作形式与方法上,依年系事,与《魏书》的"纪"并无什么差异。设身处地为陈寿着想,也就算可以了。

说起《三国志》是不能不提裴《注》的。裴松之(372—451),字世期,河东郡闻喜(今山西省闻喜县)人。裴松之注《三国志》,是在刘宋元嘉六年(429)奉诏而作的。他在《上三国志注表》中说,《三国志》"失在于略,时有所脱漏",因而裴《注》的主要倾向就定在补充材料上,引书达二百余种,而所引材料大都首尾完整,赖以保存了许多现已亡佚典籍中的材料。仅此一端,即有无可争辩的价值。概括裴松之的注文可粗略分为下列几点:

一、补阙漏,"寿所不载,事宜存录者"都纳入补其不足;二、备异闻,"出事本异,疑不能判"的都抄入以备参考;三、正纰谬,对"纰谬显然,言不附理"的则采入加以纠正;四、辨得失,"寿之小失,颇以愚意有所论辩"。上述诸特点,博得了皇帝"此为不朽矣"的夸赞,也使它成为与陈寿原书浑然一体、不可分割的一部分。当然,毋庸讳言,裴《注》也有材料游离内容较远、略嫌冗杂的毛病,还有人指出在注音释词方面的注条远不如补充史料那样全面系统,详略有无之间没有明显的标准,说它"为例不纯",对这一批评,似乎也不好说是毫无事实根据。为了使读者直接了解具体情况,我们选译了裴《注》中转引的有关杨修、马钧、郭嘉、田豫等人的材料,读者可视其为窥豹之一斑。

《三国志》的版本:在过去较为流行的有据宋绍兴、绍熙两种刻本配合影印的百衲本,据明代北监本校刻的清武英殿刻本,据明代南监冯梦祯本校印的金陵活字本,以及据毛氏汲古阁本刻校的江南书局本多种。自从中华书局整理点校本问世以后,则成为质量最好、发行量最大、因而阅读面也最广的本子。后人对《三国志》一书的研究著作也很多,清人梁章钜的《三国志旁证》以及卢弼的《三国志集解》汇集诸家校注,成为阅读与研究《三国志》最重要的参考书籍。

本书依据中华书局的点校本选译,选译过程中参考了裴《注》、《三国志集解》及当代各学者专家有关《三国志》的研究、注释、今译等成果,特别是缪钺先生主编的《三国志选注》,吸取尤多,在此谨致由衷的感激。错漏之处,也希望得到大家的批评。

(原载本人编译《二十六史精华·三国志》〔宋衍申、李治亭、王同策、孙玉良主编〕北方妇女儿童出版社 1996 年版)

《苏魏公文集》(附《魏公谭训》)前言①

一

　　苏颂字子容,北宋泉州同安县(今属厦门市)人。同安在南唐始建为县,旧属南安县,所以或称苏颂为南安人。真宗天禧四年(1020),苏颂出生于同安苏氏故居芦山堂。苏颂父苏绅是仁宗朝有名的文学侍臣,曾官翰林学士、知制诰;死于仁宗庆历六年(1046),以泉州道远,葬于润州丹阳(今属江苏省)。苏颂因徙居其地(部分子孙仍居同安),故他亦自称丹阳人。

　　苏颂早承家教,勤于攻读,其父又为之慎择师友,青年时代就崭露头角,于庆历二年(1042)中进士。苏颂初任宿州(州治在今安徽宿县)观察推官,继知江宁县(今南京市),在仁宗、英宗朝历任内外,有政绩,神宗熙宁元年(1068),被擢为知制诰,这是负责起草制诏文字的重要职务。苏颂初入仕途时,北宋王

---

① 此《前言》为王同策与此书之另两位主编管成学、颜中其合作完成。

朝的内外矛盾已日趋严重,范仲淹等人力图改革,史称"庆历新政",但在保守势力阻挠下,很快就失败了。熙宁二年(1069),神宗任用竭力主张变法改革的王安石,推行新法,激起了统治阶级内部变法与反变法对立两派的尖锐斗争。苏颂不属于哪一派,可是也难以完全回避这场斗争。熙宁三年(1070),王安石推荐一名官员越级提拔为御史,神宗批令苏颂起草制命,他认为其人"非有积累之资,明白之效",不应"偶因召对,一言称旨",便破格任用,因而坚决不肯奉诏起草,终于被免除知制诰之职。此后他几次调离中枢,出任知州,还曾被诬而一度入狱受审。不过神宗对他仍是相当信任的,于元丰四年(1081)又调他入京判尚书吏部兼详定官制,参预著名的元丰官制改革。

神宗去世,哲宗即位,进入了元祐时期元祐元年(1086)—九年,这时太皇太后高氏临朝听政,这是北宋政治的又一个转折时期。以司马光为代表的反变法派执政,新法大部分被废除,史称"元祐更化"。在这种背景下,过去曾受排挤的苏颂一再升迁,由吏部侍郎擢刑部尚书,迁吏部尚书兼侍读学士,改翰林学士承旨,又擢尚书左丞,于元祐七年(1092)拜相,官尚书右仆射兼中书侍郎。这时又出现了被称为洛党、蜀党、朔党的新的派别斗争。年事已高的苏颂担负执政重任,困难重重,并且受到派别倾轧的伤害。元祐八年(1093),任相不到一年,有的御史找借口弹劾他,他即坚决求去。罢相后为观文殿大学士、集禧观使,出知扬州,继以中太一宫使闲居京口(今镇江市)。元祐八年九月,高氏死;十月,哲宗亲政;十二月,复章惇、吕惠卿官。哲宗绍圣元年(1094;元祐九年四月改元绍圣),标榜变法的章惇为左相。苏颂多次奏求告老,于绍圣四年(1097)以太子少师致仕。徽宗即位后,苏颂进太子太保,累爵至赵郡公,病逝于建中靖国元年(1101),年八十二,赠司空、魏国公;南宋理宗时追谥"正简"。

　　苏颂历仕仁宗、英宗、神宗、哲宗、徽宗五朝,从一个低级文官逐步升至宰相,度过了近六十年漫长的政治生涯。关于作为政治人物的苏颂,可以指出这样几点:

　　第一,富有政治才干。他早年知江宁县,整顿长期混乱的户籍,成绩突出,为他县所效法。任南京(即应天府所在地,今河南商丘南)留守推官时,欧阳修知应天府兼南京留守,政事一以倚之,府赖以治。致仕宰相杜衍对他深加奖许,至以未来宰执相期。他施政多方,视情况不同而异。如知江宁,通过说服教导来解决民间纷争;及知开封府,鉴于京师人众复杂,则"颇严鞭扑",偏重法治。他也不乏应变之才。如一次伴契丹使途宿恩州驿,遇警不乱,处置得法,使欲图生事者无可乘之机。后知杭州,曾在宴会谈笑之间,不动声色地破获了一桩正在密谋中的兵变。

　　第二,具有民本思想,多方为民兴利除弊。建仁宗陵墓时,苏颂知颖州(州治在今安徽阜阳),他反对有司征取非当地之物而使民间被迫用高价购之他地。他根据土产有无,规定有利于民的价格,由官府自行购置,结果"民不知扰,而课最他郡"。熙宁中吴越遭饥荒,神宗认为"苏某仁厚,必能拊安吴人",立即调苏颂知杭州。他到任后积极"补败救荒",缓和了百姓的困境。苏氏一贯重视水利。治平初年他提点开封府界诸县镇公事不久,即奏请疏浚白沟等四河,以防水灾。知杭州时,把凤凰山泉水引入城内,以供居民饮用。元丰中知沧州(州治在今河北沧县东南),遇黄河泛滥,他不辞劳苦,亲至灾区勘查,向朝廷提出了分杀黄河水的办法。苏氏还曾上书要求制止建造寺院,乞减盐价,也都反映了他对人民疾苦的关怀。

　　第三,既有务实精神,也不乏改革之志。苏氏不务虚名,重在实干，故所至多有实绩，从前述数例即可见其一斑。不仅任地方官如此，他在仁宗后期任馆阁校勘、集贤校理，埋头于编定校注书籍者九年，同样成绩斐然。他熟习典制，但不墨守成规，在刑法、铨选、学校、科举、水利和赋役等方面，都提出过自己的建议。特别是他制定的四选法，是改进官员铨选制度的重要措施。

第四，不恋权位，不立党援。苏氏始终不参与党争。熙宁中变法派吕惠卿曾以执政的高位来笼络他，亦不为所动。他任宰相时，"论议持平，务循故事。避远权宠，不立党援。进退人材，弗专主己。理有未当，亦不苟从"（曾肇《赠司空苏公墓志铭》）。后来一遭弹劾，即力辞求去，不恋宰相之权位。苏氏这种处世立身的态度，使得他在绍圣年间元祐党人遭迫害时，免遭贬逐之祸。与同时许多大臣相比，苏颂明显地具有稳健的政治风格。

总之，苏颂作为一个封建时代的官吏能关心民瘼，给人民做了一些好事，这是值得肯定的。他不恋权位，虽贵而自奉如寒士，服用俭素，也颇堪称道。不过应该指出，他虽然在不少职任中表现了难得的政治才干，多有实绩，但在成为总揽全局的宰相后，面临时艰，却务循故事，没有就国计大政提出什么重要主张，所以其影响也远不如同时代的政治家如范仲淹、王安石等人。

二

苏颂作为一个重要的历史人物，主要不在政治方面，而在于他是个杰出的科学家。同时代的曾肇称扬他"博学，于书无所不读，图纬、阴阳、五行、星历，下至山经、本草、训诂文字，靡不该贯。"他的突出成就，是在医药学（本草）特别是天文学（星历）方面。

医药学方面，苏颂在馆阁时先曾参与校订整理过《神农本草》、《灵枢》、《针灸甲乙经》、《素问》、《广济》、《千金方》、《外台秘要》等医药书。仁宗嘉祐二年(1057),他奉命与掌禹锡、林亿等人校正本草书,于五年(1060)完成《嘉祐补注神农本草》(简称《嘉祐本草》)。此书内容比唐《新修本草》和宋初《开宝本草》又前进了一大步。为纠正旧本草书中的错讹,苏颂还建议编撰绘有药物图样的本草书。嘉祐三年(1058),仁宗即命他主持其事,至六年(1061)撰成了《本草图经》。该书具有很高的科学价值和实用价值,订正了前代本草书中不少谬讹,对配方提供了依据,便于辨认药物,对后来的医学也有很大影响。此书虽已失传,所幸其中许多内容尚保存于明李时珍《本草纲目》等本草书中。

天文学方面,在苏颂主持下,由韩公廉具体负责,于元祐二年(1087)开始研制、于六年制成的水运仪象台,是世界科技史上一大创造。这是一部巨型的天文仪器,具有观测天体、演示天象和随天象推移而报时的三种功能。水运仪象台把时钟机械和观测用的浑仪结合起来,要比西方先行了六七个世纪;它有一套叫"天衡"系统的、用以控制枢轮运转速度的杠杆装置,是现代钟表的先驱。仪象台顶端屋板是活动的,这可说是世界上最早设计的具有自由启闭屋顶的天文观测室。我国古代天文学和天文仪器的制造很早就有卓越的成就,但宋以前没有留下详细的记载,苏颂为说明水运仪象台而写的科技名著《新仪象法要》,才在这方面提供了详确的记录。该书所载天文仪器和机械传动的图近六十幅,是我国现存最早最完整的机械图纸。又有五幅星图,是保存在国内的最早全天星图,所绘星数共一千四百四十六颗,而西欧直到14世纪,观察到的星数是一千零二十二颗。

苏颂领导编撰本草书特别是研制水运仪象台的巨大成功,表明他是科技工作的一位卓越的组织者,一位具有创造精神和开拓精神的杰出科学家;又表明当时中国的科学技术在不少方面居于世界的先列。苏颂对医学和天文学的重大贡献,是留给后人的珍贵的文化遗产,在世界上也有其影响。现代一些国外科学家对他的科技成就评价极高。英国著名的科技史专家李约瑟就盛赞说:"苏颂是中国古代和中世纪最伟大的博物学家和科学家之一。他是一位突出的重视科学规律的学者。"(本节所述主要参见《中国宋代科学家苏颂》一书)

三

《苏魏公文集》收录了苏颂的除专著《新仪象法要》以外的文字,共七十二卷,依次为诗十四卷、册文及奏议六卷、内外制十六卷、表启十四卷、碑志行状十三卷、记序书札及杂著九卷。

苏氏的诗作水平一般,但其内容有助于了解他的思想、生活、宦情及交游等情况。诗中反映人民生活很少,然亦屡见对祖国山河之描绘。前、后《使辽诗》渗透着关怀边事安危之情,兼写塞北风貌,颇堪一读。集中没有词。据《魏公谭训》载称,苏氏虽爱晏殊、欧阳修的小词,"然未尝自作一篇",这样当然也就不存在编集的问题了。一部分记序、奏议和墓志作为散文来看,则正如《四库提要》所说,苏颂"学本博洽,故发之为文,亦多清丽雄瞻"。苏氏与文学大家欧阳修、王安石、苏轼等人处于同一时代,他同样主张改变唐末五代的靡弱文风。他在《小畜外集序》中称扬王禹偁"力振斯文,根源于六经,技派于百氏,斥浮伪,去陈言,作而述之,一变于道",这正是他所主张的。

《文集》的大部分篇幅涉及当时的政情人事。这包括册文、奏议、内外制、表启和一部分诗篇及碑志。奏议反映苏颂关于礼制、官制、科举、学校、刑法、赋役、水利等方面的一些具体主张。

内外制文和表启,则为了解官员(包括苏颂本人)的任免迁转、封赠以及宫廷的节庆斋祭等情况提供了有用的材料。

《文集》所收序言,部分地反映了苏颂校订古籍、编撰本草书及史书的情况。除前已提及者外,还校勘过《风俗通义》、《淮南子》。他在元丰中奉诏编修的《华戎鲁卫信录》虽已亡佚,我们从《文集》所载该书《总序》中尚可窥见其内容纲要,可知这是一部洋洋二百卷的大书,汇辑了有关宋辽交往的珍贵文献。

《苏魏公文集》,苏颂的幼子苏携编成于南宋高宗绍兴九年(1139),时距苏颂之死已将四十年。现存《文集》共七十二卷,与《宋史·艺文志》和陈振孙《直斋书录解题》所载相合,当为完帙。惟《宋志》尚载有《外集》一卷,则已亡佚。《文集》流传不广。清乾隆年间修《四库全书》,鲍士恭进献家藏本六十余种,其一即为《苏魏公文集》。七部《四库全书》中最早钞成的文渊阁本,其《苏魏公文集提要》末句云:"乾隆四十六年六月恭校上",这即可视为《文集》四库本校定的时间。苏颂之裔孙苏廷玉(字鼇石,官至四川布政使,署川督)在道光十年庚寅(1830)守苏州时,从杭州文澜阁钞录《苏魏公文集》,准备重刻,因游宦各地,到道光二十二年壬寅(1842)才校定付梓。民国十四年(1925),廷玉侄孙苏万灵重印廷玉刻本,并增入《重刊苏魏公文集缘起》一文。据一些书目记载,文集还有南宋乾道七年(1171)施元之刊本、明刊本、清振绮堂钞本、八千卷楼精钞本、赵氏小山堂钞本等,这些本子或存或佚,我们均未得悉。

关于《文集》的道光重刻本,陈寿祺序和苏廷玉跋均一致指出系"就武林文澜阁重钞",又都没有具体提到是文澜阁所藏《四库全书》中的《苏魏公文集》。按文澜阁《四库全书》后来在咸丰年间太平军进杭州后散失,嗣经搜回一部分,大部分则另行补抄。我们将苏廷玉刻本对校《四库》本(据台湾影印的文渊阁

本),发现两本主要差别为:

一、《文集》正文,廷玉刻本比四库本多出文一篇(卷六三《为河南郡君陈夫人服药设醮》)、诗四首(卷一三《使辽诗》中之《和晨发柳河馆憩长源邮舍》、《契丹帐》、《广平宴会》、《契丹纪事》)。又卷二〇《请诏儒臣讨论唐朝故事上备圣览》一文,《四库》本首行首句为突兀而来的"因臣寮上言",廷玉刻本则在此句之前留出空白七行多,并注明"以上原阙"。此外,两本的异文颇多。一种情况是:修《四库全书》时对清廷忌讳文字多加删改,此类文字在最早钞成的文渊阁《四库》本《文集》中尚有存者,在廷玉刻本中则又改换他字。例如:夷夏改中外,戎汉改番汉,戎人改西人或夏人,夷狄改荒译或远大、边裔,犬戎改强邻,强胡改朔漠,戎酋改渠帅,虏骑改敌骑,等等。另一种情况是:尚有更多数量的义皆可通的异文。例如(下列对应异文,前为四库本,后为廷玉刻本):旰食——旰昃,灼灼——煜乎,尘埃——风埃,日月——大明,天锡——天启,聪灵——聪明,渊默——谦默,国朝——国家,圣君——圣躬,虑囚徒——谳囚徒,容躬而去——束身而退,等等。上述存在不少异点的情况表明:苏廷玉重刻时据以钞录的文渊阁所藏《文集》如即系《四库全书》本,则重刻本必经参校早于四库本之旧刻或旧钞,故能据以增补诗文(还有汪藻原序)、注明原阙并改回许多义皆可通的异文。至于文字错讹,两本均所不免,互有短长。

二、正文七十二卷之外,四库本仅在书首载《四库全书提要》一篇。苏廷玉刻本则有七十二卷目录,有卷首和附录,除载《四库提要》外,尚有宋刻原序、道光重刻时的序跋,以及《墓志铭》、《同安特祠文》和《宋史》本传,这都有助于了解《文集》编刻情况和文集作者的生平事迹。

总的看来,苏廷玉刻本的内容文字比较接近于原刻。我们点校时即以此为底本,对校《四库》本,并参阅《宋史》等书。又,张近(字几仲)刊本有周必大之后序,为苏氏刻本所无;因张本未见,现据《庐陵周益国文忠公集省斋文稿》卷十录补。

我们整理本集,把《魏公谭训》(或称《丞相魏公谭训》)作为附录收入,这是鉴于该书是记述苏颂的言行事迹、为政为学以及家世亲族、友朋交往等情况的第一手资料,可与《文集》中文字参互印证。《谭训》撰者为苏颂的长孙象先,他曾随侍其祖,故所记多系亲闻亲见,生动信实。象先始撰于元祐元年(1086),成书于靖康元年(1126),时苏颂去世已二十余年。此书刻于南宋绍熙四年(1193),当时周泌得稿本于苏颂之曾孙、无为军(今安徽无为)判官苏辉,方"刻之郡府"。《谭训》流传甚少。道光十年(1830),苏廷玉得黄丕烈士礼居影钞副本,请同乡夏质民据蒋氏寿松堂宋本校订,重刊于苏州。道光二十三年癸卯(1843),苏廷玉为汇成《苏氏全书》(包括唐苏瑰、苏颋父子和宋苏绅、苏颂等人的文集及其他一些著作),重刊《谭训》,命族侄苏凤藻再加校订。凤藻从蒋氏宋本的残缺部分摘录了三条作为《魏公谭训补录》并加跋说明。1936年商务印书馆据清张金吾爱日精庐钞宋本影印的《丞相魏公谭训》(收入《四部丛刊三编》,以下简称张本),有周泌原跋,并有张元济氏的跋和校记。

《魏公谭训》现以道光二十三年(1843)重刊本为底本:正文十卷外有补录,有陶澍、梁章钜和夏修和的序,苏廷玉的跋,又附《福建通志稿·苏颂传》。此外还附有苏颂几个后裔的墓志,因与苏颂关涉甚少,现删去不收。底本校以张本,参酌了张元济氏校记。底本所无之宋本周泌跋和张本的张元济跋也一并收入。

本集分为三大部分。第一部分为《苏魏公文集》。第二部分即附录一,为《魏公谭训》。《谭训》原文系分条笔记,各本分合不一,现重新厘订条目,编列序码,计共二百三十六条。第三部分即附录二,把《文集》底本和《谭训》底本所载传记文字集中于此。除《福建通志稿·苏颂传》载《谭训》外,其余见《文集》(其中《墓志铭》和《宋史》本传另据曾肇《曲阜集》和《宋史》录入)。颜中其同志新编的《苏颂年表》,有助于了解苏颂的生平,现编于附录二之末。

本集目录系点校者所编,其中《文集》七十二卷的细目和《谭训》十卷的细目是底本原有的。《谭训》底本的正文各卷未标"国论"、"国政"等卷题,现依张本标出。底本中原有编撰校刊者的署名,分列各处,现集中交代于此。《文集》底本正文各卷开始处,皆分两行署"宋太子太保右仆射同中书门下平章事司空魏国公苏颂撰"、"清兵部侍郎都察院右副都御史四川总督大理寺少卿裔孙廷玉重刊"。《文集》底本目录之末署校者姓名如下:"后学鲁淄川王培荀;浙钱唐吴春焕莲身;闽侯官黄懋祺巽甫,瓯宁杨鹤书飞泉、杨庭锺周生,惠安陈金城念庭,同安裔孙士荣东生、士准小鼋、凤藻梧冈同校字。"《谭训》底本在目录前署"长孙左朝请大夫象先编",目录后署"裔孙麓川家淦校字"。

本集对原文加以新式标点,酌予分段。底本参校他本,文字择善而从。凡补缺、正讹、删衍、存疑等处以及两本有异文而义皆可通者,酌作简要的校记。凡形近而讹等明显舛误,径予改正;避清讳而改之字也径予改回。底本是而参校本非者不作校记。

整理本书的分工情况如下:《文集》的点校者,一至五卷为洪辉星,六至二十一卷为管成学,二十二至三十六卷为张中澍,三十七至四十卷为颜中其,四十一至四十七卷为颜之江,四十八至五十四卷为陈维礼,五十五至六十七卷为王同策,六十八至七十二卷为李素桢。附录部分《魏公谭训》十卷由王同策点校,其余由洪辉星点校。全部点校稿由王同策、管成学、颜中其分别审阅,王同策负责全面工作。

罗继祖教授审阅了《文集》部分稿件和《谭训》全稿,答示点校者的咨询并为本书题签。苏颂家乡福建同安县和厦门市的有关负责同志,海内外许多苏颂后裔,吉林大学图书馆以及中华书局,对本书的整理出版给予多方关怀和积极支持,特在此一并致谢。

1987 年 5 月 15 日

《苏魏公文集》刊后赘语

为纪念宋代著名科学家苏颂创制水运仪象台九百周年，中国科技史学会和中国历史文献研究会、厦门大学、吉林大学古籍研究所等单位发起，苏颂故乡福建同安县人民政府主办，于1988年11月在同安举行了苏颂学术研讨会。作为此次会议筹备工作的重要内容之一，即以吉林大学古籍研究所历史文献整理研究室为主，并有兄弟院校几位同志参加，整理点校《苏魏公文集》（下称《苏集》）。经商议：福建苏氏后裔予以资助，中华书局出版，会上发书。经过许多同志的努力，会议召开时二百册《苏集》拿到海内外与会者手中，又经一年多的扫尾工作，1989年的下半年，有关事宜才一一处理完毕。

因为议定会上必须见书，交稿限期甚短，参与整理者都各有教学科研任务，成稿匆促，更主要的是我们水平不高，对《宋史》缺乏研究，存在错漏不少。我们曾向有关师友征求意见，邓广铭先生来函指出标点校勘、缺脱未补等方面舛误不少。我们特别寄希望于北京大学《全宋诗》与四川大学《全宋文》编辑部，寄赠《苏集》并致函孙钦善、曾枣庄同志，只有他们在编辑苏颂诗文时最有条件全面发现我们的误漏。顷得四川大学祝尚书同志来信,他把编辑苏文时发现《苏集》点校上之误漏已写成文章寄交《简报》发表。学如积薪,后来居上,我们为误漏借此可得纠正而稍赎愆尤于读者,向已经或将要给我们以指正的师友表示由衷的感激。

还有几个问题,借此机会也一并向读者略作交代:

一、关于本书的版本,现在存世最早的本子系皕宋楼所藏元代影宋本,国内无书,现藏日本三菱财团静嘉堂文库。为复制此书,我烦请我校赴日讲学的邹钧教授特请我驻日使馆的同志向该文库转去我的信函,几经磋商获准,静嘉堂文库寄来复制价目。由于所需外汇至限期结束之日亦未得解决而作罢。至今提及,犹感遗憾。这无疑对《苏集》底本选择与校勘是一大缺欠。

二、因赶在规定期内出书,为免邮途延搁,我们仅只校改了《前言》校样,细目、正文及附录七八十万字,全赖责编完成,自难免忙中出错,未将《前言》的校改样送厂照改,致使下列几项改样中之纠误、补充未能与读者见面。

1.《前言》第 9 页第 3 行、第 1110 页第 6 行两处,将苏万灵重印苏廷玉刻本之乙丑 1925 年误为同治四年之 1865 年。

2.《前言》第 13 页"分工情况"中漏排颜之江同志姓名(为四十一至四十七卷,陈维礼同志为四十八至五十四卷),致使整理卷次断漏且张冠李戴。

3.北京大学邓广铭先生对《苏集》整理出版甚为关注,周必大《后序》即系我在邓宅先生藏书中抄得,改样时已加入鸣谢部分。

4.为了给苏颂研究提供方便,我将苏颂之孙苏象先对其祖父言行的回忆录《魏公谭训》点校附录《苏集》之后。惟各本条目分合差别较大,此次整理一律重加厘订,非如《前言》称仅只加编序码。如226条,我所见各本均分作二三条不等,则与条末"四者皆得天颜一笑"之"四者"不合。"四者"盖指此前讥应制奉和诗中"徘徊"太多,讥选材"有脚者皆可上殿",讥邓绾之口奉敕不开,讥延安郡王为假承务郎,理应并作一条。其他不备举。

三、《苏集》在一年多一点的时间里排印出版见书,这对出版周期较长的中华书局来说是很快的。同安苏氏后裔、中华书局何双生等领导同志、原书局综编室主任冯惠民同志、责编胡宜柔同志及编辑室其他同志、发行部张振相同志、印刷厂马玉同志都作出了许多努力,没有他们的大力支持与帮助,此书按期出版是不可能的。在此必须提及的是现已退休的责编胡宜柔先生,他的负责精神在现在的编辑中是为数不多的,故而减少了我们稿子中不少错漏,在看校样的紧张阶段,正值他年逾八旬、云水阻隔四十年未见面的老父自台湾返乡探亲,为了不误出书时间,胡先生仅南返匆匆一晤即赶回北京,冒着酷夏溽暑,矻矻终日地校改书样,其精神令人感佩。

《苏集》系国务院批准的古籍整理出版九年规划列入书目,它的点校出版,受到学术界普遍关注。邓广铭先生称其为"对学术界一大贡献",程千帆师函称"子容地下有知,亦感欣慰"。师辈的期望与鼓励,更使我们为自己工作中的失误而惶愧。我们愿意总结经验教训,不断提高自己,做好今后的工作。

（原载《古籍整理出版情况简报》1990 年总第 228 期）

《苏魏公文集》重排本后记

　　本书 1989 年出版以来,早已销罄。出版社决定重排出书,现将有关事宜说明如后:

　　一、曾为本书的点校整理付出过艰辛劳动的罗继祖、颜中其两位教授先后去世,在此表示深切的悼念。

　　二、此次重印,将邹浩《道乡先生文集》中所收《故观文殿大学士苏公行状》一文补入附录。

　　三、1993 年 5 月,颜中其、苏克福先生合编《苏颂年谱》一书由北方妇女儿童出版社出版,该书《前言》中称:

　　　　《苏魏公文集》中华书局一九八九年标点本出版之时,颜中其曾编写过一份简明的《苏颂年表》,由于条件的限制,其中少数史实有所失误,这次的《苏颂年谱》基本上改正了这些失误。

　　考虑到颜先生已经去世,《年表》的修订有一定的困难,加以《年谱》又已公开出版,所以,《年表》内容除据编者生前对个别误漏的改正表加以订正外,基本未加修订,特在此说明。如有必要,读者可参阅《年谱》。

四、本书初版时,应资助方的要求,必须赶在中国历史文献研究会同安年会上发书,出书匆促,致使书中存在不少误漏。此次重排,改正了我们已经发现的错误。但是,点书全凭功底,校书如扫落叶。水平所限,其中讹误,想难尽免,尚望广大读者批评指正。

点校者　2002年冬

（原载《苏魏公文集》〔附《魏公谭训》〕2002年重排本）

《菜根谭》是本什么书？

——《菜根谭注释》代序

　　《菜根谭》是明人洪应明晚年所写的一本语录体著作。近年来，由于日本《菜根谭》热波及中国，该书在国内影响不断扩大，广大读者对它的关注也日益增强。去年，笔者所作是书的整理注释本已由浙江古籍出版社出版。现应《文史知识》编辑部要求，将该书《代序》修订后发表，尚祈读者不吝赐教。

一、作者与书名

　　《菜根谭》的作者洪应明，《明史》未涉其名，我们现在所可了解他的材料很少。他的另一著作《仙佛奇踪》，《四库全书总目提要·小说家》存目，其《提要》谓：

　　　　应明，字自诚，号还初道人，其里贯未详。是篇成于万历壬寅，前二卷记仙事，后二卷记佛事……仙佛皆有绘像，殆如儿戏。考释道自古分门，其著录之书亦各分部。此篇兼采二氏,不可偏属,以多荒怪之谈,姑附之小说家焉。

在《仙佛奇踪》书前的《仙引》中,了凡道人袁黄写道:"洪生自诚氏,新都弟子也。一日携《仙记》一篇征言于予,予披阅之,青霞紫气,映发左右,宛若游海上而揖群真,令人飘然欲仙,真欲界丹丘、尘世蓬岛也。"袁黄所说"新都",按其地望与年代考,当指大学者杨慎。三峰主人于孔兼序中称:"逐客孤踪,屏居蓬舍……适有友人洪自诚者,持《菜根谭》示予,且丐予序。"

上述记载说明洪应明曾师承杨慎,并与于孔兼、袁黄有所过从;洪氏早年热衷尘世、老来皈依佛门及其友朋交游概况,对照其《菜根谭》一书之超凡出世,可想见其为人大略。另外,《菜根谭》的台湾排印本《前言》中说:洪氏著述很多,写成而后世未传的尚有《联瑾》、《樵谈》、《笔畴》、《传家宝》等,惟其说未说明出处,无从稽核。

书名《菜根谭》命名由来,据现所见序跋,其说不一。于孔兼说:

> 谭以"菜根"名,固自清苦历练中来,亦自栽培灌溉里得,其颠顿风波、备尝险阻可想矣。洪子曰:"天劳我以形,吾逸吾心以补之;天厄我以遇,吾高吾道以通之。"其所自警自力者又可思矣。

乾隆三十三年(1768)三山通理达天的序言称:

> 菜之为物,日月所不可少,以其有味也。但味由根发,故凡种菜者必要厚培其根,其味乃厚,似此书所说"世味"及"出世味",皆为培根之论,可弗重欤? 又古人云"性定菜根香",夫

菜根,弃物也,而其香非性定者莫知。如此书,人多忽之,而其旨唯静心沉玩者方堪领会。

日本大正十五年(1926)所刊释宗演《菜根谈讲话》前所载福田雅太郎序称:

中国宋代儒者任(汪)信民说:“人能咬得菜根,则百事可做。”明代的洪自诚就是根据这句话来为《菜根谭》取名的。

比较上述诸说,于氏为作者友人,序文又为其持书亲求,或其说近是。

此书编纂体例,各版相较,大体可分两类,一类分修省、应酬、评议、闲适、概论五部分;一类不标目,仅分上下两集。条目数量,分合、顺序及彼此有无情况差异较大,如上下集类多出前类概论部分一百五十条左右,而全无前类其余四目凡二百余条。现在已难考定系作者自己增删或流传过程中后人补入汰除了。此书很早流入东邻日本,以两集系列为多。国内除港台几种外,大陆整理梓行的有三秦出版社《菜根谭》收三百六十七条,巴蜀书社《菜根谈》收五百三十六条,笔者《菜根谭注释》收五百六十八条。

二、内容简析

《菜根谭》一书的主要内容大体如下:

(一)主旨乃在说禅劝世。该书乾隆五十九年(1794)二月二日遂初堂主人序中说它“虽属禅宗,然于身心性命之学实有隐隐相发明者”,日人福田雅太郎序则说:“作者非常精通儒、佛、道三教。他的阐述，每句话，每个字，均能充分发挥三教的精华，可谓千锤百炼，斑斓绚丽。此书确可算得是修养身心的书中之冠了。"总观全书，《菜根谭》熔儒、佛、道三教思想于一炉，而主旨乃在说禅劝世。

全书充满佛学理论、佛教典故，直接写到悟禅、禅机。宣扬禅宗教义之顿悟说，修养无欲、无我。如："一偈不参而有禅味者，悟禅教玄机。""利欲炽然，即是火坑；贪爱沉溺，便为苦海。一念清净，烈焰成池；一念警觉，航登彼岸。"

以人生世间"一切皆苦"、了断生死的个人解脱为最高境界这一中心，宣扬了一系列佛教教义。欲得解脱，得退让与容忍，得一切看破，"人生似瓦盆，打破了方见真空"，"看破有尽身躯，万境之尘缘自息"。此外，三教合一思想，书中也有明显体现。

（二）对大千世界的深刻认识与透辟剖析。作者承袭佛教本身蕴藏的智慧，兼采儒道二家精粹，对人类社会的万种世态、错综复杂的人际关系作了深入的揭示与论说。贪婪者的丧节，趋势者的卑陋，世途的险恶，均有入木三分的刻画。

佛教在对人类社会认识的深刻程度上，世界上其他宗教哲学思想都是罕有其匹的。加以作者"幼慕纷华，晚栖禅寂"的现实遭际感受，就使其理性认识更为深刻。"簪缨之士常不及孤寒之子可以抗节致忠；庙堂之士常不及山野之夫可以料事烛理。何也？彼以浓艳损志，此以淡泊全真也。"作者对社会人生的透辟剖析与深刻揭示，作为禅师，当然是弘扬教义；而作为投闲置散的处士，亦未尝不是对当时社会的不平之鸣。

（三）对修养心性、齐家治国的精彩论说。修性律己方面的论说，为《菜根谭》主要内容之一。"禅"的本名"禅那"，意译则为静虑，即将心专注于一法境上，一心参究，以期证悟本自心性。如："毋以己之长而形人之短；毋因己之拙而忌人之能。""宠利毋居人前；德业毋落人后。""责人者，原无过于有过之中。""责己者，求有过于无过之内。"就待己责人方面提出应遵奉的轨范。

涵养心性、律己修身的目的在于齐家治国造福他人。作者提出齐家治国宜"公廉恕俭"：

> 居官有二语：惟"公"则生明，惟"廉"则生威。居家有二语：惟"恕"则平情，惟"俭"则足用。

至于所说"心者修齐之根，未有根不植而枝叶荣茂者"，更是将正心修身与齐家治国的关系作了形象的说明。

(四)发人深省的哲理与确切恰当的设喻。《菜根谭》全书充满了隽永的哲理，这是由于作者洞察了社会现实而又加以深入剖析归纳所形成的深邃见地。正因它高度概括地反映了社会诸多领域、各类世态，读时常感到意中皆有、口中常无，深刻哲理，恒以寻常话语出之。一经其道破，即有一语中的之感。也可能这正是其历久不衰、受人重视的原因之一。

如论及对立事物的作用与反作用的关系时说："毁人者不美，而受人毁者遭一番讪谤，便加一番修省，可以释冤而增美；欺人者非福，而受人欺者遇一番横逆，便长一番器宇，可以转祸为福。""心不可不虚，虚则义理来居；心不可不实，实则物欲不入。"其他如修性察时、处世待物之诸多论说亦皆富有哲理，境界高远。

恩格斯在《自然辩证法》中称誉佛教徒处在人类辩证思维的较高发展阶段上。正是其对宇宙人生有深刻的认识，对人类社会理性的深入反省与独到分析，使得佛教哲学蕴藏着深刻的哲理，闪烁出智慧的光芒。

三、怎样看待这本书？

今天的读者，应该怎样看待这本书呢？

（一）《菜根谭》中确有消极的东西。作为一本佛家语录，《菜根谭》有着浓厚的宗教色彩。宗教自身的局限，比如它不能对现实从总体方面做出正确反映等，也带给《菜根谭》以同样的局限。如书中大量表现的虚幻空了的思想，即与直面人生现实的科学世界观毫无共同之处。再如书中对容忍、退让及因果报应的宣扬，也是应该予以科学分析的。无数历史事实反复证明，这种思想备受各国各代反动统治者、剥削者、侵略者所欢迎。因为它可以从思想上解除被统治、被剥削、被侵略者的武装，使之安于现实，不思反抗。佛祖释迦牟尼创立佛教，宣扬众生平等，"诸法无我"，这在当时历史上是具有进步意义的。但佛对遭不幸者虽抱同情，却不教他们起而反抗，而只是教以断除内心烦恼以求解脱，并以来世安乐的憧憬来作安慰，教人对不公正的现实容忍、退让。这一思想，成为其教义的重要组成部分。所以，排除利用者的祸心不论，佛教教义本身确乎存在着被统治者利用的基础的。《菜根谭》中宣扬的在"耐"字、"忍"字上下工夫，"退一步"，"让几分"，"受人之侮，不动于色"，"随教呼牛唤马，只是点头"，等等。就是明证。

（二）说禅劝世之作也有积极作用。历史上统治阶级利用佛教教义来麻痹群众，但同时也有人民群众利用、发挥与改造佛教理论来作为自己反抗斗争手段的事实。其间从实践到理论，皆有价值，应予总结。而佛教教义的丰富智慧，对社会的深刻洞察与剖析，对我们认识历史、认识现实、认识人与事物、人与人之间的相互关系又有着极大的启迪意义。这些无疑都是我们可以大力吸取的积极方面。

在祖国"四化"建设的今天,一方面,我们可以吸收佛教文化的精华,弘扬五戒、十善、六度、四摄等"人间佛教"精神,如利他才能自利、以救度众生而自救、净自己身心、利社会人群等思想,吸取佛教理论中这些积极有用的精华成分,为建设社会主义民族新文化服务。另一方面,我们还可以对佛教理论作审慎抉择,并加以正确的疏导解说,使之为今天的现实服务。

（原载《文史知识》1990 年第 9 期）

《宋史翼》人名索引前言

  《宋史翼》40 卷,陆心源(1834—1894)编撰。心源,归安(今浙江湖州市)人,字刚甫,一字潜园,号存斋。著名藏书家与史学家。著有《皕宋楼藏书志》、《全唐文拾遗》、《宋诗纪事补遗》等。《宋史》向称繁芜,但亦多疏漏,钱竹汀标其弊即以"南渡诸传不备"列首。与众多继修《宋史》拟着力删汰者不类,陆书重在补苴。缪荃孙序介绍本书编撰缘由谓:"吾友陆存斋先生,淹雅闳通,史才独擅,初拟改编《宋史》,积稿至四五尺,后虑卷帙重大而精力渐衰,乃先剌取各书,积录应补之传至 781 人(按:应为 881 人),附传 64 人(按:应为 65 人),改名《宋史翼》。"俞樾序谓:"所补列传多至 17 卷,得百三十余人,其中有昭昭在人耳目者。而《宋史》顾无传,非君搜补,无乃阙如欤?《宋史·循吏传》寥寥 12 人(程师孟已见列传,实止 11 人),君所补 5 卷凡 128 人,何其多也。《方技传》亦倍于原书。"可见乃《宋史》之补缺之作,为研习宋史者不可或缺之资料。

  该书搜罗宏富,举凡有关政书、史籍、文集、笔记、方志、传记、族谱、年谱、行状、墓志等,一概收载。尤可称说者,全书皆原始材料之选截,仅作辑录,不加改制。复一一注明出处,颇便稽核。节选得当,缪序称其"搜采之博,浅读者共知之;其剪裁之功,非深研者不知也。事增文省,亦何让《新唐书》乎?"评价甚高。

《宋史翼》卷次,传主类别表

卷次	传目类别	传主人数	附传人数
1	列传	11	1
2	列传	5	
3	列传	6	
4	列传	8	10
5	列传	6	
6	列传	3	
7	列传	9	5
8	列传	8	
9	列传	6	
10	列传	7	2
11	列传	6	
12	列传	9	
13	列传	8	1
14	列传	10	
15	列传	10	
16	列传	7	1
17	列传	9	

18	循吏列传(一)	24	
19	循吏列传(二)	26	1
20	循吏列传(三)	27	
21	循吏列传(四)	24	1
22	循吏列传(五)	27	1
23	儒林列传(一)	21	1
24	儒林列传(二)	22	2
25	儒林列传(三)	25	2
26	文苑列传(一)	25	1
27	文苑列传(二)	22	3
28	文苑列传(三)	24	2
29	文苑列传(四)	31	
30	忠义列传(一)	65	3
31	忠义列传(二)	70	2
32	忠义列传(三)	72	5
33	孝义列传	21	5
34	遗献列传(一)	29	5
35	遗献列传(二)	41	2
36	隐逸列传	57	
37	方技列传(一)	26	4
38	方技列传(二)	34	1
39	宦者列传	14	
40	奸臣列传	26	4

总计:各传共881人。分类计:列传128人,循吏128人,儒林68人,文苑102人,忠义207人,孝义21人,遗献70人,隐逸57人,方技60人,宦者

14 人,奸臣 26 人,附传 65 人,共 946 人。

（索引正文略）

（原载《古籍整理》1989 年第 3、4 期）

《古文辞类纂笺》出版前言[①]

　　《古文辞类纂笺》，近代著名学者高步瀛笺释，现存稿本一部（藏中华书局）、清抄稿本一部（藏吉林大学图书馆）。高氏笺释姚鼐《古文辞类纂》，考订翔实，穷源竟委，贯通古今，卷帙浩繁，文字细密，条理井然。为高氏平生花费精力最大，亦最能体现其学术造诣之作。高氏此著作，对研究古代散文史与传统文化极有助益，惜成稿后一直未曾刊印。为了弘扬优秀传统文化，满足学术研究需要，我社特据清抄稿本影印出版，以飨广大读者。

　　《古文辞类纂》是清人姚鼐（1731—1815）编选的一部具有较大影响的古代散文选集。旨在为人们提供范文，启示古文写作门径。全书七十五卷，选文七百余篇，分十三类。以"古文辞"为书名，即是古文与辞赋的合称。

　　从文学发展史的角度看，以《史记》为代表的秦汉散文，取得过很高的成就。到魏晋，散文逐渐骈体化，步入追求浮华绮丽

---

① 　本文系作者替吉林大学出版社为该书出版而写的《前言》

的歧途。唐代韩愈推行古文运动，"文起八代之衰"，以唐宋八大家为代表，散文创作达到了新的高峰。到明代，八股文随科举而日盛，死板的形式及其宣传的程朱理学所倡导的保守内容，成为套在知识分子身上的枷锁。一些封建知识分子要求恢复古文传统，所谓"文称左迁，赋尚屈宋"（《明史·何景明传》）。入清，经方苞、刘大櫆的继续倡导，至姚鼐，从理论到实践，均已达到成熟阶段。《清史稿》本传说："论文根极于道德，而探原于经训，至于浅深之际，有古人所未尝言。鼐独抉其微，发其蕴，论者以为辞迈于方，理深于刘。三人皆籍桐城，世传以为桐城派。"在理论上，姚鼐提出"义理、考据、文章三者不可偏废"，指出为文之道，神理气味，文之精；格律声色，文之粗。"苟舍其粗，则精者胡以寓焉？学者之于古人，必始而遇其粗，中而遇其精，终则御其精者而遗其粗者"（《古文辞类纂序目》）。这里，神理气味指文章的内在要素，格律声色则指文章的外在要素；探讨了散文艺术要素的构成及其相互关系，在理论上较之方、刘都前进了一大步，而在实践上的重大举措之一，就是编纂了一部散文选集《古文辞类纂》。

编选文集，可以建立文统，体现理论。鲁迅先生说："选本可以借古人的文章，寓自己的意见。""如此，则读者虽读古人书，却得了选者之意，意见也就逐渐和选者接近，终于'就范'了。"（《集外集·选本》）鲁迅认为选本影响读者，"远在名家专集之上"，举例正是"读《古文辞类纂》者多，读《惜抱轩全集》的却少"。《清史稿·儒林传叙》说："清兴，崇宋学之性道，而以汉儒经义贯之。"《古文辞类纂》正是顺应当时变化了的形势，应运而生的。书中所选以唐宋八大家作品为主，上溯战国秦汉，下以归有光、方苞、刘大櫆为归结，建立以古文为文家正统的宗旨。在编辑上，姚氏不仅选定篇章，以类相从编定而已；还兼及考证史实,匡订舛讹,诠释词语,答疑解惑;评点写法,以资赏鉴;辑录评述,用广见闻。

以搜集宏富言,屈赋二十五篇收入二十四篇,韩文竟收入一百三十多篇。就选材上看,他改变了方苞选文不收辞赋的做法,选文辞句典雅、文从字顺,结构谨严有致,语言准确生动。就分类看,分各体文字为十三类,较《文选》分类烦琐为一大进步。就编校看,姚氏编纂此书,积数十年,考证、校勘、辑评三者结合,相得益彰。

书成,门人康绍镛即据补订本刊刻(李兆洛校)。姚鼐死后,门人吴启昌就晚年修订本刊刻(管同、梅曾亮校)。后滁州李承渊以姚氏圈点本(明清以来,归有光等倡导以各类符号圈点古文,以示阅读者对文章之理解与态度)全校康、吴两本并加句读,更便读者。后吴汝纶有点勘本,徐树铮有集评本。《四部备要》即收徐本。

《古文辞类纂笺》作者高步瀛,字阆仙,河北霸县人。自幼励志勤学,强记默识,年二十二,中乡试举人。尝师从桐城吴汝纶,学识大进。任畿辅大学堂、保定优级师范学堂教习。旋赴日本深造,归国后任省视学。民国成立,任教育部佥事,编审处主任,社会教育司司长,北京师范大学、女子师范大学教授。

高先生思想倾向进步,热爱祖国。在教育部任职时,多方开发民智、化导风俗以求强国富民。北平沦陷后,闭门称疾,甘于贫困,不与敌人合作。临终犹吟咏陆游"家祭毋忘告乃翁"诗句以见志。先生天性笃厚,事母至孝。交友重信义,有过面刺其非,遇困乏则周济无吝色。任职教育部时,鲁迅先生在其属下,共事十载。《鲁迅日记》载二人过从者不下七八处,有高氏"招饮",鲁迅莅席;有高母寿诞,鲁迅往贺。因支持学生运动,鲁迅被段祺瑞政府免职,高先生专门到家探视,其后信函往返,平时亦赠送图书,于此均可见二人友情之一斑。

先生之于教,勤奋负责,竭力尽心。数十年如一日,谆谆教导,日夜不疲,奖掖后进,卓有口碑。深得学生敬爱,视为贤师。

先生治学,孜孜矻矻,勤勤恳恳,乃得宏通精博,学识湛深。其校释古籍,必遍搜异本,详考渊源,缀中外新出之佚篇,拾历古仅存之断璧,溯流穷源,枝分缕析,辨其异同,剖极毫芒。于众说纷纭之中,择其善者而从之。毫发未安,必不轻下断语。学者于其宏富征引、是非取去之间,具见其占有之富,抉择之精,自得其意于言外。先生学术成就造极登峰,与其谦和信实不可分。尝言:"凡著书自谓无误者,必天下至愚者也。"如尊陈垣先生"一字之师,顶礼无已"(见书前手迹),再如其于《唐宋文举要》笺注王子安文,注明"子安文多录蒋敬臣清翊注,不逐条标出,以期简便,非敢掠美",不劳搜寻,顺手例举,即可见其治学处事谦虚谨慎若此。

先生毕生治学勤奋,著作等身。其成果见于记载的,除去在教育部任职期间结合服务教育事业之撰述,如《立国根本谭》、《国文教范笺注》、《侠义国魂》及个人诗文集、日记之外,学术著作计有已刊之《唐宋文举要》、《唐宋诗举要》、《文选李注义疏》(仅刊八卷)、《先秦文举要》、《两汉文举要》、《魏晋文举要》、《南北朝文举要》(含《骈文举要》);未刊者有《古礼制研究》、《经史诸子研究》、《庄子笺注》、《孟子笺注》、《三礼举要》、《史记举要》、《史记正义校补》、《赋学举要》、《明清文选》、《文章源流》、《文章流别新论》、《杜诗研究》、《古文苑注》、《古今体诗注》等。其中三礼,秦汉文、唐宋文笺释之作影响较大,而最称巨著者,惟《文选李注义疏》与《古文辞类纂笺》二书。《义疏》被人誉为"自李唐后语《选》学者未有如斯之精密赅博者",该书对李注匡谬补漏,申发内蕴,其质量实居李注之上。此认识已为国内学界所公认。

先生治学,奉献于古代诗文考订、诠解、笺释之作尤多。《古文辞类纂笺》一书即为先生平生花费精力最大,卷帙最为浩繁,亦最能体现先生学术水平之力作。

本书类似专书辞典性质,只是以选篇为单位,按文中词句先后排列,读者如需对照全文,可径查姚书。全书体例大致为:姚氏《序目》散见各类文章之前。对《序》悉加详笺(或因文辞浅显,姚书序言前后两小段高笺未予收入)。对《目》则详注各选本选入情况于目下。类下按作者编排,文章选篇系于各作者之下。出注原文词句一律顶格。释语则一律低一格写,释语先列各家解说,包括姚书编入引用者,更多则系高氏征引,一一详列出处,极便核查。于论证及结论处,文前冠以"步瀛案"字样。校勘异文,简单的注音、释义,则径于释文写明。文字奢俭依内容而定,简则寥寥数语,多则洋洋万言。每篇之间以空行隔开,同一字相连属,抄写者习惯于前字后之右下方画以"〓"表示。全书之末附录《诸家事迹考略》,主要取正史传记,兼收年谱、碑铭、行状为之注。另附原书编者姚鼐事迹考略,极便知人论世。整体看来,全书体例规范,眉目清楚。

高氏笺释之作之共同特点已如上述,对《古文辞类纂笺》一书独具之优长,高氏门生、认真研读并拟参与整理此书的程金造先生称:

> 先生笺注姚氏此书,绝未涉及桐城文章家法一字。而是在姚氏选的周秦至清代各体文辞七百多篇中,凡涉及名物制度、学术、政治、地理、职官、文字音训的都加以考证。但先生笺注姚书,与他人注前人诗文集者不同,一般注前代诗文集者,大抵释事释义,其阐述范围,止限于本文本句,无所发挥。

先生笺证姚书,则贯串古今,穷源竟委。其注解在形式上虽附
于某篇某句之下,实则是独立的一首考证文字。若是把这部
书中的千万条注解,摘出来辑为一书,便是今时一部顾亭林
《日知录》,而文字之细密,条理之井然,则又过之。(山西人民
出版社版《中国现代社会科学家传略》第七辑)

翻读高笺,处处显现出作者深厚坚实的学术功底,广博丰富的知
识存储,缜密精细的考证工夫,科学严谨的治学态度,使人如入
童话般的珍宝世界,只感到遍地珠玑,目不暇给。无怪乎当时见
到此书稿的人惊叹"辞书逊其搜罗之博,类书无其理论之精"
了。所以,程先生的评价,或有未至,绝无虚美。

有一个情况须略作说明:高氏训解诠释古代篇籍至夥,著述
方面之主要精力,尽倾于此。姚书选文七百余篇,涵盖甚广,其
中与现已出版之高氏《文选李注义疏》(仅刊八卷,收赋十三
首)、《唐宋文举要》、《先秦文举要》、《两汉文举要》、《魏晋文举
要》诸书选篇间有重出,而对读笺释文字,多有不同,或系成书
先后而有所修订补充,或因著书与讲课不同需要而繁简有别,难
以确断。如有必要,读者可对照参考。

本书出版得到吉林大学图书馆、吉林大学古籍研究所、文学
院王汝梅教授、中华书局李肇翔同志、北京图书馆梁爱民同志及
特藏阅览室同志们的帮助,谨致由衷谢意。

1997 年 8 月 5 日

《罗振玉学术论著集》后记

  《罗振玉学术论著集》得能付梓问世,一宗陈年老账终于了结,内心深处确有如释重负之感。

  1983 年,吉林大学古籍研究所建立,所属历史文献研究室即以此书为室内集体整理研究项目,室主任罗继祖先生总其事,予亦佐助先生奔走其间。与此役者,除本室成员陈君维礼、管君成学、张君中澍、丛君文俊外,并邀请古文字研究室何君琳仪及历史系黄君中业参与其事。虽然因为其时人手不足,课程教学任务繁重,困难不少,但就整体而言,整理工作,进行还较顺利;而出版问题,却迭经坎坷,几度中辍,其间曲折过程,难于尽述。二十多年转瞬逝去,继祖先生及陈、何二君先后辞世,其余诸同仁亦均星流云散,或退处林野,或老病索居,岁月催人,晨露夕照!此次沪渎锓枣,与雠校之任者,仅二三人而已。其中张君中澍出力最多。

  因本书主编罗继祖先生已于 2002 年仙逝,故此《后记》之写作只好由我承担。兹就有关问题,分述如后。

一

　　罗振玉（1866—1940）字叔蕴、叔言，号雪堂、贞松，又称永丰乡人、仇亭老民，为我国著名古文字学家、古文献学家。在我国近现代学术史上贡献巨大。

　　罗氏于殷墟甲骨文字之整理研究，有筚路蓝缕之功。于金石刻辞，刻意搜求、广为传布，视之为雕版以前之古书，通过整理研究，用为考史之重要史料来源。于熹平石经之整理，为考订甲部提供重要资料。于汉晋木简之整理，将流落外域之资料尽力留取影本。于敦煌石室佚书及西陲石刻、各地碑志之搜集整理，均为考史增添甚多极为珍贵之资料。对内阁大库档案之保存整理，编订刊印多种丛书，保存众多重要历史文献，对我国古代文献之流布与研究均功不可没。因此，郭沫若在其《中国古代社会研究》一书自序中称："罗振玉的功劳即在为我们提供出了无数的真实的史料。他的殷代甲骨的搜集、保藏、流传、考释，实是中国近三十年来文化史上所应该大书特书的一项事件。"在盛赞罗氏在金石器物、古籍佚书搜集整理"内容之丰富、甄别之谨严、功绩之浩瀚、方法之崭新"之后，他结论说："大抵在目前欲论中国的古学，欲清算中国的古代社会，我们是不能不以罗、王（国维）二家之业绩为其出发点了。"由此可见罗氏在学术史上所居地位之重要。其他方面，如注重农务、兴办教育等，对于时代发展、社会进步，亦均具积极推动作用。

　　关于罗氏学术成就及其有裨文苑、津逮后学之重大影响作用，书前张舜徽先生之《序言》已有详尽准确之阐释，于治罗氏之学者，实可导夫先路，昭示从入之途。读者通过阅读、研究实践，定能有更加深刻之体会、丰富之收获。

二

中共十一届三中全会之前相当长一段历史时期,左倾思潮肆虐,于学术界之主要表现,即不能具体问题具体分析,以科学态度对待各类之人和事。因人废言,以偏概全。对学术界,尤其是社科界造成极大损害。知识分子长期处于被动境地,特别像罗振玉这样情况较为复杂之历史人物,其舆论评价可以想见。

作为历史人物,罗振玉在学术领域贡献巨大;但政治立场上,毕生效忠皇室,追随末帝。观念顽固,思想守旧。兼以丧失民族气节,屈事东倭,伪满甫立,出任监察院长,为世所嗤。因受政治身份牵连影响,于政治上对其否定同时,连同其学术成就,也一并被彻底否定。

有一小事,曾留下深刻印象。1954 年 9 月,当时上海古典文学出版社,出版了《大唐三藏取经诗话》一书,因系采用罗氏1916 年于日本影印之宋椠本(此版本究竟属宋属元,鲁迅先生曾与收藏此书之日人德富苏峰有论争),故书后附录了王国维和罗振玉之跋语三篇,并于书前《出版者说明》中作了简要交待。但为时不久,一家中央权威刊物于当年最末一期,即以《出版者说明什么?》为题,痛加批判。此后二十余年,罗氏姓名于出版物中即寥若晨星,乃至销声匿迹,因实际上已视为禁区。

正因如此,在本书出版之际,我们不能不郑重提及已故张舜徽先生。1980 年,中国历史文献研究会第一届年会在会长张舜徽先生工作所在地武汉召开,继祖先生和我应邀与会,此次是继祖先生和我初识舜徽先生。张、罗之结识,意义不凡。除了两人治学道路酷似——均为未上过任何学校之自学,学术理念相同——均服膺通博之外,还因为张先生多年来对罗先生祖父罗振玉之学术成就,不避极左政治环境可能带给自己之不利影响,始终秉承科学态度,坚持实事求是原则,大力肯定罗氏学术领域多方面之贡献与成就,认为不应以政治问题将其学术成就也一笔抹杀,数数著书为文,奔走呼号,冒险犯难,宣扬不遗余力。舜徽先生的专著《中国文献学》共十二编,第十编《近代学者整理文献最有贡献的人》中,仅立两章,一为菊生张元济先生,另一即为雪堂罗振玉先生。在其《文献学论著辑要》中,收录罗氏序跋七篇,于书末《作者小传》中说:"论者或以其晚年依附伪满洲国而讥斥之,遽没其传古、印书之功,非也。"诚如他为本书所写《序言》中所说:"士有百行,足以功过相除。附和帝制之愆,固不能掩其效力学术之功。"先生之科学态度、务实精神与直率性格、豪爽气魄,令人钦敬。所以,张、罗二老之武汉会见,确实是一见如故。其后鱼雁往返,交流探讨学术之外,编纂出版罗振玉文集一事,当为其中重要内容。原来拟议本书之整理,由罗继祖先生领导之吉林大学古籍研究所文献研究室成员与张舜徽先生领导之华中师范大学之文献所合作进行,后因故未果。而一经主编继祖先生提出,张舜老即慨然允诺写作本书《序言》。其后多年,在与我之多次通信中,他一直热切关注此书之出版进程,乃至辞世前不久,于致予信函中,犹殷殷寄语。今此书出版行世之日,张老对此书多方支持、始终关怀之情景,犹历历在目。今书名题笺即由先生《序言》手迹集字组成,以为纪念。

三

尚有数项有关问题,亦需在此简要说明:

(一)罗氏著作之版本,大多家刻。虽有部分印刷出版后,或有续作,或加增订,但总体观之,依然未经重刻重印者居多。

因为本书主编继祖先生亲自参与作者多种书籍之编辑刻印,故对编入本书各著作底本之抉择,细挑精选,尽取良本。个别录自作者手稿,为首次刊发(如《扶桑再游记》)。至于当时或其后经作者子孙增补、校订者,为便读者,大都于该书前后附记说明,以清就里。

(二)收入本书之器物藏品图录类型作品,为省篇幅,一般只取说明论述文字,原图从略。

(三)本书除影印者外,一律按整理常例标点分段,不用专名号。书中的避讳字、异体字,一律改为规范繁体字,不出校记。书中旧日忠君尊亲抬头、空格书写格式,一并改除。

(四)如就"学术论著"而言,作者之不少函札中扬榷切磋学术问题者甚夥,唯已有信函专集出版另行,故本书概不收录。原已编入《雪堂剩墨》中之百数通亦予剔除。

(五)本书主编罗继祖先生,于东北史研究同时,亦曾围绕其祖父之广博学术领域进行全面研究,写作了许多论著。为知人论世计,于本书第十二集,收入了先生手著的《永丰乡人行年录》(此书经海内外多家出版社出版,收入本书者系据日本中文出版社本再行修订而成)与其他有关作者之材料,以供读者参考。

四

感谢上海古籍出版社社长王兴康先生、编辑奚彤云(自接手此书编辑任务至蒇事,书信、电话之外,予与其往复电子邮件计达数百通,有日即数通者)等同志,正是他们之勤恳、细致工作,使得此书减少了许多误漏。在此表达由衷感激。

已故顾廷龙先生曾应邀为本书原名题笺,已故匡亚明先生、中华书局、吉林省文史研究馆、东北师范大学图书馆古籍部、吉林大学图书馆有关人员及广东人民出版社卢家明先生,在此前本书出版过程中曾做了大量工作,或为此书整理出版提供资料查阅等各种方便,亦均与役同仁铭感不忘者。

由于整理者学殖浅陋,此书虽经大家多方努力,各类纰缪,想难尽免。尚祈读者诸君不吝赐正。

2010 年 6 月 20 日于长春

(除刊载原书后外,并于此书出版前后刊《博览群书》等报刊)

附录:

第二集《后记》(摘录)

本书第一、第四、第八、第九诸集整理完成后,均有继祖先生亲自审阅定稿并写作后记,与役同仁,有可仰赖,信心自在。而今先生辞世已历八载,董理旧业,已失龙首。搦管临纸,曷胜泫然!

此书之整理工作,均于上世纪 80 年代初期至中叶完成。此次付梓,初排样虽由整理者再核一过,但其间错讹疏漏,恐所难免。尚祈读者诸君惠于指正。

第五集《后记》(摘录)

收入各书之整理均在上世纪 80 年代初叶,大劫初过,百废待举。与役同仁,或落实政策,甫获调归;或间隔十载,再拜绛帐。家室分离,居无定所。为求职称晋升,不得不匆忙奔走于课堂以足教学时数,为文发布于期刊以塞科研成果。《罗集》整理,唯赖假日公休,黾夜灯下。而其时工作环境,既乏必要之资料以供查阅参考,又多浮躁之心态难得专心对待。整理质量,未可惬意。此次付梓,虽经审改,并由编辑诸君纠谬正讹,各类误漏,势难尽免。敬希读者诸君批评指正是幸。

上列各书整理葳事十余载后,蒋清翊氏《王子安集注》于上海古籍出版社出版,因罗之《王集》辑佚资料写作成文后,曾经几度订补,《集注》出版选用前出,致有遗漏。余曾就此著文《关于〈王子安集〉的佚文与校记》,刊发于《古籍整理研究学刊》1997 年第 2 期。附识于此,或可为关注《王集》者之参助。

第十集《后记》(摘录)

《贞松老人外集》(附《补遗》)一书,此次纳入《论著集》,由继祖先生重新编定。对其间具体篇目之弃取,曾与余函简往复,扬榷再三。余以"学术论著"作选取标准为谏,最后由继祖先生选定。时值吉大古籍研究所成立十五周年,拟出版论文集以为纪念。余遂撰《就〈贞松老人外集〉的整理谈古籍校勘三步到位》。先生见书后于 1999 年 1 月 16 日来函,谬奖拙作"工力悉敌",复对指出误漏"实拜嘉惠",乃至以可与顾千里、陈援老相雁行嘉许。令余徒生愧怍。

殉清死节：王国维自尽真因

——《王国维之死》代序

在中国近代文化史上，王国维占有不可动摇的地位。十分遗憾的是，正值盛年，他却投湖自尽了。这实在是中国学术界的巨大损失。对其死因，从他自尽以后迄今，数十年来一直聚讼纷纭，莫衷一是，成为中国近代文化史上的一个大谜。本书就是想为解开这个大谜表明我们的意向，确切些说，更多的是为大家提供较详细可靠的有关资料，使读者不致为某一说法所左右，通过各种说法的比较分析，得出自己的结论。

现在先将本书编写的缘起，简述如后。

提起王国维，不能不牵连到罗振玉，他们二人的关系实在是太密切了。本书主编罗继祖先生即为罗振玉之冢孙。1956年，我从武汉大学毕业分配来东北人民大学（即今吉林大学）工作，罗继祖先生已于前一年先调来学校工作，与罗先生那时就相识了。但因为不在一个教研室，也不住在一起，接触不多。1957年"反右"之后的干部清理中，我被下放离校，及至1978年在落实政策中奉命调回学校，已经间隔二十年了。年轻的一茬人，

"尽是刘郎去后栽",剩下的老教师中,罗老师即为其中之一。同在历史系工作,又同在中国古代史大组,见面机会多了起来。罗先生向以饱学著称,平日教学、学习中存在的疑难,不时请益,受教良多。1983年学校建立古籍研究所,把我任室主任的历史文献教研室部分同志并入,组成历史文献研究室。为加强领导力量,将罗先生从东北史教研室调来任主任,由我做其副手,加以又与罗先生住处很近,过从更密。

在此期间,罗先生写了不少关于王国维的文章,有一些就涉及其死因,联想到过去自己零散看到的有关文章,感到要想清除历史遗留下来的云遮雾障,真不是靠写一两篇文章所可奏效。有些现象看起来很有意思。如对《殷墟书契考释》一书的作者到底是谁的问题,该书为古文字学研究领域有卓著影响之作,最有发言权的应该是古文字学家们。他们对该书作者为罗振玉这一点绝大多数人并无异辞,有的受舆论影响,产生过疑问,后来了解了真相,也就恢复了事物的本来面目。如郭沫若在其《中国古代社会研究》(1964年校改本)一书《自序》中说:

> 罗振玉的功劳,即是为我们提供了无数的、真实的史料。他的殷代甲骨的搜集、保藏、流传、考释,实是中国近三十年来文化史上所应该大书特书的一项事件。

郭老不泯罗氏对甲骨的"考释"之功。他又说:

> 甲骨自出土后,其搜集、保存、传播之功,罗氏当居第一,而考释之功亦深赖罗氏。罗氏于一九一〇年有《殷商贞卜文字考》一卷,此书仅属榷轮。一九一五年有《殷墟书契考释》一卷(原注:后增订本改为三卷),则使甲骨文字之学蔚然成一巨

观。谈甲骨者固不能不权舆于此，即谈中国古学者亦不能不
权舆于此。(《卜辞中的古代社会》)

对于《考释)作者的问题，郭老前后的看法是不同的，从以
上引文1964年校改本未予改动来看，他实际上已修正了因受殷
南文章影响，在1946年写的《鲁迅与王国维》(《历史人物》)中
的看法。至于王国维，郭老接着写道：

> 与罗氏雁行者为海宁王国维，王氏于一九一七年有《戬寿
> 堂所藏殷墟文字考释》一卷，于一九二二年著《殷卜辞中所见
> 先公先王考》一卷，又《续考》一卷(原注：《观堂集林》卷九《史
> 林》一)；又《殷周制度论》(《集林》卷十)。此为对于卜辞作综
> 合比校的研究之始。

对甲骨文的考释之作，王比罗晚了好几年，所以，有人说写
作《考释》时，王虽对甲文所知不少，但还不具备著书立说的水
平，仅及提出一些参考意见而已。这个意见，看来并非全无根
据。辅以观堂的《后序)中明明白白说自己虽与"扬榷细目"，但
毕竟只"承写官之乏"，立论叙事倒都是若合符节的。

与之相反，倒是古文字学界之外的论者，有些颇似行家里
手，坚主《考释》王著说，言之凿凿。1992年，《读书》、《文汇读
书周报》上发表了黄裳先生的文章，黄先生提到手稿一节，是往
日的论者多未涉及的，但黄文并不以手稿的发现更换结论：
"《考释》一书的手稿后经陈梦家发现，作者本已不成问题，但说
此书写成与王国维毫无关系，则还有讨论的余地。""本已不成
问题"，一"但"之后，就又有了问题，某甲著书与某乙有"关系"
的情况很多，怎么就能与作者是某乙等同呢？

笔者在佐助继祖先生编辑整理《雪堂学术论著集》时，看到了陈梦家先生在该书罗氏手稿末页题字的复印件及罗氏据王氏手写本增订修改的复印件。陈先生的题字是："此吾乡罗叔言先生手稿。一九五一年九月中秋归余。上虞陈梦家记于北京。"增订稿在王氏誊印本的夹缝、天头处增订文字密密麻麻，明显系罗振玉手迹。手稿第五十四页，复有罗氏写给王的便条一纸："昨谈甚快，顷检得二字，应补入前稿，录奉求赐收。肃上。礼堂先生侍安。弟玉顿首。"显然是罗氏定稿后又有发现增补，函告王抄写印样时补入。此案可说是人证、物证俱在的，但迄今仍不乏混淆视听的流言传布，这实在是令人遗憾的。

鉴于诸多类似情况，我在六七年前就想编一本《王国维之死》的书，以正视听。但个人学殖浅陋，对观堂了解研究尤差，未意当我将想法告知继祖先生时，他慨然应允主持其事，使我大喜过望。遂倾三月之力，搜集复印了有关资料。杨君实先生自海外给继祖先生寄来台湾报纸发表的东明女士的回忆和他自撰的文章，更为本书增色。惟书稿初成，却因故未能出版。在此期间，我仍注意搜集新发现的有关资料补入，并怂恿罗先生增补写就出版。然罗先生却表示问题早已澄清，此书出不出意义已不太大。就在这时，《读书》、《文汇读书周报》发表了黄裳先生的文章，我即复印与先生，此后，又有读者将《人民日报》（海外版）"文采阁笔会"上的几篇涉及观堂先生死因的文章寄给了继祖先生，他才感到问题远非那么简单，同意修订增补付梓。

本书编辑工作由继祖先生亲任，全部按语也为继祖先生撰写，我只是做了些辅助性的工作。

既然，我们编辑了《王国维之死》，对王氏自尽的死因，我们应该有一个明确的意见，这个态度，实际上已于继祖先生出版的许多书、发表的许多文章及本书各部分按语里都说到了。只是为了集中一下我们的看法，申说一下理由，继祖先生嘱我写作这篇代序。师命不可违，我只得勉力应命。

王氏之死，系投湖自尽，捞起后复于衣袋中得死者手写之遗书，这两点的真实性向无异辞。自杀身死的人，事先留下遗书，这是分析考察其死因的主要依据。王氏遗书文字简约，大部分是对身后家事的安排。真正涉及其死因的就只开头十六个字："五十之年，只欠一死。经此世变，义无再辱。"我认为，分析王氏死因，不应该排除对其平时政治立场、思想、家庭情况、师友关系、性格特征、健康状况等进行综合研究，但这些都应该与这十六个字结合起来，而且要以这十六个字为纲，才有可能较为接近真实。否则，必然是隔靴搔痒，乃至堕入痴人说梦的境地。

在具体综合分析之前，还必须说明一点的是，这十六个字到底是否为死者的真心吐露，如果像有的论者所说，作者死因有很深的隐情，这十六个字不过是故为之说，起点掩饰作用罢了，就否定了我们综合研究它的必要。"生死亦大矣"！一个人命都不要了，在最后的表白机会里还要遮掩搪塞，转移目标，实此而言彼，不敢一剖真实胸怀，这能合乎情理吗？所以，这种看法我以为是绝对站不住脚的。

"五十之年"，没什么分歧，王氏1877年生，至1927年投水自尽，共计五十岁。

"只欠一死"，"欠"，差之谓也，犹言就差死了。古代有"老而不死是为贼"的说法，但"五十之年"远未达到"老"的程度，为什么说"只欠一死"呢？引申一下分析，这个"欠"字，似乎还含有"早就该死了"的意思，理由是在下两句说出的，也就是说"义无再辱"。原来王先生投水自尽，在昆明湖这并非第一次，早在张勋复辟失败时，他就说："今日情势大变……结果恐不可言，北行诸公只有一死谢国，曲江之哀，猿鹤虫沙之痛，伤哉！""末日必在今明,乘舆尚可无事,此次负责及受职诸公,如再靦颜南归,真所谓不值一文钱矣。"1923 年 5 月王入南书房,次年就有了冯玉祥军的"逼宫"之举,王对张勋复辟失败时北行诸公的要求,怎样在身为清臣的自己身上体现呢? 一向言信行果的王先生决定以身相殉,遂有罗叔蕴、王观堂、柯蓼园同沉神武门御河之约,后因故未果(本书所载罗继祖先生《王国维先生的政治思想》一文根据王先生书札,对王先生当时对国内大事之政治态度论说甚详,鞭辟入里,兹不赘述)。所以这个"欠"字,实有对三年前就应死节而未能实现的暗寓在内。

"经此世变,义无再辱",才是真正的自尽原因。"世变"的"世",社会之谓也,所以"世变"只可能是指社会政治上的重大变化,绝非什么欠债难还、友朋失欢、家事隐私、苦病厌烦所可沾边,即使如写信争清室遗产等,虽可能涉及政治态度,但与"世变"两字,亦扞格不合。所以此"世变"二字只能是指北伐军的将次成功,流寓天津张园的末帝行将彻底覆亡一事。末帝尚且不保,其臣僚的命运可想而知,比之甲子"逼宫",此次可算"再辱"了。古有"君辱则臣死"的遗训,王先生遂实践其久蓄胸中的夙愿,当然,这里既有对末帝的愚忠,同时也不排除对个人命运的忧惧。继祖先生在其《庭闻忆略》中,曾提到旅顺博物馆的李元星先生所说该馆藏有观堂死前致罗振玉的一封信的事,为此,我曾专程赴大连辽宁师范大学李宅访问李先生,李先生说:信乃观堂投水前不久所写,信纸红色八行,内容虽不能全记,但其中确切无误地提到叶奂彬被难(指曾任职史部、以著述为事的叶德辉 1927 年被杀事)及北伐即将成功诸节,称该函于"文革"中散失。我复至旅顺博物馆访问,其说法不一。但再无别人见过此函。后我与李通信数封,约请他将此情况写成文章,在《史学集刊》发表,他亦应允写好寄来,但后来终未见寄来,不知何故。这一情况鲜为人知，遂顺便提及，公诸同好。

"世变"既经落实，"再辱"内涵当亦明确，有"逼宫"的"首辱"，北伐成功，末帝覆灭，自当为"再辱"。王国维不忍"君辱"的现实出现，只好在清帝林苑颐和园的昆明湖里抢先完成其"臣死"的悲剧一幕。对照观堂友人、门生对其投水前一两天的言谈及精神状况的记述（俱见本书，不烦引录），与此是完全吻合的。

在论说了我们对这十六个字的理解之后，还必须说明下列几点：

一、人的思想行为的形成是受多方面因素影响的，所以，我们主张王氏自尽死因为殉清死节，绝非排除也有其他因素起到一定的影响作用。如早年所受尼采、叔本华哲学思想的影响，爱子之丧、挚友失欢的精神压力，乃至经济的窘困带来的生活重压，都可能对他的死多少起一点影响作用，但这一切都是次要的，都是在殉清死节这一主导原因作用下相互起作用的，在这一点上既要观察全面，更要把握主次。

二、由于王国维的重大学术成就和他讷言少语的性格，人们很容易将他看成是一个纯粹醉心学术研究、并不关心政治的人。其实不然。试读一读他写给别人的信，就可以发现，他对国际国内的政治极为关注，而且绝不置身度外，总是将自己摆进去，十分热衷。注意这一点，也可能有助于了解他的真正死因。

三、王国维死后，追忆、怀念他的人大部分是他的门生与友人，本来就有师友亲密关系，加之他又有如此高的学术成就，如此巨大的社会影响，而且，人已死去，自然向好的地方想。殉清死节毕竟不是太光荣的事情，爱屋及乌，心理上不能承受这个死因，有意无意地将它转移到其他方面，也并不难理解。黄文很愤愤张舜徽先生"拼命将罗王捆在一起"，其实，人们政治态度的

异同,不是别人能硬捆到一起的,郭沫若在其《中国古代社会研究》中就说过:

> 王国维,研究学问的方法是近代的,思想感情是封建式的。两个时代在他身上激起了一个剧烈的阶级斗争,结果是封建社会把他的身体夺去了。
>
> 然而他遗留给我们的是他知识的产品,那好像一座崔巍的楼阁,在几千年来的旧学的城垒上,灿然放出了一段异样的光辉。

郭老将王氏的巨大学术成就与其保守落后的政治态度分别肯定、否定,这才是分析问题的真正科学态度。

黄先生在《读书》上的文章末尾引用了周作人转引当时《顺天时报》上的一段话,周作人认为报纸上说王氏投湖为"虑清帝之安危",而自尽时正值端午节是"与屈平后先辉映",都是"荒谬绝伦",黄先生就此"感慨系之":"时间已经过去了六十多年,差不多的论调竟仍不绝如缕。"其实,如果我们采取如上述郭老那种实事求是的科学态度,是就是,非就非,也就不足为奇了。张舜徽先生去世前一个月给我的信中提及黄文,他说:"仁者见仁,智者见智,历时既久,自有真是非断之耳。"看来舜老也是坚信科学态度必会产生真实结论的。

四、本书所收的文章时间跨度很大,社会及人的思想都在时刻变化着,一方面我们应该把各篇文章放到该作者写作该文的那个时代去认识,否则,容易苛求作者;另方面,注意作者对同一问题在不同时期的不同认识,才能掌握其认识的发展轨迹。

五、因为继祖先生与王国维的特殊关系(姻亲、熟悉。他是王氏投水"后七日"在其祖父罗振玉率领下,曾"以清酌庶羞之奠,荐于公之灵"的现仍存世为数不多的当事者。见罗振玉《丁戊稿·祭王忠悫公文》)及所处的有利条件(搜集众多观堂信函,对观堂亲友有较多了解),使他的文章读来更能令人信服。他写的有关王氏死因的文章绝大部分都收入了本书(谔士、甘孺是继祖先生笔名),读者自会得出结论。

受继祖师的委托,写下了我的一些想法,权作代序,是非得失的品评,是所望于读者诸君。好在本书的特点是资料汇编,我们为大家提供了众多的第一手资料,读者自可得出个人的不同结论,即使代序认识偏颇,不过一家之言,读者当然会择善而从,这也是我稍感慰藉的。

一九九四年五月于长春吉林大学

(原载台湾祺龄出版社版《王国维之死》、广东教育出版社版《王国维之死》、《博览群书》1994 年第 11 期)

《〈清诗纪事〉诗作者索引》前言（节录）

"诗纪事"体自宋人计有功以其所著《唐诗纪事》创始以来，踵后之作如厉鹗之《宋诗纪事》、陆心源之《宋诗纪事补遗》、陈衍之《金诗纪事》、《元诗纪事》（钱大昕之《元诗纪事》未刊）、陈田之《明诗纪事》等甚多。苏州大学钱仲联教授主编、江苏古籍出版社出版的《清诗纪事》二十二册，填补了有清一代无通代诗纪事的空白，意义重大。

该书具有以下特点：一、收入诗人众多。上自明代遗民，由明入清诗人如顾炎武、屈大均等均收入。终至清末，宣统时已经具有诗名者如王国维、鲁迅等亦均收入。计五千余人。二、引用资料丰富。举凡正史、方志、传记、序跋、诗话、笔记等无不揽入。计千余种。三、编排方法得体。作者小传列前，下缀对其人其诗之综述与评价。再分别各有关资料分列其诗之后，引述之全部材料均一一注明出处，极便核查。基于上述诸优点，该书之资料价值，实已突破"诗话"之文学范畴，成为有清一代人物、事件之重要资料库。

惟全书整体编纂分别依清代自顺治至宣统十朝先后顺序，各期诗人分隶该朝，目录分列各朝之前，一般读者，很难确知有关诗人究属何朝；而跨朝诗人更难确断其应该划归入前后何朝；而每朝之内，除了皇帝列前、释道妇女列后之外，皆按进士、举人获得科名先后为序，一般读者更难掌握。加以收人众多，文字量大，检索极为不便。

《〈清诗纪事〉诗作者索引》将书中诗作者之姓名、初名、别名、字、号、谥、斋室名称均分条予以收入（姓名以姓氏首字立条，字、号等不冠姓氏，径以其首字入编），极便检索。考虑到古籍学习、整理、研究者的使用习惯，采用检索迅速、使用便捷的四角号码检索法编制。为不熟悉四角号码检索法的读者提供方便，附有笔画索引。

四角号码检索法为字形检索法系列，汉字的字形情况对检索结果关系密切。在本索引编制中为尽可能减少讹误，影响读者检索使用，确定以商务印书馆新版《辞源》所收词条文字为准的。

原书中涉及人名之误字，如第 8461 页"时铭，字子佩"，"佩"误排为"佩"，则径予改正，以正字入条。

考虑到原书对字形的规范、统一工作注意不足，特别是对异体字的处理没有严格根据《第一批异体字整理表》逐字推敲，存在问题较多，而今天的读者大多对古籍中的异体字不甚了然。索引编制只能将弯就弯，以原书为准。读者使用时请注意此一情况。常见的如"峰"、"峯"，"够"、"夠"，"恒"、"恆"，"阔"、"濶"，"庵"、"菴"、"盦"，"梅"、"槑"、"楳"，"并"、"幷"、"並"、"竝"，"烟"、"煙"等字，一处不得，也很有可能因为用的异体编在另处，需再查另处。

（原载《古籍整理与出版情况简报》2002 年第 1 期）

四角号码检索法亟待规范

　　近年来,结合研究工作的需要,编纂了几种古籍索引,它们是中华书局影印出版的《小学绀珠》的条目索引、中国书店重印的《清代七百名人传》的传主索引和钱仲联先生主编的《清诗纪事》的诗作者索引。因为三种索引的原书都是繁体字印行,所以索引也只能依繁体字编写,索引方法也依古籍索引传统大都采用的四角号码法,又考虑到已有的多种古籍四角号码的编制均取旧的取号法,使用者大多较习惯这种取号法的现实,所以也都采用旧取号法。鉴于繁体字的字形有的尚不规范,四角号码的取号也存在分歧,为了找一个范本俾便遵循,确定以商务印书馆《辞源修订本(四角号码)索引》为依据,通过这几种索引的编制,使我深切感受到,四角号码检索法确实亟待规范。

一、古籍索引与四角号码检索法

　　根据使用者的不同需求,各类索引法都有其自身的优长之处,有些是其他的索引法所不能替代的。如有的方言词,使用者多能读出其音,却不易写出其形,就难于用各类字形检索法检索,只有求助音韵检索法方可解决。相反,如果一个字,虽有字形,但不易准确地掌握其读音,使用音序检索法检索也就困难较大。就古籍索引成果来看,如《二十四史纪传人名索引》及各史《人名索引》、《中国丛书综录》、《四库全书总目提要》、《佩文韵府》、《全上古三代秦汉三国六朝文》、《全唐文》、"十通"、《骈字类编》、《太平广记》、《艺文类聚》、《初学记》、《唐五代人物传记资料综合索引》、《世说新语笺疏》等这些最重要的文史典籍的索引,均采用四角号码检索法。有些重要典籍如《十三经注疏》、《中国人名大辞典》、《中国古今地名大辞典》、《辞源》(修订本)、《辞海》(1999年版)虽以其他检索序列编写,但均附有四角号码索引或四角号码对照表。还有一些公共图书馆如上海图书馆、高校图书馆如东北师范大学图书馆的古籍编目也采用了四角号码检索法。可见,古籍索引与四角号码检索法有着极其密切的关系。

古籍索引多采用四角号码检索法的原因,大体有两方面:

(一)四角号码检索法自身的优点:取号迅速,检索极其方便。一见字形,不管是否知其音义,即可马上用其号码检索,不必像部首法须先定部首(不少汉字的部首并不容易确定,而且同一册工具书,在不同时期,对部首也有合并、分析和改易),后数笔画,再分笔顺(不少字的笔画与笔顺也都多有歧义),或像音序法那样需根据字的一个个声母顺序去查找。

(二)古籍自身的特点要求:一方面是古籍中生僻字多,往往不容易准确掌握其字音字义,有的也难于迅速确定其部首(有学生在《辞源》中查"香"字,先查"禾"部,没有,再查"日"部,还是没有,原来就有"香"部),用四角号码检索法,上述一切麻烦均不成其为问题。另一方面是古籍多用繁体字,笔画多,数笔画很不方便。特别是古籍卷帙繁富，必须得涵盖功能强、具备逐层检索快捷特点的检索方法才行。如《中国人名大辞典》中收"王"姓人名一千九百二十人，《宋史人名索引》中收"赵"姓人名计一千三百〇九人，检索到"王"、"赵"后，继续查找，还是如大海捞针一样，用逐层检索、见字知号的四角号码检索法，通过标明的第二字前两个号码和暗分的第三字号码，很快就能检出所需要的内容。

二、四角号码检索法现存的问题

四角号码检索法作为一种字形检索法，字形的准确是至关重要的。现存问题主要是字形与取号的不规范。早在1955年文化部和中国文字改革委员会发布的《第一批异体字整理表》中就对异体字进行了整理，1958年的汉字"四定"，其中就有"定形"，1965年文化部和中国文字改革委员会联合发布的《印刷通用汉字字形表》，也对汉字字形进行了规范。但由于多方面的原因，汉字字形规范的落实工作，还存在许多问题。四角号码检索法的取号标准不一、政出多门的情况也一直存在。这就不能不直接影响到四角号码索引的编纂与检索。

（一）异体纷出。为处理异体字，1955年《第一批异体字整理表》对其进行了若干规范，只是当时在古籍出版上留下了一条"但书"："但翻印古书须用原文原字的，可作例外。"问题就出在这些古籍编纂、整理者不能因而就去区分哪些是"须用"，哪些是不"须用"，更多的是直接从原书照录，根本无暇顾及什么"异体字整理"，这就给索引编纂与检索带来很多麻烦。如常用作斋号的"庵"的异体上草下奄的"菴"已经废除，但《清诗纪事》中两字大量并出。类此《第一批异体字整理表》明文废止、

《清诗纪事》仍沿用较多的异体字还有一些，如：三点水旁右侧作门内一舌字的"澗"（正字为"闊"，下同）、"啟"（启）、"恆"（恒）、"峯"（峰）、"夠"（够）、"隣"（鄰）、"鑑"（鑒）等字。当然，异体字的存在对一般具有古籍阅读水平的人没有什么直接的影响，但这种异体纷出、互不统一的现实，却给字形检索法的四角号码索引的编纂与检索带来极大的不便。

（二）字形不准。1965 年文化部、中国文字改革委员会发出了《关于统一汉字字形的联合通知》，1988 年 3 月 25 日国家语言文字工作委员会与新闻出版署发布《现行汉语通用字表》，复指出该表"依据《印刷通用汉字字形表》确定的字形标准，规定了汉字的字形结构、笔画和笔顺"，但在出版界并未得到认真彻底的执行，而繁体字出版物中存在的问题更多。如："摇"、"谣"、"遥"、"瑶"、"徭"等字，已定为正形，右上角作撇，不作折，四角号码取号当然为 2。但《辞源》仍保留旧字形为正字，右上作撇折拐，取号作 7。四角号码检索法是字形检索法，字形的哪怕是最小的变动，都直接影响到取号的不同。所以，坚持使用正形，坚决废止异体，是至关重要的。

（三）取号失据。汉字定形为四角号码取号提供了准确的依据，既然有此依据，就应该视其为唯一的取号准的，按形定号，但不按规则定形取号还是时有发生。如上引《通用字表》确定"感"字之形体为上咸下心，四角号码取号当与"惑"字一样为 53330，而《辞源》则偏视其为心在咸内的"感"，《索引》编其四角号码为 53200，所以，我们既应尊重旧有取号规则，又得有革新精神，与时俱进，而最重要的依据就是法定的标准字形。

当然，我们强调依形取号，并非毫不考虑汉字的产生及其发展的历史。对一些确有文字学依据的字的取号，还是应该慎重处理。如："牙"、"雅"、"鸦"第一角的取号，按上引《通用字表》

的定形与人们的书写习惯,均不作折形而作横,取号为1。但"牙"为象形字,段注《说文》说:"前当唇者称齿;后在辅车者称牙。"有人解释说是像两牙相错之状。其实,"牙"字就是一颗牙的象形,上面是牙板,下面是牙根。所以,四角号码检索法定"牙"字左上角的号码为7,是有文字学根据的。现在有人依据现今字形取横作1(如吉林大学出版社出版的《四库大辞典》的书后四角号码索引),其间的是非曲直,究竟应该如何定夺,还真得慎重考虑,认真对待。

(四)自相抵牾。有个成语叫"自圆其说",四角号码检索法的字形笔画的确定与取号,各种索引中都难免有小的区异,但在同一本书中,理应有一个统一标准,但也并非完全如此。还以《辞源四角号码索引》为例,独体的"文"与合体的形声"字"之间,自相抵牾的地方就不止一处。如"函"字定号1077$_2$,上面视作一横,横下的撇视作居中、不视作折。而"涵"字取号则作3717$_2$,又视其组合部件"函"的右上角为折。再如"兹"字定号4473$_2$,视上面为草头,而"滋"、"糍"、"磁"等字右上角又不视作草头,取号8,视作点撇。"真"字作"眞"形,取号2180$_1$,而"镇"、"缜"、"稹"、"慎"、"嗔"、"颠"等由"真"组合而成的字又一律把上面视作叉,取号4。以上各例,皆不能自圆其说,"独文"与"合字"不可类推。在同一本书中,对同一字形出现这种截然相反的取号原则,是无论如何也说不过去的。另外的情况也有,如中华书局出版的《二十四史纪传人名索引》中"吴"字即排现体,上两角本当作60,但编排却仍按原型"吳"作26。类此情况还是应该照排原形,而不能为图省事而淆乱规矩。

以上所说四角号码索引编制中存在的问题,如果不能及早得到妥善的解决,必将给四角号码索引的编制与检索带来很多不良影响。

三、四角号码检索法必须规范、统一

上述四角号码检索法存在的标准混乱、规范失衡等各种问题,给索引编制与检索造成了极大的困难与不便,乃至于影响人们对一些字的辨认与书写。为了更好地纠正与改进以上各种问题,各有关单位必须认真考虑并马上着手进行下列工作:

(一)规范繁体字字形。建议由国家语言文字工作委员会、新闻出版总署会同古籍整理出版规划领导小组对繁体字进行一次全面审查整理,可考虑以《辞源》所收字为基准,编制出规范繁体字表,公布后一律遵照执行,作为古籍四角号码索引编制与检索的依据。

(二)认真执行《异体字整理表》及各个时期补充下发的各相关文件。对异体字本来有明确的规定:"自实施日起全国出版的报纸、杂志、图书一律停止使用括弧内的异体字。"但因为出版单位一些从业人员业务不熟,往往把这些已经取缔了的异体字作为正字再行使用。各出版部门要不断提高从业人员的业务素质,严格遵守各有关规定。

(三)保持文字规范的稳定性。除极特殊情况外,不要轻易对以往规定进行改动。文字是人们交流的工具,它的规范需要教育、新闻、出版部门长期的工作才能奏效,一次改动,又需要很长时间才能磨合,必须保持稳定。

(四)对所谓"翻印古书须用原文原字,可作例外"一语必须从严掌握。个别异体字整理与汉字简化(特别是以他字代替另字的简化法)确乎对古籍排印造成麻烦,如"徵"(征)、"餘"(余)、"後"(后)、"鬆"(松)、"乾"(干)、"適"(适)等字,但必须确信,绝大部分的异体字清理与汉字简化对古籍排印没有什么影响,对我国古代优秀文化的传承与普及的好处很多,对广大读者尤其是青年读者便于阅读古籍的功效也是明显的。所以,一定要防止借口古籍特殊而滥用繁体字、异体字的现象产生。

(五)对四角号码检索法的取号规律,必须逐类逐字进行审定。建议新闻出版总署会同中国索引学会组织人力对四角号码检索法进行一次全面审订,逐类逐字审查定号,以改变现在确实存在的政出多门、随意定号的现象。简化字可以《通用字表》里的七千五百个字数、字形为准,繁体字可以《辞源》所收字数与有关部门审定的繁体字规范字形为准。一经确定,即作为四角号码检索法的索引编制与检索的唯一依据。

实践反复证明,四角号码检索法确是一种具有多种优点的检索法,过去与现在,都为古籍索引工作做出了大的贡献,尽管现在还存在着一些问题,但只要大家对此有足够的重视,给予关注并促其不断改进,一定可以使其更臻完善,更好地为古籍整理出版、为文化建设事业和社会生产与人民生活服务。

(原载《中国索引》2004 年第 2 期)

实践·应用

怎样自修中国古典文学

编辑同志：

　　我在中学读书的时候，就很喜欢阅读中国古典文学，但几次高考都差几分落榜，未能进入高校继续学习。现在参加工作了，仍然想利用业余时间学习古典文学，苦于没人指点，困难较大。因此，请您在如何自修中国古典文学方面给些帮助指导。多谢了。

傅勤

傅勤同志：

　　现就你提出的问题，谈点个人看法，供你参考。

　　学任何专业知识，都需要有一定的文化水平。文化水平越高，越便于学懂弄通。学习自然科学如此，学习社会科学也是如此。长期以来，由于社会历史原因，一般地说，中学毕业生的文化基础知识都不太坚实。所以，要想学古典文学专业知识，必须和提高文化水平结合起来。提高文化水平，首先得从大量阅读开始。古今图书浩如烟海，现有报刊数以千计，不可能也没必要去全看。从提高文化角度说，可有选择地阅读一些报刊，如《人民日报》、《光明日报》、《文汇报》、《新华文摘》，以及《语文讲座丛书》等。阅读报刊丛书的目的，在于开拓视野，丰富知识，提高阅读与表达能力。当然不是说只看上列书报杂志就可以了，只是说自学者要注意提高文化水平。

下面谈谈关于学习古典文学专业知识的问题。

任何一门专业知识，都有一些与之相联系的其他知识，不掌握那些边缘科学知识，要学好某一门专业知识，似乎是不可能的。拿古典文学来说，它是用古代汉语写作的，所以，首先就必须了解古汉语（包括文字、词汇、音韵、语法、修辞等），否则，根本读不懂古代作家的作品，就更不用说分析、研究了。我国古典文学著作源远流长，由于两千年来社会生活、规章制度、风俗习惯的变化，到汉代，古籍有了注，说明那时的发展变化使人们阅读古书已经有困难了；再到后来，人们阅读注又有了困难了，就又有了解说注语的疏出现。今天我们阅读不少古籍还得借助于这些注疏。所以，能否通过大量阅读古典诗文注释，翻查辞书，而逐步读懂古典诗文，实为前进路上的一大关隘，必须付出足够的气力去攻克它。要学古汉语，则难免与现代汉语比较异同，因而也需要知道一些现代汉语的基本知识。古典文学又都是古代社会现实的艺术反映，为了准确掌握、深刻理解它，又必须了解些中国古代历史的知识。至于对文学本身以及它的发展史的掌握，对众多各不相同的作家、作品的正确认识与估价，还必须具备一些历史唯物主义理论，文学史以及文艺理论方面的知识。

以上所说的各门知识，虽然不是古典文学本身的知识范畴，但与学好古典文学专业知识关系极大。这几类专业知识的书籍很多，无法一一开列书目，有志学习古典文学的人，只要对这些有关知识的重要性有了认识，注意尽可能涉猎、学习与积累这些知识就可以了。

这里就学习古典文学专业知识兼及古汉语知识开列几种阅读的书刊供参考。

1.《中国古典文学作品选读丛书》。收《唐诗一百首》、《宋词一百首》、《史记故事选译》等约二十余种（上海古籍出版社编）。因系普及性读物，选材均为最基本的东西，且每种数量不大，注释较详，浅显易懂，有些附有译文，非常适合业余的初学者。但有的书中个别注释与译文欠确切，最好与同类其他选注本对照阅读。

2.《古代散文选》上中下三册（人民教育出版社出版）。此书特点除了注释较细之外，且于注典实之外，还就句中较难的文言虚词及古汉语特殊句式作注，使初学者学习古典文学作品与学习古汉语知识二者结合起来。文中各大段间均概括大意，有助于对内容的理解与掌握。每册书后还附有有关附录，可供参考。

3.《古文观止译注》（阴法鲁主编，吉林人民出版社出版）。《古文观止》久经考验，虽然选文标准有其历史的局限性，但还是一个古代散文的较好选本，所以多年来注译本很多。阴编本注释精审恰当，译文流畅准确，有助自学。

4.《先秦文学史参考资料》、《两汉文学史参考资料》、《魏晋南北朝文学史参考资料》，均分上下两册（北京大学中文系编，中华书局出版。以下各朝待出）。选材多为名作家之重要作品，均有一定代表性，散文韵文兼收。注语至详，采集广博，且对较有影响之异说一并收载并做说明，为进一步学习研究提供了线索。

5.《古代汉语》修订本（王力主编，中华书局出版）。此书篇幅较多，共四册，但入选作品多与上举各书互见，可选学有关内容。重点可看其常用词（尤其是辨析部分）及通论中的部分内容。本书为高校古汉语通用教材,由作品选注、常用词与通论三部分组成,阅读此书也是将古典文学的学习与古汉语知识的学习二者结合进行。

6.《中国历代文学作品选》(朱东润主编,上海古籍出版社出版)。此书选材宏富,选入了许多其他选本未选入的内容,分上中下三编六册,可在具有初步基础后进一步深造时学习。该书另有简编本上下册,如学习时间不足,可先看后者。

7.《学生常用汉字浅释》(天津出版社出版)。此书以甲骨文、金文的发展演变及《说文解字》为据,解说了五百多个常用的表意字的字源,对正确了解古汉语中词的本义很有帮助。而这正是准确地理解古文、领会作品内容所不可或缺的知识。

8.《文史知识》月刊(中华书局出版)。该刊专业性突出,有治学方法的介绍,有古典文学作品赏析、文学史百题、文史书目答问、语言知识、成语典故等栏目,都是学习古典文学需要掌握的知识。其他如文化史知识、文史工具书介绍、历史百题等重要栏目,也对学习古典文学有帮助。

以上所举的书刊,只是较适宜初学者入门的基础读物,并非读完这些书就算了解或掌握了古典文学。因为如作家专集,一些大型的作品分类集及各种研究著述,都还未涉及,离了解全貌尚有很大距离,更不用说全面掌握了。

最后,就自学方法问题提供几点意见:

1. 要保证每天都有阅读书报和写作的时间,坚持不断。保持连贯,工作忙,家务多,要主动挤时间,抓零碎时间。要想取得自学好成绩,必须有时间方面的保证。

2. 必须学懂弄通。凡遇到不认识、不懂得的字、词、句子,主要依靠自己翻检工具书及时解决。切不可随手放过任何一个疑难问题。只有通过自己动脑解决疑难问题,学习才能提高。

自己不能解决的问题,要及时请教。

3. 可选择收听中央人民广播电台每周两次的"阅读与欣赏"节目,其中古典文学作品赏析所占比重不小。其广播稿由广播出版社结集出版,公开发行。收听时间有困难的,可购买阅读。

4. 坚持每天写日记。及时地将平日阅读中获得的语汇及其他知识综合运用,记录下来,以巩固所学知识、形成技能,提高写作水平,也可以把最喜爱的古典文学作品用现代汉语翻译出来,或就其写点评析文章。坚持一年半载,自可看出效果。

综上所述,就是把学习古典文学专业知识与提高文化水平结合起来;把积累专业知识与提高分析认识能力结合起来;把大量的多方面的阅读与写作实践结合起来。这样学习,看起来好像摆摊子,实际上可以收相互促进之效,比起单打一地学古典文学专业知识,收获会大得多,提高也会快,你不妨一试。

如果学习中遇到困难,欢迎继续来信。

王同策

(原载《知识与人才》1988 年第 5 期)

闲话新婚闹房习俗

　　俗话说:男大当婚,女大当嫁。男女婚配在人们生活中占有极为重要的位置,一向被人们视为人生大事。《礼记·昏义》说:"敬慎、重正,而后亲之,礼之大体。而所以成男女之别,而立夫妇之义也。男女有别,而后夫妇有义;夫妇有义,而后父子有亲;父子有亲,而后君臣有正。故曰'昏礼者,礼之本也'。"将婚礼看成各类礼仪之根本,其道理就在于它"合二姓之好,上以事宗庙,而下以继后世也"。

　　正因为婚姻在人们生活中位置的重要,所以在古代就有了关于婚俗礼仪的详细规定,看一看《仪礼·士昏礼》的有关条文,人们不能不惊叹其细密与繁缛。而这些礼仪代代流传,直至今日;从现在的婚礼婚俗中,仍可找出其明显的渊源关系。惟至今流传甚广的新婚闹房戏妇习俗,遍检古代礼书,却无任何文字记载。只是在后来的有些书籍中有所记述。

　　现在民间仍广泛流传着的新婚闹房习俗,有其亲友欢聚、无何避忌、显示友情真挚等好的一面;但一旦过限,则易流于庸俗,有的乃至表现为下流残酷、无理取闹。而此风古来已有。

明杨慎《丹铅杂录》卷一《戏妇》中说：

> 《抱朴子·疾谬》篇云："俗间有戏妇之法，于稠众之中，亲属之前，问以丑言，责以慢对，其为鄙黩，不可忍论。或蹙以楚挞，或系足倒悬，酒客酬蕾，不知限齐，至使有伤于流血，蹉折支体者，可叹者也。古人感离别而不灭烛，悲代亲而不举乐，礼论娶者羞而不贺。今既不能动蹈旧典，至于德为乡间之所敬，言为人士之所信，诚宜正色，矫而呵之，何为同其波流，长此敝俗哉？"今此俗世尚多有之，娶妇之家，新婚避匿，群男子竟相戏调，以弄新妇，谓之谑亲，或褰裳而针其肤，或脱履而规其足，以庙见之妇，同于倚市门之倡，诚所谓敝俗也。然以《抱朴子》考之，则晋世已然矣，历千余年而不能变，可怪哉。

其实，闹房戏妇之俗，其源更早。平步青《霞外捃屑》卷三载："闹房恶习，昉自燕人，见班书《地理志》。"升庵"谓自晋世已然，不知汉时有之，非始典午也"。

检《汉书·地理志》载：

> 蓟，南通齐、赵，勃、碣之间一都会也。初，太子丹宾养勇士，不爱后宫美女，民化以为俗，至今犹然。宾客相过，以妇侍宿，嫁娶之夕，男女无别，反以为荣。后稍颇止，然终未改。其俗愚悍少虑，轻薄无威，亦有所长，敢于急人，燕丹遗风也。

《汉书》的这段文字反映了古代我国北方民族两性关系比较宽松随便，不像后代特别是宋明时期对所谓"男女大防"要求得那样严格的现实。除班《志》记载之外，唐人段成式《酉阳杂俎·礼异》也有"娶妇之家，弄新妇"的记载。而与之相类似的不良风俗也所在多有，如龚炜《巢林笔谈续编》中的《嫁娶恶习》中即称：

> 《汉书·地理志》载，燕俗嫁娶之夕，男女无别。今江浙间有嬲亲之俗，亦何以异此。又闻山左州郡有所谓讨喜者，秽亵亦复不堪。士大夫生圣人之世，处礼仪之乡，有此恶习而不知革，亦可怪矣。

上文所述"嬲亲"、"讨喜"未加阐释，颇疑前者与僻远乡间现仍残存之兄弟数人共娶一妇相类；后者为丈夫无性能力，为生育后代则在妻子易受孕期间请一健壮男性来家与妇居处，东北地方俗称"拉帮套"（取边马帮辕马拉车之意），皆为婚姻中之不良习俗。

必须指出的是，新婚闹房重点在于"戏妇"，但男女宾众对夫婿，亦不轻易放过，其导致严重后果者，史不绝书。

据《意林》辑《风俗通义》佚文载：

> 汝南张妙会杜士，士家娶妇，酒后相戏，张妙缚杜士，捶二十，又悬足趾，士遂至死。鲍昱决事云："酒后相戏，原其本心无贼害之意，宜减死。"

看来早在汉代也就有戏婿的风习了。在《北史·后妃传》中也载有"段昭仪，韶妹也。婚夕，韶妻元氏为俗弄女婿法戏文宣，文宣衔之。后因发怒，谓韶曰：'我会杀尔妇！'元氏惧，匿娄太后家，终文宣世不敢出"。可见其遗恨既久，含怨多年不忘，这哪里是一般玩笑戏闹所可比拟。北方确有此习俗。《酉阳杂俎·礼异》载：

> 北朝婚礼，青布幔为屋，在门内外，谓之青庐，于此交拜。迎妇，夫家领百余人或十数人，随其奢俭。挟车，俱呼"新妇子催出来"，至新妇登车乃止。婿拜阁日，妇家亲宾妇女毕集，各以杖打婿为戏乐，至有大委顿者。

在这种"弄婿"风习恶性发展下，如前所述致人死命者亦不鲜见。同书下文即载有：

> 律有甲娶，乙丙共戏甲。旁有柜，比之为狱，举置柜中，覆之。甲因气绝，论当鬼薪。

新婚对男女双方来说，其共同的区分于其他任何活动的标志是两人开始过性生活，这种双方亲友分别地对异性的新婚夫妇的调笑乃至酷虐、摧残，实际上是含有相当程度上的性虐待意味在内的。霭理士《性心理学》在谈到"虐恋"时，所下定义是"凡是向所爱的对象喜欢加以精神上或身体上的虐待或痛楚的性的情绪，都可以叫施虐恋。受虐恋则反是"。"虐恋的行为（无论是真实的、模拟的、象征的，以至于仅仅属于想象的）在发展成熟之后，也可以成为满足性冲动的一种方法，而充其极，也可以不用性的交合，而获得解欲的效用"（三联书店版第238页）。该书中文译注者潘光旦先生在注语里辑录的众多"虐恋"实例中类似前文涉及的鞭笞棰杖者即不在少数。而潘氏注语中所说"中国文字中'谑'字从'虐'字产生，'虐'虽说是声，也未尝不是义，所以谑就是言之虐者"，复引《诗经·淇奥》中"善戏谑兮，不为虐兮"为证，可算对戏谑与虐待二者的关系阐述得再详尽、准确不过了。

嫁娶闹房恶习，既给新婚夫妇带来不便、痛苦，乃至危及健康与生命,而对社会风气也是一种污染。仅以上文所述的例证为代表,多少新婚夫妇为此付出了泪水与鲜血,故而不少有识之士在指陈时弊时,对此问题进行了严厉的谴责并提出了变革此一习俗的手段。

平步青在《霞外捃屑》中分析说:

> 晚近偷薄,而惎为无谓之酬应,欲其不贺,势不可行,必不得已而从俗,则用乐设燕,而禁止媒嫚闹房可也。

但真正最后解决问题之谋画、执行,还得仰诸有司。夏醴谷之蓉在其《婚说》一文中说:"婚礼不用乐,幽阴之义也;婚礼不贺,人之序也。今则置酒高会,而浇弛无行之徒,沉湎喧呶,甚且以媒妓之词相轧,以为笑乐,此又俗尚之偷,有力者宜亟挽之也。"驳斥的依据援引经典,确有泥古不化之嫌,而其后文所指"有力者"当指拥有政治权力的官府。

也可能正是应此种需求而生,有的地方政府就为此发布了专门禁令,严加整饬。在张伯行《正谊堂文集》卷五中即载有《饬禁婚嫁丧葬华奢示》一文,此规章顾其题名知为主要禁止婚丧嫁娶中之奢糜风气的,但其中却直接禁及闹房:

> 入门之后,匝月鼓乐,或至半月,或至累日,且连旬设酒演戏,动十余席,糜费已极。合卺之夕,亲戚朋友伙饮彻宵,拥众入房,披帷帐,搜枕衾,名曰闹房,亵狎渎乱,伤风败俗,此其甚也。
>
> 窃婚丧繁文,奉有明旨,都下业已从简,闽中何得独违。为此示禁,嗣今嫁女,椅桌不过数张,被褥全具,衣服一箱。过此定拿其父母,以违制论。并着地方保长,纠察闹房之人,子

衿移学院戒饬,小民发府县惩治。慎之毋忽。

此规章一则禁止奢华糜费,一则禁止亵狎下流,在打击腐败作风,在引导婚俗的正轨走向上,无疑能起到相应作用。

直接以禁止闹房为内容而见诸文字记载的也有,如编入《文章游戏·二编》中缪艮《代江西新城县禁止闹房告示》一文即为一例:

> 为严禁闹房以端风俗事……

> 本县初莅新城,冀除旧俗。挽浇漓而敦古处;维风化以正人心。访知娶妇之家,爰有闹房之例。事诚恶薄,未知昉自何年;习为故常,尤觉盛于今日。乐酒无厌,竟永夕而永朝;不醉无归,恒卜昼而入夜。无论尊卑上下,尽为入幕之宾;任凭远近亲疏,偕来不速之客。纵酣嬉淋漓之不忌;即纷纭杂沓以何嫌。夫为酒食而召亲朋,以厚别也;乃入闺帏而忘形迹,善戏谑兮。群居一室之中,甚至同席而坐。笑言哑哑,居然附和同声;妇子嘻嘻,未免外观不雅。在三朝五朝之内,情或可原;至一月半月之多,法所宜禁。

> 为此出示晓谕,黜浮崇学,使男女别而各存廉耻之风。惟期合境凛遵,革故鼎新,俾婚姻正而共守敦庞之俗。特示。

作者之兄宁斋在评价这篇文章时说它"语极和平,不失为风人笔墨,若出自幕客掾吏,必有多少矜张矣"。文章虽不乏文人调侃的意味,但就中亦可看出对此恶习陋俗亟宜整饬禁绝的社会要求。

古人讲知书达礼,生产落后、人们生活水平低下,最起码的文化素质都不具备,这是问题存在的主要原因。《抱朴子·疾谬》篇中就说过:"凡彼轻薄之徒,虽便辟偶俗,广结伴流,更相推扬,取达速易,然率皆皮肤狡泽,而怀空抱虚,有似蜀人瓠壶之喻,胸中无一纸之诵,所识不过酒炙之事。""若问以坟索之微言,鬼神之情状,万物之变化,殊方之奇怪,朝廷宗庙之大礼,郊祀禘祫之仪品,三正四始之原本,阴阳律历之道度,军国社稷之典式,古今因革之异同,则恍悸自失,喑呜俯仰,蒙蒙焉,莫莫焉。"可算得是金玉其外,败絮其中了。处于如此低下的文化水平,绝不可能有高水平的精神世界,其热衷于诸如闹房戏妇之类的猥亵下流之恶习丑行,也就可以理解了。

在怎样纠正恶习弊俗才能收得较好效果这个问题上,葛书中已触及最为要害之处。《疾谬》篇说:"然终于迷而不返者,由乎放诞者无损于进趋故也。若高人以格言弹而呵之,有不畏大人而长恶不悛者,下其名品,则宜必惧。"匡俗纠谬,不可能毫无阻力,说说而已好办,付诸实施难度就大了,自然会推诿因循。如果有司对操持其事者,只停留在一般号召指示上,而不考虑对执行不力乃至拒不执行者采取如"损于进趋""下其名品"的手段,没有一个制约机制,推行起来当然就会十分困难,乃至流于形式,变成一纸空文。

所以,革除闹房戏妇之陋习恶俗,从根本上说得发展生产、提高人们的物质生活水平和文化素质,使其整个生活格调有所提高。与此同时,对流传已久、现仍残存的低级下流,乃至造成新婚夫妇身心伤害的过于离格的做法,必须由有关部门明令严禁;而能使禁令告示付诸实施的关键,则在于对执法者有明确而严格的要求。这样,整饬恶风陋俗之举,才有可靠的保障,也才能收得显著的治理效果。这在今天,仍然有着现实意义。

（原载《文史知识》1996 年第 11 期）

古诗中的"鸡上树"

陶靖节《归园田居》诗中有"狗吠深巷中，鸡鸣桑树颠"的句子，似由汉乐府诗《鸡鸣》"鸡鸣高树颠，犬吠深宫中"承袭改制而成。杜诗《羌村》中也有"驱鸡上树木，始闻叩柴荆"的句子。何以鸡与树如此紧密相关？

60年代初在《文汇报》的《笔会》栏目读到丁辛百同志的《读书偶得》，很受启迪。丁文引用了贾思勰氏《齐民要术》中《养鸡》篇的有关记载："鸡栖宜据地为笼，笼内著栈，虽鸣声不朗，而安稳易肥，又免狐狸之患。若任之树木，一遇风寒，大者损瘦，小者或死。"萧涤非同志《杜甫诗选注》中的《羌村》注文称"养鸡之法，今古不同，南北亦异"，除引贾书外，还引用了老杜另一诗作《湖城东遇孟云卿复归刘颢宅宿宴饮散因为醉歌》的"庭树鸡鸣泪如线"一句，说："湖城在潼关附近，属黄河流域，诗作于将晓时，而云'庭树鸡鸣'，尤足为证。"

《诗经·王风》的《君子于役》中有"鸡栖于埘"、"鸡栖于桀"的句子。《尔雅·释宫》说："鸡栖于弋为桀，凿垣而栖为埘。"与贾书比照，这里的"弋"（一作"杙"）、"桀"（一作"榤"）

-463-

与其所谓"栈"相类,只是一为立桩,一为竖桩上搭以横木;"塒"今日亦泛称笼,即贾书所谓"笼内著栈"的养法。今日农家养鸡大多亦采此法,与古无异。可知"榤"、"塒"即今犹行之笼养的"笼内著栈",《诗经·王风》只是为求表达效果,析言之而已。由此可知驯鸡以笼塒庇护的养法由来甚久。但从上引诸诗及贾书记载,鸡的树养法在不同地区亦一直并存,经先秦、汉魏,至后魏乃至唐时,仍十分普遍。

陆放翁诗集中,有《新买啼鸡》一首,内容有关部分与贾氏在其《齐民要术》中所述悉合。

诗曰:

> 峨峨赤帻声甚雄,意气不与其曹同。我求长鸣久未获,一见便觉千群空。主人烧神议已决,知我此意遽见从。秋衣初缝惜不得,急典三百新青铜。怜渠亦复解人意,来宿庭树不待笼。狐狸熟睨那敢犯,萧萧清露和微风。五更引吭震户牖,横挺无复须元戎。明星已高啼未已,云际腾上朝阳红。老夫抱病气已索,赖汝豪壮生胸中。明朝春泰得碎粒,第一当册司晨功。

诗的前四句写鸡的健美,啼鸣不同凡响,视之使其同类均黯然失色;接下四句写鸡主人本拟用诸祭祀,因作者"求"久而"未获",才同意卖出;再下四句即可应贾书、杜诗,写此鸡颇晓人意,故而尽忠职守,冒风露而栖宿庭树,无需笼塒庇蔽,狐狸也徒劳睥睨而不敢侵害;接下四句写此鸡自"五更"直啼到"朝阳红",巍巍乎即门户卫士,而无须元戎警护;末四句作者自陈虽年老多病、精力衰微,但由于雄鸡的报晓高唱,也给他胸中增添了无限豪壮之情,故而准备用碎黍将它好好喂养,以犒赏其司晨之功。

据载,陆游此诗作于宋嘉泰元年(1201),距杜诗《羌村》的写作时间唐至德二载(757)已有四百四十四年,时驯鸡方法尚且如此,足证唐代鸡栖树上极为普遍。

鸡的树养法究竟终于何时,虽不可确知,但细玩陆诗文意,当时似已趋衰势。如树养法仍极普遍,其"宿庭树"及狐狸不敢犯等即平常而不为突出,当亦不必以之讴歌。总之,贾书的记载,可使古诗中"鸡上树"的疑团涣然冰释;而纵览《诗经·王风》和靖节、少陵、放翁之诗,古代驯鸡笼养、树养二法的流传承袭情况亦依稀可辨。

（原载《吉林大学社会科学学报》1982 年第 1 期）

漫谈诗歌中的数字

张祜的《何满子》是被选入《唐诗三百首》并广为流传的一首诗：

> 故国三千里，深宫二十年。
> 一声《何满子》，双泪落君前。

全诗仅二十字，数量词竟占去一半。但由于这些数字用得妥帖，读来诗意隽永，耐人寻味，丝毫感觉不到数字堆砌的痕迹。可见古代诗人早就注意数字在诗歌中的丰富表现力，并能娴熟地掌握应用。各种诗话辑录的佳句中就有不少应用了数字的诗句。为了求得对仗精切，有些应用数字的诗句，还采用了"借对"。如"住山今十载，明日又迁居"和"闲听一夜雨，更对柏岩僧"，以"千"、"百"的谐音"迁"、"柏"二字来对"十"、"一"，真可算得是煞费苦心。

数字用得好，对诗句的内容表达能起很好的作用。但如果对此一味追求，甚而至于嗜数成癖，也会走向反面。初唐四杰曾受大诗人杜甫称誉。其中之一的骆宾王，为文也算得是大手笔，他写的讨伐武则天的檄文，连武则天本人看了也很表赞叹。但由于他过多地在诗中用数字，人们讥之为"算博士"。

诗句中用了数字，这些数字也就成了诗。这点尤其值得注意。别林斯基在谈到文学的基本特征在于以形象反映生活时说道："政治经济学家靠着统计数字，诉诸于读者或听众的理智……诗人靠着对现实的活泼而鲜明的描绘，诉诸于读者的想象。"（《一八四七年俄国文学一瞥》）从这个意义出发，诗句中的数字与会计账簿中的数字是有质的区别的。我们在阅读欣赏诗作时要考虑这些数字的修辞特点，而不应过分认真地去寻根究底、细加推算，否则那结果将是令人困惑的。李白的"白发三千丈"如何梳理？《木兰诗》中"同行十二载"与"壮士十年归"岂不矛盾？由诗歌推而广之，口头上常说的"十分感谢"与"万分感谢"，后者较前者在数字上正好是一千倍，其感情岂不更浓烈？答案当然是否定的。

偶然翻到我省过去出版的一本谈修辞的书，作者在谈到"表达合理"部分时，标题是"十根竹子一个叶"。所引用的这则诗话故事，各家笔记、诗话中多有收载：

> 《王直方诗话》云：东坡有言："世间事，忍笑为易，惟读王祈大夫诗，不笑为难。"祈尝谓东坡云："有竹诗两句，最为得意，因诵曰：'叶垂千口剑，干耸万条枪。'"东坡曰："好则极好，则是十条竹竿一个叶儿也。"

手边正好有一本《郑板桥集》，我们不妨就中反举一例。板桥居士的题竹诗是："一节复一节，千枝攒万叶。我自不开花，免撩蜂与蝶。"我们能否要求郑氏这画上的竹，定然要每条竹竿十个叶儿呢？看来古人臧否是非，也并不全然可赖，更何况这又是出现在游戏文字里。所以我们不应该据此也非难王祈"只孤立地描绘了事物的外形，忽略了事物之间的联系"，因而"不合道理，自相矛盾"。如果以上述原则推论，"千军万马"这个成语将成为荒谬的了——套用苏学士一句：十匹战马一个兵士也。"十目所视，十手所指"也不关紧要了，因为他们毕竟才只有五个人。殊不知这些诗句和成语中的数字，都只是虚指。王祈的诗句无非是说竹子很多且枝叶繁茂而已。

其实，苏东坡围绕诗中的数字来开玩笑是不乏其例的。还有一次，苏东坡看到文同"待将一段鹅溪绢，扫取寒梢万尺长"的诗句（郑板桥认为这诗是"诗意清绝"的），又打趣了："竹长万尺，当用绢二百五十匹，知公倦于笔砚，愿得此绢而已。"但当文同说出"吾言妄矣，世岂有万尺竹哉"的时候，苏子也就马上"因而实之"。后来文同画了一幅竹送他，说："此竹数尺耳，而有万丈之势。"看来，这次苏东坡自己也承认了他的话只是开玩笑；而文同的话却道出了夸张这修辞手法的特点与作用。

总之，对诗句中的数字详加分析、细细体味，对理解欣赏诗作内容是很有好处的。但在分析时要注意它自身的修辞作用，根据具体情况来评品是非。古人们爱拿诗中的数字开玩笑，我们也应该就只当它玩笑，是切不可当真的。

（原载《吉林大学社会科学学报》1980 年第 6 期）

说 "鸟"

报载:影视界拟重拍我国古典文学名著《水浒传》,其理由据说是出于对若干人物及故事结局有不同理解。笔者于此无何研究,对个中是非曲直,不敢妄发议论,强作解人。倒是记起此前播放的"该出手时就出手"的改编本剧中人物口头说的那个"鸟"字,演员们一律都错读为鸟雀的"鸟"(niǎo)。但愿新改本拍出的成品不重蹈覆辙,在此提出,也算未雨绸缪吧。

其实,像这样的毛病,不用惊动阵容庞大的名家顾问队伍(当然,既然列名顾问,负一点责任也不算份外),只要演员本身或编导人员手勤一点,翻翻书,嘴勤一点,问问人,本来是完全可以避免的。因为生活中最为常见的词语工具书如《辞源》、《辞海》、《现代汉语词典》中都收有"鸟"字 diǎo 的读音,音义皆同于北方俗称男性生殖器的"屌"。而书证举例,大多举《水浒传》中的人物对话,如"招甚鸟安"、"休说你这厮鸟蠢汉"等。

由此倒联想到,作为粗俗骂词,围绕"鸟"字的一些趣闻故事。辑自《中兴间气集》的《太平广记》卷二七三《李秀兰》篇记载:

> 　秀兰尝与诸贤会乌程县开元寺,知河间刘长卿有阴疾,谓之曰"山气日夕佳",长卿对曰"众鸟欣有托",举坐大笑。论者两美之。

　　这里说的刘长卿,在诗坛自视甚高:"每题诗不言姓,但书'长卿',以天下无不知其名者。"自诩为"五言长城"。所作"日暮苍山远,天寒白屋贫。柴门闻犬吠,风雪夜归人"的诗句,确乎出手不凡。因其恃才傲物而仕途不畅,屡遭"迁斥"。而这里的李秀兰,《全唐诗》《唐才子传》《中兴间气集》均作李季兰,"名冶,以字行",是个姿容美丽的女道士,她"专心翰墨,善弹琴,犹工格律"。据记载:"季兰五六岁,其父抱于庭,作诗咏蔷薇云:'经时未架却,心绪乱纵横。'父恚曰:'此必为失行妇也。'后竟如其言。"高仲武说她"形气既雄,诗意亦荡,自鲍昭以下,罕有其伦"。这里的"鲍昭"有人以为应是鲍昭的妹妹令晖,其根据是令晖亦有诗名,而从另举之"班姬"、"韩英"上下文义所说,此处应为巾帼文豪,故谓鲍昭应为令晖也有一定的道理。总之,看来这位才女的思想确乎相当解放。刘长卿为其诗友,称她是"女中诗豪"。

　　对今天的青年读者,这则笑话怕还得解释一下,否则弄不明白为什么"举坐大笑"。李、刘两人所说皆为陶渊明诗句,前者见《饮酒》,后者出自《读〈山海经〉》,这里是用谐音来开玩笑。李以"山气"谐"疝气",隐指长卿之"阴疾";以"住"谐"加",谓刘"疝气"日益"加"重。而刘亦以"众"谐"重";以飞鸟的"鸟"的另音 diǎo 借指男阴,因疝疾患者均阴囊肿大,为行动方便,患者多以夹带之类托系股根,"重鸟""有托",为刘答以虽疝疾日重,且喜("欣")尚有法缓解。一问一答,俱用陶诗成句,又以谐音取笑,反映了文人们的幽默诙谐。于此亦可见唐代陶诗在文士中之普及程度与所居地位。

再如《东坡问答录·与佛印嘲戏》载：

佛印未为僧日，乃儒家流。群书无不遍读，滑稽应对，当时无出其右者。与东坡厚善，会饮必相谐谑。在神庙朝，因祷旱，乃诏在京各僧入内修设道场，演经说法。东坡乃戏谓佛印曰："君素喜释教，窃闻诏僧供奉，曷不冒侍者之名，入观盛事?"佛印信之。既入，上适见之，状貌魁伟，遂赐披剃。佛印不得已而顺受，实非本意，亦颇衔恨。后东坡宴而戏之曰："向尝与公谈及昔人诗云：'时闻啄木鸟，疑是扣门僧。'又云：'鸟宿池边树，僧敲月下门。'未尝不叹息前辈以'僧'对'鸟'，不无薄僧之意，岂谓今日公亲犯之!"佛印曰："所以老僧今日得对学士。"东坡愈喜其辩捷。

亦是以"鸟"之男阴义而互嘲。

明人陆容在其《菽园杂记》卷五载：

御史职司风纪……名器之轻重，衣冠之荣玷，则系其人焉。近时一进士，平素出入阁老万公之门，得改翰林庶吉士。万病阴痿，吉士自誉善医，具药淴为洗之，因得为御史……时人为之语曰"洗鸟御史"。一时同官者气为沮丧，其辱败士风甚矣。

此记载史有所征，并非杜撰，这里的万阁老，即见了皇帝只知道喊万岁、人称"万岁阁老"的万安。《明史》本传说他"外宽而深中"，"善归过于人"，"朝臣无敢与安抵牾者"。这里的"翰林庶吉士"则是不学无术、行为卑下的倪进贤，只是因为他"诣事安,日与讲房中术",万安就让他有了庶吉士、御史的头衔。知识分子中无耻媚上、邀宠求官的大有人在,倪进贤只不过是其中之一。

综上述可见,至晚在唐代"鸟"字就有了"屌"的音义,宋人亦多沿用,到了元杂剧、明人小说中就更是屡见不鲜、指不胜屈了。

(原载《学问》2002 年第 6 期)

读《旧唐书·杨再思传》

　　《旧唐书·杨再思传》文字不多,颇适合现今快节奏时代事务繁忙、时间紧迫的读者。

　　传记开头就记述了一件有趣的小事:"(杨再思)授玄武尉,充使诣京师,止于客舍,会盗窃其囊装,再思邂逅遇之,盗者伏罪,再思谓曰:'足下当苦贫匮,至此无行。速去勿作声,恐为他人所擒。幸留公文,余财尽以相遗。'盗者赍去。再思初不言其事,假贷以归。"旅途被盗,正巧又碰上这个小偷,小偷当然只得"伏罪",令这位小偷万没料到的是,失主不仅不加追究,反而关怀备至,说行窃是家贫所致,还让他屏息低声,"恐为他人所擒",只要他把袋子里的"公文"交还,所有钱财悉数奉送,且向外只字不提。因为钱财遗盗,身无分文,回家的路费还是向人借贷的。可别小看了这件事,更多地了解了这位杨再思之后,就能品出它的深长意味。

　　"再思自历事三主,知政十余年,未尝有所荐达。为人巧佞邪媚,能得人主微旨。主意所不欲,必因而毁之;主意所欲,必因而誉之。然恭慎畏忌,未尝忤物。或谓再思曰:'公名高位重,何为屈折如此?'再思曰:'世路艰难,直者受祸。苟不如此,何以全其身哉?'"这段文字,真可谓精彩无比。我们暂且不管"巧佞邪媚"的评语,单说十几年"历事三主",荐引贤能的本职工作啥也没干,一门心思就是整天研究揣摸"主"的"意"。俗话说,功夫不负苦心人,终于还是——摸透"皇帝"的"所欲"与"所不欲",这就好办了:"欲"的就"誉";"不欲"的就"毁"。这里有一条特别重要,就是万万不能考虑"皇帝"的"欲"与"不欲"和国家社稷、黎民百姓的利害如何。他的处世信条是"恭慎畏忌",绝不得罪任何人。连偷他行李的小偷都不得罪,能开罪炙手可热的权势者吗? 有人认为杨再思这样活得太累,何况也是"名高位重"的官员。但他一语破的:"直言受祸。""不如此"就无法"全其身"!

作者深知,光概括说理,软弱无力,给人的印象也不会深,所以,举了四件具体事,给我们勾画出杨再思其人的生动形象。第一件:张昌宗"以姿貌见宠幸"(史册明载,他得宠于女皇帝武则天的一个重要原因是因为他性服务质量超凡),这正是"主"的"欲",就拼命拍张昌宗的马屁,寡廉鲜耻地奉承:"人言六郎面似莲花,再思以为莲花似六郎,非六郎似莲花也。"第二件:张昌宗的哥哥同休要举办一个宴会,让群臣们"尽醉极欢",杨再思自然是准时出席,就因为张同休说了句"杨内史面似高丽",当时已任御史大夫的他,马上"剪纸自帖于巾,却披紫袍,为高丽舞"。作者对其舞姿的描写是"萦头舒手,举动合节"。看来当时高丽舞的基本动作与今朝鲜舞无大差异:甩头绕圈,舒展双臂。为了赢得女皇帝红人的高兴,不惜丧失身份去耍活宝。第三件:上面提到的武则天的宠幸张昌宗犯法"为法司所鞫",办案的司刑少卿桓彦范拟"断解其职",张忽然翻供"称冤",武则天颇有点诱导意味地问众宰臣:"昌宗于国有功否?"这个机会杨再思当然不会错过,马上回答:"昌宗往因合炼神丹,圣躬服之有效,此实莫大之功。"结果当然可想而知,"则天甚悦,昌宗竟以复职"。第四件:武则天的侄儿三思为报私仇"诬杀王同皎",杨再思接受命令"考按其狱",明明知道王是无辜的,"竟不能发明其枉",原告武三思、法官杨再思,两人谁也没什么好"思",结果当然只可能是"致同皎至死"。就从以上几件事,我们已活脱脱地看到,杨再思究竟是个什么玩意儿了。

传文虽然简练,发人深省者多。掩卷深长思之,有两点感受最切。

一是对杨再思之流的无耻之徒,百姓及有正义感的官员都是嗤之以鼻的。在审理张昌宗案中,"时人贵彦范而贱再思",左补阙戴令言乃至写了《两脚野狐赋》来讽刺他,杨再思对戴马上施行打击报复,对此"朝士尤加嗤笑";在谄媚取悦张同休而化妆起舞时,也是引来"满座嗤笑"。尽管他仕途通畅,加官进爵,但在正义人们的眼中,只不过是个人所不齿的卑鄙小人。

一是我们虽无意为杨再思辩解,但不可否认,这种人的存在,有其深刻的社会背景。封建皇帝至高无上的生杀予夺大权的滥用,数不清的"顺我者昌,逆我者亡"直言取祸的史实教训,而与之形成强烈对照的则是荣华富贵、封妻荫子,这就是无论什么时候的在任官员中,为个人私利而谄媚奉承、唯上是从的多;为国家百姓犯颜直谏、敢撄逆鳞者少的原因。在极度专制、腐败、黑暗的社会土壤上,生长出杨再思这类霉菌毒草,是可以理解的。所以,如果想消除杨再思这种丑类,必须得从根本上对生成他的社会制度开刀。

(原载《史学集刊》2002 年第 4 期)

宋代的小品讽刺

　　人们一般只要提到封建社会的皇帝,想到的大多是高高在上,威严肃穆,大权在握,生杀予夺;乃至荒淫昏聩,骄横残暴,滥杀无辜。总之,印象中都不是什么好"鸟"。读宋人苏象先《魏公谭训》,其中有一些记载扭转了我的上述看法,皇帝也并非都是一样的残暴、霸道。作者这部以记录其祖父、宋代著名科学家、政治家苏颂诉说亲身见闻的言行为主的回忆录,不少地方还是很有意思的。

　　其第十卷的开头记载说:"祖父尝云:俳优非滑稽,捷给善中事情,亦能讽谏,有足取者。"这里苏颂把"俳优"和"滑稽"十分近似的二者区别开来。《史记·滑稽列传》司马贞索隐:"滑,乱也;稽,同也。以言辨捷之人言非若是,说是若非,言能乱异同也。"所说颇类似相声艺人利用谐音的插科打诨。"俳优"在《荀子》、《史记》中都是与"侏儒"连说,乃"谐戏艺人",约相当今天的小品演员。如果说前者重在逗乐搞笑,后者更注意"寓教于乐"。苏颂还肯定这种演出的讽谏意义"有足取"。接着就记叙了四个具体例证:

　　仁宗作赏花钓鱼宴,赐诗,执政诸公洎禁从馆阁皆属和。而"徘徊"二字无它义,诸公进和篇皆压"徘徊"。在坐校坊杂戏为数人寻访税第,至一宅,入观之,至前堂之后,问所以,曰:"徘徊也。"又至后堂东西序,亦问之,皆曰:"徘徊也。"一人笑曰:"可则可矣,徘徊太多尔!"

　　神宗励精求治,博访人材,虽州县小吏,亦引之登对。春宴,优人引数辈牵一驴至殿阶,卫士叱之,复来不已。问之曰:"汝何人?敢牵驴子至此。欲何之?"对曰:"我以为有脚者皆得上殿尔。"

　　邓绾为中丞,时讥其不尽言。一日优人进戏,作都水官数人,共议秋水泛溢,将开汴口以免泛滥之虞。一人曰:"丁家口可开乎?"曰:"多良田,不可。"又曰:"杜家口可开乎?"曰:"经涉州县,不可开。"一人曰:"邓家口可开乎?"乃曰:"此口奉敕不得开耳。"

　　哲宗为延安郡王,奉宴侍坐上旁。优人指曰:"此为谁乎?"或曰:"皇子大王。"曰:"非也。"又曰"太尉相公"、"开府郡王",皆曰:"非也。""然则为谁?"曰:"假承务郎。"时新行官制,任子多为假承务郎,位最卑。

　　四者皆得天颜一笑,传播都下。皆祖父侍宴所见者。

　　第一个故事是说"执政诸公洎禁从馆阁"为和皇帝的"赐诗",无病呻吟,左一个"徘徊",右一个"徘徊",艺人当场假扮租房屋者,前后来回走着看房子,问:"你这是在干吗?"回答都说"徘徊",从而引发出"徘徊太多"的批评。第二个故事说皇帝为了"励精求治,博访人材",谁都可以被引荐"登对",艺人用牵驴上殿,来讽刺"有脚者皆得上殿"。第三个故事说的邓绾,《宋史》本传说他"极其佞谀","赋性奸回",人们讥笑他,他竟然无耻地说:"笑骂从汝,好官须我为之。"身为中丞,却明哲保身地"不尽言",即今所谓"不作为"。艺人遂假借防洪疏导开口放水来讽刺他"口奉敕不得开"。最后一个故事是讽刺官职冗乱的。

　　从演出形式上看,肯定不是相声,是多人演的,不是两人说的,类似今天的小品。从叙事时间跨度看,历仁宗、神宗两朝,讽刺也十分大胆,讥刺邓绾直接说到"奉敕","假承务郎"的玩笑更直接开到后来成为哲宗皇帝的赵煦的头上。政治气氛也十分宽松,皇帝老儿不仅不责怪这些艺人是对他的恶毒攻击,反而"天颜一笑",有了他老人家的高姿态,自然人们也就把它当作佳话"传播都下"了。

　　　　　　　　　　(原载《文汇读书周报》2005 年 2 月 4 日)

略论刘裕的用人之道

作为结束东晋腐朽统治、开始南朝一百六十多年历史新时期的第一个皇帝,刘裕之所以能在戎马征战、苦心经营、排抵外乱侵扰之患、翦除内部异己之争以后,终于登上君主的宝座,原因当然是多方面的。而其知人善任、驭下有方,则不能不说是重要原因之一。以往的论者对刘裕的用人,一般只是说他不受门第等地的局限,不因亲疏远近而偏倚等,这些无疑都是正确的。但如果对问题的认识只停留在这上面,应该说还是失诸浅近。真正欲了解其底蕴,探骊得珠,似乎还得进行较为深入的考察。

一、常规与破格

常规是总结众多的历史经验教训而逐渐形成的。所以,忽视常规的人不能不受到历史的惩罚。但这仅只是问题的一个方面。正因为常规形成后人们的反复依循,一切率由旧章,就容易使得这种常规逐渐演化为陈规。而僵化因袭的沉重,可以碾碎一切生机,所以这种陈规就成为事物进一步发展的桎梏。在这种时候,破格就有重大意义。用人当然也不例外。

> 高祖之伐蜀也,将谋元帅而难其人,乃举(朱)龄石。众咸
> 谓自古平蜀皆雄杰重将,龄石资名尚轻,虑不克办,论者甚众。
> 高祖不从。乃分大军之半,猛将劲卒,悉以配之。臧熹,敬皇
> 后弟,咸服高祖知人,又美龄石之善于事……以平蜀功封丰城
> 县侯,食邑千户。十一年,征为大尉、咨议参军,加冠军将军。
> (《宋书·朱龄石传》)

"资名尚轻"是"不克办"的原因,这是常规。而"众咸谓"、
"论者甚众",无疑更造成了不小的舆论压力。但刘裕不为常规
所束缚,要破一破格,还是毅然任命。当然这种决定不是一意孤
行,而是建基于平时对他所任命的人的深入了解上的。朱龄石
的父亲朱绰曾被桓冲救过命,刘裕讨桓玄的时候,龄石提出"世
受桓氏厚恩,不容以兵刃相向,乞在军后",刘裕没有用立场不
稳的罪名来惩罚他,反认为他颇讲知恩必报的封建道德,所以
"义而许之"。另在朱任武康县令的时候,"武康人姚系祖招聚
亡命,专为劫盗,所居险阻,郡县畏惮不能讨。龄石至县,伪与系
祖亲厚,召为参军。系祖恃其兄弟徒党强盛,谓龄石不敢图己,
乃出应召。龄石……乃要系祖宴会,叱左右斩之,乃率吏人驰至
其家,掩其不备……悉斩系祖兄弟……自是一郡得清"。从这
件事上看出他与其前任怕得罪人惹祸不同,偏要来摸一下这老
虎的屁股,有为民作主的责任心。而这件事的处理上既显露出
他的机智,又看出他处事的魄力,再加上在讨义军卢循时的表
现,完全看出他"有武干,又练吏职"的卓越才能。这些,都为刘
裕做出这个破格的决定提供了充分的判断根据。只有知人,才
能善任,朱龄石的元帅就是这样当上了。刘裕意在取胜,他把自

己的妻弟、地位原在龄石之上的臧熹置于朱的统率之下。在对龄石选拔任用的同时,刘裕更予以扶助与支持:配备猛将劲卒,与之详细地分析敌情、确定对策,临行还交给一个到白帝城再开启的锦囊妙计。

朱灭蜀大胜的事实,使上述的"众"们不得不回头来"咸服帝知人,又美龄石善于事"。可以说,朱龄石平蜀的胜利,也是刘裕打破常规,破格用人的胜利。

二、器重与驾驭

明太祖在一道手谕中说:"鸿鹄之能远举者,为其有羽翼也;蛟龙之能腾跃者,为其有鳞甲也;人君之能致治者,为其有贤人而为之辅也。"(余继登《典故纪闻》)古今中外的治世之主都有其得力的辅佐之臣。自然,明君对他的辅佐之臣都是尊崇与器重的。因而,茅庐三顾、鹚死怀中就成了家喻户晓的佳话。但尊崇并非唯命是听,器重更不是事事顺随。皇帝君临天下,最为重要的一条就是对百僚,首先是对名宰贤相能够驾驭。

> (刘)穆之内总朝政,外供军旅,决断如流,事无壅滞。宾客辐辏,求诉百端,内外诸禀,盈阶满室。目览辞讼,手答笺书,耳行听受,口并酬应,不相参涉,皆悉赡举。又数客眶宾言谈赏笑,引日亘时,未尝倦苦。裁有闲暇,自手写书,寻览篇章,校定坟籍。(《宋书·刘穆之传》)

刘裕对这个有点半神化的人物,可以说是器重备至的了。对穆之力劝刘裕入朝辅政的事,"从其言";西伐司马休之,虽刘裕中弟"道怜知留任,而事无大小,一决穆之";到刘裕称帝前夕,"朝廷大事常决于穆之"。尽管如此,刘裕对穆之并非事事顺随而也只是择善而从。在伐南燕时,燕主慕容超求救于后秦,秦主姚兴遣使晋军。在如何对待秦使所称即将发兵助燕的关键问题上,刘裕断然做出了与穆之相反的决断。

> 录事参军刘穆之,有经略才具,公以为谋主,动止必谘焉。时姚兴遣使告公云:"慕容见与邻好,又以穷告急,今当遣铁骑十万,径据洛阳。晋军若不退者,便当遣铁骑长驱而进。"公呼兴使答曰:"语汝姚兴,我定燕之后,息甲三年,当平关洛。今能自送,便可速来。"穆之闻有羌使,驰入,而公发遣已去。以兴所言并答具语穆之。穆之尤公曰:"常日事无大小,必赐与谋之;此宜善详之,云何卒尔便答。公所答兴言,未能威敌,正足怒彼耳。若燕未可拔,羌救奄至,不审何以待之?"公笑曰:"此是兵机,非卿所解,故不语耳。夫兵贵神速,彼若审能遣救,必畏我知,宁容先遣信命。此是其见我伐燕,内已怀惧,自张之辞耳。"(《宋书·武帝本纪》)

后来,事实证明刘裕的判断和处理完全正确。由此不难看出他较之穆之到底高出一筹。

与这一事件相映成趣的是南燕主慕容超之与其臣属公孙五楼。洪迈《容斋随笔》记载,"南燕慕容超嗣位之后,悉以国事付公孙五楼",其器重无异刘裕之于穆之。而在晋兵大军压境,如何当敌的重要决定上,公孙五楼对以上、中、下三策,而慕容超独独择其下策,结果遭致大败。所以洪迈说:"超平生信用五楼,独于此不然,盖天意也。"同样是可信赖的辅佐之臣,同样是事无大小悉付裁断,同样是仅只在一件重大事情上做出与其辅臣相反的决定,而结果却截然不同。两相对照,不能不说这是刘裕能够对全局审时度势、多谋善断,对具体问题虑事周密、条分缕析,在用人上自有主见、驭人有方的结果。

三、用才与成事

　　知人善任的"善"字,一般都容易把它与对人的重用、破格等情况联系起来考虑,其实并不尽如此。所谓"善",应该是指用得其所,用得其宜。而检核的标准,只能是看其是否有助于成事。个别情况下为成事的目的而不任,也是一种善任。刘裕不任用颇有干才的毛修之伐蜀可算是一个典型例子。

　　谯纵乱蜀,杀毛修之的父亲毛瑾、伯父,其兄弟行亦被诛杀甚多。朱龄石伐蜀,"修之固求行,帝虑修之至蜀多所诛杀,且土人既与毛氏有嫌,亦当从死自固,不许"(《南史·毛修之传》)。论武功韬略,修之有诛桓玄之功,伐蜀自然不缺他可任的职务。就只因为敌方诛杀毛氏家族太惨,不能不考虑到他入蜀后的报复而造成的影响。即使可以用纪令来严律修之,但敌方心有前嫌,必以死相拒,易于阻塞降路。在这种特定条件下,对毛修之这颇有才干的人的不任,也正是一种善任。因为必如此才有利于成事,而用才的目的及是否正确的标准,只能是成事,而别无其他。

　　人们十分乐道于刘裕的用人不唯亲。前举置臧熹于朱龄石之下一事,向为史家称颂。其实,不计后果地委亲近以高职要位,是只有昏庸糊涂、腐败无能的君王才会出此下策。稍有理智的皇帝就不会干出这种蠢事来,原因也只是因为它直接危害成事,即在不同程度上也危及他的帝位。所以在"任亲"或"避亲"的问题上同样存在着一个"善"的问题。

　　《通鉴》晋恭帝元熙元年(419)载:刘裕任他儿子义真为扬

州刺史，萧太妃想让她的亲生儿子去："道怜，汝布衣兄弟，宜用为扬州。"刘裕说："寄奴（刘裕小名）于道怜，岂有所惜！扬州根本所寄，事物至多，非道怜所了。"这一下激怒了萧太妃："道怜年出五十，岂不如汝十岁儿邪？"刘裕说："义真虽为刺史，事无大小，悉由寄奴。道怜年长，不亲其事，于听望不足。"实际原因是"道怜性愚鄙而贪纵，故裕不肯用"，绝不是因为儿子更亲于异母弟，刘裕才拒绝这项任命的。

后来刘裕诏令太后不得临朝听政是否由此事引起，不敢臆测妄猜，但刘裕临终确有手诏："后世若有幼主，朝事一委宰相，母后不烦临朝。"为了成事（巩固帝业），刘裕不仅在道怜的任命上未为太妃言辞所动，而且由此遗训看，他还并不糊涂，懂得夫人参政是非坏事不可的。

四、信任与防范

帝王用人，大都先讲信任。惟其信任，方可放手使用。被任用者也才能思想解放，无后顾之忧。但用人需否防范，恐怕也难于率尔断定，而防范实际是从不信任开始的。

"将门之将"的王镇恶，从讨卢循、平刘毅、北伐诸役的历久征战中，其功勋已昭昭在人耳目。而进军潼关时，因军粮不继，亲赴弘农督租，百姓争送义粟、军食复振的事实，说明其文治也颇有一套。正因他是这样一个举足轻重的人物，刘裕对他自然不能一般看待。即如他入长安后"收敛子女玉帛不可胜计"（《宋书·王镇恶传》，下同），这对于治军向来整肃严明的刘裕来说，是不能容忍的。但正因为是他王镇恶，所以也"以其功大不问"。显然，这种信任与重用已达到有些放纵的程度了。但即令是放纵，也还自有其界限。

因为镇恶家居关中，又拥重兵，刘裕自不得不有所警惕。所以那场虚惊还远不是孤立事件。因刘穆之病死，刘裕班师东归的时候，决定由王镇恶、沈田子等将辅其子义真留守西北。刘裕私对沈田子说："钟会不得遂其乱者，为有卫瓘等也。语曰：'猛兽不如群狐。'卿等十余人何惧王镇恶。"对此举司马光的《通鉴》中有过尖锐的批评。

司马光的批评，不外是从封建社会所标榜的道德规范和这种双方牵制必致内乱的实际祸患两方面来评论的。但是，从前者看，"用"与"疑"的关系，用政客的权术观点看：不用，何恃攫取帝位？不疑，谁保其无二心？这也就是历代统治者，包括那些所谓明君圣主在内，用人上总是既有信任的"用"，也有恰当的、有时是十分隐蔽的防范的"疑"的道理，这是为封建社会及封建统治阶级的本质所决定的。而从后者来看，相互牵制与招致内乱本来就有不可分割的相生相克的关系，与其他事物有利则有弊一样。虽明君圣主也难求万全之策的。

与之可相印证的，是刘裕在临终时候留给他儿子的遗言中，对与檀道济、徐羡之、傅亮一起同列顾命之臣的谢晦，说了"谢晦数从征伐，颇识机变，若有异同，必此人也"的话。尽管谢晦才比杨修，战场上曾主动替刘裕赴死，廷会上又替他赋诗，"从征关洛，内外要任悉委之"（《宋书·谢晦传》），并不影响刘裕死前说这番话。而到了刘裕儿子文帝的时候，出于政治上的需要，就连同刘裕认为"当无异图"的徐、傅也一起被诛杀剿灭了。

沈田子与王镇恶的相互残杀，不能说与刘裕用人上的两面手法无关，但从驭人权术来说，相互牵制只是最简单、最起码的控制方法。一片忠心的谢晦最终被逼得起兵相拒，但刘裕临终向他儿子逐一分析顾命大臣的政治情况（包括对未来的估计），也难说不属正常。所以，这些事例可以说是刘裕在防范下属上的失败之作,但还不足以否定帝王用人上信任与防范的相互依存关系的必要。因而,我们在分析刘宋开国之君刘裕的用人之道、任人之术、驭下之方的时候,如果硬用当时的道德规范或历史上的成败得失去臧否是非,那必将陷于龃龉难入的困惑境地。

总之,如果摆脱阶级的偏见,拭去传统观念的积垢,刘裕的用人之道,对我们仍不乏借鉴启迪作用,问题在于善于吸取。

(原载《知识与人才》1989 年第二期)

从王旦对待寇准所得的启示

　　各类各级干部的日常工作中,人们平时生活中,相互间难免有所接触。其中关系和谐融洽、推功揽过、互助互励、促进工作顺利开展的当然很多,但为了一己之私而各怀心腹、尔诈我虞、诿过争功、嫉贤妒能者也不乏人在。读《宋史·王旦传》,在王旦对待寇准的关系上,确可给人颇多启示:

　　寇准数短旦(屡言王旦之短),旦专称准(称赞寇准)。帝谓旦曰:"卿虽称其美,彼专谈卿恶。"旦曰:"理固当然。臣在相位久,政事阙失(缺点过错)必多。准对陛下无所隐,益(更加)见其忠直,此臣所以重准也(这正是我所以看重寇准的原因)。"帝以是(因此)愈贤旦(认为王旦贤德)。中书有事送密院,违诏格(违反朝廷命令的规定),准在密院,以事上闻(把此事向皇帝汇报)。旦被责,第(亲赴寇准之门)拜谢;堂吏皆见(被)罚。不逾月,密院有事送中书,亦违诏格,堂吏欣然呈旦,旦令送还密院。准大惭,见旦曰:"同年,甚得许大度量?"旦不答。

寇准总向皇帝说王旦的坏话，而王旦却在皇帝面前称赞寇准，使得皇帝也感奇怪。而尤为可贵的是王旦对这个情况认为是"理固当然"，更加敬重寇准。寇准通过小汇报使王旦受责，连累得堂吏们也均被罚。而当寇准的把柄被王旦的堂吏抓住，"欣然呈旦"（活画出堂吏得此报复机会而按捺不住的兴奋心情），不料王旦却断然决定"送还密院"。使寇准不得不"大惭"而赞许王旦的品德与度量。

> 寇准罢枢密使，托人私求为使相。旦惊曰："将相之任，岂可求耶！吾不受私请。"准深憾（恨）之。已而除（去旧职任新官）准武胜军节度使、同中书门下平章事（相职）。准入见，谢曰："非陛下知臣，安能至此！"帝具道旦所以荐者。准愧叹，以为不可及。

因为当官掌权，所以托人求情弄官当，古已有之，视此为当然的人并不鲜见。但原则性颇强的王旦却感到吃惊，当即予以回绝。但因总观寇准其人，虽有许多短处，但亦有甚多长处，如敢于冒犯皇帝直言进谏，宋太宗比之为唐之魏徵，在对辽外交上也有重大贡献。金无足赤，人用其长，所以王旦背后还是推荐了他。对那些以卖官鬻爵为业，还没有帮着"办事"，就先忙着向当事人讨好许愿并索贿的长官们来说，王旦这种背后举拔推荐，对说情人正色训导的做法，大约是不易理解的，但它又是何等值得珍视啊！

> 准在藩镇，生辰，造山棚大宴，又服用僭侈（奢侈程度超越规格），为人所奏。帝怒，谓旦曰："寇准每事欲效（仿照）朕，可乎？"旦徐对曰：准诚贤能，无如骙何（干些傻事真没办法）！"真

宗意遂解(才得以和缓),曰:"然,此正是骇尔。"遂不问。

效仿皇帝,就涉嫌取而代之。这在封建社会是大逆不道,可以招致杀身之祸。寇准"为人所奏",且已龙颜大怒。王旦毋需专门活动来施加报复,值此之际,只要在回答皇帝征求意见时稍加附和,就可以送了寇准之命。但王旦不计前嫌,于继续称赞寇准"贤能"之余,用一个"骇"字在怒气未息的皇帝面前轻轻地将他解脱了。

> (旦)素羸多疾(自来瘦弱多病)……帝曰:"卿今疾亟(病危),万一有不讳(死去),使朕以天下事付之谁乎?"旦曰:"知臣莫如君,惟明主择之。"再三问,不对。时张咏、马亮皆为尚书,帝历(遍)问二人,亦不对。因曰:"试以卿意言之。"旦强起举笏曰:"以臣之愚,莫如寇准。"帝曰:"准性刚褊(刚愎固执,心胸狭小),卿更思其次。"旦曰:"他人,臣所不知也。"……后旦没(死)岁余,竟用准为相。

在临死之前,回答皇帝关于继任者何人为宜的重大问题时,王旦先是拒不作答,目的在于加重其后答语的份量。中经皇帝指名现任尚书二人,仍不首允,终于逼得皇帝说出"试以卿意言之"的话来,这时他才说出寇准的名字。皇帝的意见显然与他不一致,所以先是指出寇的缺点,继而让他"更思其次",王旦意愿已经表明,更不置言。皇帝终于采纳了王旦的意见,在他死后一年多任命寇准为相。王旦此举绝不是如一般所说的"人之将死,其言也善",而是一如既往,为了国家康庄、百姓富庶,必须捐弃一切个人之前嫌,最后一次保荐寇准做了自己的接班人。

对以德报怨,是连以讲恕道称于史的孔老夫子尚且不以为然的,他反问:"何以报德?"并表明自己的主张:"以直报怨,以德报德。"从《礼记》中所说的"以怨报怨",中经如朱子的"以其人之道,还治其人之身",到"费厄泼赖"的"缓行",到"七斗八斗",历史长河的浸润,"以眼还眼,以牙还牙"已成为多数人现实生活奉行的信条。积时既久,往往行使时容易忽视对施加对象的区别。对待侵略者的侵占掠夺,对待剥削者的奴役压榨,当然必须报以眼牙;在根本利益一致的原则下,在为了谋取大多数人利益的奋斗中,特别是在今天社会主义"四化"建设中,如果每个人都能从要求自己出发,在人际关系中,多一些设身处地为他人着想的体贴、温馨,少一些私字当头、恶意度人的猜忌与伤害,乃至提倡一点"以德报怨"的精神,对搞好社会安定团结,改造全民精神素质,焕发大家的工作热情,都是有利无害的。

（原载《知识与人才》1984 年第 3 期,署名马常有）

读书随感

　　姿质风流,仪容秀丽,怀经天纬地之才,建称王成霸之业,三国时代的周瑜,确不愧为一代英豪。

　　但是,人们在《三国演义》中一读到周瑜的死,就不得不"感慨系之"了。这种感慨之情,如果说有一小部分是为对这个一代天才早夭的怜悯而发的话,那么,更多的部分则应该说是对他心胸狭窄、嫉贤妒能,且终而致死,所表示的深切的遗憾。对历代读者来说,周瑜临死时"仰天长叹曰:'既生瑜,何生亮!'连叫数声而亡"的情景,未能唤起同情和悲愤,相反,人们只是把这当作嘲弄和谴责的资料。

　　诚然,在周瑜的时代,孙、刘合力共同抵御曹操,是对孙、刘两方都有利的。而且,也只有如此,才能对付拥有强大势力的曹操。所以,周瑜之多方设法杀诸葛亮,人们反感,而终被气死,人们则引为笑谈。

　　但话又说回来,在当时,孙、刘之间的矛盾也是尖锐、复杂的。周瑜对新兴的刘备势力是看作"势同养虎"的,因而,比自己高出一筹的诸葛亮,使他耿耿于怀而"梦寐思诛",也就成为可以理解的了。

但值得注意的是，今天在我们生活周围，像周瑜这种心胸狭窄、忌妒别人成就的人却还大有人在。他们常常想，"这儿若没有他，谁还能比过我"，心里一面怨天尤人地复咏"既生瑜，何生亮"的旧调，同时，为了"我"，也常常想方设法地给"他"加上些"莫须有"的罪名，对"他"学习上、工作上、生活上有意为难，百般挑剔。总之，不达压"他"于"我"之下的目的，誓不罢休。

其实，今天人们之间的关系，是高尚的同志关系，我们是向社会主义社会前进途中肩并肩、手拉手的同志，我们的目标是一致的。这与孙、刘之间当时的关系只是相互利用，性质完全不同。伟大的社会主义建设事业正需要我们"八仙过海，各显神通"，而嫉贤妒能、倾轧排挤、尔诈我虞的可耻作风，最终一定会严重损害我们的事业。

《三国演义》中的诸葛亮，是群众智慧的化身。周瑜的被气死，更加衬托出了诸葛亮智慧的光辉夺目。如果说三国时代的周瑜，心胸狭窄、嫉贤妒能，只落得个被活活气死的下场，那么，今天谁要再履旧效尤，不许别人发挥所长为建设社会主义服务，其愚蠢就太令人可叹可悲了。

当然，我们对待今天的周瑜，并无意让他也活活被气死。但愿他在诸葛亮面前虚心一些，首先弄懂并学会一点，就是胸襟开阔，心地坦然，学习先进，做好工作，真正明白在今天无论自己和别人小的和大的工作成绩，都是在为祖国社会主义的幸福大厦添砖加瓦、创建辉煌。

（原载《长江日报》1956 年 11 月 22 日，署名路泯）

清贫·奋进·成才

"四化"建设需要众多人才,而人才培养与成长则是一个关系到方方面面十分复杂的问题。物质生活条件与成才的关系如何,即是其中之一。

一般地说,物质条件优裕,对读书学习、自修钻研无疑是有帮助的。比如,舒适宽敞的居室、宁静幽雅的环境、适口的饮食、丰富的营养、大量的藏书、齐备的设置(如实验室、各类仪器、计算机、录音机、复印机、幻灯机等),对于有志于学习钻研的人来说,确是他们取得优异成绩的极为有利的条件。但这绝不是说,条件优越的人都一定能成才;更不能说,没有这些条件的人就不能成才。因为决定因素则在学习者本人是否刻苦努力。

相反的例证可以举出很多,优裕的物质生活使学习者沉溺于享乐而荒废学业;清贫的生活反而激励学习者刻苦奋进,取得成就。我国历史上无数的名人,如匡衡、王充、荀悦、刘孝标、李密、欧阳修、陆佃(陆游的祖父)、岳飞、史可法等等,青少年读书时家境都很清寒,他们是在贫困中通过克服各种困难、刻苦学习而终于成才的。至于历史上知名度稍差的在清贫生活中笃志学习而成才的人，更是不胜枚举。

为了创造或改善学习条件，古代立志向学的人很早就实行了半工半读。在猎获知识的拼搏中能取得胜利的人，在创造与改善物质生活条件中也都不是弱手。匡衡勤学而苦于无书，"邑人大姓文不识家富多书，衡乃与其佣作而不求偿"，他的要求只是"愿得主人书遍读之"。后来学成，于研究解说《诗经》尤为权威，当时流行的歌谣说："无说《诗》，匡鼎来（匡衡小名叫鼎）；匡说《诗》，解人颐。"其学术成就可见一斑。又《元史·李德辉传》载，德辉好学，"适岁凶，家储粟才五升，其母春蓬稗、炊藜苋而食之"，"嗜读书，束于贫无以自资，乃辍业。年十六，监酒丰州，禄食充足。甘旨有余，则市笔札录书，夜诵不休"。在家庭经济生活条件不允许个人专门学习的情况下，根据自己的条件，发挥特长，从事一个阶段工、农、商等行业的劳动，一面改善生活，一面学习，对经济生活不充裕的好学者来说，不失为一种可取的良策。只要自己意坚志笃，最终仍可成才的。

优裕的生活对学习态度明确、意志坚强的人可以成为成才的条件；对学习态度不端、意志薄弱的人也可成为销蚀剂。教育学告诫家长们不要随便给青少年钱花，要注重培养他们勤劳节俭的习惯，其目的远不只是为了节省费用，重要的是在于培养他们正确的生活态度，同时也为了免除干扰，使其潜心向学。

《宋史·刘恕传》记载，帮助司马光编撰《资治通鉴》的刘恕，家贫欲读无书，"宋次道知亳州，家多书，恕枉道借览。次道日具馔为主人礼，恕曰：'此非吾所为来也，殊废吾事。'悉去之。独闭阁，昼夜口诵手抄，留旬日，尽其书而去，目为之翳"。《画墁录》还记载了这样一则故事："王世则，长沙人。冠岁辞亲入南岳读书，其父遗之一千。居数年，还家宁亲，既而出一千，封识如故。明年，状元及第。"前者是对酒馔珍羞的宴席不感兴趣，反认为它耽搁自己读书。后者因一心读书，无暇去花钱，乃至数年之间，其父临行时所给的钱尚未启封。这是虽有优裕条件，因怕干扰求学而搁置不用，终亦成才的。看来，刘恕之所以能写成不朽之作，王世则读书数年就能"状元及第"，不能说与他们主动鄙夷那种大肆吃喝、大把花钱的生活态度没有关系。

当今青年无论政治环境或生活条件，都比古代人们强出不知多少倍。我们应该树立正确的学习目的，克服各种困难，利用或创造有利的学习条件，勤奋钻研，及早成才。

（原载《知识与人才》1987 年第 2 期，署名马常有）

因书读别字贬官

　　古人文风至严,因一字之书写读音之误而贬官乃至殃及他人者均不乏例在。

　　《旧唐书·严挺之传》载:侍郎萧炅将《礼记》"蒸尝伏腊"之"腊"误读为"猎",挺之上奏称"省中岂有伏猎侍郎?"遂贬萧炅为岐州刺史。

　　《通鉴》晋安帝元兴三年(404)载:

> 　　(桓)玄性苛细,好自矜伐。主者奏事,或一字不体、或片辞之谬,必加纠摘,以示聪明。尚书答诏误书"春蒐"为"春菟",自左丞王纳之以下,凡所关署,皆被降黜。

上述二例虽有封建官吏自诩才高、律人苛酷之嫌,但其重视文风、督禁从严亦不可全盘否定。

　　生命有限,学海无涯,欲书读一字不误,虽硕学鸿儒亦难,何论其他。宋人洪迈,世称饱学,治学亦甚严谨,曾手抄《通鉴》全文三遍。其《容斋随笔》(《四笔卷八·文书误一字》)记其三次误写别字且终得纠正一事,于今尚有良多启发。

其一为将《论语》中孔子所说"不学《诗》,无以言"中之"言"误写为"立",为经筵吏袁显忠发现后改正。其二为于翰林院起草诏书将"兹履夏正"误书为"兹履周正","院吏议呈宰执,周益公见而摘其误"。其三为其出使金国召还后所写奏章中,将宋太祖生日之"长春节"误写为"万春节",而"万春节"恰好为金国皇帝生日名称。幸亏友人何德辅发现,得以避免此一严重政治错误。容斋对此颇多感慨:"文书一字之误,有绝系利害者……至今思之,犹为汗下。"

总结洪迈之经验教训,除却书读时自身认真不苟外,朋友关心热情指正、同志帮助及时批评、领导重视严格把关亦均大有裨益。人人均能如此,书读别字错误庶可大大减少。

(原载《史学集刊》1986 年第 2 期,署名马常有)

好书人三病

  明人谢肇淛，字在杭，福建长乐人，万历三十年（1602）进士，官工部郎中，视河张秋，作《北河纪略》，具载河流原委及历代治河利病。终广西右布政使。学者、文学家，《明史·艺文志》载其著作有《史觿》二十一卷，《八闽艩政志》十六卷，《百粤风土记》一卷，《北河纪略》八卷又《纪余》四卷，《支提山志》七卷，《鼓山志》十二卷，《五杂俎》十六卷，《麈余》四卷，《文海披沙》八卷，《小草斋诗话》四卷等。

  谢氏的政治态度，在《五杂俎》中有对皇帝、太子、藩王对农民的残酷剥削压榨和自身生活穷奢极欲的揭示；有对豪强巨室勾引倭寇入境掳掠从中渔利之罪恶的鞭挞；主张减轻农民负担以缓和尖锐的阶级矛盾。总体上看，作为一名封建官吏，还是有不少应予肯定的。

  《五杂俎》分《天部》二卷、《地部》二卷、《人部》四卷、《物部》四卷、《事部》四卷。本文所讲的内容出自《事部》，说的是喜欢书籍的人的三种毛病，原书无文题，乃依意自拟的。

好利之人,多于好色;好色之人,多于好酒;好酒之人,多于好弈;好弈之人,多于好书。

好书之人有三病:其一,浮慕时名,徒为架上观美,牙签锦轴,装潢炫耀,骊牝之外,一切不知,谓之无书可也。其一,广收远括,毕尽心力,但图多蓄,不事讨论,徒渍灰尘,半束高阁,谓之书肆可也。其一,博学多识,矻矻穷年,而慧根短浅,难以自运,记诵如流,寸觚莫展,视之肉食面墙诚有间矣,其于没世无闻,均也。

夫知而能好,好而能运,古人犹难之,况今日乎!

文章批评不少"好书人"的一些通病。重点批评了以下三种类型:一般知识分子都有羡慕虚名的毛病。喜好书籍,只是为了徒好看、炫耀。"牙签锦轴"是用古代书籍的装池外形来称代书籍。骊牝在此是指鸟兽的雄雌和颜色的黑黄之分,比喻一见即知的肤浅、表面的东西。说这样的"好书人",可以说他等于没有书。这是第一类。其次,是到处搜集,只是贪图自己藏书数量的多少,并无能力去讨论内容,只是堆积在尘土污垢中,束之高阁,这种"好书人"也只能算是个书铺老板。再次,与前两种不同,一年到头勤劳不懈地读书,使自己也可算得博才多学,但是缺乏足够的聪明和智慧,不能够把所读的书独立理解运用,虽然能把掌握的东西倒背如流,但是不能自己有所创造,写不出一个字来。他们虽然与那些"肉食者"的粗俗低下和"面墙者"的目光短浅有所区别,但在不可能扬名于当世、饮誉于史册方面,和前二者是一样的。

作者最后总结说:对爱书人而言,真正了解书进而能喜欢它;喜欢书而能通过掌握进而灵活运用它。古人尚且难以做到,更何况是现在的人呢?

　　治学堪称实在、仕途亦复畅达的谢肇淛,著书甚夥,涉及范畴亦广。写在此书同卷的另一段话,揭示出读书与著书的关系,可以作为这段对"好书人"批评文字的正面阐释,有助于进一步理解此文,引述于后,权作此文的结束:

　　少时读书,能记忆而苦于无用;中年读书,知有用而患于遗忘;故惟有著书一事,不惟经自己手笔,可以不忘,亦且因之搜阅简编,遍及幽僻,向所忽略,今尽留心,败笥蠹简,皆为我用。始知藏书之有益,而悔向来用功之蹉跎也。

　　　　　　　　　　　　　　（原载《旧书信息报》2001 年 1 月 22 日）

陈全之的人口观

　　我国古代对于人口问题就十分注意。文献著录很多,除了见之于官方档案记载外,私家著述、笔记史札中亦多涉及者。明人陈全之在其《蓬窗日录·世务·户口》中,即专述及此。

　　陈全之(1512—1580),初名朝鋆,字津南,一字粹仲,晚号梦宜居士。福建闽县(今闽侯)人。其曾祖陈叔刚所著《绹斋集》,曾著录书目于《明史·艺文志》。陈全之中明嘉靖二十三年(1544)进士。后授礼部主事,提督四夷馆,升员外郎。出知荆州府,筑堤治水利民,民间称陈公堤。后任山西右参政,致仕归乡,耕读于义溪。除《蓬窗日录》外,尚著有《游杂集》、《巴黔集》等传世。

　　关于该书的写作缘起,作者在写于嘉靖乙丑(1565)秋的该书《后语》中说:"余自庚子观光上国,晨途夕舟,风江雨湖,历睹时事,遍窥陈迹。凡得见闻,雅喜抄录。或搜之遗编断简,或采之往行前言,上至圣神帝王吟咏,下至阛阓间里碎言,近而衽席晤谈,远而裔戎限界。岁积月盛,篇盈帙满,不觉琐屑,涉乎繁芜。辛亥官南宫,删其稿;庚申转芦沧,重订之,厘为八卷:曰寰宇、曰世务、曰事纪、曰诗谈。题曰《蓬窗日录》。"

论者认为该书以内容丰富、资料翔实著称,尤以"世务"一门涉及明代边务、马政、驿传、漕运、水利、盐政及地方庶务等各个方面,而且不乏依据仕宦实践经验的考订或见解,对于深化明史研究和社会经济史研究,都具有重要的参考价值。其中《户口》可谓一有力佐证。

首先,作者详述了历代人口数字的消长,指出"古今户口登耗(增减)不同,大抵易代(改朝)之初常耗,而承平日久则登矣"。为保留其重要资料计,迻录如下:

禹分九州时(约当公元前21世纪中期),民户一千三百五十五万三千九百二十三,民口三千九百二十二万。周公相成王时(公元前11世纪中期),民户一千三百七十一万四千九百二十三,民口四千九百二十三万二千一百五十一。春秋(前770—前476)时民口一千一百八十四万七千。汉平帝(1—5年在位)时民户一千二百二十三万二千零六十二,民口五千九百五十九万四千九百七十八。此汉之极盛也。

光武(25—57年在位)之兴,民户四百二十七万九千六百三十四,民口二千一百万七千八百二十;桓帝时(147—167年在位)民户一千六百七十万零九百六十,民口五千零六万六千八百五十六。至三国鼎立(220—280)之时,通计户一百四十七万三千四百三十三,口七百六十七万零二百八十八;晋武平吴,天下户二百四十五万九千八百四十,口一千六百一十六万三千八百六十三。至隋大业(605—618)中户八百九十万七千五百三十六,口四千六百一十万九千九百五十六。至唐永徽(650—655)中户三百八十万;天宝(742—756)中户八百九十一万四千七百九十,口五千二百九十一万九千三百零九。此唐之极盛也。

至大历(766—779)中户才一百三十万,此古最耗者。宋太祖定天下(960),户三百零九万零五百四十;至真宗(997—1022年在位)时户七百四十一万七千五百零七,口一千六百二十八万零二百五十四;神宗(1067—1085年在位)时户一千七百二十一万一千七百一十三,口二千四百九十六万九千三百;徽宗宣和(1119—1125)中户二千零八十八万二千二百五十八,口四千六百七十三万四千七百八十四。此宋之极盛也。

元世祖混一(1271)之初,户一千三百一十九万六千二百零六,口五千八百八十三万四千七百一十一。至其末年(1294),口五千九百八十四万八千九百六十四。此元之极盛也。

我朝洪武之兴,当元乱残毁之后,户口尚耗。至嘉靖(1522—1566)中,户九百三十五万一千九百零七,口五千八百五十五万七千七百三十八,亦可谓盛矣。

从上列数字中,我们看到战乱涂炭生灵、灭绝丁口的可怖现实;还可以看到随着封建大家庭的发展,平均每户人口数亦有所增加。

其次,陈全之虽然罗列了不少数字,但他清楚地知道古代的户口统计中问题很多,以明代为例,"军匠等户不分析,民间口之入籍者十漏六七",受经济、政治各方面的影响,有意逃避入籍及统计中的疏漏,使这些数字远不准确,因而上列数字只能说大体反映了各代情况,他还展望未来人口的与日俱增,说"将来户口之登,岂止汉唐宋元之所谓盛者而已哉"!

末了,尤觉可贵者,陈全之在谈论人口数量的同时,也密切关注到人口的质量。他引用《文献通考》的编撰者马端临的话说:"古者户口少而皆才智之人;后世生齿繁而多窳情(粗劣低下)之辈。均是人也,古之人方其为士则务学问;及其为农则勤稼穑;及其为兵则力战。是以千里之邦、万家之聚,皆足以世守其国。后世之民,才益乏而智益劣,士拘于文墨而授之介胄(披甲戴盔,喻作战)则惭;农安于犁锄而问之刀笔(古以刀刻笔写成字,喻文治)则废。以至九流百工、释老(佛道)之徒,食土之毛者日以繁夥(多),不足以增重邦国。官既无籍于民之财,而徒欲多为之法以征其身、户调口赋,日增月益而民益穷苦憔悴,只以丁多为累矣。悲夫!"

陈氏关于人口质量后代不如前代、要求人们身通多行、兼备文武的看法,当然与社会生产力越发展、分工越细密的趋势是不符合的。不过,他能够敏感地关注人口的质量问题,认为生产者日少、单纯消费人口激增,而统治阶级日益加重的剥削又极大地挫伤了劳动者的生产积极性,人口多只是成为国家的累赘等许多看法,倒是不无道理。即使在今天,对于我们如何正确地解决我国的人口问题,也颇有积极意义。

(部分内容曾载《吉林日报》1990 年 7 月 28 日)

唐宋时期的拔河运动

　　我国是一个有着悠久体育传统的国家,各类体育比赛在文献中著录很多。拔河即为其中之一。

　　王谠《唐语林》载:"拔河古谓之牵钩。襄汉风俗,常以正月望日(农历十五)为之。相传楚将伐吴,以为教战。""古用篾缆,今代以大麻绳,长四五十丈,两头分系小索数百条,挂于胸前,分两朋(伙),两向齐挽。当大绳之中,立大旗为界。震声叫噪,使相牵引,以却者(向后退的)为胜,就者(趋而向前的)为输。名曰'拔河'。"王谠上述不误,南朝梁宗懔所著《荆楚岁时记》中即称为"牵钩",《隋书·地理志》也记载有:"南郡、襄阳尤甚,二郡又有牵钩之戏,云从讲武所出,楚将伐吴,以为教战。流迁不改,习以相传。钩初发动皆有鼓节,群噪歌谣,振惊远近。俗云以此厌胜(驱邪),用致丰穰(粮食丰收)。"到了唐代封演的《封氏闻见记》中专门立目即为"拔河"了。

　　正因为这项体育赛事活动广泛开展,所以在诗歌、美术上也都有所反映。《旧唐书·薛存诚传》说"父胜,能文,尝作《拔河赋》,词致浏亮,为时所称"。《画谱》中有关于展子虔所画鬼拔河的记载,而宋代的苏颂的诗歌中更有对《鬼拔河》画的生动描绘:"关中古有拔河戏,传闻始盛隋唐世。长絙百尺人两朋,递以勇力相牵制……旗门双立众鬼环,大石当中坐渠帅。蓬头圜目牙奋踊,植鼓扬枹各凌厉。东西挽引力若停,赋彩自分倾夺势。"上述画、诗中拔河者虽系鬼物,其实鬼神者是人们根据自身情况加以想象创造出来的,因而完全可以看作是人的生活折射。

综上述:一、我国拔河运动起源甚早,而隋唐始盛,其比赛情况与今基本无何差异。二、从其产生伊始,即与军事活动、农业生产相联系。三、开展甚广,上至帝王大臣,下至平民黎庶,参与比赛的人数多以千计。

拔河比赛以器械简便、场地不拘、开展季节不限、人数多少咸宜为特点,确是一项极便开展的群众性体育活动,但现代正规、大型的体育赛事好像未见有其列入,不知何故。

（原载《吉林日报》1991 年 2 月 23 日）

谣谚未可等闲看

友人尚恒元、彭善俊夫妇以其合著之《二十五史谣谚通检》一书寄赠，读后颇受启发。

谣谚在我国有很久远的历史，《列子》上记载说，帝尧就曾微服到康衢听取过童谣。后来采风形成制度，当局指派专门人员搜集民间流行的歌谣，借以了解民情，弘扬善政，革除弊端，巩固统治。

首先，谣谚反映出的问题，往往是当时社会最重要、最尖锐的问题。因为谣谚内容中心突出、表述语言简约明快，又是大众创作、口头流传，这就使它一方面能最迅速、最广泛地传播，另一方面，其内容也必然是群众早就感受到并迫切想表述的意愿。所以一经产生，自然马上得到广大群众的认可，不胫而走，不翼而飞。如《汉书·货殖列传》中引用的一首："用贫求富，农不如工，工不如商，刺绣文不如倚市门。"就深刻地反映出西汉后期农业衰退，工业发展，官私商家暴利巨富，社会分配不公；乃至"男人要富去经商，女人要富去为娼"这种不合理的社会现实。

出于各种目的，历史上也不乏蓄意制造不能本质反映客观实际的谣谚,但由于其内容有悖于生活实际,即使如何宣扬,也不为群众接受,昙花一现,流传不开。

其次,谣谚反映问题有相当的广度,几乎遍及生活的各个方面。如:反映什么事情都是上行下效的有"吴王好剑客,百姓多创瘢;楚王好细腰,宫中多饿死"(《后汉书·马廖传》)。颂扬清官为民请命的有"关节不到,有阎罗包老"(《宋史·包拯传》),旧制不向门吏行贿,诉状无法上达,包拯大开正门,听民诉讼。东汉顺帝时童谣:"直如弦,死道边;曲如钩,反封侯。"(《后汉书·五行志》)则为讽刺揭露东汉外戚权臣梁冀专横跋扈、残害忠良、进用奸佞的罪恶。"千人所指,无病而死"(《汉书·王嘉传》),是说丧失了群众信任,只有死路一条的道理。至于如"飞鸟尽,良弓藏;狡兔死,走狗烹"(《史记·越世家》)、"三十六策,走是上计"(《南齐书·王敬则传》)等早已演变为成语,从内容到形式,广为人们熟知和习用。

第三,谣谚产生后,一旦为群众认可,就成为巨大的社会舆论力量,其作用有时候不亚于千军万马。如"迎闯王,不纳粮"(《明史·李自成传》)的口号曾极大地动员与鼓舞了明末农民参加起义、英勇战斗。原因即在于作为舆论导向,抓住了最本质最重要的中心,用极准确极简明的语言表述,所以收得良好效果。

每个时代都有从各个不同侧面深刻反映自身面貌的谣谚。褒善刺恶,代表人民的心声;一针见血,直接鲜明地揭示出事物本质。可以说它就是一部视野角度开阔、信息储量巨大的"国情实录",切不可以其为童稚俚语、里巷琐言而等闲视之。如果能正确对待,因势利导,可以从中得到很多益处。历代典籍中记载的我们先辈成功处理谣谚的范例,就是明证。

（原载《吉林日报》1990 年 10 月 27 日）

唐代省官清吏浅说

在我国历史上漫长的封建社会中,唐代是为数不多经济较为发展、国家较久统一、政治较为开明、对外较为开放、文化较为发达的时期。形成这一局面的因素是多方面的,职官制度上注重省官清吏是其中的重要一环。作为封建王朝,其自身诸多弊端如专制腐败等,不可能不对政治各方面包括官制在内以重大影响,而形成机构庞杂、官吏冗滥、人浮于事、效率低下的局面。每当这时,有见地的明君贤臣总会抓住此一要害,进行整饬。所以,有唐一代就不止一次出现过官吏冗滥与省官并职交替变化的现象。

一、官吏冗滥的状况及成因与危害

据《新唐书·百官志》记载:"初,太宗省内外官,定制为七百三十员,曰:'吾以此待天下贤材,足矣!'"《旧唐书·曹确传》称"太宗初定官品令,文武官共六百四十三员",较《百官志》记载还要少。时隔一百六七十年,当杜佑"建中中忝居户部,专掌邦赋"时所著《通典》的记载已经是"计文武官及诸色胥吏等总三十六万八千六百六十八人"。这其间可能有认定与统计上的出入,即是如此,这种悬殊数字,也还是够惊人的。太宗朝全国三百万户,虽中经玄宗朝约有三倍的发展,但经战乱人口锐减之后,至建中年间恢复得大体与唐初持平(《文献通考》),而官员总数却是数百倍地几何级递增。"吏属太广,实扰于时,古者以十羊九牧,不知所从,今十羊百牧矣"(牛希济《治论》,载《全唐文》卷八百四十五)。张鷟在其《朝野佥载》卷四针对职滥官冗的状况,作歌谣讥之曰:"补阙连车载,拾遗平斗量。杷推侍御史,碗脱校书郎。"可见其一斑。

官吏冗滥的成因大体不外下列诸端:(一)皇帝滥封。(二)政治腐败。(三)权置不罢。(四)商贾入仕。

上述各种原因再加上战争时期的需要,武官大幅增加,藩镇不受中央节制后所任命的地方官吏大增,致使官吏员额骤增暴涨,官府人满成患。职滥官冗,造成了极大的危害。首先,助长了腐败蔓延。在大量的冗官中有不少即如上述比着花钱行贿得来的,他们绝不做亏本的买卖,一旦官职到手,"一钱之出,希十钱之入"(牛希济《崔烈论》)。其次,造成社会心态扭曲,使得许多根本不具备入仕条件者亦拼命跻身其中,觊觎仕途。第三,造成恶者当道、贤者在野的局面。第四,造成人民经济上的严重负担,使国家难以为继。

二、省官清吏:重用贤者,革除贪冒

面对职滥官冗的现状,众多有识之士提出撤重去冗、省官清吏的对策。杜佑在《通典·职官》中曾说:"十羊九牧,疲吏烦众,顾兹大弊,实思革之。"

为了省官并职得以达到预期目的,控制整体编制,宏观上掌握现有人口、田亩、粮食产量这些基本情况是十分必要的。至于省官并职中怎么样省、省什么官,则更是问题之关键。用级别、年龄这些死的条框划线是最简易的办法,但也是最糟糕的办法。因为"天下求进之臣,智者不肯自言不肖,愚者不肯自言不贤,故使贤愚混杂,善恶同群。真智真愚,何所分别? 取之则善恶进,舍之则贤愚退。何不使至愚在野、至贤入仕"(刘允章《直谏书》,载《全唐文》卷八〇四)。也就是说省官应该是一个抉择官吏的机会,只有"汰去粃滓者,菁华乃出"(《新唐书·杨嗣复传》)。这些真知灼见对那些用级别、年龄线一刀切的论者来说,无异醍醐灌顶。

针对官员队伍中大量为买官贿官而升擢,本身必为贪官的现实,有人提出把省官与肃贪结合起来,对官吏进行一次严格的考核。"都督、刺史、上佐、畿令任未四考,不得选"。考核结果,对那些"不率宪章,公犯赃污,侵牟万姓,剽割蒸人,鞫按非虚,刑宪已及者",绝不能养痈遗患。为了清除"为政之蠹"的贪污腐败行为,必须坚持"以赃论废","内外官人有犯赃贿推勘得实者",除了绳之以法外,"数十年不许齿录(重新录用)"(卢怀慎《陈时政得失疏》,见《全唐文》卷二百七十五)。而对不称职或虽有贪暴行为,但罪行不大的则"免归田里,以明赏罚之信"。在贪官污吏占有相当比例的封建社会单靠揭露法办已经根本不可能的情况下,通过省并机构、销除冗员的机会,把他们"免归田里",对其本人来说,虽然比易地做官、继续盘剥百姓差了许多,但比起列罪公堂、银铛入狱来说,也还不失为一个较好的结局。

人员分流也是解决官冗吏众的办法之一。特别是对那原本务农经商者,"使其耕桑,任其商贾,何为引令入仕,废其本业"

（韩瑗《上睿宗论时政疏》），让这一部分人回到他们轻车熟路的原来职业中去展其所长，也算是各得其所。

鉴于已往"京官有犯及声望下者，方遣牧州"的现实，省官并职中将冗员层层往下级安排也是不可取的。为了加强基层政权建设，还宜推行"天下刺史、县令，皆取才能有称望者充"，"应有迁除"，"先于刺史、县令中选用"（《旧唐书·韦嗣立传》）。

针对高官子弟官高才疏且多居中枢要职的情况，萧至忠指出"宰相要官子弟，多居美爵，并罕才艺，而更相诱托"，认为应该"爱惜爵赏，官无虚授；进大雅以枢近，退小人于闲左；使政令惟一，私不害公"，并建议中宗应循贞观故事："自宰相及诸司长官子弟，并授外官。"（《新唐书·萧至忠传》）

上列诸建议，或被采纳，或遭拒绝，情况不一。但把省官与清吏相结合，把消除冗员与简拔官吏相结合，而以贪廉作为撤并机构时取舍官吏之主要标准，当不失为封建社会中明君贤臣之远见卓识。

三、省官清吏是一场深刻的变革

省官清冗要触动相当一部分官吏的切身利益，而封建社会为官出仕皆有一定的根基背景，所以一人之贬汰，其阻力则大大超出其本人，推行大力并职省官的政令，不能不成为一场深刻的变革。

变革从个人得失来说是利益的再分配，矛盾与斗争自不可免。不过，官冗吏滥的弊端毕竟是人所共见的事实，正义之士都具有迫切的变革愿望。和其他事物一样，省官消冗在推行过程中出现一些曲折与反复也是不可避免的。"（张）延赏奏议请省官员，曰：'为政之本，必先命官。旧制官员繁而且费，州县残破,职此之由……请减官员,收其禄俸。'""及减员人众,道路怨叹,日闻于上",马燧、韦伦并谓"减员招怨,并请复之"。"李泌初为相,采于群情,由是官员悉复"(《旧唐书·张延赏传》)。但在张延赏死后,李泌在复其减官不久,还是将中朝官常侍、宾客削减了百分之六十,左右赞善削减了三分之二(《新唐书·李泌传》)。由此可见,省官消冗是改革官吏冗滥的必由之途。虽然,有时候碍于短暂的个别情况而产生反复,但为了摆脱政治经济上的困境,最终还是不得不采取这一措施。

省官清冗要认清当时的情况,采取得力的措施,但也得有一个过程,不可能一蹴而就。在开始阶段,人们还没有清楚认识到其必要性时,出现一些迷惑乃至反感,都是可能的。一经分清是非,人们自然会改变态度。卢怀慎《陈时政疏》在痛斥官场黑暗腐败为"国病"、阐释了省官清吏的必要之后,也估计了人们对省官的认识过程:"昔子产相郑,更法令,布刑书。一年人怨,思杀之;三年人德而歌之。"这个转变过程反映了人们认识的飞跃,也证明推行省官清吏政令尽管步履艰难,但由于有大多数人的拥护,最终还是能够取得成果的。

(原载《光明日报·史林》1998 年 11 月 20 日)

瓜事说官

　　酷夏溽暑,热浪难消,永昼事毕,纳凉昏暮,得沙瓤蜜汁、清凉可口西瓜一啖,解渴生津,除烦去暑,当系赏心乐事。而于品尝佳品同时,复佐以有关瓜事之史典轶闻,既开视野,亦启省思,更可为消夏增趣。

　　西瓜见之于古代文献颇早,用为礼赠,列诸祭坛,可见其价值甚高。而封建社会中上自帝王达官,下至无名小吏,有关种瓜、卖瓜、送瓜、吃瓜之各类故事亦多,循事知人,其廉贪善恶、慧鲁直鄙、厚残忠奸,各各显露无遗。

　　《北齐书·苏琼传》载:苏琼为清河太守,"郡民赵颖曾为乐陵太守,八十致事归。五月初,得新瓜一双,自来送。颖恃年老,苦请,遂便为留,仍致于听事梁上,竟不剖。人遂竞贡新果。至门间,知颖瓜犹在,相顾而去"。居官清廉的苏琼,对退休官员赵颖送来的新瓜,再三辞谢不果,只得收下。人们马上跟进,"竞贡新果"。好在苏琼有些预见,他把瓜不剖不食,挂在厅里梁上,有点律己兼以示人的作用,跟进送果的只好告退。清廉官吏大都关心民瘼,助民出离水火。但治政策术亦不可等闲视之,否则,光有善良愿望也是难收成效的。

《南史·郭原平传》载:"(原平)以种瓜为业,大明七年大旱,瓜渎不复通船,县令刘僧秀悯其穷老,下渎水与之。原平曰:'普天大旱,百姓俱困,岂可减溉田之水以通运瓜之船。'乃步从他道往钱塘货卖。"刘僧秀满心想为当时尚处困境的瓜农郭原平办点实事,但顾此失彼,轻重倒置。幸亏郭原平深明大义,不是只顾私利之辈,才未造成大的损失。

与刘僧秀相比,宋就则显出技高一筹,处理问题妥善,收到良好的效果。《新序·杂事》载:"梁大夫宋就为边县令,与楚邻界。梁楚边亭(行政区域名)皆种瓜,各有数。梁之边亭劬(勤劳)力,数灌其瓜,瓜美;楚人窳(懒惰)而稀灌其瓜,瓜恶。楚令因以梁瓜之美怒其亭瓜之恶也,楚亭人心恶梁亭之贤己,因往夜窃搔梁亭之瓜,皆有死焦者矣。梁亭觉之,因请其尉,亦欲往报搔楚亭之瓜。尉以请宋就,就曰:'恶是何可?构怨,祸之道也。'……乃每暮夜窃灌楚亭之瓜。瓜日以美,楚亭怪而察之,则乃梁亭也。楚令闻之大悦,因具以闻楚王……(楚王)乃谢以重币……故梁楚之欢,由宋就也。"

廉官循吏围绕瓜事展现出其爱民勤政的良好品格,而奸佞小人亦利用其为泄私愤、图报复的手段。

《旧唐书·王弘义传》载:"弘义常于乡里傍舍求瓜,主吝之,弘义乃状言瓜园中有白兔,县官命人捕逐,斯须园苗尽矣。内史李昭德曰:'昔闻苍鹰狱吏,今见白兔御史。'"汉代的郅都,因为直言敢谏、坚持与权重势大的宗室作对,宗室称之为"苍鹰",这和无行酷吏王弘义是不可同日而语的。面对此类丑行,正义之士不免怒从中起,采用各种形式加以揭露与抨击。

《旧唐书·武元衡传》:元衡从父弟儒衡"气直貌庄,言不妄发,与人交友,终始不渝"。"拜中书舍人,时元稹依倚内官,得知制诰,儒衡深鄙之。会食瓜阁下,蝇集于上,儒衡以扇挥之曰:'适从何处来,而遽集于此?'同僚失色"。在文学上颇有成就的元稹,由于中年以后在政治上交结宦官而为人诟病,受到武儒衡当面指桑骂槐,可以算是咎由自取。而官场险恶,倾轧激烈,有时偶不注意,也会招致横祸及身。

《挥麈录》载:宣和中蔡居安提举秘书省,夏日,会馆职于道山,食瓜。居安令坐上征瓜事(考求有关西瓜的典故),各疏所忆,每一条食一片。坐客不敢尽言,居安所征为优。欲毕,校书郎董彦远连征数事,皆所未闻,悉有据依,咸叹服之。识者谓彦远必不能安,后数日果补外。董彦远老实过甚,以为自己有知识有本领就可以尽情发挥,完全不懂得学识能力超过上司乃是最大的犯忌,忘了三国时的才子杨修是怎样死的。逞能于一时,落得个调出京城补任外职的下场。不过,好在性命无虞,官位犹在,较之于秦代博士诸生的命运算是好多了。

《太平御览》引《古文奇字》载:秦始皇密令人种瓜于骊山硎谷中温处,瓜实成,使人上书曰:"瓜冬有实。"诏下博士诸生说之(解释瓜冬结实现象),人人各异。则皆使往视之,而为伏机(暗设机关),诸儒生皆至,方相难不决(相互辩驳意见不一),因发机(触动机关)从上填之以土,皆压死。这是否就是闻名史册的"坑儒"的本事,很难说了。只是为了愚民而消灭知识,这位千古一帝也可谓用尽了心机。

历史上各类循吏贪官因瓜事而致祸、得福、饮誉、遗臭,成为今日我辈消暑食瓜时的谈资。但愿今日诸君于品尝佳品之余,切莫忘了大书法家王羲之在其名篇《兰亭集序》文末的那句名言:"后之视今,亦犹今之视昔!"立言行事,可弗慎哉!

(原载《光明日报·史林》1998 年 8 月 21 日)

关于"豺狼当道，安问狐狸"

孙宝字子严，汉鄢陵人。在他出任京兆尹时，"故吏侯文以刚直不苟合，常称疾不肯仕。宝以恩礼请文，欲为布衣友，日设酒食，妻子相对。文求受署为掾，进见如宾礼。数月，以立秋日署文东部督邮。入见，敕曰：'今日鹰隼始击，当顺天气取奸恶，以成严霜之诛，掾部渠有其人乎？'文卬曰：'无其人不敢空受职。'宝曰：'谁也？'文曰：'霸陵杜稚季。'宝曰：'其次。'文曰：'豺狼横道，不宜复问狐狸。'宝默然。"（《汉书·孙宝传》）杜稚季本是孙宝过去在危难时期投奔淳于长时，淳于长做为自己的挚友，拜托给孙宝的。严惩奸恶，侯文第一个递出杜稚季，孙宝有点为难了。"其次"的问话，是孙宝自我解围，用来作为缓冲的。不料这个侯文不那么好对付，并不把第二个应当惩治的人名说出来，却以"豺狼"、"狐狸"为喻，说出了这样一句寓意深刻的话。颜师古在为这句话作注释的时候说："言不当释大而取小也。"

深谙官场情事的"故吏"侯文见孙宝对惩治杜稚季不感兴趣，而问"其次"，"知其有故"，就直言不讳地告诉他：如果你不动杜稚季,就谁也别动。这样,人们还不会出来诬谤你;如果想饶过杜稚季,去拿"其次"开刀,就会"众口讙哗,终身自堕"。徇私之情被人识破,在这种训示面前,再也不能强装硬汉,孙宝只好老实地回答:"受教。"

无独有偶。《后汉书·张晧传》载:晧子纲字文纪。时顺帝委纵宦官,秽恶满朝,纲常以不能奋身出命扫国家之难为恨,"汉安元年,选遣八使徇行风俗,皆耆儒知名,多历显位。唯纲年少,官次最微。余人受命之部,而纲独埋其车轮于洛阳都亭,曰:'豺狼当路,安问狐狸!'"他认为外戚专权,贪赃枉法,横暴恣肆,鱼肉百姓是国家的祸患,不在这个危及国家百姓的最重要的问题上碰硬,而去搞什么"徇行风俗"的官样文章,是弃本逐末。他毫无顾忌地指出他所说的"豺狼",就是指当朝的国舅梁冀、梁不疑兄弟。在列举了其罪恶之后,得出结论是"天威所不赦,大辟所宜加也"。这个建议之不为顺帝接受,当然是顺理成章的事,而如果对梁氏宗族及梁冀其人稍有了解,人们是不能不替张纲捏一把汗的。

《后汉书·梁统传》载:"(梁)冀一门前后七封侯,三皇后,六贵人,二大将军,夫人、女食邑称君者七人,尚公主者三人,其余卿、将、尹、校五十七人。在位二十余年,穷极满盛,威行内外,百僚侧目,莫敢违命,天子恭己(不问政事,大权旁落)而不得有所亲豫。"梁冀其人,即上述"二大将军"之一。

梁冀在任河南尹时,胡作非为,他父亲梁商的一个亲近门客吕放向梁商说了梁冀的一些毛病,因而梁商责备了他。他当即派人在吕放返回的路上将其杀死。为了掩盖罪行,又制造了是吕放仇人杀害的假象,并请求让死者的弟弟吕禹任洛阳令,亲自破案,平白无故地把吕放仇家的宗亲、宾客百余人诛灭。年方九岁的质帝刘缵,只为说了一句他是"跋扈将军",当即被他毒死。

大臣李固、杜乔与之作过长期的斗争,在他无中生有、造谣中伤的卑劣手段陷害下,最终落得双双暴尸北城的悲惨结局(《后汉书·李固杜乔传》)。汝南袁著因为向朝廷上书让皇帝令梁冀退休,被他知道后,吓得袁著改换姓名,托病伪死,用蒲草扎一假人,买棺材殡葬,最终也未能逃脱他的黑手。甚至于像辽东太守侯猛,只因"初拜不谒"这样的小事,也横被"腰斩"。由此可想而知,对将自己比为"豺狼"的张纲,梁冀也是不能善罢甘休的,只是陷害张纲的阴谋始终未能得逞罢了。

这两段史实,给人颇多启发。首先,侯文、张纲的话,今天看来,既有其正确的方面,也有其不完备的地方。说它不完备,是但凡为国之患者,不论其为"豺狼"之大患,抑或其为"狐狸"之小患,所在均宜消灭,即所谓既打老虎,也灭苍蝇。因为再小的祸患,也是对国对民不利的,所以不能因为大患未除,就眼睁睁地看着小患为害也不去管,乃至成为保护这些小的为患者的一种借口。说它有正确的方面,是为患性质的不同,为患者所处政治地位的不同,凭借用以为患的手段不同,其造成祸患的后果必定不同;而因上述种种不同,其造成的各方面的影响更是不同。所以,除了如孙宝、汉顺帝那样,或因系亲朋故旧,有恩于己;或因系爱妃妻兄,怕有损皇威,而想只抓几只"狐狸"来搪塞一下人们耳目,不想去动那"豺狼"之外,真心想整顿风俗、严肃纲纪,弹劾奸凶、革除邪佞的,一般地说,他都得是先灭"豺狼",再抓"狐狸"。元人张养浩在其《风宪忠告》中把为什么要这样做的道理说得很清楚:"夫人之仕也,有贵近焉,有疏远焉。贵近者不少贷,则位卑而罪微者不待劾而艾矣!故前辈谓'豺狼当道,安问狐狸',亦此义也。切尝谓荐举之体,则宜先小官;纠弹之体,则宜先贵官。"这样做,大约是因为能在取得杀一儆百、威慑犯罪作恶者的纠弹效果的同时,先行打击那些有恃(各种后台、关系网)而无恐者,无恃者早已吓丢魂魄三分了。

其次,对确有恶迹且已列入首位的当事者来说,前面提到的杜稚季对他们也有启发意义。杜稚季自知被列入首当其冲拟消灭的"豺狼"之后,"杜门不通水火,穿舍后墙为小户,但持锄自治园",彻底悔过,想求得侯文的宽宥。老于事故的侯文把话说得更透底:"我同稚季幸同土壤,素无睚眦,顾受将命,分当相直。诚能自改,严将不治前事;即不更心,但更门户,适趣祸耳。"公事公办,不得已而为之,彻底悔改,既往不咎;耍弄花招,咎由自取。"稚季遂不敢犯法,宝亦竟岁无所谴"。杜稚季及时悔改,孙宝也没有另抓"狐狸"去装点门面。连蒙带盖,一推一拖,结果,"宝为京兆尹三岁,京师称之"。从治政的角度看,孙宝的作为当然不足取;杜稚季多少占了些见风使舵的便宜。但是,对孙宝来说,在彻底整肃不大可能,放过"豺狼",只抓"狐狸",应付场面又易导致欲盖弥彰的尴尬处境中,这样了结,总还是为替王执法的循吏、为人缓颊的主司和虽无权干预却难免訾议的百姓,各留了一步退路,都能安定无事。对杜稚季来说,虽然威慑之下,强颜去习老圃技艺,销减若干好汉本色,但较之因顶风上而彻底覆亡来说,也还是不失为高手。

(原载《史学集刊》1986 年第 2 期)

"私第垂访，不请语及"赞

报载:长春市某区城建环保局的一位建房地号审批员,针对社会上一些人"办公事不进办公室,靠'串门'设法走后门"的不正之风,发出了"不在家里办公事"的郑重声明。

在当前房屋十分紧张的情况下,审批建房地号的工作,在有些人的眼目中,无疑是一个"肥缺"。如何利用这个"缺"(职位)逐渐"肥"起来,办公室显然不是推动这一发展的理想处所,而主持其事者的家里当然就较为方便。至于个中并非深奥的道理,一般神志健全的人也都容易明白。这也正是"家里办公"的要害所在。因而,"不在家里办公事"的声明,无疑是对这种恶风陋习的迎头痛击。

我国古代的一些有远见的政治家,早就意识到这个问题的严重性。他们留给后代的嘉言懿行中,属于这方面的也为数不少。《三国志·吴书·诸葛瑾传》中记载:"建安二十年,(孙)权遣瑾使蜀通好刘备,与其弟亮俱公会相见,退无私面。"这时候,诸葛瑾是东吴的特命全权大使,而诸葛亮是总揽刘备内政外交、经济军事的宰辅,在一定程度上讲,这一次双边谈判,实际上是在这兄弟二人中间进行的。在这具有重大意义的外交活动中，诸葛兄弟都自觉地恪守信条，只在公会相见，根本不作私下接触，显示出了两位政治家的卓越风范并因而留誉青史。

另据洪迈《容斋随笔》记载：宋代司马光为相时，"亲书榜稿揭于客位"，郑重发表书面声明，在竭诚欢迎大家对治国大计多提建议、对他个人工作失误多加批评之后，说："整会官职差遣，理雪罪名，凡干身计，并请一面进状，光得与朝省众官会议施行。若在私第垂访，不请语及。"意思是说，凡是关涉个人利害的问题，请正式申报呈审，公议施行，如果来家里私自访晤，请不要谈到它。这份文件，是作者洪迈在司马光的族曾孙司马伋手中亲自看到的，当可信实。看来，司马光虽不主管审批建房地号，但在他周围相纠缠的，也不乏诸如职务提升、工作分配、平反冤假错案、落实政策这一类的事件。而当事人为了达到目的，也早就懂得，到司马公"私第"去"串串门"（似乎也很难空着手去而不"送点礼"），比起只递上一纸书状更易于收效。但没有料到这位司马温公又像幼年抱起石头砸破水缸救出落水伙伴一样，使出了一手绝招——"私第垂访，不请语及"，使得想搞不正之风的诸君也只好"免开尊口"。

（原载《吉林日报》1984 年 7 月 16 日）

读《整饬仕途疏》

清人陈弢《同治中兴京外奏议约编》一书,系辑录清代同治年间有关军事、吏治、刑典、亩捐、商税、漕运、盐务、水利诸方面之奏疏一百余篇而成。卞宝第《整饬仕途疏》即为关于吏治方面的一篇。

卞宝第,字颂臣,江苏仪征人。《清史稿》本传说他曾任刑部主事、浙江道监察御史,关心政事,奏疏不少,"上皆韪之"(皇帝认为他说得对)。他还曾上章弹劾过胜保、成明等要官,"一时推为敢言"。他在不少地方做过官,"所至诛除奸猾,扶植良愿,民尤感之"。"法人侵越南",他于田家镇筑炮台以备反击侵略,他又多次参与镇压农民及少数民族起义,是一个瑕瑜互见的人物。

卞宝第在任顺天府府尹时,有感于世风日下,吏途腐败,就向皇帝上了这篇《整饬仕途疏》,奏疏开头说:"窃政治之要,在于择大吏,大吏之要,在于选牧令。"原因就在于"一县得人则一县治,县县得人则天下治。"

奏疏写到当时基层官吏的现状,"观今之州县,类多习为钻营,不务公事。考其词讼,则积案有百起、有二三百起者","考其钱粮,则任意亏挪","考其缉捕,则盗贼肆行、巡防废弛"。而且严重性还在于类似此种情况远非个别或少数,"此等州县,一省之中几居其半"。显然,这也仍是保守估计。

《疏》文在分析造成此现象的原因时说:"皆由上司曲徇人情,不问政绩。于升调缺出,或培植私人,或得受情托。大略为地择人者少,为人择地者多。"原来,问题的根子是在"上司""徇人情"而"不问政绩"。有人情关系的,能力如何低下,多么重要的职位皆可出任;没有人情关系的,天大的本领也无望入选。《疏》文说有的为了任用私人关系网内的人,不惜"隐其劣迹,弗列弹章(抽掉检举、处罚材料),饰以令(美)名,转膺荐牍(转交接纳推荐信函)"。比上述情况更使人忧虑的是"上下视为固然,奔竞(找关系活动当官)遂成风俗"。所以作者结论说"吏才日坏,事理日紊,似此而欲天下之治,未有见其能治者"。

针对这种现状,卞宝第建议采取下列措施:首先,举保官员的上报材料要坚决杜绝"空洞考语",注重"核实"。其次,对官吏的实绩考察制订出一些具体标准。第三,对"徇隐匿饰,含混具题"的"该管上司""别经发觉,严行议处"。

在古代漫长的封建社会里,类似卞宝第这样的奏章,历朝历代不知有多少,所谓汗牛充栋,怕也难及于万一。皇帝佬借此可以猎取一个从谏如流、开明君主的美名,上奏官员也就乐得满足皇帝佬的这一要求。但是,同类内容奏疏的反复出现,也就最为有力地证明了下列事实:官员上疏,完成任务,不说白不说;究其效果,官样文章,说了也白说。

（原载《吉林日报》1991 年 10 月 8 日）

《廉矩》咀华

《廉矩》一卷,明人王文禄撰。古代典籍中对"廉"的论述甚多,无多新意。但就《廉矩》细加简择,亦不乏可取之处,爰述数端如下:

一、把"廉"推崇到至高的位置

其《廉理大统章》说:"夫廉也者,约众理而统同之也。譬则五色之白,五味之甘,五声之宫,其实无体,其名无穷。"其下则从品格表现、待人处世、表现方法等各个不同侧面来论述。就其施行结果来说:"蹈之为道,得之为德,正之为政,罚之为刑,赉之为赏,焕之为文,奋之为武。"这就把"廉"说成了各种美好品德集中的化身,以之待人处世则莫不体现出最为优美的道德情操。其表现出的形态情思,与施行结果收得的道德政文亦皆精萃无伦,各领风骚并一一获取最佳效应。也就把"廉"推崇到至高的位置。

尤可称说的是,作者在下一章即《廉枢广运章》中,进一步针对上列各点中"廉"所处之中心位置,正反结合加以引申论说:

诚非廉则厉，仁非廉则懦，义非廉则苛，礼非廉则饰，乐非廉则乖，智非廉则凿，勇非廉则乱，忠非廉则欺，孝非廉则阿，悌非廉则昵，慈非廉则贼，信非廉则绞，别非廉则执，恭非廉则蒽，言非廉则诬，明非廉则察，聪非廉则塞，和非廉则流，中非廉则倚，思非廉则惑，睿非廉则窒，道非廉则畔，德非廉则悖，政非廉则驳，刑非廉则滥，赏非廉则僭，文非廉则愿，武非廉则黩。

说无论什么好的东西，如果没有"廉"这个中心，有的当即失诸偏颇，有的乃至走向自己的反面。这就从总体上对全书立论打下了坚实的基础，亦成为文章分论之张本，故而在全书中居于重要位置。

二、廉贪的怪圈：不廉溯源

作者在《偏廉害治章》中说："廉者，常也；不廉者，变也。今廉者见不廉者众也，负恃厥廉，亢而骄，凌而铄，僭而越，威而虐，深文以织之，重典以入之，酷捶以锻之，反不廉者不若也。夫不廉者，惮且戢，多平释之。是故廉者刻，不廉者恕。恕者隆，刻者替。今见廉、不廉异报，相率怠于廉。"

作为追溯不廉之风的形成及其愈演愈烈的社会原因，王文禄此说是不乏见地的。封建统治者为了达到巩固自己统治地位的目的，要求被统治者相互监督、相互倾轧，举报、连坐、株连牵累，无所不用其极。在经久不辍的人与人相互之间的厮拼咬啮之后，伴随世情日渐浇薄共生的，则是人心鄙竞进而崇朴厚。廉者有恃无恐，施政待人中往往以廉为咬资；而不廉者身染污垢，多后顾之忧，恒以恕交人。由此而形成了世风的怪圈：人虽愤恨不廉,惟其恕而不廉者得以兴隆;人虽崇廉,却因忌其刻反形成廉者衰替。辗转辐射,经久愈烈。而两者结果的鲜明对比,世风"相率怠于廉"的结局便成为人力难以轻易挽回的了。当然,作为封建社会自身的痼疾,不廉而贪主要是由其社会经济结构及沿袭已久的世风等多方面深层原因造成的,但王氏此一看法在这个局部问题上道出了问题的实质,颇为深刻,启人深思。

三、舆论不可忽视

作者在探索"廉者悴,贪者肆"这种不正常的社会现象形成的原因时,他发现"后廉先贪"(见《廉矩》之《嫉廉形贪章》)的舆论失重与逆差是重要原因之一。"贪者诋訾廉者,闻廉言'迂谈';见廉行曰'矫弊'。""举世惟钱已矣;居家惟富已矣;求进惟赂已矣;谋生惟利已矣。"贪者为了保护自己,处心积虑地嫉恨与压倒廉者,夸耀其贪得而来的富自不必说,更重要的手段就是千方百计地美化贪,尽力贬低、诬蔑廉言廉行,制造贪而有理的舆论:世界之大,只有"钱"最重要,立家过日子就只为了"富";经济、政治上求进,只要能"贿赂"有司就无往而不利,谋生之道,更是只在逐"利"。"廉"是能顶饭吃,还是能顶衣穿?这种似是而非的怪论在变态、畸形的社会现实中就会象瘟疫一样迅速蔓延开来,形成一股冲击力甚大的浊流。而任何时代,社会生活总是难免出现各类误区与变形。这就昭示读者在治贪倡廉中万万不可忽视舆论的巨大力量。

杂草芜生的荒园,时或有春兰秋菊一二吐露幽香。如不苛求,上列数端之于《廉矩》,相仿佛焉。咀华之享,献诸同好。

(原载《光明日报·史学》1991 年 3 月 13 日)

廉政名联赏析

    对联在我国有悠久的历史,所表现的内容也十分广泛。其中教化人心、针砭时弊者无疑是重要组成部分。陈继昌在给《楹联丛话》一书所写的序官中说,楹联虽然片辞数语,着墨无多,但其影响"足使忠孝廉节之悃百世常新","可箴可铭,不殊负笈趋庭"。意思是说可教育读者长时间保持良好的道德、思想,作为箴言、座右铭,接受劝戒教育,和从良师、父亲那儿得到的教育没有区别。下面介绍几幅古人关于廉政建设方面的楹联。

    明人郎瑛所撰笔记《七修类稿》中载有弘治年间吏部尚书王恕写的一幅门联:

> 仕于朝者,以馈遗及门为耻;
> 仕于外者,以苞苴入都为羞。

    内容说在朝廷做京官的,要把有行贿送礼的人登门当作耻辱,因为你如果真是清廉著称于世,行贿者当然不敢上门。做外官的,要把进京时带着礼品去行贿视为羞耻。全联劝戒当官的应廉洁奉公,对下不受贿,对上不行贿。王恕身体力行,做京官外官共五十余年,刚正清严,始终如一。他从宋代宰辅真德秀的奏疏中选取这两句制为对联,署之门旁,励人亦复自警,这种精神,今天看来也是应该予以肯定的。

明嘉靖年间,藩司参议扬州钱嵘,为了警戒其下属贪贿,自撰一联令所属衙门皆得张贴:

> 宽一分民受一分,见佑鬼神;
> 要一文不值一文,难欺吏卒。

内容说以宽待民、施民以惠,会得到鬼神的保佑;枉法受贿,百姓会看你一文不值,毫无威信可言,就是手下的吏卒也欺骗不了。说鬼神保佑当然属迷信思想,但受贿者威信扫地、遭人唾骂,下属也看不起倒是事实。这对今日领导干部或亦不无启示。

清代陈景登作牧晋州时,曾自题厅事一联:

> 头上有青天,作事须循天理;
> 眼前皆瘠地,存心不刮地皮。

"瘠地"是说因官吏盘剥,民生凋敝,百姓生活清寒,无心生产,土地贫瘠。"刮地皮"是俗语,意指官吏利用职权勒索百姓。现今南方各地仍沿用此语。作者深察时弊,单刀直入地揭示了为政清廉的关键所在。

(原载《吉林日报》1989 年 3 月 18 日)

廉政楹联续说

《廉政名联赏析》一文刊发后(本报 1989 年 3 月 18 日 3 版),接得两封友人来信。说楹联内容鞭辟入里,深刻警策,甚能启迪思考;而其形式则以少胜多,易览便记。"惟量微文约,乍始即终,颇以邓攸无后为恨。兄游憩典籍,博览文史,如再辑精作,刊布报端,则愚弟幸甚,读者幸甚"。炽怀可感,爰再续新篇,以酬盛情。

《锡金识小录》记载:武承谟赴无锡任,为了让官吏百姓了解自己的处仕态度,先写好了几幅对联,一到任就张贴起来,以明胸怀。照壁前的一幅写的是:

> 罔违道,罔咈民,真正公平,心斯无怍;
> 不容情,不受贿,招摇撞骗,法所必严。

联语说自己不违背道义,不违犯群众利益(咈,音 fú。违背抵触的意思），真正执政公平，内心才能无愧；不徇私情，不受贿赂，如有招摇撞骗者，一定依法严惩。上句用以律己，下句以之待人。前后一个标准。

大堂上新贴的对联是：

> 人人论功名，功有实功，名有实名，存一点掩耳盗铃之私心，终为无益；
>
> 官官称父母，父必真父，母必真母，做几件悬羊卖狗的凡事，总不相干。

全联说为官要言行一致，真诚实在，那些为了张扬自己的治绩而大肆吹嘘、自欺欺人的做法于个人、百姓都是有害无益的。针对封建社会叫基层官吏为父母官的俗称，作者指出当父母官就要真正像父母爱子女那样去关心爱护百姓。如果挂羊头卖狗肉，嘴上说得好听，实际干的根本不是那么回事，与为民父母的称号就毫无关系了。据记载，他这一手确实收到了先声夺人的效果，那些平日鱼肉百姓的贪官污吏，勾结官府为非作歹的土豪劣绅，一见他这个来势，"皆悚息危惧，有避至他省者"。看来，文字为战斗利器的说法，信不为诬。

清人梁章钜《浪迹续谈》载，作者在出守荆州的时候，曾自书座右自励：

> 政惟求于民便；
> 事皆可与人言。

他的三儿子梁恭辰出仕温州时，即以之为郡署的楹联。上联说为政宗旨仅只在于便民，除此再无其他。下联说只有为官清廉者才敢于增强透明度,当然,反过来增强透明度也可以促进廉政建设。宋代名相司马光说过:"吾无过人者,但平生所为,未尝有不可对人言者耳。"(《宋史》本传)这话看似平常,但古今为官者真正说得出、做得到怕也不很容易。

由于财迷心窍,利欲熏心,无论如何教化规劝,铤而走险、我行我素的为官者毕竟代代不绝。他们为了一己之私,凭借权势,贪赃枉法,恢恢法网尚且视若无睹,更不把普通老百姓放在眼里。因而,在老百姓敢怒而不敢言时,以楹联为工具对贪官进行指斥与嘲讽的也不在少。

《楹联续话》记载,有个名字叫王寅的县令,以贪婪无厌、搜括民财著称。因其大权在手,百姓们奈何他不得。于是有人于夜晚在他门口偷偷贴了一幅对联:

> 王好货,不论金银铜铁;
> 寅属虎,全需鸡犬牛羊。

联中"王好货"是用《孟子》中孟子回答齐宣王问话时所说"王如好货,与百姓同之"的典故,而又暗寓姓王之王。寅字暗寓其名,虎既是属相,亦写此县令如虎扑食之贪婪。文字不多,却利用双关手法嵌姓名、说属相借题发挥。真所谓嬉笑怒骂,皆成文章。把一个贪吏的丑恶嘴脸揭露无遗。

(原载《吉林日报》1989 年 4 月 15 日)

古代廉吏拒贿史话

在我国长期的封建社会里,政坛上的行贿与反行贿斗争,是一直与各朝代相始终的。典型事例颇多,涉及方面甚广。以古鉴今,对我们今天进行廉政建设仍有极大的参考价值。现就流览所及,介绍一些古代廉吏对付行贿的方法。

《问奇类林》载:"裴宽,润州参军。一日,刺史韦诜登楼,见人于后园有所瘗(音义 yì,掩埋)藏者。访是裴居,问状,答曰:'宽义不以苞苴(所赠礼物)污家,适有饷(赠送)鹿者,致而去,不敢自欺,故瘗之耳。"这位送礼者,深谙此道,东西送到抽身就走,使得裴宽进退为难。为了不玷污自己历来的清白,就把送来的鹿埋掉。这种处理方法虽然不足为训,但其洁身自好的精神还是应予肯定的。

与上述事例相比,人们熟知的杨震以"四知"回绝馈赠的事例则进了一步。杨震赴任,途经昌邑,他过去在荆州刺史任上所举秀才王密时为昌邑令,"夜怀金十斤以遗震。震曰:'故人知君,君不知故人,何也?'密曰:'暮夜无知者。'震曰:'天知、神知、我知、子知,何谓无知!'密愧而出"。王密的"愧而出",正说明杨震的话起到了教育作用。可能是由于家庭影响,杨震的儿子杨秉也律己很严,"自为刺史、二千石,计日受俸,余禄不入私门。故吏赍钱百万遗之,闭门不受。以廉洁称"(《后汉书·杨震传》)。

佛语说:道高一尺,魔高一丈。你拒贿有方,他馈赠多术。谢承著《后汉书》(今存辑佚本)有这样的记载:"豫章张冀,字仲宗,为广陵守,举孝子吴奉为孝廉。奉赍金为礼,冀闭门不受。而奉以囊盛金,夜投冀园中而逝。冀追不及,赍金至广陵还奉。"你"闭门",他从墙上扔到你园中就跑了,让你追也追不上。看来张冀拒贿确实意坚心切,不是像有的人搞"下不为例",或仅只假装一下反感和愤怒的姿态,所以终于还是将钱退还给了吴奉。

同书记载的羊续的故事,寓教于拒,尤堪回味。这位南阳太守也有时下上层人士的好尚,爱吃生鱼片,"府丞焦俭以三月望,饷鲤鱼一头。续不为意,受而悬之于庭,少有皮骨。明年三月,俭复致一鱼。续出昔枯鱼以示俭,遂终身不复食"。焦俭确实从此事件中受到了教育,范晔著《后汉书》中说,在羊续死后,他主办丧事时,严格遵守了羊续自定的"薄敛,不受赗遗"的遗言。

贿款赠物退还本人当然未为不可,有的廉吏也有不同处理方法。《册府元龟》记载:五代后晋高汉筠为官廉正,"在襄阳有薛吏常课外献白金二十镒。汉筠叹曰:'……吾有正俸,此何用焉?'因戒其主者不得复然,其白金皆以状上进。"显然这位薛吏是利用职权之便,用滥支公款手段以讨好贿赂上级。高汉筠没有假装糊涂将其装入腰包,而是自具呈状,连同二十镒白金,一并上交。

拒贿者为立身施政,有坚定不移意志;而行贿者为追逐私利,也有锲而不舍精神。为了实现个人卑鄙愿望,不顾廉耻,不计后果,采取各种手段,包围纠缠,不达目的死不甘心的行贿者亦不少见。对待这种人,就没有其他方法可选择了。《续文献通考》载:明景泰七年(1456),"洗马柯潜奉命主应天乡试,初入境,泊舟淮安,有应试生暮夜投(赠送财物)潜,叱之。复怀重器(珍宝)固请。潜怒,执付有司"。这位主考官对这个不凭自己真才实学而靠送礼求情来骗取学历资格以图混迹仕宦行列的家伙,在严厉教育叱责无效的情况下,采取断然措施,将其押送有关部门,依法处理。对于迷信"只要舍得花钱,就没有办不了的事"哲学的人,不给点苦头尝尝,他是永远不会醒悟的。

(原载《吉林日报》1989 年 5 月 7 日)

古代廉政措施拾英

  在我国漫长的封建社会里,历代统治阶级为了巩固、延续自己的统治地位,从理论到实践上,实行并总结了一整套施政治国的方略,廉政建设即是其中的重要内容之一。在推行政治改革的今天,于吸取外国有用经验的同时,批判地继承我国古代廉政建设中行之有效的经验,必将收得良好效果。现就个人平日阅读札记中之有关内容,撷英掇华,奉献给读者。

  一、厚禄养廉,严法惩贪。唐代著名清官高季辅在说到官吏贪廉与俸禄多寡的关系时说:"外官卑品,犹未得禄,既离乡井,理必贫匮。但妻子之爱,贤达其犹累怀;饥寒之切,夷、惠(古廉士伯夷、柳下惠)罕全其行。……若不恤其匮乏,唯欲俾其清俭。凡在末品,中庸者多,正恐巡察岁出,轺轩(使者所乘车)继轨,不能肃其侵渔,何以求其政术。今户口渐殷,仓廪已实,酌量给禄,使得养亲;然后督以严科(法律),责其报效,则庶官毕力,物议(大众舆论)斯允。"

  高氏立论公允,厚禄养廉实为治本的一项重要手段。但是,欲壑难填,即使实行厚禄,官吏中品德恶劣、意志薄弱者仍然可能借助权力去换取钱财。所以,必须同时紧抓另一个极为重要的方面,即严法惩贪。《山堂考索》载:北魏孝文帝太和八年(484),于改革俸禄制度的同时制定了严厉的惩贪法令,"赃满一匹者死"。孝文帝把改善官吏俸禄与制定严法惩贪一起抓,可说是抓到了点子上。

二、收赃赏廉,导人正途。《后汉书·周泽传》载:"泽果敢直言,数有据争。后北地太守廖信坐贪秽下狱,没入财产,显宗以信赃物班诸廉吏,唯泽及光禄勋孙堪、大司农常冲特蒙赐焉。是时,京师翕然,在位者咸自勉励。"汉明帝刘庄这一手煞是高明。从官吏获取角度看,改违法无耻暗捞为合法光荣明得;从财物归属上看,改中饱贪官私囊为奖赏清官廉正,善恶分明,得失公正,可导入以正途。赃官贪污,最终经济上占不到什么便宜;清官守廉,反可获得财物赏赐,自然促使社会风气向好的方面转化。整饬吏治不可不特别注意总体性的导向决策。在这上面的失误则将适得其反,并导入恶性循环。

三、广选良吏,多方监督。不论法制如何完善,体制如何健全,执行者对法令、规章的施行总还是有一定程度的影响。所以从古至今对官吏选择历来都极为重视。真正能使良吏临政,涉及许多方面,如铨选渠道如何拓宽,荐选规章如何完善,审查制度如何严密等均很重要,尤为重要的是施行何种荐选标准。《天中记》载,唐代"马伉为侍读,李抱真卒,伉持节临吊,归(赠)之帛,不受,又致京师,伉上表固拒。于是醴泉令缺,宰相高选,德宗曰:'前使泽潞不受币者,其人清,可用也。'遂以授伉"。唐德宗李适以清廉作为选官的标准,确属明智之举。当然,治政才能自不容忽视,只是二者关系上应以德为主。元张养浩在《为政忠告》中说,官吏真正一切从爱民出发,智慧与才干自然都会有了:"诚生爱,爱生智。惟其诚,故爱无不周;惟其爱,故智无不及……诚有子民（爱民如子）之心，则不患其才智之不及矣。"可算是分析透辟的了。

而选官标准中的论资排辈、门阀等第诸弊，唐代大诗人白居易在其《对大官乏人策》中早已指出，仅以"门地""资序"为标准，而"未商较其器能，不研核其才行"，"岂直乏贤，诚亦废事。且以资序得者仅能参其簿领（只能参与登记文簿的一般工作），以门地进者或未任于铅黄（校改文字的任务都担当不了）"，更为重大的工作，当然就更不可能胜任了。

官吏荐选受蔽的情况难保全无，而即使所选资慧善良者亦难保其永无蜕变，故而多方面的监督、定期的考察均应形成制度，以法令形式确保其执行。使官吏治政，时时处于世目所视之下，处处均有临深履薄之感，才不敢在财利诱惑下妄自行事。

四、去贪绝贿，斩其根本。官吏贪赃盗窃、勒索贿赂，其要害在于利用手中握有的权力作为谋私自肥的手段，所以从根本上斩除祸患、解决问题，最有效的手段就是坚决剥夺这种人所握有的权力。史载：汉文帝刘恒"贵廉洁，贱贪污"，"吏坐赃者，皆禁锢不得为吏，赏善罚恶"。因为一旦尝到以权谋私的甜头，而又未从此中吃到些苦头，如果再保留其权力，要想让他就此止步、洗手不干，是很难很难的。有的能收敛一时，但一有时机，马上故态复萌。这就是对贪赃官吏处理时，采用易地为官方法最不足取的原因所在。

五、官吏贪赃，荐者有责。在实行推荐、聘任制度条件下，被荐被聘官吏如果贪赃枉法，其荐者、聘者至少要承担荐聘非人的最起码责任。《旧唐书》载：李石推荐韩益判度支，后来又"按益坐赃系台（查处韩益贪污并拘押了他）。石奏曰：'臣以韩益晓钱谷，故录用之，不谓贪赃如此。'帝曰：'宰相但知人则用，有过则惩。卿所用人且不掩其恶，可谓至公。'"李石发现自己推荐的人犯赃后，能果断地依法惩处，虽有荐人失察之过，又有执法不私之功。如系狼狈为奸、依贿授官等情，就应该予以审查或追究了。这对杜绝用人制度中的多种弊端是有好处的。否则，必然导致卖官鬻爵风行，百姓更要遭殃了。如《新唐书》所载，"元载用事，非贿谢不与官"。《新五代史》载：刘延朗专任事，"诸将当得州者，不以功次为先后，纳贿多者得善州，少及无贿者得恶州，或久而不得"。此风一行，吏况可想；此辈临政，国事可知。

（原载《吉林日报》1989 年 6 月 17 日）

古代执法惩贪与说情风

　　已故著名史学家吕思勉,在论及历史上的惩治贪官时说:"古者吏之恶不仅臧私(贪污),然虐民之事,究以由贪取而起者为多,故绝臧私,实饬(整治)吏治之大端也。惩臧私之道甚多,严法初非治本之计,然急则治标,严法亦不容缓。"(《吕思勉读史札记·惩臧私之道》)这段话可说是分析深刻,论说周严。古今中外各类政府,尽管政权性质不同,政策法令各异,但在惩治贪污这一点上都是共同的,原因是惩贪为继续维系其统治所不可或缺。个别的国家、朝代由于各种原因,对贪污取宽纵容忍态度的也有,但都导致了极为严重的后果,有的乃至最终因此而覆亡。故而那些在历史上严厉执法、惩治贪官的官吏,最易获取后人称说。

　　《后汉书·苏章传》:"苏章,字孺文。……迁冀州刺史,故人为清河太守,章行部按其奸赃,乃请太守,为设酒肴,陈平生之好甚欢。太守喜曰:'人皆有一天,我独有二天。'章曰:'今夕苏孺文与故人饮者,私恩也;明日冀州刺史按事(判案)者,公法也。'遂举正其罪。州境知章无私,望风畏肃。"这位苏章公私分明,办老朋友的贪污案也不徇私情,真正是严肃地加以处理,维护了法律的尊严。

惩贪依靠严法,故而猾吏蹤突法令、钻法令的空子谋私,就比贪赃危害性更大、也更为恶劣,尤需严加惩治。唐代著名书法家柳公权的哥哥柳公绰就深谙此中道理。

《新唐书·柳公绰传》载:长庆三年,户部尚书、山南东道节度使柳公绰"行部至邓县,吏有纳贿、舞文(玩弄法令以行其奸)二人同系狱。县令以公绰素持法,谓必杀贪者。公绰判曰:'赃吏犯法,法在;奸吏坏法,法亡。'诛舞文者。"柳氏此举对那些以法律为装饰品、用来点缀门面的人来说,不啻当头棒喝。但封建社会自身的弊端,朕意即法律,权大于法,使所谓依法惩贪也只不过是沙堆上的建筑。《史记·酷吏列传》中的一段记载颇能说明问题:杜周为廷尉,其治狱专门顺应上司意向,"上所欲挤者,因而陷之;上所欲释者,久系待问而微见其冤状(拘押甚久的,审问时也能找出细微的冤情)。客有让(责备)周曰:'君为天子决平(裁决公平),不循三尺法(法令刻于三尺竹简,故称),专以人主意指为狱,狱者固如是乎?'周曰:'三尺安出哉?前主所是著为律,后主所是疏为令。当时为是,何古之法乎?'"杜周观风向、摸意图,看上司的脸色执法,当属缺德无行。寡廉鲜耻且不论,但文末他的几句反问,倒正好一语道破天机,法律就是皇帝的个人意旨,执法者俯仰任人也就是顺理成章的了。引申一下说,他观、摸的对象如果比较开明有为,还属不幸中之幸;如果是一个暗主昏君,那就更糟了。

《太平御览·刑法部二》记载:"代宗性仁恕,言事者谏曰:'陛下为政伤于太宽,朝典由是不肃。'上笑而答曰:'今时运艰难,凡人臣事朕者,窥少禄利耳。今府库空竭,无俸入俾之优足,但峻刑科,是君上有威无恩,朕所不忍行也。'"这位皇上因为国家"府库空竭",无力提高俸禄使官吏物资上得到满足,对他们的贪污就不忍用严刑,怕人们非议他"有威无恩"。这实际是最高权威容忍与默认了官吏贪赃的现实。当然,在封建社会里,惩贪的表面文章每朝每代总都要做一些,但实际上还是官官相护、睁眼闭眼居多。即使赃罪俱获,只要稍加乞告游说,即可缓颊开释。说情风由是生焉。

《北史·崔光韶传》:"再迁廷尉卿,秘书监祖莹以赃罪被劾,光韶必欲致之重法,太尉阳城王徽、尚书令临淮王彧、吏部尚书李神俊、侍中李彧,并势望当时,皆为莹求宽。光韶正色曰:'朝贤执事,于舜(舜助尧主事,建立刑法,政得大治)之功,未闻其一,如何反为罪人言乎?'"这么多权重势大的要员为一个贪污犯来说情,崔光韶竟然能义正辞严地顶住,当为极少数的反面例证,确属难能可贵。而有些说情的史实,则更令人啼笑皆非。

《旧唐书·牛僧孺传》载,僧孺为御史,"长庆元年,宿州刺史李直臣坐赃当死,直臣赂中贵人为之申理,僧孺坚持不回,穆宗面喻之曰:'直臣事虽偾失,然此人有经度才,可委之边任,朕欲贷(宽恕)其法。'"皇帝为了维护统治,自己制订法律,官吏执法惩贪,他反来说情,本来就滑稽可笑。但既然说情,总得有若干"理由",你看,此人有才呀,调到边疆工作也有处罚的意思嘛,何必非杀不可呢。牛僧孺的回答针锋相对:"凡人不才,止于持俸取容(讨好上司混取俸禄)耳。帝王立法,束缚奸雄,正为才多者,(安)禄山、朱泚(曾反叛称帝)以才过人,浊乱天下,况直臣小才,又何屈法哉?"唐穆宗说情未成,反而赐金紫嘉奖牛僧孺"守法"。这做法虽然有些忸怩做作,但比起给牛僧孺安加一个反抗皇上、有损国威的罪名并加惩治来,当然还是好得多。

(原载《光明日报·史学》1989 年 7 月 5 日)

古代政风与官吏及其子弟

  我国长期的封建社会,为其自身政权性质所决定,不可能有真正的政治清明。但统治阶级为了维系其统治地位,不得不考虑执法惩贪、廉政建设之类的问题。故而相对来说,官吏有廉贪之别、政风有清浊之分,也是客观存在的历史事实。政风的形成涉及方面颇广,官吏的处仕态度及对其子女的要求如何,则是其中重要因素之一。以古鉴今,会给我们不少有益的启示。

  《旧唐书·柳玭传》记载,柳玭告诫子女有这样一段话:"夫门第高者,可畏不可恃。可畏者,立身行己,一事有坠先训,则罪大于他人。……不可恃者,门高则自骄,族盛则人之所嫉。实艺懿行,人未必信;纤瑕微累,十手争指矣。"官吏的子弟们如果能清醒地意识到个中道理,对他们做人做事都是大有好处的。

  贤明的官吏为了使子弟能成才走正路,积累了不少成功的经验。如,限制其享受特殊待遇,令其过艰苦朴素的生活。《汉书·盖宽饶传》记载,他"身为司隶,子常步行自戍北边"。《晋书·祖逖传》记载,他为豫州刺史时,"克己务施,不蓄资产;子弟耕耘,负担樵薪"。艰苦朴素的生活与腐败作风是根本对立的,倡导什么,反对什么,对子弟教育与政风影响都至关重要。再如,不为子女积蓄资产,引导其好德而不好财。《东观汉记》载:"杨震性公廉,不受私谒,子孙常蔬食步行。故旧长者或欲令为开产业,震不肯,曰:'使后世称为清白吏子孙,以此遗之,不亦厚乎?'"《问奇类林》载:"房彦谦为泾阳令,所得俸钱周恤亲友,尝顾其子玄龄曰:'人皆因禄富,我独以官贫,所遗子孙在于清白耳。'"

总观上述数例,一方面,作为父辈,他们自身都是后代人的榜样。《汉书》称盖宽饶"'国之司直',无以加也"。祖逖更是以闻鸡起舞、击楫渡江而饮誉史册。杨震是以"四知"拒贿之著名廉吏,房彦谦更有"天下能吏第一"的称号。另一方面,在他们的熏染陶冶下,他们的子弟都继承了父辈的优点,成就了自己的事业,获得了舆论的称赏。

官吏子弟情况不一。并不以父辈的清白朴素为宝、廉正守法为荣,热衷弄权贪贿,反父辈之道而行之者,对待此辈就得看官吏的态度了。《晋中兴书·庾冰传》载:"冰天性清慎,常以俭约自居,中子袭常贷官绢十匹,冰怒捶之,市绢还官。"庾冰的可贵之处,在于他不为儿子的丑行回护,不因庾袭只属非法借贷而原谅他,感到斥责不足以警其贪欲,乃至"怒捶",并且在经济上偿清所贷官绢。这样做对人、对己、对教育子弟当然都有好处,对维护良好的社会风气更有积极意义。

有些官吏确属官僚主义严重,对其子弟表现如何,根本不加过问,当然更谈不上如何有针对性地教育、管束他们了。《晋书·高光传》载高光为廷尉,子韬,放佚无检,受财,有司案之,而光不知。"时人虽非光不能防闲其子,以其子用心有素,不以为累"。百姓舆论还是公允的,并没有因为高光的儿子犯赃而影响对其本人的看法。当然,教训无方这一点,高光是不能辞其咎的。

有的官吏自律也颇严,对因受多方面的影响,子弟仗势贪贿也都知道,乃至殃及自身,但却无能为力。《晋书·刘寔传》载:刘寔"少贫苦,卖牛衣以自给。然好学,手约绳,口诵书,博通古今。清身洁己,行无瑕玷。"这样一位良吏,两个儿子却都不争气,其中刘夏因贪贿被处死,刘寔本人因此而被两度免官。"或谓寔曰:'君行高一世,而诸子不能遵。何不旦夕切磋,使知过而自改邪?'寔曰:'吾之所行,是所闻见,不相祖习,岂复教诲之所得乎!'世以寔言为当"。一个人行为的形成,影响是多方面的,家庭影响无疑是重要的,社会风气的影响更有着不可忽视的作用。刘寔的话正揭示出了这个问题的要害。当然,如果作为父辈,自己对此缺乏正确态度,问题就更麻烦了。

《史记·越王勾践世家》载:"朱公(范蠡)中男杀人,囚于楚。朱公曰:'杀人而死,职也(常理)。然吾闻千金之子不死于市。'告其少子往视之,乃装黄金千镒……为一封书遗故所善庄生。"这位助越灭吴、功盖当世的范蠡,弃政从商后,又为巨富。所以他二儿子犯法后,想依仗个人权势与财富,利用过去的老关系,来逃脱法律的制裁。只是由于营救过程中的曲折差错,最终未能得逞。父辈如此,子弟怎能不走上违法犯罪的道路呢?

总之,国家依靠官吏行使政令,在一定意义上说,官吏就是政风的标志。官吏们,特别是职居高位的官吏,如何持身律己,如何教育后代,对子弟的懿德丑行各持何种态度,对形成何种政风关系至大。我们应该善于从这些文化遗产中吸取营养。

(原载《吉林日报》1989 年 10 月 28 日)

古代廉吏涉外懿行

我国很早就有了频繁的外事交往。这里所说的"外",有的不属于现在严格的"国家"概念,是就中央政府对蕃邦、部落、种族而言。在这些外事活动中,许多官吏约身谨严,嘉言懿行,广为后人称道。

《后汉书·张奂传》载:永寿元年(155),张奂迁安定属国都尉,南匈奴七千余众入寇美稷,并召东羌策应,奂仅二百余人,通过招诱东羌,控制并降服了南匈奴。"羌豪帅感奂恩德,上马二十匹,先零酋长又遗金镶八枚。奂并受之,而召主簿于诸羌前,以酒酹地曰:'使马如羊,不以入厩;使金如粟,不以入怀。'悉以金马还之。羌性贪而贵吏清,前有八都尉率好财货,为所患苦,及奂正身洁己,威化大行"。

有比较才便于鉴别,正因有此前八都尉与羌的交往中贪其财货,且已达到"为所患苦"的程度,才更加反衬出张奂清廉的光辉夺目。

频仍的涉外交往中,重大问题上的廉行当然意义巨大;而一些琐事末节,亦往往可于细微处见精神。《古今廉鉴》载:"学士宋濂,文名重四夷,日本得集梓之,遣使奉敕请文,以百金为献。濂却不受。上以问濂,濂对曰:'天朝侍从之臣而受小夷金,非所以崇国体也。'濂临财廉,非其分不取。"这则故事,实为古代中日交流史上之佳话。

封建社会的官场,受贿大多与行贿集于一身。与之相对的,不受贿赂的廉吏,对上也多不行贿,即使因此而危及官职亦在所不计。

《后汉书·李恂传》:"拜兖州刺史,以清约率下,常席羊皮,服布被。迁张掖太守,有威重名。时大将军窦宪将兵屯武威,天下州郡远近莫不修礼遗。恂奉公不阿,为宪所奏免。后复征拜谒者,使持节领西域副校尉。西域殷富,多珍宝,诸国侍子及督使、贾胡数遗恂奴婢、宛马、金银、香罽(音计jì,毛呢)之属,一无所受……步归乡里,潜居山泽,结草为庐,独与诸生织席自给。会西羌反畔,恂到田舍,为所执获。羌素闻其名,放遣之。"

外敌因其廉名远著,执获不加责难而"放遣",上司却因未修"礼遗"而横加"奏免"。而在涉外活动中,尤其需将对外人的修廉拒贿与对内部的严法惩贪结合起来。否则,只是个人行为士先、问心无愧,而不约束同僚,不追究属下之奸赃,是不可能行得通的。

外事活动,处处涉及内外两个方面。处事官吏,一方面得维护国家的主权利益与尊严声誉,反对侵凌与屈辱;另方面也得公允协睦,守约循理,不失泱泱大国之风。

《新唐书·孔戣传》载:孔戣为岭南节度使,蕃舶之至,"泊步(埠)有下碇税,始至,有阅货宴,所饷犀琲,下及仆隶,戣禁绝,无所求索。旧制,海商死者,官籍其赀,满三月无妻子诣府,则没入。戣以海道岁一往复,苟有验者,不为限,悉推与"。侈规陋习,概行废除,不为所动,而当体恤外商难处者,亦相应照顾,保护其应有利益。如此,方可促使中外交往、贸易更加繁茂、发展。当时韩愈上疏说"如羧辈在朝不过三数人",可见这种清廉官吏不可多得之一斑。

（原载《光明日报·史学》1990 年 2 月 21 日）

古代廉吏涉外懿行补说（上）

日前写成《古代廉吏涉外懿行》一文（载 2 月 21 日《光明日报·史学》），近日读史，续得数条更有意义的材料，爰为《补说》。

《廉平录》载："陈元宗使高丽，大振风采，方物侍妓一无所纳。因请造（写）其殿记，元宗不允，恳礼数四，乃为握管（执笔）。夷王燕（宴）谢，献紫金瓶一枚，元宗拂去。王强之（勉强让收），即索文毁裂，王乃收金，谨谢之。归朝，或问：'既为文，受金可矣。'元宗曰：'固已有名，第（但）吾念之，以天朝儒臣为彼记殿，体势重矣，受金则是鬻（音育 yù，卖）文也。'闻者服之。"

此则故事为中朝文化交流史上颇有意义的资料。陈元宗认为作为使臣应邀为之作殿记，"体势重矣"，关系国家荣誉，而一经收取报酬，则变成卖文寒士，是有辱使命的，遂严词坚拒，终获对方的理解。

在有些情况下，出于环境所迫，也难免作若干妥协，只要心底无私，仍可巧加处理。《新唐书·杜暹传》："开元四年，以监察御史覆屯碛西，会安西副都护郭虔瓘，与西突厥可汗阿史那献、镇守使刘遐庆更相讼，诏暹即按（查处）。入突骑施帐，究索左验（取证）。虏以金遗暹，暹固辞，左右曰：'公使绝域，不可失戎心。'乃受焉，阴埋幕下。已出境，乃移文畀（付给）取之。突厥大惊，度碛追，不及，去。……虏伏其清。"

实在无法拒收外方馈赠，悉数收下亦无不可，问题的要害在于钱物的最后归属。廉吏黄福在这方面做出了榜样。

《明史·黄福传》："福在交阯凡十九年，及还，交人扶携走送，号泣不忍别。福还，交阯贼遂剧。"奉敕再往安南，"为贼所执，欲自杀。贼罗拜下泣曰：'公，交民父母也。公不去，我曹不至此。'力持之。黎利闻之曰：'中国遣官吏治交阯，使人人如黄尚书，我岂得反哉！'遣人驰往守护，馈白金、糇粮，肩舆送出境。至龙州，尽取所遗归之官。"

从交阯人对黄福的态度，我们看到涉外官吏的治绩，在异域他乡影响之深远，作用之巨大。而这种效果的取得，很大程度上是因为他们的清廉，自觉将外赠钱物归公即为重要内容。

（原载《吉林日报》1990 年 7 月 7 日）

古代廉吏涉外懿行补说（下）

外事馈赠场面，大者为大庭广众、众目睽睽之下，小者对方礼宾、私人随从在侧，封建官吏在收受贿赂上，在人所共见与无人知晓的不同环境下往往是判若两人的，这就是我国传统道德中盛赞"君子慎独"、"暗室不欺"的道理。三国时期的田豫经受住了这个考验。

《三国志》裴注引《魏略》曰：田豫为并州刺史，"鲜卑素利等数来客见，多以牛马遗豫；豫转送官。胡以为前所与豫物显露，不如持金，乃密怀金三十斤，谓豫曰：'愿避左右，我欲有所道。'豫从之。胡因跪曰：'我见公贫，故前后遗公牛马，公辄送官，今密以此上公，可以为家资。'豫张袖受之，答其厚意。胡去之后，皆悉付外，具以状闻(向上报告)。"

在涉外活动中作奸犯科，大抵内外勾结，故而对外的修廉拒贿必须与对内的严法惩贪紧密结合进行，方可收相得益彰之效。这可以总结成为一条历史经验。

《旧唐书·王方庆传》载：

方庆年十六,起家越王府参军。尝就记室任希古受《史记》、《汉书》。希古迁为太子舍人,方庆随之卒业。永淳中,累迁太仆少卿。则天临朝,拜广州都督。广州地际南海,每岁有昆仑(引者按:指中印半岛南及南洋群岛居民)乘舶以珍物与中国交市。旧都督路元睿冒(贪污)求其货,昆仑怀刃杀之。方庆在任数载,秋毫不犯。又管内诸州首领,旧多贪纵,百姓有诣(去)府称冤者,府官以先受首领参饷,未尝鞫(审理)问。方庆乃集止府寮,绝其交往,首领纵暴者悉绳之,由是境内清肃。当时议者以为有唐以来,治广州者无出方庆之右。有制(帝王下的命令)褒之曰:"朕以卿历职著称,故授此官,既美化远闻,实副朝寄。今赐卿杂彩六十段并瑞锦等物,以彰善政也。"

综上各例,可见涉外官吏,在一定程度上代表着祖国的形象,一言一行,一笑一颦,廉吏懿行,可能给祖国带来美誉令名,为其增光添彩;反之,赃官秽行亦可使祖国蒙羞含垢,名声败坏。居官涉外者,焉可不慎!

(原载《吉林日报》1990 年 10 月 13 日)

廉吏知劝　贪夫知惧

　　宋代的包拯,以其执法公平、严惩奸赃而成为我国历史上妇孺皆知的著名清官。探索一下包拯执法的成功实践,除了客观上的各方面条件外,他本人对惩贪廉政问题有着较为深刻的认识,当为重要原因之一。近日阅读他庆历五年(1045)三月上仁宗的《乞不用赃吏》奏,于此感受甚深。

　　首先,奏章总说中国大、郡县多,官吏当然也就多,其中贪赃的污吏也就必然相对的多,因而举报揭发"无日无之"。但值得注意的是这种现象年复一年地得不到扭转,"虽有重(严峻)律(法令),仅同空文;贪猥之徒,殊无畏惮(惧怕)",原来问题的关键是对惩治贪赃决心不大、行动不力。接得举报,不是用非正当手段宽恕而"全其生"(该处死的不处死),就是不讲原则、滥施恩惠而"除其衅"(不该免罪的免了罪)。对贪赃枉法者如此情深,而对惩贪执法又如此雷声大、雨点稀,贪赃受贿者自然就毫无顾忌,敢于放手大干了。

　　其次,作者提出了解决问题的办法。奏章以古为鉴,认为"先朝令典,固可遵行"。先举两汉为例:"以赃私致罪者,皆禁锢子孙（禁止子孙做官），矧（音审 shěn，何况）自犯之乎？"又举本朝建国之初的成功例证，对"臣僚数人犯罪"严加惩治，大赦时太宗赵光义还亲自下令"不可复以官爵"。从而表达个人见解：以后无论何等官吏犯赃，一律"不从轻贷（饶恕），并依条施行，纵遇大赦，更不录用"。对于用权力来换取钱财的贪官彻底整治，最轻程度的办法就是坚决剥夺他占有的权力。

末了，包拯预测了实施他意见的结果，实际上也是为惩贪提出了一个检验的标准。那就是："廉吏知所劝，贪夫知所惧。"也就是奉公守法、清廉尽职的官吏能够从中自勉，而不是感到吃亏和窝囊；而贪赃枉法、收受贿赂的官吏为之感到害怕，而不是觉得占了便宜啥事没有。达到这个标准，惩贪廉政就有希望了。

（原载《吉林日报》1990 年 10 月 13 日）

韩休的启示

近日阅读有关唐人韩休的史籍，颇启人深思。

韩休，京兆长安人。因为他品行方直、不务进趋，当他开元二十一年（733）做黄门侍郎、同中书门下平章事（宰相）的时候，很孚众望。"有万年尉李美玉得罪，上特令流之岭外。休进曰：'美玉卑位，所犯又非巨害。今朝廷有大奸，尚不能去，岂得舍大而取小也！臣窃见金吾大将军程伯献，依恃恩宠，所在贪冒，第宅舆马，僭拟过纵。臣请先出伯献而后罪美玉。'上初不许之，休固争曰：'美玉微细犹不容，伯献巨猾岂得不问？陛下若不出伯献，臣即不敢奉诏流美玉。'上以其切直，从之。"（《旧唐书·韩休传》，下同）

启示之一是韩休坚持原则的精神可佩。韩休在任虢州刺史的时候就说过："为刺史不能救百姓之弊，何以为政？必以忤上得罪，所甘心也！"为了国家利益，为了公平执法，他敢于坚持个人的正确意见，据理力争，其"切直"精神终于打动了皇帝，取得了最后的胜利。

启示之二是韩休不仅只泛泛地指责惩治恶吏中"舍大取

· 555 ·

小"的现象,而且直接指出他所谓的"大"究竟是谁。封建社会里所谓惩贪,当然不乏"只扑苍蝇,不打老虎"的现象,但对执法机构与执掌官吏来说,泛泛议论毕竟不能解决问题,首先需要的是指出"老虎"在哪儿,然后才能通过调查研究,掌握证据,进而加以处理。

启示之三是韩休指出巨猾金吾大将军程伯献姓名的同时,还就其犯罪事实做了全面的揭露。恃宠仗势,横行不法,贪污财物,大造私房,超标准乘用车马,以及僭越秩级、妄加比附、目无法令、放纵无羁等等。韩休把这些大量的犯罪事实揭露出来,对有关部门的查处工作提供了很大的方便。

启示之四是作为封建皇帝的李隆基不只有误用李林甫、恩宠杨贵妃的失误处,也还有如开元之治可以肯定。韩休为人峭鲠,"于时政得失,言之未尝不尽。玄宗小有过失,辄问左右'韩休知否'",有时候话还未说完,韩休的谏疏就递上来了。对李隆基颇有一点精神压力。难怪左右侍从对他说:"自韩休入朝,陛下殊瘦于旧(比往日见瘦),何不逐去之?"玄宗李隆基的回答很妙:"吾貌虽瘦,天下则肥矣!"(《古今廉鉴》)他还拿萧嵩来作比较,说:"萧嵩每启事,必顺旨,我退而思天下,不安寝;韩休敷陈治道,多讦直,我退而思天下,寝必安。吾用休,社稷计耳。"(《新唐书·韩休传》)尽管韩休的话很刺耳,做事也有些令人难堪,为此这位皇帝老倌乃至"人焉瘦哉"。但因以国家百姓为重,对韩休他不仅不施加报复,还很好地任用了他。这一点,对李隆基来说,也还是难能可贵的。

(原载《吉林日报》1991 年 4 月 6 日)

"不服不行"殊解例释

人们日常生活用语中说的"不服不行",本来是采用双重否定的方法表达对某一事物极度倾服的话。但是,与其他语汇一样,在使用过程中其涵义与适用环境也逐渐发生变化。近年来,人们甚至用它来表达对事物实际上很不服气、但客观上又回天无力故而极度否定的意思。

其实,与这类勉强地、违心地、真实意愿本是"不服"的"服"相对应,另外一种"服",即出自真心的"服"——心悦诚服,还是为数不少的。溯诸往古,也所在多有。以用人方面为例,如举亲举仇、刑罚公正、大义灭亲的例子,真正是史不绝书。

《三国志·廖立传》(及裴松之注)载:蜀臣廖立,因犯有开门就敌、滥杀无辜、妄自尊大、诽谤先帝等罪,诸葛亮将其废为庶民,并迁徙汶山郡。但当他听到诸葛亮病逝的消息时,哀痛地流下了眼泪。原因就在于诸葛亮一贯是"开诚心,布公道,尽忠益时者虽仇必赏;犯法怠慢者虽亲必罚"。元代的政治家、文学家张养浩论及此事时发表感慨说:"为宰相诚能公其心如是,则天下蔑有不服者矣!"(《庙堂忠告》)说对诸葛亮赏罚下属方面大公无私这一点，普"天下"也没有"不服"的。

明人陈全之在其《蓬窗日录》中，于引用商代成汤的名相伊尹放逐无道的太甲（汤的孙子）于桐，太甲认真悔过，对伊尹毫无怨言；因伯氏有罪，管仲剥夺其封地三百户，伯氏终身而无怨言的事实后写道："习凿齿曰：'水至平而邪者取法。镜至公而丑者忘怒。水镜之所以能穷物（把事物极其实际地反映出来）而不怨（招怨）者，以其无私也。水镜无私犹以免谤，况大人君子怀乐生之心，流矜恕（怜悯宽厚）之德，爵之（封他官位）而非私，诛之（惩罚他）而非怒，天下岂有不服者哉！'"水到处都一样平，镜子毫无区别地真实反映所有事物，因其至公，乃至"邪者"、"丑者"也能对其谅解。只要用人以才、罚人无私，"天下"人都算在内，对你"不服"怕是"不行"的。

《晋书·刘弘传》载：刘弘在平定荆州后，"守宰多缺"，就下令任用皮初为襄阳太守。"朝廷以初虽有功，襄阳又是名郡，名器宜慎，不可授初。乃以前东平太守夏侯陟为襄阳太守"。凑巧的是皇帝看中的这位夏侯陟正好是刘弘的女婿，刘弘说："夫统天下者，宜与天下一心；化一国者，宜以一国为任。若必姻亲然后可用，则荆州十郡，安得十女婿然后为政哉！"说得确实很有道理。刘弘不仅不任人唯亲，政绩也很著称，"劝课农桑，宽刑省赋"，结果是"岁用有年，百姓爱悦"。小百姓不仅只是"服"，而且由"服"进而"悦"了。

个人的能力是渺小的，用人之道在于能调动所有人的积极性，发挥各个人的所长，这股力量就变得巨大了。《汉书·高帝纪》记载刘邦就"吾所以有天下者何？项氏之所以失天下者何"的问题征求诸臣意见之后，个人发表意见说："运筹帷幄之中，决胜千里之外，吾不如子房（张良）；镇国家（使国家安定），抚百姓，给馈饷（粮饷充足），不绝粮道，吾不如萧何；连百万之众，战必胜,攻必取,吾不如韩信。三人皆人杰,吾能用之,此吾所以取天下也。项羽有一范增而不能用,此所以为我擒也。"刘邦这样认识,也是这样做的,他的总结抓住了用人之道的本质所在,因而完全符合实际,使得"群臣悦服"。

说到"悦服",自然使人想起孟老夫子的名言:"以力服人者,非心服也,力不赡(足)也;以德服人者,中心悦而诚服也。"看来,真正要做到让人心悦诚服,恢复"不服不行"这话原来的涵义,除了必须的法令制度加以约束规范之外,主要的还得靠崇高的道德力量。

(原载《吉林日报》1991 年 5 月 11 日)

是非褒贬说狸奴

　　我国古代典籍中对猫的称呼说法不止一种，狸奴是其中之一。与直接称猫相比，狸奴似乎更多一点亲切味。猫的驯养史现在大约已不太容易稽考。《埤雅》上说："鼠善害苗，而猫能捕鼠，去苗之害，故猫之字从'苗'。"此说确当与否，是文字学家们的事情。但猫之捕鼠而被肯定，见诸典籍颇早。《礼记·郊特牲》中就有"迎猫为其食田鼠也"的记载，《庄子·秋水》中也认为，从捕鼠这一功能说，就是骐骥骅骝这些天下良马也是不能与之匹比的。《太平御览》引《尹子》也说："使牛捕鼠不如狸狌之捷。"这就是说，在古代人们生活中占有举足轻重地位的牛和马，以捕鼠的贡献比，也得让位给猫。可见猫之受到人类之青睐，主要在于捕鼠。

　　既然畜猫意在捕鼠，自然是越能消灭鼠害的猫越应受到人们的宠爱。郎瑛的《续已编》中记载有这样一个故事。

　　景泰初，西番使入贡一猫，道经陕西庄浪驿，时福建布政使朱彰以事谪为驿丞，使译问猫何异而上供。使臣书示云："欲知其异，今夕请试之。"其猫盛罩于铁笼，纳于空室内，明日起视，有数十鼠伏笼外尽死。使臣云："此猫所在,虽数里外鼠皆来伏死,盖猫之王也。"

具有如此神威的"猫王"毕竟不可能很多,降格以求,只要是能尽职捕鼠的猫,也都应该予以充分肯定。但遗憾的是并非所有的猫都能履行其最起码的职责;不捕鼠,乃至与鼠相安无事、甚为友好的猫也确实存在。《旧唐书·崔祐甫传》载:陇州将赵贵家"猫鼠同乳,不相为害"。朱泚奏闻,"以为祯祥"。昏愦的唐代宗就"遣中使以示于朝",常衮也就率百僚庆贺。惟有崔祐甫力驳其非,他说:"猫之食鼠,载在礼典,以其除害利人,虽微必录。今此猫对鼠不食,仁则仁矣,无乃失于性乎……猫受人养育,职既不修,亦何异于法吏不勤触邪、疆吏不勤扞敌……以刘向《五行传》论之,恐须申命宪司,察听贪吏;诫诸边候,无失徼巡。猫能致功,鼠不为害。"

崔祐甫的看法与唐代宗等人不一致,他认为这种反乎物性的异常现象的出现是在向皇帝示警,让皇帝好好查一查,有没有执法官吏不剪除贪官奸邪、戍疆将士不尽心守土御敌的,从而达到猫尽其职、鼠难为害的目的。

猫不捕鼠,不尽职责,当然不能算是好猫,但这也要看与什么猫相比较。宋人罗大经在《鹤林玉露》中说:"东坡云:'养猫以捕鼠,不可以无鼠而养不捕之猫。'""余谓不捕犹可也,不捕鼠而捕鸡则甚矣……疾视正人,必欲尽击去之,非捕鸡乎?"对猫来说,不捕鼠已属失职,而反捕鸡,就是进而害人了。明朝胡侍所写的《骂猫文》有可能是设事讽喻,但食鸡之猫的存在,却于生活中所常见:

> 家有白雄鸡,畜之久矣。乃者栖于树巅而横遭猫啖。乃呼猫俾前而骂之:"汝无他职,职在捕鼠……不鼠之捕,曰职不

举;而又司晨之禽是食,计汝之罪,匪且不职而已……鼠为人害,汝则保之;鸡具五德,汝则屠之,鼠也奚幸,鸡也奚辜。虽则有汝,不若汝无,无汝则鼠之害不益于今,而鸡之害吾知免乎。

对待这类不捕鼠、专捕鸡的猫,除骂之外,恐怕还必须加以处置;而对待那些与鼠安定相处的猫也得采取相应措施。必如此,庶几诸白猫、黑猫方能尽心捕鼠,而鼠患复依稀可望得除。

（原载《吉林日报》1991 年 7 月 20 日）

金烛银瓜话行贿

古代封建社会,政治黑暗,贿赂风行。行贿之方式方法,手段繁多,但不外金钱、物品两类。馈赠物品,舆论上较为好说,"礼尚往来"为圣人古训。尽管圣人所说的"礼"并非送礼的"礼",但送礼确乎也是一种"礼"也是事实。托人求情属往来之一,因而送上一点礼品,似乎还不出大格。但与金钱相比较,物品馈赠也有许多缺点,特别是对那些受贿大户来说,礼多品杂,空间上不便安置,时间上不易存放等均是。但最主要的缺点是苟且显露,难逃众人耳目。谓予不信,请看事实。

《三国志》裴注引《魏略》载:田豫为并州刺史,鲜卑客见,"多以牛马遗豫,豫转送官。胡以为前所与豫物显露,不如持金。乃密怀金三十斤,谓豫:'愿避左右,我欲有所道。'豫从之。胡因跪曰:'我见公贫,故前后遗公牛马,公辄送官,今密以此上公,可以为家资。'豫张袖受之,答其厚意。胡去之后,皆悉付外,具以状闻。"鲜卑初送牛马,田豫交公之后,他们分析是因为"物显露",已为他人所见,田豫不得已而交公,故"不如持金"。虽然田豫乃真正清廉,鲜卑改行秘密送金也如数交公并向上报告;但物品馈赠易于为受贿者带来不便却是实在的,乃至有些得劳其大驾转手变卖。

《魏书·郑羲传》载:羲字幼麟,孝文时累官中书令,出为西兖州刺史,"政以贿成,性又吝啬",有馈羊、酒,于西门受,东门沽卖之。这位郑羲"优于文学",皇帝任命其选撷经史,头脑较为变通,为了将人们送的羊酒之类的东西及时变为钱,西门受纳,东门转售,平添了许多麻烦。因而深谙此道的行贿者,一般是不取此下策的。

《续问奇类林》载:明代的丰庆,英宗复辟后复官河南,"廉声大著,风裁振郡邑。有一知县,簠簋(音府鬼 fǔguǐ)不饬(旧指人臣不廉),闻至,大惧。乃以白金为烛馈之。公未之省,厅子(厅堂仆役)以告。次日,谓知县曰:'汝烛不然(点不着),尽出之,以易可然者。'知县大恐,辄弃印绶去"。

丰庆向以清廉著称,乃至对这贪赃的县官的行贿招法都未能看出来,经熟知此类行径的"厅子"点明,才使其及时斥退赃官。

与之有异曲同工之妙的是《弇山堂别集·发奸赃之赏》所载刘宁夫妇的故事:"永乐中,刘宁为刑部主事,有人纳银于瓜以馈者,妻安氏发之,诏褒宁平日廉信于妻,妻能佐夫以义,赐白金二百两,彩币八表里。"

综上述可知:一、行贿方式各别,溯其来源有自。所以烟里卷钞、糕中置金,仅为流波,绝非滥觞。二、封建社会里像郑羲和河南知县那样的贪官实繁有徒,他们以己度人,以小人之心度君子之腹,以为上司也和自己一样贪赃枉法,贿赂一行,万事皆通;结果以可耻的失败告终。三、即使在封建社会里,如刘宁、丰庆这样的清官也是代不乏人。他们多少做点好事,不那么贪婪饕餮,为人间保留得些微正气,也为后人增添了一二美谈。四、刘宁之妻安氏,以一个官宦之妇,能不为金钱所诱惑,对行贿者果断揭发,确乎难能可贵。为后代各仰仗丈夫官职而滥用威福、干政乱法、勒索自肥的女性们树立起一面反省的镜子,使她们汗颜愧赧之余猛醒回头。

(原载《光明日报·史学》1991 年 11 月 20 日)

呼"万岁"得官

《萍洲可谈》,宋朱彧撰。彧字无惑,乌程人。是书《文献通考》著录三卷,而左圭刻入《百川学海》、陈继儒刻入《宝颜堂秘笈》者,均止五十余条,不盈一卷。陶宗仪《说郛》所录更属寥寥。盖其本久佚,圭等特于诸书所引,掇拾残文,以存其概,皆未及睹三卷之本也。惟《永乐大典》征引颇繁,裒而辑之,尚可复得三卷。谨排纂成编,以还其旧。虽散佚之余,重为缀辑,未必毫发无遗,然较左、陈诸家所刊,几赢四倍。约略核计,已得其十之八九矣。

彧之父服,元丰(1078—1085)中以直龙图阁历知莱、润诸州,绍圣(1094—1098)中尝奉命使辽,后又为广州帅,故彧是书多述其父之所见闻,而于广州蕃坊市舶,言之尤详。其所记土俗民风,朝章国典,亦皆足资考证。

其中元丰间"老生"因呼"万岁"得"食俸终身"一条,颇堪回味。

元丰间,特奏名陛试,有老生七十许岁,于试卷中书云:

"臣老矣,不能为文也,伏愿陛下万岁! 万万岁!"既闻,上嘉其诚,特给初品官,食俸终其身。

忆及上世纪 60 年代,"文革"事起,乾坤颠倒,黑白混淆。此前一切,悉加否定。一反映"教育革命"之影片,以批判昔日考试为关卡工农子弟之罪恶手段为词,称有闲子弟,虽分数较高,而与社会、领袖之感情淡漠,远不如工农子弟之情真意笃,后遂有入学废考试兴推荐之举。该片中一农村少妇,前往应考,因腹笥罄空,临场敛手,于考题难答一字。遂书"毛主席万岁"终其事。卷上,竟以"无产阶级感情深厚"获取,一时誉满国中,为众口谈资。

余自幼至老,平生出任教职之外,未尝涉足他业。数十春秋间,与考题、试卷相伴。批阅考卷亦不知凡几,类此直书"万岁"者,从未见。而弃考题不加解答、顾左右而言他者,则不少见。或痛陈处境困难,哀求"赐分";或称虽此题不会,然知另题,遂详答另题并请"酌情给分";或题打油诗以自嘲;或图王八以泄愤:皆为亲历。而历时既久,亦见怪不怪。惟既执教业,当循行规。既曰考试,只能按考题给分,任何转圜之术,均难奏效。故恒以零分结案。即使"文革"期间,亦口不言而腹诽之。

后　记

　　本书是我有关古籍和古籍整理写作文字的结集。"古籍整理"包罗内容比较明确，书中有关古籍标点、校勘、注释、选编、考辨、辑佚、目录、版本、索引等均是。而"古籍"包罗内容相对就要宽泛许多，除去对古书及其作者的评述考索，古书记载的有关古人古事，亦涵盖在内。

　　尽管内容涉及甚广，但此书量的单薄和质的平庸，还是令我汗颜。

　　我 1936 年出生，大体能够记忆事件、分辨事理的时候，记忆最深的就是逃日本难。1945 年日本投降后，战难并未停息，只不过变成国共双方的边谈边打。1948 年的襄樊战役，让我亲眼目睹了许多肢体残缺、血肉模糊的军人和城墙内外绵延不断的大堆大堆的阵亡者的尸体，切身感知了什么叫做战争。

　　在此前后，也有短暂相对平静的时候，家里就送我去私塾读书，听老师讲书，自己背书。老师讲的，大都是四书五经、《古文观止》之类，与现实生活相隔玄远，加之年龄幼小，讲过的和已经背诵下来的，基本上不知所云。但也从中认了一些不太常见的字和囫囵吞枣地触及到不少古代常识。

1949 年,我十三岁。元旦的清晨,在街头的墙上,一口气读完了刚贴出的新华社的新年献词《将革命进行到底》。紧接着的生活就变成了目不暇接的快节奏,各类政治运动,其名目累计起来,不下二三十种。就以我经历过或影响较大的就有:土地改革、镇压反革命、"三反"、"五反"、"肃反"、"反右"、"大跃进"、"四清"、"文革"、粉碎"四人帮"、平反冤假错案等。对于上述这些必然涉及、影响到中华大地每一个人政治地位、经济利益、生活环境的事件是非曲直的评价,是有关的专家学者在今后漫长岁月里深入探讨的,我在这里只是想说明一点:生活其间的我随着命运河流的激荡翻滚,虽也混得了一个大学毕业的资格,却远没有像上世纪初期出生的前辈们那样的际遇,能够坐稳凳子,绝无干扰地潜心读书,自主思考、表述心得、成就学问。

这样说难免有把自己的碌碌无为推之于客观之嫌。同样的时间断限、同样的艰苦困顿环境,也出现过一些优秀人才和精粹成果。所以,这里有两方面问题:一是只要不带偏见,你就得承认社会环境,如战争、政治运动(也包括其必然派生的生活动荡、饥饿等),是不利于认真读书、潜心治学的。即令是福音普降的落实政策、平反冤假错案的几年里,我昼夜伏案写作的,却不是论文,而是自己和家人的平反申诉上访材料。二是客观事物是复杂多样的,我的碌碌无为,责任当然主要在于自己。所以,我绝不怨天尤人地推诸客观。

1978 年 10 月,在落实政策中,我从一所乡镇学校,调回了阔别二十多年的吉林大学校园。根据当时的规矩,回到原校、原系、原室。回想当年我下放的因由,其中一条即"不适合从事中国现代史教学",正好当时历史文献课缺人,就让我去补缺。1983 年学校成立古籍研究所,就将我已经任室主任的历史文献教研室全部并入。

其后，自己当然也在不断地读书，但那只是为了应在该时段教学的需求，需要什么读什么，缺什么补什么。而写作的文章，大多也是在应教学之需的阅读过程中遇到的、解决了的问题，再搜集相关材料，敷衍成文。这样的阅读与那种有目标、有计划、系统全面、由浅入深的阅读，其效果是完全不可同日而语的。而这样的写作，与那种竭泽而渔地掌控资料，由清理边缘再触及核心地深入研究后的最终成果，更难于望其项背。这些确乎都是实情，不是辩解。

在吉林大学古籍研究所为纪念建所十五周年编选出版的论文集中，收入了我写的两篇文字，其中《就〈贞松老人外集〉的整理谈古籍校勘三步到位》一文，是研究室的集体项目——《罗振玉学术论著集》整理研究中的"副产品"，时已离休回大连定居的罗继祖先生读后，给我寄来一信，与平时对后生学子大都是批评教育不同，对我的表扬与肯定，使我一时简直有些不敢相信自己的眼睛：

同策同志：

　　刚发一信想见。得所中寄来《纪念文集》，华实并茂，佩服之至。尤其大作两篇，工力悉敌。《外集》编辑，出于我手，先叔实止排印。所指谬误极是，得益非浅。当日只用力在到处寻找，等找齐抄出，已不暇细校，更未核对原引文字，致成笑柄，幸足下为我指出，实拜嘉惠。足下如此细心，实可继顾千里、陈援老而起的校雠大家而无愧了。古籍所的成果如此，值得庆贺。余不一一。

鲠翁廿六日

长辈的鼓励、提携之谊，自可理解；但内心深处的愧怍之情，还是历久难释。故而提到这封信不是为了自我表襮，只是想说，同样一个人，在不同的环境、不同的机遇情况下，也有可能其所发挥的作用是会不一样的。如此而已。

收入本书的文字，在报刊发表时，都经过编辑的删改，报纸为控制版面，删削尤多，如《唐代省官清吏浅说》一文，几乎删去一半，此次因未觅得原稿，只好以见报稿收入，有的则以原稿编入，较易窥见原来面貌。

本书得能出版，上海古籍出版社的高克勤社长、吕健总编、奚彤云副总编和杜东嫣主任、刘赛副主任以及责编裴宏江同志，出力甚多。他们审核、批准此书出版，并在编选、类分等方面反复推敲，才使得本书质量在原有基础上有所提高。

本书出版，与我所在的吉林省政府文史研究馆及其领导谷长春名誉馆长、段成桂馆长、王立安主任和吕长新、葛世文、夏淑萍等同志的热情关怀和大力支持是分不开的。

收入此书的文字，几十年来（1956—2014）先后发表在几十种报刊上，这些报刊的领导和编辑都为这些文字进行过审查删节、修改润色，其中出力较多的有：沈锡麟、萧黎、马宝珠、高振铎、李大生、张振兴、丁骏、张福有、宋殿辉、徐波等同志。

对以上领导和同志们的指导、关怀、支持和帮助，谨表由衷的感激之情。

书名题笺是继祖先生上世纪 80 年代题写的，先生已于 2002 年仙逝。本书今天出版，距此笺题写，也有三十多年之久了，睹物思人，不禁感慨系之。

学问是实在的东西，读书不多，研究不深，自然难于有高水平的成品。故而书内各类错讹，当不在少，尚望读者诸君惠予指正。

王同策

2014 年 8 月于长春